EDIÇÕES BESTBOLSO

Erros irreversíveis

Scott Turow nasceu em Chicago, em 1949, e estreou na literatura em 1977 com o livro *O primeiro ano*, um relato de suas experiências como estudante de direito em Harvard. Dez anos depois, publicou *Acima de qualquer suspeita*, best-seller que o consagrou. O escritor é um mestre da literatura de suspense de tribunais, seus livros são sucessos instantâneos, chegando sempre ao topo das principais listas de mais vendidos de todo o mundo. Turow é sócio de um escritório de advocacia em Chicago e em 2002 participou de uma comissão federal para discutir a pena de morte ao lado de políticos e dos maiores juristas dos Estados Unidos.

CB121059

SCOTT TUROW

ERROS IRREVERSÍVEIS

Tradução de
ALVES CALADO

2ª edição

EDIÇÕES
BestBolso

RIO DE JANEIRO – 2013

CIP-BRASIL. CATALOGAÇÃO NA FONTE
SINDICATO NACIONAL DOS EDITORES DE LIVROS, RJ

Turow, Scott, 1949-
T858e Erros irreversíveis / Scott Turow; tradução de Alves Calado.
2ª ed. – 2ª ed. – Rio de Janeiro: BestBolso, 2013.
12 x 18 cm

Tradução de: Reversible Errors
ISBN 978-85-7799-399-4

1. Ficção norte-americana. I. Calado, Alves, 1953- II. Título.

CDD: 813
12-6768 CDU: 821.111(73)-3

Erros irreversíveis, de autoria de Scott Turow.
Título número 326 das Edições BestBolso.
Segunda edição impressa em setembro de 2013.
Texto revisado conforme o Acordo Ortográfico da Língua Portuguesa.

Título original norte-americano:
REVERSIBLE ERRORS

Copyright © 2002 by Scott Turow.
Publicado mediante acordo com o autor.
Copyright da tradução © by Distribuidora Record de Serviços de Imprensa S.A.
Direitos de reprodução da tradução cedidos para Edições BestBolso, um selo da Editora Best Seller Ltda. Distribuidora Record de Serviços de Imprensa S. A. e Editora Best Seller Ltda são empresas do Grupo Editorial Record.

www.edicoesbestbolso.com.br

Design de capa: Sérgio Campante sobre foto Photo 24 (Getty Images), a partir do conceito desenvolvido por Tita Nigrí.

Todos os direitos reservados. Proibida a reprodução, no todo ou em parte, sem autorização prévia por escrito da editora, sejam quais forem os meios empregados.

Direitos exclusivos de publicação em língua portuguesa para o Brasil em formato bolso adquiridos pelas Edições BestBolso um selo da Editora Best Seller Ltda. Rua Argentina 171 – 20921-380 – Rio de Janeiro, RJ – Tel.: 2585-2000.

Impresso no Brasil

ISBN 978-85-7799-399-4

Para Jonathan Galassi

erro reversível *s.* No sistema legal norte-americano, um erro jurídico tão significativo cometido por um tribunal, que um juiz de apelação que esteja revendo o processo pode descartar o julgamento anterior. Nesse caso, o tribunal é instruído a arquivar o processo, a julgá-lo de novo ou então a modificar sua decisão.

Nota do editor: Apesar do original *Reversible Errors,* optamos por manter nesta edição de bolso o mesmo título publicado pela Editora Record, em 2003, e do filme homônimo produzido para a tevê norte-americana em 2004.

PERSONAGENS

LARRY STARCZEK
Detetive que atuou no processo de Rommy em 1991 e 2001

MURIEL WYNN
Promotora do processo de Rommy em 1991 e 2001

GILLIAN SULLIVAN
Juíza que condenou e sentenciou Rommy em 1992

ARTHUR RAVEN
Advogado de Rommy para sua apelação final em 2001

PAMELA TOWNS
Sócia de Arthur no caso de Rommy

SUSAN RAVEN
Irmã de Arthur

ROMMY "ESQUILO" GANDOLPH
condenado pelos assassinatos de 4/7/91

AUGUSTUS "BOM GUS" LEONIDIS
assassinado em 4/7/91

LUISA REMARDI
assassinada em 4/7/91

PAUL JUDSON
assassinado em 4/7/91

JOHN
Filho de Gus

GENEVIEVE CARRIERE
Amiga de Luisa

ERNO ERDAI
Supervisor de Segurança Aérea da TN, onde trabalhavam Luisa e Genevieve

COLLINS FARWELL
Sobrinho de Erno

Parte I
Investigação

1
Advogado e cliente

20 de abril de 2001

O cliente, como a maioria dos clientes, dizia ser inocente. Seria executado em 33 dias.

Arthur Raven, seu advogado, estava decidido a não se preocupar. Afinal de contas, pensava Arthur, ele nem mesmo era voluntário. Em vez disso, fora convocado pelo Tribunal Federal de Apelações para garantir que, após dez anos de litígio, não restasse nenhum argumento viável para salvar a vida de Rommy Gandolph. Preocupar-se não fazia parte do trabalho.

Mesmo assim estava preocupado.

– O que foi? – perguntou Pamela Towns, sua jovem sócia, do banco do carona. Um murmúrio angustiado havia escapado de Arthur quando ele tinha ficado novamente sozinho consigo mesmo.

– Nada – disse ele. – Só odeio ser o perdedor designado.

– Então não deveríamos perder. – Pamela, com seu belo rosto rosado, perfeito para um noticiário de TV, abriu um amplo sorriso luminoso.

Agora estavam longe da cidade, a 130 por hora no piloto automático do novo sedã alemão de Arthur. Naquela região, a estrada era tão plana e reta que ele nem precisava tocar o volante. As fazendas nas pradarias passavam rapidamente, com restolhos de milho e terra preta, silenciosas e eternas à luz débil da manhã. Haviam deixado Center City às 19 horas, para não pegarem trânsito. Arthur esperava ter uma breve reunião de apresentação com seu novo cliente, Rommy Gandolph, na penitenciária estadual de Rudyard e estar de volta a sua mesa às 14 horas – ou às 15 horas, se decidisse se arriscar a convidar

Pamela para o almoço. Sua atenção se concentrava na jovem, no cabelo castanho e sedoso caído sobre os ombros e na mão que ia até a coxa a intervalos de alguns quilômetros para puxar para baixo a bainha da saia xadrez.

Por mais ansioso que estivesse por lhe agradar, Arthur não podia oferecer muita esperança ao caso.

– Neste estágio – falou –, segundo a lei, a única coisa que poderia significar um erro reversível seria uma nova prova de inocência. E nós não vamos achar isso.

– Como você sabe?

– Como eu sei? Porque, afora ao *Daily Planet*, o cara confessou a todo mundo. – Dez anos antes, Gandolph tinha admitido a culpa para a polícia; depois, fez uma declaração escrita para a promotora, Muriel Wynn, e finalmente repetiu a confissão em vídeo. Em cada ocasião, ele admitiu ser a pessoa que tinha atirado em dois homens e uma mulher e que os deixara no frigorífico de um restaurante, num caso que ainda era chamado, segundo as palavras comportadas da imprensa, de "Massacre de Quatro de Julho".

– Bom, ele ficou dizendo ao telefone que era inocente – disse Pamela. – É possível, não é?

Para Arthur, que fora assistente da promotoria antes de ir trabalhar, havia sete anos, na O'Grady, Steinberg, Marconi e Horgan, não havia nenhuma possibilidade disso. Mas Pamela, com 25 ou 26 anos, tinha apenas começado a exercer a profissão. Salvar um cliente inocente era o tipo de aventura que ela havia imaginado na faculdade de direito, partindo como Joana d'Arc em direção à justiça fulgurante. Em vez disso, tinha se conformado com uma grande firma de advocacia e 120 mil dólares por ano. Mas por que não ter tudo? Bem, não se podia culpar as pessoas por suas fantasias. Arthur Raven tinha consciência disso.

– Escute o que eu achei nos registros de condicional de Rommy – disse Pamela. – Em 5 de julho de 1991, ele foi condenado a uma pena já cumprida por uma violação de condicional. Os assassinatos foram na manhã do dia 4 de julho. De modo que "pena já cumprida" significa que ele estava na cadeia, não é?

– Significa que em algum momento ele esteve na cadeia. Não necessariamente em 4 de julho. A ficha do sujeito diz que ele estava na cadeia em 4 de julho?

– Não. Mas é uma coisa a investigar, não é?

Teria sido algo a investigar havia uma década, quando os registros para provar que isso era um absurdo ainda existiam. Mas, mesmo assim, o Tribunal Federal de Apelações poderia conceder a Gandolph um breve adiamento na execução, tempo durante o qual Arthur e Pamela seriam obrigados a se esforçarem numa pesquisa difícil – e inútil – dessa teoria imaginária.

Irritado com a perspectiva de mais tempo perdido, Arthur mexeu no piloto automático, aumentando um pouco a velocidade, e sentiu uma leve satisfação na resposta do grande automóvel. Comprara o carro havia dois meses, como uma espécie de troféu, depois de se tornar sócio integral na firma de advocacia. Era um dos poucos luxos que já se permitira, porém mal tinha virado a chave quando começou a sentir que havia desrespeitado a memória do pai, falecido recentemente, um homem amoroso, mas cujas excentricidades incluíam uma frugalidade rígida.

– E ouça isto – dizia Pamela. Ela havia tirado a ficha policial de Rommy Gandolph da pasta grossa que estava sobre seu colo. Leu as anotações. Gandolph era ladrão e receptador de coisas roubadas. Tinha meia dúzia de condenações: invasão de domicílio, roubo, posse de material roubado. – Mas nada com uma arma – disse Pamela. – Nenhuma violência. Nenhuma vítima do sexo feminino. Como é que, de repente, ele vira estuprador e assassino?

– Treino, treino, treino – respondeu ele.

Com o canto do olho, Arthur viu a boca de lábios carnudos de Pamela se curvar em uma expressão desapontada. Como sempre, estava estragando tudo. Não sabia exatamente o que tinha feito de errado com as mulheres para estar solteiro aos 38 anos. A aparência era uma razão, ele sabia. Tinha a postura caída e uma palidez de meia-idade desde a adolescência. Durante a faculdade, vivera um casamento breve e doloroso com Marjya, uma imigrante romena. Depois disso, durante um período, parecia não ter a inclinação nem tempo para começar de novo. Havia se dedicado muito à advocacia – muita fúria e paixão em cada processo, inúmeras noites e fins de semana nos quais chegava a sentir prazer em ter tempo para se concentrar. A saúde decadente do pai e o futuro de sua irmã, Susan, também tinham sido preocupações exaustivas durante anos. Mas agora, procurando ao menos um leve sinal de que Pamela tivesse algum interesse por ele, sentiu-se esmagado pela própria tolice. Suas esperanças em relação a ela eram tão infundadas quanto as dela em relação a Gandolph. Sentia a necessidade de cortar ambas.

– Olha – disse Arthur. – O nosso cliente Gandolph. "Rommy"? Não somente Rommy confessou logo e várias vezes, mas, quando foi a julgamento, sua defesa foi insanidade. Isso exigiu que o advogado admitisse que Rommy havia cometido o crime. Depois, temos mais dez anos de apelações, com dois grupos novos de advogados, e nenhum deles menciona que Rommy era o homem errado. Nem mesmo Rommy, que só se lembrou de que não cometeu o crime quando faltavam uns 45 dias para receber a picada. Verdade, Pamela. Você acha que ele contou aos advogados antes de nós que era inocente? Todo preso conhece esse jogo. Novos advogados, nova história.

Arthur sorriu, tentando parecer um homem sábio, mas a verdade era que nunca tinha se acostumado realmente às embromações dos acusados de crimes. Desde que deixara a promotoria, só atuara como advogado de defesa esporadicamente, quando um dos clientes corporativos da firma ou um dos chefes das empresas eram suspeitos de alguma manipulação financeira. A advocacia que ele vivia na maior parte do tempo como advogado cível era uma advocacia mais arrumadinha, mais feliz, em que os dois lados fingiam e os assuntos levantados eram questões minúsculas de política econômica. Seus anos como promotor pareciam um tempo em que ele fora designado diariamente para limpar um porão inundado onde coliformes fecais e fedor de esgoto apodreciam quase tudo. Alguém tinha dito que o poder corrompia. Mas o ditado se aplicava igualmente ao mal. O mal corrompia. Um único ato deturpado, algum pedaço de psicopatologia grosseira que ia além dos limites do que quase todo mundo podia imaginar – um pai que jogava seu bebê pela janela do décimo andar, um ex-aluno que enfiava água sanitária pela garganta da professora, ou alguém como o novo cliente de Arthur, que não apenas tinha matado, mas depois havia sodomizado um dos cadáveres –, a sujeira desses atos poluía qualquer um que se envolvesse: policiais, promotores, advogados de defesa, juízes. Ninguém, diante desses horrores, reagia com a isenção que a lei supunha. Havia uma única lição: as coisas desmoronam. Arthur não tinha desejo de voltar a esse reino onde o caos era sempre iminente.

Em mais quinze minutos, chegaram. Rudyard era uma cidadezinha parecida com muitas outras no Meio-Oeste; o centro era formado por alguns prédios escuros, ainda manchados de fuligem de carvão, e vários hangares de zinco com tetos de plástico corrugado que abrigavam equipamentos agrícolas. Nos arredores, uma espécie de minissuburbanização estava acontecendo, com shopping centers e casas com quintais, resultado da segurança econômica proporcionada por uma indústria-âncora incomum – a prisão.

Depois que viraram em uma esquina que parecia cenário de cinema, com bordos e pequenas casas de madeira, de repente o lugar apareceu no fim do quarteirão, como um monstro de filme de terror saltando de um armário, uma imagem contínua de 800 metros, composta por prédios de tijolos amarelos conectados aleatoriamente, impressionantes pela estreiteza das poucas janelas. Por sua vez, essas estruturas rodeavam um velho edifício de pedra, forte o bastante para ter sobrevivido desde a Idade Média. No perímetro, ficava não somente um muro de tijolos de 3 metros de altura, mas também um fosso de cascalho com pontas de aço inoxidável se projetando, e, para além disso, uma fronteira de cercas anticiclone sustentando espirais de 1,5 metro de arame-navalha, brilhante ao sol.

Na casa de guarda da prisão, eles assinaram o livro de visitas e, em seguida, foram direcionados a um banco gasto, para a longa espera enquanto Rommy era trazido para baixo. No intervalo, Arthur reviu a carta dele, que havia chegado ao Tribunal de Apelações por intermédio de várias mãos. Era escrita numa letra irregular, com marcas multicoloridas e outras características irregulares demais até para serem chamadas de infantis. Só de olhá-la se percebia que Rommy Gandolph estava desesperado e louco.

Caro juiz,

Eu estou no CORREDOR DA MORTE por um CRiMe que nunca CoMeti. Eles Diz que eu tIve todas as ApeLações, e que tudo está contra mim MESMO assim EU SOU INOCENTE. *os adevogados que cuidaram do meu Processo No EsTado diz que eles não pode me defender agora, por causa das leIs Federal.* o que eu posso fazer? *o dia da minha execução deve ser 23 de maio!!!!. eu não posso ter um adiamento nem nada se não tiver um habeus, mas não tenho Adevogado, tenho. O que eu posso fazer? será que alguém aí não pode me Ajudar? eu vou ser morto, e nunca machuquei ninguém, não nesse caso e nenhuma vez que eu lembre AgorA.* ME AJUDE. EU NÃO MATEI NINGUÉM nunca!!!!!

O Tribunal de Apelações dos Estados Unidos tinha emitido uma ordem tratando a correspondência de Rommy Gandolph como uma petição sucessiva para adiamento sob o estatuto federal do *habeas corpus* e indicando um advogado: Arthur. Os juízes costumavam balançar suas varinhas mágicas ao acaso para transformar algum sapo involuntário – um advogado totalmente ocupado – num príncipe *pro bono*, com um cliente exigente que não pagava e cujas regras o juiz exigia que ele aceitasse. Alguém poderia ler a nomeação como um elogio; o tribunal pedindo a um respeitado ex-promotor estadual para aplicar o equivalente legal da extrema-unção, mas significava um novo fardo para quem já possuía uma vida assoberbada.

Finalmente, o nome de Rommy foi chamado. Pamela e Arthur foram levados até a área de contenção, então a primeira de muitas trancas eletrônicas foi acionada e uma porta de vidro à prova de balas e de barras de ferro se fechou irrevogavelmente com estrondo atrás deles enquanto seguiam um guarda. Fazia muitos anos que Arthur estivera dentro da penitenciária, mas Rudyard, a seu modo, era atemporal. Não os procedimentos. Os procedimentos, do modo como ele recordava, pareciam mudar a intervalos de alguns dias. As autoridades – o legislativo estadual, o governador, a administração penitenciária – estavam sempre tentando aumentar a disciplina, impedir a entrada de contrabando, controlar as quadrilhas, impedir que os presos, trapaceiros veteranos, armassem esquemas. Havia sempre um novo formulário para preencher, um novo lugar para guardar dinheiro, chaves, celulares – tudo que era proibido de entrar no prédio principal. Sempre outro portão pelo qual passar, sempre um novo procedimento de revista.

Mas o clima, o ar, as pessoas eram imutáveis. A pintura era nova; o piso brilhava. Não importava. Eles podiam esfregá-lo o quanto quisessem. Com tanta gente confinada num lugar tão pequeno, com uma privada aberta em cada cela, a atmosfera era maculada pelo cheiro de excremento humano e algum eflúvio maior, que à primeira respirada deixou Arthur vagamente nauseado, como acontecera havia anos.

No fim de um corredor baixo de tijolos na qual eles chegaram a uma porta de metal verde, estava pintada uma palavra: "Condenados." Ao entrarem por ela, foram levados à sala dos advogados, que na verdade não era uma sala, mas sim duas, um espaço com não mais de 1,5 metro de largura dividido por uma parede, que na metade tinha algo parecido com um guichê de banco: um painel de vidro com uma abertura de metal embaixo para passar papéis. Apesar de isso violar todos os princípios de sigilo entre advogado e cliente, o sistema correcional tinha obtido o direito de manter um guarda postado num canto, do lado do prisioneiro.

Atrás do vidro, estava Rommy Gandolph, uma aparição com cabelos revoltos. As pregas soltas do macacão amarelo usado apenas pelos condenados à morte o engoliam. Seus braços estavam algemados, e, assim, ele teve que estender as duas mãos para alcançar o telefone que lhe permitiria conversar com os advogados. Do outro lado, Arthur pegou o único fone e o segurou entre Pamela e ele, enquanto se apresentavam.

– Vocês são os primeiros adevogados de verdade que eu tive – disse Rommy. – O resto era defensor público. Acho que talvez eu tenha chance, agora que tenho adevogados de verdade. – Rommy chegou perto do vidro para explicar a situação. – Eu sou o próximo Homem Amarelo que vai andar pelo corredor, sabiam? Todo mundo já tá olhando pra mim. Como se tivesse uma coisa diferente porque agora eu vou morrer logo.

Pamela se curvou para a abertura dos documentos e disse palavras encorajadoras. Eles iam conseguir um adiamento da execução naquele dia, prometeu.

– É – disse Rommy –, porque eu sou inocente, cara. Eu não matei ninguém. Eu quero fazer aquele exame de DMA, cara, pra ver se eu tenho algum. – O DNA, sempre o primeiro pensamento naqueles dias, não trazia qualquer esperança para Rommy porque o Estado jamais alegara que ele deixara alguma prova genética identificável no local do crime: sangue, sêmen, cabelo, pele ou mesmo saliva.

Sem aviso, Gandolph apontou para Pamela.

– Você é bonita que nem pareceu pelo telefone. Acho que a gente devia se casar.

Levantando-se brevemente, o sorriso de Pamela se transformou de súbito num eclipse, já que lhe pareceu que Rommy estava falando muito sério.

– O cara precisa casar antes de morrer, certo? – perguntou Rommy. – Não é uma boa ideia?

Fantástico, pensou Arthur. Concorrência.

– Se a gente se acertar – disse Rommy a ela –, eu posso conseguir uma visita íntima.

A julgar por sua postura rígida, aquilo não fazia parte do conceito de defesa corajosa de Pamela. Arthur, que não tivera ideia de como iniciar a entrevista, pegou rapidamente o julgamento e a ordem de cumprimento de pena da juíza Gillian Sullivan em 1992, que sentenciava Rommy à morte, e começou a ler em voz alta.

– Auga o quê? Quem? – perguntou Rommy Gandolph.

– Augustus Leonidis – disse Arthur.

– Eu conheço ele? – As pálpebras de Rommy estremeceram sobre os olhos fechados enquanto ele se esforçava para identificar o nome.

– Ele foi um dos três – disse Arthur em voz baixa.

– Que três?

– Os três que o Estado diz que você matou. – Confessou ter matado, pensou Arthur. Mas não era preciso entrar em muitos detalhes por enquanto.

– Mmm. Acho que não conheci ele. – Rommy balançou a cabeça, como se tivesse deixado de atender um telefonema pessoal. Gandolph estava chegando aos 40 anos. Tinha um tom amarelado nos olhos e, aparentemente, o sangue das Américas nas veias. No linguajar contemporâneo, ele era "negro", mas parecia haver também algo de branco, índio e hispânico nele. Seu cabelo era enrolado e comprido e lhe faltavam vários dentes, mas não era feio. A loucura simplesmente parecia ter comido seu interior. Ao ver os olhos de Rommy ziguezagueando como insetos frenéticos perto da luz, Arthur tinha pouca dúvida sobre o motivo por que os advogados anteriores haviam se concentrado numa defesa psiquiátrica. Pelo modo como as pessoas usavam comumente a palavra "maluco", Rommy Gandolph, sem dúvida, era um. Mas não o bastante. Sociopata. Desordem de personalidade limítrofe, talvez até cabalmente esquizoide. Mas não totalmente perdido na natureza, não absolutamente desprovido de uma bússola a ponto de não diferenciar o certo do errado, que era o que a lei exigia para uma defesa.

– Eu não sou do tipo que mata ninguém – argumentou Rommy, como um pensamento de última hora.

– Bom, você foi condenado por matar três pessoas: Augustus Leonidis, Paul Judson e Luisa Remardi. Dizem que você atirou neles e os deixou num frigorífico. – O Estado também dizia que ele havia sodomizado Luisa depois da morte, ainda que Rommy, provavelmente pela vergonha, tivesse se recusado a admitir essa parte. Entretanto, a juíza Sullivan, que julgara o processo sozinha, sem um júri, também o considerou culpado dessa acusação.

– Não sei de nada disso. – Nesse ponto, Rommy olhou de soslaio, como se isso encerrasse o assunto. Arthur, cuja irmã, Susan, era ainda mais louca do que Rommy, bateu no vidro para se certificar de que o olhar do prisioneiro voltasse para ele. Com pessoas como Rommy, como Susan, às vezes era preciso segurar o olhar delas para conseguir se comunicar.

– De quem é esta letra? – perguntou Arthur calmamente e empurrou a confissão escrita por Rommy por baixo do vidro. O guarda pulou de sua cadeira e exigiu ver cada página, frente e verso, para garantir que nada estivesse escondido. Rommy examinou o documento durante algum tempo.

– O que você acha de ações? – perguntou ele. – Você costuma comprar ações? E como é que é?

Depois de um intervalo considerável, Pamela começou a explicar como a bolsa de valores funcionava.

– Não, eu quis dizer: como é *falar* que você tem ações? Como é que é a sensação? Cara, se algum dia eu sair daqui, vou comprar umas ações. Depois vou ter todo aquele troço que aparece na televisão. "Subiu meio por cento." "Down Jones." Vou saber qual é a desse negócio aí.

Pamela continuou tentando delinear os mecanismos da participação em empresas, e Rommy assentia diligentemente depois de cada frase, mas logo estava visivelmente distraído. Arthur apontou de novo para o papel que Rommy segurava.

– O Estado diz que você escreveu isso.

Os olhos escuros de Rommy baixaram brevemente.

– Era isso que eu tava pensando. Olhando isso e coisa e tal, eu meio que acho que a letra é minha.

– Bom, o papel diz que você matou aquelas três pessoas.

Rommy finalmente voltou à primeira página.

– Isso aqui não faz nenhum sentido pra mim.

– Não é verdade?

– Cara, isso foi há um tempão. Quando foi que isso aqui aconteceu? – Arthur respondeu, e Rommy se recostou na cadeira. – Faz tanto tempo assim? Pra onde é que foi esse tempo todo?

– Você escreveu essa confissão para a polícia?

– Eu sabia que eu escrevi alguma coisa lá naquela delegacia. Ninguém disse que era pro tribunal. – Havia, claro, uma declaração assinada de que Rommy sabia quais eram seus direitos, reconhecendo que qualquer declaração que fizesse poderia ser usada contra ele. – E eu não ouvi falar nada sobre levar a injeção. Isso é certo. Tinha um polícia me dizendo um monte de coisa que eu assinei. Mas não me lembro de ter escrito nada disso. Eu não matei ninguém.

– E por que você escreveu o que o policial estava dizendo? – perguntou Arthur.

– Porque eu, puxa, eu me sujei. – Uma das provas mais controvertidas do processo foi que Rommy literalmente cagou nas calças quando o detetive encarregado do caso, Larry Starczek, começou a interrogá-lo. No julgamento, a promotoria tivera permissão para apresentar a calça suja de Rommy como prova de consciência de culpa. Isso, por sua vez, se tornou uma das questões proeminentes das muitas apelações de Rommy, que nenhum juiz conseguiu abordar sem um ligeiro tom de zombaria.

Arthur perguntou se Larry, o detetive, tinha batido em Rommy, ou lhe negado comida, bebida ou um advogado. Ainda que raramente respondesse diretamente, Rommy não parecia estar afirmando nada disso – só que tinha escrito uma elaborada admissão de culpa que era completamente inverídica.

– Por acaso você se lembra de onde estava em 3 de julho de 1991? – perguntou Pamela. Os olhos de Rommy se alargaram com uma incompreensão desamparada, e ela explicou que eles tinham imaginado se ele estaria na cadeia.

– Eu não cumpri pena séria antes dessa – respondeu Rommy, que claramente achava que seu caráter estava sendo questionado.

– Não – disse Arthur. – Você poderia estar preso quando os assassinatos aconteceram?

– Alguém tá dizendo isso? – Rommy se curvou para a frente, em tom confidencial, esperando uma deixa. À medida que a ideia se assentava, ele conseguiu rir. – Essa seria boa. – Tudo era novidade para Rommy, embora ele afirmasse que, naquela época, costumava ser arrochado regularmente pela polícia, o que dava um leve apoio à ideia de Pamela.

Rommy realmente não tinha o que oferecer em defesa própria, mas, enquanto conversavam, negou cada elemento da argumentação do Estado. Os policiais que o prenderam disseram que tinham achado um colar pertencente à vítima do sexo feminino, Luisa Remardi, no bolso de Gandolph. Isso também, segundo ele, era mentira.

– Os polícia já tava com aquilo. E de jeito nenhum aquilo tava comigo quando fui apanhado.

No fim, Arthur entregou o telefone a Pamela para mais perguntas. Rommy deu sua própria versão excêntrica do triste drama social revelado em sua ficha. Tinha nascido fora do casamento; a mãe, de 14 anos, bebera durante toda a gravidez. Ela não podia cuidar do menino, e o mandou para os avós paternos em DuSable, fundamentalistas que consideravam a punição parte significativa da religião. Rommy não era necessariamente desafiador, mas sim estranho. Foi diagnosticado como retardado; ficou atrasado na escola. E começou a se comportar mal. Roubava desde pequeno. Começou a usar drogas. Tinha sido preso por outros delitos pequenos. Rudyard estava cheia de Rommys – brancos, pretos e mulatos.

Já estavam juntos havia mais de uma hora quando Arthur se levantou, prometendo que Pamela e ele fariam o máximo possível.

– Quando vocês aí voltarem, você traz o vestido de noiva, certo? – disse Rommy a Pamela. – Tem um padre aqui, ele vai fazer uma boa cerimônia.

Enquanto Rommy também se levantava, de novo o guarda ficou de pé, segurando a corrente que passava em volta da cintura do prisioneiro e ia até as algemas dos pulsos e dos tornozelos. Pelo vidro, eles podiam ouvir Rommy falando sem parar. Aqueles eram advogados de verdade. A garota ia se casar com ele. Eles iam tirá-lo dali porque ele era inocente. O guarda, que parecia gostar de Rommy, deu um sorriso indulgente e assentiu quando Rommy pediu permissão para se virar. Gandolph apertou as mãos algemadas contra o vidro, falando suficientemente alto para ser ouvido do outro lado da divisória:

– Obrigado por vocês terem vindo aqui e tudo que tão fazendo por mim, obrigado mesmo.

Arthur e Pamela foram levados para fora, sem falar. De volta ao ar livre, Pamela balançou os ombros magros em alívio enquanto andavam em direção ao carro de Arthur. Seu pensamento, previsivelmente, permanecia na defesa de Rommy.

– Ele parece um assassino? – perguntou ela. – Ele é estranho. Mas isso quer dizer que é assassino?

Ela era boa, pensou Arthur, uma boa advogada. Quando Pamela o procurou como voluntária para o caso, ele tinha presumido que a garota fosse jovem demais para ser de grande ajuda. Havia aceitado por causa da relutância em desapontar alguém, embora o fato de ela ser graciosa e descomprometida tivesse ajudado. Descobrir que era talentosa apenas parecia aumentar a atração que ele sentia.

– Vou lhe dizer a única coisa que não consigo vê-lo sendo – disse Arthur. – Seu marido.

– Isso não foi incrível? – Pamela riu. Ela era suficientemente bonita para não se abalar. Os homens, reconhecia Arthur, costumavam ficar bobos perto dela.

Os dois fizeram algumas piadas e, ainda de brincadeira, Pamela disse:

– Acho que não conheci ninguém decente nos últimos tempos, mas essa – ela apontou uma das mãos para a via expressa, distante – é uma viagem muito longa para fazer todo sábado à noite.

Ela estava junto à porta do carona. O vento agitou seu cabelo meio alourado enquanto ela ria despreocupada outra vez, e Arthur sentiu o coração bater mais rápido. Mesmo aos 38 anos, ainda acreditava que em algum lugar dentro dele havia um outro Arthur, mais alto, mais magro, mais bonito, despojado e de voz suave, que poderia ter aproveitado a observação de Pamela sobre seu período de vacas magras com os homens para fazer um convite disfarçado para almoçar, ou mesmo para uma ocasião social mais significativa. Mas, levado àquele limite aterrorizante em que suas fantasias se conectavam ao mundo real, percebeu que, como sempre, não daria o passo à frente. Temia a humilhação, claro, mas se fosse suficientemente casual ela poderia recusar, como provavelmente faria, de modo igualmente inócuo. Mas o que o fez parar mesmo foi o frio pensamento de que qualquer abordagem seria, numa palavra, injusta. Pamela era uma subordinada, inevitavelmente ansiosa com suas perspectivas, e ele era um sócio da empresa. Não havia como mudar a posição desigual ou a vantagem dele; de modo nenhum Arthur Raven poderia se afastar do âmbito da decência estabelecida em que sentia seu único conforto consigo mesmo. E, ao mesmo tempo que aceitava esse raciocínio, sabia que, com as mulheres, algum tipo de obstáculo sempre surgia, deixando-o confinado às pontadas do desejo infrutífero.

Usou o controle remoto no bolso para destrancar a porta de Pamela. Enquanto ela entrava no sedã, ele ficou parado na poeira amarga que havia se erguido no estacionamento. A morte de suas esperanças, não importava quanto fossem implausíveis, era sempre insuportável. Mas o vento da pradaria soprou de novo, dessa vez limpando o ar e trazendo o cheiro de terra recém-revirada dos campos em volta da cidade, um aroma de primavera. O amor – a doce e espantosa possibilidade do amor – se grudou em seu peito como uma nota de música perfeita. Amor! De algum modo, ele estava empolgado com a chance que tinha perdido. *Amor!* E, naquele momento, pensou pela primeira vez em Rommy Gandolph. E se ele *fosse* inocente? Essa também era uma inspiração quase tão doce quanto o amor. E se Rommy fosse *inocente*!

Então percebeu de novo que Rommy não era. O peso da vida de Arthur caiu sobre ele, e as poucas categorias que o descreviam voltaram à sua mente. Ele era sócio de uma firma de advocacia. E sem amor. Seu pai estava morto, mas Susan ainda estava viva. Pensou na lista, sentiu de novo que era muito menos do que ele esperava havia muito, ou mesmo do que merecia, depois abriu a porta do carro e voltou à realidade.

2
O detetive

5 de julho de 1991

Quando Larry Starczek ouviu falar do assassinato de Gus Leonidis, estava na cama com uma promotora chamada Muriel Wynn, que tinha acabado de lhe contar que estava começando um relacionamento sério com outra pessoa.

– Dan Quayle – respondeu ela, quando ele exigiu saber quem era. – Ele ficou encantado comigo.

Enojado, Larry mexeu um dos pés em meio às roupas no carpete do hotel, procurando sua cueca. Quando o dedo do pé esbarrou em seu bipe, ele estava vibrando.

– Coisa ruim – disse a Muriel depois de desligar o telefone. – O Bom Gus acaba de bater as botas. Foi achado com dois clientes, mortos a tiros, dentro do freezer dele. – Larry balançou a calça e disse que precisava ir. O comandante queria todo mundo mobilizado.

Pequenina e morena, Muriel estava sentando sobre o lençol engomado do hotel, ainda completamente nua.

– Já há algum promotor designado? – perguntou.

Larry não fazia ideia, mas sabia como a coisa funcionava. Se ela aparecesse, eles presumiriam que alguém a havia mandado. Esse era outro detalhe fantástico em Muriel, pensou Larry. Adorava a rua tanto quanto ele.

Perguntou a ela de novo quem era o cara.

– Olha, eu só quero ir em frente – respondeu Muriel. – Acho que essa outra história... acho que pode chegar a algum lugar. Eu posso até me casar.

– Casar!

– Diabo, Larry, isso não é uma doença. *Você* é casado.

– É.

Havia cinco anos, ele se casara pela segunda vez, porque fazia sentido. Nancy Marini, uma enfermeira de bom coração, era agradável aos olhos, gentil e bem-disposta em relação aos garotos dele. Mas, como Nancy tinha observado várias vezes recentemente, ele nunca disse adeus a nenhuma das coisas que haviam levado seu primeiro casamento à ruína: a galinhagem ou o fato de que seu principal relacionamento adulto era com os cadáveres que ele tirava da rua. O casamento número dois era praticamente passado, mas, mesmo com Muriel, Larry preferia guardar seus problemas para si.

– Você sempre falou que o casamento é um desastre – disse ele.

– Meu casamento com Rod foi um desastre. Mas eu tinha 19 anos. – Aos 34, Muriel tinha a distinção de ser viúva havia mais de cinco anos.

Era o fim de semana do Quatro de Julho, e o Hotel Gresham, no início da tarde, estava estranhamente silencioso. O gerente devia favor a Larry por causa de várias situações que ele havia resolvido – hóspedes que não queriam ir embora, uma profissional que pegava clientes no saguão. Então conseguia um quarto para Larry sempre que ele pedia. Enquanto Muriel passava em direção ao espelho, Larry agarrou-a por trás e apertou-a contra si, os lábios perto dos caracóis pretos e curtos atrás da orelha dela.

– Seu novo namorado é tão divertido quanto eu?

– Larry, isso aqui não é o Concurso Nacional de Foda do qual você acabou de ser eliminado. Nós sempre nos divertimos bastante.

O combate definia a relação entre os dois. Larry gostava disso, talvez mais do que do sexo. Eles haviam se conhecido na faculdade de direito, sete anos antes, quando ambos tinham começado a estudar à noite. Muriel se transformou numa estrela e foi transferida para o turno da manhã. Larry decidira desistir mesmo antes de conseguir a custódia dos filhos, porque não tinha os motivos certos para estar lá. Estava tentando se animar depois do divórcio, ficar longe dos bares, até mesmo subir no conceito da família, que via o trabalho policial como algo abaixo dele. No fim, Muriel e os ocasionais interlúdios dos dois foram provavelmente as melhores coisas que surgiram daquela experiência. Na vida dele, havia mulheres, muitas, que provocavam o desejo, mas a coisa nunca era realmente certa. Os dois iam em frente depois, falando de como tinha sido fantástico, mas havia um triste calculismo em tudo que tinha acontecido. Nunca fora assim com Muriel. Com seus dentes separados e nariz grosso, o corpo fino o bastante para escorrer pelo ralo, Muriel não estaria em muitas capas de revista. Mas, depois de se casar duas vezes por causa da aparência, em alguns momentos, Larry sentia vontade de botar uma corda no pescoço quando estava com ela, só por conhecer tão pouco sobre si mesmo.

Enquanto Muriel terminava de passar pó sobre as sardas de verão, Larry ligou o rádio. Todas as estações de notícias já falavam dos assassinatos, mas Greer, o comandante, tinha escondido os detalhes.

– Eu realmente adoraria pegar esse caso – disse ela. Muriel estava havia três anos e meio no cargo de promotora, e não tinha chegado perto de ser designada para um caso capital, nem mesmo como assistente ou subassistente. Mas nunca se chegava muito longe dizendo a Muriel para baixar a bola. No espelho sobre a penteadeira, seus pequenos olhos escuros buscaram os dele. – Eu adoro História. Você sabe. Grandes acontecimentos. Coisas com consequência. Quando eu era pequena, minha mãe sempre me dizia: "Faça parte da História."

Ele assentiu. O caso seria importante.

– Apagar o Gus – disse Larry. – Alguém vai fritar por causa disso, você não acha?

O estojo de pó se fechou com um estalo, e Muriel concordou com um sorriso triste.

– Todo mundo gostava do Gus – disse ela.

AUGUSTUS LEONIDIS era dono do restaurante chamado Paradise havia mais de trinta anos. O bairro North End tinha se arruinado pouco depois de ele inaugurá-lo, quando o último baluarte contra o declínio, o Campo DuSable, o pequeno aeroporto dentro da cidade, foi abandonado pelas grandes companhias aéreas no início dos anos 1960, porque as pistas eram pequenas demais para os jatos. Mas Gus, cheio do otimismo exagerado dos imigrantes, tinha se recusado a se mudar. Ele era um patriota de um tipo que não existia mais. Que área poderia ser "ruim" se era nos Estados Unidos da América?

Apesar do ambiente em volta, o negócio de Gus tinha prosperado, graças à saída para o leste da U.S. 843 – que ficava bem diante de sua porta – e aos seus lendários cafés da manhã, em que o principal item era um omelete assado que chegava à mesa do tamanho de um balão. O Paradise era um renomado cruzamento no condado de Kindle, onde todo mundo era recebido com entusiasmo pelo alegre proprietário. Ele era chamado de Bom Gus havia tanto tempo que ninguém se lembrava exatamente do motivo – se era pela comida grátis para os desafortunados, por suas atividades cívicas ou por seu estilo efusivo e seu alto-astral. Com o passar dos anos, ele era constantemente citado no levantamento anual do *Tribune* como um dos cidadãos prediletos do condado de Kindle.

Na rua, quando Larry chegou, os policiais da divisão de patrulha tinham feito o máximo para parecerem importantes, estacionando os carros pretos e brancos do outro lado da avenida com as luzes em cima das capotas girando. Vários vagabundos e cidadãos de respeito tinham sido atraídos. Era julho, e ninguém estava usando muita roupa, já que os antigos prédios de apartamentos nas proximidades não tinham fiação que suportasse ar-condicionado. As garotas pobres, com seus cabelos estilo garota-pobre, esticados e cheios de laquê, estavam do outro lado, cuidando de seus bebês. No meio-fio, vários furgões de TV se preparando para transmitir notícias tinham levantado suas antenas, que pareciam instrumentos de cozinha gigantes.

Muriel havia chegado sozinha, mas estava espreitando perto das amplas vitrines do restaurante, esperando que Larry a introduzisse no caso. Caminhando, Larry apontou para ela com um vago gesto de reconhecimento e disse:

– Oi. – Mesmo vestida de modo casual, Muriel usava seus saltos altos estilo Minnie Mouse. Ela sempre queria ficar mais alta e, Larry suspeitava, não desperdiçava uma chance de enfatizar o traseiro em forma. Muriel aproveitava o que tinha. Olhando sua calça azul balançando ao vento, ele experimentou uma leve empolgação ao se lembrar da carne agora escondida de todo mundo.

Mostrou o distintivo aos dois policiais uniformizados junto à porta. Lá dentro, à esquerda, três civis estavam sentados juntos a um banco de um reservado - um negro de avental, uma mulher atormentada usando um vestido bege de ficar em casa e um cara mais novo, de ombros arredondados e um brinco grande o suficiente para piscar para Larry a 10 metros de distância. Os três pareciam em seu próprio universo, isolados do turbilhão da atividade policial em volta. Empregados ou familiares, pensou Larry, esperando para serem interrogados ou para fazerem suas próprias perguntas. Ele sinalizou para Muriel, e ela se sentou perto deles, em um dos bancos giratórios que cresciam como uma fileira de cogumelos diante do balcão.

A cena do crime estava sendo examinada por dúzias de pessoas - pelo menos seis peritos, com suas camisas cáqui, passavam pó procurando digitais -, mas a atmosfera estava notavelmente calma. Quando havia uma multidão assim, algumas vezes podia haver muita comoção, humor negro e grande agitação. Mas naquele dia todo mundo tinha sido chamado da folga do feriadão de quatro dias, o que significava que estavam mal-humorados ou com sono. Além disso, o comandante estava ali. Ele era solene por natureza. E o crime era brutal.

O detetive-comandante, Harold Greer, tinha montado a central no minúsculo escritório de Gus atrás da cozinha, e a equipe de detetives que ele havia chamado estava se reunindo lá. Gus, surpreendentemente, era organizado. Acima da mesa, havia uma cruz bizantina, um calendário de um atacadista de alimentos com fotos de garotas, e fotos da família de Gus tiradas, pelo que Larry supôs, em uma viagem à Grécia. As fotos, mostrando a esposa, duas filhas e um filho, deviam ter uns quinze anos, mas esse era o tempo que Gus, como a maioria das pessoas, segundo a experiência de Larry, gostava de lembrar. A época em que estava realmente com tudo em cima, montando um negócio, sustentando a família. A mulher, sorridente e parecendo bem interessante num maiô enrugado, era a mesma pobre coitada sentada junto à porta.

Greer estava ao telefone, com um dedo ao ouvido, explicando a situação a alguém do gabinete do prefeito, enquanto os detetives em volta da sala olhavam para ele. Larry foi até Dan Lipranzer para obter as informações quentes. Lip, que tinha o penteado cheio de brilhantina de um delinquente juvenil dos anos 1950, estava, como sempre, sozinho a um canto. Sempre parecia frio, mesmo em julho, fechado em si mesmo como um pássaro na muda. Ele fora o primeiro a chegar ao local, e tinha interrogado o gerente da noite, Rafael.

O Paradise só fechava duas vezes por ano – no Natal e no Quatro de Julho, aniversários de Deus e dos Estados Unidos da América, as duas coisas pelas quais Gus jurava. De vez em quando, havia filas do lado de fora da porta, das 5 horas da manhã ao meio-dia, com movimento menor nas horas restantes, gerado sobretudo por policiais, motoristas de táxi e muitos trabalhadores de companhias aéreas que estavam indo ou vindo do Campo DuSable, que renascera havia três anos, quando a Trans-National Air iniciou um serviço regional.

Segundo o que o gerente noturno havia contado a Lipranzer, Gus tinha ido pegar o dinheiro e dispensar os empregados pouco antes da meia-noite de quarta-feira, 3 de julho. Cada trabalhador recebeu 100 dólares da caixa. Quando estavam para pendurar a placa de Fechado, perceberam que Luisa Remardi, que trabalhava no aeroporto como vendedora de passagens da Trans-National, tinha entrado. Ela era cliente habitual, e Gus, que tinha uma queda por todas as freguesas, mandou Rafael, o cozinheiro e o ajudante de garçom embora, cuidando pessoalmente da cozinha. Em algum momento nas duas horas seguintes, Gus, Luisa e uma terceira pessoa tinham sido assassinados. A última vítima era um branco beirando os 40 anos, identificado a princípio como Paul Judson, com base na investigação das placas de um dos carros que continuavam absorvendo o sol de julho no estacionamento de Gus e pelo aviso de desaparecimento feito pela esposa na véspera. A Sra. Judson disse que Paul deveria chegar em 4 de julho, num voo das 12h10 no Campo DuSable.

Rafael tinha voltado para abrir o restaurante às 4h30 da madrugada daquele dia. Não havia pensado muito na desordem que encontrara, presumindo que logo depois de se livrar dos clientes, Gus saíra depressa para não ter que dispensar novos clientes. Perto das 5 da manhã, a Sra. Leonidis, Athena, telefonou perturbada porque Gus não tinha aparecido na véspera no chalé deles perto de Skageon. Procurando, Rafael notou o Cadillac de Gus, ainda no estacionamento, e começou a se preocupar com a possibilidade de a trilha de sangue perto da caixa registradora não ser de carne descongelada que Gus teria levado até a cozinha lá em cima. Quando o cozinheiro chegou, eles chamaram a polícia e, depois de alguma discussão, finalmente puxaram a maçaneta do frigorífico no porão, torcendo para que alguém ainda estivesse vivo. Ninguém estava.

Eram quase 15h30 quando Greer desligou o telefone e anunciou aos 12 detetives convocados que estava na hora de começar. Apesar do calor de mais de 30 graus, Greer usava um blazer esporte de lã e gravata, percebendo que apareceria na TV. Segurando uma prancheta, começou a anunciar as tarefas, de modo que cada policial soubesse sua abordagem ao examinar o local do crime. Harold administraria o caso como uma força-tarefa, recebendo ele mesmo todos os relatórios. Isso pareceria impressionante para os repórteres, mas Larry sabia que o resultado seria seis equipes de detetive se chocando umas contra as outras, cobrindo as mesmas pistas e deixando escapar outras. Em uma semana, apesar de todas as suas boas intenções, Greer teria que começar a lidar com todas as outras coisas empilhadas em sua mesa, e os detetives, como gatos, se afastariam.

Larry tentou deixar o rosto inexpressivo quando Greer anunciou que ele ficaria com Wilma Amos. Wilma era um item básico do sistema de cotas, cuja maior e melhor utilidade era provavelmente como cabide de chapéu. Pior, isso significava que Larry não chegaria perto do comando do caso. Em vez disso, Wilma e ele foram encarregados de levantar o passado da vítima do sexo feminino, Luisa Remardi.

– Passeio guiado – disse Harold, e foi andando pela cozinha. Harold Greer era um sujeito impressionante para a maioria das pessoas, um negro de bom tamanho, fala clara, calmo e organizado. Larry não se incomodava com Harold. Ele era menos político do que a maioria dos policiais de alta patente na Força – e era competente. Fazia parte do pequeno grupo de policiais que Larry considerava tão inteligentes quanto ele.

Os peritos tinham isolado um caminho. Harold instruiu os detetives a seguirem em fila indiana e manter as mãos nos bolsos. Alguém com um diploma de criminologia diria que Harold era lunático por levar uma dúzia de pessoas a mais para uma cena de crime. Isso criava um risco de contaminação e, mesmo que todos usassem protetores para os sapatos, um advogado de defesa faria com que a visão parecesse a travessia de Aníbal pelos Alpes com elefantes. Mas Harold sabia que nenhum investigador se sentiria dono de um caso se não tivesse examinado a cena. Até os sabujos tinham que captar o cheiro real.

– Teorias viáveis – disse Harold. Ele estava parado atrás da caixa registradora, que ficava sobre uma bancada de vidro cujas prateleiras em ângulo guardavam cigarros velhos e barras de chocolate. No exterior, digitais púrpura por causa do pó para identificação se destacavam como enfeites. – Teoria número um, que é bastante sólida: este é um assalto à mão armada que deu errado. A caixa registradora está vazia, o saco para o depósito bancário sumiu e nenhuma vítima está com relógio, carteira ou joias. Segunda teoria: hoje estou falando de um único criminoso. Essa é fraca, mas gosto cada vez mais dela. Todas as balas que recuperamos parecem de calibre.38, mesmas marcas. Um só atirador, com quase certeza. Poderia haver cúmplices, mas a coisa não parece ser assim. Gus foi morto aqui mesmo, atrás da caixa, aparentemente indo pegar o telefone. Um tiro na parte posterior esquerda do crânio. Baseado em um exame preliminar, Indolor está dizendo que foi dado de 1 metro a 1,5 metro de distância, o que significa que o atirador estava perto da caixa. Assalto à mão armada que deu errado – repetiu Greer. Do bolso de dentro do paletó, Harold tirou uma fina caneta prateada e apontou para o sangue: uma grande poça seca no linóleo sujo e manchas no telefone verde de parede. Depois continuou. – Assim que nosso atirador derruba o Gus, ele tem um sério problema, porque há dois clientes no restaurante. É aqui que passamos de um assassinato comum para um assassinato brutal e hediondo. – As palavras eram termos de arte; assassinato "brutal e hediondo", naquele Estado, se qualificava para a pena capital. – Em vez de sair correndo pela porta como um vagabundo comum, nosso cara decide pegar as testemunhas. A Sra. Remardi é morta aqui mesmo, com um tiro na barriga.

Harold tinha se afastado 6 metros até um reservado do lado oposto à porta da frente, na área original do restaurante. Quando Gus comprou o imóvel, muito antes de expandir para as lojas vizinhas, o lugar devia ter um tema medieval. Duas fileiras de reservados, compostas de pranchas pesadas e escuras, encalombadas por causa das camadas de poliuretano, juntavam-se no painel do centro. Em cada canto, um cabide de casacos, quadrado, se erguia como uma torrinha.

– Parece que a Sra. Remardi decidiu que sua melhor chance era tentar pegar a arma. Temos ferimentos nos braços e nas mãos dela, um dedo está quebrado. Mas isso não deu certo para ela. O tecido do uniforme, em volta do ferimento, está queimado e cheio de pontinhos, então o tiro foi à queima-roupa. A julgar pelo ferimento de saída, Indolor está dizendo preliminarmente que a bala passou pelo fígado e pela aorta, de modo que ela morreu em alguns minutos.

A bala tinha sido retirada do painel central pelos peritos. Um círculo irregular de sangue seco aparecia onde a madeira havia se espatifado, expondo o pinho por baixo. Isso significava que Luisa tinha morrido sentada. Uma xícara de café, com uma brilhante meia-lua de batom, ainda estava sobre a mesa, além de um cinzeiro cheio de guimbas.

– Se ela estiver olhando para um cúmplice do assassino, não faz sentido estar lutando. De modo que esse é outro motivo para acharmos que esse foi um espetáculo de um homem só. – Debaixo da mesa, para onde Harold tinha apontado, um prato de refeição, manchado de molho de bife, tinha se despedaçado na luta. Dois centímetros de gordura de bife estavam entre os fragmentos de louça, além de meio maço de cigarro e um isqueiro descartável.

– O Sr. Judson estava comendo lá no canto, perto da janela. Rafael tirou um prato, um copo e uma lata de Seven Up daquela mesa hoje de manhã. Do lado direito do terno do Sr. Judson há uma linha de poeira, sugerindo que ele provavelmente estava debaixo da mesa, talvez se escondendo dos tiros. Talvez só se escondendo. Mas o atirador o encontrou.

– A julgar pelas marcas de sapato no sangue, pelo padrão de arrastamento e pela distribuição da lividez cadavérica nos corpos de Gus e Luisa, o Sr. Judson foi forçado, sob a mira da arma, a arrastar os dois cadáveres para o freezer no porão.

Harold guiou seus detetives, como uma turma de colegial, passando pelo balcão, junto ao qual Muriel ainda estava sentada, e por uma porta estreita. A escada era iluminada por uma única lâmpada, sob a qual o grupo se apertou para descer os degraus de madeira. No porão de tijolos, acharam um verdadeiro acampamento. Do outro lado, três macas com rodas esperavam os corpos, que ainda não tinham sido retirados porque estavam congelados. O patologista da polícia, Indolor Kumagai, precisava fazer vários testes e tirar medidas antes de deixar que os corpos descongelassem. Enquanto o grupo se aproximava, Larry pôde ouvir a voz de Indolor, incisiva e com sotaque carregado, dando ordens ao seu pessoal. Harold alertou os policiais atrás dele sobre os fios elétricos esticados no chão para alimentar as várias luzes halógenas que a equipe de Indolor tinha montado no frigorífico para tirar fotos.

Usando a caneta, Harold abriu mais a câmara frigorífica. O corpo de Judson estava ali mesmo, com uma perna no vão da porta. Harold apontou para os sapatos dele, com as solas marrons por causa do sangue. Os padrões do solado combinavam com as marcas lá em cima. Com luvas de borracha, Indolor e sua equipe trabalhavam do outro lado, distante do frigorífico.

– Depois de o Sr. Judson ter arrastado os corpos para a câmara, ele foi amarrado com um fio elétrico, amordaçado com uma toalha de pratos e assassinado com um tiro na nuca. – A caneta prateada de Harold deslizava pelo ar como um míssil indicando cada ponto de interesse. A força do tiro havia lançado Judson de lado. – E então, acho que, para comemorar, nosso herói sodomizou o corpo da Sra. Remardi.

Um dos patologistas ficou de lado, revelando totalmente os restos de Luisa Remardi. Depois do exame preliminar, eles a haviam reposicionado como ela fora encontrada, de rosto para baixo sobre uma pilha de sacos de 25 quilos de batatas fritas congeladas. Acima da cintura, ela vestia o uniforme cor de ferrugem da Trans-National. O ferimento de saída nas costas tinha feito um pequeno rasgo no tecido, quase como se ela tivesse apenas prendido a roupa em um prego, e o círculo de sangue que Larry tinha visto vagamente impresso na lateral do reservado lá em cima estava ampliado ali, escurecendo o tecido. A saia e a calcinha vermelha combinando tinham sido puxadas até os tornozelos e, debaixo de sua blusa branca, suas nádegas redondas como melões estavam erguidas, penetradas pela elipse escura de seu esfíncter anal, que estivera distendido no momento da morte. Alguém a havia comido ali embaixo – havia uma vermelhidão, significando, se Harold estava correto, que isso tinha acontecido logo depois da morte, enquanto uma reação vital ainda era possível.

– O kit de estupro deu negativo, mas vocês vão achar a parte de cima de uma embalagem de camisinha aqui, em cima da calcinha, e o que parece ser uma marca de lubrificante em volta do ânus. – Seguindo a instrução de Greer, um jovem patologista apontou uma lanterna para ilustrar a última observação. O gel não havia evaporado no frio. Atualmente, os estupradores se preocupavam com a Aids – e tinham ouvido falar em DNA. Não existia cúmplice, pensou Larry. Não se a história fosse essa. Os necrófilos e os que gostavam de ir pela porta dos fundos não se apresentavam para uma plateia. Até os tarados tinham vergonha.

Harold deu algumas ordens de procedimentos e subiu. Larry continuou na câmara frigorífica e perguntou a Indolor se podia dar uma olhada por ali.

– Não toque em nada – disse o patologista. Ele trabalhava na polícia havia duas décadas, e tinha uma certa teoria de que cada policial era mais idiota do que o outro.

Larry era o primeiro a dizer que tinha um relacionamento sobrenatural com todo o processo de investigação, mas não estava sozinho nisso. Metade dos detetives que ele conhecia que trabalhavam com assassinatos confessavam, depois de uns dois uísques, que sentiam ocasionalmente a presença orientadora de espíritos. Ele não podia dizer que entendia, mas o mal nessa escala parecia disparar algum tipo de discordância cósmica. Para o bem ou para o mal, ele frequentemente começava com um instante de comunhão solene com as vítimas.

Ficou parado perto de Gus durante um minuto. À exceção dos estupradores em grupo, que eram suspeitos num dia e assassinados no outro, era raro Larry conhecer uma vítima. Ele não conhecia Gus bem, a não ser por desfrutar de seu alegre espalhafato de imigrante e dos omeletes, sempre comidos ali mesmo. Mas Gus tinha aquele dom, como um bom professor ou padre: era capaz de se conectar com as pessoas. Você o sentia.

Estou com você, compadre, pensou Larry.

O tiro havia penetrado no plano occipital na parte de trás do crânio de Gus, arrebentando tecidos moles e ossos. Posicionado como fora encontrado, seu rosto estava apoiado sobre uma caixa de carne cortada em bifes, de boca aberta. Peixe morto. Todos eles pareciam peixes mortos.

Como sempre, naquele momento, Larry tinha uma consciência intensa de si mesmo. Aquela era a sua profissão. Assassinato. Como todo mundo, ele pensava em comprar uma nova mangueira de jardim e pensava na escalação do jogo de hóquei do dia seguinte. E em como poderia ir aos jogos de futebol dos dois garotos. Mas, em algum ponto de cada dia, ele se esgueirava para dentro da caverna coberta de musgos do assassinato, para a escuridão úmida e empolgante da ideia.

Não tinha do que se desculpar. O assassinato fazia parte da condição humana. E a sociedade existia para impedi-lo. Para Larry, o único serviço mais importante do que o dele era o de uma mãe. Leia um pouco de antropologia, dizia ele aos civis que perguntavam. Todos aqueles esqueletos desenterrados com os machados de pedra ainda presos nos buracos? Você acha que isto começou agora? Todo mundo tinha o assassinato dentro de si. Larry tinha matado. No Vietnã. Deus sabe em quem ele havia acertado disparando seu M16 no escuro. A verdade era que conhecia muito melhor a morte de seu próprio lado. Mas um dia, durante o breve tempo que passou patrulhando, tinha jogado uma granada num túnel; viu o chão ceder e os corpos que vieram voando numa fonte de terra e sangue. O primeiro homem foi lançado aos pedaços, um tronco com um braço, as pernas no ar soltas. Mas os outros saltaram da terra intactos. Larry ainda se lembrava deles voando no ar, um gritando, o outro, que estava provavelmente morto, com uma expressão que você só poderia chamar de profunda. Então era isso: o cara estava pensando – ele poderia muito bem estar segurando um cartaz. Larry ainda via aquela expressão o tempo todo. Viu-a no rosto de Gus, agora, a coisa maior na vida – a morte – e ela preenchia Larry em cada ocasião com a emoção rigorosa, de tirar o fôlego, de uma daquelas pinturas realistas, perfeitas, que você vê num museu – Hopper ou Wyeth. Aquela coisa: é isso aí.

Esse era o fim das vítimas, a rendição instantânea. Mas poucas se rendiam voluntariamente. Com a morte tão iminente e inesperada, cada ser humano era reduzido ao terror e ao desejo – o desejo de continuar e a angústia inexprimível de que não continuaria. Ninguém poderia morrer com dignidade nessas circunstâncias, acreditava Larry. Paul Judson, largado perto da porta, certamente não pudera. Ele era um suburbano comum, um sujeito de aparência afável, apenas começando a perder o cabelo louro, que era fino como seda. Provavelmente do tipo que nunca demonstrava muita emoção. Mas agora tinha demonstrado. De joelhos, Larry pôde ver marcas de sal nos cantos dos olhos dele. Paul tinha morrido, como Larry morreria, chorando pela vida.

Finalmente, Larry foi até Luisa Remardi, que, sendo sua responsabilidade, exigia a maior atenção. O sangue havia manchado os enormes sacos sobre os quais seu corpo fora largado, mas ela tinha morrido lá em cima. Rasgados pela bala como um prédio em um atentado a bomba, as artérias e órgãos devastados tinham jorrado o sangue que o coração estúpido continuava bombeando. Primeiro Luisa ficou sonolenta. Depois, cada vez menos oxigênio passou a chegar ao cérebro, e as alucinações começaram, alucinações de medo, provavelmente, até que seus sonhos se desbotaram numa luz sem fim.

Quando os patologistas autorizaram, ele subiu no monte de sacos para olhar o rosto dela. Luisa era bonita, flácida debaixo do queixo, mas com malares belos e altos. Luzes mais claras riscavam seu cabelo escuro, e, mesmo trabalhando no turno da meia-noite, ela aplicava um monte de maquiagem, fazendo um serviço elaborado em volta dos grandes olhos castanhos. Na garganta, dava para ver a linha em que o blush e a base paravam e sua palidez natural tomava conta. Era uma daquelas mulheres de origem italiana – Larry conhecera muitas – encorpando à medida que chegavam aos 30, mas ainda não preparadas para deixar de se sentirem gostosas.

Agora você é a minha garota, Luisa. Eu vou cuidar de você.

Lá em cima, Larry foi procurar Greer para ver se conseguia pôr Muriel no caso. A caminho, parou junto a uma mesa sobre a qual um perito de provas, um garoto chamado Brown, estava inventariando o conteúdo da bolsa de Luisa, que fora espalhado no chão perto da porta.

– Alguma coisa? – perguntou ele.

– Caderno de telefones. – Com suas luvas, Brown virou as páginas para Larry.

– Bela letra – observou Larry. O restante era a bagunça de sempre: chaves de casa, recibos, balas. Debaixo da capa do talão de cheques de Luisa, Brown apontou para duas camisinhas lubrificadas com a mesma embalagem marrom encontrada em sua calcinha. O que isso significava, pensou Larry, além do fato de que Luisa costumava transar? Talvez, enquanto procurava a carteira no bolso, o bandido tivesse achado aquilo e ficado com tesão.

Mas eles nunca reconstruiriam os acontecimentos com exatidão. Larry havia aprendido isso. O passado era o passado, sempre escapando da memória ou das melhores técnicas forenses. E isso não importava. As informações essenciais tinham chegado ao presente: três pessoas haviam morrido. Sem dignidade. Em terror. E um escroto cruel tinha exultado em seu poder a cada vez que puxara o gatilho.

Parado perto do lugar onde Luisa havia morrido, Larry fechou os olhos para transmitir vibrações mais uma vez. Estava certo de que em algum lugar, provavelmente não muito longe, um homem tinha acabado de experimentar uma pontada dolorosa no coração.

Estou indo pegar você, seu filho da puta.

3
A ex-juíza

4 de maio de 2001

Gillian Sullivan, de 47 anos, recentemente solta da Penitenciária Federal Feminina de Alderson, Virgínia do Oeste, estava sentada com um cigarro em um pequeno café em Center City, esperando Arthur Raven. Ao telefone, Raven, que ela conhecia havia bem mais de uma década, tinha feito questão de dizer que desejava vê-la por motivos profissionais. Como tantos outros, aparentemente Arthur não queria que ela pensasse que ele ofereceria consolo e apoio. Ela estava reconsiderando a decisão de ir, não pela primeira vez, quando o viu passando pela porta de vidro do vestíbulo do restaurante, carregando debaixo do braço uma pasta atulhada de papéis.

– Juíza – disse ele, oferecendo a mão. Aquilo pareceu falso instantaneamente. Mesmo antes de sua desgraça, era improvável que ele a chamasse de "juíza" em particular.

– Basta Gillian, Arthur.

– Desculpe.

– É esquisito. – Ela esmagou o cigarro, pensando só agora que a fumaça poderia incomodá-lo. Na cadeia, ninguém reclamava da fumaça. Continuava sendo um privilégio.

Em sua época, Gillian passara de promotora a juíza, e depois a ré condenada por crime. Era um exemplo extremo, mas até mesmo sua carreira tortuosa refletia a natureza da advocacia criminal, que se parecia muito com uma companhia de teatro de repertório em que cada advogado era capaz de fazer um papel diferente a cada vez. A promotora contra quem se trabalhava em um processo estava na bancada do juiz na oportunidade seguinte e no serviço particular, atropelando os seus clientes, uma década depois. As rivalidades e amizades eram fortificadas ou esquecidas com o passar dos anos, enquanto cada realização ou fracasso permanecia em algum lugar na memória da comunidade.

Mesmo entendendo tudo isso, Gillian achava um tanto indigesto o acaso que a havia reunido de novo ao triste e incisivo Arthur Raven. Havia treze anos, depois de vinte meses como juíza, Gillian tinha recebido sua primeira tarefa no tribunal criminal, presidindo casos de contravenção e audiências de causas presumíveis. Arthur Raven era o vice-promotor designado para o seu tribunal. Os dois eram novos no trabalho, e, nesse ponto, ela tinha certeza de que suas perspectivas eram muito melhores do que as de Arthur. Era comum, na prática jurídica, encontrar homens e mulheres hábeis em se fazerem atraentes, pessoas que tinham dominado os gestos externos de sinceridade e humildade, mesmo quando mascaravam um âmago vulcânico de egocentrismo e ambição. Com Arthur, o que se via era o que havia: uma intensidade implacável e um desejo de vencer que chegava às raias do desespero. Na metade do tempo em que ele estava diante dela, Gillian sentia vontade de mandá-lo tomar um comprimido. Provavelmente tinha feito isso, já que, mesmo em sua própria opinião, ela nunca fora uma juíza especialmente gentil ou paciente. Mas quem poderia culpá-la? Por baixo daquilo tudo, Arthur parecia se agarrar à crença improvável de que a vitória finalmente lhe daria o caráter mais triunfante que ele tão claramente desejava.

Como se não fosse uma coisa ridícula, Arthur perguntou:

– Como você tem andado?

– Mais ou menos. – A verdade era que, depois de vários anos tentando segurar as pontas, ela estava percebendo que não tinha segurado ponta alguma. Havia períodos – a maioria do tempo agora e sempre, durante vários anos – em que a insuportável vergonha da situação a deixava louca, louca no sentido de que sabia que cada pensamento era prejudicado por isso, como um carro sacolejando em uma estrada cheia de buracos.

– Você continua com uma aparência fantástica – disse ele.

Na experiência de Gillian, os motivos de um homem para elogiar uma mulher eram sempre suspeitos, um degrau para o sexo ou alguma manipulação menos grandiosa. Ela perguntou abruptamente do que se tratava.

– Bom – disse ele –, deixe-me usar a sua palavra. É esquisito. Eu fui nomeado pelo Tribunal Federal de Apelações para um caso. Um segundo *habeas*. Rommy Gandolph. Você se lembra do nome?

Ela se lembrava, naturalmente. Só dois casos de pena capital chegaram à fase de sentença nos anos em que fora juíza criminal. No outro, a pena de morte havia sido imposta por um júri. Rommy Gandolph tinha sido responsabilidade somente sua. Julgamento direto com a juíza. Sentença direta da juíza. Ela reconsiderara o caso de novo havia alguns meses, ao receber uma carta de Rudyard com as reivindicações tipicamente enlouquecidas de um criminoso que, dez anos depois dos assassinatos, de repente dizia ter informações importantes para ela. Provavelmente alguém que mandara para a cadeia, agora esperando que Gillian fosse até lá para levar uma cuspida no olho. Revirando a memória em busca do julgamento de Gandolph, ela ainda podia invocar as fotos dos cadáveres no frigorífico do restaurante. Durante o julgamento, um dos policiais tinha explicado que o frigorífico era enorme por causa do amplo menu do Paradise. Uma lembrança estranha.

– Certo – disse Raven quando ela descreveu o caso. – O Bom Gus. Mas você conhece o jogo. Eu tenho que percorrer todas as trilhas. Chega a haver momentos em que me iludo e acho que ele pode ser inocente. Eu tenho uma sócia que está revirando o caso pelo avesso e encontrando coisas espantosas. Aqui. Olhe isto.

Raven tirou a primeira de várias folhas da sua pasta. Aparentemente tentava montar uma teoria de que Gandolph estava na cadeia por violação de condicional no momento dos assassinatos. Restavam poucos registros, e a ficha policial de Gandolph não oferecia corroboração. Mas nos últimos dias Arthur tinha achado um manifesto de transferência mostrando que seu cliente fora transportado para o tribunal na manhã de 5 de julho de 1991, vindo da Casa de Correção.

– E o que Muriel diz em relação a isso? – perguntou Gillian. Muriel Wynn, que tinha sido promotora do caso havia uma década, era agora a subchefe da promotoria e uma das favoritas – ainda que com menores chances – para suceder Ned Halsen como promotora-chefe na eleição do próximo ano. Gillian nunca gostara muito de Muriel, o tipo de mulher insensível que o tribunal criminal produzia com frequência ultimamente. Mas, na verdade, o apreço de Gillian pelos promotores, mesmo que ela já tivesse sido uma, tinha praticamente desaparecido, dadas as suas experiências nos últimos anos.

– Ela acha que o agente da condicional de Rommy pode tê-lo pegado naquela manhã, para ele não deixar de comparecer ao tribunal na data marcada – disse Arthur. – Eu não engulo isso, numa sexta-feira, logo depois de um feriado, quando ninguém queria trabalhar. Muriel também diz que é ridículo pensar que tanto o cliente quanto o advogado de defesa tivessem deixado escapar o fato de que Rommy estava na cadeia quando os assassinatos aconteceram. Mas ele só foi preso quatro meses depois do crime, e Rommy não sabe diferenciar hoje de amanhã.

A aposta de Gillian seria de que Muriel estava correta. Mas não queria mergulhar na discussão. Com Arthur, sentia-se chamada de volta a um tipo de decoro que pensava ter deixado para trás: estava tentando ser judiciosa. Apesar de seus esforços para reagir com neutralidade, ele pareceu detectar seu ceticismo.

– Havia um monte de provas fortes – disse ele. – Eu sei disso. Quero dizer, Rommy confessou umas vinte vezes. E Cristo poderia voltar à terra para testemunhar a favor do meu cliente e ainda assim eu perderia, nesse estágio. Mas o cara não tinha história de agressões ou assaltos à mão armada. Molto e Muriel explicaram isso no julgamento, mas afirmaram que o sujeito estava drogado com PCP. Só que agora todas as pesquisas feitas com essa droga dizem que ela não se correlaciona com a violência. De modo que, você sabe, aí tem coisa.

– E como foi que o Tribunal de Apelações nomeou você, Arthur?

– Não faço ideia. Eles sempre acham que as grandes empresas de advocacia têm recursos. Além disso, alguém de lá provavelmente se lembrou de que eu tenho experiência com pena de morte por ter sido promotor do caso Francesco Fortunato.

– O cara que envenenou a família?

– Três gerações, dos avós aos filhos. E ria alto no tribunal toda vez que nós mencionávamos um dos nomes deles. Mesmo assim eu quase desmaiei quando o júri leu a sentença de morte. Foi quando fui transferido para os Crimes Financeiros. Eu, provavelmente morreria se tivesse que apertar o botão da câmara de execução, mas ainda acredito na pena capital, em princípio.

Estranhamente, Gillian não acreditava – nem agora nem antes. Em poucas palavras, era problema demais. Havia uma década, depois do julgamento de Rommy Gandolph, o advogado de defesa dele, Ed Murkowski, admitiu para ela que pedira um julgamento sem júri porque tinha ouvido um boato sobre os pontos de vista dela. Mas ela não estava sentada ali como legisladora. Se algum crime merecia execução, era o de Gandolph.

– E o que você quer saber de mim, Arthur? Se eu me arrependi? – Nesse ponto, ninguém se importaria com a opinião dela. E Gillian não tinha dúvida da culpa de Gandolph – tinha resolvido isso de novo na mente quando a carta do prisioneiro chegou de Rudyard. Ela ainda podia se lembrar de outra observação que Murkowski, o advogado de Gandolph, fez depois da sentença, quando todos eles, inclusive os promotores, tinham se reunido na sala dela durante um momento, quando as palavras medonhas já haviam sido pronunciadas. Gillian comentou secamente sobre a defesa de insanidade de Gandolph, e Ed respondeu: "Era melhor do que a história que ele tinha para contar, juíza. Isso não passou de uma lenta admissão de culpa."

Ela havia pensado em explicar tudo isso a Arthur, mas subitamente os olhos dele tinham baixado para o cinzeiro, examinando os restos escuros como se fossem folhas de chá. Arthur, percebeu Gillian, ia finalmente chegar ao ponto.

– O Tribunal de Apelações está me matando com gentileza – disse ele –, provavelmente porque me nomearam. Eu implorei uma chance de fazer alguma descoberta, e eles mandaram a questão para o Tribunal Distrital até 29 de junho, antes de decidirem se vão permitir que Gandolph peça um novo *habeas*. De modo que estou revirando pedra por pedra. – Ele finalmente terminou seus esforços estudados de não olhar para ela. – Escute, eu tenho que perguntar. Enquanto julgava crimes, você estava fazendo o que lhe causou encrenca mais tarde, quando estava atuando em casos de danos pessoais?

Ela não estava gostando daquela conversa, mas, agora que reconhecia a direção, um gelo familiar a dominou.

– As pessoas dizem isso?

– Gillian, por favor, não faça jogo. Nem se sinta insultada. Eu estou fazendo o que preciso fazer.

– Não, Arthur, eu não estava aceitando dinheiro quando julgava crimes. Ninguém me subornou no caso Rommy Gandolph; nem em nenhum caso daquela época. A coisa começou na vara cível, onde isso parecia ser a ordem do dia. – Ela balançou a cabeça uma vez, por causa da loucura daquilo e porque sua observação pareceu levemente uma desculpa.

– Certo – disse ele, mas estava claramente aplicando um julgamento de advogado à resposta dela, pesando sua veracidade. Observando-o calcular, ela achou que Arthur não parecia particularmente bem. Ele era baixo e nunca parecera especialmente em boa forma física, mas estava envelhecendo antes do tempo. Seus olhos escuros tinham se retraído na carne de aparência machucada, o que sugeria trabalho demais e má alimentação, e o cabelo estava ficando ralo. Pior, ele ainda tinha um aspecto ansioso de cão de caça, como se a qualquer segundo sua língua pudesse cair pelo canto da boca. Então ela se lembrou de que ele tinha algum problema, algo de família, alguém com uma doença crônica. Talvez isso o houvesse desgastado.

– E quanto à bebida, juíza?

– A bebida?

– Você tinha problema com bebida quando julgou Rommy Gandolph?

– Não.

– Não estava bebendo?

Ele se mostrava cético. Com razão, pensou ela.

– O que as outras pessoas dizem, Arthur?

– O que as outras pessoas dizem não importa muito se você for testemunhar que não estava bebendo na época.

– Eu bebia, Arthur. Mas não em excesso.

– Não naquela época?

Ela dobrou a língua dentro da boca. Guiado pelo senso comum, Raven havia perdido seu ponto. Ela deveria corrigi-lo ou dizer "nunca", esperando que Arthur reencontrasse o caminho correto, mas se lembrou das instruções que todo bom advogado dava ao preparar uma testemunha: "Responda à pergunta. De maneira breve, se possível. Não diga nada voluntariamente."

– Não, não naquela época. – Ela jogou o maço de cigarros na bolsa de lona e a fechou com um gesto autoritário. Estava pronta para ir e perguntou se Raven tinha terminado. Em vez de responder, ele demorou um segundo passando o dedo grosso pela borda de sua xícara de café.

– Eu tenho uma pergunta pessoal – disse ele finalmente –, se você não se importar.

Provavelmente ia perguntar o que todo mundo queria saber. Por quê? Por que ela havia permitido que uma vida de possibilidades ilimitadas terminasse na dependência e, logo depois, no crime? Raven era muito desajeitado socialmente para hesitar onde a cortesia impedia os outros de ir em frente, e ela sentiu a familiar mão de ferro do ressentimento. Por que as pessoas não entendiam que ela não conseguira avaliar a coisa? Será que alguém que não fosse, nem mesmo agora, um mistério tão absoluto para si própria, poderia ter caído tão baixo? Mas as preocupações de Raven eram mais prosaicas.

– Eu fico imaginando por que você voltou para cá. Quero dizer, você é como eu, certo? Solteira. Sem filhos.

Se não estivesse numa gaiola, Raven aparentemente teria voado para longe. No entanto, ela sentiu uma relutância impulsiva em se comparar com ele. Estava sozinha, mas por opção, e sempre via isso como uma condição temporária. Tinha 39 anos na noite em que os agentes federais chegaram a sua porta, mas um casamento, uma família permaneciam como figuras sólidas no retrato que ela havia feito para o próprio futuro.

– Minha mãe estava morrendo. E o Bureau de Prisões estava disposto a me dar o crédito para ajudar a cuidar dela. Foi opção do Bureau, francamente. – Como outras respostas que ela dera a Raven, essa também era confortavelmente incompleta. Gillian falira na prisão; o governo e seus advogados haviam levado tudo. E Duffy Muldawer, seu "padrinho", no jargão dos programas de 12 passos, estivera disposto a lhe oferecer um lugar para ficar. Mesmo assim, algumas vezes ela compartilhava da perplexidade de Raven em relação ao motivo de ter voltado ao que, em todos os sentidos, era a cena do crime. – Assim que minha pena de serviços comunitários terminar, provavelmente vou pedir para me mudar.

– Ela faleceu? Sua mãe?

– Há quatro meses.

– Sinto muito.

Gillian deu de ombros. Ainda não tinha decidido como se sentia em relação à morte dos pais. Havia muito parecia ser um dos seus poucos pontos fortes o fato de não pensar muito nesse tipo de coisa. Ela tivera um lar e uma infância piores do que muitos, mas melhores do que alguns. Eram seis filhos, dois pais alcoólatras e um estado contínuo de rivalidade e guerra entre todos eles. Para Gillian, todo o significado de sua criação era que isso a havia inspirado a ir em frente. Era como vir de Pompeia – das ruínas queimadas e da atmosfera envenenada só era possível fugir. A civilização teria que ser reinventada em outro lugar. Ela havia posto toda a fé em duas coisas: inteligência e beleza. Era linda e inteligente, e, com esses trunfos, não tinha visto motivo para ser puxada para baixo pelo que estava no passado. A Sullivan nascida naquela casa emergiu como a Gillian que ela forçara a existir e depois destruíra.

– Meu pai morreu há três meses e eu ainda estou arrasado – disse Arthur. Sua testa curta ficou brevemente moldada pela dor. – Ele nunca parava de me enlouquecer. Provavelmente era o ser humano mais nervoso que já andou pela Terra. A ansiedade poderia tê-lo matado anos atrás. Mas, você sabe, apesar de toda aquela pressão e das censuras, eu sempre senti o quanto ele se importava comigo. – Os olhos de Raven, imobilizados pela lembrança, subiram até ela, confessando, num olhar sombrio e lamentoso, o quanto pessoas assim eram raras na vida dele. Arthur era como um cachorrinho, sempre encostando o nariz úmido à mão da gente. Num instante, até pareceu embaraçado, fosse pelo tanto que havia revelado, fosse pelo evidente desconforto dela. – Por que estou contando isso?

– Provavelmente porque acha que alguém como eu não tem coisa melhor a fazer.

O tom de voz de Gillian era totalmente informal. A princípio, ela achou que as palavras significariam algo diferente do que pareciam. Mas isso não aconteceu. Por um momento, a pura brutalidade da observação pareceu atordoar os dois. Um tremor perpassou pelo rosto macilento de Raven, depois ele se empertigou e fechou um botão do paletó.

– Desculpe ter incomodado você. Eu cometi o erro de achar que nós tínhamos algo em comum.

Tentando se controlar, Gillian achou o maço na bolsa e acendeu mais um cigarro. Mas sua mão tremia ao riscar o fósforo. Render-se à vergonha era um perigo enorme. Assim que isso começasse, jamais poderia sair de baixo da montanha de entulho. Olhou a chama percorrer o fósforo, transformando-o em cinza. Do outro lado da mesa, pôde ouvir o zíper da pasta de Raven.

– Talvez eu tenha que intimá-la a depor – disse ele.

Touché, pensou ela. E despedaçá-la, claro, assim que tivesse a oportunidade. Merecidamente, também.

– Você vai aceitar a intimação por correspondência? – Ele perguntou como encontrá-la sem ter que passar pelo escritório do tribunal federal de condicional, e ela disse que estava morando no apartamento do porão na casa de Duffy Muldawer. Duffy, um ex-padre católico romano, fora o chefe dos defensores públicos no tribunal de Gillian havia anos e, em resultado, constante opositor de Raven. Mas Arthur nem se incomodou em fazer perguntas educadas sobre o bem-estar de Duffy. Em vez disso, sem olhar para ela, anotou secamente o endereço de Duffy numa agenda eletrônica, uma de 1 milhão de maravilhas, cada qual menor do que a outra, que tinham se tornado indispensáveis para os americanos

nos quatro anos e meio em que ela estivera fora de circulação. Os fiapos azuis de fumaça enlanguesceram entre eles, e uma garçonete interveio brevemente para perguntar se queriam mais café. Gillian esperou que ela se afastasse.

– Eu não tinha motivo para ser grosseira com você, Arthur.

– Tudo bem, Gillian. Eu sei que você sempre me achou chato.

Ela deu um sorriso amargo, mas sentiu certa admiração por Arthur. Ele tinha crescido. Agora podia pôr as cartas na mesa. E tinha acertado na mosca. Mesmo assim, ela tentou de novo.

– Eu não estou muito feliz, Arthur. E acho que fico ainda mais infeliz ao ver as pessoas que conhecia. É uma lembrança dolorosa.

Isso era estúpido, claro. Quem, afinal de contas, era feliz? Não Arthur Raven, feio, desajeitado, sozinho, a não ser por seu problema familiar, que, ela lembrara, era uma irmã com problemas mentais. E, de qualquer modo, ninguém estava preocupado com os problemas emocionais de Gillian. Não que duvidassem de que ela estava sofrendo. Mas acreditavam que merecia.

Sem responder, Raven se levantou, dizendo simplesmente que manteria contato, e foi para a porta. Olhando-o sair, ela viu o próprio reflexo nos espelhos baratos com enfeites dourados que ligavam os pilares sustentando o teto do restaurante. Frequentemente se espantava ao se ver, porque, em termos gerais, sua aparência era muito melhor do que o modo como ela se sentia. Havia alguma coisa reveladora, percebeu, no fato de que, como o aço inoxidável, ela não aparentava os danos provocados pelas pancadas. Mas era alta, com postura forte, e nem o tempo cobrava seu preço às suas feições. Estava perdendo cor agora. O cabelo louro-avermelhado tinha um tom de roedor, a caminho do grisalho. E, como havia muito, descobrira ser verdade sobre as pessoas de pele clara, a sua estava mostrando cada ruga fina, como porcelana. Mas os detalhes elegantes – um vestido bem-cortado, um colar de pérolas, o cabelo alisado com mousse – sustentavam o porte composto que parecia irradiar dela. Era uma aparência que tinha assumido na juventude, tão falsa quanto o autorretrato feito pela maioria dos adolescentes, mas nunca abandonada, nem a aparência externa de controle nem a sensação de fraude leviana que acompanhava isso.

Certamente enganara Arthur Raven. Havia respondido de modo a induzi-lo ao erro, depois o chicoteou, para garantir que ele não se demorasse a ponto de descobrir a verdade. Raven tinha sido desviado pelos boatos, pela conversa maligna que circulava a respeito dela havia anos, quando sua vida desmoronou. Diziam que ela era uma bêbada – mas não era assim. Diziam que bebia até ficar doida no almoço e chegava ao tribunal meio aérea à tarde. Era verdade que ela caíra na cadeira de juiz, não em um cochilo momentâneo, mas com o rosto sobre a bancada, apagando a tal ponto que, depois de o meirinho acordá-la, Gillian pôde ver a marca de seu borrador de couro impressa na bochecha, ao se olhar num espelho. Eles zombavam de seus murmúrios inebriados e dos insultos de baixo nível que deixava escapar. Lamentavam o brilho desperdiçado que a pusera na magistratura aos 32 anos, para acabar afogando na bebida os dons que a tinham levado ao diploma da Escola de Direito de Harvard. Zombavam de seu fracasso em atender aos avisos que recebera repetidamente para ficar sóbria. E o tempo todo ela mantivera seu segredo. Gillian Sullivan não era uma bêbada, como dizia a lenda, nem mesmo viciada em comprimidos – a suspeita dos funcionários do tribunal que garantiam nunca terem sentido cheiro de bebida em seu hálito. Não, Gillian Sullivan, ex-promotora e juíza do Tribunal Superior, era uma drogada, uma pirada, uma viciada em heroína.

Ela não se aplicava – nunca se aplicou. Como alguém que valorizava a aparência, mesmo em seu estado de maior desespero, não admitiria a feiura. Em vez disso, fumava a heroína – caçava o dragão, como dizia a gíria. Queimava. Com um cachimbo, um tubo de papel de alumínio, sugava a fumaça enquanto o pó aquecido se transformava primeiro numa gosma marrom, depois num delírio pungente. Era mais lento, demorava minutos em vez dos segundos, até o fabuloso jorro de prazer começar a tomar conta, mas ela fora deliberada em tudo na vida, e isso, uma espécie de vício executivo, se adequava à imagem que fazia de si mesma, mais arrumada e menos detectável –

sem marcas de picadas, sem os sangramentos no nariz resultantes do hábito de cheirar.

Tinha começado com um cara. Não é assim que sempre começa? Toby Elias era uma criatura galante, bonita, deturpada, assistente no Departamento da Promotoria, com quem Gillian chegara a pensar em se casar. Uma noite ele voltou para casa com uma dose de heroína tirada de um caso em que estava trabalhando. Era "a presença" que um traficante tinha oferecido a outro como prelúdio de uma venda, apresentada como prova, e nunca devolvida depois do veredito.

– Por que não? – perguntou ele. Toby sempre conseguiu fazer a perversidade parecer cheia de estilo. Sua irônica desconsideração por seguir as regras destinadas aos outros a deixava impressionada. Eles cheiraram na primeira noite e reduziram a quantidade em cada noite subsequente. Era uma paz etérea, mas nada que exigisse repetição.

Um mês depois, Toby entrou na frente de um caminhão de 18 rodas. Ela nunca soube se foi acidente. Ele não morreu. Virou um corpo sobre a cama durante meses, e então um destroço em uma cadeira de rodas. E ela o abandonou. Não estava casada com o cara. Não poderia lhe dar sua vida quando ele não havia prometido a dele.

Mas foi um momento triste. Agora ela sabia. Toby nunca havia se recuperado, nem ela. Três ou quatro meses depois disso, ela havia experimentado uma dose sozinha. Durante um julgamento, tinha permitido que o químico da defesa abrisse o saco de prova, lacrado, para pesar a heroína que fora confiscada. Agora o barato parecia mais delicioso. Ela forjava oportunidades, oferecia a realização de testes quando eles não tinham sido requisitados, encorajava os promotores a trancar as provas em sua sala de um dia para o outro em vez de levá-las de novo para a promotoria. Finalmente, a adulteração foi descoberta, mas as suspeitas recaíram sobre um policial do tribunal, e ele foi transferido para uma delegacia distante. Depois disso, ela teve que procurar na rua. E precisava de dinheiro.

Então foi considerada uma bêbada. Como aviso, foi transferida da vara criminal para a cível, onde julgava casos de danos pessoais.

Alguém de lá descobriu. Um dos drogados que ela havia condenado a reconheceu: uma dona branca e bonita espreitando nos quarteirões que pareciam ter sido bombardeados, a menos de 1,5 quilômetro do tribunal. Ele contou ao policial que o havia prendido. A partir daí, a notícia viajou até o juiz que presidia a vara cível, um vilão chamado Brendan Tuohey, e seu lacaio, Rollo Kosic. Kosic visitou-a com a notícia, mas não ofereceu uma punição. Só dinheiro. Aceitar o conselho dele de vez em quando em um caso. Haveria dinheiro.

E ela obedeceu, sempre com arrependimento, mas agora a vida era o sofrimento entre cada viagem. Uma noite houve uma batida, uma cena saída de *1984* ou de *Darkness at Noon*. O promotor federal e agentes do FBI estavam a sua porta. Ela tinha sido presa. Por suborno, e não pelas drogas. Chorou, reclamou e fumou o bagulho quando eles saíram.

Depois daquela noite, foi procurar Duffy, seu atual senhorio, um alcoólatra em recuperação, com grande experiência como conselheiro em virtude dos seus dias de padre. Ela estava sóbria ao ser condenada. Seu vício foi o único segredo que sobreviveu a um período em que, afora isso, Gillian sentiu que fora despida e obrigada a marchar acorrentada pela Avenida Marshal. Não iria reviver tudo isso agora, certamente não por Arthur Raven ou por um assassino que fora bestial a ponto de estuprar a morta.

Mas a súbita maldade que havia lhe escapado com Arthur a deixou abalada, como se encontrasse uma rachadura no chão sob seus pés. Tentando se poupar de mais vergonha, em vez disso ela a tinha feito aumentar. Durante horas estaria pensando em Raven e no modo como a boca do sujeito tinha se suavizado num pequeno "o" incrédulo depois de sua observação. Ela precisaria de Duffy naquela noite, de seu aconselhamento suave, para não afundar.

Depois dessa reflexão, levantou-se da mesa e se olhou de novo. À vista, havia uma mulher magra e elegante, cuidadosamente arrumada. Mas por dentro estava seu maior inimigo, um eu demoníaco que, mesmo depois da prisão e da desgraça, permanecia insatisfeito e inabalável e, a não ser pela vontade de vê-la sofrer, desconhecido.

4
A promotora

5 de julho de 1991

Um uivo, súbito o bastante para fazer o coração de Muriel parar, irrompeu do reservado diante dela, que estava sentada perto do balcão. Um negro com avental até os pés, provavelmente o cozinheiro, tinha se levantado, e a perspectiva de sua partida parecia ter renovado a angústia da mulher que estava ali. Morena e magra, ela estivera chorando encostada nele. O homem mais novo, com um brinco brilhando na orelha, continuava atrás dos dois, desamparado.

– A viúva – sussurrou um dos peritos, passando pó para digitais debaixo da caixa registradora. – Ela não quer ir para casa.

O cozinheiro entregou a mulher ao rapaz, que relutantemente levou um braço ao ombro dela, enquanto a Sra. Leonidis continuava chorando ferozmente. Num daqueles momentos de clareza e sangue-frio pelos quais Muriel já era conhecida na promotoria, de repente ela reconheceu que a viúva de Gus estava passando pelas fases padronizadas de sofrimento que conhecia. O choro, o grito eram seu dever. Uma reação mais genuína à morte do marido, o sofrimento verdadeiro, ou até mesmo o alívio, viriam dali a bastante tempo, em particular.

Desde o dia em que começara a trabalhar como promotora, Muriel tinha um instinto para os sobreviventes da violência. Não sabia muito bem até que ponto fora ligada aos pais nem se algum homem, incluindo seu marido morto, tivera importância verdadeira. Mas se importava com essas vítimas cheias de fúria. Não demorara muito a perceber que o sofrimento delas surgia não apenas da perda, mas também da natureza imponderável da mesma. A dor não se devia a alguma calamidade fatídica como um furacão ou a um inimigo impalpável e irracional como a doença, mas ao fracasso humano, à vontade demente de um agressor e ao fracasso do regime da razão e das regras para contê-lo. As vítimas tinham direito especial de achar que isso nunca deveria ter acontecido – porque, segundo a lei, não deveria.

Quando voltou a ter algum controle, a Sra. Leonidis passou por Muriel e foi ao banheiro feminino. O rapaz, que a havia acompanhado até a metade do caminho, lançou um olhar sem graça para Muriel quando a porta do banheiro se fechou.

Eu não consigo falar com ela – explicou ele. – Minhas irmãs estão voltando para a cidade. Elas vão tirá-la daqui. Ninguém me ouve. – De aparência frágil e arisca, o rapaz estava ficando precocemente careca, e o cabelo era cortado curto como o de um recruta do exército. De perto, Muriel pôde ver que seus olhos e seu nariz estavam vermelhos. Perguntou se ele também era parente de Gus.

– *O* filho – disse ele com uma ênfase sombria. – O filho grego.

Ele encontrou algum humor amargo no que tinha dito. Apresentou-se como John Leonidis e ofereceu a mão úmida. Quando Muriel respondeu com seu nome e seu cargo, o rapaz se animou subitamente.

– Graças a Deus – disse ele. – Era isso que minha mãe estava esperando, falar com um promotor. – Ele bateu nos bolsos até perceber que já estava segurando um maço de Kools. – Posso perguntar uma coisa? – Ele ocupou um banco ao lado dela. – Eu sou suspeito?

– Suspeito?

– Não sei, todo tipo de coisa está me passando pela cabeça. A única pessoa em quem eu consigo pensar que gostaria de matar Gus sou eu.

– Você queria? – perguntou Muriel, em tom casual.

John Leonidis olhou para a ponta acesa do cigarro. Suas unhas tinham sido roídas até ficarem completamente irregulares.

– Eu nunca teria coragem. Mas, você sabe, toda essa coisa de "bom". Era uma estratégia de relações públicas. Em casa, ele era um porco. Obrigava minha mãe a cortar as unhas do pé dele. Dá para imaginar? No verão, ficava sentado feito um sultão na varanda dos fundos enquanto ela fazia isso. Puxa, dá vontade de vomitar.

John sacudiu a cabeça, amargurado, e depois, praticamente sem aviso, começou a chorar. Muriel não se relacionava bem com o pai quando ele morreu, dois anos antes, e fez uma avaliação instantânea do tornado de confusão que sacudia John. Tom Wynn fora presidente da seção local do Sindicato dos Trabalhadores de Autopeças na fábrica da Ford, perto de Fort Hill, e representante de vendas, um homem que falava em fraternidade na fábrica e soltava bile em casa. Depois de sua morte, após um intervalo breve demais, a mãe de Muriel havia se casado com o diretor da escola em que ela dava aula. E agora estava mais feliz no amor do que Muriel jamais estivera. Como John, Muriel fora deixada para trabalhar as emoções natimortas que acompanhavam tudo que ficou inacabado com seu pai. Enquanto John lutava para recuperar a compostura, apertando o nariz, Muriel pôs a mão em cima da dele, sobre a fórmica manchada do balcão.

Quando sua mãe saiu do banheiro, John já estava recomposto. Como ele havia previsto, ao apresentar Muriel como "a promotora", Athena Leonidis, que havia apenas um instante estivera dobrada pelo sofrimento, enrijeceu-se para dar seu recado.

– Eles deveriam estar mortos, eu quero que todos sejam mortos – vociferou. – Os imundos que fizeram isso com Gus. Mortos. Quero ver com meus olhos. Não vou dormir enquanto não vir isso. – Ela perdeu as forças de novo e caiu sobre o filho, que, por cima dos ombros da mãe, lançou outro olhar vazio para Muriel.

Ela entendia a Sra. Leonidis. Muriel também acreditava na punição. Sua mãe, a professora, era do tipo sensível, de dar a outra face, mas Muriel sempre havia concordado com o pai, que defendia algumas manobras violentas da vida no sindicato dizendo que os seres humanos não ficariam bons por vontade própria, mas que precisavam de algum encorajamento. Num mundo ideal, alguém daria uma medalha a todos que vivessem direito. Mas não havia latão nem tempo suficiente para fazer isso nesta vida. Assim, outro tipo de lição era necessário – para que os bons recebessem algo por seus esforços. A dor tinha que ser infligida ao corpo dos maus; não porque houvesse algum deleite especial no sofrimento deles. mas porque havia dor na bondade – as pontadas da negação, a bolha sob a mão da contenção. A bondade merecia uma troca justa. O assassinato exigia a morte. Fazia parte da reciprocidade fundamental que compunha a lei.

O detetive-comandante, Harold Greer, apareceu. Ele encorajou a Sra. Leonidis a ir para casa, mas era com Muriel que queria falar. Greer se apresentou no pequeno escritório de Gus.

– Eu estou esperando alguém da promotoria há duas horas. Tommy Molto não pode ser encontrado. – Molto, o chefe da Divisão de Homicídios, tinha recentemente recuperado seu cargo civil, depois de ser demitido por supostamente prejudicar um réu. Ninguém sabia direito o que achar de Tommy. – Larry disse que você é inteligente.

Muriel levantou um ombro.

– Considere a fonte.

Mesmo sendo sério por natureza, Greer soltou um riso espirituoso. Larry provavelmente nunca tivera um chefe que ele não houvesse transformado num rival.

– Bom, se você for inteligente o bastante para conseguir um mandado de busca num feriado, será inteligente o bastante para mim – disse Greer.

Ela terminou de fazer anotações no verso de um dos blocos verdes de pedidos que os garçons usavam. Harold precisava de mandados para examinar os carros que estavam no estacionamento e, como uma verificação de garantia, as casas dos funcionários de Gus. Antes que se separassem, Muriel sentiu-se obrigada a repetir as observações de John Leonidis sobre o desejo de matar o pai.

– Diabo – disse Harold, franzindo a testa. Ninguém gostava de ter que bater em alguém caído.

– É só o choque – disse Muriel. – Você sabe como é. Coisa de família.

– Certo. – Greer também tinha família. – Consiga esses mandados, ok? E me dê seus números de telefone para o caso de eu precisar de mais alguma coisa.

Ela não tinha a menor ideia de onde acharia um juiz para assinar um mandado de busca às 4 da madrugada de sexta-feira num feriadão. Quando Harold saiu, Muriel ficou no escritório minúsculo, sentindo-se entristecida pela proximidade dos objetos pessoais de Gus, enquanto telefonava para a casa dos juízes criminais. Gillian Sullivan, sua última opção, parecia, como sempre, bem encharcada e sonolenta, mas estava disponível. Muriel foi para o escritório no prédio do condado, onde teria que datilografar pessoalmente os mandados.

Estava empolgada. Na promotoria, havia uma regra básica: assim que você tocava em um caso, ele era seu. Essa máxima impedia que os delegados colocassem seus protegidos e que os pesos-pesados da política se intrometessem com nomeações à custa de pistolão. Mesmo assim, ela pegaria apenas uma segunda assistência, porque aquele seria um processo de pena capital. Somente se John e Athena tivessem a gentileza de dizer que chegava de matança o promotor-chefe hesitaria em buscar a execução. E, claramente, a família Leonidis não se encontrava nesse estado mental. De modo que haveria um julgamento – ninguém fazia acordo em caso de crime capital –, um bem grande. Muriel veria seu nome na primeira página do *Tribune* antes daquilo acabar. Tal perspectiva fez se agitarem os nervos em todo o seu corpo.

Quando criança, ela tivera um prolongado medo de morrer. Ficava deitada na cama tremendo, percebendo que toda a longa jornada de crescimento só a levaria mais perto daquele ponto de escuridão aterrorizante no fim. Mas, com o tempo, aceitou o conselho da mãe. Só havia uma saída – deixar sua marca, deixar algum traço para trás, algo que não seria vaporizado pela eternidade. Daí a cem anos, ela queria que alguém olhasse e dissesse: "Muriel Wynn fez coisas boas, agora todos nós estamos melhor." Nunca pensou que seria fácil. Trabalho duro e risco faziam parte do quadro geral. Mas obter justiça para Gus, para todas aquelas pessoas era importante, era parte da tarefa interminável de firmar o ombro contra o portão e impedir a entrada dos impulsos medonhos que, caso contrário, engolfariam o mundo.

Ao sair, encontrou Larry na calçada em frente ao restaurante, resistindo a Stanley Rosenberg, o repórter investigativo com cara de rato, do Canal 5. Stanley ficou insistindo, não importando quantas vezes Larry o mandasse falar com Greer, e finalmente Starczek, que geralmente não gostava de jornalistas, simplesmente lhe deu as costas.

– Porra de urubu – disse ele a Muriel, que foi andando a seu lado. Os carros dos dois estavam na mesma direção. Ela podia sentir a sujeira que tinham deixado para trás ainda a acompanhando pelas ruas cinzentas, como um odor impregnado nas roupas. – Então Harold contratou você?

– Você fez um bom trabalho – disse ela. Tinham chegado ao Honda dela. Muriel agradeceu circunspecta e disse: – A gente se vê. – Mas ele segurou seu braço.

– Então quem é?

Quando ela finalmente entendeu do que se tratava, disse para ele esquecer.

– Ei, você acha que eu não vou ficar sabendo?

Enfrentaram-se um pouco mais antes de ela ceder.

– Talmadge – disse finalmente.

– Talmadge *Lor*-man?

– Puxa, Larry. Em toda a sua vida, quantas outras pessoas chamadas Talmadge você conheceu?

Talmadge, ex-deputado e agora famoso advogado empresarial e lobista, foi professor de contratos dos dois quando Larry e Muriel cursavam direito. Fazia três anos que a mulher de Talmadge tinha morrido, aos 41 anos, de câncer no seio. O fato de terem compartilhado a morte precoce de um cônjuge atraiu os dois. O relacionamento começou; era instável, como quase sempre parecia acontecer entre Muriel e os homens. Mas ultimamente havia adquirido ímpeto. Com as duas filhas na faculdade, Talmadge estava cansado de ficar sozinho. E ela gostava do magnetismo em volta dele – acontecimentos épicos sempre pareciam ao alcance das mãos quando você ficava perto de Talmadge.

– Você vai mesmo se casar com Talmadge Lorman?

– Nós não vamos nos casar. Eu disse que tive a sensação de que isso talvez, quem sabe, provavelmente, não levaria a alguma coisa. Neste momento a coisa está a um milhão de quilômetros disso. Eu só queria alertar você por que não virei correndo quando você assobiar.

– Assobiar?

Talvez fosse a conversa, que parecia estranha para os dois, mas ela sentiu um distanciamento dominá-la, como se estivesse pairando acima da cena, fora da pessoa de Muriel. Frequentemente, nos últimos anos, ela tivera momentos assim, em que a verdadeira Muriel parecia estar ali, mas impossível de ser detectada, um minúsculo cerne de alguma coisa que existia mas não tinha forma visível. Tinha sido a adolescente padrão, irritante, que achava o mundo inteiro uma fraude, e, de certa forma, nunca havia superado isso. Sabia que todo mundo estava ali para defender o próprio interesse. Era isso que a havia atraído para a advocacia – ela gostava do aspecto do papel do advogado que lhe exigia rasgar a pose de todo mundo. Mas as mesmas convicções tornavam difícil atravessar a brecha que a separava de todas as pessoas.

Era isso que parecia trazer Larry de vez em quando de volta ao carrossel – ela o conhecia. Ele era inteligente – mais inteligente do que legal –, e ela gostava de seu humor deturpado e de sua percepção igualmente segura sobre ela. Era um homem grande, de ascendência polonesa e alemã, com olhos azuis inocentes, rosto grande e redondo e cabelo louro começando a ficar ralo. Másculo, diriam, mais do que bonito, mas cheio de um apelo primal. Brincar com ele era o tipo de veneta maluca que marcou seus primeiros anos, quando ela achava um barato ser a garota doida. Mas ele era casado – e policial até o âmago. Agora ela disse a si mesma de novo o que dissera a ele: tinha de ir em frente.

Olhou para a rua, a fim de ter certeza de que não eram observados, e segurou um botão da camisa dele, uma camisa de tecido sintético, frouxa, que ele usava debaixo de um paletó esporte de popelina. Deu-lhe um último puxão familiar, um pedido de misericórdia, de perto. Depois ligou o carro. O motor pegou, e seu coração se acelerou quando ela se lembrou do caso.

5
Seguindo pistas

3 de outubro de 1991

No caminho para o Campo DuSable, para fazer mais perguntas sobre Luisa Remardi, Larry parou no Point para ver uma casa. Havia cerca de dez anos, logo depois de ter trabalhado no assassinato de um corretor de imóveis, entrara no ramo de recuperação imobiliária, comprando e vendendo uma propriedade aproximadamente a cada 18 meses e ganhando uma boa grana. Quando era mais novo, via o serviço na polícia como um ponto intermediário. Adorava o trabalho, mas até largar a faculdade de direito e aceitar a força policial como seu destino, tinha visualizado algum futuro mais elevado em meio à elite do poder. Naquele tempo, qualquer visão de status que ele mantivesse repousava no ramo imobiliário.

Numa calma tarde de outono, Larry ponderou sobre a casa que, segundo um corretor, estaria à venda naquela semana. O Point, havia muito um refúgio para a pequena classe média afro-americana do condado de Kindle, vinha atraindo solteiros e famílias jovens de todas as raças que procuravam casas mais baratas perto de Center City. Aquela, uma grande construção vitoriana, era um ímã para yuppies como nenhuma outra. Tinha sido dividida em apartamentos, mas muitas das características originais haviam permanecido intactas, incluindo as varandas quadradas no alto, rodeando as torrinhas em cada canto, e a cerca original de ferro fundido com pontas de lança, em que folhas amarelas estavam presas em chumaços macios.

Também havia uma grande área ensolarada na frente, onde ele poderia plantar canteiros de zínias, antúrios, dálias, gladíolos, margaridas e crisântemos, de modo a haver flores de maio a outubro. Com o passar do tempo, havia descoberto que o dinheiro investido nas plantas voltava na proporção de três para um, em virtude do apelo. Estranhamente, aos poucos a jardinagem tinha se tornado talvez seu lado predileto no negócio. O pai de seu pai fora fazendeiro na Polônia. E agora Larry estava de volta. O que ele amava era que isso o ligava a coisas que nunca haviam importado antes. No meio do inverno, ele pensava no congelamento do solo, nos micróbios que estavam morrendo e na neve que alimentava. Acompanhava o ângulo do sol e mudava de ideia a cada dia sobre se queria chuva. A terra ficava embaixo da rua – era assim que ele sempre pensava nela.

Passava muito das 4 da tarde quando se aproximou do aeroporto. A força-tarefa que Harold Greer tinha reunido no Paradise havia se espalhado pelas Três Cidades durante cerca de cinco semanas, mas, como Larry havia previsto, Greer não teve sorte comandando uma investigação fora do quartel-general da polícia, no grande edifício de pedra do McGrath Hall. Aquilo não passava de um palácio medieval, cheio de boatos sobre quem estava comendo quem e sobre que babaca inútil o chefe e os comandantes estavam favorecendo. Nenhum trabalho policial sério acontecia lá, a não ser os persistentes passatempos de politicagem e reclamações dos policiais. Em agosto, o FBI achou que tinha apanhado o cara certo em Iowa. Não se provou nada, mas então a maioria dos detetives já havia retornado às suas rotinas antigas. Pelo que Larry podia dizer, ele era o único detetive da força-tarefa que ainda produzia relatórios em intervalos menores do que duas semanas.

Luisa havia se mostrado suficientemente enigmática para manter seu interesse. Até mesmo a autópsia tinha levantado questões sobre as circunstâncias exatas de sua morte. Ao redor do ânus, Indolor tinha identificado várias fissuras superficiais e lineares marcadas por fracas marcas de sangue. Gente morta não sangrava. A teoria atual de Larry era que ela havia sucumbido a uma primeira violação sexual, esperando salvar a vida. Mas o que Judson, a terceira vítima, que finalmente arrastou o corpo dela para baixo, fez enquanto Luisa era agredida? Será que um cúmplice tinha apontado uma arma para ele?

Agora Larry havia estacionado na frente do enorme centro administrativo que a TN Air acabara de inaugurar. Com o advento dos jatos que podiam usar pistas menores, a Trans-National tinha reiniciado os serviços no DuSable, atendendo a um distinto mercado alvo: empresários e jogadores. A companhia aérea oferecia tarifas baixas e voos sem frescuras para outras cidades do Meio-Oeste, e para Las Vegas e Atlantic City, onde os aviões voavam 24 horas por dia. A iniciativa tivera um sucesso espantoso. As outras empresas de alcance nacional compraram portões de embarque, e a autoridade aérea do condado tinha autorizado uma enorme expansão, esperando aliviar a confusão constante no grande aeroporto Três Cidades. As principais cadeias de hotéis e restaurantes estavam se estabelecendo ali perto, e a TN, com muita fanfarra, havia inaugurado recentemente seu novo centro administrativo, onde, havia cinco anos, ficava um conjunto residencial deserto. A estrutura de concreto tinha um átrio de vidro na frente, na forma de um rolo de pastel. Era uma típica construção nova - paredes finas e luzes fortes. Larry não gostava muito de arquitetura moderna.

Tinha pedido à segurança da TN para marcar outra entrevista com Genevieve Carriere, uma agente de passagens que todo mundo citava como a melhor amiga de Luisa. Nancy Diaz, uma ex-policial do condado de Kindle como a maioria do pessoal da segurança, estava com Genevieve em sua sala quando Larry chegou. Nancy deixou Larry sozinho com ela enquanto ia cuidar de outra coisa.

- Erno quer falar com você quando terminar - disse Nancy da porta. Erno Erdai era o subchefe de segurança na companhia aérea e comandava as coisas ali. Larry conhecia Erno havia anos - os dois tinham começado juntos na academia -, mas Erno não havia se incomodado em cumprimentá-lo nas primeiras vezes que Larry tinha ido fazer perguntas. Erno sempre queria que Larry soubesse como ele tinha ficado importante.

O escritório de Nancy tinha uma mesa com laminado imitando madeira e intenso brilho fluorescente para compensar a falta de janelas. Com seu uniforme cáqui, Genevieve sentou-se com as pernas cruzadas nos tornozelos, recatada como uma professora primária, profissão que tinha exercido anteriormente. Estava ajudando o marido a cursar a faculdade de medicina e achara mais fácil, e financeiramente melhor, trabalhar no turno da noite ali, para poder estar em casa durante o dia com o bebê de 1 ano. Meio roliça, com uma pequena cruz de prata no pescoço, Genevieve tinha bochechas redondas, que se destacavam ainda mais por causa dos dentes superiores que se projetavam à frente dos inferiores. Fora criada aprendendo a levantar o queixo e olhar as pessoas nos olhos enquanto conversava. Larry achou ter detectado o tremor de algo não dito quando a entrevistara havia dois meses e meio.

Conversaram sobre o bebê durante um segundo. Da última vez, Larry a havia interrogado em seu posto de trabalho, onde um porta-retrato de couro, para três fotos, estava sobre o balcão. Ele disse que agora queria perguntar sobre dinheiro.

– Dinheiro? – respondeu Genevieve. – Nós não sabemos muito sobre dinheiro. Eu gostaria de saber um pouco mais.

– Não. O dinheiro de Luisa.

Genevieve achou aquilo ainda mais desconcertante. Disse que Carmine, o ex de Luisa, deixava de lhe dar dinheiro na maioria dos meses e que ela vivia passando aperto. Luisa morava com a mãe idosa e as duas filhas. Havia uns cinco anos, tinha se transferido do grande aeroporto para DuSable e trabalhava alternando turnos com Genevieve, das 20h às 6h num dia, das 18h à meia-noite no outro, sendo a única agente de serviço quando os aviões que iam e vinham de Las Vegas apareciam. O horário permitia que Luisa levasse as meninas à escola de manhã e as pegasse na saída, e até mesmo estar em casa noite sim, noite não para jantar. Dormia durante o dia.

Como foi descrito nas entrevistas feitas por Larry, Luisa era uma garota corajosa e urbana, apanhada numa dificuldade comum. Teve as filhas com Carmine e foi abandonada – talvez tivesse engordado um pouquinho, talvez lembrasse a mãe de Carmine do modo errado, ou a dela. Assim que ele foi embora, Luisa ficou com uma enorme hipoteca de sua casa dos sonhos, de quatro quartos, na

Margem Oeste, mas estava decidida a não deixar as filhas sofrerem por causa da estupidez do pai. O resultado foi um acúmulo de dívidas. Muitas. Larry encontrou um rombo de 30 mil dólares em seus cartões de crédito havia pelo menos um ano. Depois, ela começou a mandar todos os cheques de pagamento para o banco. Então como estava pagando coisas como as compras do mês e o material escolar? Em dinheiro, ele ficou sabendo. Luisa tinha dinheiro a mão aonde quer que fosse.

Se havia outro detetive de homicídios que soubesse como esmiuçar as finanças de alguém, Larry ainda não o havia conhecido. Sentiu um certo orgulho quando pôs os documentos que havia conseguido nos bancos havia alguns meses sobre a mesa, diante de Genevieve. Luisa parecia a amiga louca de Genevieve – havia mais palavrões na boca de Luisa, mais noites nas boates, mais homens em sua cama do que Genevieve jamais havia ousado. Ele suspeitava que Genevieve tivesse ouvido um bocado, mas ela balançou a cabeça, espantada.

– Nunca ouvi falar de nada disso. Juro.

Quando se via muito dinheiro vivo, a coisa parecia meio esquisita, e Larry tinha passado o nome de todo mundo que constava no caderno de telefones de Luisa pelo NCIC, o banco de dados nacional do FBI, sem conseguir coisa alguma. Mas tentou conseguir uma explicação menos escandalosa com Genevieve. Poderia haver, talvez, um cavalheiro mais velho na vida de Luisa?

– Se havia, eu não fiquei sabendo. Ela não gostava muito dos homens. Não depois de Carmine. Pelo menos não para relacionamentos. O senhor sabe, ela costumava se divertir nas noites de sábado, mas nunca mencionou ninguém que a sustentasse.

– Há alguma outra atividade ou pessoa que possam explicar o dinheiro?

– Tipo?

– Drogas? – Larry esperou algum sinal revelador, mas Genevieve parecia sinceramente pasma. – Há um item na ficha pessoal dela – explicou Larry. Em nome da segurança aérea, todos os empregados da TN tinham que mijar num copo a cada três meses. Dois meses antes de sua morte, o exame de Luisa tinha dado positivo. Então, enquanto investigava, a segurança da TN recebeu uma dica anônima de que ela estivera vendendo drogas no aeroporto. O representante sindical foi chamado, e a segurança exigiu uma revista, à qual Luisa cedeu apenas depois de objeções furiosas. A revista deu em nada e, numa contraprova, o resultado do exame se revelou como um falso positivo. Mas, assim que Larry viu o dinheiro dela, começou a pensar que talvez pudesse haver alguma coisa ali. Um funcionário de aeroporto estava em posição privilegiada para ajudar na importação de drogas.

Genevieve tinha uma teoria diferente.

– Foi uma armadilha – disse ela. – Eu ouvi falar. Lu ficou ultrajada. Em dez anos, ela não teve nenhum problema com a companhia. E então eles fazem uma revista? Você não acha esquisito?

– Bom, quem armou para ela então?

– Luisa não tinha papas na língua. O senhor sabe como é isso. Ela provavelmente irritou alguém.

– Alguma ideia de quem seja?

Genevieve olhou para Larry como se pudesse ter um ou dois nomes em mente, mas não cometeria o mesmo erro de Luisa, de falar quando não devia. Ele tentou vários modos de levá-la a abrir o bico, mas ela mantinha aquele sorrisinho agradável e ficava revirando os olhos. Estava ficando tarde. Ele não queria perder Erno, por isso deixou Genevieve ir, dizendo que poderia contatá-la de novo. Ela não pareceu especialmente empolgada com a perspectiva. Um aspecto infeliz do trabalho de Larry era frequentemente antagonizar pessoas como Genevieve, que ele achava que eram decentes. Será que Genevieve sabia de onde vinha o dinheiro de Luisa? Setenta e três por cento dos americanos em nossa pesquisa disseram sim. Mas ela estava claramente convencida de que isso não tinha nada a ver com o assassinato. De um modo ou de outro, provavelmente Genevieve estava protegendo a memória de sua amiga, e Larry a respeitava por isso. Talvez um tio mafioso estivesse ajudando. Talvez a mãe de Luisa, uma figura do Velho Mundo, estivesse bancando apostas no bairro onde haviam morado, em Kewahnee, ou, mais provavelmente, ajudando a filha com dinheiro que vinha guardando havia muito no colchão.

Larry passou alguns minutos circulando um vaso de planta diante da porta de Erno, antes que a secretária o fizesse entrar. O chefe de segurança da TN ficava no aeroporto grande, o que tornava Erno o mandachuva ali, e ele tinha uma daquelas salas grandes demais para a mobília que lhe deram. A luz das janelas enormes fazia brilhar sua mesa, sobre a qual nada repousava, nem mesmo pó.

– Posso perguntar? – disse Erno quando eles se acomodaram. – Os chefões em Center City sempre gostam de ficar sabendo primeiro se vão ler a notícia de que alguém daqui se comportou mal.

Erno tinha sido retirado da Hungria em 1956, depois de os russos enforcarem o seu pai no poste de luz diante da casa da família. Um leve sotaque brincava em sua fala como uma incongruente música de fundo, alongando certas vogais e prendendo outros sons no fundo da garganta. Era essencial para o personagem de Erno agir como se ninguém fosse notar. Ele era um daqueles caras que sempre queriam dar a impressão de que estavam por dentro e, assim, parecia que estivera bisbilhotando aqui e ali para descobrir o que Larry ficara sabendo. Mas a curiosidade dele dava uma vantagem a Larry. Em vez de responder, abriu um pequeno caderno espiral e disse que não estava conseguindo saber dos fatos relacionados à revista de drogas citada na ficha pessoal de Luisa. Considerando o preço da admissão, Erno retorceu a boca e finalmente se inclinou para a frente a fim de colocar os cotovelos sobre a mesa.

– Eu não gostaria que você anotasse isso – disse ele –, mas acho que meus rapazes foram meio desajeitados. Essa moça, Luisa, pelo que eu soube, era uma tremenda dor de cabeça. Você viu as avaliações dela na ficha. Você sabe. "Insubordinada." Está escrito lá um monte de vezes. Acho que ela se eriçou quando o exame deu positivo, o bastante para deixar um cara cheio de suspeitas mais cheio de suspeitas ainda.

Erno disse isso com um olhar maroto. Estava sugerindo que seus rapazes tinham aproveitado a "dica" como uma desculpa para a revista. Era o que acontecia na rua o tempo todo. Genevieve estava certa: Luisa havia se encrencado por causa da língua solta.

– Então, isso aí é um zero?

– Um poço seco – disse Erno com autoridade. Em seguida, enfiou a mão numa gaveta e pôs um palito de dente no canto da boca. Erno era nervoso e magro. Tinha rosto estreito, nariz comprido e fino e sobrancelhas tão pálidas que mal podiam ser vistas. Larry sempre achara difícil gostar dele. Havia uma tensão e uma frequente expressão azeda em Erno, como se tivesse sentido algum fedor – que muito bem podia vir de você. Ele provavelmente daria um bom policial, inteligente o bastante e sério em relação ao trabalho, mas nunca chegou tão longe. Enquanto ainda estava na Academia, envolveu-se numa confusão doméstica e acabou matando a sogra com um tiro. O inquérito havia incluído um testemunho da mulher de Erdai, confirmando que a velha tinha partido para cima de Erno com uma faca, mas o chefão da polícia não quis ficar com um sujeito que tinha matado com o revólver de serviço antes mesmo de ter um distintivo.

Apesar do modo estranho como as coisas aconteceram, havia sido bom para Erno. Alguns policiais da Academia o levaram para o departamento de segurança da TN. Ele manteve o ritmo no aeroporto, ajudava a Alfândega a pegar traficantes e tentava se certificar de que ninguém entrasse como clandestino num avião. Ia trabalhar de terno e gravata. Atualmente, tinha uma bela casa no subúrbio, um plano de previdência e ações da companhia aérea. E um grande grupo de ex-policiais sob seu comando. Tinha se dado bem. Mas, durante anos, permaneceu como alguém que não chegara lá, frequentando o Ike's, o mais conhecido bar de policiais das Três Cidades. Ansiava pela arma, pelo distintivo e pela estampa de durão juramentado. Bebericava uma cerveja, ouvindo as histórias dos policiais com o ar de espanto de meia-idade em relação às coisas que havia perdido, o mesmo ar que muita gente mostrava nesse estágio, até mesmo, talvez, Larry.

– Qual é sua abordagem com relação às drogas, afinal? – perguntou Erno. – Pensei que Greer estivesse achando que ela foi morta pelo Perigo Estranho: lugar errado, hora errada.

– Provavelmente. Mas a sua garota Luisa estava ganhando uma grana preta.

Isso pareceu alertar Erno. Segundo a experiência de Larry, Erno era um daqueles estrangeiros com um forte interesse por grana, especialmente grana própria. Ele não contava vantagem; quando falava de sua carteira de ações, era mais como um sujeito que contasse sobre seu colesterol baixo. Eu não tenho sorte? Ele fazia Larry se lembrar de alguns de seus velhos parentes poloneses, que eram capazes de contar a história de cada dólar que tinham ganhado ou gastado. Era uma coisa do Velho Mundo: dinheiro igual a segurança. Ser detetive de homicídios ensinava duas coisas sobre isso. Primeiro: pessoas morriam por dinheiro; a única coisa pela qual morriam com mais frequência era amor. Segundo: nunca havia dinheiro suficiente quando o bicho-papão tocava a sua campainha.

– Onde ela estava conseguindo o dinheiro? – perguntou Erno.

– É o que eu queria perguntar a vocês. Ela roubou alguma coisa?

Erno se virou de lado para pensar na pergunta. Do outro lado da rua, na pista norte-sul, um 737 estava pousando como um pato numa lagoa. O avião, uma maravilha ruidosa de rebites e alumínio, baixou para o asfalto alguns graus fora de centro, mas pousou sem nenhum problema. Larry achou que as janelas de Erno eram de vidros triplos, porque praticamente não havia som.

– Ela não estava pegando passagens, se é o que você está pensando – respondeu Erdai.

– Eu estava pensando se ela não andava enfiando a mão na caixa.

– Sem chance. A contabilidade é muito rígida quando recebemos dinheiro vivo.

– E por que não passagens?

– Passagens? É a melhor coisa para roubar aqui. Um pedaço de papel pode valer mil pratas na rua. Mas as pessoas sempre são apanhadas. – Erno delineou os procedimentos. Os agentes emitiam as passagens geralmente por computador, ou algumas vezes a mão. A passagem não era válida enquanto o agente emissor não fosse identificado por meio de um código pessoal de computador ou, para as passagens emitidas a mão, pelo carimbo do agente, uma placa metálica que se ajustava numa máquina parecida com aquelas que emitem recibos de cartão de crédito, usada para validar as passagens em branco. – Sempre que alguém viaja, a contabilidade compara o cartão de embarque com o pagamento. Se não houver pagamento, meu telefone toca. E o agente que emitiu o bilhete é a primeira porta à qual nós batemos.

– E então? O seu telefone andou tocando?

– Um, dois bilhetes de vez em quando. Mas, você sabe, nada que renda milhares de dólares para alguém, se é disso que estamos falando. Nenhum carimbo sumiu. Isso seria uma coisa grande. A companhia aérea pega pesado nesses casos. Prende e processa, não importa se é 1,95 dólar. Tolerância zero. E funciona. Todo mundo fica se cagando de medo. Como foi sua conversa com Genevieve? Ela tem alguma pista de onde Luisa escondia a árvore de dinheiro?

Larry grunhiu.

– Três macaquinhos.

– Verdade? – Erno fez uma careta.

– Verdade. Alguma chance de ela estar na mesma merda que Luisa?

– Nunca diga nunca, mas mesmo assim eu diria. Ela é do tipo boazinha. Segue todas as regras. Por que não consegue um mandado do júri de instrução para ela? Uma pessoa assim não esconde o jogo quando você a obriga a jurar por Deus. Aposto que, se você espremê-la, vai descobrir o que Luisa estava aprontando.

Era uma ideia, e Larry anotou no caderno, mas Muriel e Tommy Molto não iriam assinar. Júri de instrução significava advogados e defesa que começariam a uivar contra o achaque a pessoas brancas e boas sem motivo melhor do que uma intuição.

Erno perguntou no que mais Larry estava pensando.

– Bom, não resta muita coisa, certo? – disse Larry. – Eu não vejo Luisa bancando apostas, especialmente quando metade das pessoas que passam aqui estão a caminho de Las Vegas.

Erno reconheceu a lógica disso.

– Então que tipo de problemas você tem? – perguntou Larry.

– Neste momento, isto aqui é uma cidade pequena. Nosso maior problema são os mendigos no inverno. Você sabe, os pobres coitados que estão na rua no North End procuram um lugar quente para se esconder. Esses caras aparecem em toda parte, nos banheiros, escondidos atrás das esteiras de bagagens. Eles roubam, assustam as pessoas, vomitam no chão.

– Alguma puta?

Havia muitos viajantes solitários procurando companhia. Uma mulher jovem como Luisa, com o uniforme da companhia aérea, poderia ser igual à aeromoça da imaginação de alguém – na hora do almoço, na pausa para o café, depois do trabalho, nas horas mortas da noite, quando nada acontecia mesmo. Mas, como observou Erno, praticamente não havia hotéis nas proximidades onde uma jovem nessa linha de trabalho pudesse exercer a profissão.

– Eu não diria que você ajudou para caralho – disse Larry.

Erno apertou a língua contra a lateral da boca, o que em seu caso era o que passava por um sorriso.

– Na verdade – disse ele fazendo um gesto com o palito de dentes –, talvez eu tenha uma coisa para você. Nem sei se deveria mencionar. Há um garoto... Bom, ele não é nenhum garoto... Há um cara que eu conheço. Bom, não é um cara, não é só um cara. Para ser honesto com você, Larry, ele é a porra do meu sobrinho. Você não saberia necessariamente disso quando o visse.

– Não é tão bonito quanto você?

– Não, ele é bonito. O pai dele era um garanhão boa pinta, e ele também é um garanhão boa pinta. Mas é de um tom diferente de mim e de você.

– Ah – disse Larry.

– Minha irmã, veja bem, quando eu era garoto no South End, tudo que os caras mais velhos viviam falando era de como expulsar os núbios da cidade. Você sabe, eles estavam de três lados, e era naquele esquema "nós não queremos esses sacanas marrons, com suas drogas e suas putas". *Fekete*. Pretos. Essa é a palavra em húngaro. O tempo todo, "*Fekete!*", como se estivessem rogando uma praga. E, naturalmente, havia as garotas, e elas chegavam à idade do fodam-se, mamãe, papai e toda essa babaquice de igreja católica romana. A ideia delas de viver perigosamente é dar o mais rápido possível para o primeiro negro que diga "como vai". Minha irmã mais nova, Ilona, era uma dessas, nunca se fartava de enfiar carne preta no seu cannoli. E foi assim que meu sobrinho entrou no mundo. Meus pais, você sabe, não podiam imaginar quem matariam primeiro, minha irmã ou eles próprios, de modo que logo de cara foi o irmão mais velho, este seu criado, que estava dando a mão a eles. E isso é uma novela com uns seiscentos capítulos. Você tem tempo para a versão compacta? Vai ajudar a entender o restante.

– Eu vou colocar na hora extra – disse Larry.

– Bom, o garoto, você sabe, é um bastardo mulato e sem pai, só para resumir. O bairro antigo não gostava muito dele, e ele gostava ainda menos do bairro antigo. Minha irmã queria fazer o que era certo, e só piorava as coisas. Mandou o garoto para a escola pública, em vez de para o Saint Jerome's, de modo que ele não fosse o único garoto negro, e logo era isso que ele era, um garoto negro, falando como eles e andando com as gangues e a droga. E o tempo todo eu era como um cara com a mão no fogo, tentando tirá-lo. A primeira prisão foi por anfetamina e xarope, o barato mais barato dos anos 1980, antes do crack. Eu fui ao Banco dos Favores e consegui livrar a cara dele. Mas, você sabe, eu acho que está nos genes dessas pessoas, acho mesmo. Ele ficava voltando. Para as drogas, claro. Experimentou todas. E o potencial? Brilhante. Mas você sabe como é o negócio da raça, ficava incomodando o garoto. Ele odeia a mãe, me despreza. Nós não podemos lhe dizer o que fazer porque não sabemos como é ser um negro na América branca. Ah, ele pode lhe fazer os discursos mais babacas que você já ouviu. Eu consegui que ele trabalhasse aqui quando nós abrimos o aeroporto, mas ele queria ser um alto executivo, e não um negrinho da casa parado perto dos detectores de metal. Além disso, ele queria viajar. Entrar para o exército, certo? Teve baixa desonrosa do serviço em oito meses - drogas, naturalmente -, por isso nós o mandamos para o velho país. Ele disse que não eram as suas raízes e partiu para a África. Mas sabe de uma coisa? Lá ninguém joga basquete, e lá não está o velho lar. Então ele voltou e disse que estava pronto para ser adulto. Decidiu que queria trabalhar no ramo, no fim das contas.

- No ramo?

- Viagens aéreas. Ver o mundo e ser pago por isso. O que é absolutamente hilário, porque todas as companhias aéreas fazem investigações detalhadas sobre drogas e prefeririam contratar um orangotango a um garoto com prisão por drogas. Mas, depois de tanto tempo, eu conheço um bocado das grandes agências de viagens. Praticamente esfolei meus joelhos, mas ele acabou contratado pela Time To Travel. E, por incrível que pareça, ele se deu bem. Collins - esse é o nome dele - conseguiu um diploma e uma licença de agente de viagens. Ele gosta de usar paletó e gravata. Gosta de falar com pessoas. É bom com os computadores. Foi promovido a agente de verdade, em vez de ficar como ajudante. Durante uns cinco minutos eu pensei: isso pode dar certo, esse garoto pode conseguir. Mas claro que ele se fodeu com as drogas de novo, indo em cana por vender. Mas, indo a terceira vez. A primeira condenação foi reintegrada. Ele cumpriu dezoito meses. E, neste estado, com isso ele perde a licença de agente. Eu juro que, quando ele saiu, essa última parte o deixou mais irritado do que o tempo que passou preso. Eu lhe disse para ir embora, se afastar das influências. Há 36 estados onde ele ainda tem certificado de agente. Mas agora você já sabe o fim. Eu recebi o telefonema semana passada. Ele está no condado.

- Na cadeia ou no hospital?

- Motel Barras de Ferro.

- Por?

- Comprar.

- Quanto?

- Cento e setenta gramas. Classe X.

– Isso é ruim.

– Ruim para cacete. Isso vai torná-lo um Triplo X.

Triplo X, três condenações por drogas, significaria a vida na prisão, sem condicional, a não ser que o sobrinho de Erno oferecesse alguma coisa aos promotores. Larry ainda não sabia aonde aquilo daria. Erno conhecia um bocado de caras na Narcóticos a quem poderia recorrer.

– Eu diria que ele vai ter que achar a língua – disse Larry.

– É, bom, os caras com quem ele negociava... ele acha que vai acabar virando um saco de pancadas se dedurar algum deles. Mas talvez ele tenha outra coisa. Você sabe, ele sempre me telefona quando está encrencado. Eu digo a mim mesmo para não atender mais o telefone, mas o que a gente pode fazer? Ontem ele estava chorando e falando sem parar. E no meio do papo disse que ouviu ou viu alguma coisa sobre o seu caso.

– Este caso?

– Foi o que ele disse. Disse que viu um cara com joias. E acha que as joias pertenciam a uma das suas vítimas.

– Qual delas?

– Não perguntei. Eu ouvi dizer que você vinha aqui, prometi que ia falar disso. A verdade é que, conhecendo Collins como conheço, provavelmente é papo-furado de cadeia; Rudy contou a Trudy que contou a Judy. Mas, se for alguma coisa verdadeira, Larry, se ele entregar a você, você precisa tirá-lo do buraco.

– Eu não tenho nenhum problema com isso, mas é melhor ele acertar na mosca.

– Seria a primeira vez.

Larry anotou o nome – Collins Farwell. O dia estava acabando quando ele saiu do prédio, e do lado oposto da rua outro jato com o logotipo em zigue-zague da TN na cauda decolou com uma força de estremecer. Sem um motivo em que pudesse pensar a princípio, Larry estava feliz. Então a coisa lhe veio: tinha que ligar para Muriel Wynn.

6
A carta de Gillian

15 de maio de 2001

Vindo da chuva, Gillian Sullivan estava com a aparência que sempre tivera para Arthur Raven, contida e serenamente linda. Ela sacudiu o guarda-chuva na vasta recepção da O'Grady, Steinberg, Marconi e Horgan e entregou seu sobretudo. O cabelo curto e eriçado tinha murchado um pouco no ar úmido, mas ela estava muito bem-vestida num conjunto escuro, de corte masculino.

Arthur levou-a a uma sala de reuniões dominada por uma mesa de granito verde. Pelas janelas de esquadria de aço do edifício IBM, o rio Kindle, três dúzias de andares abaixo, parecia pequeno à luz que se esvaía. Gillian tinha telefonado na véspera, para dizer sem nenhum rodeio que havia um assunto a discutir, terminando a conversa com mais um pedido de desculpas pela grosseria na última vez em que haviam se encontrado. Arthur disse que o incidente estava esquecido. Era seu hábito arraigado afastar a dor resultante dos contatos com as mulheres e, nesse caso, como em muitos outros, ele até mesmo poderia ter provocado as reações dela contra si próprio. Não se podia realmente esperar que alguém fosse educado depois de você ter sugerido que a pessoa estivera bêbada ou fora venal demais para se importar com outra vida.

Ele pegou o telefone para chamar Pamela. Enquanto esperava, perguntou a Gillian se ela estava trabalhando.

– Estou vendendo cosméticos na Morton's.

– Como é isso?

– Eu passo o dia distribuindo elogios de sinceridade questionável. Há um cheque a cada duas semanas, a maioria dos quais, sinceramente, serviu para encher de novo meu guarda-roupa. Mas eu me sinto competente. Maquiagem e roupas eram provavelmente os únicos outros assuntos que eu conhecia bem, além do direito.

– Você sempre foi muito glamourosa – disse Arthur.

– Eu nunca me senti glamourosa.

– Ah, você parecia uma rainha. Parecia. De verdade. Eu tinha uma quedinha por você.

Artur se sentia como um colegial parado a um canto da mesa da professora, mas, na verdade seu embaraço evocou um sorriso passageiro dela. Claro, "quedinha" não era bem a palavra certa. As atrações que Arthur sentia raramente eram tão inócuas. Suas fantasias eram nítidas, passionais e absolutamente envolventes. A cada seis meses mais ou menos, desde os 12 ou 13 anos, ele havia se apaixonado desesperadamente por alguma mulher gloriosa, inatingível, que pairava na sua mente como uma miragem. Gillian Sullivan, a garota glamourosa do tribunal, fisicamente marcante, intelectualmente formidável, tinha sido uma pessoa natural para assumir esse papel. Ele ficou caído pouco depois de ter sido nomeado para o tribunal dela. Junto à mesa da juíza, ou numa reunião de instruções, quando ficava perto dela, sempre muito bem-arrumada e com um perfume poderoso, ele fora frequentemente obrigado a posicionar estrategicamente seu bloco de papel amarelo para esconder um início de ereção. Nem de longe era o único assistente de promotor que tinha uma percepção intensa do apelo carnal de Gillian. Mick Goya, enquanto virava copos num bar perto do tribunal, uma vez tinha observado Gillian passar, fria e elegante como uma palmeira.

"Eu seria capaz de foder com uma parede", dissera ele, "se achasse que ela estava atrás."

Mesmo depois da longa queda de seu pináculo, Gillian continuou a provocar esse efeito em Arthur. Seus problemas já a haviam deixado suficientemente magra para ser chamada de palito, mas estava muito melhor do que quando ele a vira pela última vez, havia alguns anos, pálida e alcoólatra. Sendo quem era, ele na verdade tinha ficado empolgado com a ideia da visita.

Pamela chegou e apertou a mão de Gillian com bastante formalidade, sem de fato conseguir dar um sorriso. Ter condenado Rommy à morte seria o bastante para colocar Gillian na lista de inimigos de Pamela, mas a jovem tinha ficado pasma quando Arthur explicou a situação dela. Uma juíza aceitando suborno! Observando a postura gélida de Pamela, Arthur percebeu que Gillian frequentemente devia encontrar esse tipo de reação, especialmente quando entrava nos santuários da lei. Tinha sido coragem de sua parte vir.

Os três se sentaram juntos na extremidade da mesa de granito, onde caía a luz cor de cobre. Arthur havia especulado com Pamela que a reunião dele com a juíza Sullivan havia dez dias provavelmente havia desalojado algum detalhe da memória dela. Em vez disso, Gillian abriu o fecho de sua bolsa.

– Eu tenho uma coisa que acho que vocês deveriam ver. – Ela estendeu um envelope azul tamanho ofício. Mesmo antes de Gillian empurrá-lo em sua direção, Arthur reconheceu de onde vinha. No canto superior esquerdo estava impresso o endereço do remetente, a penitenciária Rudyard, com o número do prisioneiro escrito a mão embaixo.

Dentro havia uma carta datada de março daquele ano, cuidadosamente escrita à mão em duas folhas amarelas. Enquanto Arthur lia, Pamela se levantou e ficou olhando por cima de seu ombro.

Cara juíza,

Meu nome é Erno Erdai. Sou prisioneiro da Penitenciária de Segurança Máxima de Rudyard, cumprindo dez anos por ter atirado em um homem em legítima defesa. Minha data de saída é 2/4, mas não espero chegar lá, porque estou com câncer e não me sinto com a saúde muito boa. A senhora provavelmente não se lembra, mas eu também era chefe de segurança da TN, encarregado do Campo DuSable. Estive no seu tribunal algumas vezes quando fazíamos denúncias sobre coisas que aconteciam no aeroporto, principalmente passageiros mal-educados. De qualquer modo, não estou querendo passear pela estrada da memória, apesar de ter muito tempo para esse tipo de coisa, se é que a senhora entende. (Isso é uma piada.)

O motivo de eu estar escrevendo é que tenho informações sobre um processo em que a senhora condenou um homem à morte. Ele está na Unidade de Condenados aqui, e, na verdade, e o próximo programado para levar a injeção, de modo que isso é meio urgente, porque acho que o que eu tenho a dizer vai fazer grande diferença no que pode acontecer.

Esse não é o tipo de coisa que eu queira falar com qualquer pessoa, e francamente estou tendo uma dificuldade infernal para fazer com que as pessoas certas prestem alguma atenção. Há dois anos escrevi para o detetive que trabalhou no caso, Larry Starczek, mas ele não me dá atenção, agora que eu não posso fazer nada de bom por ele. Também escrevi para a defensoria estadual, mas o pessoal de lá não responde às cartas dos próprios clientes, quanto mais as de um condenado de quem eles nunca ouviram falar. Talvez seja só porque eu passei todos aqueles anos sendo um meio-policial, mas nunca encontrei um advogado de defesa de quem eu gostasse ou em quem confiasse muito. Talvez a senhora tenha tido experiências melhores. Mas estou fugindo do assunto.

Se a senhora não tivesse tido o seu problema, eu provavelmente teria entrado em contato há algum tempo. Ouvi dizer que a senhora tinha saído e, pelo meu modo de pensar, provavelmente me sinto mais feliz em falar com a senhora agora. Os condenados não julgam. Espero que a senhora esteja disposta a ter o trabalho de corrigir uma coisa da qual não tinha toda a informação correta. A correspondência que eu mando daqui é examinada – a senhora provavelmente sabe disso –, de modo que é melhor eu não escrever mais. Nunca se sabe como as pessoas por aqui vão reagir às coisas. É muito longe, mas a senhora deveria vir aqui para ouvir isso pessoalmente. Se me olhar nos olhos, vai saber que eu não estou de brincadeira.

Cordialmente,
Erno Erdai

Pamela tinha agarrado o ombro de Arthur – provavelmente quando chegou à linha que falava que esse prisioneiro tinha alguma informação que faria uma grande diferença na possibilidade de a próxima execução acontecer – e, em resultado disso, ele sentiu a necessidade de pedir de novo que ela tivesse cautela. A carta nem mencionava Rommy. E não havia limites para os truques a fim de atrair a atenção inventados por prisioneiros que, literalmente, eram as piores pessoas que existiam.

Gillian estava esperando as reações. Arthur perguntou se ela tinha alguma lembrança daquele tal de Erno Erdai, mas ela balançou a cabeça.

– E por que você tem certeza de que ele está falando do meu cliente? – acrescentou.

– Eu só apliquei duas penas de morte, Arthur, e o estado do Texas executou o outro homem, McKesson Wingo, há muito tempo. Além disso, Starczek não trabalhou como detetive no outro caso.

Ele se virou para Pamela, esperando ver satisfação, mas ela estava examinando o envelope no qual tinha vindo a carta de Erdai, concentrada, aparentemente, no carimbo do correio.

– Então a senhora recebeu isso em março? – Ela estava encarando Gillian. – Ficou com isso, sem fazer nada, durante dois meses? – Seu tom de confronto surpreendeu Arthur. Em geral, Pamela mantinha os modos externos comuns a toda a sua geração, uma vaga amabilidade sugerindo que nada na vida valia o esforço de uma discordância.

– Nós estamos todos aqui agora – disse Arthur em tom apaziguador. Mas claramente Pamela estava correta. Gillian havia se demorado, deliberando sobre o que deveria fazer, ou mesmo se queria fazer alguma coisa.

– Eu pensei mais nisso depois do nosso encontro – disse Gillian.

Pamela não ficou satisfeita.

– Mas a senhora ainda não foi lá ver esse homem?

Gillian franziu a testa.

– Esse não é o meu trabalho, moça.

– E ficar olhando a execução de um homem que não deveria morrer é?

– Ah, pelo amor de Deus! – Arthur estendeu a mão rapidamente à frente de Pamela como se fosse um guarda de trânsito. Ela ficou quieta, mas mesmo assim lançou um olhar raivoso na direção de

Gillian. Ele perguntou a Gillian se Pamela poderia copiar a carta, e a ex-juíza, cujo rosto estava mascarado pela mão magra e sardenta, assentiu. Enquanto Pamela pegava as páginas, Arthur não teve dúvida de que Gillian Sullivan estava se perguntando por que tinha se incomodado em ir.

DURANTE O TEMPO em que Gillian praticou advocacia, tanto como promotora quanto como juíza, era artigo de fé jamais abrir mão de sua compostura. Não importava o quanto o réu ou o advogado fossem grosseiros, ela não lhes daria o prazer de uma reação emocional. Enquanto a jovem colega de Arthur, calçando botas até o tornozelo e usando uma saia de couro com costura aparente, saía da sala, o primeiro instinto de Gillian foi dar um conselho. Contenha-se, queria dizer à jovem. Mas Pamela, claro, teria respondido, de modo justificável, que não queria se parecer nem um pouco com ela.

– O que você dá a essa garota para beber, Arthur? – perguntou Gillian quando a porta bateu. – Gasolina com alta octanagem?

– Ela vai ser uma grande advogada. – O tom de voz sugeriu que ele reconhecia que isso não era totalmente um elogio.

– Eu ainda recebo correspondência de prisioneiros o tempo todo, Arthur. Nem sei como eles me encontram. E todas são meio malucas. – Havia as previsíveis fantasias pornográficas que a lembrança de uma mulher atraente e poderosa inspirava em homens maus trancafiados e várias outras mensagens, nem todas muito diferentes da de Erdai, mandadas na esperança implausível de que ela pudesse repensar algumas situações e repará-las agora que sabia como era estar presa. – Eu não posso levar nada disso a sério. Você sabe o que é isso, Arthur, esta carta. Eu sei que sabe. Esses membros de gangues estão sempre atrás de alguma coisa.

– "Erno Erdai"? Parece ser branco. Rommy é preto. E esquisito demais para ser aceito em qualquer quadrilha. Não há nada sobre gangue na ficha dele.

– Eles têm todos os tipos de alianças lá dentro. É como a Guerra das Rosas.

Arthur deu de ombros e disse que o único modo de descobrir era falando com Erdai.

– Eu acho que você deveria fazer isso – respondeu ela. – Foi o motivo pelo qual eu trouxe a carta.

– A carta diz que ele quer falar com você.

– Ah, por favor! – Gillian enfiou a mão na bolsa. – Posso fumar aqui?

Ambiente livre de fumaça, disse Raven. Havia uma saleta para fumantes, mas o ar era tão ruim que parecia o mesmo que respirar cinza. Gillian fechou a bolsa de novo, decidida, como sempre, a conter seus desejos.

– Nem mesmo é apropriado eu ir lá – disse ela.

Arthur fez uma careta, talvez um esforço para não sorrir. E ela entendeu rapidamente. Não restava autoridade para puni-la por um lapso ético, não havia ninguém para bani-la da magistratura ou revogar sua licença de advogada. Já tinham feito tudo isso. Qualquer coisa pela qual eles não pudessem colocá-la na cadeia estava bem naquele estágio.

– Gillian, ninguém vai me criticar, nem a você, por fazermos o que temos que fazer para ouvir a história dele. Ele não fez nenhum mistério sobre o que acha dos advogados de defesa.

– Mesmo assim ele pode falar com você.

– Ou me odiar e se recusar a falar com qualquer um de nós depois disso. Gillian, eu só tenho seis semanas até que o Tribunal de Apelações decida se vai apagar as luzes para esse homem. Neste estágio, não posso desperdiçar tempo nem arriscar.

– Eu não posso ir a Rudyard, Arthur. – O pensamento fazia seu estômago se apertar. Não queria sentir aquele ar morto de novo nem enfrentar a realidade pervertida dos condenados. Tinha passado a maior parte de seu tempo na cadeia separada da maioria das outras prisioneiras, porque era muito difícil para o Bureau de Prisões descobrir quem era a irmã ou filha de alguém que ela houvesse processado ou condenado e que, por isso, pudesse ter um ressentimento assassino. E ainda bem que era assim. Raramente ela se sentia à vontade com as outras prisioneiras com quem ficava, mulheres que estavam grávidas quando entraram na penitenciária ou que tinham sido removidas da população geral por alguma infração. Eram todas vítimas até o âmago, sem dúvida dentro de suas próprias mentes, mas frequentemente de fato. A maioria não tivera nada desde o início e caíra a partir daí. Algumas eram inteligentes. Várias eram até companhias divertidas. Mas, quando se passava a conhecê-las, cedo ou tarde se esbarrava em desvios de caráter do tamanho de Gibraltar: mentiras, um temperamento parecido com o Vesúvio, uma percepção equivocada do mundo que se parecia com a cegueira para as cores, no sentido de que havia algum aspecto da normalidade que elas simplesmente não podiam enxergar. Gillian ficava sozinha, ajudava com problemas jurídicos e era chamada de "juíza", apesar de seus esforços para desencorajar esse hábito. Parecia agradar a todos lá – às prisioneiras e, até mesmo, aos funcionários – o fato de saberem que um dos poderosos havia caído.

Mas Raven não pretendia desistir.

– Olha, eu não quero fazer sermão, mas esse tal de Erdai pode ter razão, não é? Você tomou as decisões. Você considerou esse homem culpado, condenou-o à morte. Você não tem alguma responsabilidade, se o meu cliente não merece isso?

– Arthur, sendo curta e grossa, eu já fiz mais do que precisava. – Gillian havia lutado com o pensamento durante vários dias antes de decidir trazer a carta. Era tolice, ela sabia, se arriscar a mais algum contato com Raven, que poderia se tornar mais preciso com suas perguntas sobre seu passado. E não sentia nenhuma dívida para com a lei, cujos estratagemas e quebra-cabeças um dia a haviam deliciado, mas que, como um soberano, a expulsaram de seu reino. Mas ela sentiu uma pontada ao se lembrar daquela observação cruel feita a Arthur. Não era a lei, mas as regras que ela havia estabelecido para si própria, com a assistência sábia de Duffy, seu patrono e senhorio, que tinham exigido que ela viesse. Chega de erros, chega de mais destruição casual dos outros e de si mesma. Quando necessário, conserte.

Ainda ansiando pela nicotina, levantou-se e foi até um canto da sala. Não tinha entrado num escritório de advocacia desde a saída da penitenciária, e a atmosfera metida a besta era um tanto cômica. Todo mundo tinha ficado tão rico no tempo em que ela estava longe! Era inimaginável que pessoas normais vivessem naquele luxo – as madeiras caras, o granito, um serviço de café de prata com desenho sueco, grossas poltronas de couro macio. Ela nunca havia ansiado por nada daquilo. Mas ainda era difícil ver Arthur Raven, capaz e insistente, mas talvez não bem-dotado, tão reconfortado pela fortuna.

Enquanto a observava, Raven inconscientemente passava a mão no cabelo espetado que se projetava do crânio nos poucos pontos em que ainda crescia. Arthur, como sempre, parecia que estivera trabalhando duro – a gravata puxada para baixo, e havia manchas de tinta na mão e nos punhos da camisa. Instintivamente, ela procurava algum modo de afastá-lo.

– Como vai sua irmã, Arthur? A minha memória não me falha? É ela que era doente?

– Esquizofrênica. Eu consegui colocá-la numa casa de assistência, mas vou lá o tempo todo. As últimas palavras que meu pai disse foram: "Cuide de Susan." O que não foi muito surpreendente. Ele vinha me dizendo isso desde que eu tinha 11 anos.

– Tem mais algum irmão?

– Somos só Susan e eu.

– E quando sua mãe morreu?

– Minha mãe está muito bem de saúde. Ela simplesmente lavou as mãos há trinta anos, quando Susan adoeceu. Ficou no México um bom tempo, depois voltou para cá. Era uma espécie de espírito livre. Formava um casal estranho com meu pai. Ela tem uma casinha aqui em Center City e se sustenta como modelo para aulas de desenho na escola de arte do museu.

– Modelo *nu*?

– Ah, claro. "O corpo humano é uma coisa bela em todas as idades, Arthur." Acho que é mais um desafio para atrair olhares tortos. Na verdade, não sei. – Raven estava sorrindo de um modo meio hesitante, um pouco pasmo com o que estava confessando.

– Você costuma se encontrar com ela?

– De vez em quando. Mas é como visitar uma tia distante. No ensino médio, eu tinha dois amigos, negros, que tinham sido criados pelas avós. Eles conheciam as mães do modo como eu conhecia, como uma colega muito mais velha. Foi assim que eu cresci. O que mais você sabe?

Ele sorriu do mesmo modo. Sem dúvida, a Sra. Raven era o polo oposto da Sra. Sullivan, que reivindicava uma posição importante na vida de todos os membros da família. Ela era brilhante e tremendamente espirituosa, mas a garrafa de Triple Sec estava sempre aberta na bancada da cozinha quando Gillian chegava em casa todas as tardes, vinda do St. Margaret's. As noites sempre passavam no mesmo suspense doentio. Mamãe ia pegar no pé de quem? Será que ia gritar ou, como costumava acontecer nas brigas com o marido, partir para a violência? Os ataques de fúria dela poderiam fazer uma casa com dez ocupantes ficar num silêncio carregado durante horas.

Arthur, que aparentemente tinha gostado do interesse de Gillian, mesmo assim voltou ao esforço para convencê-la a visitar Erdai. A disciplina, lembrou ela, sempre tinha sido um dos pontos fortes dele na profissão.

– Não sei como convencer você – disse ele. – Não vou pedir muito. Só para preparar o caminho com o sujeito. – Arthur prometeu que ela nem teria que escutar a história de Erdai se não quisesse, e que ele próprio iria levá-la e trazê-la para garantir que ela resolvesse tudo num dia. – Olha, Gillian, eu nunca quis esse caso. O tribunal simplesmente o jogou em cima de mim como se fosse uma sela. E agora eu não tenho um dia de folga há quatro semanas. Mas estou fazendo o que é meu dever, você sabe. E preciso pedir sua ajuda.

Sinceramente lamentoso e com uma humildade franca, Arthur estendeu os braços curtos. Sorriu como tinha sorrido quando falou da mãe: aquilo era tudo que ele sabia, e não havia opção senão aceitar. Ele era um sujeito legal, percebeu Gillian. Tinha virado um sujeito legal, alguém que havia passado a se conhecer mais do que ela teria previsto. Sabia que era um ardoroso careta, que fazia o que era certo com medo de fazer o que era errado, e sabia, como tinha dito na última vez, que havia pessoas, como ela, que consideravam um tédio gente como ele. Mas esse, ela notou subitamente, tinha sido o seu erro. Não o seu único erro. Um deles. Ela sempre devia ter tido muito mais respeito por Arthur e pelas pessoas como ele. Perceber isso era um passo na reabilitação. Porque agora havia percebido que a reabilitação era de fato o seu plano. Em alguma parte secreta, tinha pretendido o tempo todo, quando sua força retornasse, reformar-se e se refazer, encher de novo com coisas mais fortes a cratera que tinha aberto na vida.

– Eu vou – disse ela. Assim que as palavras foram pronunciadas, pareceram porcelana preciosa caída de uma prateleira. Ela observou a queda e o impacto, a luz que se espalhou pelo rosto de Raven, suspeitando ao mesmo tempo que tinha cometido um erro pavoroso. Tudo que desejava era uma vida anestesiada em segurança. Estivera vivendo um plano diário: tome o seu Paxil e minimize o contato significativo com o que havia acontecido antes. Sentiu um pânico natural, de ex-viciada, ao pensar que a decisão havia se desfeito.

Enquanto a levava até a bela recepção, Raven ofereceu uma variedade de expressões ineptas de gratidão. Depois, pegou o guarda-chuva molhado e o sobretudo de Gillian. Um tapete gigantesco, com desenho colorido feito por um mestre moderno que tinha passado da pintura para a tecelagem, cobria o piso de madeira encerada, e Gillian, ainda em um abalo profundo, olhou para as figuras abstratas. Por duas vezes com Arthur Raven, em duas semanas, algum espírito, como um elfo das matas assombrando uma árvore, tinha falado por ela.

Disse adeus abruptamente e desceu o elevador de alta velocidade, totalmente perplexa consigo mesma e especialmente com a breve sensação de leveza no peito, que parecia uma pequena chama ao canto de uma jaula. Isso não duraria muito, então ela não teve que decidir se era esperança.

7
A cadeia

4 de outubro de 1991

Na Casa de Correção, a maioria dos prisioneiros tinha vários nomes. Se a Lei descobrisse que você possuía uma ficha, havia menos chance de conseguir um *habeas corpus* ou pagar fiança. De modo que, quando os criminosos eram presos, tendiam a se esquecer de como mamãe os chamava. Geralmente eles já estavam em cana havia semanas até que o departamento de identificação no edifício McGrath comparasse as fichas de impressões digitais com o que estava arquivado e descobrisse quem era quem.

Infelizmente, para Collins Farwell a comparação tinha sido feita cedo. Apesar de ele ter dado o nome de Congo Fanon, quando Muriel recebeu o telefonema de Larry, na cadeia tinha o nome verdadeiro de Collins. Ela estava julgando um caso de roubo a banco, mas concordou em se encontrar com Larry na cadeia depois do julgamento. Quando chegou, ele estava esperando por ela num dos blocos de granito que serviam como bancos no saguão. Os grandes olhos azuis dele passearam enquanto ela se aproximava.

– Está com tudo em cima – disse Larry.

Ela havia vestido um conjunto vermelho para o julgamento, usando um pouquinho mais de maquiagem do que quando ficava no escritório mexendo com a papelada. Sempre um pouco íntimo demais, Larry levantou a mão para tocar um dos seus grandes brincos de argola.

– Africano?

– Na verdade, é.

– Bonito – disse ele.

Ela perguntou o que estava acontecendo, e Larry ofereceu uma versão mais elaborada do que tinha contado pelo telefone na véspera, com base nas informações de Erno. Eram 17 horas e os prisioneiros estavam trancados para a contagem, o que significava que Larry e ela teriam que esperar para interrogar Collins.

– Quer dar uma olhada nele enquanto isso? – perguntou Larry.

Ele mostrou o distintivo e os dois subiram pelas passarelas gradeadas do lado de fora das celas. Muriel andava um pouco mais devagar. Não tivera tempo de trocar de sapatos, e era fácil enfiar o salto alto pela grade. Um tropeção poderia provocar mais do que embaraço. Os civis, homens e mulheres, aprendiam a manter distância das celas. Homens já haviam sido praticamente enforcados com gravatas, e mulheres, naturalmente, haviam passado por coisa pior. Os policiais que serviam como guardas mantinham um acerto com os prisioneiros – e nem sempre eram rápidos em intervir.

Enquanto andavam, viam as cenas comuns de cadeia – rostos escuros, cheiros ruins, insultos e provocações sexuais lançados às suas costas. Em algumas celas, os homens tinham amarrado varais de roupas, dividindo ainda mais o espaço mínimo. Frequentemente, fotos eram coladas nas barras – imagens de família ou de mulheres recortadas de revistas. Durante o tempo em que deveriam ficar trancados, os homens permaneciam à toa, ou dormiam, ouviam rádio, gritavam uns para os outros, normalmente usando códigos de gangues. Um policial uniformizado, grande e negro, tinha vindo acompanhá-los depois que passaram pelo último portão antes das celas e estava claramente irritado por ter sido incomodado. Bateu duas vezes com o cassetete nas barras para indicar que eles haviam chegado à cela de Collins e se afastou num passo balançado, arrastando o cassetete contra as barras, só para os rapazes saberem que ele estava por ali.

– Qual de vocês é Collins? – perguntou Larry aos dois homens na cela. Um estava no vaso sanitário, e outro jogando cartas, através das barras, com o prisioneiro da cela ao lado.

– Puxa, cara, será que eu não posso nem ter privacidade? – Sentado no vaso de aço inoxidável, Collins apontou para Muriel, mas continuou o que estava fazendo, como se desafiasse a intromissão.

Os dois se afastaram por um instante. Quando voltaram, Collins estava acabando de fechar o zíper do seu macacão laranja.

– Vocês são da narcóticos ou o quê? – perguntou Collins quando Larry mostrou o distintivo. Collins Farwell era mestiço, tinha olhos claros e um cabelo afro aparado com perfeição. Como fora dito, ele era grande e bonito. Seus olhos eram quase laranjas, tão luminosos quanto os de um gato, e ele claramente tinha noção de sua boa aparência. Olhando para Muriel, ajeitou o macacão nos ombros, para se certificar de que estivesse caindo bem.

– Homicídios – disse Larry.

– Eu não matei ninguém, porra. Essa não é a minha, cara. Você deve estar atrás de outro crioulo. Eu não sou assassino. Sou amante. – Collins cantou alguns números de Otis Redding para provar o que dizia, proporcionando uma diversão considerável em várias celas amontoadas nos andares acima e abaixo dele. Em seguida, virou-se e baixou o zíper do macacão, voltando para o sanitário. Olhava diretamente para Muriel, esperando que ela se afastasse, mas ela ficou firme durante um minuto.

– O que você acha? – perguntou Larry, enquanto desciam de volta.

– Bonito pra cacete – respondeu Muriel. Ele lembrava o cantor predileto de sua mãe, Harry Belafonte.

– Vou ver se a gente consegue a foto dele numa moldura para você. Nós estamos perdendo tempo?

Ela perguntou o que Larry achava.

– Eu acho que ele é um típico merda de cadeia. Mas eu tenho uma hora, se você puder.

Depois da hora do almoço, quando Collins estava de volta em meio à população geral, puderam levá-lo sem estardalhaço para uma sala de interrogatório. Na sala da administração, Larry pediu ao policial de serviço para arranjar tudo, dizendo apenas que precisava interrogar Farwell por causa de um assassinato. Metade do pessoal dali estava ligada a alguma gangue, ou então era afiliada, e a notícia correria rapidamente se eles achassem que Collins estava cooperando. O policial de serviço levou Larry e Muriel a uma pequena sala, um trapezoide feito de laminado barato, repleto de marcas de calcanhares na parte de baixo da parede. Sentaram-se em cadeiras de plástico giratórias que, como a mesa entre eles, era fixada ao chão com parafusos grossos.

– Então, como vai o Talmadge? – Os olhos de Larry se afastaram imediatamente, como se tivesse se arrependido da observação assim que foi feita. Agora um monte de gente falava de Talmadge com ela. Uma foto, tirada numa festa para levantar fundos, tinha saído no jornal na semana passada. Mesmo assim, esta não era uma discussão que ela teria com Larry.

– Sabe, Larry, eu nunca achei que você fosse ciumento.

– É só uma informação – protestou ele. – Você sabe, como a previsão do tempo. Tipo como vai sua saúde e sua família?

– Ahã.

– E?

– Qual é, Larry! Eu estou saindo com o cara. A gente está se divertindo.

– E você não está saindo comigo.

– Larry, eu não me lembro de ter "saído" com você com muita frequência. Pelo que sei, você nunca pensava em mim quando não estava com tesão.

– E o que há de errado nisso? – Ela quase caiu na armadilha, antes de perceber que ele estava curtindo com sua cara. – Agora vou mandar flores todos os dias e bilhetinhos de amor.

– Bilhetinhos de amor. – Larry era sempre capaz de surpreender. Ela simplesmente o encarou.

– Eu estou lhe dando espaço – disse Larry. – Achei que você quisesse espaço.

– Eu quero espaço, Larry. – Quando ela fechou os olhos, seus cílios pareceram se grudar à maquiagem. De algum modo, Larry, que vivia com base nos seus instintos, soube que algo estava acontecendo. Havia duas noites, quando estava saindo da casa de Muriel, Talmadge havia apertado a cabeça dela no peito e dito: "Talvez a gente devesse pensar em tornar isso permanente." Ela sabia o tempo todo que era nessa direção que os dois estavam indo, mas mesmo assim uma paralisia a dominou. A seu modo, vinha trabalhando duro desde então para não pensar no que ele tinha dito, o que no fundo significava que não vinha pensando em outra coisa.

Era como se estivesse olhando para o fundo do Grand Canyon. De alguma maneira, seu primeiro casamento, que raramente era um assunto para reflexão, estava na distância perigosa lá embaixo. Ela havia se casado aos 19 anos, quando as coisas idiotas que as pessoas faziam eram incontáveis e quando acreditava estar recebendo um prêmio. Rod fora seu professor de inglês do ensino médio, cáustico, inteligente e ainda solteiro aos 42 anos – nunca lhe ocorrera imaginar por quê. No verão após sua formatura, ela cruzou com ele numa esquina e flertou ousadamente, tendo descoberto naqueles anos que a ousadia sexual fazia maravilhas para uma garota que não era de parar o trânsito. Perseguiu-o, implorou para que almoçassem juntos, para que fossem ao cinema, sempre às escondidas. Seus pais ficaram horrorizados quando ela anunciou o casamento. Mas ela trabalhava e terminou a faculdade em cinco anos, deu aula em escolas públicas e passou a frequentar a escola de direito à noite.

Com o tempo, claro, o charme de Rod havia se desgastado. Bom, isso não era realmente verdade. Continuou sendo um dos seres humanos mais devastadoramente engraçados que ela havia conhecido – o bêbado inteligente no canto do balcão que dizia as melhores frases nas comédias inglesas. Mas, resumindo, era um ser humano que jamais se tornaria alguma coisa. Um garoto brilhante, de mãos e pernas atadas pela própria infelicidade, e sabia disso, afirmando frequentemente que seu problema fundamental na vida era que não dava para segurar uma vodca Stoli, um cigarro e o controle remoto da TV com apenas duas mãos. Provavelmente era gay, mas covarde demais para encarar isso. De fato, seu interesse pelo sexo com ela não parecera durar muito depois do noivado. No terceiro ano do casamento, o desinteresse sexual dele tinha levado-a a outros homens. Rod sabia e não parecia se importar. Na verdade, desmoronava sempre que ela falava em divórcio. Não poderia encarar a reação da mãe a isso. Ela era uma figura severa, insensível, de classe alta, que ele deveria ter mandado se foder havia séculos. Em vez disso, permitia que ela fosse seu juiz. Até o dia em que ele morreu. A causa foi um acidente coronário, que as mortes prematuras de seu pai e do avô tinham pressagiado bem antes. Apesar de todos os alertas, Rod jamais fazia exercícios e só ia ao médico para zombar dele. Mas, para Muriel, a perda fora inesperada e monumental, não somente por Rod em si, mas pelo tesouro que ele tinha sido quando ela estava com 19 anos.

Tendo se casado com um homem de idade suficiente para ser seu pai, a pessoa olha para trás e diz: eu tinha motivos. Mas, em retrospecto, seu motivo central ainda parecia identificável e familiar: ela simplesmente quisera ir a algum lugar com sua vida. Rod, fraco e bêbado, e Talmadge, uma força inabalável, tinham menos em comum do que uma pedra e uma planta. E os quinze anos desde que havia se casado pela primeira vez eram literalmente uma vida. Mas o augúrio de como ela podia estar equivocada, de como podia estar invisível para si mesma nessas coisas continuava a assombrá-la. Com Larry, entretanto, Muriel estava decidida a parecer resoluta.

– Não posso acreditar que Talmadge seja uma coisa tão importante para você – disse ela.

– Não sei. Parece que eu estou perdendo. – Ele disse que estava se divorciando e que daquela vez parecia sério. Nancy e ele tinham ido juntos a uma advogada, uma mulher que primeiro tentou convencê-los a segurar as pontas. Não havia problemas de propriedades. A única questão eram os garotos. Nancy era ligada demais para deixá-los e tinha proposto ficar com a custódia, mas Larry recusou. Por enquanto, estavam num impasse, mas achavam que acabariam chegando a um acordo. Os dois queriam sair daquele impasse.

– É triste – disse Larry. E parecia estar falando aquilo a sério também. Não se incomodava de olhar para ela. Para seu crédito, Larry não tinha apetite para simpatia barata.

Lá fora, ouviram a música da cadeia, composta de correntes se sacudindo. Um guarda bateu à porta uma vez e guiou Collins Farwell em direção sala, acorrentado na cintura e com mãos e pés algemados. O policial pôs Collins numa mesa adjacente e prendeu com cadeado a corrente dos tornozelos a uma braçadeira fixada ao chão.

– Quero uma redução de pena, cara – disse Collins assim que o policial saiu pela porta.

– Epa – disse Larry. – Recue uns passos aí, meu chapa. Talvez a gente devesse dizer boa tarde primeiro.

– Eu disse que quero uma redução de pena. – Fora da área das celas, seu sotaque era notavelmente mais branco. Ele se dirigia a Muriel, aparentemente percebendo que era a promotora quem tomava as decisões.

– Quanta droga você tinha quando foi apanhado? – perguntou ela.

Collins coçou o rosto, onde a barba encaracolada crescia havia vários dias, provavelmente uma tentativa de estar na moda. Dentro da cadeia, não poderia ser interrogado sem novas declarações de direitos, que não tinham sido administradas. Na lógica atormentada do direito, portanto, nada que ele dissesse ali poderia ser usado contra ele. Muriel explicou isso, mas Collins já estivera naquela situação vezes suficientes para saber por si mesmo. Estava simplesmente dando um tempo para pensar nas táticas.

– Duzentos gramas, cara – disse ele, finalmente –, até os caras da narcóticos pegarem a parte deles. Só deixaram o bastante para ainda ser identificada. – Collins riu enquanto contemplava a depravação da polícia. Eles venderiam 50 gramas na rua ou cheirariam. Ele continuava em uma vida sem possibilidade de condicional.

– Que tal você contar o que sabe? – pediu Muriel.

– Que tal vocês me dizerem qual será minha redução e pararem de agir como seu eu fosse um crioulo idiota de cadeia que acabou de cair nas mãos da polícia.

Larry se levantou. Espreguiçou-se brevemente, mas isso era um pretexto para ele circular por trás de Collins. Uma vez lá, agarrou a corrente presa ao chão e puxou os elos até apertarem a virilha do rapaz. Ele sabia até onde podia ir. Pôs a mão no ombro de Collins.

– Você tem muita pose, meu amigo – disse. – Você não precisa falar com a gente. Não precisa mesmo. Nós podemos ir embora, e você pode pegar uma perpétua. Mas, se quer sair dessa, é melhor começar a se comportar. Porque eu não estou vendo uma fila de promotores lá fora querendo oferecer um tratamento melhor.

Quando Larry soltou a corrente, Collins olhou para ele com um ar insolente, depois se virou para Muriel. Quase contra a vontade dela, ele era atraente. Nem mesmo Collins sabia até que ponto era um sujeito barra-pesada. Ela acenou para Larry, e os dois saíram pela porta, esperando para falar depois que o policial tivesse entrado de novo para olhar o prisioneiro.

– Eu odeio barganhar com esses traficantes – disse Larry. – Eles são sempre muito melhores nisso do que eu.

Muriel riu alto. Larry podia pegar pesado consigo mesmo. Essa era uma coisa que Talmadge nunca aprenderia. Larry ainda estava usando seu agasalho, uma jaqueta de couro preto, de comprimento médio, e sussurrando no espaço confinado da cadeia. Ela sentia o calor animal que sempre irradiava do corpo dele.

– Não sei se esse escroto está tentando conseguir alguma coisa em troca de nada – disse ele – ou se ele tem as chaves do reino.

– Bom, só há um modo de descobrir. Isso não é como olhar vitrines. Ele precisa colocar o que tem sobre a mesa. Assim que abrir o bico, a gente vê se tem fundamento. Se ele nos entregar um assassino e testemunhar, talvez a Narcóticos reduza a apreensão para menos de 170 gramas e o deixe pegar de dez a doze anos. Mas não posso prometer nada a ele sozinha.

Larry assentiu. Era um plano. Muriel segurou seu braço grosso antes que ele pudesse se virar.

– Mas talvez você devesse deixar que eu fale. Acho que você já fez o papel do mau policial.

Quando entraram de novo, Muriel explicou as regras. Com tempo para pensar, o tom de voz de Collins tinha ficado ligeiramente mais ameno, mas ele ainda balançava a cabeça.

– Não diga a ninguém que eu vou testemunhar, cara. Eu vou ficar em cana um tempo agora, não é? Não importa o que eu disser, eu estou em cana, certo?

Muriel assentiu.

– A coisa vai ficar preta se eu testemunhar. L.G. – disse ele, referindo-se às Leis das Gangues. – Eles não esperam para ver você testemunhar pela segunda vez.

– Olhe – disse Muriel –, você também não é o nosso homem dos sonhos. Um cara com três passagens, que está falando para escapar de uma perpétua, não é o mesmo que uma freira para o júri. Se você não sustentar o que vai contar, não adianta nada.

– Não posso testemunhar. Me coloca no detector de mentiras, cara, certo? Mas de jeito nenhum eu posso me apresentar lá. Eu sou estritamente um i.c. – informante confidencial.

Continuaram assim durante mais alguns minutos, mas Muriel estava disposta a pegar o testemunho dele. Ainda tinha a sensação de que Collins passaria numa boa pelo detector, mas um caso que exigia como testemunha um sujeito com três passagens pra começar não valia a pena ser apresentado. Em última instância, ela se ofereceu para tentar conseguir uma redução de pena na promotoria, mas só se a informação de Collins levasse a uma condenação. E eles teriam que ouvir agora o que ele tinha a oferecer.

– E se vocês estiverem me sacaneando, cara? Vocês prendem o cara e me esquecem? O que vai acontecer comigo então? – Os olhos de Collins, de um castanho amarelado, pousaram em Larry enquanto ele perguntava sobre a possibilidade de ser enganado.

– Achei que seu tio tinha lhe dito que eu era legal – disse Larry.

– Meu tio, cara – disse Collins e riu ao pensar em Erno. – O que é que ele sabe? Se você colocar batom num porco, cara, ele continua sendo um porco.

Mesmo contra a vontade, Muriel riu, mas Larry havia se enrijecido. A palavra "porco", mesmo naquela época, causava uma reação negativa na maioria dos policiais. Muriel tocou o braço de Larry enquanto dizia a Collins que isso era o máximo que poderia fazer. Era pegar ou largar.

Collins esticou o pescoço, girando-o como se quisesse aliviar algum pequeno desconforto.

– Eu estava num bar – disse ele então –, o Lamplight.

– Quando? – perguntou ela.

– Semana passada. Logo antes de eu dançar. Terça-feira. E pintou um vagabundo que costuma ir lá. Só um vagabundo de rua, você sabe.

– Nome?

– O pessoal de lá chama o cara de Esquilo. Não sei por quê. Provavelmente porque é meio maluco e não para nunca. De qualquer modo, eu estava papeando com uns caras e o tal de Esquilo estava andando por lá, vendendo umas merdas.

– Que merdas ele estava vendendo? – perguntou Larry.

– Na semana passada ele tinha ouro. Cordões. Estava tirando dos bolsos. E tinha uma coisa... como é que chamam aquela medalha de mulher que tem uma cara?

– Camafeu? – perguntou Muriel.

Ele estalou os dedos compridos.

– Um dos irmãos que estava lá no balcão quis ver, e Esquilo mostrou, mas ficou falando: "De jeito nenhum, cara, isso aí não é pra vender." O negócio é do tipo que abre, você sabe, debaixo da cara tem um fecho e duas fotos pequenininhas dentro, dois nenéns. "Os parente vai dar uma grana boa por isso", ele disse. Parente, eu pensei. Não faço a mínima ideia do que era isso. Então mais tarde eu estava lá no, você sabe, no banheiro, e vi o cara de novo, a gente começou a bater papo, e eu disse: "O que você quis dizer com parente?" E ele: "Porra, a dona com quem eu consegui isso tá debaixo de sete palmo agora. Taquei um tirambaço nela." E esse irmão, cara, você sabe, ele não parecia capaz de apagar ninguém. Eu falei: "Cara, cê tá viajandão?" "No duro", ele disse, "apaguei ela e mais dois negão lá, no Quatro de Julho. Você viu isso também, cara, saiu na televisão e tudo, eu fiquei famoso e coisa e tal. Peguei um monte de merda com eles, mas já me livrei de tudo, menos aquela peça, porque ninguém vai me dar o que os parente dela vai pagar. Dá pra pedir resgate, uma coisa assim, quando o negócio esfriar e tudo, e eu preciso de um troco pra pagar uma moradia." – Collins deu de ombros. Ele próprio não sabia direito o que pensar daquilo.

Larry pediu uma descrição do camafeu. Muitos dos itens roubados das vítimas tinham sido mencionados nos jornais, e Larry estava claramente procurando detalhes não revelados.

– Mais alguma coisa? – perguntou Muriel, depois que Collins respondeu a Larry.

– Mmmm, não.

– Nem mesmo o nome inteiro da figura? – perguntou Larry.

– Não sei, cara. Acho que alguém chamou ele de Rommy, alguma coisa assim.

– Você acha que ele estava mentindo quando falou que tinha matado aquelas três pessoas?

Collins olhou para os dois. Finalmente, tinha perdido a pose.

– Pode ser. Neste momento, espero tremendamente que não tenha, mas você sabe, nego enche a cara e quem sabe o que vai dizer? O cara tava contando vantagem, isso é certo.

Collins estava fazendo a coisa do modo correto, pensou Muriel, falando diretamente. No fim do dia, se Esquilo não fosse o homem, ela ainda poderia falar em defesa dele.

Larry fez várias outras perguntas para as quais Collins não tinha resposta, e então eles o mandaram de volta à cela. Não falaram nada sobre ele até chegarem à rua, do lado de fora da vasta fortaleza que era a Casa de Correção.

– Falou a verdade? – perguntou ela, então.

– Provavelmente. Se ele fosse inventar, poderia fazer muito melhor do que isso.

Muriel concordou.

– Alguma chance de Collins estar envolvido?

– Se estiver, e Esquilo o entregar, Collins é carne morta. Ele pode deduzir isso. De modo que aposto que não.

Muriel via as coisas do mesmo modo. Perguntou quanto do que Collins falou sobre o camafeu tinha saído nos jornais.

– Nós nunca divulgamos que era uma peça de abrir. Dentro estão as fotos do batizado das filhas de Luisa. E vou lhe dizer o que me deixa encucado se ele estiver certo: o negócio é importante para a família. É algum tipo de herança da Itália. A mãe ganhou da mãe dela, que ganhou da dela. Esse escroto, o Esquilo, ou sei lá quem, tem que saber alguma coisa.

– Você vai ligar para o Harold?

– Quero achar Esquilo primeiro. – Isso significava que Larry estava com medo de que o comandante designasse outros detetives para achar Esquilo. Os policiais mantinham o olho em suas estatísticas de prisões, como se houvesse uma tabela de pontos, luminosa, no edifício McGrath. Larry, como todos os outros, queria os grandes casos.

– Eu não vou dizer nada ao Molto – respondeu Muriel.

Os dois ficaram parados no frio crescente, atraídos, como costumava acontecer, pela velocidade com que compactuavam. As respirações viravam nuvem e se afastavam, e o ar tinha o cheiro sombrio e envolvente do outono. Num dos lados da cadeia, estava se formando a fila para as visitas da tarde, composta sobretudo por mulheres jovens, a maioria com uma ou duas crianças. Várias delas choravam.

Larry olhou para ela, de cima a baixo, sob a luz suave.

– Tempo para um refrigerante?

Ela apertou um dos olhos.

– Isso parece meio perigoso.

– Você adora o perigo.

Era verdade. Ela sempre havia adorado o perigo. E Larry fazia parte dele. Mas estava decidida a crescer.

– O réu do meu processo vai depor amanhã. Eu tenho que trabalhar nas perguntas. – Ela deu um risinho contido, a fim de refletir apenas uma ponta de arrependimento, depois se virou para o escritório da promotoria do outro lado da rua.

– Muriel – disse Larry. Quando ela se virou, ele estava com as mãos nos bolsos da jaqueta e bateu-as nos lados do corpo. Sua boca se moveu, mas ele claramente não tinha ideia do que dizer. Em vez disso, os dois ficaram parados no meio da noite, encarando-se, e deixaram o nome dela, falado com um levíssimo eco de pesar, permanecer como a última palavra.

8
Esquilo

8 de outubro de 1991

— Esquilo? – perguntou Carney Lenahan. – A gente vive atrás daquele cérebro de passarinho.

– O que ele é? – perguntou Larry. – Traficante?

A parceira de Lenahan, Christine Woznicki, respondeu:

– Ele é um bandidinho vagabundo.

Em seguida, deu o nome do Esquilo, Romeo Gandolph, e Larry anotou. Estavam na sala de instrução da Área Seis, pouco depois das 8 horas da manhã. O comandante do turno acabara de fazer a reunião matutina com os recém-chegados, e os dois policiais estavam prontos para sair em patrulha. Woznicki era tremendamente bonita, mas com seu jeito durão e uma magreza que fazia Larry se lembrar de um afiador de navalhas. Provavelmente tão gentil quanto um, embora Larry não se importasse com isso. O pai dela era policial quando Larry começou a carreira na Seis, havia mais de quinze anos. Stan Woznicki também fora parceiro de Carney. Quanto mais você vive, pensou Larry, mais você percebe que a vida é só uma grande roda.

– Ele é ladrão – disse Lenahan. – E receptador. Rouba ou vende, de preferência as duas coisas. Pior que um cigano. A gente traz o cara para cá pelo menos uma vez por mês. Ed Norris o colocou em cana ontem.

– Por?

– M.V.M. – A mesma velha merda. – Lady Carroll tem uma loja de perucas na 61. É como ela chama a si mesma, Lady Carroll. Então Lady Carroll ficou meio distraída e não fechou a porta dos fundos. E esse é o negócio daquele babaca, portas dos fundos e se esconder num armário até depois da hora de fechar. Ontem de manhã, metade do estoque dela tinha sumido. E a maioria das vagabas da 61 estava de cabelo novo. Então Ed deixou o Esquilo passar a noite aqui, mas ele não admitiu. Foi ele. Acredite. Vendeu tudo, com certeza.

Carney tinha que estar certo no fim do dia. Tudo no cara era cinza, até o rosto sob a fraca luz interior. Larry adorava policiais assim. Tinham visto tudo e feito tudo, e ainda lhes restava alguma coisa boa. Quando Larry entrou no serviço, em 1975, Carney ainda reclamava de a polícia ter comprado carros com ar-condicionado. Isso era procurar encrenca, dizia ele, encorajar o elemento que não queria sair do carro, desde o início.

– Algum objeto? – perguntou Larry. – Quando Norris o pegou?

Lenahan lançou um olhar para Woznicki, que deu de ombros.

– O que ele consegue, ele descarrega depressa – respondeu ela.

Larry disse que gostaria de ver o relatório de Norris. Quando perguntou se Esquilo tinha alguma ligação com Gus, Carney deu uma risada.

– Aqueles dois eram que nem mangusto e cobra. Gus deduziu que Esquilo tinha tesão por sua caixa registradora. Acho que ele tentou enfiar a mão lá uma vez. Se Gus pegasse Esquilo ao menos sentado ao seu balcão para tomar um café, expulsaria ele de lá. – No Paradise, qualquer um que pagasse a conta era considerado igual. Chefes de gangues se sentavam perto de policiais e de putas de 20 dólares. Quando havia problemas, garotos da área fazendo barulho, vagabundos que passavam a residir lá, ou idiotas como o Esquilo, Gus preferia lidar com isso pessoalmente, mesmo que houvesse um policial em um dos seus reservados. – Uma vez vi o Gus partir para cima dele com uma faca de cortar carne. Acho que aqueles dois não escreviam cartas de amor um para o outro.

Uma sensação atravessou Larry. Ele tinha feito a coisa. O Esquilo.

– E drogas? – perguntou. – Ele usa?

– Ele não tem um vício específico – respondeu Woznicki. – Fica doidão como qualquer outro. Durante um longo tempo andou cheirando tinta – disse ela, referindo-se ao tolueno –, o que pode ser parte do seu problema. Ele só quer curtir. Esquilo, você sabe, só está levando a vida. Quer roubar o bastante para ficar totalmente chapado quando a noite chegar, pra se esquecer de como é estranho. Você não precisa consultar o Buda pra deduzir como o cara é.

– Ele anda armado?

– Não que eu tenha visto. É um cara fraco – disse Christine. – Gosta de papo-furado, mas não sei se realmente vai à guerra. Você acha que ele pode ser o cara que apagou o Gus?

– Estou começando a achar.

– Acho que o escrotinho não tem colhão pra isso. – Pensando, Woznicki balançou o rosto estreito e de queixo comprido por um segundo. Essa era uma das lições tristes da vida de policial. As pessoas tinham muito mais probabilidade de serem piores do que você esperava, do que de serem melhores.

Lenahan e Woznicki saíram para a patrulha. Na recepção, Larry pediu que o funcionário dos registros pegasse uns documentos. A ficha criminal de Rommy chegou por fax, do centro da cidade, em meia hora, mas o funcionário disse que o relatório de Norris, da noite passada, ainda devia estar no arquivamento. Enquanto o funcionário procurava, Larry telefonou para Harold Greer.

Harold estava numa reunião, o que era bom. Larry falou com Aparicio, o braço direito de Harold, que era amável demais para fazer muitas perguntas. Havia outro telefonema que Larry precisava dar.

– Você quer um mandado? – perguntou Muriel. Ela estava em sua sala, esperando a hora do julgamento.

– Ainda não. Só fique ligada.

– Sempre.

Sempre, pensou ele. Que diabo isso significava? Na outra noite, diante da cadeia, ele tinha olhado para Muriel vestida com a roupa de ir ao tribunal, os sapatos altos vermelhos elevando sua altura de moleque, e de repente sentiu que o mundo era apenas um espaço vazio. O sentimento que o ligava a ela era a coisa mais certa que havia. A força daquela sensação, que não era somente o crescimento do desejo, mas alguma ânsia mais forte, tinha-o deixado sem fala depois de pronunciar o nome dela.

– Sempre – murmurou ele, colocando o telefone no gancho.

Depois de mais uma hora, pediu para o funcionário do despacho entrar em contato com Lenahan e Woznicki. Eles estavam a apenas alguns quarteirões de distância. Larry os encontrou atrás da delegacia. Passava do meio-dia agora, e o estacionamento estava apinhado como um shopping center.

– O que há? – perguntou Woznicki pela janela do motorista. – Ainda está procurando aquele relatório?

– Na verdade, sim.

– Eu liguei para Norris há pouco.

– Certo, mas neste momento eu preciso de ajuda para achar o Esquilo. Onde o encontro?

– Geralmente na rua – disse Lenahan. – Ainda não está frio o bastante pra ele ir até o aeroporto. Sempre que ele faz um dos seus servicinhos, a gente o encontra na mesma pizzaria da Duhaney.

– O que ele faz lá?

– Come. Não sei se dá larica por causa da empolgação ou simplesmente por fome.

– Provavelmente com fome – disse Woznicki. – Entre aqui e a gente dá um pulo lá.

Esquilo tinha deixado de lado a pizza. Depois de duas horas, eles foram parar no boteco onde Collins tinha dito que havia encontrado Gandolph. Chamava-se Lamplight. Estranho ter nome. Era um buraco imundo. Você sabia que estava encrencado quando um lugar mantinha proteções contra ciclone mesmo estando aberto. Perto da porta havia um pequeno balcão de bebidas, com a mercadoria trancada atrás de grades grossas, e uma sala escura aos fundos. Larry tinha visto esse tipo de coisa mil vezes antes: apenas algumas lâmpadas funcionavam, incluindo os painéis de cerveja, e o que elas revelavam era velho, imundo e quebrado. O lambri da sala era tão antigo que tinha começado a se esgarçar, como roupa velha, e o vaso do único banheiro era manchado, com uma tampa que tinha sido rachada ao meio, uma cisterna que vazava e sempre estava com água correndo. Mesmo da porta da frente, todo o lugar fedia a podre e a um vago escapamento de gás. Havia clientes o dia inteiro, pequenos grupos de jovens em pé, falando coisas nas quais ninguém acreditava, de vez em quando vendendo droga em pequenas rodas ao canto. Com certeza, era essa atividade que tinha levado Collins para ali.

Do lado de fora, na calçada perto da porta, havia mais do mesmo: putas depauperadas tentando conseguir um cliente ou uma dose, caras aposentados por invalidez ou com vícios próprios. A turma do saco de papel pardo. Quando os três policiais se aproximaram, todos se espalharam. Carney e Christine entraram pela frente, e Larry seguiu até o beco, para o caso de Esquilo optar pela porta de serviço.

Larry ouviu Lenahan assobiando para ele um minuto depois.

– Detetive Starczek, quero lhe apresentar Romeo Gandolph.

O homem que Carney estava empurrando era magro, uma coisinha de aparência alucinada, com olhos saltando como as luzes de Marte. Não seria necessário montar um júri de instrução para deduzir como ele tinha conseguido o apelido de Esquilo. Larry o empurrou contra a radiopatrulha e o revistou. Rommy gemeu, perguntando várias vezes o que tinha feito.

– Merda – disse Larry. – Onde está o medalhão, Romeo?

Como era esperado, Romeo disse que não sabia de nada.

– Merda – repetiu Larry. Gandolph não ficaria guardando o camafeu durante meses só para vender agora. Larry descreveu a peça, mas o Esquilo dizia que não tinha visto nada parecido.

Larry pensou no aviso de Erno sobre Collins. Essa não era a primeira vez que um dedo-duro de cadeia tinha contado uma cascata para ele. Estava pronto para deixar o Esquilo ir embora, mas inesperadamente Lenahan agarrou Gandolph pelo cabelo desgrenhado e o empurrou para o banco de trás do carro. Esquilo estava gemendo, dizendo que seu braço ainda doía da noite passada, quando tinha ficado algemado a maior parte do tempo à argola de ferro acima da cabeça, na parede.

Na Seis, Lenahan apontou um banco para Rommy – ele conhecia o caminho – e depois segurou Larry pelo bíceps. Dava para dizer que havia um problema pelo modo como Corney olhava para um lado e para o outro do corredor.

– Você não vai achar relatórios sobre nada de ontem à noite.

– Por quê?

– Porque não vai achar aquele camafeu no setor de custódia.

Larry gemeu. Estava velho demais para aquela merda.

– Carney, eu sei que não é com você, mas esse cabeça de bagre tem que me dizer que estava com o medalhão quando eles o pegaram. Você sabe disso. Então o que eu devo contar ao Harold?

– Entendo. Vou fazer o que puder. Nós estivemos procurando Norris o dia inteiro. Ele sumiu. A namorada jura que ele estava vindo para cá.

Foram interrompidos por um funcionário de comunicações. Havia um telefonema para Larry. Seu primeiro pensamento foi Muriel, mas era Greer. Larry tentou passar um tom alegre.

– Acho que nós estamos para resolver o caso, comandante. – Ele deu alguns dos detalhes a Harold.

– Quem está com você, Larry?

Ele sabia que Harold estava falando de detetives da força-tarefa, mas Larry bancou o sonso e mencionou Lenahan e Woznicki.

– O Cavaleiro Solitário ataca outra vez – disse Greer consigo mesmo. Em seguida, avisou a Larry que mandaria um detetive da Homicídios para lá o mais rápido possível.

Quando Larry colocou o telefone no gancho, havia um sujeito negro e enorme esperando. Vestia uma jaqueta de couro curta, vistosa, e uma camisa de tricô que não cobria totalmente a barriga grande. Estava sorrindo como se tivesse alguma coisa para vender. E tinha, de certa forma. Aquele era Norris.

– Ouvi dizer que vocês precisam disso – disse ele. Em seguida, tirou o camafeu do bolso da jaqueta. Nem tinha se incomodado em colocá-lo num saco plástico.

Larry havia se dado bem na polícia sendo adepto do viva e deixe viver. Pelo que sabia, o papa não estava juntando papéis para canonizá-lo. Mas fazia o serviço. Talvez essa fosse sua maior fonte de orgulho. Ia todo dia ao trabalho – não para tirar um cochilo, arrochar viciados ou se esconder na delegacia enquanto tramava uma longa licença médica. Fazia o serviço como todo policial bom que ele conhecia. Aquilo era demais. Tomou o medalhão bruscamente da mão de Norris. As fotos de batizado estavam dentro, dois bebês ainda inchados da viagem violenta pelo canal de parto.

– Você é a porra do Dick Tracy, não é? – disse Larry a Norris. – Você pega um cara com uma joia no bolso, uma joia que apareceu na televisão todos os dias durante uma semana porque pertencia a uma vítima de assassinato. E por acaso o cara que você pegou tinha um negócio com outra das vítimas. E em que você estava pensando? Em quanto ia ganhar quando vendesse o objeto de prova. Espero que não existam outros iguais a você por aí.

– Vá com calma. Esse aí não é o seu cara. É só um merdinha local. Ele não queria admitir o roubo das perucas, por isso eu estava dando uma lição. Qual é o problema?

– Problema? Eu tenho uma enorme cadeia de provas, não tenho? Ficha de prisão, lista de objetos de prova? Como é que eu vou provar pro Zé Advogado que foi isso que você tirou do cliente dele?

– Não pega no meu pé, cara. Todo mundo aqui sabe como testemunhar.

Larry se virou, mas Norris gritou para ele:

– Sabe, se ele for culpado dos assassinatos, eu devia ganhar parte do crédito pela prisão.

Larry não se incomodou em responder. Não dava para falar com um cara daquele tipo.

9
Dentro

22 de maio de 2001

Do lado de fora da Penitenciária Masculina de Segurança Máxima de Rudyard, Gillian fumou um último cigarro. Mantinha as costas viradas para a prisão e examinava a bela rua típica do Meio-Oeste, com pequenas casas de madeira onde os gramados tinham voltado a ficar verdes recentemente, e os bordos nas calçadas estavam todos com folhas novas. Arthur continuava em seu automóvel elegante, falando com o escritório pelo telefone. "Meu explorador contra o seu explorador", era como ele havia descrito seu trabalho enquanto dirigia, mas, como todos os advogados no meio de uma sequência de acontecimentos, parecia conformado com isso, acalmando clientes e planejando estratégias na feroz guerra dos mundos que era o litígio cível.

Pelo bem de Gillian, Arthur tinha deixado sua jovem colega carnívora no edifício IBM. Enquanto disparavam pela autoestrada, cercado pelos milharais que irrompiam da terra com as folhas verdes tombando como mãos dando boas-vindas, Arthur e ela tiveram uma conversa agradável. Ele disse o que ficara sabendo sobre Erno Erdai, o prisioneiro que iriam ver, e também falaram longamente sobre Duffy Muldawer, o senhorio dela, com quem Arthur tinha se reencontrado de manhã, lembrando as batalhas travadas pelos dois havia anos, quando Arthur era assistente de promotor no tribunal de Gillian.

Na verdade, Duffy nunca fora exatamente um advogado. Tinha frequentado a faculdade de direito como complemento aos seus deveres sacerdotais e terminou como defensor público estadual quando o amor, que infelizmente não durou, o levou a abandonar os votos. Seu verdadeiro dom estava na vocação original. Gillian havia descoberto isso em 1993, quando entrou num dos seus comentados programas de 12 passos. À espera de uma sentença, era imperativo se desintoxicar, mas ela não podia suportar as frases feitas, as fórmulas, os círculos de almas perdidas desnudando os problemas e ainda perdidas. No desespero, tinha ligado para Duffy, que se oferecera para ajudar quando saíram as primeiras matérias sobre ela nos jornais. Ele era seu único verdadeiro confessor. Sem ele, poderia ter permanecido para sempre no fundo do poço.

Enquanto o telefonema de Arthur terminava, Gillian apagou o cigarro no cascalho do estacionamento e se olhou no reflexo dos vidros fumê do carro. Estava usando um terninho David Dart, com paletó estilo cardigã, pérolas e brincos dourados em forma de botões.

O objetivo era parecer recatada, atrair o mínimo de atenção possível dentro da instituição. Mas Arthur, que aparentemente estivera olhando-a pelo para-brisa enquanto terminava de falar, pareceu não ter entendido isso.

– Você está fantástica, como sempre – disse ele, saindo do carro. Falava com o mesmo entusiasmo que havia demonstrado no escritório. Ela sentia em Raven, como em muitos homens, uma sugestão de apetite sexual incansável. Mas estava bastante imune aos homens. Começara até a usar uma aliança de casamento, de plástico, no trabalho. Aparentemente, as vendedoras tinham a mesma reputação das enfermeiras e das garotas que ficavam nos bares depois da hora de fechar. Os homens pareciam percorrer os balcões. De vez em quando, algum parecia reconhecê-la de sua vida anterior, e nesse grupo havia uns que, por qualquer motivo demente, pareciam vê-la como uma presa fácil ou uma mulher malcomida. Ela descartava todos. De qualquer modo, o sexo nunca fora algo particularmente fácil para ela. Muita escola católica, ou alguma coisa do tipo. Ela adorava ser atraente, o poder que isso rendia. Mas a mecânica do amor, como o amor em si, nunca fora muito satisfatória para Gillian.

Agradeceu a Raven por sua gentileza e se virou para a instituição, tomando coragem. Durante décadas, em momentos assim, Gillian havia invocado a imagem de um rolamento de esferas, brilhando, liso e impenetrável, e era isso que estava em sua mente enquanto se aproximavam dos portões de Rudyard.

Dentro da casa de guarda, foi Arthur quem falou. O plano era que ela fizesse sozinha a visita a Erdai, que a esperava, na esperança de que ele concordasse em falar com Raven em seguida. Ela não tinha certeza exatamente do que precisaria encarar, mas os relatórios policiais e outros documentos que Arthur havia lhe mostrado fizeram com que a história de Erdai se parecesse desconfortavelmente com a dela. Ele tinha feito carreira desde o posto de cadete da polícia até um cargo importante na TN, e então, num instante inexplicável, perdeu tudo. Em fevereiro de 1997, Erdai estava no Ike's, um conhecido ponto de encontro de policiais, quando teve um desentendimento com um homem chamado Faro Cole. Segundo as declarações de Erdai mais tarde, ele já havia investigado Cole por causa de uma fraude com passagens aéreas. Descrito como um homem negro de cerca de 30 anos, Cole entrou no bar e mostrou uma arma, gritando que a culpa de ele estar falido era de Erdai. Vários policiais no local foram para cima de Cole com as armas em punho, e o sujeito levantou os braços, ainda segurando o revólver, mas pelo cano, não pelo gatilho. Finalmente, depois de uma breve negociação, ele entregou a arma a Erdai e concordou em sair para conversar com ele lá fora. Apenas cinco minutos depois, Cole entrou correndo de volta no bar. Segundo todos os relatos, Erdai, que estava a cerca de 1,5 metro atrás dele, derrubou o sujeito com um único tiro nas costas.

Erdai afirmou, de modo improvável, que o tiro foi em legítima defesa, mas encontrou pouco apoio, especialmente à luz dos relatórios de balística e da trajetória da bala. Erno foi acusado de tentativa de homicídio. Cole, que se recuperou, admitiu, por meio de um advogado, que estivera drogado e fazendo provocações, e nem se opôs ao pedido de indulgência feito pelo advogado de Erno. Mas, como Erdai tinha matado sua sogra a tiros décadas antes, a promotoria foi inflexível, argumentando que ele já tivera sua segunda chance. Erdai pediu para ser julgado apenas por agressão com arma de fogo. Recebeu uma sentença de dez anos, e poderia ter saído em cinco, se não tivesse desenvolvido um câncer de pulmão estágio quatro. A direção do presídio tinha confirmado a Arthur que o prognóstico de Erdai era ruim. Mesmo assim, a comissão de revisão de pena havia negado seu pedido de redução de pena ou de licença por compaixão, mesmo tendo libertado tantas pessoas. Erdai morreria ali, um pensamento que parecia totalmente inaceitável para Gillian, enquanto esperava a um banco ao lado de Arthur.

– Ele ainda está lúcido? – perguntou Gillian a Arthur.

– Segundo os médicos, está. – Nesse momento o nome dela foi chamado. – Acho que você vai ver por si própria.

– Acho que vou. – Ela se levantou. Pelo que Gillian sabia, Erdai era a última esperança de Rommy Gandolph, e Arthur tinha ficado visivelmente nervoso à medida que o momento da verdade se aproximava. Levantando-se para desejar boa sorte, ele ofereceu a mão úmida, e depois Gillian partiu na companhia de uma agente penitenciária. Quando o portão principal para o bloco de celas finalmente se fechou com um estrondo atrás delas, o coração de Gillian se apertou. Ela devia ter feito um barulho também; a agente penitenciária se virou para perguntar como estava.

– Bem – respondeu Gillian. Mas podia sentir o rosto tenso.

A agente, que servia na enfermaria para a qual elas iam, tinha se apresentado como Ruthie, uma figura atarracada, de cabelo alisado, que não parava de falar. Nem mesmo uma prisão conseguia diminuir sua animação, e os comentários incansáveis sobre vários assuntos, incluindo Erdai, as construções recentes e o tempo eram uma distração bem-vinda.

Quando chegaram, Gillian viu que a enfermaria era uma estrutura separada, de dois andares, ligada ao bloco principal por um corredor escuro. Acompanhou Ruthie até outro conjunto de duas portas com barras. Havia um guarda sentado numa pequena sala de controle ao lado, monitorando a entrada e a saída através de uma janela com vidro à prova de bala. Ruthie levantou o passe de visita pendurado ao pescoço de Gillian, e a tranca da porta fez um barulho.

Dentro do hospital da prisão, havia uma liberdade estranha. Era como entrar num asilo. Os piores criminosos eram acorrentados às camas, mas somente se causassem problemas. Como no pátio, até os assassinos andavam livremente. Na ala para onde Ruthie levou Gillian, dois agentes penitenciários desarmados estavam sentados nos cantos, em cadeiras dobráveis. De vez em quando, andavam devagar para esticar os músculos, mas, afora isso, pareciam sem objetivo. No meio do salão, Ruthie puxou uma cortina e ali, sobre uma cama, estava Erno Erdai.

No momento, ele estava se recuperando de uma segunda cirurgia para retirar um nódulo do pulmão. Estivera lendo um livro, com a cama hospitalar levantada como apoio, e usava uma camisola de hospital desbotada, enquanto um soro pingava em seu braço esquerdo. Erdai era magro e pálido, com o nariz comprido e pontudo como uma flecha. Quando seus olhos claros se ergueram, demoraram-se em Gillian, antes de ele tossir asperamente. Depois de se recuperar Erno lhe estendeu a mão.

– Vou deixar vocês dois conversando – disse Ruthie. Na verdade, ela não foi embora. Encontrou uma cadeira de plástico para Gillian, depois foi para o outro lado da enfermaria, onde fingiu estar olhando na outra direção.

– Eu conheci seu pai, sabia? – disse Erdai. Sua fala tinha um leve sotaque estrangeiro, como se ele tivesse crescido numa casa em que o inglês fosse a segunda língua. – Na academia. Ele foi meu instrutor. Ensinava táticas de rua. E era bom nisso. Dizem que ele era incrível lá fora. – Erno riu. Estava com um abaixa-língua num dos lados da boca e o mastigava periodicamente. Gillian tinha ouvido com frequência esse tipo de coisa sobre seu pai, mas era difícil se reconciliar com o homem que tinha visto ser espancado repetidamente pela mãe dela. Gillian sempre ficava desesperada querendo que o pai reagisse. Ele media 1,90 metro e poderia ter derrubado a mulher com um tapa. Mas tinha medo de May, como o restante da família. Gillian o odiava por isso.

– Acho que a senhora não se lembra de mim no seu tribunal, agora que está me vendo, não é? – perguntou Erdai. Para ele, parecia importante achar que tinha causado alguma impressão, mas ela não viu necessidade de ser gentil.

– Não, sinto muito.

– Bom, eu me lembro da senhora. E está com uma aparência muitíssimo melhor. Importa-se se eu disser isso? Parece que a senhora não está bebendo agora.

– Não.

– Não tenho nenhuma razão para perguntar. Eu bebia demais também. Só que não sou como a senhora. Eu começaria de novo num instante. Sabe aquela bebida que os prisioneiros fazem aqui? Você pega a sua vida nas mãos e o gosto é igual. Mesmo assim eu bebo quando tenho chance. – Erno balançou a cabeça brevemente, depois olhou para o livro que continuava aberto nas suas mãos, uma história da Segunda Guerra Mundial. Ela perguntou se ele estava gostando.

– É legal. É alguma coisa para fazer. A senhora lia muito quando estava presa?

– Um pouco. Não tanto quanto achava que deveria. De vez em quando, eu tento me lembrar do que fiz, e na maior parte do tempo é um vazio. Acho que realmente passei muito tempo olhando para o nada.

Havia correntes de associações inteiras que ela tivera que abandonar. Pensar em si mesma como juíza. Como cidadã respeitável. A lei, que tinha sido sua vida, estava praticamente apagada. Pelo que ela podia dizer agora, tinha passado o primeiro ano na prisão com o equivalente a uma TV com chuviscos no cérebro. O aparelho estava ligado; nenhum sinal era recebido. Raramente, muito tarde da noite, ela chorava, em geral quando era acordada por um sonho e passava por aquele momento em que percebia não estar na cama, sozinha, esperando os julgamentos do dia seguinte, mas sim na prisão, uma bandida, uma drogada. Tinha caído como se fosse uma coisa jogada num canal que descia até o centro da Terra. A sensação daqueles momentos, que ela ficaria feliz em deixar para trás eternamente, voltou por um instante, e Gillian se empertigou para dominá-la.

– Então a senhora quer ouvir minha história? – perguntou Erdai.

Gillian explicou sobre Arthur. Ela viera porque parecia importante para Erno, mas era o advogado de defesa o mais preparado para ouvir o que ele tivesse a dizer.

– Então era para isso o advogado. Eu pensei que ele estava junto para aconselhar a senhora. Bom, ele simplesmente vai distorcer tudo para conseguir o que for melhor para ele. É assim que eles fazem, não é? Qualquer coisa para colocar o nome nos jornais.

– Bem, ele certamente não vai estar interessado em você. Você sabe disso. Se está preocupado...

– Não estou preocupado com nada. O que ele pode fazer? Conseguir a pena de morte para mim? – Erdai olhou para os pés, amortalhados pela coberta, como se de algum modo fossem o emblema de sua mortalidade, que ele poderia compreender em alguns instantes vazios. – Sabe? Sempre me incomodou o fato de ele estar aqui, o

Gandolph. Nós nunca vemos os Homens Amarelos, mas eu sabia que ele estava do outro lado. Isso ficou na minha consciência. Mas eu achei que fosse sair, então por que estragar tudo? Agora vai ser o contrário. Ele cumpriu pena por tudo que não fez. – Erno moveu o abaixa-língua para o outro lado da boca e sorriu diante da ideia. Gillian pensou em fazer uma pergunta, mas desistiu.

"Bom, era assim que nós costumávamos ver, certo? – perguntou Erdai. – Todos fizeram alguma coisa.

Ela duvidava de que tivesse sido tão fria assim. Não acreditava que muitos réus fossem inocentes, mas não chegava ao ponto de trancá-los só porque provavelmente tinham culpa de outra coisa. Entretanto, não queria discutir com Erdai. O sujeito era brusco. Sem dúvida, sempre tinha sido assim, mas Gillian sentia que agora havia alguma coisa assentada em sua raiva. Ficava bem lá no fundo, controlada ou controlando-o, ela não sabia qual das duas opções.

– Tenho que admitir – disse ele – que nunca achei que veria a sua cara. Eu só queria descobrir se mais alguém teria a iniciativa para fazer isso, você sabe, deixar de lado o que estava fazendo para consertar isso. Eu sempre odiei ser o único idiota. Eu lhe dou um bocado de crédito por ter vindo.

Ela disse que não tinha certeza de que tivesse muito a perder, a não ser o dia.

– Ah, claro que tem – disse Erno. – Assim que começarem a tentar descobrir o que deu errado naquele caso, os jornais vão trazer tudo de volta. Sobre a senhora. A senhora sabe que eles vão fazer isso.

Ela não tinha pensado nisso, nenhuma vez, sobretudo porque não fazia uma ideia clara do que Erdai diria. Mesmo assim, diante do aviso dele, sentiu um aperto gelado dentro do corpo. A obscuridade era o único refúgio que possuía agora. Mas, num segundo, sua ansiedade se dissipou. Se de algum modo ela se tornasse de novo uma *cause célèbre*, iria embora. Tinha voltado para as Três Cidades sabendo que, se não olhasse tudo aquilo de novo com olhos sóbrios, nunca entenderia o que tinha acontecido. E ainda não estava preparada para ir embora. Mas algum dia estaria. A partida continuava em seus planos.

Erdai estava examinando-a sem cerimônia.

– A senhora acha que eu devo falar com esse advogado?

– Ele é um homem bom. Acho que vai ser justo.

Erno perguntou o nome de Arthur, achando que poderia conhecê-lo. Lembrou-se de ter ouvido falar de Raven na promotoria, mas os dois não haviam tido nenhum contato.

– Obviamente – disse Gillian –, se você tem alguma informação que mostre que Gandolph não deveria ser executado, Arthur deve ficar sabendo.

– É, eu tenho uma informação. – Erno riu. – Ele não fez aquilo.

– Gandolph?

– Ele é inocente – disse Erdai secamente e ficou olhando-a de cima a baixo. – A senhora não acredita, não é?

Essa, ela sabia, era a pergunta mais consequente que ele tinha feito, mas Gillian não esperou muito para responder.

– Não – disse ela. Quando estava presa, pelo menos metade das prisioneiras se diziam inocentes, e, com o passar do tempo, ela passou a dar crédito a algumas. Numa instalação estadual como aquela, onde a justiça que trazia os condenados muitas vezes era feita por atacado, os números eram provavelmente maiores. Mas ela havia prestado atenção muitos anos atrás, quando Rommy Gandolph esteve em seu tribunal. Naquela época, a heroína ainda era um passatempo, e ela entendia a gravidade de um processo capital. Mesmo na presença de Erno, não podia aceitar que ela, que todos eles – Molto, Muriel e o detetive, Starczek, e até Ed Murkowski, o advogado de defesa, que em particular tinha admitido acreditar na culpa de Gandolph – poderiam estar tão absolutamente equivocados.

– Não – disse Erno, e seus olhos claros, presos em suas órbitas envelhecidas, de novo permaneceram nela durante um longo tempo. – Eu também não acreditaria. – Ele teve outro espasmo de tosse. Gillian ficou olhando-o se sacudir para a frente e para trás, esperando para perguntar o que ele queria dizer. Mas, quando terminou, ele respirou fundo umas duas vezes e se dirigiu a ela peremptoriamente: – Certo, vá dizer ao advogado que eu falo com ele. Eles vão me levar para fazer um exame. Traga-o aqui dentro de uma hora mais ou menos. – Depois Erno levantou o livro outra vez. A conversa estava terminada. Ele nem se incomodou em olhá-la de novo, quando ela se despediu.

10
A confissão

8 de outubro de 1991

Na TV, geralmente os assassinos eram gênios do mal com um desejo de matar. Algumas vezes em sua carreira, Larry tinha encontrado um advogado ou um executivo que havia tramado um plano inteligente para se livrar da mulher ou do sócio. Mas, à exceção dos membros de gangues, a maioria dos caras que Larry pegava se dividia em dois grupos: sementes ruins que tinham começado torturando gatos aos 6 anos ou, com mais frequência, idiotas que tinham sido chutados por um tempo suficiente para aprenderem a fazer o mesmo com outras pessoas, do tipo que puxava um gatilho apenas para provar pela primeira vez que não precisava aguentar a merda dos outros. Assim era o Esquilo.

Numa pequena sala com armários dentro da Área Seis, que também servia para entrevistas, os dois estavam sentados em cantos adjacentes a uma mesa de metal quadrada, quase como se Gandolph fosse um convidado para jantar. Larry sabia que não deveria conversar com Esquilo sem uma testemunha, mas Woznicki e Lenahan tinham recebido um chamado, invasão de domicílio em andamento. Larry decidiu iniciar os procedimentos com o cara e depois trazer mais alguém quando começasse a conseguir alguma coisa boa.

– Você já viu isso alguma vez? – perguntou Larry. O camafeu estava sobre a mesa cinzenta, entre os dois. O perfil de uma mulher com uma gola de renda aparecia finalmente destacado contra o fundo marrom. Por mais bonito que fosse, até Esquilo era inteligente o bastante para não tocá-lo. O som de uma resposta ou duas ficou estrangulado em algum lugar da sua garganta.

– Não me lembro diretamente, cara – disse finalmente. – É uma bela peça. Eu lembraria se tivesse visto.

– Está me sacaneando, Esquilo?

– Não estou sacaneando, cara. Não quero sacanear nenhum polícia.

– Bom, você está me sacaneando. Eu peguei isso com o policial que o tirou de você. Está me chamando de mentiroso?

– Eu não falei em mentira. Você é que está falando em mentira.

– Bom, ele é mentiroso?

– Disso eu não sei. – Esquilo passou os polegares marrons ao longo das linhas do símbolo de uma gangue, gravado na mesa por algum jovem que não havia se impressionado com o ambiente. – Vigarista, talvez. Alguns vigaristas também são mentirosos. Não está certo?

– Isso aqui é uma aula de filosofia, Esquilo? Eu não vi a placa na porta. Deixe-me perguntar de novo. Isto aqui é seu?

– Não, eu não devia estar com isso.

Larry sorriu. O cara era tão simples que era impossível não gostar dele.

– Eu sei que você não deveria estar com isso. Mas estava, certo?

Um grande clarão de incerteza apareceu atrás dos olhos de Esquilo. Aquele garoto tinha sido criado perto demais das linhas de alta-tensão.

– Ei, você sabe – disse ele. – Eu quero sair um pouco. Você sabe.

– Sair?

– É, pro banheiro dos meninos. – Gandolph sorriu como se tivesse dito alguma coisa inteligente. Do lado esquerdo de sua boca, faltavam vários dentes. Larry notou que Esquilo tinha começado a bater com o pé.

– Bom, fique aqui sentado e me faça companhia por um minuto. Quero saber um pouco mais sobre esse camafeu.

– A polícia roubou de mim.

– Não, não roubou. Eu sou um policial. Aqui. Estou devolvendo. Certo? Aqui.

Esquilo ainda resistia a qualquer tentação de estender a mão.

– Como foi que você conseguiu isso, para começar? – perguntou Larry.

– Mmm – disse Rommy, e passou um longo tempo coçando a boca.

– Acho melhor você dizer alguma coisa, Esquilo. Essa peça vai acabar colocando você numa tremenda encrenca. Ela foi roubada, Esquilo. Você já passou por isso antes. Posse de mercadoria roubada. E acho que foi você quem roubou.

– Nnn-ããn – disse Esquilo.

– Você conhece uma mulher chamada Luisa Remardi?

– Quem? – Ele se inclinou para frente, mas não fingiu bem. Ao ouvir o nome de Luisa, seus olhos tinham se apertado como grãos de café.

– Bom, me ajude, Esquilo. Esse camafeu é de Luisa. E se você não conhece Luisa, de onde esse camafeu veio?

O rosto estreito de Gandolph se retorceu enquanto ele pensava no problema.

– Consegui com outra dona – disse finalmente.

– Verdade?

– É, ela tipo me deu para ficar com ele, você sabe, porque me devia uma coisa.

– E o que era? O que ela devia a você?

– Só uma coisinha que eu fiz pra ela. Nem consigo lembrar direito.

– E qual era o nome dessa dona?

– Cara, eu sabia que você ia perguntar isso. O nome dela era qual?

– É, certo. O nome dela era Qual. "Qual" era o nome dela. – Larry riu, mas não havia razão para ser mau com Esquilo. Ele não entenderia. – O que acha disso, Esquilo? Eu vou dar um telefonema e nós vamos até a central, você passa pelo detector de mentiras e conta ao examinador tudo sobre a Sra. Qual. Acha que vai passar? Eu não acho. Mas vamos descobrir, certo?

– Eu não sei nada sobre detector de mentiras – disse Esquilo, que deu um sorriso tímido, na esperança de parecer engraçado. – Ei, cara, deixa eu sair um pouco para ir ao banheiro. Eu vou acabar estourando alguma coisa se ficar esperando.

– Você sabe que esse camafeu foi roubado?

– Qual é, cara?! Deixa eu ir. Estou quase cagando nas calças.

Larry agarrou o pulso de Esquilo e o olhou direto nos olhos.

– Se cagar nas calças na minha frente, eu faço você comer. – Ele deu um segundo para Gandolph absorver isso. – Agora diga, Esquilo. Você já se encontrou alguma vez com Gus Leonidis? O Bom Gus? Você conhecia ele?

Os olhos de Gandolph se projetaram de novo.

– Acho que não me lembro de ninguém com esse nome. Leo o quê?

Larry mencionou Paul Judson. Esquilo negou que o conhecesse também.

– Pelo que eu soube, Esquilo, se eu tirar suas calças, vou ver a marca da bota de Gus na sua bunda, de tanto que ele te chutou.

Esquilo não conseguiu evitar um riso.

– É, essa é boa. Uma marca lá. – Mas sua diversão desapareceu rapidamente e ele começou a se remexer de novo. – Cara, se eu rir mais uma vez, vou largar um barro bem no seu chão.

– Você sabe onde o Bom Gus está agora?

– É, certo, eu sei.

– E esse camafeu foi roubado de uma dona no restaurante do Gus.

Esquilo demorou um tempo.

– O que acha disso? – disse ele. – Eu roubei no Gus. O que acha disso?

Larry apertou de novo seu pulso, dessa vez com mais força.

– Eu falei: não me sacaneie, Esquilo. – O interrogado virou a cabeça para o outro lado e bateu com o pé loucamente. – Esquilo, onde você conseguiu o camafeu?

– Uma dona.

Larry tirou as algemas do cinto e passou um dos braceletes pelo pulso do interrogado, que ele ainda estava segurando.

– Ah, cara, não me bote lá dentro. Cara, aqueles caras da cadeia, cara, eles são ruins comigo. São ruins de verdade. Eu sou um nêutron, cara. Eles são ruins comigo. – Gandolph queria dizer que era neutro, que não fazia parte de nenhuma gangue, e que por isso era carne para todos. – Qual é, cara?! Pelo menos me deixa ir primeiro ao banheiro. Certo?

Larry prendeu a outra parte da algema no suporte do cadeado de um armário atrás de Gandolph.

– Eu tenho que ir ao banheiro – disse Larry.

Voltou em cerca de vinte minutos. Esquilo estava se retorcendo, balançando para trás e para a frente na cadeira.

– De quem era o camafeu?

– De quem você quiser, cara.

– E como foi que você terminou com a joia de uma mulher morta, Esquilo?

– Deixa eu ir, cara. Por favor, deixa. Isso não é direito, cara.

– Você matou o Gus.

Esquilo começou a gemer, como tinha feito no carro, fingindo estar à beira das lágrimas.

– Certo, eu matei ele. Deixa eu ir. Estou implorando, cara.

– E quem mais?

– O quê?

– Quem mais você matou?

– Eu não matei ninguém. Qual é, cara?!

Larry o deixou sozinho durante mais uma hora. Quando voltou, o fedor era insuportável.

– Deus Todo-Poderoso – disse. – Jesus. – Em seguida, abriu uma janela. Nos últimos dias, o tempo tinha mudado, e o inverno havia se tornado realidade. O ar estava seco e frio, a temperatura era de cerca de 7 graus. Esquilo começou a chorar assim que Larry passou pela porta.

Larry voltou com um saco de lixo e um jornal. Mandou Gandolph, que não estava usando cuecas, tirar a calça e jogar no saco.

– Eu não tenho um advogado nem nada?

– Eu consigo quem você quiser, Esquilo. Mas para que você precisa de um advogado? Como você acha que isso ajudaria?

– Acho que ele vai enfiar um processo no seu rabo, cara. Me fazendo cagar na calça. Isso não tá certo. E isso não é legal nem nada.

– Que negócio é esse, agora todo maluco pode se cagar e chamar os policiais de gente ruim? Acho que não funciona.

Esquilo gritou mais alto.

– Cara, o negócio não foi assim de jeito nenhum.

Havia uma pequena mancha de merda em um dos sapatos dele. Larry mandou que o jogasse no saco também. Esquilo soluçava enquanto obedecia.

– Você é frio, cara. Você é o polícia mais frio que eu já vi. Onde é que vou arranjar um sapato, cara? Esse aí era o único que eu tinha.

Larry respondeu que talvez demorasse algum tempo até Esquilo poder sair. Ele cobriu a cadeira de Gandolph com o jornal e mandou o sujeito, que continuava nu da cintura para baixo, sentar-se de novo. Murmurando sozinho, Esquilo parecia perturbado demais para ouvir. Larry socou a mesa para fazer com que ele se calasse.

– Esquilo, o que aconteceu com o Gus? O Bom Gus. O que aconteceu com ele?

– Não sei, cara. – Ele mentia como uma criança, com o rosto abaixado.

– Não sabe? Ele está morto, Esquilo.

– Ah, é. Acho que ouvi falar nisso.

– Aposto que ficou de coração partido. Logo o cara que pegava pesado com você.

Por mais que idiota que fosse, Esquilo viu onde aquilo acabaria. Usou os dedos para limpar o nariz.

– Não sei, cara. Todo tipo de gente pega pesado comigo. É o que parece. A polícia pega pesado comigo.

– Eu não peguei pesado com você, Esquilo. Ainda não.

– Cara, por que você tá fazendo isso comigo? Me deixando cagar na calça e me obrigando a sentar em cima como se eu fosse um neném. Me deixando pelado.

– Agora escuta, Esquilo. Você estava andando por aí com a joia de uma mulher morta. Que foi morta na mesma ocasião que um homem que batia em você sempre que via sua cara. Agora você está dizendo que é só uma estranha coincidência? É isso que você tá dizendo?

– Cara, tá frio aqui. Eu tô sem roupa. Olha. Tô até arrepiado.

Larry socou a mesa de novo.

– Você os matou, Esquilo! Você atirou no Gus. Atirou nele, atirou na Luisa e atirou no Paul. Você roubou aquela caixa no qual estava tão doido para enfiar a mão. Foi isso que aconteceu. Depois arrastou aquelas pobres pessoas para dentro do freezer e comeu a bunda de Luisa Remardi. Foi isso que aconteceu.

Esquilo balançou a cabeça, negando. Larry achou que estava na hora de outra coisa.

– Nós temos as suas digitais, Esquilo. No local do crime. Você sabia disso? Espalhadas em toda a caixa registradora.

Gandolph ficou imóvel. Se ele não tivesse estado dentro, ou perto da caixa, saberia que Larry estava mentindo. Mas não havia chance de Esquilo confirmar isso.

– Eu não disse que nunca estive lá. Eu estive lá. Um monte de gente vai te dizer isso. Eu meio que gostava de brincar com o Gus e coisa e tal.

– Brincar? É assim que você chama matar o sujeito?

– Cara, eu entrava lá, dizia alô e coisa e tal. Isso não é o mesmo que matar.

– Continue negando, Esquilo. Nós temos bastante tempo. Eu não tenho nada melhor para fazer além de ouvir suas mentiras.

Larry desligou o aquecedor antes de sair da sala. Quarenta minutos depois, entrou de novo com Wilma Amos, sua parceira na força-tarefa, que finalmente tinha chegado. Esquilo estava agachado perto dos armários, talvez tentando se soltar, ou só para aguentar o frio, e gritou.

– Não traga nenhuma dona aqui quando eu tô pelado.

Larry apresentou Wilma, que empertigou seu corpo atarracado para lançar um olhar avaliador na direção de Esquilo. Este tinha se virado de costas para ela o máximo que pode, cobrindo-se com a mão livre.

– Eu só queria perguntar na presença da detetive Amos, Esquilo. Você quer comida? Quer uma bebida gelada?

Ele disse que Larry era um polícia mau, disso não tinha dúvida.

– Acho que a resposta é não – disse Larry a Wilma. Os dois haviam combinado antecipadamente que ela sairia, mas que ficaria do lado de fora da porta para tomar notas.

– Eu quero uma calça, cara. É isso que eu quero. Eu vou acabar morrendo de frio.

– Você tem uma calça. Pode vesti-la de volta quando quiser.

Esquilo começou a chorar de novo. Com força. Agora estava derrotado.

– Cara, o que foi que eu fiz, para você me tratar assim?

– Assassinou três pessoas. Atirou em Gus, Luisa e Paul. Roubou os três. E comeu o cu da dona.

– Você fica dizendo isso o tempo todo, cara.

– Porque é verdade.

– É?

Larry confirmou com a cabeça.

– Se eu fiz uma coisa dessas, matei três pessoas e coisa e tal, por que não me lembro de nada?

– Bom, eu estou ajudando você a lembrar. Quero que você pense, Esquilo.

Eles sempre diziam que não conseguiam lembrar. Como um marido bêbado chegando em casa. Larry frequentemente dizia que não conseguia lembrar. E não conseguia. Se não quisesse. Mas, cedo ou tarde, enquanto você falava com um criminoso, a lembrança vinha. Sempre havia alguma coisa crítica, um detalhe no qual os próprios policiais ainda não haviam esbarrado, que surgia.

– Quando foi que isso aconteceu? – perguntou Gandolph, desesperançoso.

– No fim de semana do Quatro de Julho.

– Quatro de Julho – repetiu. – Eu acho que nem estava por aqui no Quatro de Julho.

– O que quer dizer com isso? Você estava num cruzeiro?

Esquilo limpou o nariz de novo com as costas da mão. Larry segurou seu pulso outra vez.

– Rommy, olhe para mim. Olhe para mim. – Pasmo e dominado, Gandolph levantou os olhos castanhos encharcados. E Larry sentiu um pouco da empolgação. Não podia resistir. Agora tinha Esquilo. Era dono dele. – Você matou aquelas pessoas. Eu sei que você matou. Agora diga. Diga se eu estou errado. Eu estou dizendo que você matou. Estou dizendo que você matou todos e que se divertiu um bocado com aquela dona.

– Eu nunca fiz nada disso com nenhuma dona.

– Bom, se não foi você, quem foi? Tinha alguém com você?

– Nnn-ããn – disse Rommy. Em seguida, pareceu se tocar. – Merda, cara, eu nem me lembro de nada disso. Como é que vou saber se tinha alguém comigo? Estou dizendo que eu não ia fazer nada disso com nenhuma dona, mesmo que odiasse ela pra cacete.

Larry coçou a orelha, um gesto de casualidade estudada. Mas tinha ouvido uma coisa nova.

– Você odiava Luisa?

– Bom, odiar, você sabe, cara. "Não odeie ninguém." Não foi isso que Jesus disse?

– Bem – disse Larry, coçando a orelha do mesmo modo –, o que você tinha contra Luisa?

Esquilo moveu as mãos como se não soubesse o que fazer.

– Ela era só uma daquelas putas sacanas. Sabe como é? Promete uma coisa e faz outra. Você sabe como é.

– Claro – disse Larry. – Eu esqueci. Como foi que você conheceu Luisa?

Pela primeira vez, Gandolph parecia estar encontrando a memória.

– Você sabe, ela era só uma dona bonita com quem eu falava no aeroporto.

No aeroporto, pensou Larry. Tremendo detetive ele era. Talvez alguém devesse ter batido na cabeça dele umas duas vezes com um tijolo. Então Esquilo conhecia Luisa do aeroporto. Agora a coisa estava se encaixando.

– Alguma vez você e ela saíram juntos?

– Não. – Rommy soltou uma gargalhada, ao mesmo tempo envergonhado e lisonjeado pela ideia. – Nunca aconteceu nada assim. Eu não costumo pedir isso para as donas.

– Bem, então, por que você disse que ela era uma puta sacana? Ela sacaneou você? Ela prejudicou você?

– Cara, você tem umas ideias esquisitas.

– Tenho? Acho que não. Vou dizer o que é esquisito, Esquilo. Você disse que não conhecia nenhuma dessas pessoas. Mas conhecia. Conhecia o Gus. Conhecia Luisa.

– De jeito nenhum, cara. Eu não disse isso. Só estou dizendo que não matei nenhuma delas.

– Do mesmo modo que não conhecia nenhuma delas.

Mentiroso numa coisa, mentiroso em todas: a lógica da lei. Esquilo entendia isso, a julgar por sua súbita imobilidade.

– Olha, Rommy, honestamente, eu estou tentando ajudar você. Quero entender como as coisas aconteceram para você. Quero dizer, você passa pela janela do Gus, vê aquela dona que andou sacaneando você. Entra. Você sente um pouco de tesão por ela. E o Gus está tentando colocar você para fora. Dá para ver como isso pode ter fugido ao controle. Puxa, você não parece um assassino. Você não é um assassino, é?

No fim das contas, era como se conseguia que todos cooperassem, dizendo que entendia, confirmando com a cabeça quando eles diziam: que opção eu tinha?

– Eu nunca achei que fosse – respondeu Gandolph agora.

– Então como foi que isso aconteceu?

Esquilo não respondeu.

– Rommy, que tipo de bagulho você usa? Bola? Você toma bola?

– Cara, você sabe. Eu não curto muito nada. Algumas vezes cheiro um pouco de solvente. Só que, da última vez que eu estive em Manteko, o médico lá disse que não era muito bom para mim, disse que eu não tinha muitas células de sobra.

– Mas de vez em quando você toma anfetamina, certo?

Esquilo concordou.

– Você acha que poderia ter cheirado no Quatro de Julho? Tem gente que depois não lembra muito bem. E que fica muito geniosa, Esquilo. Um monte de gente boa faz coisas ruins quando usa anfetamina.

– É – disse o interrogado, que gostou dessa parte.

– Qual é?! Conte a história.

Muito brevemente, Esquilo ousou olhá-lo na cara.

– Não traga mais nenhuma dona aqui para dentro.

– Não.

– E você pode fechar aquela porcaria de janela?

– Bom, vamos conversar um pouco.

Em quinze minutos, ele fechou janela. Nesse intervalo, Wilma tinha trazido um cobertor do exército. Esquilo se encolheu no meio das dobras, enquanto Wilma ficava sentada no canto, rabiscando anotações à medida que Gandolph confirmava o básico: ele viu Luisa pela janela ao passar na frente do Paradise. Pensando bem, sua lembrança mais exata é que tinha cheirado uma dose de anfetamina.

– Certo, então você entrou lá à uma da manhã. O que aconteceu então? – perguntou Larry.

– Cara, eu nem consigo me lembrar direito de nada disso. Porque estava cheio de pó e coisa e tal.

– Qual é, Esquilo?! O que aconteceu?

– Cara, o Bom Gus. Ele disse, como sempre dizia, para eu ir embora.

– E você foi?

– Bom, se eu atirei em todo mundo, como é que eu posso ter ido?

– E de onde veio o berro?

Rommy balançou a cabeça, realmente confuso com a pergunta.

– Cara, eu nunca tive nenhuma arma. Gostaria de dar uns tiros, como todo mundo, foi o que eu sempre pensei.

Ele provavelmente estava dizendo a verdade.

– Bom, você estava com uma arma naquela noite, certo?

Gandolph olhou para o esmalte cinza na perna de aço da mesa.

– Parece que o Gus tem uma arma.

Larry olhou para Wilma. Ninguém tinha dito isso. Mas fazia sentido. No bairro do Gus, ninguém ia querer ficar só esperando a cavalaria.

– É – disse Rommy. – O Gus tinha uma pistola. Apontou para mim uma vez quando me jogou para fora. No inverno, cara, com neve e gelo caindo, e eu ali parado e tremendo. Ele me mandou dar no pé.

– Então você sabia onde a arma ficava?

– Debaixo da caixa. Debaixo dos cigarros e do chocolate, naquele negócio de vidro.

– E foi lá que você pegou?

Esquilo olhou em volta.

– Cara, você não pode ligar o aquecimento aqui dentro nem nada?

Larry parou junto ao aquecedor.

– Foi onde você pegou a arma?

Esquilo confirmou com a cabeça. Larry abriu a válvula e trouxe o interrogado para perto. Típica trapalhada da força-tarefa, pensou. Ninguém perguntou à família se Gus tinha uma arma, porque cada detetive presumiu que outro tivesse feito isso.

Larry deixou Wilma com Esquilo enquanto telefonava para o filho de Gus, John. Um pouco cautelosamente, John confirmou que seu pai guardava um revólver atrás do balcão. Não se lembrava de muita coisa, a não ser que Athena tinha insistido nisso, mas ele mandou Larry esperar. Em alguns minutos, achou a nota fiscal no arquivo do pai. Havia quatro anos, Gus tinha comprado um .38 Smith & Wesson Chief's Special, um revólver de cinco tiros – a arma do crime que a balística havia identificado com base nas marcas encontradas no local. E os peritos, apesar de toda a procura, não tinham encontrado cartuchos. Em um revólver, os cartuchos permanecem dentro das câmaras.

Eles sempre sabiam, pensou Larry. O assassino sempre sabia de alguma coisa óbvia que tinha passado despercebida para todo mundo. Pediu a Wilma que telefonasse para Greer. Em seguida, ligou para Muriel.

11
Gentil

22 de maio de 2001

Para Arthur, a ideia de passar várias horas sozinho com Gillian Sullivan tinha bastado para acordá-lo às 4 horas da madrugada. Na estrada com ela naquela manhã, havia alternado períodos totalmente sem palavras com outros de incessante tagarelice. Seu coração deu um pulo ao vê-la pela janela de segurança entre as portas gradeadas na parte de trás da casa de guarda. Mas ele não estava reagindo a nenhum de seus desejos pessoais. Eram as consequências para seu cliente que incendiavam cada nervo. Arthur já estava parado perto da porta interna antes mesmo que a deixassem passar.

– Ele vai falar com você – disse ela.

– Fantástico! – Arthur correu em busca de sua pasta e pegou as páginas de uma moção de outro caso que estivera revisando. Ao voltar, encontrou-a rindo de sua ansiedade.

– Ainda não, Arthur. Ele precisa de mais ou menos uma hora. – Gillian explicou a situação de Erdai.

Meio chateado, Artur foi até a recepção fazer alguns arranjos. Quando tinha telefonado para a diretoria da penitenciária marcando a visita, havia esperado problemas por Gillian ser uma criminosa condenada, uma categoria de pessoas que nem sempre é bem-recebida como visitante em prisões. Em vez disso, todas as perguntas tinham se concentrado no próprio Arthur, porque Erdai não reconheceu seu nome. Erno tinha feito segredo para as autoridades da prisão de seus negócios com Gillian – eles achavam que tinham a ver com as propriedades dele –, e no fim Arthur tivera permissão para acompanhar Gillian com base na suposição, que ele não desencorajou, de que era advogado dela. Como resultado, o tenente que estava na recepção informou a Arthur que, para ver Erdai, Gillian teria que voltar com ele. Ela franziu a testa quando Arthur explicou o problema. Aparentemente, estava pensando que não precisaria mais passar pelo bloco de celas.

– Ao menos posso pagar um almoço para você? – perguntou Arthur. Ele estava mesmo morrendo de fome. Gillian concordou sem nenhum entusiasmo visível e acendeu um cigarro no segundo em que saíram da casa de guarda.

– Ele contou o que sabia? O Erdai? – perguntou Arthur.

– Disse que seu cliente era inocente.

– Inocente? – Arthur parou de andar. Sua boca, ele percebeu, estava aberta. – Ele explicou?

Gillian balançou a cabeça enquanto soprava fumaça ao vento.

– Só que acredita que o seu cliente vai sair e que já cumpriu bastante tempo. Presumo que ele vai dizer que outro cara matou aquelas pessoas. Mas não disse quem. Nem como sabe disso.

– E você acreditou nele?

– Ele perguntou a mesma coisa, Arthur, e eu disse que não. Não que ele cause má impressão. Ele é inteligente. Isso é certo. Você pode julgar por si mesmo. Minhas opiniões são preconcebidas, acho.

Sendo quem era, Arthur tentou mais várias perguntas, mesmo estando claro que Gillian não poderia responder. Mas finalmente ficou quieto enquanto andavam até seu carro. *Inocente*. Não tinha certeza exatamente do que havia esperado de Erdai. Depois de reler uma dúzia de vezes a carta dele para Gillian, a principal especulação de Arthur era de que Erdai, um ex-funcionário no Campo DuSable, que não ficava longe do Paradise, havia testemunhado o crime ou conversado com alguém que tinha estado lá e possuía informações novas. Mas, como sempre, Arthur tinha se recusado a ouvir quando Pamela tentou atraí-lo para a esperança de que Rommy não era culpado. Inocente. Seu coração estava saltando. Para se acalmar, ele se concentrou no local onde estava: Rudyard, onde as pessoas chegavam porque não tinham sabido se comportar – eram bandidos, mentirosos e foras da lei. Apesar de toda a esperança, a parte racional de Arthur estava dizendo que no fim do dia ele provavelmente compartilharia da conclusão de Gillian sobre a veracidade das palavras de Erdai.

Procurando um restaurante, acharam poucas opções na cidadezinha. Os visitantes da prisão eram na grande maioria pobres. Mais provável que levassem lanches ou buscassem algo para comer numa lanchonete. O restaurante que escolheram era escuro e muito grande, um local estilo família, com mesas cobertas de linóleo imitando madeira. Pela aparência, Arthur suspeitou que aquilo tivesse sido um boliche.

Gillian pediu uma salada. Arthur ficou com o prato especial, que era bolo de carne.

– Não deve ser muito bom – disse ele enquanto a garçonete se afastava. – Um lugar assim? Deve ter sido esquentado e requentado. Vai ser igual a comer uma bala de canhão.

Quando o almoço de Arthur foi colocado a sua frente, ele pegou a faca, como sempre fazia, e separou tudo que estava no prato – deu às ervilhas um espaço separado das batatas e passou a lâmina num círculo de modo que o molho marrom formasse uma poça exata em volta do bolo de carne. Gillian, que estava apagando seu segundo cigarro por causa da chegada da comida, observou com interesse explícito.

– A força do hábito – disse ele.

– Estou vendo. E como está o bolo de carne? Como você temia?

Ele mastigou por um momento.

– Pior.

– Posso perguntar por que você pediu?

– Meu pai sempre obrigava a gente a pedir o prato principal. Achava que era a melhor opção. Ele ficava nervoso se a gente fizesse outra coisa. Bom, você perguntou sobre a minha mãe no outro dia, não foi? Foi por causa de coisas assim, pedir o principal, tenho certeza de que ela foi embora. – Ele fez força para engolir o bolo de carne, que parecia uma maçaroca. – Dá para entender o ponto de vista dela.

Gillian deu um sorriso largo. O objetivo dele era diverti-la, mas Arthur percebeu que tinha tocado numa das antigas dificuldades que tivera como filho de dois seres humanos tão disparatados – ele entendia o ponto de vista de cada um dos pais. Compartilhava da amargura do pai em relação à deserção da mãe, mas entendia a indignação dela por estar amarrada a uma pessoa que impunha suas ansiedades sobre todos. Mas a mãe raramente era generosa com Arthur. Achava o filho muito parecido com o pai, convencional e lamentavelmente pouco aventureiro. Lembrando a si mesmo que sua mãe era uma excêntrica, ele havia conseguido, com esforço, desconsiderar os julgamentos dela, que de algum modo não costumavam ser verbalizados. Mas agora, aproximando-se dos 40, ele se sentia cada vez mais assombrado pelo exemplo dela – alguém que havia se libertado de todas as restrições tradicionais para buscar a vida que desejava. O que ele queria? Às vezes, o mistério da coisa parecia suficientemente grande para engoli-lo.

– Você me deu a entender que gostava muito do seu pai, Arthur. Quando conheci você em Duke. – Ela disse as últimas palavras com cuidado perceptível.

– "Gostava"? Na minha vida, meu pai era como a gravidade. Quero dizer, sem ele o mundo simplesmente teria se despedaçado. – Nos últimos tempos, o pai era o assunto predileto de Arthur. Falar mantinha-o vivo para Arthur, as imagens na memória. Ele entendia o que estava fazendo e como era inútil. Mas não conseguia impedir. Era isso que o havia atrapalhado naquele primeiro encontro com Gillian. Mas agora, claramente como uma espécie de recompensa, ela se recostou no encosto de curvim do reservado, com um cigarro entre dois dedos de unhas pintadas, dando-lhe atenção total.

Harvey Raven tinha passado toda a vida profissional como um empregado de segunda linha no ferro-velho de um parente, resgatando peças de automóveis. De algum modo, isso era um elemento necessário a tudo que deixava o Sr. Raven amedrontado e preocupado a ponto de acreditar que, se ao menos algumas coisas fossem diferentes, sua vida teria sido, se não boa, pelo menos calma. Se ao menos ele tivesse feito faculdade. Se ao menos tivesse dinheiro. Se ao menos fosse o dono do ferro-velho, e não um empregado. Se ao menos, se ao menos – era o lema de sua vida. E quem diria que ele estava errado? Durante todo o tempo que Arthur passara na firma de advocacia misturado com os ricos, os cultos, os prósperos, sabia que eles não entendiam nada de pessoas como ele. Não entendiam a sede por dinheiro ou pela segurança que o dinheiro comprava. Não entendiam o que era estar à mercê do mundo. O coração de Arthur ainda se deleitava ao lembrar o olhar exultante do pai em sua formatura na faculdade de direito ou diante da notícia, sete anos depois, de que Arthur estava deixando a promotoria para entrar na firma de advocacia com o salário espantoso de 100 mil dólares por ano.

– As pessoas não pensam muito no valor das vidas comuns – disse Arthur. – Você sabe, na vida das pessoas que supostamente são apenas normais. Mas, quanto mais velhos ele e eu ficávamos, mais eu via como meu pai havia sido heroico. Quero dizer, foi basicamente um milagre que um homem tão apavorado tenha conseguido cuidar de outras pessoas e se importar tanto com elas. – Agora Arthur tinha chegado ao ponto do ciclo em que sentia a garganta se apertar e a pressão das lágrimas, mas, como sempre, sentia-se impotente para interromper essa celebração.

"E meu pai também morreu com coragem. Tinha câncer no fígado. Aquilo o comeu por dentro. Ele foi ao médico e recebeu todo o prognóstico sombrio: seis meses de vida, a maior parte com dores terríveis. E foi filosófico. Até o fim. Eu sentia vontade de agarrá-lo pela camisola do hospital. Meu Deus, eu queria dizer, você teve medo de tudo durante a vida inteira, se preocupava com coisas definitivamente desnecessárias, e deixou que elas o enlouquecessem, e agora isso? Agora ele estava calmo e conformado. E, como resultado, tivemos um período ótimo. Quando ele estava nos momentos bons, nós ríamos. Acaba que tivemos uma vida ótima, somando tudo. Ele me amava. Eu o amava. Ele tinha ficado com a gente, e não seria qualquer um que teria ficado. Eu tinha feito o que ele queria que eu fizesse. Ele sabia que eu ia tomar conta de Susan. Quero dizer, havia muita gratidão entre nós dois.

Arthur tinha perdido a batalha. Afastou o olhar para poupar Gillian, mas as lágrimas brotaram de seus olhos. Ele esticou a mão para pegar um lenço. Quando tinha se recuperado, viu que Gillian estava rígida, provavelmente com horror.

– Ah, meu Deus – disse ele –, que idiota eu estou sendo. Eu choro o tempo todo desde que meu pai morreu. Choro vendo programas de televisão. Choro quando vejo o noticiário. Fico tentando entender a lógica. Nós precisamos tanto amar outras pessoas, e isso só torna a vida insuportável quando elas são perdidas. Existe algum sentido nisso?

– Não – respondeu ela com uma voz baixa e rouca. Tinha ficado vermelha. As leves sardas em seu pescoço agora se destacavam, e seus olhos, com a linha clara da maquiagem e a nuvem de sombra nos cílios, estavam fechados. – Não – falou de novo, e respirou fundo. – Você causa um efeito estranho em mim, Arthur.

– Um efeito bom?

– Não posso dizer isso.

– É – disse ele, resignado com os fatos.

– Não, não. Não é nada com você. Sou eu, Arthur. – Ela lutou com alguma coisa, olhando para as mãos. Ainda estava vermelha. – A gratidão que você descreveu, a admiração. Eu nunca tive isso. Nunca. – Ela conseguiu forçar um sorriso, mas não teve coragem de olhar para ele. Logo depois perguntou se podiam ir.

Enquanto voltavam, Arthur não disse uma palavra. Depois de algumas horas com ela, estava começando a perceber as complicações de Gillian. Deus sabe, elas deveriam ser visíveis, dada a confusão que ela fizera da própria vida. Mas sua postura, mesmo agora, parecia tão serena e autoritária que ele ficou surpreso ao descobrir um elemento imprevisível na personalidade dela. Suas reações a ele eram calorosas e frias. Acostumado a tentar agradar às mulheres, ele se sentia meio como uma bola de pingue-pongue. Mesmo alertando a si mesmo, tinha achado empolgante esse reconhecimento.

Quando chegaram à instituição, Gillian ainda parecia inquieta. Dessa vez, era a perspectiva de voltar que parecia incomodá-la. Ela se inclinou para a frente no banco, captando a vastidão do presídio e balançando a cabeça. Arthur se desculpou por forçá-la a passar duas vezes por aquilo.

– Não é sua culpa, Arthur. Eu sabia o que estava fazendo ao vir aqui. Só que é coisa demais para enfrentar. As lembranças.

– Uma experiência péssima?

Gillian, que já estava enfiando a mão na bolsa para pegar um último cigarro, demorou um momento pensando.

– As pessoas têm imagens padronizadas sobre a prisão, não é? Todos nós temos. Todo mundo imagina que algumas coisas serão especialmente pavorosas.

– Como o quê? Sexo?

– Certamente, sexo. Sim. É uma questão padronizada. O medo de viver sem. O medo de um assédio homossexual. A maioria das atividades lésbicas quando eu estava lá acontecia entre as funcionárias. Essa é a verdade. O sexo acaba sendo apenas mais uma coisa da qual você é separada. Essa é a principal forma de punição: a separação. Das pessoas. Dos hábitos. Da comida. Da vida como você a conhece. É exatamente disso que se trata a prisão. Há a ironia, claro. Depois de tudo que é dito e feito, depois de toda a ansiedade com relação aos horrores incidentais, como ser assediada pelas sapatões, a verdadeira punição é exatamente o que se destinava a ser. É como sofrer uma amputação. Você para de querer. Simplesmente desiste. Eu desisti. O desejo é substituído pelo tédio. Lá você é entediada até a morte. Você pensa: bem, eu posso me interessar por qualquer coisa, sou inteligente. Mas, como todo mundo está apenas contando o tempo, nada parece importar. Você sabe que foi condenada a sentir o peso da passagem do tempo. E sente. Houve momentos em que eu podia literalmente ouvir o relógio tiquetaqueando no meu pulso. Cada segundo perdido.

Observando-a, vendo o ar perturbado com que ela olhava a prisão, Arthur pegou-se involuntariamente chorando de novo, agora em silêncio, um fio descendo por cada bochecha. Primeiro enxugou o queixo com a mão e pediu desculpas de novo, embora ela não parecesse preocupada com sua falta de compostura.

– Quando eu começo... – disse ele.

– Não faz mal. Você é muito gentil, Arthur. – Ela pareceu meio espantada com o que tinha dito e o encarou diretamente. – Muito gentil. – Em seguida, olhou para o cigarro que ainda não fora aceso e saiu do carro.

12
Dando a notícia

9 de outubro de 1991

Meu nome é Romeo Gandolph. Tenho 27 anos. Sei ler e escrever. Estou fazendo esta declaração de livre e espontânea vontade. Ninguém me prometeu nada para fazê-la. Sei que está sendo gravada em vídeo enquanto eu leio.

Depois da meia-noite de 4 de julho de 1991, parei no Paradise, que era um restaurante. O dono, Gus, estava se preparando para fechar. Gus e eu nos conhecíamos havia muito tempo. Eu tinha tentado roubar dinheiro uma vez de sua caixa registradora. Ele tinha me perseguido até a rua. Me pegou e me bateu muito. Depois disso, sempre que me via, ele me dizia para ir embora do seu restaurante. Algumas vezes parecia estar brincando, mas em outras era bem sério. Uma vez, quando entrei no restaurante, ele pegou um revólver debaixo da caixa registradora e me disse para ir embora.

No dia 4 de julho de 1991, por acaso eu vi pela janela uma dona que eu conhecia e entrei. O nome dela era Luisa Remardi, e eu costumava dizer olá a ela e coisa e tal, quando estava no aeroporto.

No dia 4 de julho, quando entrei, Gus disse que eu estava querendo dar um tempo ali e me esconder até ele fechar, para eu poder roubar alguma coisa. Eu tinha tomado uma dose de anfetamina, e Gus me deixou com raiva. Nós começamos a gritar um com o outro. Gus se abaixou atrás da caixa para pegar aquele revólver, mas eu cheguei lá primeiro. Ele ficou gritando comigo e tal e foi até o telefone ligar para a polícia. E eu atirei nele. Não estava pensando.

Luisa gritava que eu estava maluco e coisa e tal e não queria parar. Quando eu fui lá e a mandei ficar quieta, ela pulou para pegar a arma, e eu acabei atirando nela também. Havia um outro cara no restaurante, um branco. Ele estava escondido debaixo da mesa, mas eu tinha visto ele. Apontei a arma e disse para ele puxar Gus e Luisa lá para o lugar frio no porão. Quando ele fez isso, não esperei nem mais um segundo para atirar nele. Roubei o que pude de todo mundo e fui embora. Me livrei da arma. Não tenho certeza de onde.

Eu tinha tomado um monte de anfetamina e não lembro dessas coisas com muita clareza. Isso é o máximo que consigo lembrar agora. Lamento muito o que fiz.

Muriel estava sentada diante de Esquilo na sala de entrevistas. Ali perto, um perito em provas focalizava uma câmera de vídeo num tripé, com a pequena luz do aparelho lançando um facho intenso sobre Esquilo, agora vestindo um macacão de presídio laranja-berrante. Fechando os olhos por causa da claridade, o detento tinha tropeçado em vários pontos enquanto lia, pedindo a Muriel para lembrá-lo de certas palavras. Na primeira vez, mais ou menos na metade, eles tinham voltado a fita e começado. Suas mãos tremiam enquanto segurava o papel, mas, afora isso, ele parecia bem.

– É só essa a sua declaração, Sr. Gandolph?

– Sim, senhora.

– E essa declaração foi feita com suas palavras?

– O detetive ali me ajudou.

– Mas essa declaração reflete que o senhor se lembra do que aconteceu em 4 de julho de 1991?

– Sim, senhora.

– Foi assim que o senhor descreveu ao detetive o que aconteceu?

– É, depois de a gente conversar um bocado, é.

– E alguém bateu em você ou o ameaçou de violência para conseguir essa declaração?

– Não, não que eu lembre.

– Bom, o senhor se lembraria se alguém tivesse lhe batido?

– Ninguém bateu em mim.

– O senhor recebeu comida e água?

– Um pouco, agora. Não estava com muita vontade de comer antes.

– E o senhor tem alguma outra reclamação quanto ao modo como foi tratado?

– Bom, a senhora sabe, eu sujei as calças. Isso não foi legal. Eu fiquei que nem uma criança e coisa e tal sentado em cima da coisa. – Esquilo deu uma sacudida solitária em seu cabelo desgrenhado. – É melhor não falar nisso agora. – Depois acrescentou: – E na maior parte do tempo eles quase me deixaram morrer de frio.

Muriel olhou para Larry.

– Eu tive que abrir a janela por causa do fedor.

Ainda havia um cheiro forte quando ela chegou.

– Esse caso é uma merda – dissera Larry de brincadeira. Ela havia reagido com a frase que seu pai sempre dizia quando entrava no único banheiro da casa:

– Fede como se alguém tivesse morrido aqui dentro. – Mais tarde, Muriel lembrou a Larry para inventariar a calça de Gandolph como prova. Era uma comprovação de uma consciência culpada.

Ela perguntou se Rommy tinha mais alguma coisa a acrescentar.

– Ainda assim – disse ele –, eu não consigo acreditar que fiz uma coisa dessas. Eu sou do tipo que não faz mal a uma mosca. Nunca fiz nada assim antes. – Ele pôs a cabeça nas mãos.

– Nós vamos parar a gravação agora. A hora é 00h32, madrugada de 9 de outubro. – Quando Muriel assentiu, o técnico apagou a luz.

Um policial de plantão veio colocar Rommy de novo na cela, até as 6 horas da manhã, quando o levariam para a Casa de Correção. Com as mãos algemadas atrás do corpo, Rommy permaneceu atordoado e obediente.

– Até logo, Rommy – disse Larry.

Rommy olhou brevemente para trás e balançou a cabeça.

– O que você fez com ele? – perguntou Muriel, depois que Esquilo tinha ido embora.

– Nada. Fiz meu serviço.

– Você é bem espantoso.

Larry sorriu como um garoto.

Greer tinha chegado lá fora durante a gravação. À uma da manhã, Harold estava barbeado e sem nenhuma ruga em sua camisa engomada. Greer era conhecido de Talmadge, e Muriel tinha se sentado ao lado dele havia apenas uma semana, no jantar Cidade da Esperança, onde ele a havia impressionado como um daqueles negros que sempre achavam que tinham que ser melhores, do tipo que nunca baixava a guarda, especialmente se houvesse algum branco por perto. Tinha feito isso durante tanto tempo que nem percebia. Com as mãos aos quadris, enquanto falava com Larry, o comandante não parecia completamente satisfeito com seu detetive. Primeiro, perguntou como Larry tinha encontrado Gandolph.

– Eu recebi uma dica. Um traficante na cadeia disse que o viu com o camafeu.

– E Gandolph estava com a joia quando você o prendeu?

– Estava. – Larry assentiu várias vezes. – Vou me certificar de que Lenahan e Woznicki sejam citados por isso também.

– E quanto ao sexo? – perguntou Greer. – Ele não admitiu?

– Ainda não.

– Então qual é a teoria? – perguntou Greer aos dois.

– Minha teoria – disse Larry – é que ele sentia tesão por Luisa, violentou-a uma vez, apontando a arma, e depois, quando ela estava morta. Mas acho que não vale a pena levar isso ao tribunal. Falta alguma coisa, e a gente ficaria simplesmente batendo cabeça.

Quando Greer se virou para Muriel, ela explicou por que Larry estava errado, tentando parecer indiferente para não desmascará-lo. Mas a agressão tinha que ser denunciada.

– Você não vai conseguir que a prova seja aceita se não fizer isso – disse ela. – E com um caso capital, você vai querer se certificar de que o júri ouça isso. A prova para essa acusação é fraca, mas eu acho que você vai conseguir a condenação. Não foi o bicho-papão quem fez aquilo com ela. Ou foi Rommy ou um cúmplice. De qualquer modo, ele é legalmente responsável.

Os olhos de Greer não se moveram enquanto ele ouvia, visivelmente impressionado. Quando Muriel saiu da cama naquela manhã, havia uma lista de coisas que ela não sabia com certeza sobre si mesma: se queria ficar solteira ou se casar, qual era sua cor predileta, se algum dia votaria num republicano ou mesmo se tinha cometido um erro em nunca ter transado com uma mulher. Mas, quando um processo era colocado em sua mão, seu julgamento era perfeito como o sol. Os problemas eram como brotos, que floresciam em sua estufa mental, tornando-se soluções. Na comunidade legal, sua fama já estava crescendo – ela estava deixando sua marca, como diziam.

– *Há* um cúmplice? – perguntou Greer.

– Ele diz que não – respondeu Larry. – Quando ele perceber que estamos falando de pena de morte, vocês vão descobrir. Ele não vai assumir tudo sozinho se houver outro nome.

Greer pensou um pouco e finalmente ofereceu a mão a Larry. Depois, apertou a de Muriel também.

– Muito bom trabalho – disse. Havia repórteres do lado de fora. Greer pediu que Larry e Muriel permanecessem com ele enquanto ficasse diante das câmeras para fazer uma breve declaração. As luzes espocaram assim que eles entraram no velho saguão de tijolos da Seis, o mais longe que os repórteres tinham permissão para ir. Mesmo àquela hora, cada um dos canais de televisão tinha uma equipe a postos, e também havia dois repórteres de jornais. A mídia formou um círculo enquanto Greer anunciava a prisão, dando o nome, a idade e a ficha criminal de Gandolph. Eles já sabiam sobre o camafeu de Luisa; não havia muitos segredos numa delegacia. Greer confirmou que o Esquilo estava com a joia no bolso na noite anterior. Com isso, Harold considerou encerrada a entrevista. As câmeras tinham material suficiente para os noticiários do dia inteiro.

Greer apontou para Muriel quando se separaram.

– Lembranças ao Talmadge – disse ele. A reação de Larry foi bastante neutra, mas ela pôde senti-la. Foi para o estacionamento com ele. Larry parecia a ponto de dizer alguma coisa estúpida de novo, mas Stew Dubinsky, do *Trib*, rechonchudo como um querubim, veio correndo. Queria fazer uma matéria sobre Larry: *Investigador intrépido acerta de novo.* Larry recusou, mas foi de uma polidez pouco característica com um repórter. Parecia saber que Stew, que cobria o tribunal, era importante para Muriel.

Assim que Dubinsky desistiu, Larry e ela ficaram parados entre os dois carros. O estacionamento estava claro como um estádio em jogo noturno. Ninguém queria ler notícias de assaltos atrás da delegacia.

– O seu júri fez a coisa certa? – perguntou Larry.

– Eles voltaram esta tarde. Culpado de todas as acusações.

Ele sorriu em sua homenagem. Larry estava claramente cansado e, com todo o desgaste, começando a parecer velho. Seu cabelo ralo se levantava quando o vento soprava. Ele tinha aquela pele frágil do norte da Europa, a mesma dos louros escandinavos, já ficando áspera e seca. Muriel ainda pensava em Larry como uma parte de sua juventude. Era quase incompreensível que o tempo estivesse começando a desgastá-lo.

Quando se conheceram, ela supostamente iria ajudá-lo a estudar delitos civis. Em vez disso, acabou dormindo com ele, na primeira vez enquanto seu marido estava no hospital com os problemas cardíacos que o mataram dois anos depois. Foi estúpido, claro, mas foi estúpido de um modo adolescente – ela estivera meramente testando os limites, curtindo um pouquinho de transgressão enquanto afundava no mundo monótono do direito e da responsabilidade adulta. Mas o relacionamento havia continuado. De um modo estranho, intermitente. Depois de Larry ter se casado de novo. Depois de Rod morrer. Eles diziam que estava acabado, então ela via Larry no tribunal e uma coisa levava à outra. A busca, como era, continuou, cheia do desejo e da disposição que pertenciam ao tempo em que ninguém sabia coisa alguma sobre o que queria. Para ela, aquele tempo estava finalmente passando. Lamentava estranhamente pelos dois.

– Eu estou morrendo de fome – disse Larry. – Quer comer alguma coisa?

Muriel estava relutante em abandoná-lo de novo. Na outra noite, diante da cadeia, ele parecia ter levado uma facada dela. Depois pensou numa coisa perfeita.

– Que tal o Paradise?

– Fantástico. – Larry não pudera conversar muito com John pelo telefone e tinha prometido fazer contato assim que fosse possível. John deveria estar no restaurante a noite inteira.

Ao chegarem ao Paradise, não viram John. Por acaso, estava trabalhando na cozinha. Pela estreita abertura de aço inoxidável na qual as garçonetes penduravam os pedidos e por onde os cozinheiros passavam a comida, John os viu logo e apareceu segurando uma espátula, com um avental amarrado duas vezes em volta do corpo. O tamanho, por si só, tornava óbvio que pertencera a Gus.

– É verdade? – Ele apontou para um rádio perto da caixa registradora. Depois que eles disseram que sim, John se sentou a um dos bancos. Por um momento, fixou-se num trecho escuro do lambri, depois baixou o rosto para as mãos e desmoronou por completo. Brilhando por causa das lágrimas, começou a agradecer aos dois obsessivamente.

– É o nosso trabalho, John – repetia Muriel, enquanto lhe dava tapinhas no ombro, mas ela própria quase chorou. Os nervos se retesaram por todo o seu corpo, numa explosão de sentimentos, numa sensação de conexão viva com o que estava certo.

– Vocês não sabem como é difícil – disse John – pensar que a pessoa que fez aquilo ainda está por aí. A cada minuto eu sentia que precisava fazer alguma coisa, que estaria deixando meu velho na mão se não fizesse.

Muriel vinha falando frequentemente com John desde julho e, no correr dos meses, havia se tornado claro que, na morte, Gus tinha ficado muito mais querido para John do que em qualquer momento da vida. Muriel tinha visto isso acontecer antes, mas não entendia totalmente a transformação. A necessidade tinha forçado John a assumir o restaurante, e alguns meses no lugar de Gus sem dúvida haviam aumentado a apreciação do filho pelo ponto de vista do pai, para não mencionar os rigores da vida de Gus. Mas ela sempre ficava frequentemente espantada quando recebia os telefonemas de John e ouvia a ferocidade com que ele falava contra o assassino do pai. Em alguns momentos, suspeitava que ele odiava o assassino por ter inspirado aquele instante vergonhoso em que John tinha recebido bem a morte do pai. A despeito de como isso tivesse acontecido, ela sentia que a dor e o choque da morte – e o fato de que isso havia acabado com qualquer chance de reconciliação entre pai e filho – tinham envolvido o sofrimento anterior entre os dois homens da família Leonidis, de modo que John não podia mais separar uma coisa da outra.

John se lançou em mais agradecimentos abjetos, mas finalmente Larry salvou a todos agarrando seu pescoço e dizendo que na verdade tinha vindo atrás de uma refeição grátis. Ansioso de gratidão, John voltou correndo para a cozinha.

Os dois foram até as mesas. Sendo Muriel e Larry, juntos, uma espécie de experiência de campo em que o tabu era a selva, eles se demoraram perto do reservado onde Luisa Remardi fora assassinada. Muriel pegou-se compartilhando outro olhar telegráfico com Larry. Os dois sentaram-se simultaneamente em lados opostos. Ela teve que baixar a cabeça por um minuto para ter certeza de que não riria. Fumava quando estava num julgamento e tinha um maço na bolsa. Larry esticou os dedos e deu uma tragada antes de lhe devolver o cigarro.

– Espero que você tenha notado que eu não falei no Talmadge.

– Até agora.

Larry baixou o queixo para assumir um ar inquisidor.

– Você vai se casar com ele, não vai?

Eram 2 horas da madrugada. E Larry, independentemente do que fosse, merecia nada menos do que a verdade. Na prática, ela estivera namorando durante dezenove anos, experimentando homens como se fossem vestidos, esperando o tempo todo poder olhar no espelho um dia e se reconhecer. Estava enjoada disso. Agora queria o outro lado da vida: filhos, estabilidade, o sentimento de que era suficientemente boa para ter importância para alguém que valesse a pena. Talmadge a empolgava. Tinha uma vida da qual ela ansiava fazer parte. Compartilhava da necessidade dele, de agir em grandes acontecimentos, de causar repercussão. Ele era divertido. Era rico. Era bonito. E contava no mundo – muito.

Ela espiou por cima da mesa. Era sempre um choque descobrir que gostava tanto de Larry, que não havia apenas uma ligação sensual, mas também simpatia e conexão. E conhecimento. Mais do que qualquer coisa, eles compartilhavam das mesma intuições, como se os dois tivessem sido ligados do mesmo modo na fábrica. Dali a anos, percebeu ela, identificaria aquele momento como o instante em que havia se decidido.

– É o que eu acho.

Larry se sentou empertigado sobre as tábuas enegrecidas do reservado. Tinha acabado de adivinhar o que ela ia fazer, mas estava pasmo.

– É, bem – disse ele por fim. – O cara rico sempre fica com as garotas.

– Você acha que a atração é essa, Larry?

– Eu acho que é a situação toda: rico, famoso, poderoso. Talmadge pode fazer muito por você.

Aquela conversa estava errada desde o início. Muriel apenas desviou o olhar em vez de responder.

– Não diga que não.

– Não – respondeu ela.

O rosto largo de Larry assumiu uma série de expressões de contenção. Apesar dos esforços, estava para dizer mais alguma coisa, mas John chegou com um prato de bife com ovos para cada um. Depois de perguntar se alguém se importava, John pegou um dos cigarros do maço de Muriel sobre a mesa e fumou enquanto eles comiam. Continuava inquieto, puxava o brinco, roía as unhas e não conseguia parar de fazer perguntas nem se ajustar à ideia de que o assassino finalmente fora apanhado. O que parecia incomodá-lo mais era o assassino não ser um bicho-papão que havia se arrastado de um esgoto, mas sim um cara que John tinha visto frequentemente ali.

– Quero dizer, o que me deixa doido, quero dizer... Gus achava o cara divertido. Ele era um pé no saco. Mas, para o meu pai, expulsar aquele maluco era uma espécie de diversão. Se bem me lembro, uma vez meu velho foi atrás dele com uma faca de carne e um sanduíche.

Deu um hambúrguer a ele e disse que o mataria se ele voltasse. Era uma disputa. Para os dois. Esse cara, o Gandolph, olhava pela janela para ver se meu pai estava, depois corria feito o diabo se Gus viesse dos fundos. Isso acontecia uma vez por semana.

John continuou falando, e lentamente Muriel e Larry tentaram explicar a natureza puramente acidental daquelas calamidades.

– Olha, isso não melhora nada – disse Larry –, mas, você sabe, seu pai provavelmente gostava do cara. E, se Esquilo não tivesse uma dose enorme de anfetamina na cabeça e não tivesse visto a mulher por quem sentia tesão sentada bem aqui, teria sido a dança de sempre. Mas não foi. Não naquela noite. Naquela noite, havia toda essa merda que o Esquilo queria e que não podia ter, uma vida inteira, e ele pirou de vez. É como se o cano de gás explodisse debaixo do restaurante. Quero dizer, é uma coisa idiota, mas é verdade, John: é a vida. Ela nem sempre acontece direito. – Muriel percebeu que Larry a olhou rapidamente quando disse isso.

ERAM QUASE 4 HORAS quando saíram do Paradise. Larry estava tão exausto que se sentia desenrolando pelas pontas, com os demônios do sono e cenários desconhecidos dos sonhos já o espiando ao redor. Do outro lado da rua, uma enorme via expressa produzia um barulho alto. A urgência colocava pessoas na estrada às 4 da manhã – caminhoneiros que queriam passar rapidamente pela cidade, operadores da bolsa de futuros com um olho no mercado internacional, amantes que tinham deixado a cama de alguém no meio da noite para poder parar em casa antes da manhã. Esse universo de necessidades especiais passava zumbindo lá em cima.

Dentro do restaurante, Larry tinha tentado consolar o filho de Gus para se consolar também. Não tinha dado certo. John ainda estava falando de todos os caras durões que seu pai tinha dominado – mafiosos que queriam forçá-lo a usar suas lavanderias, membros de gangues que tentavam assaltá-lo – e, ao lado de Muriel, Larry ainda sentia que seu coração havia explodido.

– Muriel – disse ele no mesmo tom lamentoso que ouvira sair de sua boca diante da cadeia. – Preciso falar com você.

– Sobre?

– Sobre Talmadge... – Ele levantou uma das mãos, frustrado. – Sobre tudo.

– Eu não quero falar do Talmadge.

– Não, escute.

Larry estava suficientemente cansado para se sentir tonto, com o estômago meio revirado, mas se sentia mal principalmente consigo mesmo. Durante vários dias, soubera por que tinha colocado toda a energia naquele caso como um médico tentando reviver um cadáver, até finalmente conseguir. Por Muriel, claro. Mas, mesmo vendo isso, não tinha visto tudo. Não queria simplesmente ficar perto dela e trocar frases espirituosas. Ou transar mais uma vez. Não, em seu cérebro piegas e adolescente estivera passando até havia pouco algum filme de mocinho. Ele havia laçado o bandido, e com isso Muriel voltaria a si e reconheceria que Larry era o melhor sujeito da área. Jogaria fora Talmadge e seu casamento com a glória. Reconhecendo seus próprios estratagemas, tarde demais e com tanta clareza, ele se sentia esmagado. Tremendo detetive, pensou.

– Quero que você escute – repetiu.

Os carros de ambos estavam no estacionamento, perto do lugar onde o Cadillac de Gus e os veículos de Paul e Luisa tinham torrado ao sol de julho durante um dia inteiro, enquanto seus corpos congelavam. O Honda Civic de Muriel estava mais perto. Eles terminaram sentados no banco da frente. Muriel não era cuidadosa. Usava o piso na parte de trás como se fosse uma lata de lixo – embalagens de comida, sacos plásticos de coisas que ela havia aberto e correspondência pessoal do escritório se espalhavam em todo canto.

– Sabe que as pessoas sempre dizem para a gente crescer, quando a gente é jovem? – perguntou Larry. – E a gente escuta, e até parece uma ideia boa, mas é tipo: "que porra? Que porra eu devo fazer?" As pessoas dizem para a gente ficar sério, e a gente nem consegue descobrir o que quer.

Enquanto falava, Larry olhou para a parede de tijolos aparentes diante dele. Havia anos, um anúncio de refrigerante tinha sido pintado ali, e os restos espectrais de alguma jovem abundante com um copo na mão ainda apareciam sob as luzes dos postes.

– Eu sempre me perguntei como, diabos, ia descobrir. Quero dizer, algumas pessoas, como você... acho que você sempre soube o que queria e vem correndo atrás disso desde que eu a conheci. Você sabe, ver o seu nome no céu. Mas eu sou de outro tipo. Quero dizer, eu nem sei o que eu quero, até que talvez eu não tenha mais. Como quando Nancy diz: "E se eu levar os garotos?" Quero dizer, meu Deus, caia na real.

Ele se pegou num grande turbilhão emocional enquanto uma imagem dos filhos lhe vinha à mente. Viu-os seguindo-o como cachorrinhos enquanto ele cortava madeira, assentava ladrilhos, trabalhava naquelas casas. Os filhos adoravam estar com ele. Darrell tinha um serrote que arrastava pelo chão empoeirado e Michael, com as duas mãos num martelo, vivia colocando pregos em todos os ângulos num caibro. Larry tinha que ficar de olho neles cada segundo e mesmo assim, no meio da noite, acordava rachado pelo medo como uma árvore por um raio, com certeza de que não tinha tido cuidado suficiente e de que, de algum modo, um deles podia se machucar seriamente.

Apertou o nariz, lidando com a dor, na esperança de não desmoronar. Tinha grande suspeita de um certo tipo de pessoas que se costumava encontrar na polícia naquela época, homens – e algumas mulheres – que cediam a todo sentimento piegas porque eram duros demais na rua, que choravam baldes quando seu periquito esticava as canelas, mas, horas antes, nem balançavam a cabeça diante de uma criança de 7 anos morta num assalto. A ideia que fazia de si mesmo era ter um pé de cada lado, poder dizer, como tinha tentado dizer a John, que dói feito o diabo, que é a vida.

– Então, é assim que eu sou, suficientemente idiota para não saber o que é uma coisa até ela ter ido embora. Há gente assim. Eu não sou o único.

No escuro, ele não podia ver o rosto de Muriel realmente, só a luz mais forte nos olhos e o perfil em silhueta. Ela estava encostada à porta do motorista, com o cabelo curto, encaracolado e espetado numa postura que claramente sugeria alarme.

– Aonde isso vai parar? – Ela não conseguia deixar de ser Muriel. Tinha que estar no fim da curva quando todo mundo ainda estava no início. Pelo que ele sabia, Muriel tinha vindo de uma família normal. Mas devia estar calculando já no útero. Como as vacas que sempre sabiam o caminho mais curto para o seu destino, Muriel tinha um sistema de posicionamento próprio, que nunca deixava de iluminar a rota para seus maiores interesses. Mesmo quando era gentil, como acontecia frequentemente, a coisa parecia um tanto remota, como se ela também tivesse tomado um segundo a fim de deduzir se aquela era a coisa certa para ela.

Obrigando-se a responder, ele baixou os olhos e ficou surpreso ao ver terra debaixo das unhas. No dia anterior, estivera em outra casinha no Point, seu projeto atual, plantando algumas sempre-verdes enquanto havia tempo para o plantio de outono. Sua mãe sempre havia enfatizado a importância das mãos limpas, e ele estava espantado por não ter notado a sujeira até agora. Sinal de como estivera concentrado no Esquilo desde que acordara havia vinte e quatro horas.

– E se eu dissesse que estava farto da minha própria merda? – disse ele. – Farto de procurar pela vida melhor do que a vida. E se eu dissesse que comecei a deduzir coisas? – Ele mostrou as unhas. – Eu faço jardinagem.

– Jardinagem?

– Quero dizer, eu gosto. De cultivar coisas. Isso importaria para você?

– Larry.

– Acho que sei do que eu preciso na vida. E o que nós andamos tendo... nenhum de nós foi muito honesto com isso. Existe muita coisa que...

– Existe – disse ela. Em seguida, estendeu a mão e segurou o braço dele. – Mas, Larry. – Agora era ela quem estava com dificuldade. Tinha se movido para a luz, e ele podia ver seus olhos se fecharem e estremecerem com a tensão. – Acho que nós não podemos levar isto mais longe. *Eu* não posso. Não estou com cabeça para isso agora.

Ele foi acertado com força de novo, talvez pior do que no restaurante, e sentiu a respiração queimar nos pulmões. Meu Deus, pensou. Que criatura fodida eu sou. Fazendo uma declaração para a mulher que acabou de dizer que vai se casar com outro.

– Eu vou me sentir um babaca – disse ele –, se eu chorar.

Ela se inclinou e tocou sua nuca.

– Qual é, Larry?! Meu Deus. Isso nunca foi para valer. Qual é?!

– Foi o que eu quis dizer. Deveria ter sido.

– Foi bom, Larry. Foi bom de um zilhão de modos. Mas foi um passeio de montanha-russa. Era como nós queríamos. Nos escondendo. Trepando até não poder mais. Você não pode fingir que é uma vida comum. Quero dizer, eu amei isso pelo que foi. Foi fantástico. – Ela riu, um som desabrido no carro escuro, cheio de diversão na memória. Ela o apertou em volta dos ombros e levou o rosto para perto do dele. – A gente se divertiu um bocado. – Pôs a outra mão em sua coxa, como que para lembrar. Ele a afastou com um leve tapa, mas ela pôs de volta. Fizeram isso algumas vezes, rindo o tempo todo, os dois gostando do momento de combate físico e do alívio que isso proporcionava. Ele finalmente agarrou a mão dela. Ela tirou a outra mão de seu ombro e a usou para abaixar seu zíper, antes de ele empurrá-la para longe.

– Eu não preciso de uma última volta na montanha-russa, Muriel.

– Eu preciso – respondeu ela, em seu modo intrépido de sempre, e pôs a mão de volta. Ele achou que se sentia incapaz de ser estimulado, mas estava errado. Ela baixou o rosto bem ali, e ele desfrutou aquilo por um segundo, antes de afastá-la.

– A gente está num estacionamento, pelo amor de Deus.

Ela enfiou a chave na ignição e deu a volta à esquina, com a mão livre no membro ereto, apertando-o de vez em quando enquanto dirigia. Quando parou de novo, foi com tudo. Larry ficou olhando pelo beco, percebendo que estavam na região certa para aquele tipo de coisa – atrás daqueles prédios, debaixo daqueles fios telefônicos, em meio ao lixo derramado e às latas de lixo enferrujadas, o prazer frequentemente fora comprado barato e praticado às pressas. Muriel estava fazendo uma festa, demorando-se, acariciando a cabeça, passando a língua por baixo e depois levando os lábios para a ponta, repetidas vezes, observando atentamente e entendendo exatamente a reação que cada movimento inspirava. Aquela era Muriel, também. Ousada. Olhando a coisa e saboreando o poder que a mulher obtinha ao estar disposta. Ele pensava: meu Deus, isso é foda, eu estou fodido. Quando gozou, pareceu que estava gritando para sempre.

13
Normal

22 de maio de 2001

— Então você não aguentou ficar longe de mim – disse Ruthie, a agente penitenciária que havia escoltado Gillian inicialmente. Com seu corpo atarracado, ela manteve a grossa porta da casa de guarda entreaberta e sinalizou para Gillian como se fosse uma velha amiga, ao mesmo tempo que assentia para Arthur. – Pensei que você e o Ernie tinham terminado a conversa – disse ela enquanto a acompanhava pelo escuro corredor de pedra e tijolos.

Arthur explicou que o tenente tinha exigido a presença de Gillian, e Ruthie riu.

– Isso é que é – disse Ruthie. – Não bastam todas as regras que a gente tem, eles vivem inventando outras. – Certamente aquela era a experiência de Gillian. As autoridades da prisão costumavam pertencer a uma classe própria quando se tratava de rigidez. E entre elas havia, inevitavelmente, alguns sujeitos totalmente sádicos, que adoravam ver pessoas enjauladas. Mas, em Alderson, Gillian também encontrou muitos guardas como Ruthie, almas de boa índole que estavam ali porque era o melhor trabalho que puderam arranjar ou porque ficavam mais felizes com pessoas que não tinham o direito de olhá-las de cima para baixo.

Quando chegaram à enfermaria, Ruthie se ofereceu para levar Gillian de volta assim que Arthur estivesse situado com Erdai, garantindo-lhes que o tenente jamais saberia a diferença. Gillian estava assumidamente curiosa sobre o que Erdai diria, mas seus dias de avaliar testemunhas, comparando suas histórias com a lembrança que tinha das provas, tinham chegado a um fim forçado. Para ela, a coisa mais segura era sair.

Arthur havia se agitado de novo em relação ao que estava diante dele e desapareceu à entrada da enfermaria sem sequer se despedir. Ruthie voltou alguns minutos depois para guiar Gillian pelos corredores e grades até a portaria.

No prédio principal, um preso com privilégios especiais empurrando um carrinho de aço inoxidável virou-se totalmente quando Gillian passou. Ela sentiu o olhar, mas presumiu que ele estivesse apenas interessado em sua figura. Em vez disso, ouviu o seu nome.

– A senhora não é a juíza Sullivan?

Ruthie ficou alerta ao lado dela, mas Gillian respondeu.

– Era.

– Esse aí é o Jones – disse Ruthie. – Ele é legal. Na maior parte do tempo.

Ruthie estava brincando, e Jones sorriu, mas sua atenção permaneceu em Gillian.

– Você me deu sessenta anos – disse ele. – Tentativa de homicídio e assalto à mão armada.

Ocorreu a Gillian que ali deveria haver uma grande quantidade de prisioneiros condenados por ela, mas suas preocupações tinham se concentrado tanto em suas próprias reações que havia praticamente se esquecido do risco de estar perto daqueles homens. E não sentiu perigo agora. Jones era alto, barbudo, mas estava passando da idade em que poderia causar problemas.

– Atirou em alguém? – perguntou ela.

– No cara que estava comigo. A gente estava fazendo um serviço numa loja de bebidas. O vendedor pegou uma arma e, em vez de atirar nele, eu atirei no meu parceiro. Não é uma sacanagem? E o Estado me acusou disso, disso e do assalto à mão armada. Eu não me incomodei com a acusação de assalto, mas por que estou cumprindo pena por ter atirado em alguém em quem não queria atirar?

– Porque você queria acertar no vendedor – disse Gillian.

– Não, não queria. Eu só estava nervoso.

– Você poderia ter matado alguém.

– É, mas não matei. Veja bem, essa é a parte que eu ainda não entendo.

Ele entendia. Só queria falar a respeito. Ainda ficava acordado à noite pensando que tanta coisa em sua vida tinha sido determinada num instante.

– Isso agora é somente passado, Jones – disse Ruthie.

– É, eu vou ficar velho aqui. – Mas ele estava rindo ao dizer isso.

– Como está o seu parceiro? – perguntou Gillian.

– Bem. Desde então, o estômago dele não anda muito bom, só isso. Você só deu trinta anos a ele. Vai sair em 2003.

– Ele não estava armado.

Vencido na discussão, Jones voltou ao carrinho. Parecia conformado, mas dentro de um ou dois dias estaria convencido de novo de que a coisa toda estava errada.

Ruthie ficou falando sobre ele por todo o caminho até a casa de guarda, informando Gillian sobre os problemas de Jones com a família. Ruthie achava que um segredo era algo que poderia contar somente a um quarto das pessoas da terra. Mas era boa pessoa. Ajudou Gillian a pegar a bolsa no armário onde tivera que guardá-la e, como uma boa anfitriã, foi com ela até o portão da frente, do outro lado da casa de guarda, e acenou para outro tenente que estava atrás da mesa principal, para que abrisse a porta e Gillian saísse.

Gillian puxou a grade pesada e olhou da semiescuridão da penitenciária para uma tarde espetacular de primavera. Estava na hora do banho de sol. Parada no limiar, ouvia o tumulto dos homens gritando e conversando a distância. Em Alderson, uma ferrovia passava perto do presídio. A maioria dos trens tinha cem vagões, levando uma carga brilhante de carvão, mas o Amtrak de Washington para Chicago também passava fazendo barulho, suficientemente perto para que se vissem todos os passageiros com clareza. Gillian nunca conseguia desviar o olhar. Em vez disso, com uma inveja insuportável, examinava os viajantes, que estavam livres para ir aonde quisessem. Os Normais, como ela os chamava na mente.

Virou-se para Ruthie.

– Esqueci uma coisa. Não coloquei a hora na ficha de saída.

– A gente cuida disso.

– Eu mesma quero fazer. – Não queria. Simplesmente queria entrar de novo, acenar e ver a porta se abrindo outra vez. Quando a tranca se fechou dessa vez, foi como se o mecanismo estivesse ligado em seu coração. Uma Normal.

A um banco debaixo de uma árvore, na metade do caminho para o estacionamento, Gillian descansou. Olhou as pessoas indo e vindo, todas Normais. Como ela. Por fim, pegou na bolsa o livro que estava lendo. Era Tucídides. Duffy, que adorava os clássicos, tinha praticamente forçado-a a pegá-lo, e, para sua surpresa, Gillian tinha encontrado um grande alívio na história, em aprender de novo as lições do passado distante e o relato das tolices humanas esquecidas. Seu consolo, suspeitava ela, vinha de saber que um dia também seria esquecida, que seus pecados seriam lavados na grande maré do tempo em que apenas uma ou duas pessoas que percorriam o mundo junto com ela – um cientista, um artista – deixariam de ser pulverizadas em algo que não era mais memorável do que areia. E hoje estava livre para começar a se mover por ali. Estava acabado, disse a si mesma naquele momento. Se permitisse, estava tudo acabado.

Tinha se passado mais de uma hora e meia quando Arthur voltou. Gillian estava pensando em andar uns dois quarteirões até a cidade para tomar alguma coisa gelada, quando ele finalmente saiu da casa de guarda.

– Desculpe ter demorado tanto. Eu quis ver o Rommy antes de sair.

Ela disse que não fazia mal. Tinha sido um dia muito melhor do que havia esperado.

– Como foi com Erdai?

– Fantástico. Não poderia ter sido melhor. – Mas havia alguma coisa errada com Arthur. Ele parecia estranhamente desconcentrado.

Olhou o ar um segundo, quase como um animal, tentando identificar um cheiro na brisa. Não disse mais nada, e ela finalmente perguntou como ele se sentia em relação ao que Erdai tinha contado.

– Ah, eu acreditei. Totalmente. Por isso tive que ver o Rommy. Eu mesmo queria contar isso a ele. Tive que discutir com o capitão, mas eles acabaram trazendo-o para baixo durante alguns minutos. – Arthur deu um sorriso súbito. – Basicamente ele não conseguia entender por que eu estava surpreso. Como se isso fosse completamente normal. "Eu disse que não tinha nada a ver com isso." Ele está empolgado com a ideia de sair daqui. Mas não foi novidade eu dizer que ele era inocente. Quem nunca vai me deixar ouvir o fim disso é Pamela. Rommy é inocente – disse Arthur, olhando para o cascalho na base da árvore, antes de repetir: – Rommy é inocente.

– Posso perguntar? Erno deu um álibi para Gandolph? Ou ele disse que sabe quem é o assassino?

– Ah, ele sabe. Foi ele. Erdai. É uma tremenda história. Mas tudo se encaixa. Cada detalhe. E tem que ser verdade. Por que um homem agonizante se incomodaria em mentir? Quero dizer, ele mesmo matou aquelas pessoas. O Erdai. – Esmagado pelo peso do que tinha acabado de dizer, Arthur se deixou cair ao banco ao lado dela.

Gillian esperou. Não tinha certeza se queria saber mais. Não importava o quanto ela quisesse se isolar do passado ou anestesiar suas faculdades de julgamento, instantaneamente a história lhe pareceu implausível. Seria coincidência demais o fato de um prisioneiro agonizante na mesma instituição que Gandolph assumir o crédito pelo crime.

A julgar pelo modo estranho dele, a princípio ela havia pensado que Arthur, mesmo tendo declarado o contrário, compartilhava das suas dúvidas. Mas agora suspeitava que a reação fosse o oposto do ceticismo. Havia anos, seu primeiro chefe na promotoria, Raymond Horgan, que agora era o sócio sênior de Arthur, tinha lhe dito que antes de sua eleição, quando Ray era um advogado particular, costumava manter um pedaço de papel na gaveta da mesa. Nele estava escrito, em caligrafia elaborada, o que ele chamava de oração do advogado de defesa: "Que Deus me livre de um cliente inocente."

Convencido por Erdai, ela via, Arthur estava subitamente no penhasco mais alto de sua carreira. A vida de Rommy Gandolph, sua vida inocente, estava nas mãos de Arthur. A justiça, realmente, todo o princípio da lei, na verdade – o fato de que ela tornaria mais justos os poucos elementos da existência que estão sob o controle humano –, agora dependia dele. Ele era a principal variável: seu trabalho, sua inteligência, sua capacidade de travar e vencer a mais importante batalha da sociedade civil. A expressão que nadava nos olhos cor de café de Arthur era de terror.

Parte II
Procedimentos

14
A subchefe da promotoria

12 de junho de 2001

Muriel Wynn, subchefe da promotoria do condado de Kindle, estava sentada a sua mesa mexendo em papéis. Nesse cargo, tinha descoberto um lado organizado em seu caráter, que lhe havia escapado nos seus primeiros anos. O armário de seu quarto e as listas de compras ainda eram governados pelo caos, mas ela sempre tinha sido melhor no trabalho. A mesa, com quase 2,5 metros de comprimento, estava arrumada com a precisão de uma base militar. As muralhas de papéis - pacotes de processos, memorandos, correspondência jurídica - ficavam com as bordas arrumadas, equidistantes umas das outras. A correspondência relativa à campanha do ano seguinte para a promotoria, que logo começaria a sério, estava separada em segurança no quadrante superior, para ser recolhida no fim do dia e examinada em casa, com tempo para pensar.

Uma mensagem apareceu com um *ding* na tela do computador de Muriel: "12h02: Ten. Det. Starczek aqui para audiência." Ela recebeu Larry na área ampla do lado de fora de sua sala, onde seis assistentes pulavam entre mesas. Os visitantes esperavam do outro lado de um velho corrimão de mogno. Mais adiante, compartilhando o mesmo grupo de secretárias, ficava o gabinete da promotoria, posição da qual seu chefe na última década, Ned Halsey, estava pronto para abrir mão assim que os eleitores concordassem, no ano seguinte.

Para ir ao tribunal, Larry tinha vestido uma gravata e um paletó esporte de linho bastante elegantes. Ele sempre havia gostado de roupas, ainda que elas já não lhe caíssem tão bem. Agora estava grande e flácido, e o resto de cabelo, sedoso e embranquecido, tinha sido arrumado cuidadosamente. Mas mantinha a postura envolvente que vinha de saber quem era. Ao vê-la, deu um sorriso largo, e Muriel sentiu a diversão dele. Era engraçado, agradavelmente instigante, que a vida seguisse de modo tão imprevisível, que você seguisse o seu caminho e sobrevivesse.

– Oi – disse ela.

– Oi – respondeu Larry.

Ela perguntou se ele gostaria de almoçar.

– Acho que a gente poderia comer alguma coisa a caminho do prédio federal e conversar sobre essa audiência estúpida.

– Legal – respondeu Larry.

Ouvindo-o influenciado pelo vocabulário dos filhos, ela riu e perguntou como os garotos estavam.

– Eles são meus? Eu achei que eram a prole de Satã. – Larry tinha fotos na carteira. Michael estava com 20 anos, frequentando a Universidade de Michigan. O filho mais novo, Darrel, era um ídolo no ensino médio, como o pai e o irmão, embora jogasse futebol e não futebol americano. Queria conseguir uma bolsa da primeira divisão, disse Larry. – Só que talvez eu o mate antes disso. O cara não ouve ninguém. Os meus velhos, claro, ainda estão numa boa. Ficam vigiando o garoto e a mim. É como nos velhos filmes sobre famílias. Eles acham que é uma piada por minuto.

Muriel levou-o a sua sala por um segundo, para mostrar as fotos de Theo, o primeiro neto de Talmadge. Mesmo com 3 anos, dava para ver que ele puxaria ao Talmadge, grande e corpulento. Era um cara maravilhoso aquele menininho, a coisa mais querida da vida dela.

– Vocês não tiveram nenhum, não é, você e o Talmadge?

Era a pergunta a que ela provavelmente mais odiava responder, mas Larry obviamente não queria nada além de confirmar a lembrança.

– Nunca deu certo – respondeu ela, indicando-lhe a porta.

Descendo pelo elevador, Larry pediu que ela explicasse a audiência daquele dia.

– Raven conseguiu o depoimento de um cara chamado Erno Erdai, que você supostamente conhecia – disse ela.

– Conhecia.

– Bom, Arthur quer fazer o depoimento na presença de um juiz, para que possa ter informações confiáveis agora, porque Erno não vai estar por aí mais tarde se o caso for em frente. Ele está morrendo de câncer.

– Morrendo? Meu Deus, as coisas foram terríveis para Erno nos últimos anos. Você sabe a história?

Como chefe do setor de Crimes Violentos, ela tinha revisado o processo de Erdai na época do tiroteio, havia quatro anos. *Ex-cadete, executivo da TN e cidadão de respeito fica louco num bar frequentado por policiais.* Mel Tooley tinha defendido Erno e tentava arduamente uma suspensão de pena, conseguindo até que o advogado da vítima, Jackson Aires, dissesse que não fazia objeção. Mas ela não podia deixar um cara solto só porque morava num subúrbio de classe média. Eles trancavam vinte negros por semana naquela cidade por terem atirado em alguém. Erno tinha que ir em cana.

– A propósito, como está o velho Arthur? – perguntou Larry.

– Ainda exerce o direito como alguém que tenta se salvar do afogamento. Está bem.

– Eu sempre gostei de arranjar casos pra ele. Você sabe, ele era um cavalo de arado, não de corrida, mas era bom.

– Bom, é isso que ele está fazendo. Sendo meticuloso. Ele ficou bem chateado quando o Tribunal de Apelações o arrastou para este caso, mas continua pressionando. Nesta semana, ele diz que Erdai é uma testemunha fundamental.

– É, "fundamental" – disse Larry. – Fundamental para quem?

– Você entendeu. – Ela sorriu. – Você precisa explicar alguma coisa, querido. A moção afirma que Erdai tentou alertá-lo sobre evidências que inocentavam o réu e que você as escondeu.

– Odeio quando faço isso – disse Larry, mas logo em seguida classificou toda a ideia de bobagem. – Erno me escreveu umas duas cartas da prisão, como fez para metade da força policial, procurando ajuda assim que entrou lá. Que diabo eu deveria fazer? Mandar um cartão com votos de simpatia? Acho que Erno entrou para o outro time lá dentro. Ele tem uma versão, certo?

– Deve ter. Eu pedi para falar com ele há uma semana, mas ele recusou. O pessoal em Rudyard não tem a menor ideia do que ele pretende fazer.

Pouco antes de chegar ao tribunal, Muriel parou no Bao Din.

– Você ainda come comida chinesa? – perguntou ela.

– Claro. Mas nada temperado demais.

O restaurante era de estilo antigo, com uma cortina de bambu na entrada, mesas de fórmica, cheiros fortes de óleo de amendoim e temperos estrangeiros perfumados. Muriel tinha suspeitas constantes em relação ao que passava por carne na cozinha e se limitava aos pratos de legumes. Como cliente regular – e pessoa influente –, foi recebida calorosamente por Lloyd Wu, o proprietário, a quem ela apresentou Larry.

Dadas as alegações da moção, ela não tinha outra opção além de pedir que Larry comparecesse à audiência, embora os dois não tivessem passado mais de dez minutos juntos em nenhuma ocasião durante aproximadamente uma década. Quando ele estava na promotoria, trabalhando num caso, costumava dar uma parada. Os dois faziam uma avaliação mútua em alguns instantes, falavam dos garotos, da polícia e da promotoria. Riam um bocado. Depois de ele ir embora, geralmente ela sentia que cometera um erro ao ter transado durante aquele tempo com ele. Não por causa de Larry – o Larry mais velho era menos difícil do que o homem que ela conhecera havia dezessete anos na faculdade de direito. Mas ele era um passado que ela pusera de lado constrangidamente, uma ligação com a Muriel jovem, perdida, uma mulher que era mais má, mais brigona e mais infeliz do que o modelo atual.

No entanto, precisava de Larry hoje. Os detetives nunca se esqueciam das provas num processo. Carol Keeney, uma supervisora de apelações que estivera cuidando do assunto nos últimos anos à medida que se aproximava a data da execução, não tinha encontrado nenhuma menção a Erdai no processo, mas Larry rapidamente lembrou Muriel das origens. Erno levara a Collins, Collins levara a

Esquilo. Ela não havia percebido que Erdai tinha sido a fonte original. De olhos fechados, Muriel esperou que as coisas se encaixassem, mas nada surgiu. Ela se inclinou sobre a mesa.

– Pelos velhos tempos, Larry. Cá entre nós, tipo amigas. Há alguma coisa com que a gente deva se preocupar? Quero dizer, pelo menos uma fantasia do que eles estão querendo fazer?

– Quer dizer, em relação ao que Erno sabe?

– Se não for isso, o quê?

– Você não é virgem, Muriel – disse Larry, chegando perto de um fato que raramente era admitido. Havia a verdade da rua e a verdade do tribunal, e um bom policial, como Larry, sabia como fazer uma se ajustar à outra sem correr demais e sem deixar a coisa frouxa. Ela deixou a observação dele passar. – Que tipo de evidência de inocência é essa que eu supostamente escondi? – perguntou ele.

– Arthur não disse e nós não descobrimos. Eu mandei Carol quando a moção foi apresentada. Ela irritou o juiz, por alguma razão, e ele aceitou a moção.

Larry deu um gemido.

– Você sabe como a coisa funciona, Larry. Harlow é do tipo que acha que o advogado nomeado merece cada chance, especialmente em um caso de pena capital. E ele provavelmente gosta do Arthur. A firma de Arthur faz um bocado de trabalho federal.

– Ah, fantástico. Eu adoro o tribunal federal. É como um clube de cavalheiros. Todo mundo fala muito baixo e sorri para os outros porque não são os pobres camponeses.

Muriel riu de novo. Tinha esquecido como Larry podia ser engraçado e exato. Como subchefe da promotoria, ultimamente ela era bem-tratada nas raras ocasiões em que entrava nos tribunais do Estado. Os juízes do Tribunal Superior eram eleitos, o que significava que cedo ou tarde a maioria deles estaria na mesma situação dela. Mas o Tribunal Federal era outro universo, onde os juízes tinham nomeação vitalícia. Muriel estivera lá apenas um punhado de vezes em sua carreira. Sentia praticamente a mesma coisa que Larry em relação ao sistema federal.

– Eu acho que Harlow só está querendo deixar Raven dar o melhor de si, Larry. Vai ficar tudo bem no final.

Larry concordou e pareceu tranquilizado. Na época da faculdade, tinha sido o primeiro ser humano a pôr fé nas capacidades jurídicas dela. Para ele, a palavra dela sobre a lei era sempre como o Evangelho.

– Quer dizer, eu não vou me hospedar junto com o Erno? – perguntou ele. – Eu esperava um modo de sair dessa vida.

– Você nunca vai deixar a polícia.

– Você é quem diz. Eu já entreguei os papéis, Muriel. Completo vinte e cinco anos em novembro. Saio em 1º de janeiro de 2002. As pessoas vão estar sempre matando umas às outras. E eu sei tudo que é preciso saber sobre isso. Além do mais, eles vão nomear um novo detetive-comandante no ano que vem. Serei eu, o que é ridículo, ou outro, o que é mais estúpido ainda. O tempo acabou. E sabe esse negócio que eu fazia, com reforma de casas? Agora tenho seis caras trabalhando para mim. Cinquenta e quatro anos é idade demais para dois empregos.

– Seis caras?

– Nós reformamos e vendemos oito casas no ano passado.

– Nossa, Larry. Você está rico.

– Não como você e o Talmadge, mas a coisa vai bem. E a bolsa de valores também. O valor bruto é um número grande, mas tudo está alavancado. Mesmo assim... – Ele sorriu, como se estivesse meio perplexo por usar o jargão, e depois perguntou como ia a vida dela.

– Bem – disse Muriel, sem entrar em detalhes. Ela participava da corrida tipicamente feminina que começava ao amanhecer com a ansiedade persistente de que não haveria tempo para cuidar de tudo, um medo, diferente de muitos outros, que de fato era enraizado na família. Nada mais parecia ser feito com perfeição – nem o trabalho, nem o casamento, nem mesmo a função de madrasta. Mas ela possuía bastante coisa na vida – um trabalho ótimo, dinheiro, aquele menininho maravilhoso. Concentrava-se nessas coisas e tinha superado os desapontamentos.

– E o seu casamento? – perguntou ele.

Ela riu alto.

– Os adultos não perguntam uns aos outros sobre seus casamentos, Larry.

– Por quê?

– Certo, como vai o seu casamento? Você nunca saiu pela porta, não é? Você e Nancy assinaram um tratado de paz?

– Sabe como é. Você não me quis, então qualquer outra seria a segunda opção. – A frase não pareceu boa, mas ele estava sorrindo. – Não, quero dizer, está tudo bem. Ela é uma boa pessoa, a Nancy. Boa mesmo. O que se pode dizer de uma mulher que adota os seus filhos? Nada de mau. A vida não é perfeita, certo?

– Parece que não.

– Ando pensando cada vez mais nos meus avós. Os pais da minha mãe. Quando ele tinha 16 anos, os pais do meu avô o colocaram como aprendiz de consertador de carroças – isso é que é trabalho de futuro – e providenciaram uma esposa. Ele viu minha avó pela primeira vez dois anos depois, três dias antes de se casar com ela. E, sessenta e três anos depois, eles ainda estão juntos. Nunca houve uma palavra áspera entre os dois. Tente entender.

Enquanto falava, ele ia mexendo na tampa do pequeno bule de chá, de alumínio. Ouvindo, Muriel se pegou surpreendentemente à vontade. Por acaso, havia laços na vida que não podiam ser quebrados. E ter dormido com alguém era um deles. Pelo menos para ela. E provavelmente para a maioria das pessoas. Ela carregaria um pedaço de Larry pelo resto da vida.

– Certo, então é a sua vez – disse ele. – É difícil? Eu olho o Talmadge, quando o vejo algumas vezes na televisão, e, francamente, penso comigo mesmo, deve ser difícil aguentar aquela figura.

– Estar casada com Talmadge não exige muita coisa além de um senso de humor e um vestido preto. – Ela riu de si mesma, mas estava perturbada com o que havia por baixo. Tinha passado todos aqueles anos pensando que nunca sucumbiria a coisas inferiores como as outras pessoas. Normal. Mediana. Padrão. Essas palavras ainda bastavam para deixá-la com os joelhos fracos. – Talmadge é Talmadge, Larry. É como andar na carruagem do Deus Sol. Você sempre sente o brilho.

O marido dela levava a vida de um americano da virada do milênio, num avião para algum lugar três ou quatro vezes por semana. Tinha clientes em todo o mundo, incluindo vários governos. O lar, para Talmadge, era geralmente um lugar para onde ele podia se retirar em segurança de sua brilhante personalidade pública e entrar num âmago surpreendentemente escuro. Ficava sentado até tarde, bebericando uísque, pensando e cuidando das feridas que ele estivera carregando demais de adrenalina para sentir no momento em que foram infligidas no campo de batalha. Apesar de quase sempre se mostrar apenas realizado com o tamanho de seu sucesso, nos humores sombrios ele parecia acreditar que o mundo o tinha favorecido com o objetivo de poder diminuí-lo, para provar que ele realmente não era digno de tudo aquilo. Ela precisava confortá-lo longamente.

– Eu tenho o respeito dele – disse Muriel. – E isso significa muito para mim. Nós ouvimos um ao outro. Damos um bocado de conselhos. Passamos muito tempo conversando. É bom.

– Casamento de titãs. O Superadvogado e a Promotora-chefe.

Para Muriel, continuava sendo irritante o fato de uma mulher ambiciosa ser muito mais aceitável quando era casada com um homem ambicioso. Mas, na verdade, ela provavelmente já sabia disso quando se casara com Talmadge.

– Ninguém me elegeu ainda, Larry.

– Você não pode perder. Quem, diabos, vai concorrer com você? Todo mundo no sistema legal está apoiando você. Você tem o negócio de ser mulher, para não mencionar todos os colegas de Talmadge com talões de cheques abertos. Os jornais dizem que você ainda vai ser senadora.

Senadora. Prefeita. Ela havia lido as duas matérias. Reconhecendo o puro acaso que levava a esses pináculos, Muriel se recusava a tratar a especulação como qualquer coisa que não fosse pura diversão.

– Esse é o cargo que eu quero, Larry. Francamente, estou concorrendo porque é fácil. Ned entregou os pontos. Talmadge vai administrar a campanha a partir da Airfones. Mesmo assim, eu ainda passo um tempo pensando no que estou me metendo.

– Besteira. Este sempre foi o seu sonho.

– Não sei, Larry. – Ela hesitou, tentando deduzir para onde o ímpeto a estava levando, depois desistiu, o que sempre acontecia quando estava com Larry. – Mesmo há um ano, eu ainda achava que teria que pensar duas vezes na candidatura. Mas encarei o fato de que nunca vou engravidar. Essa era realmente a prioridade. Eu sei muita coisa sobre fertilidade... – Ela parou. Nenhuma vez na vida tinha sentido pena de si mesma, mas contemplando os anos de exames, tratamentos, irrigações, olhando o relógio, contando os dias, tirando a temperatura, esperando e esperando... algumas vezes a lembrança parecia o bastante para derrotá-la. Quando era mais jovem, nunca havia pensado em aonde o desejo de ser importante no mundo a levaria. Mas aquela poderosa promessa infantil de deixar para trás algum traço de si para a eternidade levava, nas mãos da natureza, a um feroz desejo de se repetir, criar, alimentar, ensinar, amar. Nenhum desejo que tivesse experimentado na vida, como a força da libido, a fome, ou mesmo a ambição, poderia se igualar à força com que aquela necessidade crescera em Muriel depois de ter se casado. Era como se seu coração fosse impulsionado por uma grande roda girando – atrás da qual, com o tempo, ele foi esmagado. Ela vivia com a ausência, uma forma de luto, que continuaria até seu dia derradeiro.

Larry estava ouvindo preocupado, os olhos azuis imóveis. E finalmente disse:

– Bom, você tem o meu voto, Muriel. Eu quero que você seja promotora-chefe. Para mim é importante, sabe, que você consiga o que quer. – Havia um propósito na expressão dele. Era uma descoberta doce o fato de ele permanecer tão comprometido a ela, como amigo.

Os dois brigaram pela conta, mas Larry insistiu em pagar. Lembrou que, nas palavras dela, ele era rico. Depois caminharam pela multidão de pedestres até o antigo Tribunal Federal. Kenton Harlow, juiz-chefe do Tribunal Distrital, tinha designado a si mesmo para receber o depoimento, em vez de repassar o assunto para outro. A postura de procedimento do caso era bizarra de qualquer modo, um subproduto do esforço recente do Congresso para truncar o desfile interminável de apelações e ataques colaterais que era o litígio da pena de morte. O Tribunal de Apelações, que nunca ouvia testemunhas ao vivo, mesmo assim havia se reservado o direito de avaliar as evidências apresentadas durante o limitado período destinado às descobertas e de avaliar pessoalmente se o processo deveria continuar, uma função que tradicionalmente fora reservada aos juízes de nível de julgamento no Tribunal Distrital. Ninguém com quem Muriel tinha falado jamais passara por um procedimento como aquele.

O juiz-chefe atendeu na chamada Sala Cerimonial. Dada a quantidade de mármore marrom por trás da bancada, o vasto salão poderia ser confundido com uma capela. Mas logo a atenção de Muriel foi atraída por outra coisa. Na primeira fileira de bancos de nogueira, nas almofadas escarlates vários membros da imprensa se reuniam, não somente os que estavam sempre no tribunal, mas também vários repórteres de televisão. Stanley Rosenberg, do Canal 5, Jill Jones, alguns outros – além de dois desenhistas. O único motivo para a presença de uma galeria assim era Arthur ter dado a dica, prometendo grandes notícias.

Ela pegou o braço de Larry enquanto avaliava as proporções e sussurrou uma expressão dos dias dele no Vietnã, para que ele entendesse a gravidade da situação.

– A coisa está vindo – falou.

15

O testemunho de Erno

12 de junho de 2001

— Declare o seu nome, por favor, e soletre o sobrenome para o registro.

– Erno Erdai – disse ele, recitando cada letra.

Na bancada acima do banco de testemunhas, o juiz Harlow repetiu o sobrenome de Erno para se certificar de que tinha entendido.

– Er-dai? – perguntou o juiz. Isso era bem do estilo de Harlow, pensou Arthur. Ele dava a todos a cortesia de chamá-los pelo nome certo, mesmo depois de Erno ter atirado em cinco pessoas durante sua vida, deixando quatro mortas.

O juiz Kenton Harlow era frequentemente descrito como "lincolnesco". Era magro e media mais de 1,90m, com barba estreita e feições grandes e imponentes. Tinha um estilo direto e um compromisso estimulante com os ideais constitucionais. Mas as comparações com Lincoln não eram por acaso. Lincoln fora o modelo da vida adulta de Harlow. Os aposentos do juiz eram decorados com uma variedade de objetos que lembravam Lincoln, tudo, desde primeiras edições da biografia escrita por Cal Sandburg até numerosos bustos, máscaras e figuras de bronze do Honesto Abe em todas as idades. Como advogado, professor, renomado erudito constitucional e assistente do Advogado Geral dos Estados Unidos encarregado da Divisão de Direitos Civis na administração Carter, Harlow tinha cumprido o credo que atribuía a Lincoln uma fé no direito como a flor do humanismo.

Arthur seguiu com o interrogatório preliminar. Erno já estava mais magro do que havia três semanas, quando Arthur o viu na prisão, e seus pulmões tinham começado a falhar. Os oficiais de justiça haviam puxado um cilindro de oxigênio puro sobre rodas até o banco de testemunhas, aos pés de Erno, e a ponta de um tubo transparente conectado ao cilindro estava presa ao seu nariz. Apesar disso, Erno parecia bem-humorado. Embora Arthur tivesse dito que era desnecessário, Erno havia insistido em usar terno.

– Meritíssimo, para ser registrado nos autos. – Na mesa da promotoria, Muriel Wynn tinha se levantado para renovar as objeções aos procedimentos. Arthur telefonara para Muriel uma dúzia de vezes para falar sobre o processo de Rommy, mas não a via pessoalmente havia vários anos. Muriel tinha envelhecido bem. As pessoas magras sempre pareciam envelhecer bem, pensou Arthur. Havia fios grisalhos em seu cabelo preto e bem-arrumado, mas agora ela usava mais maquiagem, uma concessão não tanto à idade, supôs ele, mas ao fato de que, como figura proeminente, era fotografada com frequência.

Muriel e ele tinham sido colegas na promotoria. Arthur valorizava seu relacionamento com ela, assim como com a maioria dos ex-colegas. Incomodava-o reconhecer que, depois daquele dia, ela o veria como os promotores viam a maioria dos advogados de defesa: outro mortal decente cuja alma fora sugada pelos vampiros que ele representava. Mas os deveres para com Rommy tinham deixado pouca escolha. Arthur não poderia ter contado a Muriel o que estava por vir sem se arriscar a que ela exigisse adiamentos para investigar as afirmações de Erdai, esperando que enquanto isso Erno ficasse doente demais para testemunhar, ou mesmo que ele pudesse ser pressionado, na penitenciária, a voltar atrás.

Com um brio que sempre parecera a Arthur parcialmente inspirado por seu tamanho, Muriel argumentou com Harlow que Gandolph havia esgotado as chances que a lei tinha lhe dado para evitar a pena de morte.

– Então a senhora acha, Sra. Wynn – perguntou o juiz –, que, mesmo a polícia conhecendo fatos que estabeleçam a inocência do Sr. Gandolph, e conhecendo a nossa constituição, a Constituição Federal – disse Harlow, sugerindo maliciosamente que o Estado vivia segundo o equivalente legal da lei da selva –, a senhora acha que acabou o tempo para eu considerá-los?

– Eu acredito que esta é a lei – disse Muriel.

– Bom, se a senhora estiver certa, então tem muito pouco a perder ouvindo o que o Sr. Erdai tem a dizer. – Sempre o melhor advogado no tribunal, Harlow deu um sorriso bondoso. Mandou Muriel ocupar seu lugar e instruiu Arthur a fazer a pergunta seguinte.

Ele perguntou onde Erno morava atualmente.

– Estou alojado na ala médica da Penitenciária de Segurança Máxima de Rudyard – disse o réu.

– E por qual motivo o Sr. está alojado lá?

– Eu tenho carcinoma de pulmão estágio quatro. – Erno se virou para o juiz. – Tenho cerca de três meses de vida.

– Lamento saber disso, Sr. Erdai – disse Harlow. Por hábito, o juiz raramente erguia os olhos de suas anotações. E nem mesmo nesse momento de solicitude se afastou dessa prática. Arthur atuara em vários julgamentos importantes diante de Harlow, e o juiz havia expressado uma aprovação permanente do estilo discreto e da diligência de Arthur. De sua parte, Arthur reverenciava Harlow, cuja trajetória ele havia estudado na faculdade de direito. O juiz era um grande homem. Frequentemente também era insuportável. Harlow podia ser irritadiço, até mesmo vulcânico. Era um liberal de estilo antigo, criado durante a Depressão, e considerava qualquer um que não compartilhasse de seu tipo de coletivismo democrático um ingrato ou uma criança ambiciosa. Já havia anos, Harlow vinha conduzindo uma batalha contra o muito mais conservador Tribunal de Apelações, deplorando suas frequentes mudanças de posição e sempre tentando ultrapassá-lo pelos flancos. Arthur havia se aproveitado dessa disputa em benefício de Gandolph. Harlow não fazia segredo de seu ressentimento contra a nova legislação que dava ao Tribunal de Apelações, e não a juízes do nível de Harlow, o direito de impedir *habeas corpus* sucessivos nos casos de pena de morte. Em resultado, o juiz tinha aceitado imediatamente a sugestão de Arthur de que avaliasse a credibilidade de Erno, porque, por tradição, o Tribunal de Apelações não poderia ignorar as descobertas dele. De fato, isso trazia de volta a Harlow grande parte do poder de decidir se o caso procedia.

– O senhor já foi condenado por algum crime? – perguntou Arthur a Erdai.

– Fui. Há quatro anos tive uma discussão num bar com um sujeito que eu havia investigado. Acabei atirando nas costas dele. Ele tinha me procurado com uma arma, mas eu não deveria ter atirado. Ele se recuperou, felizmente, mas eu me declarei culpado de agressão com agravantes e peguei dez anos. – Erno tinha puxado o microfone, que lembrava uma vagem preta, para perto dos lábios. Sua voz estava áspera, e ele tendia a perder o fôlego, exigindo paradas ocasionais. Mas parecia calmo. Falado lentamente, de modo mais formal, o sotaque vago e gutural de Erno, um pouco no estilo Drácula, era ligeiramente mais claro do que quando ele falava da sua maneira predileta, a de um sujeito durão de Kewahnee.

Arthur continuou explorando o passado de Erno, começando com o nascimento na Hungria e prosseguindo através de seu emprego na TN. Harlow tomava notas atentamente. Pronto para se lançar no material realmente importante, Arthur procurou Pamela à mesa da defesa, para ter certeza de não haver perdido nenhum dos preliminares. Radiante de antecipação, Pamela balançou a cabeça de modo quase imperceptível. Perversamente, Arthur sentiu um pouquinho de pena dela. Em seu primeiro ano de advocacia, Pamela estava prestes a desfrutar um triunfo que talvez jamais igualasse. Depois disso, era possível que ela nunca ficasse contente com o que satisfazia outros advogados. E, afinal de contas, percebeu Arthur, o mesmo poderia ser verdade para ele. Pegou-se satisfeito com a perspectiva de que a próxima pergunta poderia mudar sua vida. E, assim, perguntou:

– Chamando sua atenção para o Quatro de Julho de 1991, Sr. Erdai, pode nos dizer o que fez na madrugada daquele dia?

Erno ajeitou a peça do respirador no nariz.

– Eu matei Luisa Remardi, Augustus Leonidis e Paul Judson.

Arthur tinha previsto um burburinho no tribunal, mas em vez disso houve um silêncio prolongado. Harlow, que tinha uma tela de computador sobre a bancada, na qual aparecia a transcrição do relator, ergueu os olhos para ver as palavras voando. Depois, pousou a caneta e segurou o queixo. Por baixo dos ninhos de passarinho de suas sobrancelhas indomadas, seu olhar pousou sobre Arthur. O juiz não se permitiu mais nada em sua expressão, mas a intensidade do olhar parecia refletir admiração. Apresentar aquele tipo de prova às vésperas da execução – na visão de Harlow era a epítome do que significava a profissão de advogado.

– O senhor pode fazer outra pergunta – disse o juiz a Arthur.

Só havia uma pergunta possível.

– Romeo Gandolph teve algum tipo de papel nesses assassinatos?

– Não – disse Erdai, com calma.

– Ele estava presente?

– Não.

– Ele planejou ou ajudou nos assassinatos?

– Não.

– Depois do fato, ele ajudou o senhor, de algum modo, a ocultar o crime?

– Não.

Então Arthur parou, para causar efeito. Finalmente havia movimento nos fundos do tribunal: dois repórteres correram para o corredor onde poderiam usar seus celulares. Arthur pensou por um momento em conferir as reações de Muriel, depois decidiu que isso poderia ser considerado tripudiar e evitou olhar para ela.

– Sr. Erdai – disse Arthur –, eu gostaria de pedir que contasse com suas palavras o que aconteceu no Quatro de Julho de 1991, o que levou a isso e o que ocorreu no restaurante Paradise. Demore quanto tempo quiser. Simplesmente conte ao juiz do modo como o senhor se recorda.

Enfraquecido, Erno pôs uma das mãos ao corrimão, olhando vagamente na direção de Harlow. Seu terno cinza, grosso demais para o clima, estava perceptivelmente folgado.

– Havia uma garota que trabalhava no aeroporto – começou ele –, Luisa Remardi. Vendedora de passagens. Não gosto de falar mal dos mortos, mas ela era um tanto vadia. E eu cometi o erro de me envolver com ela. O senhor sabe, eu achei que era só uma diversão, juiz, mas me deixei envolver. Assim que isso aconteceu, comecei a ver sinais de que ela estava pulando a cerca. E isso me deixou completamente maluco. Admito. – Erno tocou o nó da gravata para afrouxá-la ligeiramente, enquanto Harlow, em sua alta cadeira de couro, punha os óculos no borrador, para poder observar Erdai sem nenhuma distração. Erno respirou fundo, preparando-se para continuar.

"Então eu comecei a ficar de olho nela. E naturalmente, uma noite, vi o que tinha imaginado. Isso aconteceu em 3 de julho. Luisa se encontrou com um sujeito no estacionamento do aeroporto, num canto escuro, e ela, sabe, transou com ele ali mesmo no carro. Isto vai mostrar ao senhor como eu estava louco: eu fiquei olhando o tempo todo. Cada risinho. Durante uns quarenta minutos.

Agora que Erno estava com todo o ímpeto, Arthur se sentiu relutante em interromper, mas as formalidades das provas exigiam isso.

– O senhor conseguiu identificar o homem que estava com a Sr. Remardi?

– Não tinha a menor ideia de quem era. Não me importava muito com isso. Só que ela estava pulando em cima da alavanca de câmbio de outro cara. – Houve alguns risos, e os olhos de Erno voltaram rapidamente à bancada. – Desculpe, juiz.

Harlow, que podia ser sacana em particular, desconsiderou isso.

– Então, finalmente ela ficou satisfeita e foi embora de carro. E eu fui atrás. Ela foi parar no Gus. No restaurante. O Paradise. E eu entrei atrás dela. A coisa virou uma cena, isso eu posso dizer. Chamei ela de vagabunda, e ela ficou gritando comigo, dizendo que eu não era o dono dela, que eu era um homem casado, pelo amor de Deus, que não podia fazer regras diferentes para ela e para mim. O senhor pode imaginar. – Erno balançou o rosto pálido e baixou os olhos para o corrimão de nogueira do banco de testemunhas enquanto absorvia a triste lembrança.

“Naturalmente, isso atraiu a atenção do Gus. Ele tinha dado uma folga de Quatro de Julho aos empregados, acho, de modo que estava lá sozinho. Se aproximou e disse para eu sair, mas eu o mandei se ferrar. Nesse momento, agarrei Luisa, para puxá-la para fora. Ela estava gritando, batendo em mim, e de repente ali estava o Gus de novo, dessa vez com uma arma. O senhor sabe, no meu tempo, eu tinha colhões. E eu já tinha estado lá, conhecia o Gus. Ele não ia atirar em ninguém. E eu disse isso para ele. E nesse ponto Luisa estendeu a mão e pegou o revólver. “É, mas eu atiro”, ela disse. E teria atirado. Por isso tentei pegar o revólver. Estava tentando arrancar da mão dela e pou. Que nem num filme. Eu juro, quando fui pegar o revólver, reparei que o dedo dela não estava perto do gatilho, mas na briga... bom, de qualquer modo havia um buraco bem no meio dela. Com fumaça saindo e tudo. Ela olhou ali para baixo, o senhor sabe, como se estivesse perguntando: “que diabo é isso?”, e a fumaça continuava subindo. Então o sangue começou a se espalhar. Gus foi chamar uma ambulância, e eu disse: "Espera!" "Espera o quê? Até ela estar morta?" O negócio é que eu precisava de um minuto para pensar, juiz. Para controlar a situação. Porque eu podia ver como aquilo ia acabar. Durante vinte anos eu tinha trabalhado naquela companhia aérea, e, assim que ele levantasse o telefone, eu poderia ler as manchetes. Executivo comendo funcionária. Chefe de segurança envolvido em tiroteio. *Adiós* trabalho. Só eu e minha patroa tendo noites felizes e contentes juntos. E isso ainda não é o pior. Eu já tinha outro tiro acidental. Se o promotor errado olhasse para aquilo, eu poderia muito bem acabar condenado. De modo que eu precisava de um minuto, um *minuto*, o senhor sabe, para me controlar, para parar de ficar tão apavorado, francamente. Se ele me desse ao menos trinta segundos, talvez. Mas o Gus estava alterado. Um tiro no restaurante dele. Com a arma dele. Quando eu disse "Espera" pela segunda vez, ele começou a andar até o telefone. E eu estava bem agitado e perturbado. Só queria conseguir um pouquinho de controle. Mandei que ele parasse. Disse que ia matá-lo. Ele não parou. Foi direto para lá. E eu atirei. Um tiro bom. Um tiro bom – disse Erno de novo, claramente lamentando. – Bem na cabeça. Então voltei para o reservado. Luisa não estava muito bem. Ia sangrar até a morte. Mas não havia muita coisa a fazer. Agora pelo menos eu tinha um minuto para pensar. E a única opção que tinha era tentar sair livre daquilo. Não podia mudar a situação. O pior que poderia acontecer era eu ser apanhado. Pelo menos tinha tentar. Aí eu pensei: vou fazer com que pareça um assalto. Fui e peguei tudo na caixa registradora. Peguei o relógio do Gus, os anéis dele. Limpei a mesa a que Luisa estava sentada para não haver digitais. E, não sei, num espelho, acho que vi uma coisa do outro lado do restaurante. Não tinha bem certeza, mas poderia ser que mais alguém estivesse num dos reservados quando entrei. Achei que era melhor olhar e, veja só, no canto mais distante, vi um cara escondido debaixo da mesa. Era só um cara. Um cara como eu. De terno e gravata. Ele não poderia ter tentado fugir porque eu estava entre ele e a porta, por isso ele pensou em se esconder, mas não deu certo. Só isso. Não deu certo. Eu o achei. Tirei o sujeito dali de baixo. Ele estava murmurando sem parar, dizendo o mesmo que eu diria: "Não me mate, eu nunca vou contar." Começou a mostrar as fotos da família na carteira. Ele devia ter visto isso na televisão. E eu disse a verdade: "Não quero matar você, cara. De jeito nenhum eu quero matar você." Mandei ele arrastar o Gus lá para baixo, para aquele freezer. Nesse meio tempo, Luisa tinha morrido, por isso mandei ele fazer a mesma coisa com ela. Depois amarrei o cara ali, o tal de Paul, acho que li que esse era o nome dele. O tempo todo eu estava imaginando como poderia não matá-lo. Estava pensando: se ele simplesmente terminar cego... você sabe, mas, meu Deus, enfiar um garfo ou alguma coisa no olho dele seria mais difícil do que puxar o gatilho. Eu nunca tive certeza de que poderia matar um homem assim. Quero dizer, eu sou estourado. Sei disso. Eu estouro. Como fiz com o Gus. Mas matar alguém a sangue-frio, só porque naquela situação era ele ou eu? Quando eu era criança, na Hungria, mataram meu pai porque os vizinhos o entregaram à polícia secreta, e eu meio que tirei uma lição disso. Nunca esperei muito de ninguém além da minha família. Você faz o que for preciso, pensei. Mas não sabia que acreditava nisso. Pelo menos até então. Porque o matei. Atirei bem na nuca, e dava para ver que a vida saiu dele no mesmo segundo, pelo modo como ele caiu direto ao chão. Aí eu tirei as joias de Luisa e dei um jeito nas roupas também, por causa da transa dela com o tal cara no estacionamento. Eu não sabia como isso apareceria na autópsia.

De novo, ele esperou recuperar o fôlego. Não havia nenhuma som na enorme sala do tribunal além do sibilar do tanque de oxigênio. Arthur era a única pessoa de pé. Parecia que ninguém mais poderia ter encontrado forças para se levantar. Nos rostos da galeria havia espanto – talvez diante do tamanho do mal, ou da incongruência de Erno estar ali sentado, usando as mesmas palavras que todos nós falávamos para descrever atos que estavam tão além de nossa capacidade. Será que estavam mesmo? Naquela região de incerteza, todo mundo esperava o que Erno diria em seguida.

– Durante todo o tempo em que eu estava naquele freezer, parecia um zumbi. Mas depois, depois eu não sabia o que pensar. Algumas vezes, eu via gente na rua, prostitutas e arruaceiros, caras com meio cérebro, todo mundo que você olha de cima para baixo, e achava que nenhum deles tinha feito nada daquele tipo. Todos tinham alguma coisa superior a mim. Eu ficava esperando ser apanhado. Estava meio que me preparando mentalmente para o dia em que os canas bateriam à minha porta. Mas eu tinha feito um bom serviço. Os policiais estavam correndo em todas as direções e esbarrando uns nos outros.

Enquanto Erno se permitia outro intervalo, Arthur examinou a sala para ver como estava se saindo. Pamela apertava os lábios. Parecia que não ousava respirar com medo de perturbar os ritmos perfeitos do momento. Ele piscou para ela, depois finalmente ousou olhar para a mesa da promotoria, primeiro para Larry Starczek, a quem fazia anos não via. Arthur tinha pensando em tentar excluir Larry do tribunal, porque Erno iria testemunhar contra ele, mas acabou decidindo que Erdai causaria melhor impressão se olhasse na cara de Larry. E esse julgamento estava correto. Larry não estava se comportando de modo a impressionar Kenton Harlow. Parecia prestes a dar uma gargalhada. Para ele, a coisa toda era ridícula, podendo ser classificada como humor.

Ao lado de Larry, Muriel estava muito mais pensativa. Terminou de fazer uma anotação e sua linha de visão se cruzou com a de Arthur. Ele esperava que ela estivesse furiosa. Ela iria reconhecer imediatamente que Arthur estava explorando sua vulnerabilidade como futura candidata a promotora-chefe. Condenar um inocente e executá-lo não era o tipo de experiência profissional que os eleitores tinham tipicamente em mente para seu promotor. O objetivo de Arthur era estabelecer um clamor público que forçaria Muriel a descartar o processo rapidamente para tirá-lo das manchetes. Mas ela sempre havia amado o jogo e chegou a fazer uma reverência sutil para ele. Nada mau, estava dizendo. Não que acreditasse. Nem por um segundo. Mas, de advogado para advogado, tinha que dar crédito a Arthur por conseguir aquilo. Arthur assentiu de volta, de um modo que ele esperava ser respeitoso, depois encarou Erno de novo.

– Sr. Erdai, eu não lhe perguntei antes. O senhor conhecia Romeo Gandolph em julho de 1991?

– Conhecia? Pode-se dizer que sim.

– Em que sentido?

– Como um completo pé no saco.

Risos de volume inesperado ressoaram no tribunal. Aparentemente, todo mundo tinha adorado o alívio. Até mesmo Harlow riu.

– Esquilo, Rommy, tanto faz. Ele era uma espécie de morador de rua. Costumava ficar no DuSable durante o inverno, para fugir do frio, e as coisas tinham o hábito de desaparecer quando ele estava por perto. De modo que os meus rapazes e eu meio que o encorajávamos a ir embora, pode-se dizer, com regularidade. Era assim que eu o conhecia.

– O senhor tem algum conhecimento de como Romeu Gandolph veio a ser acusado do crime?

– Isso eu tenho.

– Por favor, diga ao tribunal, em suas palavras, o que aconteceu.

– O que aconteceu? – Erno inalou seu oxigênio durante um momento. – Bom, é como o padre lá de Rudyard diz. Não é que eu não tenha consciência. Eu tenho um sobrinho. O nome dele é Collins. Collins Farwell. Eu tentei ajudá-lo. Sempre tentei. A vida inteira eu me preocupei com ele. E ele me deu muito com que me preocupar, isso eu posso dizer. De qualquer modo, ele foi preso alguns meses depois de eu ter matado aquelas pessoas. Posse de drogas. Terceira prisão. A vida inteira em cana. E isso me incomodou um bocado. Porque aqui estava eu, um sacana assassino livre, e ali estava o Collins, que não tinha feito nada além de vender o que as pessoas queriam, e ia passar toda sua vida atrás das grades. Não sei. Aquilo me incomodou. E havia uma parte de mim que achou que eu não teria nenhuma paz em relação a isso a não ser que outra pessoa fosse presa pelas mortes. Olhando para trás, isso foi estúpido. Sempre me incomodaria. Mas, naquele ponto, pensei: bom, se eu puder colocar isso em cima de alguém, melhor para mim, e melhor para o Collins também, porque ele tinha que dar alguma coisa aos promotores para escapar daquela prisão perpétua.

Arthur perguntou o óbvio:

– Por que Rommy?

– Bom, Sr. Raven, a verdadeira resposta é porque eu sabia que podia botar o negócio em cima dele. Veja bem, basicamente, se tratava daquele camafeu, um medalhão, com o qual ele foi achado. Era de Luisa. E eu sabia que a joia estava com o Esquilo.

– O Esquilo é Rommy?

– É como ele era chamado.

– Pode explicar como sabia que ele estava com o camafeu?

– Posso, mas é uma longa história. Uma ou duas semanas antes de Luisa morrer. – Erno se empertigou para se corrigir. – Antes de matá-la, eu ficava vigiando-a o tempo todo, espionando, para dizer a verdade. Mas um dia cheguei cedo, quando ela estava saindo, e ela me puxou e pegou pesado comigo, falando dos ladrões que eu deixava entrar no aeroporto. Resumindo, ela tinha tirado o medalhão, que tinha se enrolado no fio do telefone, e deixado sobre o balcão. Saiu um segundo e, quando voltou, ali estava o Esquilo se afastando como uma sombra. E o camafeu tinha sumido. Ela ficou me acusando disso e chorando porque a joia estava na família havia uns dois séculos. Bom, o que eu ia fazer? Então fui caçar o Esquilo. Demorou um dia, mas achei o sujeito num buraco do inferno no North End. Claro, ele disse que não sabia nada daquilo, mas eu falei: "Escute, seu cabeça de merda, aquela peça vale muito mais para aquela dona do que para qualquer pessoa para quem você possa vender. Devolva e a gente faz valer a pena para você, sem fazer perguntas." Naturalmente, depois de eu matar Luisa, não pensei muito nisso, mas notei que os jornais estavam falando do camafeu como se tivesse sido roubado quando ela morreu, o que eu sabia que era cascata. Achei que Luisa não quis confessar à mãe que tinha perdido o tesouro da família. O senhor sabe, sempre há muita coisa que os policiais acham que é verdade e que não é, mas isso é outro assunto. – Erno lançou um olhar para Larry, depois estendeu a mão para ajustar o fluxo de oxigênio. Estava começando a parecer cansado. – De qualquer modo, provavelmente no fim de setembro, eu esbarrei com o Esquilo no aeroporto. Acho que ele não poderia ter dito a vocês qual era o meu nome, mas sabia que eu tinha lhe prometido dinheiro. Ele disse: "Eu ainda estou com esse negócio aqui." Falou e tirou o camafeu do bolso. Bem ali no terminal. Eu achei que meu coração ia cair do peito e rolar pela perna da calça, só de choque, o senhor sabe, porque aquele negócio estava saindo na imprensa e eu não queria estar a menos de 1 quilômetro daquilo. Falei que daria um jeito de conseguir o dinheiro, depois saí correndo, como se ele fosse um leproso. Depois comecei a pensar, achando que tinha sido uma tremenda sorte. Talvez eu devesse fazer com que ele fosse preso e considerado o bandido. Meio que gostei da ideia e comecei a pesquisar, pode-se dizer, falando com amigos policiais, fingindo que estava interessado no Esquilo porque ele era um problema no aeroporto. Assim que descobri que ele tinha uma encrenca com o Gus, comecei a pensar nisso seriamente, o senhor sabe, em jogar o negócio em cima dele. Mesmo assim eu poderia não ter feito isso, mas então o Collins entrou naquela encrenca, e ali estava o Rommy, meio que feito sob encomenda. Para Collins, Rommy era o verdadeiro culpado. Eu disse que vinha levantando informações sobre o Rommy e que só estava deixando Collins incrementar um pouco e repassar como se fosse coisa dele. Falei ao Collins que mandaria uns policiais e que ele deveria fazer o melhor acordo possível. Fazer o máximo para não testemunhar, porque eu não tinha certeza de como Collins iria se sair no banco de testemunhas. Depois, só esperei para jogar tudo isso em cima de um policial, que por acaso foi Larry Starczek, quando ele apareceu no aeroporto um ou dois dias depois.

Erno levantou a mão para apontar Larry do outro lado do tribunal, que, diante desse relato completo de como tinha sido enganado, finalmente parecia estar refletindo sobre a possibilidade.

– O resto é história – disse Erno.

Houve uma calmaria de novo enquanto Arthur observava suas anotações. Ia passar para as cartas de Erno a Larry e a Gillian, mas Erno levantou a mão, que, por algum motivo, fosse a saúde, fosse ou a tensão, tremia ligeiramente.

– Posso dizer uma coisa, senhor juiz? – Ele tossiu de novo, um som áspero no tribunal silencioso. – Provavelmente, não vai significar muito, mas eu gostaria que o senhor soubesse, porque é uma coisa que eu sempre penso. Sabe o meu sobrinho? Ele saiu em cinco anos porque dedurou o Esquilo. Mas ele cresceu. Ele se virou para Jesus, o que é um certo exagero, mas tem uma mulher, dois filhos, um pequeno negócio. Eu lhe dei uma chance – bem, mais do que uma –, mas ele pegou. Finalmente. Então, no meio dessa bagunça horrível que eu fiz, existe isso. Eu sempre penso nisso. Penso um bocado.

Harlow recebeu a fala, como as outras, de modo neutro, num humor de contemplação sombria. Arthur sabia que se passariam horas até que mesmo o juiz pudesse organizar todos os detalhes. Mas agora ele tinha uma pergunta. Harlow se virou primeiro para Muriel, a fim de saber se ela se importava com uma pergunta dele. Ela respondeu que também tinha várias perguntas, mas que ficaria feliz em deixar o juiz ir primeiro. Esse era o tipo de postura de tribunal que o juiz reverenciava como uma forma de arte. Deu-lhe um pequeno sorriso e então se voltou para Erno.

– Antes de deixar esta área, Sr. Raven, quero ter certeza de que estou acompanhando o depoimento do Sr. Erdai. Pelo que entendo, o senhor pretendia acusar injustamente o Sr. Gandolph. Correto?

– Essa é a melhor descrição para isso, acho – respondeu Erno. – Quero dizer, foi uma tentativa, juiz. Eu estava tentando fazer o que podia pelo garoto, mas não podia garantir nada. Sabia o bastante sobre como tudo isso acontece para perceber que Collins só teria uma vantagem real se Rommy fosse condenado.

– Bom, é isso que está me preocupando. O seu cálculo foi que conseguiria isso fazendo o seu sobrinho levar a polícia ao camafeu no bolso do Sr. Gandolph. Correto? Isso não é muito sólido, é? E se o Sr. Gandolph tivesse um álibi? Ou se explicasse como conseguiu o medalhão?

– Acho que isso poderia ter acontecido. Claro, eu nunca teria confirmado a história dele sobre o camafeu. E o senhor está esquecendo que ele tinha uma história ruim com o Gus também. Mas eu fazia uma boa ideia do que, o senhor sabe, aconteceria.

– E qual era a sua ideia?

– Minha ideia? Minha ideia era que cedo ou tarde ficaria sabendo que Rommy tinha confessado.

– Um crime que ele não cometeu?

– Quero dizer, olhe, juiz. – Erno parou de novo, com o peito e os ombros arfando. Tinha um sorriso débil no rosto. – Quero dizer, juiz, eu circulava por ali. Você tem um caso importante e um rato de esgoto com a joia de uma das vítimas no bolso e um motivo para matar outra. Quero dizer, juiz – disse Erno, levantando o rosto cansado e pálido para o magistrado –, isto aqui não é Shangri-lá.

16
De volta ao tribunal

12 de junho de 2001

O antigo tribunal federal, uma estrutura de três lados que tinha à frente uma arcada de esguias colunas coríntias, fazia parte do projeto original de Center City em DuSable, o ponto focal de uma grande área chamada de Praça Federal. Enquanto Gillian andava rapidamente pelos caminhos de granito, pombos de cabeças brilhantes davam pequenos saltos, abrindo caminho para ela, e um sopro de exaustão vindo do subsolo agitou sua saia. Como era comum no transporte público do condado de Kindle, seu ônibus havia atrasado.

Havia dois dias, Arthur Raven tinha telefonado, num tom característico de desculpas. Ele e sua jovem colega tinham decidido que, se fosse possível, Gillian deveria estar no tribunal. Queriam-na presente para o caso de ser necessário autenticar a carta que Erno Erdai tinha lhe enviado, ou confirmar que ela a havia recebido no fim de março, antes de ter surgido qualquer notícia da nomeação de Arthur, um acontecimento que supostamente poderia ter inspirado Erdai a inventar histórias. Era uma coisa meio compulsiva da parte de Arthur, mas ela havia concordado em aceitar a intimação dele com menos relutância do que esperava.

Agora corria pela bela escadaria central do tribunal, uma suave espiral de alabastro, tentando sem sucesso afastar da mente a última vez que estivera ali. Fora em 6 de março de 1995. Todos os julgamentos de outros advogados e juízes corruptos contra quem Gillian era testemunha potencial foram concluídos sem a necessidade de seu testemunho. Seu serviço para o governo estava completo. Ao ser sentenciada, vários jovens promotores federais assistentes afirmaram a sobriedade e a cooperação de Gillian, e seu advogado implorou clemência. Moira Winchell, a juíza-chefe antes de Kenton Harlow, um gélido exemplo frequentemente comparado à própria Gillian, continuou horrorizada com o crime, e condenou Gillian a setenta meses sob custódia. Era pelo menos um, provavelmente dois anos a mais do que ela havia esperado segundo as diretrizes de penas federais, particularmente à luz da ajuda que tinha dado aos promotores. No entanto, a própria Gillian tinha pronunciado centenas de sentenças, raramente com algum sentimento de certeza absoluta de ter pesado todos os fatores perfeitamente e, para sua perplexidade eterna, tinha sentido necessidade de falar duas palavras com a juíza quando Winchell terminou com ela. Gillian disse: – Eu entendo.

No andar de cima, espiou brevemente pelos pequenos vãos das portas de vaivém forradas de couro que davam na vasta sala do juiz-chefe. Lá dentro, Erno Erdai, com um aparato plástico de oxigênio no nariz, segurava o corrimão do banco de testemunhas. De uma bancada que, em meio a colunas de mármore, parecia bastante com uma pia batismal, Kenton Harlow estava examinando Erno com um dedo encostado ao nariz comprido. O impulso dela, contido rapidamente, era de abrir a porta e ocupar um lugar. O lugar de uma testemunha potencial não é a sala do tribunal. E, pessoalmente, nem o dela. Mas sua ida a Rudyard com Arthur tinha provocado noites de sonhos turbulentos. Depois disso, como havia admitido para Duffy ao sair de casa naquele dia, flagrara-se cada vez mais intrigada com o que Erno diria e com o provável impacto do testemunho dele sobre as Três Cidades e, em consequência, sobre ela.

Durante quase uma hora, esperou do outro lado do corredor de mármore, na sala estreita reservada às testemunhas, ainda lendo sobre a Guerra do Peloponeso, até que a súbita agitação no corredor tornou evidente que o tribunal tinha entrado em recesso. Pela força do hábito, levantou-se para usar o pequeno espelho de parede, ajeitou os ombros do conjunto escuro e centralizou a pérola maior da gargantilha. Dez minutos depois, Arthur Raven chegou. Parecia sério como sempre, mas havia nele uma luminosidade que Gillian não pôde deixar de invejar. Arthur estava triunfante.

Ele começou pedindo desculpas. Muriel tinha acabado de dizer ao juiz, com estardalhaço, que tinha sido emboscada, exigindo 24 horas a fim de se preparar para interrogar Erdai.

– Você está dizendo que eu preciso voltar amanhã?

– Acho que sim. Eu perguntaria a Muriel se ela vai precisar de você, mas francamente não acho que ela queira falar comigo sobre os seus planos.

Os ferimentos de guerra. Gillian lembrava.

– Eu posso lhe dar outra intimação se você precisar de uma desculpa no trabalho.

– Não, eu tenho um chefe compreensivo. – Ralph Podolsky, o gerente que a contratara, era o irmão mais novo de Lowell Podolsky, um ex-advogado de danos pessoais que havia caído e se queimado no mesmo escândalo que levou à queda de Gillian. Ralph só mencionara seu parentesco com Lowell no primeiro dia dela no trabalho. E nunca mais voltou ao assunto.

Gillian pegou a bolsa. Arthur se ofereceu para lhe mostrar como escapar lá para baixo sem ser notada pelos repórteres, que, segundo ele, estavam ocupados torturando Muriel. No elevador, ela perguntou como tinha sido o depoimento.

– Incrível – disse Arthur.

– Erno se saiu bem?

– Acho que sim.

– Você parece exultante.

– Eu? – A ideia pareceu chocá-lo. – Tudo que tenho sentido é o fardo. Não é somente uma derrota quando eles matam o cliente por causa dos seus erros. Eu acordo três vezes por noite. Só consigo pensar neste processo. Você sabe, eu estou nas trincheiras há anos, cavando dólares. Coisas comerciais, grandes empresas culpando umas às outras por acordos que deram errado. Eu gosto da maioria dos meus clientes, quero que eles ganhem, mas não há muita coisa em risco além disso. Se algo der errado aqui, eu vou sentir que alguém sugou a luz do universo.

O elevador se abriu. Atrás dele, Arthur mostrou a ela uma passagem que Gillian nunca teria achado sozinha, depois a acompanhou até a rua, ansioso por sair antes que algum dos repórteres o visse. Disse que tinha concordado em dar as primeiras entrevistas no escritório, para as duas principais emissoras de TV. A Morton's ficava a três quarteirões do tribunal, no caminho para o escritório de Arthur no edifício IBM, e ele foi andando ao lado dela.

– O que o juiz achou de Erno? – perguntou Gillian. – Tem alguma ideia?

– Acho que acreditou nele. Era quase como se ele tivesse que acreditar.

– Tivesse?

– Algo entrou na sala – refletiu Arthur. – A tristeza. Erno não chafurdou no sofrimento, ele não pediria a ninguém para sentir pena dele porque fez coisas terríveis. Mas havia tristeza em cada palavra.

– É, tristeza – disse Gillian. Talvez por isso ela tivesse sentido vontade de ouvir Erno. O trânsito de pedestres era fraco na calmaria antes da hora do rush. Eles caminhavam num dia ameno, espantosamente claro, entrando e saindo das sombras lançadas pelos prédios altos da Grand Avenue. Gillian havia tirado os óculos escuros da bolsa, mas encontrou Arthur encarando-a.

– Você não fez o que ele fez, sabia? – disse Arthur. – Não foi assassinato.

– Bom, isso é uma coisa que só eu posso dizer.

– E você pagou o preço.

– Vou lhe contar a verdade terrível. – Ela estava consciente de que mais uma vez seguia por um caminho, com Arthur, que havia se recusado constantemente a percorrer com os outros, mas não era possível descartar Arthur Raven com sutileza ou indiretas. Ele chorava quando estava triste e em outras situações ria como criança. Ele era simples, sua gentileza era simples, e interagir com ele exigia o mesmo tipo de reação aberta. Essa nunca era uma tarefa fácil para Gillian. Em Rudyard, ela ficara surpresa ao ver como certas emoções – um sentimento profundíssimo de perda, especialmente – afloravam na companhia dele. Mas agora ele estava bem-estabelecido como alguém digno de confiança.

– Não é em relação ao que fiz que eu me sinto pior, Arthur. Você vai entender isso errado, e eu não o culpo nem um pouco, mas não acho que o dinheiro tenha mudado o resultado de nenhum daqueles casos. Ninguém pode dizer com certeza, e eu menos ainda, e é isso que torna tão insidioso o que eu fiz. Mas era um sistema, Arthur, quase como um imposto. Os advogados ficam ricos, de modo que os juízes tinham direito a uma fatia. Eu nunca tive consciência de um deslize num processo, não porque fosse tão honrada, mas porque ninguém me pedia. Nenhum de nós queria se arriscar a levantar suspeitas. Eu tenho vergonha da condição em que estive naqueles anos. E da enorme violação de confiança. Mas você está correto, dez anos parece uma pena razoável para isso. É o desperdício que me consome.

– O desperdício?

– Ter o tipo de chances que eu tive na vida e desperdiçar.

– Olha, você tem tempo suficiente para uma vida nova. Basta se permitir. De qualquer modo, você sempre esteve em seu próprio fuso horário.

Ela riu alto, porque a descrição era bastante exata. Gillian habitava um universo paralelo, mas não exatamente igual aos outros. O tempo de Gillian, como Arthur tinha sugerido, corria ligeiramente mais rápido. Ela saiu do ciclo básico da faculdade aos 19 anos, trabalhou durante um ano para pagar a escola de direito e se formou em Harvard aos 23 anos, depois voltou para o condado de Kindle. De certa forma, nunca tinha ido embora, já que havia morado os três anos com os primos de seu pai em Cambridge. Poderia ter ido para Wall Street, para Washington ou mesmo para Hollywood. Mas, para uma filha de policial, a promotoria do condado de Kindle era o destino ideal.

Mas, em tudo isso, o elemento determinante era sua força de vontade. Na época, ela se via como uma existencialista: decida um futuro e vá atrás dele. Era chocante ver como a força de vontade tinha saído de moda. Agora, os americanos se viam tão impotentes quanto asfalto mole, levados implacavelmente pelo impulso da infância. Mas talvez isso fosse melhor. Em seu caso, assim que começou a usá-la, tinha exaltado sua celebração de força de vontade ao ponto de se ver como uma figura nietzschiana, uma supermulher napoleônica com coragem de se afastar das convenções. Somente anos depois, numa cela de prisão, percebeu que era o medo que alimentava seu repúdio à moralidade da classe média, uma consciência do modo esmagador como, de outra forma, poderia ter imposto esses julgamentos rígidos sobre si mesma.

– As pessoas sobrevivem a todo tipo de merda, Gillian. Na minha família, existem pessoas que sobreviveram anos em Dachau. E foram em frente. Vieram para cá, venderam material de limpeza para janelas, foram jogar boliche e viram os netos crescer. Quero dizer, você vai em frente.

– Eu mesma fiz isso comigo, Arthur. Não sobrevivi a uma calamidade natural ou a algum exercício de perfídia humana.

– Você foi apanhada. Quero dizer, pelo amor de Deus, o que você está fazendo de volta aqui, afinal de contas? Está sofrendo, se punindo ou revivendo alguma merda psicológica. Puxa, isso acabou. Você está diferente.

– Estou? – Aquilo, percebeu ela, era uma coisa a ser resolvida.

– Você parou de beber. Eu fiquei aterrorizado em ter que procurá-la na primeira vez porque imaginei que encontraria você meio com o pé na cova. Mas não, você está sóbria. Então anime-se. Vá em frente. Para cima. Eu abro o jornal três vezes por semana e vejo o nome de alguém que acusei quando estava nos Crimes Financeiros, e geralmente eles estão no meio de um grande negócio.

– E acha que eles são uns babacas.

– Não, acho que eles estão fazendo o que têm direito de fazer. De ir em frente. Espero que agora sejam mais sábios. Alguns são. Outros não. Se fizerem aquilo de novo, aí vou achar que são uns babacas.

Ela não estava totalmente persuadida, mas o valor dos esforços dele era tocante.

– Eu já falei que você é muito gentil comigo, Arthur?

Ele estava forçando a vista para vê-la sob o sol do fim de tarde.

– Isso é contra as regras?

– É estranho.

– Talvez eu ache que a gente tenha coisas em comum.

Sempre que se encontrava com Arthur, de algum modo os dois saltavam de volta àquele primeiro momento em que ela o havia devastado na lanchonete. Aquilo tinha aberto alguma coisa, mesmo que tivesse a intenção de fechar todas as portas. Ele continuava insistindo que os dois eram espíritos aparentados, ao passo que ela permanecia com dúvida em relação a qualquer semelhança. Gostava de Arthur. A não ser por Duffy, que nunca havia se qualificado totalmente, ela havia se afastado de todos os advogados. A verdadeira conversa ao modo advocatício, o contato real, a conversa séria sobre motivações e significados, com alguém capaz de ir ao âmago – isso era uma fome. Mas esse ainda lhe parecia o limite do que os dois compartilhavam.

Agora estavam diante da porta da Morton's. O prédio, projetado por um famoso arquiteto que tinha sido professor de Frank Lloyd Wright, era o exemplo do que havia impulsionado o aluno na outra direção. O exterior era ornamentado, com pesados relevos na fachada de ferro e portas de vidro de 6 metros de altura emolduradas em latão decorado. Trepadeiras formavam as maçanetas, que tinham sido polidas pelas mãos de milhares de pessoas entrando a cada dia e por isso brilhavam à poderosa luz da tarde. O balcão de cosméticos ficava logo à entrada.

– Meu posto – apontou ela. Havia muito tempo ela evitava trabalhar na loja de Center City, onde era frequentemente reconhecida, mas com o início das férias de verão, Ralph precisava dela ali dois dias por semana.

– Está gostando desse trabalho?

– Bom, eu me sinto feliz por estar trabalhando. Isso é considerado um privilégio na prisão. E é mesmo. Eu vi um anúncio e achei que poderia ser um bom lugar para começar.

Na verdade, o serviço parecera divertido, embora seu interesse pela moda nunca tivesse sido completamente superficial. Com o passar dos anos, tinha ouvido milhares de ditados sobre o mundo da moda que a haviam marcado profundamente, como pedaços de sabedoria perfeita retirados dos Evangelhos ou de Shakespeare. "A moda é o sabugo da alma." "A moda faz parte da vida tanto quanto o sexo." Para ela, era simples assim: pelo menos *pareça* estar bem. Era em parte um baile de máscaras, em parte brincadeira de criança, em parte vulnerabilidade ao julgamento dos outros, e, mais do que qualquer coisa, a delícia que vinha de moldar essas opiniões. Não fazia sentido – assim como o comportamento ridículo e repetitivo de menininho com bolas e bastões em que os homens se engajavam obsessivamente –, mas um número muito grande de mulheres, empurradas pela cultura ou pelo instinto, ansiavam pela beleza e se avaliavam nos termos de seus esforços. Naqueles dias, ela já havia se retirado da competição. Comparada às jovens esplêndidas que vinham dos salões de beleza para seu balcão, Gillian era agora uma "ex-beldade", termo que tinha o mesmo tom triste de "ex-atleta". Mas lidando com suas clientes ela ficava aliviada a cada dia por ser muito menos dominada pela vaidade, que ela havia considerado um elemento de sua derrocada.

– Imagino que você considere isso superficial, Arthur.

– Bem...

– Pode dizer. Esta é a palavra. É cosmético, por definição.

– Acho que você poderia dizer que eu não me importo com isso. Quero dizer, até mesmo as pessoas pouco atraentes têm instintos, mas você precisa se aceitar.

– Ah, qual é, Arthur?! – Ela com frequência achava insuportável a visão autodepreciativa de Arthur. – O apelo de um homem depois de uma certa idade não tem nada a ver com o que significava na adolescência. Grande sucesso, grande salário, carro bonito. Todos nós sabemos como isso funciona. Não existe isso de homem feio com uma carteira cheia.

– Para mim parece não funcionar.

– Duvido.

– Provavelmente porque eu sou imaturo.

Ela riu.

– Eu sou – disse ele. – Ainda quero minhas fantasias.

– Que são...?

– Alguém magro e inteligente... puxa, é estúpido, não é? Eu quero alguém que seja tudo que eu não sou.

– Uma garota saída de uma revista?

– Não sou tão imaturo assim. Uma adulta seria bom. – Arthur virou o rosto. Por um segundo parecia ofuscado pelo sol. Depois acrescentou em tom baixo:

– Alguém como você.

– Eu? – Em pânico, ela deu meia-volta, esperando que a conversa não tivesse caminhado para onde temia. – Mas que tal alguém mais da sua idade? – Com 47 anos, ela tinha, segundo seus cálculos, uma década a mais do que Arthur.

Arthur deu uma risada.

– Ah, você já estaria ótimo.

– Eu tenho idade para ser sua mãe.

– Por favor.

– Sua tia.

– Basta "não", Gillian – disse ele, em tom ameno. – Eu estou acostumado.

– *Ar*-thur. Arthur, eu sou uma bagunça que ninguém pode nem deve querer arrumar. Essa é a verdade. Honestamente, eu não digo sim a ninguém. Isso não faz parte da minha vida.

A brincadeira ainda não o havia abandonado por completo, mas ele franziu a testa e baixou ligeiramente a cabeça, permitindo que os espaços abertos em seu couro cabeludo refletissem a luz forte. Então juntou forças para rir de novo.

– Esqueça, Gillian. Eu só estava meio que ilustrando o argumento.

Um beijo de irmã, no rosto, poderia ser adequado, mas esse nunca fora o estilo dela. Em vez disso, sorriu de um modo que esperava ser um pouco menos distante e prometeu vê-lo no dia seguinte. Raven também sorriu, mas foi andando num passo frouxo, com a pasta sendo arrastada ao lado do corpo. No estômago de Gillian, a raiz da culpa se fincou de novo. O homem em triunfo, que talvez tivesse ousado assumir uma coragem pouco familiar, tinha ido embora. Com umas poucas palavras, ela o havia derrotado, devolvendo Arthur a si mesmo.

17
História

13 de junho de 2001

Erno Erdai estava sendo mantido em uma ala trancada do Hospital Geral do condado de Kindle. Enquanto os oficiais de justiça o levavam até a sala do tribunal em uma cadeira de rodas, que Erno não parecia satisfeito em usar, Larry foi ver se podia ser de alguma ajuda. Depois da deliberação dos mais velhos, Erno se levantou, e Larry e os oficiais de justiça ajudaram-no a ir com o tanque de oxigênio até o banco de testemunhas, onde logo teria início o interrogatório feito pela promotora. Apesar de Erno ter se recusado terminantemente a dar uma entrevista a Muriel antes do testemunho, agora que ele havia terminado de lhes passar a perna, Larry suspeitava que Erdai ficaria feliz em bater um papo com ele, de policial para policial, como Erno provavelmente ainda devia pensar. Enquanto os oficiais de justiça se retiravam e Erno ajustava o respirador sobre o nariz, Larry permaneceu com o braço apoiado ao corrimão de nogueira escura, admirando o Tribunal Cerimonial, onde eram feitas as preliminares judiciais e os procedimentos de cidadania. Ele adorava todas as peças antigas preservadas no velho tribunal, mesmo permanecendo hostil a quase todas as outras coisas do sistema federal.

– Então é câncer de pulmão, Erno? Você fumava?

– Quando era garoto. Prestando serviço no Vietnã.

– E há quanto tempo você sabia que tinha isso?

– Corta o papo-furado, Larry. Eu sei que você já examinou toda a minha ficha.

A ficha tinha sido contrabandeada de Rudyard na noite anterior e trazida até ali. Mas metade do pessoal da diretoria da prisão e da promotoria poderia ser processada se Larry admitisse isso. Além do mais, tinha sido responsabilidade de Muriel rever as informações médicas. Todos eles tinham ficado estudando até quase 3 da madrugada, cavando qualquer coisa que pudessem sobre Erdai.

Larry perguntou a Erno como estava sua família.

– A mulher já teve dias melhores, diante do que os jornais publicaram hoje cedo.

– E seus filhos?

– Não tenho filhos, Larry. Nunca consegui fazer. Só meu sobrinho. Como vão os seus filhos, Larry? Dois garotos, certo?

– Certo. – Larry descreveu as façanhas de Michael e Darrell, mas tinha entendido o argumento de Erno em relação a quem tinha prestado mais atenção havia anos. Mas Larry se lembrava de algumas coisas. Enfiou a mão no bolso e ofereceu um palito de dente a Erno. Erdai não fez esforço em conter o prazer e o colocou a um canto da boca.

– Não se vê muitos desses lá dentro. Aposto que você não pensava num palito de dentes como uma arma mortal.

– Lá dentro provavelmente é.

– Lá dentro alguém provavelmente furaria seu olho com um.

– Como é que um ex-policial branco se vira lá, com toda a diversão e as brincadeiras?

– Você se vira, Larry. Não tem outra escolha. Eu não entro no caminho de ninguém. A única vantagem que tenho é que eu sabia ser possível sobreviver a merdas inacreditáveis, fiz isso quando era criança. As pessoas deste país, Larry, elas se sentem seguras demais. Você nunca está seguro. Não como as pessoas daqui desejam.

Larry arquivou isso. Com essa conversa, ele já conseguira algumas coisas que compartilharia com Muriel assim que ela chegasse. Erdai perguntou como ele estava indo.

– Bom, Erno, eu não dormi muito bem ontem à noite. Sabe por quê?

– Posso imaginar.

– O que eu não entendo é o que você está ganhando ao inventar toda essa merda.

Erdai manteve a boca por um momento em volta do palito.

– Eu sabia que você acharia isso, Larry, mas se você tivesse ido a Rudyard quando eu escrevi para você, eu teria contado, como contei a eles. Isso é o certo, Larry. Sinto muito se faz você e sua namorada ficarem mal, mas eu não sou o primeiro cara que quer acertar as coisas antes de bater as botas.

Você e sua namorada. Larry registrou isso também. Erno tinha ouvido muita coisa enquanto ficava com os policiais no Ike's durante os anos. Sentindo-se levemente provocado, Larry deixou de lado o fingimento de afabilidade e pousou um olhar sombrio sobre Erdai, coisa que ele parecia estar esperando. Inescrutável e inabalável, Erno se recusou a desviar o olhar. Larry nunca havia entendido Erdai corretamente. Tinha deixado de perceber como o iceberg era profundo. Não tinha reconhecido Erno como um cara que podia explodir num bar ou mentir como passatempo. Mas agora estava entendendo. O mundo era cheio de caras com raiva como Erno, que tentariam se vingar de todo mundo até seu caixão estar fechado a marteladas.

Quando Larry se virou de novo, Muriel tinha acabado de entrar no tribunal. Tommy Molto, que tinha participado do caso com ela havia anos – na época era chefe dela e agora era o seu braço direito –, vinha a reboque, bem como Carol Keeney, uma advogada de apelações que estivera trabalhando no processo por muito tempo enquanto ele seguia sinuoso. Tommy estava gordo e tinha a aparência cansada de sempre. Começava a desenvolver a papada de um buldogue, mas Larry sempre gostara de Molto, que nunca deixava de fazer o máximo. Carol, por outro lado, parecia absolutamente aterrorizada, os lábios finos apertados com seriedade. Era uma loura magra, advogada havia três ou quatro anos, que deveria ter deduzido do que se tratava a moção quando Arthur a entregou, em vez de simplesmente largá-la sobre a mesa de Muriel e dizer que provavelmente ela teria mais sorte com o juiz Harlow. Todos diriam para Carol esquecer isso, mas Larry sabia que seu futuro na promotoria era basicamente um buraco negro.

Raven, que tinha entrado com sua colega loura e bonita, chegou perto de Muriel à mesa dela, distante um ou dois passos de Larry. Muriel estava abrindo sua pasta pesada enquanto Arthur falava de uma testemunha que tinha do lado de fora. Muriel provavelmente não dormira mais do que uma ou duas horas, mas parecia revigorada pelo desafio, apesar de ter sido incinerada nos jornais matutinos e na TV. O reverendo Dr. Carnelian Blythe, do South End, que parecia considerar cada indignidade sofrida por um negro americano como equivalente à escravidão, já havia reivindicado clemência para Esquilo e estava liderando passeatas e dando entrevistas à imprensa na escadaria do tribunal na manhã daquele dia, usando Gandolph para reforçar seu interminável lamento em relação ao caráter brutal da Força de Polícia Unificada do condado de Kindle. Blythe provavelmente nem tinha ouvido o nome de Rommy antes.

– Não me importa, Arthur – disse Muriel. – Eu vou considerar que ela recebeu a carta estúpida. Você não precisa chamá-la.

Quando Arthur se virou, Larry ofereceu a mão, que Arthur aceitou de bom grado. Os antigos promotores sempre viam seu tempo na promotoria como os dias de glória, porque era o período antes de começarem a se prostituir pelo dinheiro.

– Como foram as ofertas que jorraram de Hollywood depois de ontem à noite? – perguntou Larry. Arthur estivera em todas as televisões, fingindo em cada entrevista que mais ou menos esperava que Muriel chegasse ao tribunal na manhã daquele dia e implorasse a Rommy Gandolph para perdoá-la. Arthur pareceu gostar da brincadeira, mas saiu um momento para falar com sua testemunha.

– Qual é a do Arthur? – perguntou Larry a Muriel.

– Gillian Sullivan. Ele a intimou para autenticar a carta de Erno, para o caso de ele precisar disso mais tarde.

– Então era ela! – Larry tinha visto Gillian no corredor, mas ela tinha desaparecido de sua memória a ponto de ele não lembrar de nada, a não ser que a conhecia. Ela não parecera mal, especialmente considerando onde tinha estado, ainda magra, pálida e com uma beleza calma. Na promotoria, as pessoas sempre comparavam Gillian e Muriel, as estrelas de gerações sucessivas, mas na mente de Larry nunca houve uma disputa. Gillian era cerebral e distante; bancava a superior, mesmo com quem a conhecia e ao seu pai desde que ela estava na escola paroquial. Muriel tinha um toque comum, um senso de humor, e tempo para as pessoas. O fim da história, com Muriel subindo e Gillian descendo, representava o que Larry considerava uma moral adequada.

E acreditava que Muriel recompensaria sua fé mais uma vez. Ficou olhando enquanto ela colocava as pastas de papel sobre a mesa com precisão – até mesmo detalhes insignificantes como aquele já estavam planejados em sua cabeça. Ela frequentava os tribunais muito menos ultimamente, mas continuava sendo a melhor advogada que Larry conhecia. A melhor no tribunal. A melhor no escritório. Talvez a melhor trepada de sua vida, e provavelmente a única mulher que conhecera que parecia ouvir e sentir os mesmos ritmos que ele, no mundo agitado dos tribunais, dos policiais e dos crimes, no qual eles viviam a maior parte do tempo. O fim dessa coisa com ela podia ter sido o ponto mais baixo de sua vida adulta. Ele não podia imaginar que ela tivesse ficado realmente feliz em ter que lhe telefonar. E ele ficara duas vezes mais perplexo ao ouvir a voz dela. O que não havia entendido quando era mais jovem era a beleza de uma vida tranquila.

ARTHUR TINHA POUCAS ilusões quanto a seus talentos no tribunal. Era organizado e sincero, ocasionalmente enfático, porém raramente eletrizante. Mas não podia imaginar a vida de outro modo.

Nunca se cansava da empolgação dos casos importantes, quando a ansiedade se retesava nele como a corda de um instrumento e disparava nas vozes dos espectadores que enchiam os bancos do tribunal. Em nenhum outro lugar, os acontecimentos que moldavam a vida de uma comunidade influenciavam de modo tão rápido, tão aberto, quanto no tribunal. Todo mundo – os advogados, as partes, os espectadores – entrava entendendo que a história estava para acontecer.

Por mais que ele gostasse disso, havia um alívio em deixar momentaneamente para trás sua ansiedade, atravessando o corredor silencioso até a pequena sala de testemunhas. Depois de dar uma batida, ele empurrou a porta e entrou. Gillian estava sentada perto da janela, parecendo distraída, como sempre, olhando para fora. Sua bolsa estava sobre o colo, e as pernas, com meias-calças brancas, cruzadas nos tornozelos. Sua atenção poderia ter sido atraída pelo reverendo Blythe e seu megafone na praça abaixo. Arthur tinha um encontro marcado com Blythe para aquela noite, quando o reverendo, brilhante e careca, um homem de enormes realizações e um ego ainda maior, sem dúvida tentaria manipular o caso de Gandolph em proveito próprio. Arthur temia o encontro, mas agora isso estava muito distante de sua mente.

Ao ver Gillian, sentiu um nítido entusiasmo por dentro. Durante vários dias, depois da viagem dos dois a Rudyard, ele ficara empolgado em se sentar no BMW e perceber o perfume dela. Apesar da vergonha que ele tinha passado em frente à Morton's no dia anterior, o sentimento de que na verdade tinha entrado em algum tipo de relacionamento com aquela mulher, mesmo que apenas nas correntes da lei, permanecia empolgante. Gillian Sullivan!

– Arthur. – Ela sorriu de maneira agradável enquanto se levantava. Ele explicou que Muriel tinha concordado em estipular que Gillian havia recebido a carta de Erno. Seu testemunho não seria necessário.

– Para você, acabou. Nunca poderei agradecer o bastante por tudo. Você foi muito corajosa.

– Nem de longe, Arthur.

– Eu realmente lamento o modo como você foi atacada hoje nos jornais. – Tanto o *Trib* quanto o *Bugle*, o principal diário suburbano, tinham falado da condenação de Gillian e de seu conhecido vício pela bebida para questionar o resultado do processo de Rommy. Apesar de o próprio Arthur ter tido os mesmos pensamentos um mês antes, deixara-os fugir da mente enquanto compartilhava a companhia dela e chegara a se sentir ofendido naquele dia por sua causa.

– Foram algumas linhas, Arthur. Eu estava preparada para coisa pior.

– Eu me senti como se tivesse armado contra você. E isso nunca me passou pela cabeça.

– Não seria nem um pouco do seu feitio tentar se aproveitar, Arthur. Eu nunca pensaria isso.

– Obrigado. – Os dois deram um sorriso meio tímido. Depois ele ofereceu a mão. Por um instante, sentiu dor ao liberá-la de sua vida de novo, mas não havia escolha. Em vez de apertar sua mão, Gillian ficou olhando a bolsa cor de marfim como se ela não contivesse somente as pequenas coisas da existência feminina, mas sim a solução para algum enigma.

– Arthur, será que posso dizer uma palavra sobre o que aconteceu ontem à noite?

– Não – respondeu ele imediatamente. Na loucura do triunfo, ele havia aberto o baú de brinquedos onde estavam suas fantasias. Agora mal conseguia suportar a lembrança disso. A absoluta privacidade de suas esperanças era tudo que lhe permitia mantê-las. – Esqueça. Eu saí da linha. Fui pouco profissional, claro. Puxa, eu sou inepto. Com esse tipo de coisa. Essa é a verdade. Existem motivos para uma pessoa estar sozinha aos 38 anos, Gillian.

– Arthur, eu estava sozinha aos 38 anos. E vou estar aos 48. Você não precisa ser tão duro consigo mesmo.

– Você está sozinha porque escolheu isso.

– Não completamente. Eu sou inepta ao meu modo, Arthur.

– Pare, Gillian. Eu estou condenado. Sei que estou. O mundo está cheio de gente como eu, que não consegue se conectar. Isso não vai mudar. Então não tente. – Ele ofereceu a mão de novo, mas ela franziu a testa profundamente.

Ele explicou que o juiz estaria no tribunal a qualquer segundo, e os dois saíram da sala de testemunhas. No corredor, Gillian perguntou se Erno estava pronto.

– Nós o preparamos da melhor maneira, mas nunca se sabe até eles estarem sob os refletores. Você sabe disso.

Por um segundo, ela espiou pelas janelinhas das portas do tribunal.

– Vai ser muito dramático – disse ela.

– Você é bem-vinda para assistir. Se tiver tempo.

Ela recuou diante do pensamento.

– Eu estou bem curiosa, Arthur. Com frequência, lamento não ter ouvido Erno em Rudyard. Talvez sejam os jornais, mas cada vez mais eu sinto como se tivesse uma participação nisso. Mas não seria pouco ortodoxo se eu entrasse lá?

– Eu vou perguntar se alguém se incomoda. – Ele abriu a porta pesada, forrada de couro, e fez um gesto ao meirinho, indicando que Gillian estava com ele, para que o funcionário arranjasse um lugar para ela.

Como Arthur esperava, Muriel não tinha preocupações em relação a Gillian. Fazia parte de sua pose de tribunal, de qualquer modo, fingir que não se abalava se Deus e Seus anjos estivessem lá para ver seu interrogatório. Quando o juiz Harlow surgiu à bancada, Arthur pediu para ser ouvido em particular. Harlow tinha altura suficiente para simplesmente empurrar a cadeira e se inclinar para o corredor lateral enquanto Arthur perguntava se causaria algum problema ao tribunal a presença da Srta. Sullivan, a juíza que tinha dado a sentença do processo, como espectadora. Ele explicou como ela havia chegado ali.

– Gillian Sullivan, é? – perguntou Harlow. Ele olhou para ela, forçando a vista através dos óculos grossos. – A própria?

Arthur confirmou. O juiz perguntou se Muriel via algum problema.

– Eu protesto quanto ao fato de não termos sido informados quando ela recebeu a carta, mas não me importo por ela estar aqui. Ela não tem nenhum papel nos procedimentos atuais.

– Acho que ela quer ver por si mesma – disse Harlow. – Não posso dizer que a culpo. Tudo bem, vamos em frente.

O juiz fez um gesto para afastar o círculo de advogados. Enquanto eles voltavam aos seus lugares, Arthur percebeu que naquele momento todos eles – Muriel, Tommy Molto, Carol Keeney, Larry, que tinha vindo junto, até mesmo o juiz, e certamente o próprio Arthur – estavam olhando para Gillian, que se sentou, perfeitamente arrumada e praticamente sem expressão, perto do corredor, na última fila. Arthur ficou impressionado ao ver que ela estava certa. Ela tinha uma participação naquilo, mais genuína do que a da maioria deles. Afinal, em certo sentido, era ela a acusada. A questão atual era se, havia uma década, por qualquer motivo que fosse, ela fizera julgamentos influenciados por erros reversíveis – e fatais. Gillian suportou esse exame sem se abalar, enquanto todos esperavam a resposta.

18
Muriel interroga Erno

13 de junho de 2001

– De modo que a pergunta, Sr. Erdai – disse Muriel –, a verdadeira pergunta é: o senhor estava mentindo naquela época ou está mentindo agora?

Antes mesmo que Harlow a tivesse mandado prosseguir, Muriel ocupara o lugar diante de Erno, fazendo Larry se lembrar de um boxeador em seu banquinho no começo de um assalto. Ela havia se demorado mais um segundo, uma figura pequena e ágil absorvendo toda a atenção do tribunal antes de fazer a primeira pergunta.

– Naquela época – disse Erno.

– Isto é uma mentira?

– Não.

– Mas o senhor mente, Sr. Erdai, não é?

– Como todo mundo.

– O senhor mentiu ao detetive Starczek em 1991, não mentiu?

– Sim, senhora.

– Mentiu e colocou a forca no pescoço de outro homem. É isso que está dizendo?

O palito de dentes foi de um canto da boca para o outro antes de Erno dizer sim.

– Comportamento desprezível, não foi?

– Nada de que eu possa me orgulhar.

– Mas, mesmo o senhor sendo um mentiroso desprezível, está pedindo que acreditemos agora. Correto?

– Por que não?

– Chegaremos a isso, Sr. Erdai. A propósito, eu me apresentei?

– Eu sei quem a senhora é.

– Mas se recusou a se encontrar comigo, correto?

– Porque isso só iria ajudá-la a fazer parecer que eu estou mentindo, quando estou dizendo a verdade.

À bancada, Harlow deu um leve sorriso. Pelo que Larry podia ver, o juiz costumava se divertir com os golpes e contragolpes no tribunal.

– Bom, deixe-me ver se entendo o que está dizendo, Sr. Erdai. Está dizendo que matou três pessoas em julho de 1991. E três meses depois a polícia não o havia apanhado, certo?

– Certo.

– O senhor queria ser apanhado?

– O que a senhora acha?

– Acho que o senhor teria feito tudo para não ser preso. Certo?

– É mais ou menos o tamanho da coisa.

– O senhor tinha muitos amigos na polícia, não tinha?

– Muitos.

– Então sabia que a investigação era natimorta, correto?

– Isso significa que estava acabada?

– Digamos que agonizante.

– Agonizante é mais ou menos como estava.

– Então, se o senhor realmente matou aquelas pessoas, tinha todos os motivos para acreditar que ia se livrar, certo?

– Na verdade, sim. Mas ainda estava preocupado.

– Certo. O senhor estava preocupado. E, apesar disso, mesmo sabendo que a investigação estava morrendo, decidiu dar informações que iriam revivê-la. É isso que está dizendo?

– Por causa do meu sobrinho.

– E o senhor não deu uma informação anônima. Foi direto ao detetive Starczek.

– Ele me procurou. Mas é a mesma coisa.

– A mesma coisa – disse Muriel. Agora ela estava sondando, indo para a frente e para trás. Os dedos das duas mãos estavam abertos, como se estivessem prontos para pegar Erno, caso ele tentasse escapar. Usava o que Larry considerava um vestido de menina, estampado, com cinto e um grande laço no pescoço, um gesto destinado tanto aos espectadores da televisão quanto ao juiz. Se ela pudesse ter posto um broche da Associação de Pais e Professores, teria feito isso. Mas qualquer um que tivesse visto Muriel num tribunal saberia que ela era mortífera como uma pantera. – Ele é um bom detetive?

– Um dos melhores.

– E o senhor concorda que os bons detetives geralmente sabem quando estão sendo enganados?

– Se eles souberem olhar, claro. Mas ninguém está com o radar ligado 24 horas por dia, sete dias por semana.

– Mas o senhor não apenas acordou aquela investigação que estava adormecida; fez isso, pelo que diz, mentindo a alguém que o senhor sabia que era bom em ver por entre as mentiras, certo?

– A senhora pode dizer do seu modo.

– E então o senhor mandou seu sobrinho dar à polícia a pista de um camafeu, sabendo que, se Gandolph contasse a verdade, ele poderia muito bem mencionar seu nome. Certo?

– Eu diria que ele estava cheio de droga e que só tinha jogado o meu nome porque tinha descoberto de algum modo que eu dei a dica aos policiais. Eu tinha pensado nisso.

– E pensou que essa mentira seria convincente?

– Claro.

– Porque o senhor sabe mentir de modo convincente, não é?

Harlow aceitou o protesto de Arthur antes que Erno tivesse que responder, mas o juiz pareceu sorrir diante da arte da pergunta.

– Bom, ontem o senhor nos disse que sabia que seu sobrinho não conseguiria nada da polícia nem dos promotores a não ser que Gandolph fosse condenado, certo? Mas o senhor não tinha como prever, por exemplo, se Gandolph possuía um álibi, tinha?

– Eu sabia que ele tinha ido ao aeroporto e roubado o camafeu de Luisa.

– No verão? Eu achei que Gandolph só ia ao aeroporto quando era forçado pelo frio do inverno.

Erno fez uma careta. Tinha tentado passar por Muriel, e ela o fez parar. Depois de se retorcer mais um pouco, ele concordou que havia dito ao juiz no dia anterior que Gandolph ia ao aeroporto no inverno e que não podia ter certeza se Esquilo possuía um álibi. Erno engoliu suas próprias palavras amargamente.

– Então a coisa é essa, Sr. Erdai – disse Muriel, contando nos dedos: – Mesmo não querendo ser apanhado, o senhor deu vida nova a uma investigação morta. Fez isso mentindo a um investigador que o senhor sabia que era bom em pegar mentirosos. E apontou alguém que, de fato, poderia ligá-lo a uma das vítimas do assassinato. E fez tudo isso sem nem mesmo saber se o homem que o senhor estava acusando tinha um bom álibi. Entende agora por que não devemos acreditar no senhor?

Arthur protestou em voz alta pela primeira vez. O juiz disse:

– Aceito. – Incomodado, Erno foi suficientemente tolo para continuar por conta própria.

– Pode não fazer sentido para a senhora, mas foi o que aconteceu. Eu tinha que fazer alguma coisa pelo meu sobrinho. As pessoas nem sempre fazem sentido.

– E isso não faz sentido, não é, Sr. Erdai? O que o senhor está nos dizendo. É uma dessas coisas que não fazem sentido.

Arthur protestou de novo. Sem erguer os olhos de seus rabiscos, o juiz sugeriu que Muriel fosse em frente. Ela se virou por um segundo e seus olhos pequenos e escuros procuraram Larry, para saber como a coisa estava indo. Ele cobriu a boca e manteve o polegar erguido junto ao queixo. Muriel assentiu disfarçadamente. Achava o mesmo.

– O senhor se surpreende, Sr. Erdai, em saber que uma verificação automática das digitais na cena do crime demonstrou que nenhuma delas é sua?

– Eu limpei tudo. Tive cuidado, como disse.

– Nenhum DNA. Nenhum sangue. Nem saliva. Sêmen. Nada do senhor foi encontrado na cena, não é?

– Não. Mas também não havia nada do Gandolph.

– O senhor conhece bem nossas provas contra o Sr. Gandolph, não conhece, Sr. Erdai?

– Eu acompanhei esse caso bem de perto. Motivos óbvios.

– E a arma, senhor? O que foi feito dela?

– No rio. Com todo o restante.

Muriel deu um riso breve, a expressão de uma veterana que já tinha encontrado muitos caras com todas as respostas. Voltou ao púlpito para olhar suas anotações, depois olhou por um momento para Erdai.

– O senhor está morrendo? – perguntou, então.

– É o que os médicos dizem.

– O senhor acredita neles?

– Na maioria das vezes. Algumas vezes, começo a pensar que talvez eles estejam errados, médicos já erraram antes, mas na maior parte do tempo sei que não.

– Então, de sua parte, o senhor não tem nada a perder com o que está nos dizendo hoje, certo?

– Não entendi.

– Verdade? O senhor pode dizer alguma coisa que se importaria em perder?

– Minha alma. Se eu tiver uma.

– Se o senhor tiver uma – repetiu Muriel. – Vamos ficar aqui na Terra. Há alguma coisa que o senhor se importa em perder aqui?

– Minha família. Eu me importo muito com eles.

– Bom, eles estão apoiando o senhor, não estão? O que mais?

– Eu odiaria perder a pensão da companhia aérea. Eu trabalhei muito e quero garantir que minha mulher fique com alguma coisa.

– Bom, o senhor não perde sua pensão, perde, por assassinato?

– Se for um crime contra a empresa, sim.

– Esse foi?

– Somente se Luisa fosse da gerência.

– Então o senhor não perde a sua pensão. E não vai viver o bastante para ser processado de novo por perjúrio, certo?

– Não há razão para ser processado.

– De qualquer modo, não há chance de o senhor ter que cumprir mais tempo, há?

– Creio que não.

– E quanto ao seu sobrinho, Collins Farwell? Ele mentiu para o detetive Starczek sobre ter tido certas conversas com Rommy Gandolph, não foi?

– Sim, mas ele achava que Gandolph era o verdadeiro culpado.

– E onde Collins está agora?

– Ele tem um advogado chamado Jackson Aires. A senhora pode ligar para ele.

– Um advogado? Para receber conselhos sobre esta situação?

– Basicamente. Estou pagando a conta, já que fui eu que o coloquei nessa berlinda, para começar.

– E o senhor sabe se o advogado garantiu a Collins que ele não pode ser processado pelas mentiras que contou em 1991, porque o estatuto de limitações expirou?

– Isso não deveria ser confidencial?

– Podemos colocar desse modo, Sr. Erdai. O senhor sabe que nada vai acontecer ao Collins como resultado de seu testemunho, não sabe?

– Espero que nada aconteça com ele.

– E onde ele está?

Erno olhou para o juiz, que assentiu firmemente.

– Atlanta. E está se saindo bem por lá, como eu disse.

– Parabéns – disse Muriel. – Agora, e quanto ao outro lado, Sr. Erdai. O senhor vai ganhar alguma coisa se apresentando agora?

– Uma consciência limpa.

– Uma consciência limpa. O senhor diz, Sr. Erdai, que atirou em cinco pessoas durante sua vida. Assassinou três, matou sua sogra e tentou assassinar uma quinta pessoa que o incomodou num bar. E isso vai fazê-lo se sentir melhor, certo?

Ouviram-se algumas risadas atrás de Larry. Parecia que Carol, que deveria saber se comportar, tinha sido a primeira. Os olhos de Harlow subiram e o tribunal ficou instantaneamente em silêncio.

– Eu não posso mudar o restante, Muriel. Isto é o melhor que eu posso fazer.

Chamar Muriel pelo primeiro nome era a cara de Erno. Pelo que Larry sabia, eles não se conheciam nem mesmo de se cumprimentar, mas Erdai sempre se achou irmão de sangue de todo mundo da lei.

– Bom, o senhor não tinha se candidatado a uma liberdade por compaixão há vários meses? E então, quando isso foi negado, pediu uma transferência por compaixão? Para ficar mais perto de sua mulher?

– Verdade.

– Isso também foi negado?

– Foi.

– Sua mulher tem muita dificuldade para ir até Rudyard?

– Seria muito mais fácil se eu estivesse aqui.

– Onde o senhor dormiu ontem à noite?

– No Hospital Geral do condado.

– Sua mulher o viu lá hoje?

– Antes de eu vir para o tribunal.

Muriel explicou. Ele tinha visto a mulher no dia anterior também. E um dia antes. E Arthur tinha feito uma petição ao tribunal sugerindo que Erno não fosse levado de volta a Rudyard enquanto o processo de Gandolph estivesse pendente.

– Significa muito para o senhor ver sua mulher todos os dias? Neste estágio?

– Agora? Especialmente agora, sim, significa um bocado. Ela não merece os últimos anos que teve. Nem um dia. – A voz dele enfraqueceu e Erno, praticamente sem dar sinal, ficou ruborizado. Baixou o respirador e cobriu o rosto com a mão. Harlow tinha lenços de papel sobre a bancada e lhe entregou a caixa com eficiência clínica. Muriel esperou sem nenhum sinal de impaciência, porque Erno não poderia ter feito muita coisa a mais para provar o argumento dela. Ela mudou de assunto assim que a respiração dele se normalizou.

– Vamos falar do crime pelo qual o senhor foi preso, Sr. Erdai.

– O que uma coisa tem a ver com a outra? – perguntou Erno. Arthur, aproveitando a deixa, levantou-se para protestar. Observou que a condenação só era relevante pelo que dizia sobre a credibilidade de Erno. As circunstâncias não eram pertinentes.

– Vou esclarecer – disse Muriel. Aquela era a versão do advogado de julgamento para "espere um pouquinho", mas Harlow, julgando sem um júri, disse que daria alguma folga a Muriel, principalmente porque aquilo era um depoimento, e não um julgamento.

– Eu não deixo os advogados me faltarem com a palavra duas vezes – acrescentou o juiz.

– Eu não esperaria isso da sua parte – disse Muriel, antes de se virar de novo para Erno que, pensou Larry, se encolheu um pouco enquanto ela se aproximava de novo. A dança de Erdai com Muriel até agora já o havia deixado menos animado.

– De fato, Sr. Erdai, o senhor só está preso porque seus amigos na polícia não o apoiaram, certo?

– Eu estou na prisão porque atirei em um homem.

– Mas o senhor disse aos policiais que estavam naquele bar, no Ike's, onde o tiro aconteceu, que puxou o gatilho em legítima defesa, não foi?

– No meu modo de pensar, foi.

– E muitos dos policiais que testemunharam o tiro e o ouviram dizer que estava meramente se defendendo eram seus amigos, não eram? Policiais com quem o senhor estava bebendo?

– Certo.

– Foi frustrante para o senhor, Sr. Erdai, que nenhum deles o tenha apoiado dizendo que foi em legítima defesa?

– Não quando eu tive chance de pensar nisso.

– Mas inicialmente?

– Não sei o que eu esperava.

– Mas não teria incomodado ao senhor se eles tivessem apoiado sua versão...

– Acho que não.

– O senhor sabe se os policiais costumam proteger a classe?

– Acho que já aconteceu antes.

– Mas não aconteceu com o senhor, não é?

O lado mau de Erno apareceu pela primeira vez, uma ignição sulfúrica por trás dos olhos. Mas ele tinha capacidade suficiente para se acalmar antes de dizer que não.

– De modo que o senhor teve que se declarar culpado, correto?

– Foi o que aconteceu.

– Agora, e quanto ao detetive Starczek? – Larry se empertigou num reflexo ao ouvir seu nome. – Ele era outro de seus amigos na força policial?

– Larry? Eu o conheço há uns trinta anos. Nós fomos cadetes juntos.

– E aquelas cartas que o senhor escreveu ao detetive Starczek...

Inesperadamente, Muriel voltou até Larry, à mesa da promotoria. Lá, sussurrou com os lábios praticamente imóveis:

– Pegue minha pasta e tire a correspondência que está no primeiro compartimento.

Um tremor de incerteza passou por ele, mas Larry já a estava acompanhando quando retirou os três envelopes. De acordo com os endereços de remetente, eram a declaração do fundo de aposentadoria do Estado e duas contas de cartão de crédito. Com as cartas na mão, ela se virou para a testemunha.

– O senhor nunca escreveu ao detetive Starczek dizendo que tinha matado alguém, escreveu?

– Eu disse que precisava conversar com ele.

– O senhor não disse diretamente que queria a ajuda dele?

– Posso ter dito. A senhora sabe, pelo que eu lembro, eu liguei para ele uma ou duas vezes, mas como ele não estava, e como não aceitavam ligação a cobrar da prisão, escrevi duas, três cartas, e ele não respondeu.

Arthur se levantou, apontando para o que Muriel tinha nas mãos.

– Meritíssimo, eu não vi essas cartas.

– Juiz, eu não recebi nenhuma prévia do testemunho do Sr. Erdai. E, além disso, não as mostrei à testemunha. O Sr. Raven pode inspecionar qualquer coisa que eu mostrar à testemunha.

Arthur continuou protestando, e Harlow finalmente os chamou para o lado mais distante da bancada, longe de Erno. Larry se juntou ao grupo.

– Qual é a história dessas cartas? – sussurrou Harlow.

– Eu não tenho nada – disse Muriel.

Larry achou que o juiz explodiria, mas em vez disso Harlow deu um sorriso largo.

– Blefe? – perguntou Harlow.

– Eu tenho o direito – disse ela.

– Tem mesmo – disse o juiz, fazendo um gesto para todos se afastarem. Muriel pediu que o estenógrafo lesse as últimas duas perguntas e respostas.

Larry se virou para olhar Arthur, temendo que ele pudesse tentar dar a dica para Erno, de que Muriel estava fingindo. Nunca se podia dizer em que tipo de bosta de cachorro um sujeito iria se transformar quando era advogado de defesa, mas Arthur permaneceu com o rosto impassível enquanto explicava à sócia, por trás da mão, o que havia acontecido.

– Bom, quando o senhor escreveu ao detetive Starczek, queria ir para uma instituição de segurança média, não é?

– Bom, meu advogado tentou conseguir isso. E, depois que não conseguiu, eu perguntei a alguns caras se eles poderiam ajudar.

– E o senhor está nos dizendo que pensou que conseguiria ir para uma instituição de segurança média informando ao detetive Starczek que tinha cometido um triplo assassinato brutal?

Apesar do olhar anterior de Harlow, houve de novo alguns risinhos nos bancos dos espectadores.

– Quando escrevi ao Larry, praticamente tinha desistido da segurança média. O Departamento de Correções diz que você pega a pena máxima se cometeu um crime com arma de fogo. Ponto final.

– E o senhor pode nos dar o nome de alguém da força policial que tenha tentado fazer com que o Departamento de Correções abrisse uma exceção para o senhor?

Erno tirou o palito de dentes da boca. Nesse caso, ele estava num beco sem saída, porque sabia que ninguém viria ao tribunal apoiá-lo. Em resposta a Muriel, disse que não lembrava.

– E, independentemente do que o senhor escreveu ao detetive Starczek, concordamos que o senhor nunca mencionou os três assassinatos, correto?

– Verdade. Eu disse que tinha que falar com ele sobre uma coisa importante.

– O detetive Starczek não respondeu?

– Certo.

– Ele não queria lidar com o senhor, agora que o senhor não podia lhe fazer nenhum bem. Foi assim que o senhor se sentiu?

– Não, eu não diria isso.

Muriel se virou para Larry, pedindo uma cópia da carta que Erno tinha escrito para Gillian, depois foi até a testemunha. A 3 metros à esquerda de Larry, Raven ficou de pé imediatamente.

– Juiz, eu não vi isso – disse Arthur. Com um olhar inocente, Muriel mostrou a carta de Erno primeiro para Raven, depois para Harlow. Larry leu outra cópia que Muriel tinha deixado sobre a mesa. As palavras estavam ali mesmo, ainda que o olhar pasmo de Arthur tornasse aparente que ele não havia captado seu significado. Enquanto Muriel voltava ao púlpito, Larry a viu dar um sorriso de colegial a Arthur, um agradável "peguei você", como se os dois estivessem jogando palavras cruzadas ou tênis. Depois se virou de novo para Erno e usou a carta como uma facada no fígado.

– O senhor escreveu para a juíza Sullivan dizendo que o detetive do caso não tinha interesse no senhor "agora que o senhor não podia fazer nada de bom por ele"?

Erno leu a carta várias vezes.

– É o que diz aqui.

– O senhor diria que estava com ressentimento?

– Chame como quiser.

– Eu chamo isso de ressentimento – disse Muriel. Harlow aceitou o protesto, mas sorriu de novo. Larry tinha finalmente começado a entender o juiz. Kenton Harlow gostava de advogados, admirava o que eles faziam. Acreditava que a verdade emergiria da dura disputa no tribunal. E estava claramente gostando do estilo de Muriel. – Bom, coloquemos a coisa do seguinte modo – disse Muriel. – O senhor deu ao detetive Starczek informações sobre o que sabia que era um caso importante, certo?

– Certo.

– E o seu amigo, o detetive Starczek, resolveu o caso, não foi? Ele recebeu o crédito por isso.

– Ele e a senhora – disse Erno.

– Ele e eu. E a polícia recebeu crédito por isso, correto?

– Certo.

– A polícia que não quis ajudá-lo a ir para um presídio de segurança média.

– É, acho que sim.

– E, ao dizer o que está dizendo agora, o senhor está essencialmente retirando o que contou antes ao detetive Starczek e à polícia. Correto?

– Eu estou dizendo a verdade.

– Verdade ou não, o senhor está tentando corrigir ou retirar o efeito da informação que deu anteriormente. Não está?

– Porque era mentira.

Muriel se moveu para atacar, e Harlow forçou Erno a responder. Ele não tinha opção a não ser dizer sim. Agora era tudo óbvio demais, mas um pequeno tremor passou pelas fileiras de jornalistas quando ele disse a palavra. Eles tinham o gancho para suas matérias.

Então, Muriel começou a interrogar Erno sobre seu relacionamento com os Gangster Outlaws, uma das gangues de rua que dominavam a prisão de Rudyard. Essa era uma informação pela qual Larry tinha passado a maior parte da noite trabalhando, e Muriel a apresentou de maneira esplêndida. Erno tivera um colega de cela da G.O. e acabara ficando sob a proteção da gangue, para quem deveria ocasionalmente obter informações de antigos colegas na polícia. Erno não quis admitir essa última parte.

– Bom, o senhor sabe, Sr. Erdai, que houve vários casos de membros dos Gangster Outlaws que foram encarcerados e fizeram confissões falsas para crimes dos quais outros G.O. eram acusados?

– Protesto – disse Arthur. – Não existe nenhuma prova de que o Sr. Gandolph seja membro de alguma gangue.

– A questão – disse Muriel – é se o Sr. Erdai sabe disso.

– É irrelevante – insistiu Arthur.

– Eu vou ouvir – disse o juiz.

– Eu ouvi falar nisso – disse Erno.

– E também ouviu dizer, Sr. Erdai, que os G.O. controlam o corredor da morte em Rudyard?

– Eu sei que há muitos deles lá.

– Inclusive o Sr. Gandolph?

– Eu não teria como saber disso. A senhora precisa entender, aquele pessoal do corredor da morte, os Homens Amarelos, ficam sozinhos. Eles não veem mais ninguém. Eu não troquei uma palavra com Gandolph em todo o tempo em que estive na prisão.

– Bem, Sr. Erdai, está dizendo que, dada a sua experiência na instituição, se algum dos G.O. que o protegeu quisesse que o senhor contasse uma história, especialmente uma história que não prejudicasse o senhor mas prejudicasse o policial Starczek e a polícia que o havia deixado na mão, uma história que até iria ajudá-lo a passar um tempo com sua mulher antes de o senhor morrer... o senhor está realmente dizendo que tem integridade demais para fazer isso?

Arthur tinha se levantado muito antes de Muriel terminar. Falou em voz baixa:

– Protesto.

E Harlow respondeu rapidamente:

– Aceito.

Mas essencialmente Muriel tinha apresentado seu argumento final à imprensa. Com o serviço mais do que feito, ela voltou para a mesa, então parou abruptamente.

– Ah – disse ela, como se fosse meramente um pensamento de última hora. – Depois de o senhor ter levado aqueles cadáveres para o freezer, Sr. Erdai, o que o senhor diz que fez ao cadáver de Luisa Remardi?

– Puxei a saia e a calcinha dela até os tornozelos.

– E então?

– Então nada.

– Então o senhor a despiu simplesmente por... curiosidade?

– Eu a despi porque sabia que ela tinha feito sexo uma hora antes e achava que isso apareceria na autópsia. Queria que parecesse que ela foi agredida. Foi a mesma ideia que me fez pegar as coisas de todo mundo e fazer com que parecesse um assalto. Eu só estava tentando cobrir os rastros.

– E de fato o senhor não teve relação sexual anal com o cadáver.

– Não.

– O senhor sabe, não sabe, que o patologista da polícia, o Dr. Kumagai, testemunhou no julgamento que o cadáver tinha sido sodomizado.

– Eu sei que Indolor Kumagai cometeu um monte de erros no decorrer dos anos.

– Mas o senhor não sabe que um lubrificante comum de preservativo foi detectado no ânus dela?

– Acho que a senhora deveria perguntar ao cavalheiro com quem ela passou um tempo no estacionamento.

– E o senhor acha que isso explica por que o esfíncter anal dela estava distendido depois do momento da morte?

– Eu não sou patologista.

– Mas o senhor concordaria, Sr. Erdai, que o seu testemunho não explica esta prova, explica?

– Eu não expliquei isso, não.

– Obrigada – disse Muriel.

Ela se sentou ao lado de Larry. Embaixo da mesa, inesperadamente, ele sentiu o punho dela se chocar com o seu.

O INTERROGATÓRIO DE Muriel tinha acontecido quase totalmente como Arthur ensaiara nas reuniões com Erno na cadeia. A única exceção fora a frase na carta de Erno, dizendo que Larry não precisava dele agora; Arthur não havia reconhecido as implicações. Mas, afora isso, Erno tinha sido bem-preparado. A diferença era Muriel. Ela vencia qualquer competição de estilo.

Quando Muriel terminou, o juiz Harlow estava empertigado em sua cadeira do outro lado da bancada, literalmente mantendo distância de Erdai. Enquanto se levantava para fazer suas perguntas, Arthur sabia que tinha trabalho a fazer. Abotoou o paletó e verificou pela segunda vez as anotações de Pamela antes de começar o que era chamado, no jargão profissional, de reabilitar a testemunha.

– Sr. Erdai, a Sra. Wynn perguntou por que o senhor correria tamanhos riscos em favor de seu sobrinho. Pode explicar isso ao meritíssimo juiz Harlow?

Erno examinou o corrimão do banco de testemunhas durante algum tempo.

– Essa família, a minha família, sobreviveu a muita coisa. Quero dizer, ela passou por momentos terríveis na Segunda Guerra Mundial e depois em 1956, quando meu pai tomou parte na revolta... – Erno franziu o rosto. – Ele foi morto, levou um tiro e depois foi pendurado pelos pés no poste diante da nossa casa, para contar como funcionava. Os nossos vizinhos entregaram meu pai à AVH, a polícia secreta. E minha mãe, minha irmã e eu... foi uma tremenda história sair de lá e chegar aqui. E depois o Collins, o meu sobrinho... Ele era o único filho na família. E eu sabia que ele ia passar o resto da vida na prisão. Foi isso. Quero dizer, eu pensei um bocado no meu pai pendurado naquele poste. Eles deixaram o corpo dele lá durante dias, impedindo que cortássemos a corda, era um aviso. – Erno cobriu a boca, como se fosse vomitar, mas em vez disso desmoronou por completo. Depois de um minuto, enxugou todo o rosto com os lenços de papel do juiz e, como antes, demorou um tempo para recuperar o fôlego. – Eu sentia que ele poderia ser alguém, o Collins. Ele era inteligente, só estava passando por um momento difícil. Mas eu achei que devia ao meu pai, à minha mãe também, a toda a família tentar dar mais uma chance a ele. Eu tinha que fazer o que fosse possível.

Arthur esperou para ver se Erno ofereceria mais alguma coisa, mas ele tinha dito tudo. Arthur e Pamela já haviam passado horas com Erno, e uma das duras verdades do caso era que Arthur não gostava particularmente dele. Não porque Erno fosse um criminoso, nem mesmo por causa da gravidade excepcional do que tinha feito. Com o passar dos anos, Arthur, como todo mundo que trabalhava no sistema, tinha encontrado patifes absolutos que eram brilhantes como uma moeda nova, até mesmo divertidos. Mas havia uma frieza inalterável em Erno. Ele era duro, e não meramente indiferente aos sentimentos, mas tinha um certo orgulho do fato. Não pedia que gostassem dele. E, no entanto, sua dureza deixava Arthur com uma convicção inabalável de que Erno estava dizendo a verdade. E também com uma considerável admiração pela disposição de Erno em não pedir para ser visto como um santo ou um mártir. Ele sabia que não era.

– Certo, então. Mais um tópico. A Sr. Wynn levantou questões sobre os motivos de seu testemunho. O senhor pode contar por que concordou em falar com a juíza Sullivan e comigo; por que decidiu contar a verdade sobre o que aconteceu em 4 de julho de 1991?

Previsivelmente, Muriel se levantou para protestar contra a suposição de que Erno estava dizendo a verdade. O juiz a descartou, como tinha feito duas vezes com Arthur.

– Vamos apenas julgar o nosso processo, pessoal. Não vamos nos preocupar com quem está na geral – disse Harlow, falando claramente da imprensa. – Certo, Sr. Erdai. Explique-se. Por que estamos sabendo disso agora?

Erno controlou a respiração antes de continuar.

– Eu diria, a princípio, que quando armei para o Gandolph realmente não me preocupei muito com ele. Pensei: se você pensar direitinho em tudo que ele fez, sem ser pego, o cara provavelmente merecia cumprir uma boa pena. Bom, como eu disse, se Larry tivesse ido quando pedi, eu teria contado a ele. Não tinha deduzido exatamente como faria isso, mas teria feito, porque eu devia a ele a honestidade. Mas agora acho que devo a Gandolph. Não há nada como morrer, isso eu posso garantir. Vocês podem achar que sabem que só estão aqui temporariamente, mas quando os médicos dizem... não sei, talvez os velhos se sintam de um modo diferente. Minha mãe ficou feliz em partir aos 86 anos. Mas quando é antes da hora, no meu caso, eu passava boa parte do dia apavorado. Está chegando. A gente sabe que está chegando. E não há nada que se possa fazer. Está chegando. É cruel na verdade. A gente vive a vida inteira, sobrevive a essa coisa toda e mesmo assim, no final, o negócio tem que ser cruel. Bom, o senhor sabe, tem gente no leito de morte que redescobre a fé. E eu redescobri a minha. Eu ouvi o padre. E pensei um bocado. Fiz um monte de coisas terríveis. Não sei se Deus me deu essa doença como punição ou se isso aconteceu porque coisas acontecem... Ele não me mandou nenhum telegrama explicando. Mas a gente acaba pensando que tem o poder para melhorar as coisas. E foi isso que me fez pensar em Gandolph. Ele esteve lá, todos os dias durante mais de nove anos, e sabia todo dia, como eu, que a coisa estava chegando. Está chegando, e ele não pode fazer nada a respeito. Como eu. Só que ele não merece. Se eu disser a verdade, ele sai. Ele está passando pelo que eu estou passando, todo dia, mas não precisa. Foi o que eu fiquei pensando. Eu não posso mudar a situação para mim. Mas posso mudar para ele. Só preciso fazer o que é certo.

Erno não estivera olhando para ninguém enquanto fazia esse discurso. Seus olhos estavam baixos e ele falava com a mesma voz nua, áspera e meio incorpórea com que havia respondido o tempo todo. Mas, quando terminou, ergueu os olhos e assentiu decidido para o juiz.

Com um dedo comprido colocado ao lado do nariz, Harlow estava claramente pesando no que pensar de Erno. Arthur e Pamela tinham passado um tempo considerável fazendo a mesma pergunta um ao outro. Apesar da clareza de Erno, permanecia nele uma qualidade esquiva, que Arthur tinha acabado por decidir que vinha da incerteza de Erno em relação a si mesmo. Arthur não tinha dúvida de que Erdai acreditava em cada palavra que tinha dito; no entanto, havia um certo sentido em que achava essas reflexões estranhas. Por vezes, Erno fazia Arthur se lembrar de sua irmã esquizofrênica, Susan, que costumava dizer que estava sob o comando de vozes vindas do cosmo. Erno havia testemunhado que, quando atirou em Paul Judson, ficou sabendo de uma coisa maligna sobre sua própria natureza. Mas nem de longe isso era tão impossível de avaliar para ele quanto as forças que o haviam impelido no fim da vida a reverter o pouco que podia em relação aos danos cometidos por esse seu lado selvagem. Erno aceitava o fato de que estava fazendo o que era certo. Mas ainda parecia absolutamente confuso com o que havia naquilo para ele.

No fim, o juiz indagou se Muriel tinha algo mais a perguntar. Depois de conferenciar com Larry, ela disse que não.

– Sr. Erdai – disse o juiz –, o senhor está dispensado. – Harlow examinou Erno por mais um momento e acrescentou em voz chapada: – Boa sorte para o senhor. – E, sem olhar para trás, deixou o assento.

19
Ainda vítimas

13 de junho de 2001

Quando a sessão terminou, Muriel, ainda cheia de adrenalina, encarou a galeria onde os espectadores, ombro a ombro, estavam tentando se levantar. Havia pelo menos uma dúzia de repórteres fazendo cobertura especial e uma enorme quantidade de civis atraídos pelas manchetes das últimas 24 horas.

Naquela manhã, Ned Halsey tinha sugerido galantemente que Muriel deixasse para ele o caso – e a controvérsia. Mas os repórteres sabiam que o processo de Gandolph tinha sido fundamental na carreira dela; se Arthur provasse que Esquilo era o homem errado, a imprensa iria enforcá-la, quer ela estivesse no tribunal, quer não. E, de qualquer modo, ela não se privaria do desafio. Muriel adorava esses momentos de dedicação extra, não importando o quanto fossem difíceis, em que o mundo fazia pressão sobre ela como um mar de clamores. Raven estava se aproximando com um punhado de novas moções. Molto e Carol precisavam ser consultados quanto ao próximo passo legal. Larry esperava um direcionamento para sua investigação sobre Erdai. E os jornalistas já estavam se adiantando para ver se poderiam arrancar dela algum comentário preliminar. Mas aquele era o destino que ela quisera desde a infância. "A arena", na expressão de Talmadge, mas ela não se importava com o tom belicoso. Para ela, era mais uma questão de se usar completamente, sentir que cada célula tinha que contribuir para administrar seu lugar em seu tempo.

Com a clareza instintiva com que essas questões sempre se tornavam manifestas para ela, viu abruptamente o que precisava fazer. John Leonidis estava presente, sentado aos fundos como estivera fielmente durante mais de nove anos sempre que havia sessões importantes no tribunal. Ela ignorou todas as outras pessoas e, com os repórteres em volta, pôs um braço ao ombro de John e o guiou até a sala de testemunhas do outro lado do corredor. A imprensa, Muriel sabia, não iria embora enquanto ela não fizesse um comentário.

John não tinha vindo sozinho. Ele apresentou um homem de pele lisa, Pan, talvez filipino e bem mais novo. Mesmo depois de Muriel ter fechado a porta da saleta, o barulho do lado de fora os alcançava vagamente. John tinha ficado furioso com os procedimentos. Roeu um pedaço da unha do polegar enquanto explicava a Muriel, como se fosse novidade para ela, que Erdai estava mentindo para se vingar da polícia do condado de Kindle e que alguém tinha lhe dado todos os detalhes.

– Eu quero dizer àqueles repórteres idiotas o que está acontecendo – disse John.

Para Muriel, era o ideal ser defendida pelas vítimas. Mesmo assim, disse que John só deveria falar se quisesse.

– Acredite, eu quero – disse John. – Eu penso nesse escroto todo dia. No Gandolph. Todo dia, Muriel, eu percebo que perdi outra coisa para esse cara. Recentemente, nos últimos meses, fico imaginando se o meu velho teria orgulho de mim. – John tinha bons motivos para acreditar que Gus sentiria grande satisfação por ele. Não somente John havia continuado com o Paradise, onde os negócios estavam melhores do que nunca no bairro que ia renascendo, mas também tinha franqueado restaurantes gregos de preço médio em todo o país, em parceria com um hoteleiro local. Muriel havia almoçado no restaurante de Center City, o BG's Tavern – BG de "Bom Gus" –, convidada por John algumas vezes por ano. Ele se sentava à mesa dela, fumava e repassava o caso, que permanecia fresco em sua mente como se tivesse sido julgado na véspera.

– Eu acho, você sabe, que Gus teria alguns problemas com alguma coisas na minha vida – disse John. – Como a minha mãe, mas acho que a coisa acabaria ficando numa boa com ele também. Acredito realmente. Mas eu tenho o direito de saber. Certo? Todo mundo tem. Esse saco de merda, o Gandolph... ele não é Deus. Mas ele foi Deus na minha vida.

Para John, como para a maioria dos sobreviventes, o assassinato do pai e a punição do assassino sempre teriam significados pessoais. Mas o principal motivo pelo qual John não podia deixar o caso terminar era simplesmente porque não tinha terminado. Para John Leonidis, tinha sido quase uma década prendendo o fôlego, esperando que a injustiça da morte de Gus não fosse aumentada ao ver Rommy Gandolph escapar do que a barulhenta máquina legal dissera que ele merecia.

Havia anos, John era a vítima mais inflexível em relação à pena de morte para Gandolph. Na época do julgamento, a mulher de Paul Judson, Dina, havia se mudado para Boulder e estava fazendo todo o possível para recomeçar; ninguém tinha notícias dela havia muito. A mãe de Luisa, que tinha sido instigada por Larry durante a investigação, tinha comparecido ao tribunal para pedir a morte, mas parecia encolhida. John, por outro lado, ficaria feliz em cursar direito e trabalhar pessoalmente no caso. Muriel tinha presumido originalmente que era por causa da mãe. Mas, com base no que ele havia testemunhado, durante a alocução das vítimas antes da sentença, acreditava que seu pai também desejaria a pena capital.

– Ele daria uma chance à pessoa – tinha dito John sobre Gus. – Ele daria seis chances se realmente achasse que estava se esforçando. Mas, no fim das contas ele era da velha escola. Era duro. Cedo ou tarde diria que já bastava. Meu pai foi bom para Gandolph. E não conseguiu nada com isso além de uma bala na cabeça. Ele teria desejado que o sujeito fosse morto. Então é o que eu quero. – Mesmo na ocasião, Muriel não tinha certeza de que a visão de John sobre o pai fosse completamente precisa, mas quem era ela para dizer? Entretanto, ainda podia se lembrar do clima na sala do tribunal quando John falou, a gravidade que havia baixado sobre Gillian Sullivan, ouvindo em seu assento. Os idealistas podiam postular sobre a indignidade da morte causada pelo Estado – era muito melhor do que deixar os cidadãos tomarem isso nas próprias mãos, que é o que aconteceria com pessoas como John, pessoas com sofrimentos e dívidas para com os mortos, que exigiam ação. Para ele, a morte de Rommy Gandolph tinha se tornado uma prioridade, parte do papel de substituto do pai, que ele havia assumido no momento em que Gus morreu.

Muriel abriu a porta, acenando para Carol acompanhar John e o amigo dele até o saguão do tribunal, onde as câmeras de TV esperavam. Vários repórteres gritaram o nome de Muriel, e ela prometeu que iria dentro de um instante. Mas Larry imediatamente guiou quatro mulheres para a porta – duas adolescentes, uma mulher de aparência agradável com cerca de 40 anos e, atrás, uma senhora mais velha, com cabelo tingido por um preto sem vida. Foi a única das quatro que Muriel reconheceu.

– Senhora Salvino, claro – disse Muriel, dando as boas-vindas à mãe de Luisa Remardi. A velha era forte e objetiva, e Muriel sempre tinha presumido que Luisa havia puxado a ela. As meninas que a acompanhavam possuíam rostos quase idênticos, mas a diferença de dois anos entre elas resultava num contraste significativo na aparência geral. A segunda a entrar usava maquiagem e era quase 30 centímetros mais alta que a irmã. As duas eram magras e morenas, com queixo comprido, cabelos pretos lisos e grandes olhos escuros. Muito bonitas. Muriel percebeu imediatamente que eram as filhas de Luisa.

Em seu modo abrupto de sempre, a Sra. Salvino dispensou o cumprimento de Muriel.

– Esse negócio aí – disse ela. – Vocês nunca vão pôr um fim nisso?

– Nuccia! – repreendeu a quarta mulher.

– Muriel – disse Larry, com um ar cerimonioso incomum –, você deve se lembrar de Genevieve Carriere. Ela era amiga íntima de Luisa.

Genevieve tinha sido chamada como motorista e acompanhante. A Sra. Salvino era uma daquelas italianas de Kewahnee que só iam a Center City uma ou duas vezes por ano – e sempre com apreensão.

– Eu não tenho necessidade de vir aqui – disse a Sra. Salvino. – Darla ouviu pela televisão. Por isso ela decidiu que vinha, o que é principalmente uma desculpa, você sabe, para faltar à escola.

– Como se eu precisasse de desculpa – respondeu a neta mais velha. A pequena era tímida, usava aparelho nos dentes e ficou perto da porta. Mas Darla era sem dúvida uma peste. Com 16 anos, usava as roupas minúsculas e a maquiagem que Muriel via o tempo todo na rua. Seu corpo era cheio de curvas demais para a miniblusa que terminava antes do umbigo. Muriel costumava se divertir com sua própria perplexidade diante da ousadia sexual daquelas garotas, porque sabia que teria se aproveitado totalmente dessa licença se fosse permitida em sua época.

– Você não precisa ouvir tudo isso – disse a avó.

– *Olá*, vovó! Passou na televisão. É a minha mãe e você não conta nada à gente. Quero dizer, era só papo-furado.

Larry interveio:

– Acho que você não entendeu nada do que aconteceu, Darla. Aquilo não passou de um homem amargo e agonizante se divertindo.

– Eu até que acreditei nele algumas vezes – respondeu ela, querendo ser do contra, algo comum em pessoas de sua idade. – O outro cara, o tal que disseram ser culpado. Com ele a coisa parece muito mal contada. Não acho que alguém tão doente quanto esse cara tenha nem mesmo energia para inventar as coisas.

– Você deve entender muito bem de invenções – disse a avó.

Darla ofereceu brevemente um olhar de desprezo à Sra. Salvino.

– A única coisa com esse aí – disse Darla – é que ele é totalmente nojento de se olhar.

Muriel e Larry, ainda envolvidos pelo clima de guerra do tribunal, riram ao mesmo tempo, achando tremendamente divertida a crueldade com Erno.

– Não, verdade – insistiu Darla. – Puxa, eu sei que ele está doente e coisa e tal, mas ele não pode ter sido nunca... tipo... bonito. Não é a cara da mamãe. Todas as fotos que eu vi dela com homens, até com meu pai, eles eram sempre, tipo, gostosos. – A garota falava com alguma ansiedade, e Muriel ficou impressionada com o ridículo da visão idealizada que Darla tinha da mãe. Quanto mais velha Muriel ficava, mais percebia a carga de dor que era levada para dentro de cada sessão de tribunal. Quando era mais jovem, o que sentia era a raiva – tanto das vítimas quanto dos réus, que frequentemente se sentiam usados – e, ainda mais premente, sua própria necessidade, cheia de razões, de esmagar o mal. Mas agora o que ficava com ela era o legado da dor – por Darla, até mesmo pelos criminosos e certamente por suas famílias, que geralmente eram tão inocentes quanto os outros espectadores, cujo único erro fora amar alguém que não deu certo.

Para Darla, obviamente era importante que sua avaliação da mãe fosse correta. Virou-se para Genevieve, que tinha observado o jogo entre Darla e a avó com a leve sombra de um sorriso.

– Não estou certa, tia Genevieve? Mamãe de jeito nenhum ficaria com um cara daqueles.

– Nunca – disse Genevieve. – Sua mãe sempre odiou aquele homem. – Genevieve tocou o ombro nu da garota, e assim deixou de ver o olhar que Muriel trocou com Larry.

– Por que ela o odiava? – perguntou Muriel.

Seis pessoas eram uma multidão naquele lugar, com um velho sofá de tweed, uma mesa e cadeiras de escritório. Imediatamente consciente do erro, Genevieve desviou o olhar para uma das paisagens cafonas à parede, em vez de confrontar a atenção voltada subitamente para ela.

– Só havia um clima ruim – disse, girando no ar a mão de unhas pintadas, como se tudo fosse vago demais. Seu cabelo estava prematuramente branco, o que era bastante notável, já que ela retivera uma juventude corada, de bochechas redondas, enfatizada pelos dentes superiores muito projetados. No geral, Genevieve dava uma impressão de substância. Havia se passado uma década, mas ela ainda cuidava das filhas e da mãe da amiga. Muriel tinha passado anos imaginando-se nas laterais de campos de futebol e beisebol, na companhia de mulheres assim, mães que cuidavam dos outros por reflexo e que provavelmente eram as melhores pessoas do planeta.

– Talvez as garotas pudessem esperar lá fora – sugeriu Muriel, pensando que elas poderiam ter motivado a relutância de Genevieve.

– Nem morta – respondeu Darla. – A gente não é criança. Ela era a *nossa* mãe.

Mesmo contra a vontade, Muriel sorriu, provavelmente porque também tinha sido igualmente irritante e cheia de opiniões aos 16 anos. A empolgação de ir longe demais, de pisar em terreno proibido para descobrir quem ela era nunca a havia abandonado por completo. Andrea, a irmã mais nova de Darla, parecia ter menos certeza de que quisesse ficar, mas também acabou optando por permanecer. Enquanto isso, Larry continuava a pressionar Genevieve.

– Então, você não sabe nada sobre Erno e Luisa terem um caso?

Genevieve olhou seu relógio e levantou o braço, chamando as meninas, mas estava disposta a oferecer um último pensamento antes de sair.

– Seria mais fácil acreditar que ele matou ela do que nisso.

Muriel levantou a mão para deter a Sra. Salvino.

– Luisa alguma vez falou algo sobre Erno com a *senhora*?

– Quem sabe? – respondeu a velha. – Quem prestava atenção?

– Ela falava sobre homens?

– Pelo amor de Deus – disse a Sra. Salvino. – Eu era a mãe dela, pelo amor de Deus. Você acha que eu perguntava essas coisas?

– Eu acho que a senhora perguntava – disse Darla.

A Sra. Salvino levantou as costas da mão e fez um som de cuspida entre os dentes. Darla respondeu com outro gesto, um desafio de mão aberta que, com toda a probabilidade, tinha aprendido com a avó. Mas Darla estava sorrindo. A garota tinha mais apreço por Nuccia Salvino do que poderia admitir.

Enquanto Genevieve continuava a empurrar o grupo para a porta, Muriel disse à Sra. Salvino que talvez os repórteres tentassem lhe fazer perguntas.

– Eu não tenho nada a dizer.

– Eles vão querer saber o que a senhora acha. Se acredita que Erdai a matou.

– Talvez – disse a Sra. Salvino. – Talvez este e o outro tenham feito a coisa juntos. Não sei. Ela está morta. É isso que eu sei.

– Nós não temos comentários – disse Genevieve.

Muriel se despediu delas. Genevieve foi a última a sair. Larry pôs a ponta dos dedos em sua manga.

– Nós realmente gostaríamos de conversar mais um pouco com você.

Genevieve foi rápida em balançar a cabeça negativamente. Já estava com uma desculpa pronta. Férias de família. A cada ano, assim que os filhos saíam da escola, todos iam passar um mês em Skageon.

– Quando vocês vão? – perguntou Muriel.

– Amanhã. Cedo.

– Bom, talvez a gente faça uma viagem até lá – disse Larry. Os olhos escuros de Genevieve dispararam em sua direção.

Lembrando-se da imprensa lá embaixo, e reconhecendo a inutilidade da prepotência de Larry, Muriel abriu a porta e deixou Genevieve sair. Agora ela e Larry estavam sozinhos, um estranho alívio, mesmo com os sons agitados que continuavam lá fora.

– Nós deveríamos ir lá e tomar o depoimento dela – disse Larry.

– Ela vai se retorcer. Não acho que Genevieve seja do tipo que mente sob juramento, mas não creio que vamos conseguir nada dela sem uma intimação.

– Eu não acharia mau se tivéssemos nos autos esse negócio de Luisa sempre ter odiado Erno. Nós temos que fazer com que ele pareça mentiroso em todas as situações possíveis.

– Você fez um bom serviço nesse sentido.

Ela aceitou o elogio com um sorriso, mas tinha aprendido que vencer processos exigia mais do que pirotecnia de tribunal. A maioria dos processos era decidida antes do começo, pelo caráter do juiz ou do júri, e Kenton Harlow a preocupava.

– Se ele decidir que Erno é digno de crédito – disse ela –, eu vou ficar presa neste caso durante um longo tempo. Talmadge acha que, se isso se arrastar, o reverendo Blythe pode convencer alguém a disputar a primária.

– Alguém negro.

– Naturalmente – respondeu ela, mas balançou a cabeça diante da perspectiva. Não tinha o menor gosto por esse tipo de batalha, especialmente uma luta em que ela seria pintada como a isca da corrida para a promotoria.

– Então, qual é a alternativa?

– Você sabe qual é, Larry. Deduza rápido. Incinerar Erno ou dizer que nós fodemos com tudo e estancar o sangramento o mais rápido possível.

– Nós não fodemos com nada. Os fanáticos contra a pena de morte sempre vêm com a mesma ladainha. O cara era culpado, Muriel, você sabe disso. Eu não peguei pesado com ele para obter a confissão. Erno pode continuar assobiando essa merda de Shangri-lá.

– Só estou dizendo.

– Além disso, com todo o respeito pelo Talmadge, se a gente mijar fora do penico, Blythe vai acrescentar mais um buraco na sua anatomia. Você poderia ter que cancelar aquele cheque para os cartazes de campanha.

– Se tiver que ser assim – respondeu ela imediatamente. Seu tom de voz era muito desafiador, até mesmo superior, e ela pôde vê-lo se encolher. Aquilo tocou numa ferida antiga, algo que estivera ali havia anos. Muriel se sentiu culpada. E provavelmente não tinha falado a verdade. No outro dia, tinha dito a Larry que poderia abrir mão de se candidatar à promotoria em troca da alegria de ser mãe – e acreditava em cada palavra. Mas não ter nenhuma das duas coisas pelas quais havia ansiado? Ela se conhecia o suficiente para perceber que não abriria mão do cargo facilmente. – Ele é o culpado, Larry. Mas vamos fazer alguns buracos na canoa do Erno. Eu vou procurar Jackson Aires e tentar trocar uma palavra com o sobrinho de Erno. E continuar trabalhando na abordagem da gangue. Os G.O. podem ter prometido a Erno alguma coisa que a gente ainda não deduziu. E veja se consegue achar o cara em quem Erno atirou no Ike's. Alguma coisa me diz que ele não vai concordar com aquela merda de legítima defesa que Erno apresentou.

Larry gostava de todas aquelas ideias. A paz entre eles era boa.

– Hora da imprensa – disse Muriel. – Eu estou parecendo durona porém justa?

Ele juntou os polegares e levantou os indicadores, como se fossem uma lente.

– Mais ou menos.

Ela sorriu por um instante.

– Eu tinha esquecido como é divertido trabalhar com você, Larry.

Quando abriu a porta, Muriel encontrou Darla, a filha mais velha de Luisa, encostada no portal. A garota deu um pulo ao vê-la.

– Eu me esqueci de perguntar – disse ela. – Estava pensando se há alguma chance de a gente conseguir ele de volta.

– Ele?

Darla lançou um daqueles olhares intolerantes de adolescente, como se Muriel fosse burra como uma pedra.

– O camafeu. O camafeu da minha mãe. É uma prova, não é? O Sr. Molto disse que nós não podemos ficar com ele enquanto essa coisa toda não estiver terminada. Mas, você sabe, a gente tá esperando, tipo, há muito tempo, e eu fiquei pensando, porque... – apesar de toda a sua pose, de repente Darla pareceu abalada, e não conseguiu encontrar mais palavras.

Mas Muriel não precisava de explicações. Darla queria o camafeu por ser a filha mais velha e era seu direito de nascimento; porque ele marcava sua ligação com a mãe e tinha uma imagem de Darla, tirada no primeiro momento de sua existência, que Luisa tinha literalmente usado sobre o coração. Por causa da garota, Muriel sentiu uma fúria e uma frustração súbitas. Já fazia uma década, e a lei, apesar de todas as intenções nobres e engrenagens frouxas, nem mesmo tinha permitido a uma criança sem mãe o conforto de tocar sua herança mais preciosa.

Muriel abraçou Darla brevemente, jurando resolver isso depressa, depois foi para os elevadores, tentando recuperar a calma. A fúria não ficaria bem diante das câmeras. Mas ela ficou feliz pelo momento com Darla, pela oportunidade de experimentar de novo a intensidade de sua preocupação e de sua decisão. Bastava das brincadeiras de caubóis e índios. Bastava de advogados de defesa saltando do mato em favor de Esquilo e gritando: "Surpresa!" Bastava de atrasar a justiça – e a paz – para as pessoas que mereciam. Estava na hora do fim – do fim do processo, das intrigas de advogados e do próprio Rommy Gandolph.

20
Susan

13 de junho de 2001

De seu lugar na última fila, Gillian Sullivan saiu de fininho para a porta assim que a sessão terminou. Já estava indo pelo corredor, com os sapatos baixos estalando nitidamente no mármore, quando ouviu seu nome ser chamado. Stew Dubinsky, que havia muito era o repórter do *Trib* no tribunal criminal, correu alguns passos e chegou ao seu lado, esgotado pelo esforço. Havia poucas pessoas na Terra que ela gostaria menos de ver.

Ao entrar no tribunal, havia se arriscado a esse confronto, e, sabendo disso, dissera a si mesma, mais de uma vez, para ir embora. Mas era como se houvesse uma algema em sua cadeira, até a última palavra de Erno ser dita. O que a impeliu a ficar, em vez de dar as costas, como tinha jurado tantas vezes que queria fazer? Tinha erros demais dos quais se arrepender. Milhares. Como poderia ter se concentrado tanto naquele? Mas havia revirado os jornais naquela manhã, até mesmo sentada diante da TV de Duffy na noite anterior, enquanto o noticiário noturno ressoava acima dos roncos cavalares dele. Estava presa, como estivera em algum nível desde o dia em que fora com Arthur a Rudyard. Será que essas coisas eram de novo os excessos de uma consciência sempre faminta pela vergonha? Não adiantava se enganar. Qualquer que fosse a verdade, era, de algum modo, uma verdade a seu respeito.

Dubinsky tinha passado de gordo a porcino. O rosto que ela conhecera havia anos ainda estava ali, mas tinha afundado como um relevo numa poça de abundância borbulhante. Stew nunca fora o seu predileto. Era indigno de confiança em praticamente qualquer sentido, habitualmente atrasado, algumas vezes cavalheiresco com os fatos e frequentemente sem jeito para pegá-los. Havia alguns anos, chegou a perder a credencial de imprensa que dava acesso ao tribunal por um tempo, depois que foi encontrado com o ouvido encostado na porta de uma sala de júri.

Em poucas palavras, ela explicou a Dubinsky porque estivera presente. Mas estava claro que ele a enxergava como uma vantagem que seus concorrentes não teriam. Stew achou o gravador no bolso do paletó. O instinto disse a Gillian que, se continuasse como objeto de reportagens como as daquela manhã, logo seu trabalho estaria correndo risco. Mas ela teve medo de que, se descartasse Dubinsky, ele ficaria mais determinado. Disse várias vezes que precisava ir embora, mas Stew continuou prometendo que só tinha mais uma pergunta. Agora ele havia passado do caso de Rommy Gandolph para perguntas sobre sua vida atual que ela não tinha interesse em responder.

– Aqui está você – disse alguém, segurando com firmeza seu cotovelo. Era Arthur. – Temos que ir agora mesmo, juíza, se ainda quiser carona. Acabei de receber um recado. Tenho uma cliente que foi presa e preciso pagar a fiança. – Ele estava empurrando Gillian pelo corredor.

Dubinsky ficou nos calcanhares dos dois, mas, com Arthur ali, Stew mudou o foco. Queria saber das reações dele a praticamente todos os pontos que Muriel tinha levantado. Num determinado momento, Arthur parou de andar para ver se Dubinsky poderia ser descartado, mas o sujeito acabou acompanhando-os até o teto do pequeno estacionamento do outro lado do tribunal, onde estava o automóvel novo de Arthur.

– Ei, ser advogado particular é uma boa – disse Stew, tocando um para-choque.

– Não ganhei com este caso – garantiu Arthur. Em seguida, ajudou Gillian a entrar e rapidamente desceu a rampa.

– Você é meu herói. – De olhos fechados, Gillian pôs a mão ao peito. – Stew piorou ou eu só estou sem prática? Você não tem mesmo uma cliente em cana, tem?

– Infelizmente, sim. Minha irmã.

– Sua irmã!

– Acontece o tempo todo, Gillian. Mas eu preciso ir lá.

– Tudo bem. Pode me deixar em qualquer esquina.

– Aonde você está indo?

– Por favor, Arthur. Cuide da sua irmã. Eu trabalho na loja de Nearing esta tarde. Vou pegar o ônibus.

– Bom, estou indo para a Dois da Margem Oeste. Você pode ir junto e pegar um ônibus de lá se quiser.

Ela não via problemas em ir com ele até a delegacia. E tinha coisas inacabadas com Arthur. Ainda guardava alguma esperança de amenizar um pouco a falta de jeito da despedida na véspera e também estava curiosa quanto às reações dele aos procedimentos daquele dia. No fim, Arthur lhe perguntou primeiro o que havia achado de Erno.

– Acho que Muriel é uma advogada muito boa – disse Gillian. – Ela levantou um bocado de poeira.

– Você acreditou nele?

Ela não tinha pensado realmente nisso. Acreditar ou não, de algum modo, parecera secundário. Para começar, a decisão não era sua. Além disso, podia sentir agora o quanto o espetáculo a havia atraído. Não entrava num tribunal desde que tinha sido condenada. Mas aquilo a animara de um modo que ela havia se recusado a imaginar. Os advogados, os juízes; até o modo como o som se espalhava; o clarão de emoção que excedia até mesmo o que acontecia num teatro, porque possuía uma realidade tão ressoante. Quando Erno falou sobre a morte próxima, foi como um raio caindo durante um longo tempo. Ela quase esperou sentir cheiro de ozônio no salão.

Gillian não estava tão surpresa assim por experimentar uma certa inveja. Sempre havia gostado dos tribunais. Mas o que a chocou foi como tudo permanecia tão próximo – o cálculo e o reflexo que havia em cada pergunta, o esforço de ler através das reações inescrutáveis do juiz. Só agora percebeu que tinha sonhado com aquilo todas as noites.

– Muito francamente, não sei se acredito nele, Arthur. Mas achei que suas perguntas foram brilhantes, tão eficazes quanto às de Muriel.

– Nem de longe – disse Arthur, sem conseguir conter um sorriso. Gillian não estava sendo educada. Arthur tinha sido de primeira classe. Reinquirir uma testemunha exigia vigor, uma vez que o interrogador se transformava na encarnação visível da descrença. Reinquirir envolvia uma arte própria, muito mais sutil, na qual o advogado, meio como um pai enfatizando uma influência gentil sobre uma criança malcriada, guiava de modo indiscernível a testemunha de volta para uma luz lisonjeira.

– Acho que, neste estágio, eu tenho a mente aberta em relação ao Erno – disse ela. – Você pode corroborar de algum modo o que ele diz?

– Não consigo perceber como. Não com evidências físicas. Se ele dissesse que a havia agredido, talvez houvesse pelos púbicos, DNA, mas não há nada.

– Por que você acha que ele nega isso? A agressão sexual?

– Desde o dia em que eu fui falar com ele, Erno insistiu que Indolor errou. Na verdade, acho que isso conta a favor dele. Se ele quisesse realmente ajustar o testemunho às provas, teria admitido isso também.

Estavam avançando lentamente no tráfego denso da tarde. Gillian pensava. Naquele estágio, simplesmente levantar dúvidas sobre a condenação não bastaria para tirar Gandolph do corredor da morte. Dez anos depois, era tarde demais. Mas havia uma chance de que Muriel quisesse afastar o litígio dos refletores.

– Muriel pode tentar um acordo com você – disse ela.

– Quer dizer, um acordo para prisão perpétua? Mesmo ele sendo inocente?

– O que o seu cliente diria?

– Isso é o equivalente a um julgamento por provação. Oferecer a prisão perpétua. Se ele for culpado, vai aceitar imediatamente. Se for inocente, também pode dizer sim, só para ficar vivo.

– A escolha é dele, não é? – perguntou Gillian. Mas Arthur balançou a cabeça.

– Eu quero que ele seja inocentado. Agora estou tão mau quanto Pamela. – Ele a encarou com um traço de empáfia de menino. – Isso é melhor do que ser promotor. Você faz o que é certo como promotor, mas não assim. Eu tenho que abarcar o mundo inteiro. Esta é a primeira vez, em anos, que não me senti derrubado quando meus pés tocaram o chão de manhã. – Arthur, sempre incapaz de esconder os sentimentos, exalou brevemente a luz pura da empolgação.

Gillian sorriu, mas de novo se sentiu vagueando para onde não tinha mais o direito de ir. Em vez disso, perguntou a Arthur sobre a irmã, e ele contou brevemente a história de Susan, num daqueles tons de voz entorpecidos que sugeriam não um verdadeiro distanciamento, mas sim que toda a esperança finalmente tinha sido destruída pela dor. Era uma história comum: períodos de estabilidade, depois recaídas violentas e hospitalização. Susan tinha desaparecido várias vezes, tempos terríveis em que Arthur e o pai a procuravam pelas ruas, e da última vez havia aparecido em Phoenix, doida de *speed* – a pior coisa imaginável para um esquizofrênico – e grávida de três meses. Para o pai de Arthur, em particular, que sempre manteve a esperança de que a linda menina cheia de promessas lhe seria devolvida de algum modo, os ciclos da doença tinham sido esmagadores.

– Os remédios ajudam? – perguntou Gillian.

– Ajudam um bocado. Mas cedo ou tarde ela se recusa a tomar.

– Por quê?

– Porque os efeitos colaterais de alguns deles são pavorosos. Ela fica trêmula. Com taquicardia. O pescoço fica meio paralisado, com a cabeça inclinada para o lado. Um motivo para eu a ter colocado no lar de terapia de grupo é podermos garantir que ela tome uma injeção de Prolixin uma vez por semana. Ela se dava melhor com o Risperdal, mas tinha que tomar todo dia, o que nunca funciona. Este a deixa mais controlada. E ela odeia isso. Apesar de todos os remédios, acho que o pior para Susan é que a vida fica chata, comparada com o que há em sua cabeça quando ela não está tomando nada. Estamos falando de alguém com Q.I. de 165. Eu nem consigo imaginar o que se passa lá dentro. Mas sei que é vívido, louco – eletrizante. Ela é um gênio. Para Susan, o mundo lá fora é quase tão relevante quanto a Idade Média, mas ela lê três jornais todas as manhãs e nunca se esquece de nada.

Arthur disse que, já havia vários anos, uma amiga de infância de Susan, agora vice-presidente sênior da Faulkes Warren, a empresa de fundos mútuos, vinha conseguindo empregos para ela – digitando, arquivando, separando relatórios. Ela havia mostrado habilidade como analista. Se não precisasse ficar sentada numa sala sozinha, ou ser hospitalizada duas vezes por ano, segundo Arthur, Susan poderia estar ganhando 250 mil dólares. Em vez disso, seu comportamento sempre a deixava prestes a ser demitida. Ele acabou fazendo um acordo com os patrões dela. Quando a irmã entrava num ciclo de paranoia, eles simplesmente chamavam a polícia para retirá-la. Arthur tinha um velho amigo na Dois da Margem Oeste, o sargento Yogi

Marvin, que mandava uma radiopatrulha. Em geral, Susan recebia bem os policiais, acreditando que eles tinham chegado para pegar a pessoa que ela tinha certeza de a ter tratado mal.

– Merda – disse Arthur quando chegaram à rua diante da delegacia. – Ali está ela. – A Dois da Margem Oeste era uma estrutura contemporânea funcional, na forma de uma caixa de sapatos feita de tijolos. Na frente da porta de vidro, duas mulheres pareciam estar discutindo, com um policial uniformizado ao lado. Arthur parou em uma vaga a poucos metros deles e saiu correndo. Gillian desceu do carro e esperou junto ao para-choque brilhante, sem saber se era mais deseducado ficar ou ir embora.

– Eu preciso dos meus cigarros – dizia Susan. – Você sabe que eu preciso dos meus cigarros, Valerie.

– Eu sei que você precisa dos seus cigarros – disse Valerie – e Rolf também sabe. Por isso a gente não iria pegá-los. – Valerie, pelo que Gillian percebeu, era uma assistente social do lar em que Susan morava. Arthur tinha dito que uma delas estava vindo. Se uma vida inteira de experiência servia como orientação, Gillian seria capaz de jurar que Valerie era freira. Sua paciência, tentando acalmar Susan, era etérea, e sua roupa era apenas ligeiramente mais chique do que um hábito – um macacão sem formas definidas e sapatos grossos. O rosto de Valerie era redondo e agradável e parecia não ter sido tocado havia anos por nenhum agente químico. Nem mesmo creme de limpeza.

– Você disse para eu não fumar no trabalho – disse Susan. – E achou que eu estava ignorando isso e tirou os cigarros de mim.

– Susan, acho que você sabe que eu não estava no trabalho com você. O que eu falei é que Rolf tem asma e que, como ele fica na baia ao lado, você deveria seguir as regras deles e fumar no fumódromo. Isso não significa que eu tomaria os seus cigarros. Ou que Rolf o faria.

– Eu sei que Rolf pegou meus cigarros.

Arthur perguntou se ajudaria se ele fosse até a loja e comprasse outro maço para Susan.

– Mas por que eles não fazem o Rolf devolver os cigarros que ele pegou? Eu quero fumar agora.

Vendo Gillian junto ao meio-fio, Arthur lançou-lhe um olhar desesperado. Ela saíra de Alderson esperando nunca mais testemunhar outra gritaria por causa de cigarros, um acontecimento cotidiano na prisão, e praticamente num impulso enfiou a mão na bolsa.

– Eu tenho – disse ela.

Susan se encolheu e esticou os braços como se quisesse se proteger. Apesar de Gillian estar a apenas alguns passos, Susan não a havia percebido. Arthur apresentou Gillian, dizendo que era uma amiga. A esperança de Gillian de terminar com a disputa pelos cigarros tornou-se rapidamente realidade. Agora as suspeitas de Susan se concentravam nela.

– Você não tem nenhuma amiga que fuma – disse Susan. Estava falando com o irmão, mas olhando para Valerie, para não ter que se virar de novo na direção de Gillian.

– Você pode ver que Gillian tem cigarros – disse Arthur.

– Você não gosta que eu conheça seus amigos.

– Eu não gosto quando meus amigos não são legais com você.

– Você acha que eu não sei que sou esquizo.

– Eu sei que você sabe disso, Susan.

Ela pegou o cigarro sem nem mesmo olhar na direção de Gillian, mas murmurou um obrigado dócil. No assento de juíza, Gillian tinha visto um bocado de esquizofrênicos em fase aguda. E havia pelo menos meia dúzia de mulheres em Alderson que claramente sofriam da mesma doença e que deveriam ter sido hospitalizadas – e não presas. Dada essa experiência, o aparecimento de Susan foi uma certa surpresa. Ela parecia uma dona de casa suburbana a caminho da mercearia, vestida de jeans e camiseta. Era meio rechonchuda, pálida e surpreendentemente bem-arrumada, o cabelo curto mostrando um pouco de grisalho. Era mais velha do que Arthur, com quarenta e poucos anos, supôs Gillian, e uma beleza marcante, de feições equilibradas. Mas estava totalmente separada de seu eu externo. Ao aceitar o cigarro, sua mão se afastou totalmente do corpo, como se ela fosse um boneco de lata. Os olhos eram opacos e o rosto, rígido, aparentemente reconhecendo que uma emoção comum de qualquer tipo significava um risco insuportável.

– Ela é psiquiatra? – perguntou Susan ao irmão.

– Não.

Susan piscou espasmodicamente, encolhendo-se sempre que começava a falar, e, por um momento ínfimo, seus olhos claros saltaram na direção de Gillian.

– Você é uma Dócil, não é?

– Perdão? – Gillian se virou para Arthur, que parecia em dor. A palavra, segundo ele, tinha um significado particular para Susan. Os esquizofrênicos que recusavam a terapia com remédios costumavam ser chamados de indóceis. Gillian demorou um instante para registrar o que Susan estava sugerindo sobre ela.

– Você e Valerie vivem tentando me fazer conhecer pessoas que se recuperaram – disse Susan.

– Nós achamos que isso poderia ajudar você. Mas Gillian não é uma dessas.

Susan, que havia simplesmente segurado o cigarro até então, acendeu-o com fósforos que tirou do bolso e fechou um dos olhos em meio à fumaça. Apesar de suas declarações bastante firmes, nos intervalos ela mexia os olhos rapidamente, parecendo apavorada.

– Eu sei que você não é Gillian Sullivan.

– Não sou? – perguntou Gillian, antes de conseguir pensar melhor.

Ela entendeu o que Arthur quisera dizer sobre Susan guardar o conteúdo dos jornais.

– Eu fui solta da prisão há vários meses.

Em resposta, Susan deu um passo para perto, girando o rosto como um farol, enquanto subitamente examinava Gillian.

– Que remédios você toma?

Arthur tentou segurar o braço de Susan, mas ela o afastou bruscamente.

– Paxil – disse Gillian.

– Eu também – disse Susan. – Mas e quanto aos neurolépticos? Antialucinógenos? – Quando Gillian hesitou, Susan balançou a cabeça enfaticamente. – Você já esteve lá, dá para ver.

Os que fingiam não entender os loucos faziam exatamente isso: fingir. Susan estava certa: Gillian já estivera louca. Não ao modo de Susan. Susan não pudera atravessar o vale que a maioria das pessoas cruza na infância, abrindo mão da própria mitologia em favor de uma comum a todos. Mas Gillian estivera fora da realidade. Sabia disso. De seu assento no tribunal, tinha se dirigido a um mundo de atos maus e consequências duras e depois, no estupor da heroína, reivindicado sua fantasia de valor e invulnerabilidade. No instante antes de levar o tapa da droga, sentia-se sempre régia e dominante, do mesmo modo como se sentia ao brincar de boneca na infância. Não, ela não tinha nada de superior em relação a Susan, e nunca presumiria que tivesse.

– Eu já estive lá – confirmou Gillian.

– Eu sempre sei – disse Susan, soltando uma pluma de fumaça no ar, com o ar imperial exasperado de uma Bette Davis. – Mas não entendo por que você diz que é Gillian Sullivan.

Ainda tentando ganhar a discussão, Arthur lembrou à irmã que havia trabalhado anos no tribunal da juíza Sullivan.

– Eu lembro – disse Susan. – Eu lembro. Você estava apaixonado por ela. Você se apaixona por alguém a cada três semanas.

– Obrigado, Susan.

– É verdade. E nenhuma delas ama você.

Arthur, que tinha parecido extremamente cansado ao chegar, por um instante pareceu arrasado demais para se incomodar com qualquer outra coisa.

– Não é minha culpa, Arthur.

– Eu não acho que seja.

– Você acha que, se não tivesse essa irmã maluca para cuidar, tudo ficaria numa boa.

– Susan, eu gosto mais quando você não tenta me confrontar. Eu amo você, quero ajudar você e você sabe disso. Preciso voltar para o trabalho. Estou no meio de um julgamento. Eu lhe contei sobre o caso. O cara do corredor da morte.

– Você vai tirá-lo da prisão?

– Espero que sim.

– Você tirou ela da prisão?

– Ela cumpriu a sentença, Susan.

– Você tirou ela da prisão para me mostrar, não foi? O que ela está tomando?

– Na verdade – disse Gillian –, no meu caso, foi o que eu parei de tomar que me deixou melhor.

Encorajada pelo sucesso até agora, Gillian tinha achado que sua observação ajudaria, mas acabou se mostrando um erro sério. Pela primeira vez, Susan ficou agitada, lançando as mãos gorduchas para o alto.

– Eu fico dizendo isso a eles! Se eles me deixassem parar, eu voltaria, eu sei que voltaria! Ela voltou e não está tomando nada.

– Susan, Gillian estava na prisão, não num hospital. Ela cumpriu a pena. Agora está retomando a vida.

– Como você quer que eu faça.

Arthur estava encalacrado. Não parecia muita coisa ceder, mas aparentemente havia aprendido, com o passar dos anos, que ceder qualquer ponto reforçaria Susan.

– Eu gostaria disso, Susan, mas você precisa fazer o que faz sentido para você.

– Eu quero melhorar, você sabe, Arthur.

– Eu sei que quer.

– Então você pode trazê-la de volta.

– Gillian?

– Quem quer que ela seja. Traga na terça-feira. Três é melhor de qualquer maneira.

Pela primeira vez, Arthur pareceu alarmado.

– Acho que ela não vai estar disponível na terça à noite. Você vai estar trabalhando, não é?

Gillian olhou para Arthur, procurando pistas, mas parecia que sua pergunta era genuína. Ela balançou a cabeça, circunspecta.

– Agora você não quer que eu fique perto dela – disse Susan.

– Susan, pergunte-se se você está fazendo um esforço para cooperar.

– Por que você não deixa ela vir na terça? Você não quer me ajudar de verdade. Quer que eu fique tomando essa merda, e ela não quer que eu tome, e por isso você não quer que eu fale com ela.

– Susan, eu realmente prefiro quando você não é tão provocativa. Por que não vai para casa com Valerie agora?

Susan permaneceu agitada, insistindo que ele estava tentando mantê-la longe de Gillian. E estava, claro – Gillian podia ver isso, ainda que fosse em favor dela, e não para magoar Susan. Sentiu-se inclinada a se oferecer para o que quer que fosse a "terça", mas hesitou por causa dos resultados imprevisíveis que suas tentativas de ajudar haviam provocado até ali.

Em vez disso, Arthur contemporizou, dizendo à irmã que eles veriam. Susan se aquietou brevemente, depois se recusou, de modo quase visível, a ir em direção ao equilíbrio.

– Eu sei que ela não vem.

– Chega, Susan – disse Arthur. – Já chega. Você conseguiu o cigarro. Eu disse que nós veremos em relação a Gillian. Agora vá com Valerie.

Passaram-se mais vários minutos, mas Susan e Valerie acabaram entrando no furgão branco do Franz Center, como era conhecido o lar de apoio. Susan partiu, prometendo descobrir quem Gillian era realmente. Assim que o veículo desapareceu, Arthur começou a se desculpar, primeiro com o policial que tinha ficado ali o tempo todo, depois com Gillian. Explicou que, quando uma coisa ia mal com Susan – daquela vez tinha sido o cigarro –, todo o andaime podia desmoronar.

– Arthur, não precisa pedir desculpa. Mas posso perguntar o significado da terça-feira?

– Ah. Ela recebe a dose de remédio. E então nós vamos para o apartamento. Era o apartamento do meu pai, mas eu estou morando lá agora, principalmente por causa dela. Nós fazemos o jantar. Acabou virando uma coisa importante, especialmente desde que meu pai morreu. Eu acho que foi isso que ela quis dizer quando falou que três era melhor.

– Ah. Não seria muito problema para mim, se for realmente importante para ela.

– Eu não pediria isso. E, francamente, Susan não prestaria nenhuma atenção a você depois que chegasse lá. Posso dizer por experiência. Não existe continuidade. Só a paranoia.

Arthur insistiu em levar Gillian até o shopping. Ela resistiu brevemente, mas já eram quase 17 horas. Enquanto se afastavam do estacionamento da delegacia, Gillian perguntou se ajudaria conversar com Susan sobre recuperação.

– Toda conversa com Susan é sobre recuperação. Isso vem acontecendo há quase trinta anos.

Trinta anos. Contemplando a energia que a irmã de Arthur exigia, Gillian sentiu redobrar sua admiração por ele. Ela estaria exaurida há muito tempo.

– Eu sei que você não vai acreditar – disse ele –, mas acho que ela realmente gostou de você. Geralmente, Susan age como se os estranhos nem estivessem ali. Aquele negócio sobre ter saído da prisão; não preciso explicar. Certamente a interessa. Mas desculpe por ela ter sido tão desrespeitosa.

– Ela foi exata demais para ser desrespeitosa.

Arthur parecia não saber o que achar dessa observação, e, por um instante, o carro foi tomado pela falação do rádio. Com um momento para pensar, Gillian se percebeu ligeiramente divertida pela situação. Apesar das frequentes declarações de Arthur sobre os dois terem uma causa comum, era a irmã dele, e não ele, que era uma alma gêmea, uma mulher abençoada com uma aparência e uma inteligência incomuns, despedaçada por misteriosos impulsos internos.

– Susan é tão inteligente quanto você disse. Ela é bastante penetrante.

– Ela certamente me acertou – disse Arthur. Em seguida, suspirou e tocou fisicamente o ponto no paletó em cima do coração. Não havia necessidade de perguntar que comentário o havia abalado. "E nenhuma delas ama você." Gillian sentiu de novo a natureza amplamente prejudicada da vida de Arthur Raven.

Tinham chegado ao shopping. Arthur guiou seu carro macio pelo caminho circular diante da Morton's, mas ela hesitou em sair. Parecia mais importante do que nunca não perturbá-lo ainda mais e que ela dissesse algumas das palavras de consolo em que tinha pensado depois do encontro dos dois diante da loja de Center City na véspera.

– Arthur, não quero prolongar um tema desagradável, mas tenho que dizer mais uma coisa. O que me deixou infeliz quando nós nos despedimos ontem foi que você pareceu se sentir recusado. E eu garanto, não é pessoal.

Arthur se encolheu.

– Claro que é pessoal. É a coisa mais pessoal de todas. De que outro modo você poderia chamar?

– Arthur, você não está considerando as realidades.

– Olha. Você tem o direito de dizer não. Então, não se sinta mal por isso. O mundo está cheio de mulheres que preferiram não ser vistas comigo.

– Arthur! A questão não é essa. – Ela disse isso com mais convicção do que poderia ter previsto. Não, Arthur não era o Príncipe Encantado, mas ela se agarrava a convicções antiquadas de que a beleza era uma prerrogativa feminina. Para dizer a verdade, a aparência dele não a incomodava tanto quanto sua altura, 10 a 12 centímetros mais baixo do que ela, mesmo de sapato sem salto. Mas gostava da companhia dele. Como reconhecia, ele estava sempre no controle das próprias compulsões. Arthur não podia deixar de enfileirar as ervilhas no prato assim como não podia deixar de respirar. Mas sabia disso. Era a sua visão, até mesmo a aceitação de si mesmo que alertava para alguma coisa espantosa – isso e sua capacidade de se forçar a fazer o que era certo. De fato, a firmeza e a recusa em ser repelido pela loucura da irmã tinham aumentado significativamente a impressão positiva que ela tinha sobre ele. O problema não era Arthur, mas sim ela.

– Arthur, francamente, *você* não deveria querer ser visto *comigo*.

– Por causa de seu papel neste processo?

– Porque isso vai manchar você numa comunidade inteira cujo respeito é essencial para sua vida profissional. – Ela o encarou. – O que você pode vislumbrar, Arthur? Jantar e danças? Por que não um coquetel na firma de advocacia? Tenho certeza de que seus sócios ficariam impressionados por você estar na companhia de uma ex-presidiária velha que desgraçou sua profissão.

– Um filme? – perguntou ele. – É escuro. Ninguém vai ver. – Ele estava sorrindo, mas logo ficou claro que estava cansado daquela conversa. – Gillian, você me disse dez vezes que eu fui gentil com você, está devolvendo o favor. Mas, olha, nós dois sabemos que isso é principalmente uma questão de instinto. E posso ver muito bem o que o instinto está lhe dizendo.

– Não, Arthur, pela última vez, esse não é o ponto. Você é gentil. E a gentileza anda em falta no meu mundo. Mas eu estaria me aproveitando de você. Você não teria o que merece. Ninguém jamais teve.

– Vou aceitar isso como um não. Sem mágoas. Nunca se falou disso. Nós somos amigos. – Ele usou um botão ao lado para destrancar a porta do carro e se esforçou ao máximo para dar um sorriso animado. Ofereceu a mão novamente. Ela se sentiu totalmente furiosa e recusou-a. Ele não veria isso sob nenhuma luz que não fosse a mais dolorosa.

– Então, jantar na terça-feira? – perguntou ela. – A que horas? Onde a gente se encontra?

A boca de Arthur se abriu um pouco.

– Não é necessário, Gillian. Susan vai se virar. De qualquer modo, é ruim deixar que os chiliques dela prevaleçam. E eu não posso me impor desse modo.

– Besteira – disse ela enquanto descia. Em seguida, se inclinou para o escuro do carro, de onde Arthur olhava para fora, perplexo. – Nós somos amigos – disse, e sentiu algum prazer em bater a porta.

21
Collins

15 a 19 de junho de 2001

Jackson Aires, o advogado que Erno tinha contratado para o sobrinho, era difícil. Em particular, gostava de se referir aos clientes como "bandidos", mas tinha consideração ainda menor por policiais e promotores. A única coisa de que gostava neles era a competição. Para Aires, havia apenas uma questão na lei: a disputa. Tudo neste mundo se resumia a brancos contra negros. Havia alguns anos, durante um julgamento, se referira a Muriel, diante de um júri, como a "senhora dos escravos". Ela não podia dizer que a ofensa tivesse piorado o relacionamento entre os dois. Ele sempre tinha sido terrível.

Jackson estava sentado na sala de Muriel, ouvindo a argumentação dela, com as pontas dos dedos compridos unidas. Ele tinha bem mais de 70 anos, mas era ágil e magro, ainda no auge da capacidade de jogar. Tinha uma carapinha branca como a de Mandela, uma semelhança que provavelmente não era inadvertida. Como todos os advogados de defesa, estava desacostumado a ter vantagem, e, quando tinha, como agora, era completamente insuportável. Tommy Molto, moreno e desgrenhado, estava sentado junto de Jackson do outro lado da enorme mesa de Muriel, sem fazer nenhum esforço para esconder as reações indigestas enquanto Aires falava.

– Imunidade – respondeu Aires, quando Muriel disse que queria conversar com Collins.

– Imunidade? Para que ele precisa de imunidade? O estatuto de limitações se esgotou há muito tempo, mesmo que ele tenha mentido para nós em 1991.

– O "porquê" é entre mim e ele, Muriel. Sem imunidade ele vai reivindicar seus direitos previstos na Quinta Emenda.

– Que tal uma oferta? – perguntou ela, querendo uma previsão, da parte de Aires, do que Collins diria.

– Ora, por que eu faria isso? O cara está lá em Atlanta, Georgia, levando uma vida completamente maravilhosa. Ele não precisa falar com você, Muriel.

– Jackson, por que eu tenho a sensação de que você andou batendo papo com Arthur? Eu só respondi à moção dele, pedindo ao juiz Harlow para me forçar a dar imunidade ao seu cliente. – Tanto Arthur quanto Jackson sabiam que o poder de conceder imunidade era estritamente do promotor e que ela nunca faria isso sem a garantia de que fosse necessário para ajudar o seu lado da questão.

– É o que Arthur quer, Muriel. De minha parte, você pode simplesmente esquecer que ouviu algum dia o nome de Collins. Mas o meu cliente não vai falar com Arthur *nem* com você sem ter total proteção da lei.

– Ele pode fazer jogo duro, Jackson, mas eu quero isso registrado nos autos, de forma que o juiz saiba que nós fizemos um esforço para descobrir o que ele tinha a dizer. Você aceitaria a intimação para depor?

– E que bem isso faria ao meu cliente?

– Uma viagem de graça para casa?

– Moça, ele é agente de viagens. Ele ganha uma viagem grátis para casa sempre que quer. Além disso, o procedimento do *habeas* é uma descoberta civil. Se quiser que ele deponha, você tem que ir até ele. E não creio que o Sr. Zé Povinho vá gostar muito de saber que você fez duas viagens à Georgia, à custa dele, só para ouvir esse homem dizer que não vai responder a nenhuma das suas perguntas.

– Duas viagens? – perguntou Molto. Muriel não daria a Jackson a satisfação de perguntar, apesar de também não ter entendido. Havia um manual de regras sendo seguido ali – as Regras Federais de Procedimento Civil – que literalmente não estava na prateleira dela.

Com a chance de tripudiar, Jackson fez exatamente isso, dando um sorriso gigantesco. Seus dentes eram manchados de fumaça, tortos e raramente vistos no tribunal, onde sua única expressão era uma máscara de indignação. Para intimar Collins, disse Aires, primeiro eles teriam que ir ao Tribunal Federal de Atlanta para conseguir uma intimação válida naquele estado.

– Talvez a gente faça isso – disse Muriel. – Talvez a gente possa usar o mesmo voo para o depoimento. Eu lhe mando um aviso.

– Você acha que eu não sei reconhecer uma porcaria de um blefe? Muriel, aquele diploma na minha parede é tão antigo que a ovelha da qual tiraram a pele para fazê-lo viajou na Arca de Noé. Você sabia? Eu sou velho demais para cair num blefe, Muriel.

Molto levou Jackson até a saída. Muriel conversou um momento com Tommy depois que ele voltou e em seguida deixou uma mensagem para Larry. Pouco depois das 17 horas, ele chegou à sua porta e bateu educadamente. Ela ficou impressionada como sempre pelo tamanho de Larry, ali parado, pelo modo como ele se impunha no espaço. As pessoas grandes sempre se davam bem.

– Ocupada?

– Nunca para você, Larry.

Na grande área de recepção do lado de fora da porta, todos os assistentes tinham ido embora, e os telefones, redirecionados para a secretária eletrônica, estavam silenciosos. Os dedos de Larry continuavam encostados ao portal. Ela o havia feito parar com aquele pequeno truque na voz. A própria Muriel tinha ouvido. Alguém que ouvisse agora, ou na sala de testemunhas no outro dia, poderia dizer que ela estava flertando. Força do hábito, supôs. O eu antigo dominando o novo. Ele era um sujeito barrigudo e de meia-idade, mas os tecidos das células ainda relembravam seu charme. Era divertido, claro, sentir-se mais jovem e mais vital – a seiva da juventude subindo. Mas também era estúpido.

Contou sobre o encontro com Jackson. Larry não entendeu por que Collins exigiria imunidade.

– Provavelmente porque sabe que eu não vou dar. O que eu acho é que Collins e o tio não são parecidos. Ele não deve ser tão centrado. E é por isso que vamos fazer uma viagem a Atlanta.

– Vamos?

– É, vamos. Eu vou conseguir uma intimação e você vai entregá-la a Collins assim que ela for concedida.

– Eu posso falar com o Collins se o advogado dele disser que não?

– *Eu* não posso falar com uma parte que tenha advogado. Mas Jackson não vai aceitar a intimação. Algum agente da lei tem que fazer uma visita a Collins, explicar a intimação e a natureza do caso. Se ele optar por falar com você, contra o conselho do advogado, não é culpa nossa. – Muriel gostou de pensar na reação de Jackson. Ele sempre gritava mais alto diante dos próprios erros.

Na manhã de terça-feira, Larry estava no portão do Aeroporto Três Cidades, parecendo perturbado quando ela apareceu apressada. Para Muriel, entrar em aviões, como tantas outras coisas na vida, era uma disputa. Se o encarregado do embarque não estivesse fechando a porta quando Muriel chegava, ela sentia que tinha perdido minutos irrecuperáveis.

– Como é que você aguenta isso? – quis saber Larry, enquanto eles se sentavam com dificuldade. – Viajar de avião já é ruim por si. – Cada um tinha levado uma bolsa pequena, mas os compartimentos de bagagem estavam cheios. O Departamento de Lei da Georgia, que os estava ajudando, disse que não demoraria mais de uma hora para a intimação ser dada, mas já seria tarde quando Larry alcançasse Collins. Com o tráfego da hora do rush, havia a perspectiva de terem que passar a noite na cidade. Larry enfiou a bolsa debaixo do assento a sua frente, reclamando que faria toda a viagem até Atlanta como se estivesse numa cadeira de uma casa de bonecas.

– Desculpe, Larry. Eu ainda não tinha conseguido falar com Claire, a filha de Talmadge. Eu deveria ficar com nosso neto esta noite.

– Espero que você tome isso como um elogio, mas quando ouço a música "Over the River and Through the Woods" não é o seu rosto que vejo.

– Eu sou boa, Larry. Esta é a melhor chance que vou ter e estou aproveitando. – Mesmo falando do menininho, ela sentia parte do delírio e do desejo que costumavam acompanhar a presença e a ausência dele. Seu rosto, aparentemente, denunciou isso.

– Que tal adotar?

– Hein?

– Você já pensou nisso?

– Ah. – Ela parou para controlar o coração. – Nós quase adotamos um menino há uns três anos. Afro-americano. Mãe viciada em crack. A coisa toda. E não deu certo. Isso quase me matou. Mas você conhece o ditado: talvez tenha sido para o bem. Nenhuma das filhas de Talmadge lhe deu mais do que um C como pai. Mesmo assim, de vez em quando, penso em fazer mais uma tentativa.

– Talmadge não quer?

– Não está muito entusiasmado. Do modo como ele viaja... eu provavelmente cuidaria disso sozinha. É complicado.

– E ele se dá melhor com as filhas agora que elas são adultas?

– Elas o aceitam. Além disso, elas gostam de *mim*. – Muriel apertou um dedo à barriga e os dois riram. A indisponibilidade de Talmadge era, de fato, parte da ligação de Muriel com as filhas dele. Todas entendiam que Talmadge pertencia ao mundo, não simplesmente a elas. De sua parte, Muriel tolerava isso, até mesmo respeitava, não somente por admiração, mas porque, no fim do dia, os termos de sua vida não eram tão diferentes assim. Era nisso que ela e Talmadge eram melhores, cada um pendurado no escapamento dos jatos do outro, mas as intimidades comuns que os outros casais desejavam – passear no parque, colar papel de parede, ou até mesmo sexo – eram mais raras para eles. Além disso, Muriel não tinha um companheiro naqueles momentos em que sua luta a levava para dentro de si em vez de para o mundo.

Esses pensamentos, nada felizes, não eram bem-vindos, assim como toda aquela conversa. O barulho do avião lhes dava apenas uma privacidade mínima. E ela se sentia lembrada de uma reação antiga, de que havia algo fundamentalmente errado em falar com Larry sobre Talmadge. Voltou ao trabalho.

– Certo – disse ele. – Vou dar um tempo nisso.

Sem erguer os olhos de sua mesinha, sobre a qual havia posto vários rascunhos de indiciamentos, ela disse:

– Eu gostaria que sim.

– É só...

– O quê?

– Não é da minha conta, eu sei.

– Não deixe que isso o impeça, Larry. Até agora nunca impediu.

Ela o ouviu soltar a respiração.

– Ótimo.

– Acabe com isso, Larry. E depois a gente parte para outra. Último tiro. Dispare.

– Bom, só que, algumas vezes em que você fala do velho Talmadge, eu me lembro do modo como você costumava falar do fulano.

– Fulano?

– O seu marido, abençoado seja.

– Rod? – Ela chegou a rir, tão alto que, apesar do zumbido dos motores, pôde ouvir um passageiro se agitar na outra fileira. Não havia comparação. Talmadge era uma figura gigantesca, uma instituição local. Rod era um bebum. – Obrigado por ter compartilhado sua visão, Larry – disse ela, abrindo outra pasta de papel. Mas para ela a conversa não estava terminada, porque subitamente se lembrou de como via Rod quando dava em cima dele: luminoso e envolvente, certamente não um destroço esmagado contra as pedras de gelo no copo. Assim, por um segundo, seguiu o pensamento de Larry e coloriu os números. Ambos eram mais velhos. Distraídos. Ambos seus professores. Ambos estrelas em seu firmamento. E ambos com uma grandiosidade em relação a si próprios que o instinto poderia ter lhe dito que camuflava dúvidas gigantescas. Um frio soprou em seu coração. O que aquilo significava? Tudo? Nada? Ela estava com 44 anos e tinha feito seu caminho, feito sua vida. O filósofo ao seu lado tinha lhe dito a verdade fundamental havia semanas: a vida não era perfeita. Ela se espreguiçou nos limites da poltrona do avião e, como de hábito, arquivou aqueles pensamentos para voltar ao trabalho.

De vez em quando, Larry precisava entrar num avião para interrogar uma testemunha, e, nos casos grandes, estava disposto a ir pegar um assassino para ser extraditado. Mas a verdade era que, depois do Vietnã, ele não gostava muito de sair de casa. Antes que as competições começassem a interferir, levava Nancy e os garotos à Flórida a cada verão, e em todo mês de março ainda viajava com um grupo de detetives a Las Vegas, onde se comportavam durante quatro dias como se tivessem 20 anos. Bebiam, jogavam e ligavam para todos os serviços de acompanhantes na cidade perguntando os preços, depois voltavam as suas vidas, sentindo-se como cachorros que tinham escapado da cerca do quintal e agora estavam felizes em ver de novo a mesma tigela de comida. Mas, no todo, ele preferiria não ter ido a Atlanta. O ar era tão denso que dava para nadar. E ele não se sentia confortável perto de Muriel.

Às 14h30 da tarde haviam terminado o que tinham ido fazer no Tribunal Federal. Depois, Muriel e Larry ficaram parados do lado de fora, planejando o restante da tarde com um assistente de advogado-geral chamado Thane e um investigador da Procuradoria do condado de Fulton que tinha sido indicado para ajudá-los. O CNN Center e o Georgia Dome podiam ser vistos do outro lado de um cânion de passagens subterrâneas. Larry poderia dizer aos garotos que tinha visto os pontos turísticos.

Os quatro concordaram que Larry e o investigador, Wilton Morley, entregariam a intimação a Collins, enquanto Muriel esperava no escritório do Departamento de Lei com seu celular. Se de repente Collins se sentisse interessado em dar uma entrevista sem o advogado, Muriel queria estar ao alcance da mão para documentá-la adequadamente. No caso de não receber notícias de Larry, eles se encontrariam diante do portão de embarque do aeroporto para o voo de volta.

Morley tinha o endereço de Collins, num subúrbio ao norte da cidade. Pelo telefone, por causa da porcaria do sotaque sulista, Larry não tivera a menor pista da raça de Morley, e ali estava ele, preto como carvão e fácil de lidar. Ali, preto e branco eram diferentes do que eram no norte. Larry tinha notado isso havia décadas, no trabalho policial, e ainda parecia verdade. Os negros tinham vencido ali de modo mais concreto. Tinham vencido primeiro a escravidão, depois a discriminação. Todo mundo estava mais feliz por ter cadáveres de verdade para serem declarados mortos.

No carro, Morley mostrou a Larry os registros que tinha conseguido. Uma ficha de crédito citava Collins como dono da Collins Travel, sua própria agência. Como Erno tinha insistido, as fichas policiais de Collins, tanto locais quanto nacionais, não revelavam mais nenhuma prisão desde sua soltura havia cinco anos. Setenta e oito por cento dos caras que cumpriam pena voltavam. Mas, de vez em quando, Larry se animava com o restante. Diante dos piores cânceres, os oncologistas entrariam em êxtase com uma percentagem de 22 por cento de cura. Certo, um bocado de caras que pareciam honestos realmente não haviam se regenerado, simplesmente tinham ficado mais hábeis para não ser apanhados. E Larry não tinha como saber se Collins estava entre eles. Era meio suspeito o fato de um sujeito que saíra havia poucos anos da prisão ter meios para abrir sua própria firma. E uma agência de viagens seria um disfarce perfeito para lavar dinheiro de drogas. Mas Morley tinha ouvido coisas boas a respeito de Collins.

– Um dos meus rapazes vai à mesma igreja que esse tal de Collins – disse Morley. – E compra passagens aéreas com ele. Diz que ele faz um ótimo trabalho. O que quer que isso signifique.

Para Larry, Atlanta era como o sul de Los Angeles, um terreno atraente – um local com morros e colinas – rodeado por autoestradas e shopping centers. Collins morava e trabalhava trinta minutos a nordeste do centro da cidade, perto do Jimmy Carter Boulevard, numa cidade antiga, agora engolfada pela área urbana principal. Nos cerca de 2 ou 3 quilômetros da U.S. 85, eles passaram por cada cadeia de restaurantes de que Larry já ouvira falar e por várias igrejas que pareciam supermercados.

Morley passou uma vez diante da agência. Ficava no fim de uma rua comercial com prédios de tetos planos, com uma fachada de concreto, ao lado de uma lavanderia a seco e de um pet-shop. Pensando bem, Larry tinha decidido que era melhor abordar Collins sozinho.

– Você está no sul agora, cara – disse Morley quando Larry sugeriu que o investigador ficasse no carro. – As coisas podem não ser iguais ao lugar de onde você veio.

Larry não sabia exatamente do que Morley estava falando. Provavelmente, achava que um policial nortista simplesmente entraria e daria um soco na cara de Collins.

– Tudo bem – disse Larry. – Não me perca de vista. Eu só acho que teria uma chance melhor de conseguir alguma coisa com esse cara se a coisa parecesse mais um papo tranquilo, em vez de um arrocho.

Morley estacionou do outro lado da avenida movimentada. Enquanto estavam olhando a agência, duas pessoas saíram: um homem, suficientemente grande para ser Collins, com camisa e gravata elegantes, e uma mulher mais velha, cuja mão ele estava apertando. Depois de se separar dela, o homem andou pelo quarteirão até uma oficina de automóveis ao lado do shopping center. As portas acima dos cubículos tinham sido levantadas, e, mesmo a distância, Larry podia ouvir o zumbido das ferramentas elétricas e o cheiro dos produtos químicos fortes que eles usavam para impedir que os dentes das engrenagens amassassem. O homem estava conversando com alguém em frente a um velho Acura levantado sobre o eixo engraxado do macaco hidráulico. Larry olhou para os dois lados, depois atravessou a rua correndo.

Quando o sujeito rodeou o carro de novo, Larry reconheceu Collins. Foi até lá sorrindo. Collins captou o olhar de Larry brevemente, depois se virou e voltou andando para a sua agência. Quando Larry viu Collins novamente, ele havia saído pela porta lateral do prédio, andando a toda velocidade. Por apenas um segundo, Larry o viu correr.

– Esse caso, pensou. Meu Deus, essa porra desse caso.

Depois partiu atrás de Collins, que tinha desaparecido em uma rua residencial perpendicular. Larry sabia que isso não era muito inteligente, um branco perseguindo um negro por um bairro onde alguém poderia simplesmente sacar um trabuco e disparar uma bala de uma janela. Quando era um adolescente brigão, adorava a sensação de perigo, mas o Vietnã havia acabado com isso. Tinha aprendido que o perigo faz você morrer, e não melhorar, e continuou correndo na esperança de alcançar Collins rapidamente. Enquanto diminuía a distância, ia gritando a estupidez de sempre:

– Eu só preciso falar com você.

Collins estava subindo um morro. Depois de mais uns 60 metros, desistiu. Tinha ouvido Larry ou, mais provavelmente, estava à beira de um colapso. Estava uns 20 quilos mais gordo do que uma década antes. Ficou ofegando desesperadamente com as mãos nos joelhos.

– Que porra você está fazendo? – perguntou Larry várias vezes. Por cima do ombro, viu Morley correndo pelo quarteirão com a arma em punho. Larry sinalizou com as duas mãos para ele parar. Morley parou, mas continuou olhando de onde estava.

Quando conseguiu falar, Farwell disse:

– Ei, cara, eu só não quero falar com você. – No calor intenso, Collins tinha suado completamente as roupas. Dava para ver a marca da camiseta sem manga por baixo da camisa branca.

– Dar no pé é o melhor modo de ser apanhado.

Collins ficou irritado pela primeira vez. Até agora aquela tinha sido uma discussão de negócios.

– Eu não fiz nada para você me apanhar, cara. Eu levo uma vida limpa. Pode verificar. Eu estou limpo. – O rosto de Collins estava um pouco mais redondo, e ele tinha começado a ficar careca, mas continuava tendo uma boa aparência exótica, com aqueles olhos marcantes, cor de couro cru. No verão, o branco que havia nele tinha se bronzeado e dado um brilho à pele.

– Escute. Eu vim aqui com uma intimação porque o seu advogado espertinho não quis aceitar uma conversa. Só isso. Mas fico feliz por você estar limpo. Verdade, adoro ver isso. Você fez um bom trabalho.

– Fiz mesmo. Eu recebi a ajuda de Deus, cara, e disse chega. Tudo que aconteceu quando eu conheci você, tudo aquilo acabou. O Senhor disse que podia me tornar um homem novo, e eu aceitei a oferta Dele. Você sabe. Ele me fez uma oferta que eu não podia recusar. Fui batizado e me limpei dos pecados.

– Bom. Fantástico. – Larry queria ter um daqueles distintivos que o Departamento de Relações Comunitárias dava para os garotos. Era isso que Collins desejava.

O dia estava ficando mais agradável; o calor denso diminuía. Estavam em um quarteirão de casas menores, a maioria de madeira branca com telhados verdes e varandas na frente, várias das quais tinham sido fechadas com tela. Pinheiros da Georgia lançavam sombras profundas sobre a rua. Collins também olhou momentaneamente para cima, com algum sinal de apreciação. Depois, sem dizerem uma palavra, Larry e ele começaram a descer o morro. Larry acenou para Morley, sinalizando que estava tudo bem. Morley recuou uns 6 metros, ainda de olho neles.

– Aquele é o seu apoio? – perguntou Collins.

– Isso.

Collins balançou a cabeça.

– O cara vem com um apoio e eu só estou levando uma vida pacífica.

– Foi por isso que ele ficou no carro, Collins. Eu só estou entregando uma intimação.

– Cara, você pode me dar todas as intimações que quiser. Eu não tenho que falar. Foi o que o advogado disse. Quinta Emenda, cara.

– Bom, mais cedo ou mais tarde você vai ter que ir a Três Cidades e dizer isso ao juiz, cara a cara. A não ser que queira responder algumas perguntas agora.

Collins riu. Tinha ouvido jogadas parecidas antes.

– Eu falo quando o advogado mandar. A Quinta Emenda só funciona para o cara simplesmente fechar a boca. Ela diz que, assim que você começa a falar, não pode parar quando quiser. E você sabe muito bem que eu fiz um bocado de coisa antigamente e que não preciso de que ninguém fique ouvindo sobre elas. Não quero ser puxado de volta para onde já estive. Demorei muito tempo para me limpar, cara.

– Olha, não estou anotando nada. Aqui somos só nós dois. De qualquer modo, eu só tenho uma pergunta de verdade. Seu tio está dizendo que você mentiu para mim há dez anos quando entregou o Rommy. Está dizendo que você armou para cima de mim.

Collins baixou os olhos para a calçada enquanto andavam.

– Meu tio é um homem bom.

– Vamos colocar isso numa placa, Collins. O que eu quero saber é se ele está dizendo a verdade. Direto ao ponto. Você me enganou?

– Olha... – Collins parou. – Cara, eu nem consigo lembrar seu nome.

– Starczek.

– Certo, Starczek. É como dizem: você não vai acreditar na resposta, cara. Você sabe disso. Se eu disser: "É, eu menti", você vai dizer: "Ah, ele só está dando cobertura ao tio". Você só quer ouvir que meu tio é um idiota mentiroso. E não é. Definitivamente não é.

Tinham chegado à agência. Entraram pela mesma porta lateral, ainda escancarada, pela qual Farwell havia saído. Ela levava a uma pequena sala aos fundos, na qual eram guardados os papéis timbrados e os formulários de passagens. À frente, havia duas mesas, uma para Collins e outra, atrás de uma divisória, provavelmente pertencia a uma recepcionista ou secretária. Não havia ninguém ali agora. Collins se sentou e apontou uma poltrona para Larry, do outro lado da mesa. Na parede forrada de lambri, atrás de Collins, havia um enorme calendário com uma cena religiosa ao lado de uma cruz simples, esculpida em madeira, provavelmente mogno, mais ou menos da mesma cor do lambri.

– Como vão os negócios?

– Nada mal. As porcarias das companhias aéreas não querem que a gente ganhe dinheiro. Hoje em dia, estou mais no negócio de turismo. Um monte de grupos de igrejas vão para lugares diferentes.

– E este lugar aqui é seu, Collins?

– É.

– Muito legal. – Larry olhou em volta, apreciando, como se estivesse falando sério.

– Meu tio me emprestou o dinheiro para começar. Eu paguei no ano passado.

– Tio Erno?

– É o único tio que eu tenho. Aquele homem tem sido uma bênção para mim. Eu demorei demais para ver isso, mas ele foi a mão de Jesus Cristo na minha vida. Verdade. Eu nunca falaria contra Erno. Ele é um homem bom. E agora também encontrou Cristo.

– Me poupe – disse Larry antes de conseguir pensar melhor. Ele sempre suspeitava dos crentes, das pessoas que achavam ter uma pista para encontrar uma verdade mais elevada – religião, Yoga ou comida vegetariana –, que o restante das pessoas não conseguia ver.

– Não ria quando estou falando do meu Senhor e Salvador, Starczek. Essa é a coisa mais séria da minha vida.

– Não, Collins, eu estou rindo por causa do seu tio. Ele está mentindo e você sabe disso.

– Viu? É isso aí. Como eu disse. Você acha que um homem que está prestes a ser julgado diante do trono de Deus a qualquer momento vai simplesmente mentir? Eu não. Não é o que eu acho. Acho que ele vai contar a verdade do Senhor.

– Bom, se ele está contando a verdade, por que você não vai lá apoiá-lo?

– Ele não quer. Ele fez tudo que precisa ser feito. Se eu fosse lá totalmente nu, sem imunidade nem nada, você sabe muito bem que vocês me chamariam de mentiroso e iriam atrás de mim. Isso só me colocaria no caminho do perigo. Não há sentido.

– Bem, se Erno estiver certo, você não acha que deve alguma coisa ao Gandolph?

À menção de Esquilo, Collins ficou claramente mais sombrio e se afundou um pouco em sua cadeira grande.

– Só há uma coisa a dizer sobre Gandolph e não vou dizer mais nada. Toda noite, quando rezo e peço o perdão de Jesus, a primeira coisa que menciono é Gandolph. A primeira coisa. Eu peço para Deus me perdoar a cada dia pelo que nós fizemos àquele pobre coitado. – Collins olhou sem medo para o outro lado da mesa, os olhos claros arregalados, e assentiu de modo imponente.

O que quer que aqueles caras estivessem armando, era profundo demais para Larry. Ele enfiou a mão no bolso e pegou duas cópias da intimação. Preencheu a devolução de uma, descrevendo onde e a quem fora entregue, então passou a outra cópia. Collins examinou-a, enquanto Larry observava várias fotos sobre a mesa. Uma loura grande e de aparência doce aparecia na maior parte delas, quase sempre com duas meninas gêmeas de cabelos claros.

– São minhas – disse Collins –, se é o que você está se perguntando.

– As meninas?

– É. Tão brancas quanto você. Quando eu estava saindo do hospital com aqueles bebês no colo, a mulher da segurança não quis deixar. E ela era negra. Anne-Marie, a minha mulher, começou a gritar. Ela é mais sensível do que eu quando as pessoas dão uma de racistas. Mas os bebês eram meus. Houve um tempo em que eu nem queria conhecer ninguém que fosse branco. Mas o homem não pode escapar de sua verdade. A verdade é que cada parente meu é branco. E eu sou negro. Tente pensar nisso. A única coisa que faz algum sentido é que Jesus tinha algo especial em mente.

Depois de ter sido repreendido, Larry tentou se conter dessa vez à menção do plano do Senhor, mas mesmo assim Collins detectou um tremor de dúvida.

– Você acha que eu sou pirado. Mas esta é a verdade da minha vida, cara. Eles me deixaram sair de Rudyard. Eu estava na rua havia menos de um mês, de volta ao meu comportamento estúpido. Não há um pecado que eu não tenha cometido. E sabe o que aconteceu? O que dava para adivinhar que ia acontecer. Eu levei um tiro, cara. E saí disso como se não tivesse sido nada. Aqui estou eu. Dois braços, duas pernas. Os médicos, cara, no hospital do condado, não puderam acreditar. Aquela bala pareceu um míssil. Como se estivesse recebendo coordenadas. Ali está a coluna do rapaz, não vou acertá-la, depois vou dar uma volta para me desviar do rim dele, depois vou um pouco para a direita para não cortar nenhuma dessas artérias importantes. Foi um milagre. Sabe por quê?

– Não exatamente.

– Porque Jesus estava me dizendo uma coisa. Ele estava dizendo: eu lhe dei sinais e mais sinais e mesmo assim você quer ser um idiota. Então vou fazer um milagre de verdade. Se você não puder reconhecer que eu estou aqui, olhando você e querendo o melhor para você, se você não souber disso agora, não há mais nada que eu possa fazer. Se quer ser um idiota, seja um idiota. Mas ninguém vai para o céu sem Mim. Você pode ficar sentado em mais uma cela e dizer: nunca mais. Só que, enquanto não me aceitar na sua vida, não vai sair de baixo de tudo isso. Mas, se aceitar, se você Me tomar, não há necessidade de mais nada. Nem mais um momento. E não houve. Então, se estiver na hora de eu falar, Starczek, Jesus vai me dizer. E assim que eu jurar a Ele, você saberá que cada palavra é verdadeira. Mas, neste momento, é aqui que Jesus me quer. E é aqui que vou ficar. Quinta Emenda, cara.

Collins foi com Larry até a porta, apertou a mão dele e desejou que ele ficasse bem. Até fez uma pequena saudação a Morley do outro lado da rua.

22
A família Raven

19 de junho de 2001

Na manhã de terça-feira, o juiz Harlow emitiu uma breve ordem escrita decidindo sobre várias moções de revelação que Arthur havia impetrado. Praticamente todas foram negadas, mas o raciocínio de Harlow era bem-vindo. As moções poderiam ser apresentadas mais tarde, disse o juiz, "desde que o testemunho de Erno Erdai ao tribunal pareça ter credibilidade suficiente para permitir que o processo continue". O Tribunal de Apelações mantinha a autoridade de determinar se Gandolph teria permissão para prosseguir com o novo pedido de *habeas corpus*, mas a decisão de Harlow dava uma enorme margem de manobra a Rommy. Se o Tribunal de Apelações decidisse conforme o esperado, Rommy Gandolph viveria mais vários anos, enquanto Arthur e Pamela buscavam sua soltura. Eles comemoraram e telefonaram para o cliente. Depois baixou sobre Arthur o fato real de que estava diante de um período indefinido de trabalho penoso e confrontos em nome de Rommy. Rommy era agora sua causa – e sua responsabilidade.

A notícia serviu como uma distração bem-vinda diante das perspectivas para aquela noite, quando Gillian Sullivan se juntaria a Susan e ele. Arthur tinha se convencido de que Gillian arranjaria uma desculpa, mas no fim da tarde sua secretária pôs um bilhetinho diante dele, enquanto ele estava ao telefone com um repórter. Dizia: "A Srta. Sullivan vai estar no saguão às 17 horas."

Gillian Sullivan em seu apartamentinho deplorável. Por um segundo, foi tomado pelo terror e pela vergonha.

Ela estava lá, como havia prometido. A caminho do Franz Center para pegar Susan, Arthur tinha feito o pouco possível para preparar Gillian para a irmã. Mas o problema era que, mesmo depois de quase trinta anos, ele achava pouca coisa previsível no comportamento de Susan. A esquizofrenia era frequentemente uma doença dos bem-dotados, e não havia limite para as maquinações inspiradas com que Susan podia fortificar sua ansiedade e suas suspeitas. Independentemente do que acontecesse, Arthur tinha a paciência endurecida – respostas ameaçadoras ou críticas simplesmente a faziam piorar. Somente em particular Arthur se permitia reagir. Susan lhe mandava diversos e-mails por dia. Sem nada para distraí-la, suas mensagens breves eram às vezes totalmente lúcidas. De vez em quando, ela parecia espirituosa e perceptiva como um colunista de jornal.

– Algumas vezes, quando recebo esses e-mails – disse Arthur enquanto se aproximavam do centro –, fico de coração partido. Sento no escritório e choro. Você sabe, meu pai ficou louco pensando no que poderia ter sido. E de certo modo é até mesmo desleal com Susan não aceitar a doença como parte dela.

O bairro de North End, que rodeava o Franz Center, era composto principalmente por velhas casas de madeira e algumas poucas estruturas mais imponentes. Arthur parou em frente à grande casa de tijolos, que parecia bastante danificada, e ficou um instante examinando o quarteirão. Um grupo de garotos arruaceiros, a maioria usando jaquetas brilhantes de gangues, apesar do calor, estava na esquina.

– É melhor você entrar – disse ele. – Talvez não seja muito inteligente uma mulher branca ficar parada por aqui. – Enquanto Gillian saía do carro, o barulho do controle remoto de Arthur atraiu a atenção do pessoal. – Você pode ficar olhando meu carro da janela e fazer um inventário das peças que eles vão tirar.

As acomodações de Susan eram chamadas de residência supervisionada. Cada um dos oito residentes tinha um apartamento separado. Valerie e outra assistente social ficavam de serviço 24 horas por dia. Quando Susan se encontrava estável e trabalhando, podia cobrir sozinha a maior parte das despesas, mas isso era porque um grande subsídio do Estado e uma verba da Fundação Franz mantinham o Centro. As verbas do Estado estavam sob constante ameaça, e Arthur vivia escrevendo cartas ou contatando seu deputado para impedir que o Centro perecesse. O espólio de seu pai – que, graças à vida econômica de Harvey Raven, era maior do que um homem de seus meios poderia ter deixado – permanecia na poupança, como garantia.

O apartamento de Susan era pequeno e bem-arrumado. Havia períodos em que sua higiene se deteriorava, e ela raramente pensava sozinha na aparência, mas obedecia às sugestões das assistentes sociais em relação à limpeza. Não havia um quadro na parede, nem eletrodomésticos, uma vez que os cedo ou tarde eles estimulariam uma ilusão de agressão. Em geral, era a voz da mãe que Susan ouvia, alertando-a sobre alguma ameaça invisível.

A enfermeira que administrava o Prolixin já estava lá. A injeção tinha sido aplicada quando Arthur passou pela porta. Susan estava pronta para ir. Arthur lembrou-a de novo sobre Gillian, como sabia que Valerie tinha feito várias vezes durante a semana, mas Susan não deu sinal de reconhecer do que ele estava falando até estar acomodada ao banco da frente do carro e eles partirem.

Então ela perguntou ao irmão sem nenhum aviso:

– Isso significa que vocês estão trepando?

Raven ficou vermelho dos ombros até o couro cabeludo, mas sua reação, como sempre, foi comedida.

– Susan, é muito mais legal quando você tenta ser gentil.

– Vocês estão trepando? Eu sei tudo sobre trepar. Arthur não sabe muita coisa. – O último comentário destinava-se claramente a Gillian, ainda que Susan não tivesse olhado em sua direção.

– Acho que não costumam dar diplomas nessa matéria – respondeu Gillian, em voz baixa. Arthur tinha aconselhado previamente a não deixar que sua irmã a pressionasse ou aterrorizasse. No retrovisor de Arthur, Gillian, como sempre, parecia totalmente inabalável.

Quando o pai morreu, Arthur se mudou de volta para o apartamento de Harvey Raven. De certa forma, era confortável. Morara durante anos num prédio cheio de estilo perto da Street of Dreams, em que até mesmo um olhar para a calçada à noite costumava bastar para deixá-lo derrotado pelo mundo da moda e do charme do qual ele jamais faria parte. Mas houvera um elemento de rendição em sua volta ao ambiente sem graça do qual seu pai sempre quisera que ele escapasse. De qualquer forma, havia poucas opções. Susan ficou muito abalada com a morte do pai, e seus conselheiros afirmaram que o apartamento tinha grande significado para ela. Aquele era o único lugar em que Susan Raven tinha sido saudável. Para ela, o apartamento representava a realidade da estabilidade mental, que de outra forma era impalpável. Abandonar aquele lugar fecharia uma porta para sempre.

Arthur sinalizou para Gillian ocupar um velho banco de metal na cozinha, enquanto ele e a irmã seguiam a rotina de sempre. A cozinha, com seus armários de esmaltado branco, era estreita, mas eles trabalhavam bem lado a lado. Susan fez purê de batata, sua especialidade. Amassava as batatas como se estivesse derrubando uma força subversiva, franzindo a testa e olhando fixamente para a panela. Seus únicos contatos com Gillian ocorriam quando queria fumar os cigarros dela.

A entrada, cozido de carne, veio de um grande pote de plástico que Arthur havia retirado do freezer de manhã. Ele jogou o conteúdo numa panela grande e acrescentou vários ingredientes frescos. Provavelmente havia comida suficiente para alimentar 12 pessoas. Quando o jantar terminasse, as sobras substanciais seriam congeladas de novo. Segundo os cálculos de Arthur, havia alguns cubos de carne que tinham sido recongelados todas as semanas desde o início dos anos 1990. Era um grave perigo para a saúde. Mas era assim que o pai frugal tinha feito – não desperdice nada, não deixe nada faltar –, e sua irmã não aceitaria nenhum outro procedimento.

Susan arrumou a mesa para três, seu primeiro reconhecimento explícito da presença de Gillian. Arthur serviu as porções da panela. Então Susan pegou seu prato e se acomodou na sala de estar, diante da TV.

– O que foi que eu fiz? – sussurrou Gillian.

– Isso faz parte da coisa.

– Vocês não comem juntos?

Arthur balançou a cabeça.

– O programa dela está passando. É a única coisa que ela consegue assistir sem ficar doida.

– Qual é?

– Está preparada? *Jornada nas estrelas.*

Arthur encostou os dedos nos lábios alertando para que Gillian não risse, e ela teve que colocar a mão sobre a boca para ficar quieta. Aparentemente achando que era um assunto mais seguro, Gillian perguntou sobre o processo de Rommy. Não tinha ouvido falar sobre a decisão de Harlow, e ficou feliz com a notícia, por ele.

– Qual é o seu próximo passo agora, Arthur?

– Não consigo pensar em nada. Apresentei cada moção, requisitei cada intimação que faz sentido. Não resta absolutamente nenhuma ficha de prisão para mostrar quem estava ou não estava na Casa de Correção na noite dos assassinatos. Jackson Aires não quer deixar ninguém falar com o sobrinho de Erno, Muriel não vai dar imunidade a ele, e o juiz não pode obrigá-la. Em 29 de junho se encerra o período limitado de revelações. Acho que eu deveria esquecer o relógio. Depois das descobertas de Harlow, vai ficar por conta de Muriel tentar fazer alguma coisa para minar a credibilidade de Erno antes que nós voltemos ao Tribunal de Apelações para ele decidir se o caso pode ir em frente.

Provavelmente, o maior desafio de Arthur seria o reverendo Blythe. Como era esperado, os contatos com o reverendo eram uma rua totalmente de mão única. Depois do primeiro encontro entre os dois, o reverendo não se dignou mais a ligar para Arthur pessoalmente. Em vez disso, tinha um auxiliar que telefonava todos os dias para pedir um relato detalhado, informações que Arthur era obrigado a compartilhar. Rommy, que tinha ficado empolgado com as visitas de Blythe a Rudyard, havia pedido que Arthur fizesse isso. Ainda que agora Blythe se referisse a si mesmo como conselheiro espiritual de Rommy e afirmasse que Arthur e ele formavam uma equipe, o reverendo ignorava os pedidos de Arthur para moderar a retórica, ou mesmo para saber antecipadamente onde aconteceria a próxima explosão.

– Estou morrendo de medo de que, com todo esse negócio sobre "opressores racistas", ele enfureça o Tribunal de Apelações – disse Arthur.

– Mas eles têm que deixar você ir em frente, não acha? Erno não pode ser desconsiderado, não sem uma audiência completa. Não foi isso que Harlow quis dizer?

Era assim que Arthur entendia, mas muitas vezes em sua carreira tinha fracassado em adivinhar corretamente o que os juízes fariam.

Quando o seriado terminou, Susan se juntou a eles para a sobremesa. Ela adorava doces de confeitaria. Depois, os pratos foram lavados e tudo foi guardado. Antes de sair do apartamento, Arthur abriu o freezer e guardou o pote de cozido.

Na escada escura do prédio de três andares, Gillian foi seguindo enquanto Arthur levava a irmã para baixo. Aquelas construções antigas eram sólidas como destróieres, mas a manutenção tinha sido negligenciada. Em alguns lugares o carpete puído estava gasto até a parte de trás e formas ameboides manchavam as paredes em que o reboco tinha rejeitado a tinta.

Em poucas ocasiões ela saía, além do trabalho e de visitas desagradáveis às irmãs, de modo que Gillian tinha até mesmo ansiado por aquela noite. E não ficou desapontada. Como na primeira ocasião, tinha gostado enormemente de ver a habilidade de Arthur com a irmã e seus modos persistentes, amorosos.

Enquanto voltavam de carro, Susan fez para ele um relato exato do episódio de *Jornada nas estrelas*. Como todo mundo, Gillian assistira a sua cota de TV, e fez algumas perguntas bem apropriadas sobre Kirk, Spock e Scotty, às quais Susan respondeu empolgada. Quando chegaram ao Franz Center, Gillian saiu do carro para se despedir e ocupar o lugar de Susan ao banco da frente. E, ali na calçada, com a luz mais comprida do ano ainda no céu, Gillian conheceu brevemente a outra Susan Raven. Sua mão subiu de modo um tanto desajeitado, e ela esbarrou no braço de Gillian com um pouco de força excessiva. Mas estabeleceu um contato visual firme, e Gillian pôde se sentir reconhecida de um modo totalmente diferente.

– Foi muito bom ver você de novo – disse Susan. – Fico feliz por Arthur ter uma amiga tão boa.

Arthur acompanhou Susan para dentro. Gillian esperou perto da porta do Centro para fumar um cigarro. Viu-se estranhamente comovida. Quando Arthur reapareceu, Gillian, que nunca chorava, teve que disfarçar as lágrimas. Arthur percebeu imediatamente. Enquanto estavam voltando para a casa de Duffy, Gillian explicou que finalmente tinha visto Susan como ela era capaz de ser, quase como se dois olhos tivessem espiado para ela de dentro de uma floresta. Arthur ficou pensando naquilo por vários quarteirões.

– A verdade – disse ele então – é que, pra mim, essa pessoa, a mulher que acabou de falar com você, está sempre lá, você sabe, a sombra da garota com quem eu cresci.

– Durante a infância a saúde dela era boa?

– Geralmente é assim com os esquizofrênicos. A coisa simplesmente acontece. Ela estava com 14 anos. E não creio que alguém pudesse adivinhar. Quero dizer, ela era excêntrica. Colecionava soldadinhos e representava batalhas. Isso era incomum para uma garota. Guardava pedras da margem do rio e era compulsiva em tentar descobrir a idade de cada uma. Não conseguia dormir enquanto não tivesse colocado todas em ordem cronológica. Mas todos nós achávamos que ela era brilhante. Bem, ela é. Até que um dia ela estava nua no canto do quarto e não queria sair. Tinha se sujado toda de merda. Disse que a mãe da minha mãe tinha voltado do mundo dos mortos para dizer que meus pais estavam falando sobre ela em código. – Aquela cena – disse Arthur suspirando –, aquela cena fica na minha cabeça como um cartaz de cinema embaixo de luzes. Você sabe, emoldurada perto da porta do cinema. Está lá toda vez que eu vou ver Susan. Porque foi um daqueles instantes em que você percebe que tudo na sua vida, de cima a baixo, ficou diferente.

– Deve ter sido devastador.

– Essa é a palavra. Pelo menos para os meus pais. Quero dizer, assim que ouviram a palavra "esquizofrênica", eles souberam que estavam condenados. E estavam certos. Minha mãe saiu pela porta dois anos depois. Eu tinha 9 anos quando Susan ficou doente, e eu não sabia o que pensar. Quero dizer, a verdade, a verdade horrorosa é que consigo me lembrar de ter ficado feliz.

– Feliz?

– Ela era muito inteligente. Era muito bonita. Susan era a atração principal. A Grande Susan. Era como eu a chamava sempre na minha cabeça. E de repente ela foi varrida para longe. Eu me encolho só de lembrar. Não somente da infantilidade. Mas porque eu estava muito errado. A parte mais engraçada, mais triste é que eu ainda a idolatro. Talvez eu quase me sinta obrigado a isso, para que alguém no mundo realmente saiba como é trágico. A Grande Susan – repetiu Arthur.

– É – disse Gillian. Arthur parou o carro junto ao meio-fio diante da casa de Duffy. Ela olhou para o bangalô atarracado, mas não estava preparada para interromper a conversa. – Eu tinha um irmão assim, que eu idolatrava.

– Verdade?

– É. Carl. Ele era o meu predileto. Carl era quatro anos mais velho. Ah – disse ela, numa súbita explosão de sentimento –, ele era lindíssimo. E louco. E eu o adorava.

– Onde ele está agora?

– Morto. Morreu numa motocicleta. Ele viveu seu destino em dezoito anos. – Gillian pigarreou e declarou: – Foi o primeiro homem com quem eu dormi.

De algum modo, depois de um momento, ela encontrou forças para se virar para Arthur. Ele ficou encarando-a, mas com um olhar denso, pensativo. Gillian podia vê-lo se esforçando para compreender o que isso significava para ela. Ali, como tantas vezes antes, ficou espantada ao descobrir o que o Arthur Raven adulto havia se tornado.

Descobriu que tinha acendido um cigarro sem nem pensar que estava degradando o ambiente perfeito do elegante carro de Arthur.

– Acho que choquei você – disse ela.

Ele demorou um tempo para responder:

– É claro.

– É. – Ela fechou a bolsa e ia jogar fora o cigarro, mas voltou atrás para saborear uma última tragada. – Claro que é chocante. Eu nunca soube realmente o que pensar disso, de modo que, sinceramente, não penso nada. Porque eu quis que acontecesse. Mais tarde ficou mais confuso, com o passar dos anos. Mas na época eu gostei.

Para uma garota de 14 anos, tinha sido importantíssimo, mas sem nenhum aspecto sinistro. Como juíza, ela rotineiramente sentenciava homens - pais, padrastos - por abusarem dos filhos, e considerava isso imperdoável. Mas sua própria experiência se enquadrava numa categoria além das expectativas sociais da lei. Ela havia sido disposta e sedutora. E amava Carl demais para deixar sobre ele o fardo da culpa, até mesmo na memória. Os dois sempre tinham sido os prediletos um do outro. Desde muito pequenos, compartilhavam um certo domínio das coisas, em geral expresso em olhares reveladores. Ele ficava do seu lado quando ela enfrentava os pais. Muitas outras mulheres jovens ansiavam pela atenção e pela beleza dele. Uma noite Carl chegou em casa cambaleando. Acariciou-a. Ela se agarrou nele. A natureza proporcionou o ímpeto. Na manhã seguinte, ele disse: "Eu estou mais fodido do que acho que estou." "Eu gostei", disse ela. Aconteceu mais duas vezes. Ela ficava esperando a chegada dele e o procurava. *Ela* ia. Depois disso, ele começou a trancar a porta do quarto e a repreendia irritado quando ela ousava perguntar por quê. "Algumas vezes eu penso no que fiz. Quero arrancar as orelhas da cabeça para não ouvir isso. É loucura", disse ele. "Loucura." Ela conseguira afastá-lo. Essa foi a parte mais dolorosa. Os dois mal se falaram nos meses anteriores à morte de Carl.

– Eu quis morrer depois que ele morreu. Pensei em me matar. Criei planos. Esquemas. Maneiras de fazer isso. Tinha discussões com amigas. Forca. Fogo. Afogamento. Queria pular debaixo de um trem; já tinha lido *Anna Karenina*. E, por um tempo cheguei a me queimar com cigarros. Em lugares onde as outras pessoas não podiam ver. Mas isso passou. Parei de agir assim. Parei de pensar assim, ou no motivo de ter me sentido daquela forma. As pessoas fazem coisas estranhas quando estão crescendo. Todos nós fazemos. Sobrevivemos a elas. Mas, nessa experiência, nunca houve nada para mim que pudesse ser definido como "abuso". – Ela baixou os olhos e se pegou prestes a acender outro cigarro. A mão que segurava o isqueiro estava firme, mas na outra o cigarro balançava entre seus dedos como se houvesse um vento forte. – Eu nunca contei essa história a ninguém, Arthur – disse ela. – Ninguém. – Gillian havia passado por dezenas de horas de confissões em vários grupos e tinha compartilhado tudo com Duffy. Ou pensava que tinha. Encontrou a coragem para olhar outra vez para Arthur, que a estava examinando.

– Você não tem a menor ideia do que está fazendo, tem? – perguntou ele.

Então, ele também havia percebido isso.

– Não.

Encostado à porta do carro, ele usou o volante para chegar para a frente. Seu rosto ficou a centímetros do dela. Ele disse em voz baixa:

– Quando você cresce com alguém tão frenético quanto o meu pai, passa muito tempo pensando do que vale realmente a pena ter medo no mundo. – Arthur esticou o braço por cima de Gillian para abrir a porta do carona, mas seus olhos em nenhum momento se afastaram dos dela. – E eu não estou com medo de você.

23
Procurando o Dr. Kevorkian

19 de junho de 2001

Passava das 17h30 quando Larry telefonou para Muriel e concordou que os dois deveriam ir separados para o aeroporto. Morley e Larry tinham feito um bom tempo voltando para a cidade no sentido contrário ao tráfego, mas, num trecho da estrada chamado de "o Conector", os dois pararam. O rádio disse que um caminhão havia capotado não muito longe do Campo Turner. Às 18h15, o celular de Larry tocou. Era Muriel em seu táxi. Ela havia saído meia hora antes dele, mas agora estava apenas uns 3 quilômetros mais perto de Hartsfield.

– Estamos ferrados – disse ela. Naquele momento, como sempre, Muriel já tinha explorado todas as opções e executado um plano. O Delta das 20h10 estava lotado, com dezoito pessoas à frente deles na fila de espera; uma mudança para outra companhia aérea era impossível, porque as passagens tinham tarifas promocionais de governo. Em vez disso, Muriel tinha reservado lugares num voo de manhã cedo e dois quartos num hotel do aeroporto.

Quando Larry chegou, cinquenta minutos depois, Muriel estava na portaria com suas malas, administrando a promotoria por telefone a 1.600 quilômetros de distância. Um caso de assassinato cometido por uma gangue estava se deteriorando como sempre – cada testemunha, incluindo as que tinham sido trancadas para falar diante do júri de instrução, agora afirmava que havia identificado o réu equivocadamente. O juiz Harrison, que achava que os desenvolvimentos nas regras do procedimento criminal tinham cessado quando ele saíra da promotoria quarenta anos antes, estava sendo insuportável. Quando Muriel colocou o celular de novo na pasta, tinha autorizado uma petição ao Tribunal de Apelações do Estado para dar um jeito em Harrison.

– Todo dia um palhaço novo no circo – disse ela. Muriel já tinha preenchido a ficha e entregou a chave de Larry, mas nenhum dos dois havia almoçado, então concordaram em ir diretamente para o restaurante. Larry praticamente implorou quando a garçonete ofereceu uma bebida. Pediu um uísque acompanhado de cerveja, mas engoliu a cerveja primeiro, tomando o copo todo de um gole só. Podia sentir as roupas grudando ao corpo. Tirou o paletó esporte e o jogou sobre uma cadeira. O índice de desconforto alcançava quatro dígitos. Não que tivesse ajudado o fato de sair correndo atrás de Collins. Contou a história a Muriel. Ela riu com prazer até chegar à parte em que Collins disse que o tio estava contando a verdade de Deus e que o próprio Collins pedia que Jesus o perdoasse todas as noites pelo que os dois tinham feito com Gandolph.

– Ei – disse Muriel. – Isso não é bom. Ele estava tentando embromar você?

– Provavelmente. O sujeito foi bastante esperto. Disse de cara que nunca falaria contra Erno. E que não admitiria nada. – Havia pão sobre a mesa. Larry passou manteiga no seu segundo pedaço. – Para dizer a verdade, ele finge ser adulto muito bem. Disse que renasceu. Há uma cruz do tamanho de Cleveland na parede do escritório, e ele me fez um verdadeiro discurso sobre aquela baboseira sagrada.

Muriel passou o dedo no copo de vinho e franziu a testa.

– Não fale mal de Deus, Larry.

Ele a encarou.

– Ele está lá – disse Muriel. – Alguma coisa. Ele, Ela, Aquilo. Mas está lá. Na verdade, eu fico ansiosa para ir à igreja. É quando me sinto mais completa em toda a semana.

Muriel não estava dizendo nada que ele não soubesse. Não em termos gerais.

– O catolicismo arruinou a religião para mim – disse Larry. – O pastor da nossa paróquia é maravilhoso. Nós o convidamos para jantar. Os garotos o adoram. Eu poderia conversar com o cara o dia inteiro. Mas não consigo passar pela porta da igreja. Rezo no jardim. É o único momento em que sinto que tenho o direito de pedir.

Ele deu um sorriso hesitante, e ela sorriu de volta do mesmo modo. Mas Larry ficou inquieto ao pensar que Muriel havia passado por uma transformação. Algumas coisas que tinham saído de sua boca recentemente, sobre Deus ou sobre bebês, o levavam a se perguntar se ela havia feito um transplante de cérebro em algum momento dos últimos dez anos. Era curioso o que acontecia com as pessoas depois dos 40 quando percebiam que seu lugar aqui na Terra era emprestado, e não dado. Parecia haver um perigo, um perigo cujo nome ele não podia dizer, em descobrir que Muriel tinha ficado mais suave em alguns sentidos.

Em vez de encará-la, Larry examinou o salão de jantar. Estava meio vazio, decorado de modo improvável com um tema tropical, com palmeiras, corrimões e móveis de bambu. Todos ali dentro estavam cansados. Dava para ver. Quem poderia chamar de dureza ter uma cama limpa e um quarto seu? No entanto, parecia duro estar longe de casa e hospedado em lugares em que nunca se estivera. Havia algo pouco sensato em perder a conexão com seu próprio pedaço de terra, pensou. De algum modo, tudo na vida o levava de volta ao jardim.

Decidiu procurar um telefone público. Tinha praticamente acabado com seus minutos de interurbano grátis no celular, e a polícia se recusava a reembolsar qualquer gasto a mais. Precisava deixar recados em casa e na prefeitura de que tinha que ficar por lá. Ao caminhar até o saguão, ainda pensava em Muriel. Cogitara perguntar se Talmadge ia à igreja com ela, o que teria violado a promessa feita no avião. Agora ele sabia o bastante, de qualquer modo. Como a vida de todo mundo, a de Muriel era, no mínimo, complexa. Mas ele não conseguia aplacar uma satisfação sinistra. Muriel acreditava que Deus estabelecia a ordem no universo. Em seus momentos mais duros, Larry achava que era vingança.

– TEMOS UM PROBLEMA – disse Muriel quando Larry voltou. Ela havia pensado nisso cuidadosamente enquanto ele estava longe. – A novidade veio de manhã: Harlow acredita em Erno.

– Porra – disse Larry.

Ela explicou a decisão, que Carol tinha lido pelo telefone.

– Porra – disse Larry de novo. – Os outros juízes... eles não precisam concordar com isso, precisam?

– O Tribunal de Apelações? Em teoria, não. Mas eles não viram o sujeito testemunhar. Harlow viu. Eles não vão ter muita opção quanto a aceitar o ponto de vista dele, a não ser que a gente consiga alguma coisa nova que torne Erno um mentiroso. E esse negócio com o Collins hoje simplesmente vai em sentido contrário. Assim que eu contar a Arthur, ele vai gemer, se deitar no chão e renovar a moção para eu garantir a imunidade a Collins.

– E?

– A moção não adianta nada. A imunidade é uma decisão estritamente da promotoria. Mas desse modo ele coloca a informação diante do Tribunal de Apelações.

– Você não precisa dizer nada ao Arthur. Eu prometi ao Collins que não anotaria nada. No que diz respeito ao Arthur, ou a qualquer pessoa, a conversa nunca aconteceu.

– O que significa que nós nunca vamos usá-la contra Collins. Ainda assim temos que contar a Arthur.

– Por quê?

O pensamento era confuso. Ela raciocinou em voz alta. Legalmente, em termos estritos, a obrigação de revelar evidências favoráveis só existia no julgamento. E, já que Collins não testemunharia, as declarações feitas a Larry eram especulações e, portanto, inadmissíveis.

– E então? – perguntou Larry. – Qual é o problema?

– Bom, diabos, Larry. Para começar, isso não é inteligente. Collins vai telefonar para Jackson. Se for revelado que nós não informamos isso, vamos ficar muito mal.

– A versão de Collins para Aires é: "Eu não contei nada ao policial." Ele não vai deixar Jackson lhe dar uma bronca por ter aberto a boca. E além disso, no que lhe diz respeito, ele *não* falou nada. Por que tornar a vida complicada?

– Que droga, Larry, e se Collins estiver contando a verdade? E se ele e o tio armaram para o Rommy? E se ele realmente se ajoelha todas as noites diante de Jesus pedindo perdão?

– Sem chance.

– *Sem* chance? Nenhuma? Quer dizer, não houve um segundo em que você visse uma possibilidade mínima de Erno estar dizendo a verdade?

Ele fez um gesto com a mão pesada para afastar o demônio do ridículo.

– Aquele escrotinho confessou, Muriel. Confessou bem na sua frente.

– Larry, o cara é completamente bitolado.

– Que diabo isso quer dizer?

Felizmente, a garçonete chegou com o jantar. Pôs os pratos sobre a mesa e jogou conversa fora. Era do interior da Georgia e tinha um sotaque que parecia saído de *E o vento levou*... Quando saiu para trazer mais uma rodada de bebidas, Larry já tinha mastigado metade de seu bife, mas mesmo assim não olhava para Muriel. Ela sabia que podia esperar para resolver isso com ele, mas havia uma ordem – "hierarquia" era a palavra – a ser mantida. Os policiais sempre odiavam quando os advogados tomavam as decisões. Para os advogados, o trabalho era todo composto de palavras – as palavras que eles diziam no tribunal, escreviam nos memorandos ou liam nos relatórios policiais. Mas para os policiais era vida. Eles faziam o serviço com uma arma ao quadril e suor escorrendo até a cueca por baixo dos coletes à prova de bala. As testemunhas que apareciam bem-arrumadas no tribunal para responder às perguntas dos promotores tinham sido arrancadas de fétidas galerias de tiro por policiais que não sabiam se deveriam se preocupar mais com uma bala ou com o HIV. A polícia vivia num mundo duro e também jogava duro se fosse necessário. Para um promotor, ceder, mesmo para alguém como Larry, somente encorajava a recalcitrância.

– Quero que você me prometa que isso não vai ser o bunker de Hitler – disse ela.

– O que quer dizer com isso?

– Mantenha a mente aberta. Só um pouco. Quero dizer, talvez, Larry, só talvez, nós tenhamos cometido um erro. Merdas acontecem. O sistema não é perfeito. Nós não somos pessoas perfeitas.

Ele não recebeu isso bem.

– Nós não cometemos erro nenhum, caralho.

– Não estou atacando você, Larry. Nesta linha de trabalho, esperam que a gente não cometa erros. Na verdade, esse é o padrão. Além de qualquer dúvida razoável. Certeza legal. Mas nem mesmo o nosso melhor trabalho e o nosso melhor julgamento são sempre prefeitos. Quero dizer, é possível.

– Não é possível. – Apesar da gordura que havia se acumulado nele, as veias estavam começando a ficar visíveis em seu pescoço quadrado. – Ele é o culpado. Ele conhecia duas vítimas. Tinha motivo para matar as duas. Ele confessou. Ele sabia qual tinha sido a arma do crime antes de nós e estava com o camafeu de Luisa no bolso. É ele, e eu não vou deixar que você se comporte como a Virgem Maria. Você vai se foder fazendo isso. E vai me foder também.

– Larry, não importa que tipo de barulho Arthur faça, ou mesmo o juiz. Você acha que eu daria mole num homicídio triplo? Acha que eu daria as costas a John Leonidis e àquelas duas garotas? Olhe para mim e diga que acredita nisso.

Ele pegou o uísque assim que a garçonete serviu e engoliu metade. O álcool não estava ajudando. Sem dúvida, Larry estava tendo dificuldades para se controlar. Por baixo daquilo tudo, ele era um cara nervoso. Muriel sempre soubera disso.

– Não quero mais ouvir essa merda sobre cometer erros – disse ele.

– Não estou dizendo que foi um erro. Só quero poder dizer que cumpri a obrigação profissional de pensar na hipótese.

– Olha, eu trabalhei nesse caso. Sozinho. Toda a polícia pausou assim que as manchetes caíram no esquecimento. Fui eu que continuei pressionando. Eu fiz esse caso. E fiz com você. E para você, se você quiser saber a verdade. Então não diga que é uma merda de um erro.

– Para *mim*?

A fúria latejava dentro dele. Deixava seus olhos inchados – o corpo inteiro, na verdade.

– Não finja que não está entendendo, merda. É uma coisa incrível, Muriel, não é? Esse caso. Você virando promotora. Você decidindo ser grande. Você decidindo se casar com Talmadge. Você decidindo marchar pelo caminho da história. Você decidindo não ficar comigo. Então, não me diga que é uma porra de um erro. É tarde demais para qualquer porra de erro. Eu já tive minha vidinha de merda e você disparou para o estrelato. Não finja que não sabia qual era o jogo, porque você fez todas as porras das regras. – Com isso ele jogou o guardanapo verde no prato e saiu suficientemente rápido para derrubar alguém que estivesse no caminho. A pequena bolsa de lona que tinha carregado de casa balançava no ombro como se fosse uma echarpe.

Depois que Larry saiu, Muriel sentiu um aperto na garganta. Alguma coisa importante tinha acontecido. A princípio, ela pensou que estava chocada com a força da explosão dele. Mas, depois de um segundo, percebeu que a verdadeira novidade era que, mesmo uma década depois, as feridas de Larry continuavam abertas. Ela achava Larry uma pessoa muito parecida com o modo como se apresentava – autossuficiente demais para ser vulnerável a qualquer ferida duradoura. Esse era mais ou menos o modo como tentava pensar em si mesma.

Um de seus amigos gostava de dizer que no primeiro ano do ensino médio se aprendia tudo o que havia para saber sobre como o amor começa e acaba. A vasta região intermediária, a escura selva de relacionamentos sustentados só era penetrada na vida adulta. Mas o clarão nuclear de quando o amor começava e acabava era o mesmo, independentemente do estágio da vida. E o que teriam dito sobre a explosão de Larry no banheiro das meninas no primeiro ano do ensino médio era provavelmente verdadeiro: significava que ele ainda gostava dela. Avaliando tudo isso, Muriel se sentiu correndo algum perigo.

Ele havia deixado o paletó esporte pendurado sobre a cadeira. Ela olhou por um momento, depois o pegou e foi para o bar, achando que ele teria escapado para lá. Não havia sinal de Larry. Lá em cima, ela bateu de leve à porta do quarto dele.

– Larry, abra. Eu estou com seu paletó.

Ele já havia desabotoado a camisa sobre a barriga e tinha apanhado uma garrafinha de Dewar's no frigobar. Metade já tinha ido. Ele pegou o paletó e o jogou para trás, sobre a cama, sem sequer ter coragem de olhar para ela.

– Larry, que tal se ficássemos calmos? Nós temos um longo caminho neste caso.

– Você não está puta. Sou eu que estou puto. – Ele olhou para a garrafinha, colocou a tampa e a jogou na lata de lixo a uma boa distância. A lixeira balançou com o impacto. – E agora eu estou menos puto do que sem graça.

– Talvez a gente devesse conversar, não é?

– Para quê?

– Não me faça ficar aqui parada, Larry. – Ela estava com as duas mãos ocupadas, a pasta estufada numa e a pequena bolsa de roupas na outra. Ele avaliou a situação e fez um gesto para que ela entrasse, virando-se de costas. Sua careca tinha ficado rosa por causa da bebida.

– Muriel, eu nem sei de onde veio aquilo.

– Diabo, Larry.

– Não, não vou dizer que não falei a sério. Mas a coisa que me incomodou foi o final. O que eu falei sobre mim mesmo. Não acho que eu tenha o que reclamar da vida. Ela é boa. Melhor do que boa. Só que eu sou como todo mundo, você sabe. Ninguém jamais consegue o que quer quando se trata de amor.

A declaração – a exatidão dela – deixou-a perplexa momentaneamente, porque Muriel sabia que ele havia expressado a convicção mais profunda que ela possuía, uma convicção que raramente ela conseguia revelar a si mesma. Por um segundo, foi levada de volta àquele morteiro que Larry havia lançado contra ela no avião: a ideia de que havia perseguido o mesmo sonho impossível nos dois casamentos. A ideia ficara com ela o dia inteiro, como uma refeição ruim cujo gosto insistia em voltar. Pensaria direito no domingo. Porque era pelo amor, com frequência, que ela ficava rezando naqueles momentos preciosos na igreja, acreditando e não acreditando. Agora, pensava na busca do amor, no modo como ela levava as pessoas à infelicidade persistente e a momentos de tensão em que, ainda que como uma quimera, o amor parecia ter sido encontrado. Tudo o mais na vida – realização profissional, arte, ideias – não passava dos pelos no faminto animal do amor.

– Isso significou muito para mim – disse ele. Em seguida, desenhou um círculo com o dedo, entre os dois. – Depois disso, eu estive com o número do Kevorkian na memória do telefone durante um tempo. Só isso. Eu só... você sabe, reagi.

Homens como Larry, como Talmadge faziam todo o possível para evitarem parecer frágeis. Mas todos eram frágeis, e os momentos em que isso era revelado eram uma crise sem fim. Que nunca ia embora. Era isso que ele estava dizendo.

– Não quero que você conte ao Arthur – disse ele, então. – Sobre o Collins.

– Larry.

– Você mesma disse que não tem obrigação legal de contar. Eu não quero ser caridoso só para ele ter essas oportunidades idiotas de levantar uma cortina de fumaça.

Mesmo depois de tudo aquilo, ela não se sentia inclinada a dizer sim. Sentou-se a uma cadeira perto da porta enquanto pensava. Ele ficou frustrado, olhando-a.

– Meu Deus – disse Larry. – Só me faça uma porra de favor, certo? Certo? – Ele tinha se acendido de novo, ouvido a si mesmo e se esgotado numa questão de segundos. Caiu na cama, a alguns metros dela, exaurido. Do lado de fora, a máquina de gelo cuspiu uma carga de cubos.

Cedo ou tarde Muriel informaria Arthur, mas isso poderia esperar até que Larry se acalmasse. Ele se sentia derrotado demais nas mãos dela para absorver outro golpe agora.

– Bom, este é um momento para lembrar os velhos tempos, não é? – disse ela finalmente. – Você, eu, um quarto de hotel e uma discussão.

– As discussões nunca significaram nada, Muriel.

– Verdade? Quer dizer que eu só estava desperdiçando meu fôlego?

– Tudo não passava de preliminares.

Ela não tinha ousadia para responder a isso.

– Você só gostava que o sexo fosse uma forma de rivalidade – disse ele.

– Obrigada, Dra. Ruth.

– Funcionava, Muriel. Sempre funcionava. Não diga que você não lembra. – Ele encontrou energia para encará-la mais uma vez. Para ele, percebeu ela, a história do que havia acontecido entre os dois era inscrita como leis numa tábua, frequentemente revisitada, totalmente analisada e compreendida. A negação de qualquer elemento era uma afronta.

– O meu Alzheimer está apenas no estágio inicial, Larry. Eu me lembro.

Com esse reconhecimento, o passado – a paixão e o prazer do passado – ficou diante deles como um cadáver em um velório. Só que esse corpo não estava totalmente morto. O desejo que sempre havia consumido os dois estava subitamente presente. Ela podia sentir Larry atento enquanto avaliava sua reação. Com o modo insistentemente direto que ele usava para falar de Talmadge, ela sabia o que ele queria perguntar, mas até mesmo Larry reconheceu que essa fronteira era intransponível. E não havia nenhum sentido em fazer comparações – um casamento não era uma aventura amorosa, o mundo sabia disso. Ela era a zilhonésima pessoa que gostava mais do sexo antes do casamento do que depois, ainda que nunca pudesse ter adivinhado. Ir para cama com alguém nunca tinha sido uma coisa desafiadora. Era importante. Divertido. Mas não difícil. Muriel sempre havia presumido que Talmadge e ela encontrariam um ritmo. Mas não tinham encontrado. Nunca havia pensado que poderia viver sem isso, mas, fosse pela exaustão, fosse pela idade, essa era uma preocupação cada vez menor. Quando acordava para o desejo, como acontecia algumas vezes a cada mês, era uma surpresa.

E estava surpresa agora.

– Eu me lembro, Larry – disse de novo, em voz baixa. Levantou os olhos, pensando somente em confirmar isso para ele, mas o desejo era suficientemente intenso para ser sentido se projetando como um farol a partir dela. Era menos do que um convite. No entanto, Larry tinha que sentir que, se fosse na direção dela, ela acharia difícil dizer não. Muriel não poderia ir primeiro. Tinha feito muitas escolhas que Larry considerava serem contra ele. Haveria algo vagamente imperioso se fosse ela a tomar a iniciativa. Em vez disso, ficou se sentindo uma coquete ofegante, tímida e sem força, enquanto ele pensava. Uma sensação que Muriel tinha vivido a vida inteira para evitar. Esperou algum movimento, para poder se levantar em direção a ele. Mas a amargura provavelmente o continha. O momento se prolongou. E então a possibilidade de algum agarramento brusco depois de toda aquela glória anterior escorreu para longe deles, partindo com a mesma esperteza com que havia chegado.

– Eu estou caindo pelas tabelas – disse ele.

– É, claro. – Da porta, ela disse que se encontraria com ele no saguão às 6h30. Depois, foi pelo corredor, um arco interminável de portas fechadas e luz baixa, onde eventualmente encontraria o quarto solitário que era seu por aquela noite. Levava sua bagagem, pensando, enquanto espiava cada número, como seria difícil continuar com o restante de sua vida.

24
O depoimento de Genevieve Carriere

25 a 28 de junho de 2001

Na correspondência, que sempre parecia conter notícias ruins nas manhãs de segunda-feira, Arthur encontrou um bilhete de Muriel Wynn. Em três dias, na quinta-feira, o Estado propunha receber o depoimento de uma mulher chamada Genevieve Carriere nos escritórios dos advogados que ela havia contratado, Sandy e Martha Stern.

– Então, quem é a convidada misteriosa? – perguntou Arthur, quando obteve sucesso depois de várias tentativas de falar com Muriel. Nas poucas ocasiões ao longo dos anos em que Arthur tinha lidado com Muriel, os dois haviam conversado no tom afável adequado a ex-colegas. Mas a adversidade dos procedimentos atuais tinha deixado os modos de Muriel com ele nada menos do que ásperos. Arthur, que sofria com a perda da afeição de qualquer pessoa, tinha se preparado para mais dificuldades, mas encontrou Muriel bem-humorada. Suspeitou imediatamente que ela sentia ter recuperado alguma vantagem.

– Arthur, deixe-me dizer duas palavras: Erno Erdai. – Muriel, como muitos promotores que Arthur conhecera, tinha um lema simples ao lidar com advogados de defesa: não fique com raiva, fique por cima.

– Eu tive que fazer aquilo, Muriel.

– Porque não quis nos dar uma chance justa de investigar.

– Porque eu não queria que vocês pressionassem Erno lá em Rudyard, ou que adiassem as coisas até ele estar morto ou sem condições. Ele está contando a verdade, e você sabe disso, Muriel.

– De jeito nenhum. O seu cliente confessou, Arthur.

– Meu cliente tem Q.I. 73. Sabe que as outras pessoas são mais inteligentes do que ele. Está acostumado a não entender coisas e aceitar o que lhe dizem. E não pense que Larry não proporcionou alguns incentivos. A maioria das vezes que um adulto caga nas calças é porque alguma coisa o matou de medo, e não porque ele tem a consciência culpada. Você não vive em Shangri-lá, Muriel, nem eu.

A referência a Shangri-lá, que tinha sido uma grande tirada de Erno no tribunal, era demais. A voz de Muriel ficou mais acalorada.

– Arthur, eu estava lá. Não havia nenhuma marca em seu cliente. E ele me olhou nos olhos e disse que tinha sido bem-tratado.

– Porque estava perplexo demais para dizer qualquer outra coisa. Rommy não tem nenhum histórico de violência. Erno atirou em outras duas pessoas, sem contar esses assassinatos. Em quem a carapuça serve, Muriel?

Estranhamente, Arthur sentia que levava vantagem nessa discussão. Ele tinha mais argumentos. Seu único problema era que Rommy nunca havia explicado sua confissão em termos que fizessem sentido. A verdade é que ele não afirmava que as declarações tinham sido obtidas por coação, assim como nenhum de seus advogados anteriores, com quem Arthur ainda tinha apenas uma comunicação mínima.

Como sempre, quando estava ficando para trás, Muriel cortou a conversa, dizendo simplesmente:

– Quinta-feira.

Em seguida, Arthur tentou sua sorte com os advogados da Sra. Carriere. Sandy, sempre cortês, perdeu um momento elogiando o trabalho de Arthur no caso.

– Estou acompanhando seu progresso na imprensa, Arthur. Notável.

Sério, o digno decano da advocacia criminal no condado de Kindle entendia o valor de seus elogios. Depois de completá-los, transferiu o telefonema para sua filha Marta, com quem ele trabalhava já havia quase uma década. Ela estava representando a Sra. Carriere.

Arthur ainda era promotor assistente quando Marta havia começado. Naquela época, ela oferecia um contraste estudado em relação ao pai, áspera mesmo quando era desnecessário, desajeitada socialmente e com uma aparência menos do que arrumada. Mas tinha uma inteligência infernal, e as pessoas diziam que Sandy exercera uma influência moderadora sobre ela no correr dos anos. Em geral, os advogados criminalistas costumavam colaborar entre si. Possuíam um inimigo comum no Estado e uma causa conjunta em limitar as intromissões nos direitos de seus clientes. Mas, pelo telefone, Marta pareceu rígida, provavelmente por causa dos seus desentendimentos com Arthur havia muitos anos. Não quis revelar praticamente nada além do fato de que Genevieve era amiga íntima e tinha trabalhado com Luisa Remardi .

– Genevieve nos orientou a não dar nenhuma prévia pra ambos os lados – disse Marta. – Ela não quer tomar parte nisso. Teve que interromper as férias da família pra vir aqui dar o depoimento.

– Ela vai me prejudicar?

Marta pensou. O protocolo entre advogados de defesa requeria pelo menos um alerta.

– Se Muriel permanecer com a proposta que anunciou, haverá feridas, mas nada fatal. Certifique-se apenas de andar nas pegadas de Muriel quando for fazer suas perguntas. Não tente abrir nenhum caminho novo.

Depois do telefonema, Arthur pensou no valor do conselho. Os dois Stern costumavam jogar limpo, mas, se o cliente deles fosse uma testemunha relutante, seria do interesse dela desencorajar um interrogatório prolongado.

Na quinta-feira, pouco depois das 14 horas, Arthur foi andando até o Morgan Towers, o prédio mais alto da cidade. Sandy Stern era um imigrante, mas seu escritório era mobiliado como se alguém da família tivesse vindo ao país para lutar na Revolução. Na área de recepção, onde pediram que Arthur esperasse, havia móveis Chippendale decorados com figuras de porcelana e acabamentos de prata esterlina. Finalmente, Muriel chegou, atrasada dez minutos como de praxe, arrastando Larry. Marta os levou até uma sala de reuniões. A Sra. Carriere estava sentada, tensa, atrás de uma mesa oval, de nogueira, com tampo de vidro. Vestia-se de modo formal, um conjunto escuro com casaco sem gola, e parecia a própria mulher de médico, meio gorducha, razoavelmente bonita, com olhos enormes. O cabelo, branco décadas antes do tempo, lhe dava um ar franco. Muriel cumprimentou a Sra. Carriere, mas recebeu de volta um simples olá.

O taquígrafo do tribunal, que tinha colocado sua máquina ao lado da testemunha, pediu que a Sra. Carriere levantasse a mão direita e fizesse o juramento. De início, o interrogatório de Muriel não ficou longe do que Arthur havia previsto, baseado na pesquisa detalhada de Pamela. Atualmente, a Sra. Carriere ficava em casa, depois de trabalhar durante anos como vendedora de passagens da Trans-National. Seu marido, Matthew, era médico no subúrbio, no condado de Greenwood, e os dois tinham quatro filhos. Genevieve respondia com uma exatidão meticulosa. Martha a havia orientado bem. Sua cliente considerava as perguntas e respondia do modo mais breve possível. Ia receber nota dez na matéria Testemunho I.

Quando finalmente Muriel mencionou Erno, Genevieve admitiu que o conhecia como supervisor de segurança da TN no Campo DuSable.

– Alguma vez Luisa Remardi falou do Sr. Erdai com a senhora? – perguntou Muriel.

Arthur protestou imediatamente, dizendo que a pergunta pedia uma resposta indireta. Muriel e ele esgrimiram durante um momento, fazendo argumentações para serem colocadas nos autos, mas, num depoimento segundo o procedimento federal, apenas mais tarde um juiz tomaria uma decisão. Por enquanto, a Sra. Carriere deveria responder, e Marta reforçou isso com um ligeiro sinal para sua cliente. À medida que os anos tinham passado, Marta havia ficado meio corpulenta, mas melhorara de aparência. Tinha assumido um ar arrumado e também usava aliança de casamento, notou Arthur. O desfile continuava. Todo mundo, menos ele.

– Sim – disse Genevieve.

– Alguma vez ela falou da natureza do seu relacionamento com Erno Erdai?

Genevieve disse que não tinha entendido a pergunta.

– Alguma vez ela expressou sentimentos negativos em relação ao Sr. Erdai?

– Sim.

– E houve ocasiões em que ela expressou esses sentimentos e parecia estar numa situação altamente agitada ou emocional?

– Acho que se pode dizer que sim.

A regra que excluía as informações de segunda mão tinha uma exceção: permitia que fossem admitidas observações supostamente feitas em estado de agitação, seguindo a teoria de que, quando as pessoas estavam alteradas, tinham pouca probabilidade de falar inverdades calculadas. A exceção, como tantas regras de evidências, existia havia séculos, e não levava em conta o conhecimento contemporâneo sobre a veracidade do que as pessoas diziam sob tensão. Mas, com esse fundamento, Arthur sabia que o testemunho de Genevieve Carriere, qualquer que fosse, seria recebido no tribunal.

– Sra. Carriere – disse Muriel –, eu gostaria que a senhora pensasse na ocasião em que a Sra. Remardi pareceu mais agitada ao falar sobre o Sr. Erdai. Pode se lembrar dessa ocasião?

– Eu me lembro de uma ocasião. Não sei se foi quando ela estava mais agitada, mas estava agitada.

– Certo. Quando foi que essa conversa aconteceu?

– Cerca de seis semanas antes de Luisa ser morta.

– Onde vocês estavam?

– Provavelmente no guichê de passagens do Campo DuSable. Nós dividíamos uma caixa. Nossos turnos se sobrepunham. Em geral, as coisas ficavam muito calmas. Nós fazíamos a contabilidade daquela caixa e passávamos um bocado de tempo batendo papo.

– E a senhora sabe, por seu próprio conhecimento, o que tinha acontecido para perturbar a Sra. Remardi?

– Se está perguntando se eu vi o que aconteceu, a resposta é não.

– Luisa descreveu o acontecimento?

Arthur protestou de novo contra a informação de segunda mão. Dava para ver que Muriel percebera que ele estava simplesmente tentando interromper o seu fluxo, porque ela nem mesmo olhou na sua direção enquanto pedia que a Sra. Carriere respondesse.

– Luisa disse que tinha sido revistada em busca de drogas. Uma revista na qual foi apalpada.

– Ela explicou o que foi incômodo na revista?

– Ela não precisava explicar. É obviamente incômodo ir para o trabalho e ser revistada. Mas ela ficou particularmente irritada pelo modo como fizeram aquilo. Ela falou usando termos bastante grosseiros.

– O que, exatamente, ela disse?

Genevieve lançou um olhar ressentido para Muriel e se permitiu um suspiro.

– Luisa disse que eles tinham revistado por baixo da roupa, mas que foi uma revista bem detalhada. Chegou a dizer que tinha feito sexo com homens que não haviam tocado nela em todos aqueles lugares.

O taquígrafo do tribunal, cuja descrição do trabalho exigia que ele permanecesse impassível como uma estátua, quebrou o protocolo e riu alto. Em volta da mesa, os advogados sorriram, mas a Sra. Carriere não relaxou a expressão tensa.

– E quanto tempo depois dessa revista ela falou com a senhora?

– Menos de uma hora depois. Eles tinham feito aquilo pouco antes de eu chegar.

– E o que ela falou sobre Erno Erdai?

– Literalmente, de novo?

– Por favor.

– Eu tento não usar aquelas palavras. Também foram muito fortes. É o que os jornais chamam de "linguajar da sarjeta".

– Seria justo dizer que ela expressou ódio pelo Sr. Erdai?

– Muito justo. Ela disse que ele sabia que ela não tinha nada a ver com drogas e que ele tinha mentido para que fosse revistada.

Muriel parecia ter sido apanhada desprevenida. Até agora, aparentemente, houvera um bom entendimento entre testemunha e interrogadores. Arthur aceitou a palavra de Marta quando ela disse que não tinha permitido que Muriel entrevistasse a Sra. Carriere de novo, mas obviamente Marta e Muriel haviam feito algumas marchas e contramarchas, objetivando, segundo a perspectiva de Marta, tirar sua cliente dali o mais rapidamente possível.

Arthur viu Larry se inclinar e sussurrar algo para Muriel. Ele estava usando uma camisa polo aberta no pescoço e um casaco esporte de popelina cáqui, amarrotado como uma bolsa de papel usada no calor do verão. A roupa casual parecia característica de Larry e de muitos outros detetives, sempre ansiosos para permanecer distantes das formalidades dos procedimentos legais. Apesar da presença do taquígrafo, Larry tinha um pequeno bloco espiral no qual eventualmente rabiscava suas próprias anotações.

– Ela disse como sabia que havia sido Erno Erdai quem mentira para que ela sofresse a revista? – perguntou Muriel.

– Não.

– Ela presumiu isso?

Arthur protestou contra o testemunho da Sra. Carriere, em relação às suposições de Luisa, e Muriel recuou, retirando a pergunta. De novo, Larry colocou a mão junto ao ouvido dela, por trás dos cabelos pretos encaracolados.

– Ela explicou o que achava que o Sr. Erdai estava tentando conseguir, mandando que ela fosse revistada?

– Não. Ela só disse isso.

Os olhos de obsidiana de Muriel permaneceram fixos na testemunha. Minúscula como era, a força de sua concentração às vezes a fazia parecer uma marionete pendurada a um fio.

– Quando ela fez essas observações negativas em relação ao Sr. Erdai, foi a primeira vez que a senhora a ouviu falar dele?

– Não.

– E em alguma dessas conversas anteriores ela havia falado sobre Erno Erdai em alguma outra circunstância além de seu papel como colega de trabalho e chefe de segurança do Campo DuSable?

– Antes da revista eu não me lembro de ela ter dito que não gostava dele.

Advogada de rosto quase sempre sério e indecifrável, Muriel revelou algum desapontamento.

– Ela indicou algum sentimento positivo em relação a ele?

– Não me lembro de nada assim. Não.

– É justo dizer que o tom geral dos comentários dela sobre o Sr. Erdai antes dessa ocasião era negativo?

Arthur protestou contra a forma da pergunta. Instruída por Muriel a responder, a Sra. Carriere disse:

– Provavelmente é justo.

Muriel olhou para seu bloco de papel amarelo, aparentemente pronta para um assunto novo.

– Senhora Carriere, a senhora repetiu uma observação que a Sra. Remardi lhe fez, relativa à vida amorosa dela.

Genevieve franziu a boca, produzindo uma covinha no queixo. Sem dúvida, lamentava a natureza implacável desse processo.

– A Sra. Remardi costumava falar de sua vida íntima com a senhora?

– Costumava?

– Ela tendia a manter a senhora a par do que estava acontecendo com os homens?

De novo, Arthur falou:

– Segunda mão.

Muriel disse mais uma vez que esperava conseguir a negação do protesto e pediu ao taquígrafo que lesse a pergunta outra vez.

– Eu provavelmente ouvi mais do que deveria – disse a Sra. Carriere, mostrando a primeira sombra de um sorriso. – Eu me casei quando tinha 19 anos.

– Alguma vez a senhora viu a Sra. Remardi na companhia de homens?

– Ocasionalmente.

– Bom, com base em sua amizade próxima com Luisa Remardi, em suas muitas conversas com ela e em suas observações, a senhora tem uma opinião sobre se Luisa Remardi tinha ou não um relacionamento íntimo com Erno Erdai?

Para os autos, Arthur protestou longamente, dizendo que esse não era um assunto adequado para o testemunho. Quando ele terminou, outra vez Muriel exigiu uma resposta à pergunta.

A Sra. Carriere disse:

– Não acredito que eles tivessem um relacionamento íntimo. Eu conhecia Erno. Seria pouco provável Luisa não me contar se estivesse se encontrando com alguém que eu conhecia.

Muriel assentiu uma vez, a boca fina paralisada pelo esforço de não revelar nenhum sinal de triunfo. Com isso, entregou a testemunha a Arthur.

Ele demorou um momento, imaginando quanto peso Harlow e os juízes do Tribunal de Apelações poderiam dar ao testemunho da Sra. Carriere. Provavelmente um bocado. Os juízes confiavam em pessoas como Genevieve, um daqueles tipos trabalhadores, decentes, que mantinham o mundo girando do modo certo. No geral, ele concordava com a avaliação de Marta sobre sua situação: tinha sido ferido, mas não de modo fatal. As opiniões da Sra. Carriere não bastavam para contrabalançar a decisão do juiz Harlow, de que Erno era digno de crédito. Arthur se lembrou de prosseguir delicadamente com o controle de danos.

Começou levantando o óbvio, pedindo que ela admitisse, como admitiu, que não tinha meios de saber se Luisa lhe contava tudo sobre sua vida pessoal ou se guardava alguns segredos. A Sra. Carriere continuou cerimoniosa, mas pareceu ligeiramente mais receptiva a Arthur, talvez porque ele não fosse o antagonista que a havia forçado a ir ali. À última questão dele, ela respondeu:

– Tenho certeza de que havia coisas que ela não me contava, coisas que algumas vezes eu desaprovava.

A resposta proporcionou uma segurança para Arthur se arriscar um pouco na esperança de reabilitar um dos aspectos do relato de Erno.

– E tendo em mente que pode ter havido coisas sobre a vida da Sra. Remardi que a senhora não soubesse, houve ocasiões em que ela deu a entender que estava se encontrando com mais de um homem?

Genevieve apertou os lábios e olhou para baixo, pensativa.

– Preciso explicar, para dar uma resposta justa – falou. Arthur fez um gesto para ela ir em frente. – Depois do divórcio, Luisa realmente não tinha muito interesse pelos homens. Pelo menos não para relacionamentos. Algumas vezes ela queria companhia. Algumas vezes, queria algo mais. E, quando estava no clima, não era exatamente de escolher. Nem era discreta. E podia haver meses entre uma coisa e outra. Ou um dia. Ela podia se encontrar com alguém uma vez. Ou várias vezes. Não sei a palavra certa. Pragmática? Acho que eu diria que, no que tangia aos homens, ela podia ser bem pragmática. De modo que sim, de vez em quando eu a ouvia falar de mais de um sujeito.

Arthur quisera meramente instigar Genevieve a reconhecer a possibilidade de que Luisa perseguisse interesses múltiplos. Esse era um pequeno triunfo. Pensou se deveria perguntar se ela sabia sobre a Sra. Remardi ter encontros no estacionamento do aeroporto, mas as reações da Sra. Carriere sobre a abordagem prática de Luisa em relação ao amor lhe davam latitude para levantar o argumento.

Em vez disso, voltou-se finalmente para a opinião da Sra. Carriere de que Luisa e Erno nunca tinham tido um envolvimento romântico, o que já estava um tanto comprometido pela concessão de Genevieve de que Luisa poderia ter escondido coisas.

– A senhora sabe, pelo que a Sra. Remardi contou, se houve algum desentendimento entre Erno Erdai e ela?

– Desentendimento?

– Deixe-me perguntar de outro modo. A senhora sabia se, seis semanas antes de sua morte, ela estava com muita raiva dele?

– Sim.

– E ela achava que ele tinha usado um pretexto para que lhe fizessem uma coisa muito ofensiva e fisicamente invasiva?

– Sim.

– Uma coisa que ela relacionou, segundo as observações que fez, a atos íntimos?

Genevieve chegou a sorrir para Arthur, admirando as jogadas dos advogados, antes de dizer que sim.

– E o fato, como a senhora testemunhou antes, é que na verdade ela nunca lhe contou realmente o que achava que tinha levado o Sr. Erdai a mandar fazer a revista, não é?

Ele pôde ver instantaneamente que tinha dado um passo a mais do que devia. Os olhos de Genevieve se fixaram rapidamente nos seus, como em um alerta, e ela colocou os lábios para dentro da boca.

– Como eu disse, ela não explicou o que achava que Erno estava querendo.

Ansioso em relação ao que quer que tivesse perdido, Arthur optou por dar um sorriso bondoso, como se a resposta dela fosse exatamente o que ele havia esperado.

– Nada mais – acrescentou. Sem ousar olhar para Muriel, anotou várias linhas em seu bloco. Se fosse ele que estivesse do outro lado da mesa, as nuanças da reação de Genevieve poderiam muito bem ter lhe escapado. Mas aquela era Muriel, que possuía um espécie de radar extrassensorial, que não passava pelo raciocínio. Arthur não ficou totalmente surpreso quando ela pediu ao taquígrafo para ler de novo a última pergunta dele.

– Ela lhe contou por que Erno Erdai mandou fazer a revista? – perguntou Muriel, então.

– Ela não explicou o que achava que ele estava tentando, não.

– Não foi isso que eu perguntei. Não estou perguntando o que ela achava que ele tinha em mente. Ela disse alguma coisa para explicar o que levou o Sr. Erdai a fazer aquilo?

Genevieve esperou, depois disse que sim. Muriel se virou para Larry. Arthur viu Larry virar a palma da mão para cima: que diabo.

– E o que foi? – perguntou Muriel.

De novo, a Sra. Carriere olhou para o colo e deu um suspiro profundo.

– Por causa de uma coisa que eu tinha dito a Erno na semana anterior.

– Que *a senhora* tinha dito? Vamos voltar aqui...

Genevieve levantou a mão. Em seu pulso, um bracelete fez barulho. Em meio às figuras em miniatura que balançavam, havia quatro silhuetas de ouro, sem dúvida representando seus filhos.

– Depois de Luisa ser revistada, ela ficou com raiva de Erno. Mas também com raiva de mim. Porque eu tinha dito uma coisa a Erno, e ela pensou que havia sido revistada por isso. Foi por isso que ela me contou. Ela estava basicamente me dando uma bronca por ter aberto a boca.

– E o que a senhora contou ao Sr. Erdai?

De novo, Genevieve se demorou.

– Eu estava trabalhando no turno da noite, no qual eu geralmente revezava com Luisa. Mas, por algum motivo, naquele dia ela pegou o turno da manhã. De qualquer modo, um homem tinha ido procurá-la.

– Um homem? Ele deu o nome?

– Não. Ele não deu o nome.

– A senhora pode descrevê-lo?

– Em que aspecto?

– O que a senhora achou dele? Qual era sua raça?

– Ele parecia bem moreno. Provavelmente negro, mas eu não diria isso com certeza. Talvez hispânico.

– Idade?

– Não sei dizer. Nem velho, nem novo.

– Gordo, magro?

– Mais para magro.

– Certo. Foi isso que a senhora contou a Erno Erdai na semana antes de Luisa Remardi ser revistada: um homem tinha procurado por ela.

– Certo.

– E a senhora teve uma conversa com esse homem?

– Sim. E foi sobre isso que eu falei com Erno.

– E o que o homem disse?

– O homem perguntou onde Luisa estava e disse para eu falar com ela que ele tinha visto o Faraó.

– "O Faraó"? Como o do Egito?

– Foi como me pareceu.

Claramente perplexa, Muriel examinou de novo a Sra. Carriere.

– E o homem disse mais alguma coisa além de que tinha visto o Faraó?

– O homem disse que tinha visto o Faraó e que Luisa não podia fazer aquilo com ele.

– Quem era o Faraó?

– Eu não sabia.

Arthur viu Muriel inclinar a cabeça. Tinha ouvido alguma coisa.

– *Agora* a senhora sabe quem era o Faraó?

– Só sei o que Luisa me contou.

– Quando foi essa conversa?

– No dia seguinte. Depois de aquele homem ter aparecido.

– Diga o que ela falou e o que a senhora falou sobre o Faraó.

– Eu disse que um homem tinha vindo e contei que ele disse que tinha visto o Faraó. E que eu tinha contado ao Erno. E ela ficou chateada comigo. Por eu ter contado ao Erno. E uma coisa levou a outra. Ela contou quem era o Faraó.

– E o que ela contou?

A Sra. Carriere olhou de novo para Muriel como a mesma intensidade que Muriel tinha lhe dirigido. Em seguida, cobriu a boca com a mão e começou a balançar a cabeça.

– Não vou contar – declarou ela, com a voz meio embargada, apesar do tom enfático. – Eu só sei o que ela disse. E minha advogada disse que isso não pode ser usado no tribunal. É por isso que eu não entendo por que tenho que passar por isso tudo.

– Extraoficialmente – disse Marta. Ela fez um gesto chamando Arthur e Muriel até sua sala do outro lado do corredor. O lugar era mobiliado como a biblioteca de um cavalheiro de uma época passada, com sofás fundos e coleções de livros com lombadas gravadas em ouro e alinhadas na prateleiras compridas. Arthur podia sentir o cheiro dos charutos de Stern na sala ao lado. Uma das mesas laterais tinha várias fotos de Marta e de seu marido, que parecia hispânico, e dos dois filhos. Também havia várias fotos antigas de seus pais. Especialmente com a roupa que usava hoje, um terninho com colete, aos olhos de Arthur, Marta era uma réplica exata de Stern havia décadas.

– Hipoteticamente – disse Marta –, vamos imaginar que a Sra. Remardi estava desfalcando certas propriedades da TN. – Marta estava pegando leve. “Desfalcando” era um eufemismo para “roubando”.

– Que tipo de "certas propriedades"? – perguntou Muriel.

– Passagens aéreas.

– Passagens aéreas?

Larry, que os havia acompanhado, foi o primeiro a entender.

– Ela estava revendendo as passagens por intermédio desse tal de Faraó, certo?

– Hipoteticamente. Bom, a TN é implacável em punir a desonestidade dos empregados. Tolerância zero. A empresa se queimou há cerca de dez anos tentando enfiar embaixo do tapete alguma coisa envolvendo um dos seus figurões. Um dos advogados que supostamente estava investigando um roubo acabou saindo com 4 milhões de dólares.

– Eu me lembro – disse Muriel.

– Naquele tempo, era cadeia para todo mundo. Acusação, se possível, e processos civis para recuperar o que foi roubado. Não importando quem nem o quê. As filhas de Luisa Remardi estão vivendo de uma pensão da TN.

– A TN não vai processar órfãs.

– Se fossem os filhos de sua melhor amiga, você arriscaria? – Marta abriu as mãos pequenas em direção a Muriel. – Você realmente não precisa que as atividades de Luisa façam parte dos autos, precisa?

– Neste momento, eu diria que não – disse Muriel. – Mas não quero ficar perseguindo sua cliente morro acima e morro abaixo para conseguir uma resposta direta.

Marta assentiu várias vezes, depois se virou em direção a Arthur. Ele estava espantado e sem saber o que pensar. Por enquanto, lembrou a Marta que se tratava de um caso de pena capital. Disse que deixaria o assunto de lado enquanto pudesse, mas que se reservava o direito de examiná-lo se achasse que isso poderia ajudar Rommy materialmente.

– Claro – disse Marta.

Assim que terminaram, Marta, Arthur e Muriel voltaram à sala de reuniões, e Marta chamou sua cliente para fora. Quando Genevieve retomou o lugar ao lado do taquígrafo do tribunal, murmurou um "obrigada" para os dois advogados. Ainda parecia inquieta. Estava com a bolsa ao colo e um lenço numa das mãos.

Muriel não pareceu muito aplacada com a gratidão de Genevieve. De fato, com o tempo, ela parecia ter ficado mais incomodada. Remexeu-se na cadeira várias vezes, ajeitando-se. Arthur suspeitou que Muriel se sentia enganada por Marta em suas conversas anteriores.

– De novo, para os autos – disse Muriel. – Um homem cujo nome a senhora não sabia foi procurar Luisa Remardi em algum momento de maio de 1991. A ocasião está correta?

– Está.

– E esse homem disse alguma coisa sobre Faraó ou O Faraó. Então a senhora contou a Erno Erdai o que esse homem disse, e Luisa Remardi ficou com raiva de a senhora ter feito isso e portanto acabou explicando quem era o Faraó e a natureza do relacionamento entre eles. Essa é a linha geral?

– Correto.

– Ela lhe disse o sobrenome do Faraó?

– Não.

– Ela disse se isso era um apelido?

– Não.

– Ela disse onde o Faraó morava ou trabalhava?

– Eu não sei mais nada sobre ele. Assim que Luisa me disse o que os dois estavam fazendo juntos, eu não quis ouvir mais nenhuma palavra. Francamente, a única coisa com a qual eu estava curiosa era como eles iriam escapar. Eu nunca tinha ouvido falar de uma coisa dessas funcionando a longo prazo. Mas decidi que nem me importava em saber.

– E esse homem que apareceu. Luisa Remardi explicou qual era a ligação dele com o Faraó e com ela?

– Ele havia apresentado os dois.

– Sei. E ele tinha alguma participação no empreendimento do qual participavam Luisa Remardi e o Faraó?

– Luisa disse que ele queria uma parte, mas que não recebeu.

Muriel murmurou. Já havia deduzido isso. Arthur repassou para si mesmo. Aquele terceiro homem tinha sido a conexão. Ele havia colocado Luisa em contato com o Faraó para vender as passagens e estava querendo uma parte do jogo, que não havia recebido.

– Agora quero ter certeza de que entendi direito. A senhora não tinha ideia de quem era o Faraó ou de qual era o relacionamento da Sra. Remardi com ele até ela explicar isso um dia depois daquele outro homem ter aparecido? Certo ou errado?

– Totalmente certo.

– E, se a senhora não entendia a natureza do relacionamento da Sra. Remardi com o Faraó, por que contou a Erno Erdai o que o homem tinha dito?

– Porque Erno era o chefe da segurança. – Marta, do outro lado de sua cliente, fez um movimento sutil, e Genevieve levantou o queixo para Muriel. – Porque o homem tinha feito ameaças a Luisa.

– Ameaças específicas? De ações específicas?

– Sim.

– E do que ele a ameaçou?

Os olhos de Genevieve baixaram para suas mãos, que agora cobriam a bolsa ao colo.

– Ele disse que ia matá-la.

A visão de Arthur saltou, como se um filme tivesse saltado alguns quadros. Muriel, que jamais se abalava, ficou sentada de boca aberta.

– Erno Erdai disse isso?

– O homem que foi lá naquela noite disse isso.

Ficando mais agitada, Muriel se ajeitou de novo na cadeira, balançou os ombros, esticou o pescoço. Depois, olhou para Genevieve, falando rigidamente.

– Agora eu vou fazer uma pergunta, Sra. Carriere, e espero que responda tendo em mente que o juramento que a senhora fez exige contar toda a verdade. Entende?

– Entendo.

– Conte tudo que aquele homem falou para a senhora.

– Ele perguntou por Luisa. Eu disse que ela não estava lá. E ele ficou chateado. E falou alguma coisa do tipo: "Diga a ela que eu acabei de ver o Faraó e que ela não pode fazer isso comigo. E, quando eu a encontrar, vou matá-la." E naturalmente eu fiquei preocupada com Luisa. Quando estava saindo do turno, vi o Erno e pensei que ele, como chefe de seguranca, deveria saber daquilo. E contei.

Depois que a máquina do taquígrafo tinha parado de estalar registrando a resposta, houve silêncio total. A importância do que tinha acabado de ouvir deixou Arthur sem fala. Luisa estivera envolvida em um negócio sujo com alguém chamado Faraó e um terceiro homem. E o terceiro homem tinha dito que ia matá-la. Havia um outro círculo neste caso, um círculo de crime e possível conspiração, que não tinha nada a ver com Rommy e muito pouco com Erno também. E tudo isso era notícia boa para Romeo Gandolph. Com um número maior de suspeitos, ninguém poderia ter a certeza necessária para executar Rommy.

Muriel também avaliava claramente o dano que havia sofrido. Seu rosto pequeno estava retorcido. Ela podia ser má.

– Bom, esse homem disse que ia matar Luisa Remardi cerca de dois meses antes de ela ser assassinada, certo?

– Certo.

– E, depois de a Sra. Remardi ser morta, o detetive Starczek, que está sentado aqui mesmo, interrogou a senhora sobre esse caso. Na verdade, duas vezes. A senhora lembra?

– Lembro.

– E nunca contou a ele, não é verdade, que um homem apareceu no aeroporto DuSable e ameaçou a vida de Luisa Remardi?

– Ele não perguntou. E eu não achei que tivesse alguma coisa a ver com o assassinato dela. Quando eu contei aquilo a Luisa, ela riu. Tinha certeza de que ele só estava falando da boca para fora.

– Claro que não – disse Muriel. – Por que a senhora pensaria que isso tinha alguma coisa a ver com o assassinato de Luisa? Que conexão poderia haver?

– Protesto contra isso – disse Marta.

– *Você* protesta? – perguntou Muriel. Em seguida, apontou para Larry. – Vá olhar no corredor – disse ela. – Talvez lá fora haja mais seis ou sete pessoas que queiram dizer que mataram os três.

– Eu certamente protesto contra isso – disse Marta.

– Preciso de um adiamento – disse Muriel. – Estou com raiva demais para continuar. – Sua cabeça balançava de um lado para outro como um brinquedo de mola.

Sempre de pavio curto, Marta estourou de vez. Ela e Muriel tinham concordado com um depoimento de duas horas. Genevieve não voltaria. As duas mulheres se enfrentaram por um momento enquanto Arthur apenas olhava. Para Marta, o depoimento estava terminado.

– O diabo que está – respondeu Muriel. Disse que Genevieve era uma testemunha importante demais para ser abordada de modo sumário. Agora que Muriel sabia daquilo, queria tempo para investigar, antes de ir em frente.

Sentado ali, Arthur lutava para pensar com clareza. O período de revelações que o Tribunal de Apelações havia autorizado terminava no dia seguinte. Sem dúvida, Muriel estava pensando em tentar adiar o prazo final. E, com toda certeza, Arthur não queria que ela tivesse sucesso nisso. Com o período de revelação encerrado, essa nova informação garantiria que o Tribunal de Apelações permitiria o prosseguimento do *habeas* de Rommy. De fato, finalmente com o poder de decidir o caso, Kenton Harlow poderia conceder rapidamente um novo julgamento a Rommy, baseado nos testemunhos de Erno e Genevieve. Arthur tentou bancar o pacificador, esperando encerrar o depoimento.

– O que você precisa investigar? – perguntou a Muriel.

– Bom, de cara, eu gostaria de alguma pista sobre esse homem misterioso que apareceu e ameaçou matar Luisa.

– O que a Sra. Carriere poderia acrescentar? Ela já lhe deu as características físicas e disse que não sabia o nome do homem.

O taquígrafo interrompeu para perguntar se aquilo entraria nos autos. Arthur disse que sim, e Muriel disse que não.

– Ah, nem vem com essa – disse Arthur. – Nos autos: Sra. Carriere, existe algo que a senhora possa nos dizer hoje e que ajude a identificar esse homem que disse que ia matar a Sra. Remardi?

Ele pensou que havia perguntado isso do modo mais gentil possível, mas Genevieve lançou-lhe um olhar amargo.

– Eu prefiro parar agora – disse ela. – Nem posso dizer como isso tudo é perturbador. Foi tudo tão maluco! – Em nenhum momento, Genevieve tinha largado o lenço. Olhou para baixo para ter certeza de que ele estava em sua mão.

– Talvez a senhora pudesse simplesmente responder sim ou não à minha pergunta – disse Arthur. – E então nós poderemos considerar tudo terminado.

O que Genevieve lançou brevemente em direção a Arthur era suficientemente cru para ser ódio. Parecia fora de propósito, mas naquele olhar de desprezo ela havia encontrado a vulnerabilidade persistente dele. Arthur bateu com a mão na perna.

– Certo – disse ele. – Eu concordo com o adiamento.

A voz seguinte pareceu vir de lugar nenhum.

– Eu acho que ela deveria responder a essa pergunta agora mesmo. – Era Larry.

Todos se viraram para ele. As mãos do taquígrafo estavam sobre as teclas compridas da máquina, sem ter certeza se deveria registrar uma interrupção vinda de alguém que não era advogado. Muriel estava olhando para Larry com fúria suficiente para Arthur ficar surpreso por ela não ter simplesmente lhe dado uma surra de cinto.

– Faça com que ela responda – disse Larry a Muriel. Houve um momento entre os dois. Arthur pôde ver que era algum tipo de teste de confiança. Então, Muriel cedeu.

– Certo – disse ela. – Responda.

Em vez disso, Genevieve encarou Marta. Marta puxou a cadeira alguns centímetros para perto da cliente e cobriu a mão de Genevieve com a sua, esperando que ela se recompusesse.

– Eu acho tudo isso sem sentido – disse Genevieve. – Nada disso vai ajudar aquelas meninas. E, com o Erno agora, ninguém vai saber de nada com certeza.

– A testemunha se recusa a responder – disse Muriel. – Responda à pergunta. A senhora sabe alguma coisa que pode ajudar a identificar o homem que disse que mataria Luisa Remardi?

– A pergunta é minha – disse Arthur. – Eu retiro. – Ele não tinha ideia do que estava fazendo. A não ser que instintivamente estava pressionando Muriel o máximo possível.

– Eu a faço de novo – disse Muriel.

– Não é sua vez – disse Arthur. – E nós acabamos de concordar com um adiamento.

– Vamos terminar – disse Muriel. Durante toda a breve discussão, ela jamais havia afastado os olhos de Genevieve, que parecia incapaz de fazer qualquer outra coisa além de olhar de volta, apesar de algumas lágrimas.

– A senhora não perguntou se eu o conhecia – disse a Muriel. – Perguntou se ele tinha dito o nome. E ele não disse. Mas eu o tinha visto antes. No aeroporto. E agora sei o nome dele. – Então, ela se virou para Arthur. E, na absoluta gravidade dos grandes olhos castanhos da Sra. Carriere, de repente, ele compreendeu o significado dos olhares de alerta dela e a profundidade de sua própria tolice.

– Foi o seu cliente – disse ela. – O Sr. Gandolph. Ele é o homem que disse que ia matar Luisa.

Parte III
Decisão

25
Foi ele

28 de junho de 2001

Arthur fez o máximo para escapar sozinho do escritório exageradamente decorado dos Stern, mas Muriel e Larry chegaram enquanto ele ainda estava esperando o elevador, e, num silêncio neutro, os três ficaram diante das portas de latão trabalhado. Finalmente Muriel falou algo sobre redigir uma moção para arquivar o processo no Tribunal de Apelações, mas Arthur não tinha ânimo para responder, nem mesmo para escutar. Deixou que eles descessem na frente quando o primeiro elevador chegou.

Alguns minutos depois estava na portaria do Towers, onde um toldo de aço e vidro no alto oferecia proteção contra um súbito aguaceiro. Arthur espiou para fora, então saiu na chuva, percorrendo mais de um quarteirão antes de perceber que estava ficando encharcado. Enfiou-se na portaria de outro prédio de Center City e, então, depois de um momento em que mais uma vez caiu numa reflexão agitada, saiu de novo sob a tempestade. Tinha que voltar ao escritório. Precisava contar a Pamela. Com o tempo, percebeu que estava com fome, cansado e que precisava mijar. Mas, como se sentia furioso, tudo que conseguia manter no pensamento era a resposta final da Sra. Carriere. *Seu cliente. O Sr. Gandolph.* Mastigou as palavras até se transformarem numa coisa ruim, impossível de ser digerida, e finalmente se sentiu obrigado a aceitar o óbvio: precisava encontrar um local seco. Então, dentro de poucos minutos, estava correndo de novo, tentando acordar do desespero, como se, em outro lugar, o testemunho dela pudesse significar outra coisa.

Até agora Rommy existia em sua mente apenas como um inocente perplexo – e, mais importante, ele próprio se sentia como o valente defensor de uma causa justa e milagrosa. Se Rommy era o culpado, o mundo de Arthur era diferente e mais sombrio, um lugar que ele havia se convencido de que não precisava mais habitar. De novo, a vida seria apenas trabalho duro e dever.

Acabou se encontrando na frente da Morton's. Desesperado, entrou, decidido a procurar o banheiro, mas, assim que passou pela porta, pensou em Gillian, inspirado por uma impressão periférica de seu cabelo cor de raposa. Aproximando-se do balcão de cosméticos, não viu nenhum sinal dela. Tinha se convencido de que fora uma ilusão quando ela apareceu de súbito a sua frente, erguendo-se depois de guardar mercadorias nas gavetas de baixo.

– Arthur. – Gillian deu um passo atrás com a mão comprida pousada sobre a gola.

– Foi ele – disse Arthur – Pensei que você deveria saber. Muriel vai deixar vazar para todo mundo. Você vai ficar sabendo logo. Mas foi ele.

– Ele quem?

– Meu cliente. Rommy. Ele é o culpado.

Gillian saiu por uma pequena passagem no balcão. Pegou Arthur pelo cotovelo, como faria com uma criança perdida.

– O que quer dizer com "ele é o culpado"?

Arthur descreveu o depoimento.

– Não consigo encontrar nenhuma saída agora – disse. – Parece que meu cérebro esteve no micro-ondas ou alguma coisa assim. Onde é o banheiro?

Ela chamou uma colega, avisando que ia fazer uma pausa, depois levou-o, oferecendo-se para segurar sua pasta. Descendo a escada rolante, havia um café onde Gillian esperaria por ele.

Alguns minutos depois, tentando se acalmar, Arthur parou diante do espelho acima das pias do banheiro. Seu cabelo parecia ter sido lavado e, embaixo das intensas luzes fluorescentes, lembrava tinta derramada. O terno cinza estava encharcado, preto por cima dos ombros. Não era de espantar que Gillian tivesse pulado ao vê-lo. Ele parecia um sem-teto que havia acabado de fugir da sarjeta.

Do lado de fora, telefonou rapidamente para Pamela, garantindo que a notícia era tão ruim quanto parecia, depois desceu a escada rolante até o pequeno café que a Morton's tinha aberto recentemente no porão, como mais um ardil para manter os clientes na loja. O esforço estava dando certo. Apesar de o almoço ter terminado havia muito, a maioria das mesinhas brancas estava ocupada por senhoras que esperavam o fim da chuva, com as bolsas de compra ao lado dos joelhos.

Um pouco adiante, Gillian estava sentada de costas para ele, terminando de fumar um cigarro. Pelo menos, a visão amenizou um pouco o choque provocado pela Sra. Carriere. Apesar do frio crescente que ele sentia, da confusão atual, Gillian, como uma figura, continuava a inspirar empolgação e fome. Mas ele não podia fingir que ela não houvesse alcançado um pouco do que pretendia com as revelações na última vez em que os dois haviam se encontrado. Era a visão de uma adolescente demonizada, encostando cigarros acesos na carne, que o havia assombrado. Ele podia vê-la, muito pálida e magra, empurrando a brasa contra a região sensível na parte interna do braço. E o tempo todo mantendo o rosto solene apesar da dor e da pungência medonha de sua própria carne se queimando.

Essa imagem fez Arthur parar. Ele se conhecia como uma pessoa de intermináveis sonhos insatisfeitos. Mas, por cima da criatura em uma adolescência perpétua, estava o homem que ele havia se tornado aos 30 anos, nem uma criança nem um idiota, alguém que tinha começado a aprender com os próprios erros em vez de repeti-los até o infinito, alguém que agora podia não somente dominar os desejos mas até deixá-los para trás. Na última semana e meia, quando parava o trabalho no escritório para olhar o rio, pensava frequentemente em Gillian. Sim, seu coração se enchia, sim, ele analisava as conversas com ela até que não permanecessem mais intactas em sua memória, tendo-se atulhado com as intervenções marotas que se imaginava fazendo graças ao motor acelerado das fantasias. Então sua pulsação ficava mais lenta com a percepção dos verdadeiros riscos que estavam a sua frente. Ele conhecia bem o desejo, mas era menos escolado em dor de amor.

Seu divórcio fora devastador. Mas ele havia se casado com Marjya simplesmente porque ela aceitou. Ela era muito bonita. E, sem dúvida, inteligente. E Arthur sentia um tesão incontrolável. Mas, em nenhum dos cerca de quarenta dias que passaram juntos, entendeu uma única coisa sobre ela. Não conseguia fazer com que ela fechasse a porta do banheiro, ou que sentisse prazer com a maioria das comidas americanas. Quem poderia ter lhe contado como era difícil se explicar a alguém que havia crescido sem um aparelho de televisão, que tinha apenas uma vaga ideia de quem era Richard Nixon, quanto mais Farrah Fawcett ou o Cubo Mágico? Cada instante era uma surpresa – especialmente o último, quando ela disse que o estava deixando por causa de um patrício, nada menos do que um ladrilheiro.

Como ela podia simplesmente abandoná-lo, perguntou ele, abandonar a vida dos dois?

– Isso? – respondeu ela. – Isso não é nada.

Tinha sido ruim. Mas Gillian, como alguém a quem ele aspirava de modo tão exaltado, mesmo que idiotamente, apresentava um perigo muito além do que o que fora Marjya. Neste mundo, ele não possuía praticamente nada. Mas ali estava o seu Eu – sua alma frágil. Uma pessoa sofrida e comprometida como Gillian – uma pessoa que fora tão dominada por seus demônios a ponto de sucumbir à bebida, à criminalidade, ao amor incestuoso e Deus sabe ao que mais – alguém assim era tão imprevisível quanto Susan. Ele tinha dito a Gillian que não sentia medo dela. Isso tinha sido ousado – e idiota. Depois, percebeu que não era totalmente verdade. Nos fins de tarde, quando se virava de costas para a mesa e deixava a mente escapar nas camadas de luz alaranjada no rio, o pensamento em Gillian também trazia uma percepção fria do modo como o amor podia se transformar numa catástrofe.

Parado no subsolo da loja, pensou em tudo isso mais uma vez. Então continuou em frente. Ele só podia ser ele próprio, o que significava perseguir a chance, não importando o quanto fosse pequena, de estar com alguém com quem sonhava, de atravessar a distância intransponível entre o que vivia apenas na sua mente e o que era real. Como a comida, a saúde e o abrigo, todo mundo, ele acreditava, tinha direito a isso.

Enquanto Arthur estava longe, Gillian sentou-se à mesinha branca e fumou vários cigarros. Recentemente estivera se mantendo com menos de um maço por dia, mas agora havia se tornado praticamente uma certeza o fato de que seus encontros com Arthur iriam sacudi-la. As rupturas costumavam valer a pena a seu modo, mas ela ainda precisava se fortificar com a nicotina. Tinha parado de fumar durante a faculdade de direito, recomeçando somente em Hazelden, onde foi hospitalizada para abandonar a droga. Nas reuniões dos Narcóticos Anônimos, todos pareciam ter um cigarro entre os dedos. Ela sabia que havia trocado um vício por outro, o novo quase tão letal quanto o anterior, e menos divertido, mas esses eram os termos de uma vida a ser vivida um dia de cada vez.

Virando-se, viu Arthur de volta, perdido em si mesmo. Gillian tinha uma coisa importante para dizer e nem esperou que ele se sentasse.

– Você não deveria desistir, Arthur.

O queixo de Arthur caiu enquanto ele se sentava.

– Eu não tenho direito de dar conselhos a você – disse ela. – Mas me deixe fazer isso. Você fez um trabalho bom demais. Se há uma testemunha que não tinha sido revelada, talvez haja outras.

Inicialmente, enquanto esperava Arthur, ela havia se sentido perturbada pensando nele. Depois de visitá-lo em sua casa, depois de conhecer Susan, depois de ouvir os relatos cheios de adoração sobre o pai dele, desejava que a luz de alguma coisa maravilhosa brilhasse sobre Arthur, porque, simplesmente, ele merecia. Perder o processo de Gandolph seria um golpe injusto.

Mas o que a colocou cara a cara com a Gillian que era tão frequentemente um choque para si mesma foi seu feroz desapontamento diante da notícia dada por Arthur. Todo mundo que tinha feito uma vida no tribunal criminal sabia que geralmente os réus merecem sua punição. Mas, enquanto estava ali sentada, fumando sem ser interrompida, as cinzas se empilhando no pequeno cinzeiro de lata sobre a mesa, ela havia gradualmente – e calmamente – reconhecido que queria que Rommy Gandolph fosse libertado. Queria que seu julgamento sobre ele fosse, como tantos outros julgamentos daquele período, reconhecido como um erro. E revertido. Porque agora finalmente reconhecia: ela comparava a vida nova para Rommy Gandolph ao seu próprio renascimento. E tinha dependido de Arthur, aquele exemplo de sinceridade, como seu cavaleiro andante. Porque assim era Arthur. Confiável. E virtuoso. Talvez o mais espantoso fosse que ela estava despreparada para deixar aquilo de lado. Não sentia necessidade de explicar os motivos, mas permaneceu decidida a reanimá-lo.

– O problema – disse ele – é que acreditei em Genevieve. Ela realmente não queria dizer aquilo.

– E acreditou em Erno também. Agora você acha que ele estava mentindo? – Ele não parecia ter pensado nisso. – Você precisa de tempo, Arthur. Para falar com seu cliente. E com Erno.

– Certo.

– Não desista. – Ela se inclinou para a frente e segurou as duas mãos dele. Dessa vez Gillian sorriu e, de um modo meio infantil, Arthur pareceu refletir o encorajamento dela. Assentiu, depois cruzou os braços apertados contra o corpo. Estava morrendo de frio; precisava ir para casa trocar de roupa. Ela não teve razão para duvidar; as mãos dele pareciam mármore.

– Desculpe, Arthur, mas, olhando para você, eu me pergunto se você vai conseguir manter a atenção no trânsito. Será que estou bancando muito a vovó?

– Provavelmente não. Eu pego um táxi.

– Você teria sorte se achasse um na chuva. Onde está o seu carro? Eu poderia dirigir. Andei treinando com a perua de Duffy. E tenho intervalos de almoço e jantar.

Arthur ficou sem resposta. Usando um telefone da loja, Gillian ligou para Ralph, seu chefe, que disse que ela podia sair. Ele esperava pouco movimento por causa da chuva.

– Venha, Arthur – disse ela. – Ficar preocupado com o seu belo automóvel nas minhas mãos vai manter sua mente longe dos problemas.

A vaga mensal de Arthur ficava meio quarteirão adiante. Eles chegaram por meio de uma série de túneis pelo subsolo entre os prédios. O estacionamento ficava debaixo de um dos arranha-céus mais novos e saía na Lower River, uma via que passava abaixo da River Drive. Os recém-chegados à cidade não conseguiam entender aquela pista, e Gillian, que tinha ficado fora uma década, também não. A Lower River tinha sido projetada para afastar os caminhões das ruas de Center City, dando-lhes acesso às entradas de carga dos grandes edifícios. Ela funcionava bem para esse objetivo, mas era tortuosa e o ambiente, surreal. Luzes de sódio brilhavam lá embaixo 24 horas por dia, e, com o passar dos anos, os sem-teto tinham transformado aquele lugar em seu principal refúgio. As caixas de papelão molhadas e os colchões manchados e com molas se projetando, sobre os quais dormiam, ficavam empilhados nos vãos entre as colunas de concreto que sustentavam a River Drive. A chuva escorria entre as emendas do aço, em cima, enquanto homens sujos, vestidos com roupas esfarrapadas, matavam o tempo entre as colunas, parecendo, na melhor das hipóteses, criaturas de *Os miseráveis*, se não de *Os portões do inferno*.

No carro, Arthur continuou concentrado na catástrofe do dia.

– Você se sente vingada? – perguntou.

– De jeito nenhum, Arthur – disse ela, com alguma veemência. – De jeito nenhum.

– Verdade? Depois da surra que você levou nos jornais, achei que estaria amarga.

– Nesse caso foi coragem sua ter vindo e me contado pessoalmente. Sinceramente, eu achava que você seria a última pessoa a me procurar, Arthur.

Gillian dirigia com a hesitação dos idosos, virando o volante e freando com muita frequência, mirando fixamente o calçamento brilhante, como se fosse um campo minado. Mesmo assim, quando se aproximaram de um sinal, ela se permitiu um olhar lateral. Em seu estado atual, Arthur pareceu demorar um tempo para entender que ela estava aludindo ao que havia contado a ele sobre o irmão na última conversa.

– Muito pelo contrário. Eu achei que poderia ter ofendido *você* pelo que falei quando saiu do carro.

– Ah, tenho certeza de que você estava certo em relação àquilo, Arthur. Eu provavelmente estava tentando ajustar sua elevada opinião a meu respeito.

– Você arranja tudo de modo que ninguém tenha nenhuma chance. Você sabe disso, não sabe?

Num momento, ela teve consciência da força com que estava apertando o volante.

– Eu já ouvi isso – disse ela. – Não significa que meus alertas não tenham um bom motivo, Arthur. Provavelmente os justifica.

– Certo, eu já ouvi todas as suas advertências. Mas nunca imaginei que você não tivesse defeitos, Gillian. Só que era atraente.

– Atraente? Como assim?

Ela podia senti-lo a encarando. Estavam se aproximando do apartamento dele, e os comentários finais de Arthur foram feitos num tom áspero. Sem dúvida, ele estava irritado com ela por tê-lo posto na berlinda. Mas respondeu:

– Eu acho você muito inteligente e muito bonita, a mesma coisa que todo mundo sempre pensou, Gillian. Você sabe que tipo de sino você faz tocar, não finja que não.

– Você quis dizer sexualmente atraente. – Estar atrás do volante parecia permitir que ela falasse sem rodeios. Ou talvez fosse apenas seu instinto implacável de manter todo mundo a distância. Mas pensou que tinha um motivo.

– Você parece que se ressente disso. É um fato da vida, não é?

Arthur fez um gesto para o velho prédio de três andares, de tijolos, e Gillian levou o carro para o meio-fio com um sentimento de alívio. Então o encarou.

– Mas esse é o ponto básico, não é? Sexo?

Magoado, ele franziu o rosto. Estava lamentando tudo. Ela podia ver. Essa conversa. E qualquer outra coisa que ele tivesse dito e que o houvesse exposto a sua língua pouco educada.

– Quer saber? – disse ele – O que haveria de tão errado se eu dissesse que sim? Você quer reduzir a questão ao básico? Claro, eu gostaria de fazer amor com você. Eventualmente. Você é uma mulher muito bonita. Eu sou um homem. É a pneumática e o instinto. Quero dizer, eu não creio que isso vá acontecer hoje. Ou amanhã, ou no futuro próximo. Eu gostaria de conhecer você. Gostaria que você me conhecesse. Adoraria que você me conhecesse e gostasse de mim a ponto de querer que isso acontecesse. Você pode zombar disso também, Gillian. – Ele abriu a porta do carro, e ela estendeu a mão.

– Eu não estou zombando, Arthur. Eu tenho uma teoria.

– Sobre?

– Qual foi a sua palavra? "Quedinha"? Você está tentando agarrar suas próprias imagens. De séculos atrás. Você não me vê como eu sou, Arthur.

– Talvez eu a veja com mais clareza do que você mesma.

– Existe muita coisa que você não sabe, Arthur. – Ela baixou os olhos para a rua, coberta pelos braços fortes dos olmos velhos e grandes, sobreviventes empedernidos com folhagem completa. Embaixo deles, a chuva havia se transformado em nada mais do que algumas gotas. A palavra "heroína" estava em seus lábios, mas o motivo para contar aquela história seria imediatamente suspeito, tomado, como sua revelação sobre Carl, como outro alerta dramático destinado a manter Arthur a distância. – Muita coisa – repetiu. – E isso me apavora.

– Por quê?

– Porque é inevitável que você fique desapontado. Eu me sentiria uma vilã. E você ficaria muito mais chocado do que imagina.

– Bem, esse problema seria meu. – Ele abriu mais a porta. – Olha, eu estou cheio dessa conversa. Estou cheio de você me dizendo o que devo querer. Você tem o direito de dizer não. Eu já ouvi isso antes e ainda não pulei de nenhuma ponte. Então diga não, de uma vez por todas, e vamos terminar com isso. Mas pare de agir como se estivesse provocando.

– Eu não quero dizer não – respondeu ela. As palavras congelaram seu coração. Arthur também pareceu espantado. Gillian olhou pelo para-brisa molhado de chuva, subitamente perplexa e amedrontada, e depois, sem ter mais o que dizer, perguntou se o carro estava bem daquele jeito.

– Ótimo. Suba. Eu lhe dou uma revista e uma bebida gelada enquanto troco de roupa.

Como seu pai provavelmente tinha feito, Arthur mantinha as persianas das janelas dos fundos fechadas no verão, e o apartamento escuro tinha um cheiro de coisa velha, empoeirada, com cheiro de comida grudado no papel de parede e no reboco. Como ela, ele parecia incomodado com a conversa que tinham acabado de ter, e circulava nervosamente, ligando cada um dos aparelhos de ar-condicionado perto das janelas. Perguntou o que ela queria beber, mas imediatamente se corrigiu.

– Quero dizer, um refrigerante. Só que não sei o que tem na geladeira. – Arthur foi naquela direção, mas Gillian disse que estava bem. – Certo – disse ele. – Não vou demorar nem um minuto. – Em seguida, encarou-a e, sem mais palavras, desapareceu no quarto e fechou a porta.

Ela ficou sozinha na sala, de pé, por vários minutos. No quarto, podia ouvir gavetas batendo enquanto Arthur trocava rapidamente a roupa. Depois de algum tempo, Gillian se virou para a janela e abriu a persiana. No céu, havia de repente uma sugestão de sol. Arthur Raven, pensou ela. Quem poderia imaginar? Mas mesmo assim um tremor de prazer penetrou-a. Por isso valia a pena se levantar a cada dia. Porque a vida ainda podia causar surpresas. Então foi andando e bateu com força à porta escura do quarto.

– Posso entrar, Arthur? – perguntou.

Ele abriu uma fresta e olhou. Pediu para ela repetir o que tinha dito. Ela repetiu.

– Por quê? – perguntou ele.

Ela o encarou.

– Ah, por favor – disse ele. – Para você poder me provar que não vale todo esse drama?

Arthur poderia estar certo. Ela parecia ter embarcado num daqueles momentos de ação impensada que lhe haviam causado tanta encrenca no correr dos anos. Mas estivera certa em pensar que esse relacionamento jamais poderia suportar a luz diurna. Um quarto escuro era o único lugar onde ele poderia ser realizado a sério.

– Arthur, não banque o difícil. Eu duvido que tenha coragem de fazer isso de novo. – Ela passou um centímetro do portal e o beijou. Foi seco, frio e pouco impressionante, até mesmo para uma primeira tentativa. Mas serviu para mostrar suas intenções. Ele estava vestindo apenas as meias molhadas.

– Como isso deveria acontecer, Arthur?

Ele a encarou de modo inexpressivo.

– Devagar.

Beijou-a de novo, não muito melhor do que da outra vez, pegou sua mão e levou-a para a cama. Fechou as cortinas totalmente, deixando o quarto escuro. Falou com ela, sem ousar olhá-la.

– Você tira as suas roupas. E vamos sentar um do lado do outro. Só ficar sentados.

Ela se despiu de costas para ele. Dobrou as roupas, deixou-as sobre uma cadeira e se sentou de novo. Depois sentiu a cama balançar com o peso dele. Arthur estava suficientemente perto para que ela sentisse a coxa grossa dele roçando seu flanco. Gillian olhou para baixo, quase contra a vontade, e viu o órgão dele já apontando entre as coxas. Ela conhecia em Arthur tanto a ternura quanto a cobiça. Não podia adivinhar o que prevaleceria. Provavelmente, se desenhasse uma imagem, esperaria que ele a machucasse. Mas tinha se comprometido com isso. Era um pulo no escuro.

Nada aconteceu no início. Ainda era tarde, e a luz do dia parecia suavizar os sons de fora. Com o fim da chuva, ouvia-se o barulho dos insetos nas árvores e o ronco de um ônibus, a alguns quarteirões.

Depois de alguns minutos, ela sentiu as pontas dos dedos dele em sua coxa. Ele a tocou devagar. Tocou seu joelho. Tocou de leve suas costas e seus ombros. Como havia prometido, estava avançando lentamente. Quando tocou seus seios, os mamilos dela tinham se eriçado. Então ele a beijou – seus ombros, seus seios. Beijou sua boca brevemente e em seguida foi descendo. Separou seus joelhos e depois de um tempo levou a boca até lá. Depois de circular eternamente, mergulhou mais fundo.

Por um momento, então, ela abriu os olhos para ver a careca brilhante de Arthur Raven. Vários dos fios ralos de cabelo estavam espetados como um penacho de galo, e ela teve que controlar o impulso fatal de rir. Ficou ali um instante, friamente consciente, repreendendo-se, embora não houvesse palavras específicas, mas querendo a coisa certa, desejando apenas sentir, afundando lentamente no poço de sensações. Algumas vezes recuava, mas a cada vez escapava mais voluntariamente, até que, quando ele estava dentro, Gillian finalmente havia se juntado ao prazer. Isso era a vida, pensou então. Essas sensações, havia tanto tempo desaparecidas, eram o rio que alimentava aquela coisa perdida chamada de vida. Disparou para cima na corrente prateada e nem pôde se lembrar de ter dado a mão para ele, mas agora estavam grudados, a cabeça dela apertada contra o ombro dele, as pernas cruzadas atrás dele, enquanto seu corpo respondia num reflexo igual ao ritmo de Arthur.

Ele abriu as persianas para deixar alguma luz entrar no quarto. Ela cobriu os olhos, mas sentiu todo o peso da visão dele, parado ali perto, examinando-a.

– Você *é* realmente muito bonita – disse Arthur.

– Eu sou uma daquelas mulheres que ficam melhores com roupas, Arthur. – Gillian tinha passado muitas horas se avaliando e sabia o que ele estava vendo. Ela era sardenta, com membros compridos e seios pequenos, e tão pálida que suas canelas pareciam quase azuis.

Quanto a Arthur, ele não era puramente o homem que aparentava ser. Era meio curvado no meio, mas tinha passado parte de seu tempo solitário se mantendo em forma. Sua forma arredondada era mais resultado das costelas abauladas a ponto de parecer um capacete. Tinha quadris estreitos e perninhas de pássaro e braços bonitos e fortes. E também era o homem mais peludo que ela já vira. Sem as roupas, de algum modo, parecia enérgico e rápido. Em retração, seu órgão masculino brilhava no meio da floresta como uma lâmpada. Era como o restante de Arthur, mais grosso do que muitos, mas não comprido. Ele estava ao lado da cama, examinando-a. Ela estendeu a mão, em seguida se aproximou para colocar a coisa inteira na boca. Pareceu maior depois de um tempo.

– Ainda não – disse ele.

Mas ela não estava pronta para soltá-lo. Trabalhou com ternura deliberada, a ternura que ele lhe havia demonstrado, até estar totalmente ereto de novo. Depois, passou o pênis dele, como um cetro, pelas linhas do rosto, os olhos, as bochechas, a boca, e então recebeu-o de novo. Quando ele caiu ao seu lado dessa vez, dormiu.

Gillian achou uma manta ao pé da cama e ficou deitada debaixo dela, olhando a luminária do teto, um quadrado fosco de design antiquado dos anos 1950, revisando as sensações na sua mente. Não tinha percebido que Arthur estava acordado, até que ele falou com ela de novo algum tempo depois.

– A Bíblia estava certa.

– A Bíblia? É nisso que você está pensando, Arthur?

– Sim.

Ela fechou os olhos. Seria terrível se esse momento se transformasse numa homilia ou num cântico.

– Estou. Eu estou pensando naquela expressão. "Ele a conheceu."

– Vem do grego.

– É mesmo? É a expressão certa. Não é?

– Você me conhece, Arthur?

– Alguma coisa, sim. Uma coisa especial.

Ela pensou na ideia e a desconsiderou como sendo absurda. Ninguém a conhecia. Ela mesma não se conhecia.

– O que você sabe sobre mim?

– Sei que você sofreu a vida inteira, como eu. Sei que está farta de ficar sozinha. Certo?

– Não faço ideia.

– Você quer o respeito que merece. Você precisa disso.

Ela se sentou. A conversa a estava deixando desconfortável.

– Não pense. – Em seguida, beijou-o. – Você consegue fazer de novo?

– Eu tenho grandes reservas. Uma vida inteira.

– Eu quero de novo.

Quando terminaram, Gillian foi ao pequeno banheiro de Arthur. Dessa vez, para ela, tinha sido muito melhor. A sensação a atravessava enormemente sempre que ele se mexia. Tinha feito sons, gritado, e uma espetacular onda de sentimento a havia engolfado por fim, um orgasmo tremido, em série, digno da escala Richter. Ela se sacudiu no auge, como um ninho no topo de uma árvore, para além da respiração ou do tempo, sem querer deixá-lo ir embora e finalmente deixando somente porque sabia que morreria se não deixasse.

Os ecos do prazer tinham deixado tantos tremores em suas pernas que ela não sabia quanto tempo poderia ficar de pé. Ele era um homem tão simples, pensou, olhando em volta. Seu carro era de Beverly Hills, mas o banheiro parecia de um cortiço. A pia tinha pernas cromadas. Havia muito alguém prendera uma saia franzida sobre a caixa d'água do vaso sanitário e uma cobertura felpuda sobre a tampa, e ela se sentou em cima daquilo, ainda pensando no prazer. Quando recuou na memória dessa vez, começou a chorar. Estava chocada – chocada pela emoção que a atravessava em ondas e pela expressão que veio aos seus lábios.

Uivou. Pôs as duas mãos sobre a boca, mas não conseguia parar. Depois de um tempo, Arthur ouviu, bateu à porta repetidamente, então a abriu à força. Ainda nua, ela ficou olhando-o.

– Eu queria tanto isso! – disse a ele, como estivera dizendo a si mesma. Não tinha ideia exatamente do que era "isso", mas sem dúvida não era o ato humano. O alívio do prazer momentâneo num mundo miserável? Respeito, como ele tinha dito? Ou meramente a conexão, a conexão amorosa? A fúria desse desejo sem nome, que estivera soterrado por entulhos dentro dela como algum tesouro arqueológico, deixou-a pasma. Ah, como quisera aquilo!

Ficou ali sentada, chorando, chorando por todo o mundo, dizendo repetidas vezes que queria tanto aquilo. Arthur se ajoelhou perto dela nos azulejos frios do banheiro e abraçou-a, dizendo:

– Agora você tem, agora você tem.

26
Esperto

28 de junho de 2001

— Ah, *meu deus!* – Assim que as portas de latão do elevador se encontraram, reunindo os desenhos de folhas *art déco* e deixando Arthur Raven em segurança lá atrás, Muriel apertou a mão contra o peito e se encostou em Larry, apoiando o ombro estreito ao braço dele. – Quando você soube?

– Antes de Arthur. – Larry balançou a cabeça com pena. Ainda gostava de Arthur, especialmente agora que tinham acabado com ele. Lá em cima, do lado de fora do escritório de Stern, com o ar entre os três parecendo quebradiço como vidro, Arthur parecia a ponto de desmaiar, como se a pasta pesada pudesse arrastá-lo até o chão. – Ele era a própria imagem da palidez e do suor. Eu pensei em ligar para a emergência. Para onde ele vai agora?

– Provavelmente para Rudyard, dar uma bronca no cliente. Ou ao hospital do condado, fazer a mesma coisa com Erno, presumindo que ainda esteja vivo. Ouvi dizer que piorou.

Larry fez uma observação sarcástica sobre o bem-estar de Erno, depois perguntou o que tinha pensado originalmente: se Arthur realmente estava sem opções no tribunal. Muriel deu de ombros. Por enquanto, parecia muito mais interessada em ficar sabendo como ele tinha deduzido que fora Rommy quem havia ameaçado Luisa.

– Eu só fiquei perguntando a mim mesmo: qual é a história dessa dona? – disse Larry. – Genevieve é gente boa. Em geral, uma pessoa melhor do que a média precisa ter um bom motivo para esconder a verdade. Pelo que percebi, ela pensou: Luisa está morta, eu não posso mudar isso, vamos fazer o melhor possível pelas filhas dela. Isso significa manter escondida a história verdadeira, não somente porque a TN pode soltar os cachorros, mas porque isso espalha fertilizante por cima da sepultura da mamãe. Assim que você disser que era Rommy quem estava ameaçando Luisa, vai ter que dizer a verdade. Agora o mundo inteiro vai saber sobre as passagens, incluindo as filhas de Luisa.

Os dois saíram no saguão iluminado. Muriel estava bronzeada pelo sol de verão, mas Larry também podia ver que ela estava iluminada pela vitória. Em seus momentos mais felizes, quando relaxava, Muriel era a mulher mais divertida do mundo. E agora estava feliz, especialmente com ele.

– Você é o máximo, Larry. – E sorriu para ele, revelando aquela pequena fenda entre os dentes da frente. Ele desejou com toda força que essa declaração não o empolgasse como empolgou. Provavelmente, se Muriel e ele tivessem dado certo havia dez anos, agora viveriam brigando, como todo casal. Mas as pessoas sempre queriam o que não tinham. Desde seu desmoronamento em Atlanta, ele estava começando a se conformar: nunca superaria a falta de Muriel, não nesta vida.

Seus pensamentos sobre ela sempre se ligavam à ideia de destino. Em cada fibra, ela, era uma pessoa que acreditava existir um plano, do qual ela fazia parte, e, em sua companhia, ele inevitavelmente ficava sob o mesmo feitiço. O que Larry mais havia perdido, quando a perdeu, foi a crença de que grandes coisas estavam guardadas para ele.

Chovia forte, mas Muriel conseguiu pegar um táxi. Larry tinha deixado suas coisas no escritório dela e entrou ao lado. No caminho, Muriel perguntou sua opinião sobre a quem da imprensa eles deveriam dar a notícia. Ela ainda tinha tempo para o noticiário da TV. Pelo celular, ligou para Stanley Rosenberg, do Canal 5. Depois, para Dubinsky, do *Tribune*.

– Stew? Eu tenho a manchete de amanhã: "Testemunha afirma: Gandolph disse que ia matar vítima do Quatro de Julho."

Larry se sentia menos exuberante. Estar perto de Muriel provavelmente afetava seu humor. Mas, durante o depoimento, havia deixado de lado um monte de questões que agora o estavam incomodando. Em primeiro lugar, ele tinha que ser mais idiota do que um jumento para não tropeçar em uma vendedora de passagens que roubava passagens. Depois se lembrou do que o havia induzido ao erro.

– Sabe – disse ele, assim que Muriel ficou livre –, eu examinei provavelmente umas cem vezes minhas anotações da conversa com Erno em outubro de 1991. Duzentas. E, quando perguntei a ele como Luisa estava arranjando dinheiro, *ele* puxou o assunto das passagens roubadas e disse que não tinham problemas com isso havia anos.

– Talvez ele não soubesse o que ela estava fazendo. A coisa que Genevieve ouviu do Esquilo. "Eu me encontrei com o Faraó e vou matá-la" podia fazer parecer a Erno que Luisa estava passando por cima dele.

– Do Rommy? E, além disso, por que Erno mandaria fazer uma revista em Luisa se ele não soubesse das passagens?

Muriel estava empolgada demais para se preocupar, mas ele insistiu.

– Certo, há mais uma coisa. Eu tenho nas minhas anotações que Erno me disse que nós deveríamos intimar Genevieve para o júri de instrução.

– Achando que ela entregaria o Rommy?

– Obviamente. Mas por que de maneira tão tímida? Por que não dizer diretamente que Genevieve poderia me falar que o Esquilo tinha ameaçado matar Luisa, em vez de bancar o idiota?

A chuva estava praticamente sólida quando eles saíram do táxi. Muriel colocou a pasta sobre a cabeça. Seus saltos altos provocavam pequenos espirros de água nos degraus de granito do prédio do condado de Kindle. A estrutura tinha um século de idade, um bloco de tijolos vermelhos construído no mesmo estilo das sombrias fábricas daquela época. Mesmo com tempo bom, a luz interior tinha a qualidade de goma-laca velha. Dentro daquele prédio, Muriel era a própria realeza. Os seguranças junto aos detectores de metal a cumprimentavam, chamando-a de "chefe", e, ao passar pelo saguão, ela era interrompida a cada 2 metros por alguém. Dois promotores assistentes, que estavam entrevistando uma criança de 9 anos por causa do assassinato de outra criança, foram correndo atrás dela, pedindo permissão para propor um acordo. Ela disse que era cedo demais, depois passou para tarefas mais alegres, cumprimentando pelo menos uma dúzia de pessoas pelo nome. Muriel era muito mais natural nesse tipo de politicagem do que ele teria imaginado havia dez anos parecendo genuinamente ansiosa para ouvir sobre a melhora da vovó depois de uma cirurgia no quadril, ou como a menininha da terceira série estava indo na escola nova. Só os que conheciam Muriel muito bem poderiam reconhecer que aquilo era uma via de mão única, que ela raramente dizia muita coisa sobre si própria.

Larry foi na frente, para esperá-la junto aos elevadores, ainda perplexo em relação a Erno.

– Que tal o seguinte – disse a Muriel, sem nenhum preâmbulo, quando os dois entraram sozinhos no elevador. – Erno fica sabendo com Genevieve sobre Esquilo e Luisa. Esquilo é ladrão e, como Erno me disse, as passagens são a melhor coisa para roubar por lá. E Luisa é uma vendedora de passagens. Por isso ele mandou revistá-la usando um falso pretexto.

– Certo.

– Mas ele não acha as passagens. Por isso escolhe a segunda opção: Esquilo não passa de um maluco esquisito, com uma queda pela mulher, e está falando bobagem. E, em vez disso, seis semanas depois, ela é apagada. Então agora ele não pode levantar a mão e dizer: eu sei do que se trata.

– Por quê?

– Porque ele fodeu com tudo. Porque teria que admitir que violou o acordo sindical e mandou revistá-la sob falso pretexto. E nem se incomodou em informar os policiais sobre Esquilo. Um bom advogado com clientes órfãs poderia arrancar uma fortuna de Erno e da companhia aérea. E os chefes dele iriam culpá-lo por ter dormido no ponto. Mas então seu belo sobrinho é apanhado, e Erno pensa nisso de novo, porque realmente quer salvar Collins. Não sei qual dos dois descobriu que Esquilo tinha o camafeu, se Collins ficou sabendo disso ou se Erno andou investigando sozinho e informou a Collins, mas, de qualquer modo, Erno passa a informação para mim em partes, para garantir que não ia ficar com merda nos sapatos. "Vá falar com o Collins. E, a propósito, intime Genevieve." A coisa meio que se encaixa, não é?

Os dois tinham entrado no vasto escritório externo da promotoria e da assistente-chefe. Muriel parou junto a uma das secretárias para pegar recados e um pacote de correspondência. Em sua sala, fechou a porta e mandou que ele repassasse tudo mais uma vez.

– Era verdade – concluiu Larry. – O que Erno nos contou na época. Era sempre a verdade. Ele só está irritado agora porque nos ajudou a resolver o crime e ainda está morrendo na prisão.

Larry observou-a avaliar isso.

– Certo – disse ela. – Convoque os arautos. E várias testemunhas.

– Por quê?

– Vou dizer. – Ela estendeu a mão até o ombro dele. – Você estava certo. Pelo menos se aproximou bastante. Você está certo. – Os olhos dela pareciam vivos como diamantes. – Você sempre está certo, Larry. – Houve uma pequena hesitação, antes de ela finalmente baixar a mão. – Você está certo – disse de novo e, em seguida, jogou a correspondência sobre a mesa. – Feliz?

Diante da pergunta, ele percebeu que não estava completamente.

– Alguma coisa está me incomodando em relação ao intermediário. O rei Tut ou sei lá o quê. O Faraó.

– O que é que tem ele?

– Não sei. Mas quero ser o primeiro garoto do meu quarteirão a lembrá-lo dos velhos tempos. Se o Faraó for um superamigo de Esquilo, pode até mesmo negar tudo que Genevieve nos contou, especialmente se Arthur descobri-lo antes de mim e lhe der um mapa com o caminho.

– Então vamos encontrá-lo.

– Imagino que "O Faraó" seja um chefe de gangue, certo?

Esse também tinha sido o pensamento de Muriel.

– Vou fazer contato com o pessoal da Delegacia de Crimes de Gangues – disse Larry. – Eles andaram me ajudando a deduzir o negócio dos Gangster Outlaws com o Erno.

Muriel se encostou à lateral da mesa, pensando naquilo. Balançou a cabeça, espantada.

– Cara, você andou tomando suas pílulas de inteligência.

– É – disse ele. – Se eu sou tão inteligente, como é que eu não pensei em colocar rodinhas na bagagem? Sempre me pergunto isso quando passo por um aeroporto.

Muriel riu. Ela tirou o pequeno casaco que estava vestindo sobre um vestido sem manga. O escritório da promotoria raramente ficava com menos de 26 graus no verão, mesmo com o ar-condicionado a toda. Seus ombros estavam descascando. Quando ela se concentrou de novo em Larry, estava com uma aparência muito mais séria.

– Não, você é inteligente, Larry – disse em voz baixa e demorou mais um instante. – Você realmente sacudiu meu mundo lá em Atlanta.

Eles não tinham falado de Atlanta – nem no avião de volta nem nos dias desde então – e Larry não queria falar disso agora. Culparia a bebida se fosse necessário. Ficou aliviado ao descobrir que ela estava pensando em outro momento.

– Aquele sinal de igual que você colocou entre Rod e Talmadge, lembra? Essa música está tocando há dias.

– Eu estava fora da linha.

– Estava mesmo. Você estava definitivamente fora da linha. Mas o que eu estive pensando é: por que você me diria isso? Foi como se você tivesse passado por acaso e dito: "É uma merda ser você." O que foi aquilo, Larry?

– Não tenho certeza, Muriel. Acho que eu pensei que estava certo.

– Bom, que bem isso faz para você? Ou para mim, se for o caso?

De repente, ele sentiu vontade de se contorcer.

– Desculpe, Muriel, honestamente. Eu deveria ter ficado de boca fechada.

Mas essa, claramente, não era a resposta que ela queria. Muriel o observou longamente, até seu olhar ter se suavizado de um modo raro para ela, algo que se aproximava da tristeza.

– Puxa, meu Deus, Larry – disse em voz baixa. – Verdade, quando foi que você ficou tão esperto?

– Eu só conheço você, Muriel. Não conheço muita coisa. Mas conheço você.

– Acho que sim.

Houvera um momento em Atlanta em que Larry pensou que ela estava tão mal quanto ele. E, pelo modo como ela o olhava agora, Larry estava começando a ter esse sentimento de novo. O que isso significava? Nada de bom, decidiu ele. Num arquivo ao canto, pegou as coisas que tinha deixado, sua pasta do processo e, numa demonstração de espantosa capacidade meteorológica, seu guarda-chuva dobrável. Era do tamanho de um cassetete. Ele lhe mostrou.

– Não tão esperto quanto você acha.

Ela havia se sentado à mesa para começar a trabalhar, mas balançou a cabeça resolutamente, mostrando que não concordava.

27
O inimigo

29 de junho de 2001

— Ele vai explicar – disse Pamela a Arthur quando ele a apanhou às 6 horas da manhã para outra odisseia até Rudyard. Pamela havia se convencido durante a noite, mas Arthur suspeitava que nem mesmo ela acreditava nisso completamente. Depois de nove meses praticando advocacia na cidade grande, a garota já estava começando a adquirir um ar cético. Oponentes tinham mentido para ela. Juízes haviam decidido de modo injusto. Houvera até mesmo algumas observações amargas sobre os homens.

Mas, naquela manhã, ele não iria discutir com ninguém sobre o que era possível. Dirigia o carro – mas seu coração estava viajando pelo ar. Naquele momento, uma linda mulher de cabelos castanhos avermelhados dormia em sua cama, uma mulher de ombros estreitos e com uma teia de sardas douradas nas costas. Ele, Arthur Raven, tinha se exaurido fazendo amor com uma mulher que ele desejava, uma mulher que ele havia desejado durante tanto tempo, a ponto de ela se transformar na própria imagem do desejo. Conversava com Pamela sobre o caso, mas sua mente, como um farol, voltava a Gillian. Precisava fazer força para impedir que o riso transbordasse para fora do peito.

Ela era uma ex-presidiária, claro. O espírito dele dava piruetas ao longo de um platô com precipícios intermináveis de cada lado. Ali estava Rommy, revelado como culpado depois de meses de trabalho insano. E, de vez em quando, ele se lembrava da névoa de desgraça doentia que pairava sobre Gillian. Naqueles instantes, pensava nos alertas dela, dizendo que logo iria desapontá-lo. Mas então, quase contra sua natureza, se permitia ser engolfado de novo por uma alegria pegajosa.

Na penitenciária, os dois esperaram como sempre. Quando Arthur telefonou para o escritório, sua secretária leu a moção que Muriel havia apresentado naquela manhã ao Tribunal de Apelações, pedindo que ele interrompesse qualquer outro procedimento no caso Gandolph. Ela havia incluído transcrições dos dois depoimentos, o de Genevieve e o de Erno, e levantava o mesmo argumento que Arthur levantaria em seu lugar: a questão não era Erdai, mas sim Rommy. O Estado não tinha nenhuma obrigação de estabelecer se Erno era um maluco amargo buscando prazer em derrubar mais uma carroça de maçã antes de sair do planeta ou se era sincero, ainda que iludido. Para o tribunal, a única questão era se havia uma base substancial para se acreditar que Rommy Gandolph não tivera uma oportunidade justa anteriormente de contestar as acusações contra ele. O testemunho de Genevieve, obviamente relutante, apenas havia aumentado a quantidade de evidências da culpa de Gandolph. A essa luz, o litígio já havia durado bastante. Ao se dirigir ao Tribunal de Apelações, e não a Harlow, Muriel podia muito bem ter intitulado o seu texto de "Moção Para Impedir Outras Decisões do Juiz de Coração Sangrento", mas provavelmente o Tribunal de Apelações era o lugar apropriado. E, de qualquer modo, seus juízes defenderiam a própria jurisdição nas batalhas em andamento com Kenton Harlow. Arthur e Pamela teriam que começar a pensar numa reação rapidamente, o que seria uma tarefa desafiadora se Rommy não tivesse alguma resposta para Genevieve.

Enquanto o caso de Rommy ganhava os noticiários, houve duas reações bastante óbvias do pessoal da penitenciária em relação às aparições frequentes de Arthur e Pamela. A maioria das autoridades penitenciárias, que se identificava com os agentes da lei, recebia os advogados com frieza. O diretor, por exemplo, havia negado inicialmente a visita daquele dia, citando como sempre o número pequeno de pessoal. Ele cedeu apenas depois que Arthur telefonou para o Conselho Geral do Departamento de Correções. Entretanto, havia outros, na hierarquia da prisão, mais simpáticos. Para eles, havia muito era aceito que uma porcentagem dos prisioneiros não era tão ruim assim e que havia até mesmo alguns inocentes. Depois do contato diário com Rommy durante uma década, vários guardas passaram a gostar dele e alguns até haviam dado a entender a Arthur que era uma coisa absurda pensar que algum dia Rommy pudesse ter sido assassino. Na casa de guarda, Arthur captou o olhar de soslaio de uma tenente ao balcão, uma mulher que vinha sendo particularmente calorosa havia semanas e que aparentemente se sentiu traída depois de ver as manchetes das últimas 24 horas. Sendo quem era, Arthur sentiu um jorro de vergonha por ter enganado a ela e a tantos outros.

Rommy devia saber por que seus advogados tinham aparecido repentinamente. Os prisioneiros eram espectadores inveterados de TV, e a rede de boatos da prisão, principal veículo de notícias do mundo lá fora, movia-se na velocidade da Internet. De pés e mãos acorrentados, Rommy veio rebolando até o seu lado do vidro na sala dos advogados parecendo magro e perdido, mas praticamente efervescente.

– Ei, ei, como é que vocês vão? – Em seguida, perguntou a Pamela, como fazia todas as vezes, se ela havia trazido o vestido de noiva. Essa era provavelmente a décima visita, e para os dois ainda não estava claro se as propostas de Rommy eram sérias. – E aí, como vocês estão? – Para Rommy, aquela era uma visita social. De fato, ele estava se acostumando com os visitantes. O reverendo Dr. Blythe e seus lacaios vinham com frequência, acontecimentos que Arthur conseguia rastrear por causa da regularidade com que a áspera retórica de Blythe ecoava, ainda que de modo atabalhoado, em seu cliente.

– Nós tivemos um contratempo – disse Arthur. Logo percebeu que a palavra provavelmente não seria compreendida por Rommy, que tinha grande dificuldade com nuanças. Em vez de explicar, simplesmente perguntou se ele se lembrava de Genevieve Carriere, do aeroporto.

– Preta, não é?

– Branca.

– Meio gorducha?

– Isso.

– E tem uma cruz de ouro com uma pequena safira, que ela usa sempre?

Somente agora, com a menção de Rommy, Arthur se lembrou da joia. Olho de ladrão não se enganava. Ele sentiu a garganta se apertando diante da pergunta seguinte.

– Bom, alguma vez você disse a ela que queria matar Luisa Remardi?

– É o que ela está dizendo?

– Isso mesmo.

Rommy franziu o rosto até ficar parecendo uma noz, concentrando-se como se essa não tivesse sido a conversa no bloco de celas havia horas.

– Acho que eu não falei isso com ela. Na-ão. Acho que o único com quem falei desse jeito foi o outro cara... e ninguém vê ele há anos.

– Falou o quê?

– Você sabe. Matar ela e coisa e tal. Ela. A dona.

– Você realmente falou isso?

– Mas eu estou dizendo: ele sumiu e coisa e tal, o outro cara. Ele dançou, antes mesmo que a polícia viesse para cima de mim. Deve ter se metido em alguma coisa feia. Os caras com que ele andava, eles eram tipo, ele nunca ia sair numa boa. Mas eu nunca vi ele aqui. Ou tá em cana ou tá morto, é o que eu acho.

– De que cara você está falando?

– O cara que tava conseguindo as passagens com a dona.

Arthur olhou para o bloco de papel amarelo. Ele tinha o hábito de coçar os poucos tufos de cabelo, como se não pudesse esperar para acabar com tudo, e se pegou fazendo isso agora. Pamela e ele tinham conversado com Rommy incontáveis vezes e nunca tinham ouvido uma palavra sobre passagens aéreas. Quando Arthur estava começando na firma, Raymond Horgan lhe disse: "Lembre-se, seu cliente não é somente o pior inimigo dele mesmo, também é o seu."

– Você está falando do Faraó? – perguntou Arthur.

Rommy chegou a sorrir.

– Ele mesmo. Era como ele gostava de se chamar. Nem consigo lembrar o nome dele.

Pamela perguntou se Rommy tinha alguma lembrança do sobrenome do Faraó.

– Vai ver que eu sabia de outro nome, mas só lembro de Faraó. – Ele soletrou com quatro letras: f, a, r, o. Pamela deu um sorriso breve.

– E como foi que você o conheceu? – perguntou Arthur.

– Não sei direito. Eu conhecia ele há um tempo. Estou pensando que pode ser que ele é que me sacava. Mas não via o cara há muito tempo. Depois tropecei com ele numa boate. Eu tava fazendo uns negócios, e ele apareceu lá, eu nem me lembrava o nome dele, mas ele me conhecia. A gente entrou num papo. Ele tava transando uma coisa nova. Como é que a gente chama? – perguntou-se Esquilo.

– Roubo – disse Arthur. Ao seu lado, Pamela se encolheu, lançando um olhar cortante, mas ele não se importou. A coisa estava ficando pior a cada minuto. Quanto ao seu cliente, havia muito Rommy aprendera a ceder, em vez de confrontar seus antagonistas. Ele deu um riso amigável para o advogado.

– Não, essa palavra eu conhecia. Ele tava transando uma coisa e me contou que conseguia repassar passagens aéreas roubadas sem nunca ser preso nem nada. Repassava através de uma companhia. Ele tava pensando que talvez eu conhecesse alguém que pudesse conseguir passagens para ele. Disse que isso ia ser bom para nós dois. Foi assim que a dona entrou.

– Luisa? Conte como foi que você conheceu Luisa – disse Arthur. Com o canto dos olhos, ele deu um alerta a Pamela. Não queria que ela tentasse arrastar Rommy para fora de nenhuma de suas mentiras anteriores.

– Na verdade, ela andava comprando umas coisas comigo.

– Coisas? Quer dizer, mercadorias roubadas?

– Roubadas? – repetiu Rommy. – Eu nunca perguntava a ninguém qual era o negócio dele. Se eu pudesse ganhar um troco, é só o que eu queria saber.

– Mas Luisa comprava com você?

– Na verdade, não era nada. Tinha um cara dos despachos lá na T&L, que cuidava dos caminhões, sabe? Eu e ele, a gente colocava umas coisas na rua. Ela levou um rádio, pelo que eu me lembro. Foi assim que eu conheci ela, pra começar. Ela sempre gostava de bater papo. No meio da noite não tinha muita coisa pra ela fazer. Ela ia conversar até com as paredes, se não fosse eu. A outra, como você disse que era o nome?

– Genevieve?

– Ela só gostava de ficar sentada com um livro, se não tivesse nenhum avião. Eu nunca falava muito com ela. Ela provavelmente nem sabia meu nome, pra dizer a verdade. Deve ter dito que me conhecia porque aquele polícia pegou pesado com ela, que nem pegou comigo. Não é verdade? – Rommy espiou por cima de uma das mãos para ver como essa explicação, sem dúvida montada para ele na noite anterior por colegas da prisão, cairia. Arthur sugeriu que ele continuasse. – Bom, é só isso. Eu perguntei àquela outra dona, Lisa, uma noite, falei que conhecia alguém que podia querer comprar umas passagens extras. De cara ela não tava muito interessada, mas eu fiquei perguntando. O Faraó disse que a coisa rendia uma grana preta. Até que ela disse que ia se encontrar com o cara só para dar um fim naquilo. O encontro foi lá no Gus. Eu fiquei andando do lado de fora da janela, porque o velho Gus tava lá e eu não podia entrar. Ela parecia que tava balançando a cabeça na maior parte do tempo, mas o Faraó deve ter dito alguma coisa boa, porque menos de uma semana depois ela me deu um belo punhado de dinheiro verde, que era meu porque eu fiz o contato e coisa e tal. Então eu não ouvi mais falar nisso. Até que um dia eu tô andando pela rua e olha só, cara, ali está o tal de Faraó, e eu fico sabendo, cara, que ele tava se encontrando com a tal dona, Lisa, tavam transando uma coisa junto a cada dois meses mais ou menos. Eu nunca ganhei mais nada. O Faraó tipo disse: "Eu tinha certeza que ela tava dando um troco pra você, no duro, ela tá ganhando uma grana que dá pra isso." Então eu disse a ele que ia matar ela quando encontrasse ela de novo. Não era verdade, só papo-furado. E ela também sabia disso, mesmo que não admitisse. A gente gritou e bateu boca um tempo, mas no fim ela me deu aquele colar, pra eu ficar quieto.

– O camafeu?

– É. Ela me deu pra eu guardar, porque ficou com medo de que se eu ficasse circulando pelo aeroporto, falando com uma pessoa e outra, e ela ia acabar perdendo o emprego. Ela disse que o colar era a coisa mais preciosa para ela, com a foto dos nenéns dentro, e que enquanto eu tivesse com aquilo eu sabia que ela ia me dar o dinheiro. Só que ela nunca cumpriu isso.

– Então você matou Luisa – disse Arthur.

Rommy se ajeitou. Franziu a testa de um modo que parecia, contra todos os alertas internos de Arthur, inteiramente espontâneo.

– Agora você também tá pensando isso? Você se juntou com a polícia?

– Você não me respondeu, Rommy. Eu perguntei se você matou Luisa.

– Não, diabo, não. Eu não sou do tipo que mata ninguém. Foi só papo, porque ela me fez ficar com cara de otário com meu chapa, o Faraó, e coisa e tal.

Rommy tentou todos os truques ineficientes que ele havia inventado durante sua vida inteira confusa para aumentar a credibilidade. Deu um pequeno sorriso torto, balançou a mão fina, mas logo, com Arthur continuando a examiná-lo, voltou ao seu jeito temeroso, esquivo. Ainda observando o cliente com muita atenção, como se ele fosse um código, de súbito Arthur pensou em Gillian. Não tanto no pedido para que ele se agarrasse à esperança, mas sim à doçura de amá-la. Sentiu de algum modo que proteger os Rommy do mundo e da violência que caía sobre eles fazia parte disso. Aquelas pessoas eram suas, porque, se não fosse seu pai, ele poderia muito bem ter se tornado um Rommy. Susan era Rommy. O planeta estava cheio de criaturas que passavam necessidade, que realmente não podiam se defender, e a lei era melhor quando garantia que elas fossem tratadas com dignidade. Ele precisava dessas coisas na vida – um amor e um objetivo. Não sabia, agora que finalmente havia abraçado isso, se algum dia seria capaz de se soltar.

Assim, com o mesmo desespero com que desejava o amor, desejou acreditar em Rommy. Mas não podia. Rommy tinha um motivo para matar Luisa. Disse que faria aquilo. E então, quando foi apanhado com o camafeu no bolso, admitiu que tinha feito. Não poderia ter sido tudo coincidência.

Enquanto Arthur pensava, Pamela o observava como se precisasse da permissão dele para ter esperança. Ele moveu o queixo ligeiramente para trás e para a frente, a fim de que ela entendesse em que pé a coisa estava. A resposta dela foi um olhar entorpecido mas resignado. Foi ela, então, quem fez a pergunta certa ao cliente:

– Por que você não nos contou nada disso, Rommy? Nada. Nós conversamos com você sobre esse caso não sei quantas vezes.

– Vocês nunca perguntaram. Eu contei a todos advogados o que eles perguntavam.

Com Rommy, sempre havia um ponto em que se evaporava toda a crença em sua ingenuidade ou, mais exatamente, em que ela se revelava como outra máscara. Ele podia ter um Q.I. abaixo de 75, mas sabia como enganar. Desde o início, tinha percebido o impacto que a verdade sobre Luisa teria em Arthur e Pamela e no entusiasmo deles pelo processo. Sabia disso porque tinha visto o que acontecera antes, quando havia contado aos seus outros advogados sobre a intermediação de passagens com Luisa, que tinha sido enganado e que prometeu matá-la. No início, Arthur havia decidido não intervir no sigilo de Rommy com nenhum de seus advogados anteriores, tendo em mente o lema que repetiu para Pamela no dia em que tinham conhecido Rommy: novo advogado, nova história. Mas não havia mais nenhum mistério em relação ao motivo pelo qual a defesa de Rommy tinha usado um argumento de insanidade ou por que seus sucessores nunca haviam questionado a culpa. Dada sua experiência anterior, Rommy não tinha problema para entender o que estava no rosto de seus advogados atuais.

– Eu não matei ninguém – repetiu ele. – Eu não sou desse tipo. – Então até mesmo ele pareceu reconhecer a inutilidade dos protestos. Seus ombros perderam a forma e ele desviou o olhar. – Mas isso não significa que eles não vão me matar, não é?

Arthur cumpriria seu dever e lutaria. Lembraria ao Tribunal de Apelações a confissão de Erno e mostraria como tinha sido tardio o testemunho de Genevieve sobre a ameaça de Rommy. Mas não havia nada para confirmar Erno, ao passo que a versão de Genevieve era coerente com todos os fatos conhecidos. A sinceridade dela era enfatizada pela relutância. Pior do que tudo, como Arthur sabia agora: o que ela tinha dito era verdadeiro.

– Não – disse Arthur. – Não significa isso.

– É – disse Rommy. – Eu sabia, porque já comecei a ter o sonho de novo ontem à noite.

– Que sonho? – perguntou Pamela.

– Eles estão vindo me pegar. Está na hora. Quando eu entrei na ala dos condenados, tinha esse sonho toda noite. Acordava todo suado, fedendo, juro. Alguma hora eu acho que eles vão ter que se incomodar em me matar. A gente, os amarelos, a gente sempre fala disso. Você escuta um cara chorando de noite, cara, você sabe que ele teve o sonho. Não tá certo fazer isso com uma pessoa, fazer ela ouvir tudo aquilo. Se eles me tirarem daqui, eu nunca vou me curar.

Nem Arthur nem Pamela podiam arranjar uma resposta para aquilo.

– Sabe, cara, eu tava aqui quando eles vieram pegar um sujeito. Dois dias antes eles levam você lá pra casa da morte. Levam você e coisa e tal, eu acho, enquanto você ainda tem alguma esperança, para não começar a lutar nem nada. Cara, o último sujeito que eles levaram, Rufus Tryon, tava na cela do lado da minha, cara. Ele não queria deixar eles levarem ele. Disse que ia levar alguém junto. Os cara encheram ele de porrada. Mesmo assim dizem que ele fez tudo de novo no final. Ele teve aquela última refeição e se vomitou todo. Provavelmente tava com uns ossos quebrados quando amarraram ele, mas nessa hora não importa, não é? Você acha que é melhor ser drogado e só ir andando, deixar eles fazerem o que vão fazer?

Pamela estava quase tão vermelha quanto um sinal de trânsito. Finalmente, conseguiu pensar em uma palavra de consolo e disse ao cliente que o melhor era não ter que ir lá. Rommy, que reconhecia uma piada quando ouvia uma, ofereceu um sorriso exagerado.

– É, isso é melhor, mas mesmo assim a gente precisa pensar. O negócio entra na cabeça. Como é que vou deixar eles acabarem comigo? Na maior parte do tempo, eu penso: vou andar de cabeça levantada. Eu não fiz nada pra me matarem. Roubei umas coisas, mas a gente não pega pena de morte por causa disso, pega? E mesmo assim é isso que eu vou pegar.

Ultrapassando os limites da dignidade profissional, Pamela tinha cedido a promessas que não poderia cumprir.

– Não, não vai.

– É, eu tô acostumado. Puxa, é um bom tempo, não acha, sabendo que alguém vai matar você? Pensando sozinho e coisa e tal, eu vou andando por aquele corredor e alguém vai me matar, essa é a última caminhada, é a última coisa que eu vou ver e não posso fazer nada. Faz um bom tempo. Cara, eu olho naquela direção, na minha cabeça e coisa e tal, e começo a tremer da cabeça aos pés. – Rommy encolheu os ombros e, diante dos advogados, enfrentou aquele terror. – Cara, vocês tão fazendo tudo que tão, mas eu continuo aqui. Nada mudou pra mim.

Em geral, a raiva de Rommy era uma sombra até mesmo para ele, mas, de repente, conseguiu juntar boa parte dela, sem dúvida graças à influência do bom reverendo Dr. Blythe. Mas pelo menos encontrou nela a força rara para levar seus olhos cor de sépia diretamente aos de Arthur do outro lado do vidro.

– Eu sou inocente, cara. Eu não matei ninguém.

28
Segredos do faraó

5 de julho de 2001

Fim de tarde no escritório. Atrás de sua vasta mesa, Muriel examinava os papéis que estavam esperando por ela o dia inteiro. Nas raras noites em que ficava com Talmadge em casa, juntava os rascunhos de indiciamentos, a correspondência e os memorandos em sua pasta e, depois do jantar, lia tudo na cama. Ocasionalmente, buscava o conselho do marido enquanto a televisão berrava no volume máximo, o cachorro e o gato competiam por espaço entre as cobertas e Talmadge, sempre barulhento, ia fundo num timbre de fazer sacudir o corpo ao falar com alguém em outro país, ainda sem se convencer de que não precisava gritar por cima do oceano.

Mas ela preferia o silêncio solitário do escritório às 6 horas. Quando terminasse aquela noite, como na maioria das noites, assumiria uma aparência de quem estava levantando verbas para uma política ou para uma causa, buscando um pouco mais de capital para sua própria campanha. Muriel só se lembraria de seu destino exato ao partir, quando pegasse o envelope que a secretária tinha deixado de lado de fora da porta.

Por enquanto, estava concentrada numa série de respostas para um memorando que tinha feito circular no fim da semana anterior, propondo um programa piloto de condicional para réus primários presos por drogas. O juiz principal tinha assinado com um comentário tímido, decidido a não ficar com a culpa se algo desse errado. Naturalmente, o Conselho Geral da Força Policial se opunha – a polícia queria todo mundo na cadeia. O bilhete, com apenas duas palavras, mandado por Ned, dizia: "Hora certa?" Ele não diria mais nada por escrito, mas estava preocupado com as ramificações políticas de permitir que traficantes – ainda que de pequeno porte – voltassem para as ruas em um ano eleitoral. Mas Muriel estava decidida. Aconselhamento e treinamento profissional eram muito mais baratos do que prisão e julgamento, e ela cortaria as garras da direita falando sobre as economias nos impostos; ao mesmo tempo, essa iniciativa ajudaria a atrapalhar Blythe e seus seguidores nas comunidades de minorias. E mais importante: era a coisa certa a fazer. Garotos que tinham a astúcia e a energia para vender drogas ainda podiam encontrar um lugar no mundo legítimo se alguém os ajudasse a dar o pontapé inicial.

"Estou cansada de usar o sistema de justiça criminal para limpar a sujeira de outras pessoas", escreveu de volta a Ned. As "outras pessoas" que ela tinha em mente eram as escolas, a rede de serviço social, as instituições financeiras, mas Ned não precisava de um sermão. Mesmo assim ela reconhecia a voz que ressoava por trás de seu bilhete – a do seu pai. Tom Wynn tinha morrido havia mais de doze anos, mas, nos últimos dias, Muriel se pegava repetindo com frequência sua sabedoria populista. E com mais prazer do que teria imaginado uma década atrás. A dramaturgia do tribunal, por mais que ela gostasse, já estava recuando para o passado – de fato, Erno Erdai poderia ser a última pessoa que ela interrogaria. Queria afetar mais de uma vida de uma só vez. E a dura verdade do trabalho como promotor era que raramente você tornava a vida de alguém muito melhor. Você interrompia o sangramento. Impedia mais dor. Mas não saía do prédio à noite esperando ver alguma árvore que você tivesse plantado.

Seu telefone privativo tocou. O primeiro pensamento foi Talmadge, mas o identificador chamadas mostrou o número do celular de Larry.

– Você está fazendo serão – disse ela.

– Não, você é que está. Eu estou em casa. Mas acabei de pensar numa coisa. E achei que ia encontrá-la aí. Estou ligando para contar pessoalmente.

– Você andou sendo malvado, Larry?

– Andei sendo um imbecil. Foi o meu ego que você andou afagando no outro dia, por eu ser inteligente?

– Pelo que eu me lembre, sim.

– Talvez você devesse pedir uma recontagem.

Muriel se perguntou se essa conversa estava começando no ponto em que eles haviam parado. Ela nunca se via como uma pessoa introspectiva. Durante toda a vida, estivera tão preocupada em permanecer no mundo, em fazer, que às vezes se perdia de vista, como o fato de que estava morrendo de fome ou precisando ir ao banheiro. Mas, nas semanas desde que estivera em Atlanta, parecia estar passando muito tempo com os dedos ao pulso. E uma das principais questões que saltavam dos arbustos de sua mente várias vezes por dia era exatamente o que estava acontecendo com Larry e ela. Não tinha sido furo de reportagem quando Larry a informou, a caminho de Atlanta, que ela havia aceitado menos ao se casar. Sendo uma pessoa reflexiva ou não, isso ela havia entendido. O que não tinha entendido era a natureza repetitiva de seus erros. Tinha se casado com ídolos, sabendo o tempo todo que durante a noite estivera esfregando os dedos dos pés em pés de barro. Seria necessário algum tempo, talvez um ou dois séculos, para entender o que isso significava.

No momento, o quebra-cabeça era Larry. Ela estava satisfeita por tê-lo colocado na berlinda no outro dia depois do depoimento de Genevieve, tentando fazer com que ele dissesse por que estivera tão determinado a torná-la consciente de si mesma. Estaria procurando vingança ou oferecendo uma alternativa? Era óbvio que Larry não fazia a menor ideia, o que não era um problema, porque ela não tinha certeza de qual possibilidade a deixaria particularmente feliz.

Mas, quando Larry prosseguiu, Muriel percebeu que ele não tinha ligado para uma conversa pessoal.

– Hoje de manhã eu fui visitar Rocky Madhafi na Delegacia de Crimes de Gangues – disse ele. – Precisava encontrar um chefe de quadrilha chamado Faraó e de repente vi a luz. Lembra que você me disse para procurar o cara em quem Erno atirou há quatro anos no Ike's?

– Claro.

– Bem, você se lembra do nome dele?

Depois de um tempo, ela falou:

– Cole.

– Qual é o primeiro nome?

Ela ficou quieta.

– F, a, r, o – disse Larry.

Ela demorou um segundo para entender, e sua reação inicial foi cética. Por algum motivo, tinha presumido que "Faro" era pronunciado como "Fargo".

– Bem, existe um bom modo de descobrir se é o mesmo cara – disse Larry. – Quero dizer, talvez exista. Foi o que eu acabei de pensar.

Para a audiência com Harlow, Larry e ela haviam juntado um arquivo de documentos, que agora estava perto da janela atrás de sua mesa. Entre os registros havia uma fotocópia do caderno de endereços que o perito técnico tinha encontrado na bolsa de Luisa no Paradise havia uma década. Originalmente, Muriel planejava interrogar

Erdai sobre o fato de seu nome não estar ali, mas decidiu deixar isso de lado, porque Arthur simplesmente argumentaria que uma mulher que estivesse tendo um caso não ligaria para a residência do amante casado. Muriel puxou o telefone para o tapete ao lado e conversou com Larry enquanto folheava os papéis, até encontrar a cópia.

– Não tem nenhum "Faro Cole" – anunciou ela.

O celular dele cuspiu um ruído na linha.

– Procurou no "F"? – perguntou Larry.

Ela não tinha procurado. "Faro" estava escrito a caneta, na letra exata de Luisa, que parecia ter sido feita com uma régua. "Cole" tinha sido acrescentado a lápis algum tempo depois.

– Porra – disse Larry.

– Tempo – pediu Muriel. Ela rebobinou o pensamento e tentou acompanhá-lo sozinha. – Erno atirou no intermediário de Luisa seis anos depois? Isso é coincidência? Ou será que nós sabemos que existe uma conexão entre Erdai e ele?

– Quando Erno foi preso no Ike's, logo depois do tiro ele disse que Cole explodiu porque ele tinha investigado o sujeito havia algum tempo, por causa de uma fraude com passagens. Devia estar se referindo à mutreta que Faro tinha armado com Luisa e Esquilo, certo?

Larry estivera pensando naquilo o dia inteiro e estava à frente dela. Muriel perguntou como ele tinha concluído aquilo.

– Porque na semana passada deduzimos que Erdai devia ter descoberto o que os três estavam aprontando. Por isso ele mandou revistar Luisa. E Genevieve disse que tinha mencionado o nome de Faro a Erno. Ele deve ter descoberto o cara.

– E por que Faro estava suficientemente puto com Erdai, seis anos depois, para ir procurá-lo com uma arma?

– Não sei, não sei exatamente, mas, no relatório, todos os policiais disseram que Faro estava gritando sobre como Erdai lhe devia por ter bagunçado sua vida. De algum modo, ele deve ter tirado Faro dos negócios. É bem a cara do Erno, certo? Quer Luisa estivesse morta, quer não, ele ainda era o xerife daquela cidade. É a mesma coisa que eu tinha imaginado no outro dia. Erdai queria que os bandidos pegassem o que mereciam. Simplesmente não podia deixar que descobrissem que ele poderia ter salvado a vida de Luisa.

– Então, isso é notícia boa ou ruim?

– Meu Deus – disse Larry. – Tem que ser boa. Tem que ser fantástica. Lembra-se de como Erno pulou do banco de testemunhas quando você perguntou a ele sobre o tiro? Nem queria chegar perto desse assunto. Aposto que é porque ele sabia que Faro poderia dizer a você a merda que Erdai estava apresentando. Eu digo que esse tal de Faro vai dar a você a versão cinematográfica das próximas atrações que ouvimos de Genevieve na semana passada. Vai ser *Esquilo, o assassino escroto* em tecnicolor.

Ela repassou os fatos, mas o que Larry estava dizendo fazia sentido.

– O único problema – disse ele – é que eu passei a semana inteira me virando pelo avesso à procura desse tal de Faro. De acordo com o que posso dizer, ele desapareceu completamente. – Pelo que Larry tinha descoberto, Faro Cole parecia ter surgido no local em 1990, quando tentou tirar uma carteira de motorista. Tinha endereço e telefone, mas sumiu um ano mais tarde; depois, voltou em 1996, morando em outro apartamento. Assim que foi liberado do hospital em 1997, depois de levar o tiro, sumiu de novo.

Larry tinha dado dezenas de telefonemas e investigado os dois endereços anteriores com Dan Lipranzer, mas isso acrescentou pouca coisa ao que já sabiam, a não ser que Faro media 1,97 metro, pesava 100 quilos e tinha nascido em 1965. Qualquer papelada, como faturas de cartão de crédito ou histórico de empregos que a companhia telefônica ou os senhorio tivessem juntado, tinha sido destruída havia muito, e o Estado só tinha arquivado os dados escritos de sua carteira de motorista. Faro Cole não tinha ficha criminal ali – nem em nenhum outro lugar, segundo o FBI. Isso era incomum para um receptador, mas Larry verificou em várias delegacias, e ninguém conhecia o nome de Faro. Em desespero, havia telefonado até mesmo para um passarinho que ele conhecia no Departamento de Seguro Social, que sussurrava de vez em quando em seu ouvido se os impostos de alguém tinham sido pagos em algum lugar do país. Atualmente, Faro Cole parecia estar desempregado, morto ou usando outro nome.

– Um cara que entra num bar portando uma arma – disse Larry. – Eu imaginaria que ele teria alguma ficha policial, mas acho que, com Faro sangrando no piso do Ike's, ninguém estava pensando muito nisso. O coveiro parecia uma aposta melhor do que os paramédicos. De qualquer modo, não há foto do sujeito nem digitais. A única coisa que eu descobri no caso foi a arma de Faro e a camisa que tiraram dele durante a cirurgia – na verdade, ainda estão inventariadas na seção de provas. Acho que, se mandar o revólver a Mo Dickerman, é possível que ele consiga uma digital. Talvez com isso a gente descubra Faro com outro nome.

Dickerman era o perito-chefe de digitais. Um dos melhores do país. Muriel gostou da ideia.

– E, se você quiser usar a verba da promotoria – disse Larry –, a gente pode fazer o DNA do sangue na camisa também. Ver se ele está no Codis. – Codis era a sigla para Sistema de Indexação por DNA. Mas esse seria um tiro no escuro de 5 mil dólares. Entretanto, Larry queria mexer todos os pauzinhos, e ela não o contrariou.

– Feliz? – perguntou ela, como tinha feito na semana anterior. Mais uma vez, Larry hesitou.

– Ainda estou sentindo falta de alguma coisa.

– Talvez você esteja sentindo falta de mim, Larry. – Muriel achou a frase hilária, mas não esperou ao telefone para ver se ele também estava rindo.

29
Juntos

julho de 2001

Eles ficavam juntos sempre que não estavam trabalhando. Para Gillian, que havia desafiado a inclinação a se grudar a alguém até no ensino médio, a experiência era extraterrena. Arthur ficava no escritório até ela terminar na loja, depois a pegava para jantar às 20 ou 21 horas. Geralmente, ela tinha comprado alguma coisa na seção de alimentos da Morton's e estava esperando com uma bolsa pesada quando o sedã de formas arredondadas de Arthur passava junto ao meio-fio. No apartamento dele, os dois faziam amor, comiam e faziam amor de novo. Na maioria das noites, ela dormia lá e voltava ao seu canto na casa de Duffy para passar algumas horas depois de Arthur ter saído para o trabalho.

A paixão física avassaladora nunca fizera realmente parte de seus relacionamentos anteriores. Agora Arthur e o estímulo do sexo permaneciam na periferia de sua mente durante o dia inteiro. Com frequência, alguma associação passageira, cujo nome ela nem podia reconhecer, lançava um tremor agradável pelos seus seios e pélvis. Arthur e ela pareciam presos no doce vale das sensações. A haste forte que crescia de Arthur era como um eu secreto. A vida verdadeira começava ali. Aquele era o porão úmido do ser, os cômodos escuros e misteriosos na fundação. Se ela - ou Arthur - tivessem descido anteriormente, poderiam ter uma ideia de como sair de lá de vez em quando, mas agora eles pareciam fundidos no âmago do prazer.

- Eu sou viciada - disse ela uma noite, ficando imediatamente perplexa com o comentário descuidado. Havia mil pensamentos que não estava disposta a explorar.

O langor dos dois era reforçado pela relutância de Gillian em levar o caso para além do quarto de Arthur. Parecia-lhe impossível que o relacionamento pudesse sobreviver assim que eles começassem a se misturar com os outros, assim que se inserissem no contexto da história, das expectativas e que suportassem os julgamentos e as fofocas. Como um encantamento, o que existia entre eles morreria à luz do dia.

Arthur, por outro lado, ficaria feliz em publicar anúncios de primeira página alardeando sua dedicação a Gillian. E frequentemente se sentia frustrado com a recusa dela em se aventurarem juntos lá fora, até mesmo para visitar a casa dos seus colegas do ensino médio e da faculdade, que, ele insistia, seriam discretos e aceitariam. Em vez disso, a única companhia frequente que mantinham era a da irmã de Arthur, Susan. Toda terça-feira eles se dirigiam ao Franz Center para a injeção de Susan e para a ida ao apartamento em seguida. No caminho de volta, Arthur narrava os acontecimentos do dia, fingindo que Susan estava acompanhando. Nos sinais de trânsito, ela olhava para o banco de trás, quase como se estivesse verificando se Gillian ainda estava ali.

No apartamento, a rotina era sempre idêntica à da primeira noite que tinham passado juntos. Gillian permanecia quase como uma intrusa, ao passo que Arthur e Susan cozinhavam. Depois, Susan se retirava com o prato até o aparelho de TV. Falava com Gillian esporadicamente. Mas, quando falava, a Susan resgatada, a personalidade coerente que existia dentro dela, o asteroide num cinturão espacial de poeira e pedras estava sempre no comando. Ela nunca confrontava Gillian com sua loucura.

Uma noite, Arthur teve que religar um disjuntor no porão. Enquanto procurava outro cigarro, Susan se aproximou de Gillian em seu banco na cozinha. Agora ela deixava que Gillian acendesse o isqueiro para ela. Deu a primeira tragada como se esperasse reduzir todo o cigarro a cinzas de uma só vez.

– Não entendo você – disse Susan. Protegida pelo véu azulado que tinha lançado entre as duas, Susan virou os belos olhos verdes na direção de Gillian.

– Não?

– Eu fico mudando de ideia. Você é uma Dócil ou uma Normal?

Gillian ficou pasma, não pelo que Susan estava sugerindo, mas porque, sozinha, tinha adotado o mesmo rótulo que Gillian havia aplicado em Alderson aos viajantes dos trens que passavam chacoalhando pelos limites da prisão. Eles eram Normais para Gillian não por causa de alguma superioridade inerente, mas porque estavam livres do estigma do confinamento. Sem dúvida, era assim que Susan via os supostos sãos.

– Estou tentando ser Normal. Algumas vezes parece que sou. Especialmente quando estou com Arthur. Mas ainda não tenho certeza.

A conversa não continuou, mas, algumas noites depois, Arthur ligou para Gillian, empolgado. Ela o encontrou no segundo quarto do apartamento, onde a única luz era o brilho frio do laptop que ele usava no escritório e que levava para casa toda noite.

– Susan mandou um e-mail para você!

Gillian se aproximou da tela cautelosamente. À medida que lia, sentava-se lentamente sobre os joelhos de Arthur.

Arthur, dê isso a Gillian. NÃO LEIA.
Não é para você.

\---

Oi, Gillian.

Por favor, não fique muito empolgada com isso. Eu estive trabalhando neste e-mail durante três dias, e Valerie me ajudou um pouco. Em geral, não consigo escrever mais do que uma ou duas frases. Existem poucos momentos no dia em que posso me agarrar às palavras pelo tempo suficiente para escrevê-las, especialmente quando são sobre mim. Não consigo lembrar a palavra para o sentimento ou o sentimento desaparece quando lembro a palavra. Na maior parte do tempo minha mente está em fragmentos. Os Normais parecem não entender isso, mas para mim o estado comum na cabeça é com imagens saltando em cena e desaparecendo, como chamas sobre um pedaço de lenha.

Mas estou tendo dias bons, e há coisas que nunca pude lhe dizer cara a cara. Conversar é muito difícil para mim. Não posso lidar com tudo ao mesmo tempo. Só olhar nos olhos de outra pessoa já pode me distrair. Quanto mais sorrir ou brincar. Perguntas. Uma fala nova basta para me manaar para o espaço durante vários minutos, aonde quer que ela leve. É melhor para mim assim.

O que eu queria dizer?

Gosto de você. Acho que você sabe disso. Você não me olha de cima para baixo. Você esteve em lugares ruins – dá para sentir. Mas, quanto mais vejo você, mais percebo que nós não somos iguais, mesmo eu querendo que fôssemos. Eu realmente gostaria de pensar que posso voltar, como você voltou. Queria que você soubesse como eu tento. Acho que, para os Normais, parece que eu só quero sucumbir. Mas é preciso muita força para me segurar. Sinto medo sempre que vejo ou ouço um rádio. Ando pela rua o tempo todo dizendo "Não escute, Não escute". E a visão de pessoas com fones de ouvido no ônibus pode acabar comigo. Eu só ouço as vozes que não quero ouvir quando aquelas coisas estão aos ouvidos das pessoas. Mesmo enquanto estou digitando estas palavras, posso literalmente sentir a eletricidade que vem do teclado, e não há como afastar a certeza de que alguém como o Grande Oz está lá, no coração da Internet, esperando para me pegar. Toda a minha força é para resistir. Sou como aquelas pessoas dos filmes que lembro da infância, em que há um naufrágio e ondas gigantescas, e os sobreviventes batem os braços desesperadamente na água se agarrando a uma boia ou a um pedaço de lixo flutuante para não afundar.

Dá para ver que você também está tentando todos os dias. Continue tentando. Seria mais difícil para mim se eu visse alguém como você desistir. Você faz o Arthur feliz. É mais fácil para mim quando ele está feliz. Eu não preciso sentir que arruinei a vida dele. Por favor, faça o máximo para mantê-lo feliz. Não somente por mim. Por ele. Ele merece ser feliz. Seria horrível se você não ficasse com ele. É melhor com três.

Sua amiga,
Susan

Gillian estava arrasada. Era como receber uma carta de um sequestrado, alguém que você soubesse que nunca seria libertado. Quando deixou Arthur ler a mensagem, ele, como era previsível, chorou. As mensagens que Arthur recebia raramente tinham mais de dez ou vinte palavras, produzidas nos momentos isolados de coerência que baixavam em Susan brevemente a cada dia, como um feitiço. Mas não se sentia tão enciumado quanto comovido pela preocupação da irmã. E também, ao olhar de Gillian, subitamente apavorado.

– Com o que ela está preocupada? – perguntou Arthur. Gillian se recusou a responder. Mas sentia um manto baixando. Até mesmo alguém perpetuamente esperançoso como Arthur tinha que considerar o perigo que era óbvio para uma louca.

Naquela noite, quando fizeram amor, havia uma ausência – ainda tenra, porém mais ancorada na Terra. Depois, enquanto Gillian estendia a mão para pegar um cigarro sobre a mesinha de cabeceira, Arthur fez a pergunta que nenhum dos dois tinha se aventurado a fazer em voz alta.

– O que você acha que vai acontecer com a gente?

No início, ela havia feito previsões. E, por mais que desejasse o contrário, sua visão não tinha mudado.

– Acho que, com o tempo, você irá em frente, Arthur. Talvez partir do que aprendeu sobre si mesmo comigo e achar alguém da sua idade. Casar. Ter filhos. Ter sua vida. – Ela ficou espantada por antever o resultado final de forma tão completa. Arthur, naturalmente, ficou perplexo e se apoiou ao cotovelo para mostrar sua irritação. – Não finja que não entende, Arthur. Isto teria sido muito melhor pra você em um outro estágio.

– Que estágio?

– Se você tivesse 25 ou 55 anos a nossa diferença de idade significaria menos. Mas você deveria ter filhos, Arthur. Você não quer? A maioria das pessoas quer.

– E você não?

– É tarde demais, Arthur. – Essa era a certeza definitiva da penitenciária: tinha levado embora os anos em que ela poderia ser mãe. Mas esse pensamento estava lá embaixo, no vale, junto com os corpos mutilados de milhões de arrependimentos.

– Por que é tarde demais? – insistiu ele. – Estamos falando de biologia? O mundo está cheio de crianças que precisam de alguém para amá-las. – Naqueles dias, na presença dela, Arthur costumava ficar impetuoso, até mesmo inspirado. Haveria alguma diferença maior, entre os seres humanos, do que a que havia entre o fatalista abjeto que fora arruinado pela vida e os que estavam decididos a moldar a vida nos contornos de uma ideia maior? E ela era a ideia dele. Ah, ela se esforçava para rejeitar isso, para cruzar os pulsos na frente do rosto e proibir essa empolgação em sua presença, como seu pai proibia as blasfêmias. Mas a coisa era maravilhosa demais, era muito do que Gillian presumira que nunca mais teria. Ele ainda não a estava vendo. E, quando ela entrasse em foco, ele iria embora. Mas Gillian estava decidida a saborear o momento. Tomou-o num abraço demorado antes de voltar à lenta marcha da verdade.

– Você não vê, Arthur, que já está tentando achar um modo de ter comigo tudo o que quer na vida? Para você, todo este período é uma aventura. Mas, quando terminar, você não vai poder abandonar o que sempre imaginou para si mesmo.

– Está dizendo que você nunca gostaria de ser mãe?

Era inconcebível. Sua própria sobrevivência ainda exigia atenção total.

– Seria uma mudança enorme, Arthur.

– Mas esse é o sentido da vida, não é? Mudar? Ser mais feliz, mais perfeito? Veja o quanto você mudou. Você acredita que mudou para melhor, não é?

Ela nunca tinha pensado nisso desse modo.

– Sinceramente não sei. Gosto de acreditar que sim. Gosto de acreditar que não faria a mesma bagunça na minha vida. Mas não tenho certeza.

– Eu tenho. Você está sóbria.

– É.

– E não teve problema para conseguir isso.

Ela sentiu uma relutância supersticiosa em concordar. Mas Arthur estava certo. Formalmente, ela havia obedecido ao mantra de "um dia de cada vez". Mas, a não ser pelos momentos de pânico mais desanimadores, não tinha sentido sequer o desejo mais remoto. A clareza, de fato, parecia muito mais sua busca. A libertação completa de suas fomes viciadas era perturbadora, às vezes, porque parecia diferir tanto dos relatos de outras pessoas que lutavam contra a dependência. Uma noite, ela perguntou a Duffy se estava se enganando. Ele se demorou olhando-a. "Não, Gill", disse finalmente. "Acho que você já realizou tudo o que queria."

Gillian repetiu a resposta de Duffy para Arthur. Mas ele estava atento demais aos próprios argumentos para entender o significado da observação.

– Então você está livre – disse Arthur.

Não. Essa era a palavra. Ela estava diferente. Mas não livre.

– Você mudou, Arthur?

– Está brincando? Eu nunca estive tão feliz na vida. Nem de longe.

– Seja sincero, Arthur, você não estaria mais feliz com alguém da sua idade?

– Não. Nunca. Quero dizer, eu sou um sujeito à moda antiga. Gosto de coisas que vão contra todas as possibilidades. Do amor como destino. Eu ainda assisto a filmes dos anos 1930 e choro.

– Eu não sou tão velha assim, Arthur.

Ele a cutucou, e depois continuou:

– Eu estou feliz – insistiu. – Nada poderia melhorar isso, Gillian. Sinto vontade de começar a cantar.

Ela tremeu diante do pensamento. Desafiado, Arthur, baixo e roliço, ficou de pé, nu ao centro da cama, e cantou:

I dreamed of someone like you
You seem too marvelous for it to be true.

O segundo verso foi como uma estaca no coração dela. Mas ele continuou. Típica da capacidade de Arthur surpreender, sua voz era boa, e claramente ele havia passado horas ouvindo as canções melosas dos musicais. No volume máximo, ele cantou cada verso, cada refrão, até que Gillian, pela primeira vez em anos, se perdeu em gargalhadas.

30
Ruim para mim

24 de julho de 2001

Para Erno Erdai, a vigília da morte havia começado. Mesmo como prisioneiro do Estado, Erno tivera o benefício de muitos dos últimos tratamentos de alta tecnologia disponíveis no Hospital Universitário, não só procedimentos cirúrgicos mas também alfa-interferon e formas experimentais de quimioterapia. Mas um inimigo ancestral o havia apanhado em um ponto baixo. No meio de uma nova rodada de quimio, Erno tinha contraído pneumonia, e, apesar de enormes doses intravenosas de antibióticos, seus pulmões, já comprometidos pelo câncer, não pareciam em condições de se recuperar. Os médicos com quem Arthur e Pamela tinham falado estavam cada vez mais pessimistas.

Erno estava de novo na ala penitenciária do hospital do condado. Arthur precisava do consentimento do Superintendente da Casa de Correção e da família de Erno antes de vê-lo, mas uma das duas partes o estava impedindo havia semanas. Finalmente, Arthur teve que ameaçar que procuraria o juiz Harlow. Harlow não ordenaria que Erno falasse, mas proibiria qualquer obstrução por parte dos que estavam obedecendo a Muriel ou que pensavam que tinham interesse no caso. Por duas vezes, Arthur conseguira adiamentos para dar uma resposta à moção de Muriel no Tribunal de Apelações para encerrar o *habeas* de Rommy dizendo que precisava de mais tempo para investigações, o que basicamente significava falar com Erno. O tribunal tinha lhe dado um prazo final para a sexta-feira daquela semana, o que havia aumentado a urgência de se encontrar com ele.

Depois de mais de uma hora no vestíbulo da enfermaria, finalmente Arthur foi admitido. Foi revistado superficialmente e acompanhado pelos corredores forrados de linóleo, onde a luz das luminárias altas se espalhava generosamente a sua frente.

O policial designado para Erno explicou que os parentes estavam agitados porque a visita deles fora interrompida para dar vez a Arthur. Aproximando-se do quarto, ele viu duas mulheres no corredor. Uma era mais baixa do que a outra e um tanto mais deselegante. Era a Sra. Erdai. Seu nariz estava vermelho, e uma bola de lenço de papel podia ser vista em seu punho fechado. A outra mulher, usando uma saia reta, talvez curta demais para alguém de sua idade, era a irmã de Erno, Ilona, a mãe de Collins, o sujeito que Erno tinha decidido salvar. Era alta e forte, com mãos compridas e cabelo claro perdendo a cor, no geral uma versão melhorada de Erno – o mesmo rosto fino e uma dureza que espreitava através dele. Falando pouco, as duas mulheres deixaram claro que se ressentiam de tudo em Arthur, de sua intrusão e, pior, da humilhação que ele havia causado a Erno e que sobreviveria para elas muito depois da morte dele, mesmo que não servisse de nada. Ilona, que tinha os olhos claros e penetrantes do irmão, lançou um olhar de reprovação, assombroso e professoral. Arthur prometeu que só demoraria um instante.

Ao telefone, a enfermeira tinha dito que Erno estava com febre, mas quase sempre se encontrava lúcido. Seu estado era complicado pelo fato de que o câncer tinha chegado aos ossos e estava causando muita dor. Nesse ponto, o principal problema no tratamento era equilibrar a morfina com a respiração, que estava à beira do colapso.

Quando Arthur entrou, Erno estava dormindo e parecia à beira da morte. Tinha perdido mais peso depois de comparecer ao tribunal. A nova rodada de quimio tinha feito cair quase metade do seu cabelo, deixando apenas pequenos tufos aqui e ali. Vários tubos intravenosos conectavam-se aos seus braços, e o respirador tinha sido substituído por uma máscara de oxigênio, de plástico, que se nublava a cada respiração fraca. Erno também estava tendo algum problema no fígado. A pele estava praticamente da mesma cor de um bloco de papel pardo. Outro homem amarelo, pensou Arthur.

Puxando uma cadeira, ele esperou que Erno acordasse. Em sua mente, Arthur tinha experimentado uma centena de hipóteses na esperança de que Erno redimisse a própria credibilidade, mas ainda não sabia como Genevieve e Erno poderiam estar contando a verdade ao mesmo tempo. Muriel, que havia telefonado para Arthur na véspera, lembrando que se oporia a qualquer outra ampliação do tempo para responder a sua moção, tinha uma nova teoria para a mentira de Erno.

– Agora ele é contra a pena de morte – disse ela. – Ele descobriu que Rommy ia ser executado e agora que passou por esse grande renascimento católico não quer morrer com um pecado mortal na consciência. Está tentando impedir isso do único modo que pode.

Não era muito persuasivo, mas Arthur considerou isso uma melhora em relação à abordagem anterior de Muriel, no sentido de que não via Erno como um monstro. De fato, sentado ali, Arthur sentiu até uma espécie de ternura por Erdai. A princípio, não conseguia imaginar por que, mas, à medida que os minutos passavam, com as vozes das enfermeiras e as campainhas e bips ressoando no corredor, percebeu que Erno se parecia um bocado com Harvey Raven em seus últimos dias. O pensamento no pai e no valor de sua existência supostamente comum, como sempre, encheu Arthur de sentimentos, mas o precipício parecia menor agora que Gillian estava em sua vida.

Voltando ao presente, percebeu que Erno o estava encarando, por entre as barras horizontais da guarda da cama. Tinham pedido que Arthur usasse uma máscara de papel, e ele a baixou para que Erno pudesse reconhecê-lo. O desapontamento do doente foi nítido.

– Esperava que você fosse... meu sobrinho – disse Erno. Sua voz tinha se transformado num sussurro, e ele não tinha fôlego. Mesmo assim Erno sorriu levemente ao se lembrar de Collins. – Vem esta noite – disse ele. – Bom garoto. Ficou bom. Passou um mau bocado. Mas tudo bem. Crianças lindas. – Erno fechou os olhos, contente com esse pensamento.

Arthur lhe deu um segundo, depois perguntou se tinha ouvido falar sobre Genevieve. Ele assentiu. De repente, depois de esperar semanas por essa conversa, Arthur não conseguia pensar na pergunta seguinte.

– Bom, merda – disse finalmente. – É verdade?

– Claro – sussurrou Erno. – Por que eu... culpei o Esquilo?

– Porque sabia que ele tinha ameaçado Luisa?

– Isso. – Cada esforço de comunicação parecia exigir uma tensão de todo o corpo de Erno, mas ele parecia estar raciocinando bem. Estava dizendo que tinha acusado o Esquilo de matar Luisa da primeira vez porque sabia da ameaça. Tinha matado Luisa por seus próprios motivos, mas Esquilo havia se mostrado um bode expiatório antecipadamente.

"Falei com o Larry. Intime Genevieve. – Erno balançou o queixo de um lado para o outro, mortificado com a estupidez de Larry. – Deveria ter deduzido isso. Há dez anos.

– As passagens, é o que você quer dizer?

– Não as passagens. Não serviam para mim.

– Porque você era o chefe da segurança?

Erno confirmou e balançou a mão. Era uma história complicada, aparentemente, mas Arthur estava suficientemente perto para um homem sem fôlego explicar.

– Genevieve. – Ele deu uma tossida fraca, engoliu em seco e fechou os olhos para suportar a dor que tinha vindo de algum lugar. Quando se recuperou, parecia ter esquecido onde estava.

– Genevieve – disse Arthur.

– Não sabia que ela sabia. Das passagens.

– Por quê?

– Não teria me contado sobre Esquilo. Ruim para a sua amiga.

Ruim por causa do perigo de Luisa ser apanhada pelo roubo das passagens. Pensando bem, Arthur percebeu que Erno estivera perto de falar a verdade. Genevieve não sabia da tramoia das passagens quando informou sobre a ameaça de Rommy. Só ficou sabendo disso depois, quando Luisa lhe deu uma bronca por ter envolvido Erdai.

– Certo – disse Arthur. – Então o que Larry deveria ter deduzido?

– Luisa. Esquilo. Ameaça. – Erno balançou os dedos e juntou tudo. – O resto... – Ele balançou a cabeça de novo para indicar que não importava. A conclusão mais provável, se Genevieve tivesse informado a Larry apenas sobre a ameaça de Rommy, era que o maluco do Esquilo tinha sofrido uma frustração amorosa. Seria um bom motivo.

– Meu Deus, Erno. Por que você não me contou isso antes?

– Complicado. – Erno esperou algum tipo de espasmo. – Ruim para Esquilo. – Ele também estava certo nisso. Uma história que começava com Esquilo ameaçando matar Luisa nunca teria ido muito longe. Mas, até mesmo aceitando suas boas intenções, Arthur podia sentir o coração encolhendo, porque estava claro até que ponto Erno estivera conivente com a verdade.

Por causa da dor ou do devaneio, os olhos de Erno estavam imóveis. Toda a medida de sua doença aparecia ali – uma teia de veias, estrias pálidas, um jeito vítreo. Os cílios tinham desaparecido, e as pálpebras pareciam inflamadas.

– Para mim também – disse ele, subitamente.

– Para você também o quê? Teria sido ruim para você também?

Erno se ajeitou a tempo de conseguir tossir, mas assentiu enquanto se sacudia.

– Por quê? – perguntou Arthur. – Por que seria ruim para você?

– Passagens. Roubava passagens também.

– *Você* roubava?

Erno confirmou de novo.

– Diabo, por que você fazia isso, Erno?

Ele fez um pequeno gesto de nojo com as mãos e olhou para o teto.

– Estúpido. Precisava de dinheiro. Problemas de família. Foi dois anos antes.

– Antes de Luisa fazer isso?

– É. Parei. Mas estava com medo.

– Você estava com medo?

– Pegando ela, me pegavam também. – Erno parou para respirar. – Por isso eu fui ao restaurante. Impedi-la. Briguei. Gus veio com a arma. – Erno fechou os olhos. O restante não precisava ser repetido.

– Então nunca houve um caso?

Erno deu um sorriso débil diante da ideia.

– Meu Deus – disse Arthur. Sua voz saiu alta demais, mas, de repente, ele ficou desesperado. Teve a mesma sensação que o dominava quando as coisas davam desastrosamente errado, a sensação de que tinha uma culpa profunda e de que, em consequência, gostaria, mais do que tudo, de fugir da própria pele, soltá-la, até mesmo arrancá-la se fosse necessário. – Meu Deus, Erno. Por que não *disse* isso?

– Pensão. Vinte e três anos. Para minha mulher agora. Melhor assim. No fim das contas.

Melhor para Rommy, melhor para ele, era o que ele queria dizer. Só que, como toda mentira, poderia se desintegrar ao longo das linhas da verdade. Arthur pensou. Seu primeiro instinto era convocar um escrivão do tribunal, alguém que pudesse anotar aquilo. Mas avaliou os passos. A afirmação de Muriel, de que Erno tinha moldado a história aos seus objetivos, seria provada. De fato, Erno havia perjurado bastante diante do juiz Harlow. Aos olhos da lei, portanto, ele seria totalmente indigno de crédito. E isso antes de se acrescentar o fato de que ele era um ladrão que havia enganado os empregadores que tinham confiado nele por mais de vinte anos.

– Isso é tudo, Erno?

Erno conseguiu assentir de modo decidido.

– E esse cara, o Faraó? Nós podemos encontrá-lo?

– Ninguém. Vagabundo barato. Sumiu há anos.

– Ele teve alguma coisa a ver com os assassinatos?

Erno fez um pequeno som expectorante, o melhor que podia produzir parecido com um riso, ao pensar em mais um suspeito. Lentamente virou o rosto de um lado para o outro, um gesto que aparentemente tinha repetido com frequência. Uma parte dos cabelos frágeis da nuca tinha sumido com o roçar do travesseiro.

– Eu. Só eu. – Ele esticou o braço por entre as barras da guarda da cama e segurou as mãos de Arthur, com dedos quentes de febre. – O seu cliente. Nada. Não estava lá. Totalmente inocente. – Erno passou pelo mesmo paroxismo breve, a tosse e depois o crescimento e o afastamento da dor. Mas não tinha se esquecido de onde estava. – Totalmente. – Ainda que isso exigisse um esforço gigantesco, Erno se virou na direção de Arthur para poder trazer o rosto mais para perto. A cor de seus olhos parecia ter ficado mais intensa, mas provavelmente era apenas o contraste com a pele pálida. – Larry não quis acreditar em mim. Orgulhoso demais.

– Provavelmente.

– Eu matei todos eles. – O esforço dessa declaração e o movimento que a acompanhou o haviam exaurido. Ele caiu de costas, ainda agarrando a mão de Arthur. Em seguida, olhou tão fixamente o teto que Arthur teve medo de que o sujeito morresse na sua frente, mas ainda sentiu algum tremor na mão dele. – Penso nisso – disse Erno. – O tempo todo. Tudo que eu vejo. Tudo que eu vejo. Queria isso diferente. No fim.

À medida que a conversa prosseguia, Arthur sentia um vácuo se formando no seu interior. O mundo que Erno tinha retratado – Luisa no estacionamento, a briga de amantes que tinha se seguido –, cenas que Arthur tinha visualizado como num filme, haviam se apagado. Assim que deixasse o hospital, o que permaneceria seria o fato, frio como pedra, de que Erno era um mentiroso, cujos motivos provavelmente não eram melhores do que os prazeres grandiosos que vinham de enganar todo mundo. A última versão foi esmagada e despedaçada? Monte outra. Mas ali, na presença de Erno, Arthur não podia duvidar dele. Talvez isso fosse simplesmente um crédito pelas habilidades de Erno como trambiqueiro. Mas, contra toda a razão, ele acreditava, tanto quanto o havia considerado uma fraude antes de Erno abrir os olhos.

Um tempo muito longo se passou.

– Sempre soube disso – disse Erno então.

– De quê?

Erno se esforçou de novo para rolar na direção da guarda da cama. Arthur estendeu a mão para ajudar. O ombro de Erno era só osso.

– Eu – disse Erno, fazendo uma careta.

– Você?

– Ruim. Vida ruim. Por quê?

Arthur pensou que a pergunta fosse filosófica ou religiosa, mas Erno a tinha feito como uma indagação retórica a que ele mesmo precisava responder.

– Sempre soube – disse ele. – Difícil demais.

– O quê?

Os olhos de Erno, com as bordas vermelhas e sem cílios, se demoraram.

– Difícil demais. Ser bom.

31
O tribunal decide

2 de agosto de 2001

— Nós vencemos. – Tommy Molto, com seu rosto de pudim de baunilha, agarrou o braço de Muriel enquanto saíam do escritório de Ned Halsey depois da reunião matinal. O Tribunal de Apelações tinha dado sua opinião: o *habeas* de Gandolph havia sido negado e o adiamento de sua execução, suspenso. – Nós vencemos – disse Tommy de novo.

Tommy era um sujeito estranho. Raramente via a floresta, mas era o sujeito que todos gostariam de ter ao lado se precisassem derrubar uma árvore. Havia uma década, quando Esquilo fora julgado, Tommy era o chefão e Muriel, a subalterna aprendiz. Ele nunca havia se afligido à medida que os anos passavam, enquanto ela se igualava a ele no cargo e finalmente era nomeada assistente-chefe, um cargo que Molto sempre desejara. Tommy era Tommy: sem humor, obstinado e absolutamente dedicado às vítimas, à polícia, ao condado e ao fato de que o mundo era melhor sem a companhia das pessoas que ele processava e condenava. Muriel o envolveu com um grande abraço.

– Nunca tive dúvida – disse Tommy. Ele partiu rindo, prometendo-lhe uma cópia da decisão assim que Carol voltasse do tribunal.

Ned estava visitando o senador Malvoin, então ela lhe deixou um bilhete. Do outro lado da grande área pública que separava a sala de Halsey da dela, Muriel verificou seus recados – quatros repórteres já haviam telefonado – e depois fechou a porta. Atrás de sua mesa enorme junto à janela, fechou os olhos, surpresa com a magnitude do alívio. Um serviço como aquele era como surfar as grandes ondas. Havia uma quantidade de períodos bons em que se chegava à praia, e um bocado de emoções no caminho, mas sempre se sabia que, se afundasse, a última coisa na qual pensaria enquanto as ondas a esmagavam nas profundezas eternas seria: eu fui uma idiota, uma idiota, como pude ter arriscado tudo? Não era simplesmente a eleição que estivera em jogo no caso de Rommy Gandolph. Era ter sido descartada como alguém cuja carreira, no fim das contas, tinha sido construída sobre um alicerce falso.

Mas a experiência – os pontos altos e baixos – tinha valido a pena. Pela primeira vez na vida, tinha clareza em relação a uma coisa: queria ser a próxima promotora-chefe do condado de Kindle. Perder de vista o prêmio tinha lhe permitido perceber o quanto ele significava – tanto o orgulho quanto as consequências que viriam com o cargo. Mas também tinha certeza de que, se o caso Gandolph tivesse descarrilhado de algum modo, se seu julgamento fosse publicamente execrado e os reverendos Blythes do mundo bloqueassem seu caminho para a sala ao lado, ela permaneceria intacta. Não acreditava num Deus que estava lá em cima dando sinais com as mãos ou mexendo os pauzinhos. Mas, se ela não chegasse a promotora-chefe, talvez isso fosse o melhor. Ela havia trabalhado duas vezes mais nos últimos meses, pensando na Escola da Divindade. À luz do dia, a ideia tinha parecido risível a princípio, mas começara a pensar nela como uma alternativa séria. Talvez pudesse fazer mais coisas importantes de cima de um púlpito.

Com uma batida, Carol Keeney, uma loura frágil com uma vermelhidão permanente na ponta do nariz, trouxe a decisão. Muriel a examinou, principalmente para não frustrar Carol. Muriel nunca havia se preocupado muito com o raciocínio complicado que emanava dos tribunais de apelação. Os conflitos da lei que a interessavam eram escritos em letras grandes: culpa ou inocência, os direitos dos indivíduos contra os direitos da comunidade, os usos adequados do poder. Os arabescos envolvidos em transformar decisões em palavras eram basicamente decorativos para ela.

– Bom trabalho – disse Muriel. Carol tinha esboçado a moção que levara à vitória, virando a noite depois do depoimento de Genevieve. Mas as duas sabiam que o fracasso de Carol em perceber o que Arthur estava tramando quando levou Erno para depor seria fatal para as chances de Carol se tornar promotora do tribunal. Nesse serviço, Muriel dava um bocado de notícias ruins, não somente aos advogados de defesa e a seus clientes, mas também dentro do escritório, onde somente alguns poucos assistentes pegavam os casos e eram designados para os tribunais, para os cargos e para os salários que desejavam. Sendo tão poucos os espólios por ali, batalhas ferozes eram travadas entre os egos, na disputa por meio metro quadrado de espaço. E Muriel, com frieza salomônica, decidia quem ganhava. Carol, que não possuía os instintos para o trabalho nos tribunais, tinha perdido.

– Os nativos estão inquietos – disse Yolanda, uma das secretárias de Muriel, olhando para dentro depois que Carol saiu da sala. Yolanda estava fazendo um balanço de vários outros recados de repórteres. Muriel ligou para Dontel Bennett, o porta-voz do departamento para a imprensa, que a parabenizou.

– Diga à imprensa que estarei recebendo as desculpas abjetas dela ao meio-dia – respondeu Muriel.

Ele riu e perguntou quem ela queria ter ao lado na tribuna. Molto e Carol de um dos lados, disse ela. Harold Greer era agora o Chefe de Polícia e merecia estar lá por muitos motivos.

– Starczek? – perguntou Dontel.

– Sem dúvida. Eu mesma vou ligar para ele.

Antes de desligar, Dontel disse:

– Nada de tripudiar agora, garota. Lembre-se: o ceticismo faz parte do serviço da imprensa.

– Você acha que isso vem antes ou depois da venda de anúncios?

Ela ligou para vários números antes de achar Larry à mesa que raramente ocupava na delegacia da Área Dois no North End.

– Parabéns, detetive. O Tribunal de Apelações acha que você pegou o homem certo.

– Não brinca.

Muriel leu as melhores partes da decisão. Ele ria como uma criança ávida ao fim de cada frase.

– Está na hora de encontrar a imprensa – disse ela depois. – Você pode estar bonitinho ao meio-dia?

– Preciso ver se meu cirurgião plástico pode dar um jeito. Então, isso quer dizer que eu posso cancelar meu telegrama para a Interpol pedindo informações sobre Faro?

– Aparentemente. – A investigação que tinha sido reiniciada por causa do testemunho de Erno estava terminada. Durante mais um ano, aproximadamente, o processo provavelmente se arrastaria com Arthur ou algum outro advogado levantando barricadas contra a execução. Mas o serviço de Larry estava feito, seu negócio com ela estava concluído.

Quando desligou o telefone, Muriel percebeu com clareza que ainda não havia se dado conta de que não tinha a menor intenção de deixá-lo ir.

O ESCRIVÃO-CHEFE do Tribunal de Apelações ligou para Arthur às 9 da manhã para notificá-lo de que eles profeririam a decisão sobre a *Petição de Gandolph ex. Rel. Diretor da Penitenciária de Rudyard* dentro de uma hora. Quando Arthur encontrou Pamela para dar a notícia, ela se ofereceu para ir pegar a decisão escrita, de modo que Arthur tivesse tempo de se preparar antes de enfrentar os repórteres. Ela parou na sala dele antes de ir para o tribunal.

– Nós vamos perder – disse ele.

Antes de ter conhecido Rommy Gandolph, Pamela Towns provavelmente teria discutido. Agora, no entanto, o ânimo havia sumido de seu rosto comprido. Ela respondeu simplesmente:

– Eu sei.

Vinte minutos depois, ligou do prédio federal para Arthur. Ele podia notar o desânimo no momento em que ela disse olá.

– Estamos mortos – disse Pamela pelo celular. – Bem, ele está morto literalmente. Nós estamos mortos legalmente. – Ela leu as partes decisivas da decisão.

– "Por causa do seu esforço para pedir um segundo *habeas corpus*, o Sr. Gandolph recebeu um breve período para levantar provas de inocência que não puderam ser descobertas em data anterior. Ainda que a defesa do Sr. Gandolph, nomeada pelo tribunal..." Isso quer dizer nós – disse Pamela, como se Arthur, depois de treze anos de advocacia, não soubesse. – "Ainda que a defesa do Sr. Gandolph, nomeada pelo tribunal, tenha conseguido uma nova testemunha material em favor da inocência de Gandolph, o testemunho de Erno

Erdai não é corroborado por qualquer tipo de evidência forense..." Engraçado como eles não se importam com corroboração forense quando se trata do processo contra Rommy.

– Continue – disse Arthur.

– "Além disso, o Sr. Erdai é um criminoso condenado, com um motivo perceptível para punir as mesmas autoridades da lei que o puniram, e também admite ter feito declarações, há dez anos, que contradizem totalmente sua versão atual dos fatos. Também é digno de nota que outra testemunha contra o Sr. Gandolph foi descoberta pelo Estado, Genevieve Carriere, que relatou uma declaração altamente incriminadora feita pelo Sr. Gandolph e alertou para importantes evidências novas do motivo do Sr. Gandolph para matar uma das vítimas. Diferentemente da nova testemunha do Sr. Gandolph, o relato da Sra. Carriere é coerente com outras provas. Temos consciência de que um respeitado juiz da Corte Distrital..." Estou surpresa por eles não terem colocado "respeitado" entre aspas – exclamou Pamela, referindo-se à aversão dos juízes de apelação por Harlow. Dessa vez, Arthur não fez nenhum esforço para esconder a impaciência quando falou de novo para ela ir em frente. Certo – disse Pamela. – "...um respeitado juiz da Corte Distrital fez descobertas limitadas de credibilidade relativas ao Sr. Erdai, mas isso aconteceu antes de ser conhecido o testemunho da Sra. Carriere, o que claramente diminuiu a importância dessas descobertas. O Sr. Gandolph esperou quase uma década para reivindicar a inocência. Ainda que isso obviamente lance dúvidas sobre a verdade dessa nova afirmação, segundo a lei, é mais importante que o requerente tivesse a oportunidade de fazer esse pedido e levá-lo a julgamento, como também em ataques colaterais subsequentes. Uma petição de *habeas corpus*, particularmente um pedido repetitivo, é limitada à remediação de uma violação dos direitos constitucionais do réu em um nível tão alto a ponto de significar um erro de justiça. Não existe nenhuma base para acreditar que o Sr. Gandolph vá satisfazer esse padrão. Nós concordamos com o Estado: a prova indireta da culpa do Sr. Gandolph, com a qual contou a juíza que julgou o fato há muito tempo, continua sem ser questionada; de fato, o tamanho das evidências contra o solicitante apenas aumentou ao longo do processo até hoje. Assim, concluímos que não existe base na lei para permitir um segundo *habeas corpus*. Em qualquer medida em que nossa ordem anterior, permitindo um breve período de descoberta, pudesse ser vista como uma permissão desse pedido, nós concluímos que tal permissão seria dada indevidamente. Em resultado, a nomeação de uma defesa para ajudar o Sr. Gandolph neste processo está terminada, com os agradecimentos do tribunal. Nosso adiamento anterior é revogado e não impede mais que o Tribunal Superior do condado de Kindle marque uma data para a execução."

Depois de desligar, Arthur olhou para o rio, sentindo-se como estivesse se afogando em suas águas escuras. Execução. Sua mente correu até as consequências para Rommy, mas seu coração estava submerso na tristeza por si mesmo. A mídia não entenderia, mas ele havia detectado a mensagem do tribunal. Eles pensavam que ele tinha inventado a história de Erno, ou pelo menos que não tinha sido adequadamente cético. Como advogado nomeado, sua tarefa era se conduzir com uma moderação que, aparentemente, eles achavam que tinha abandonado. E Arthur percebia que era verdade. Atualmente, para Arthur, não era novidade ele ser uma pessoa passional. O que Rommy o havia ajudado a descobrir é que essas paixões tinham um lugar na lei. A luz tinha sido acesa, e agora, por ordem do tribunal, seria apagada de novo.

LARRY ODIAVA o jornalismo. Havia vários repórteres que ele considerava boa companhia, mas nunca pôde engolir o trabalho deles. Mal viam as chamas, nunca sentiam o calor, e mesmo assim tentavam contar a todas as outras pessoas sobre o fogo. E por isso sentia tanto prazer vendo Muriel puxando a orelha deles naquele dia.

A sala de imprensa da promotoria havia sido montada na antiga câmara do júri de instrução. A parede dos fundos tinha sido pintada com o azul elétrico preferido como fundo, e uma tribuna elevada tinha sido posicionada com o emblema do condado logo abaixo do microfone, em plástico, e não em latão, de modo que não houvesse brilho por causa das luzes fortes instaladas acima. Debaixo da brancura intensa dessas luzes, Muriel estava calma e simpática, mas imperiosa. Apresentou todos que estavam dos lados, mencionou Larry de maneira especial, depois, com serenidade, elogiou o julgamento do Tribunal de Apelações dos EUA e saudou o funcionamento laborioso, mas preciso, do processo legal. Disse, como vinha fazendo havia meses, que estava na hora de ir em frente com a execução do Sr. Gandolph. Vários repórteres queriam que ela comentasse de novo a história de Erno, mas ela simplesmente mandou que lessem a decisão do tribunal. Gandolph, e não Erno, era a questão. Esquilo tinha sido declarado culpado, e o tribunal tinha dito inequivocamente que os procedimentos tinham sido justos. Três juízes sem rosto, a alguns quarteirões de distância, tinham se tornado agora defensores incansáveis de Muriel.

Assim que as luzes se apagaram, Larry afrouxou a gravata. O chefe de polícia apertou sua mão, e depois Larry ficou mais um segundo com Molto e Carol. Muriel estava esperando para sair com ele. Juntos, os dois atravessaram a portaria de mármore do prédio do condado, que estava apinhada na hora do almoço. Rodeados pela multidão, quando ela segurou seu braço, o gesto pareceu um tanto inofensivo.

– Você fez um grande serviço neste caso, Larry. Sinto muito que ele tenha nos dado tanto trabalho neste verão, mas é isso aí.

Ele perguntou o que aconteceria em seguida. Ela descreveu as várias granadas legais que Arthur ou seu sucessor poderia atirar. Todas, segundo ela, falhariam.

– Arthur realmente saiu do caso? – perguntou Larry.

– Isso é com ele. O tribunal está claramente lhe dando uma saída.

– Eu digo que Arthur é o próprio coelhinho daquela propaganda de pilhas. Ele não vai desistir.

– Talvez não.

– E então? – Larry encarou-a com a emoção crescendo quando os dois pararam no meio da multidão composta de advogados e cidadãos que tinham alguma coisa para fazer ali, bem como de ocupantes do prédio, saindo e chegando do almoço. – Acho que é adeus.

Ela deu um riso agradável.

– Nem de longe, Larry.

– Não?

– Você vai ter que brigar para sair da minha vida de novo, meu chapa. Telefone. A gente deveria tomar uma bebida para comemorar. Sério. – Ela estendeu as mãos e o abraçou. Mestre em manter aparências impessoais, como a maioria dos bons advogados de tribunal, Muriel conseguiu fazer o gesto com uma certa compostura estéril. Para as pessoas que passavam, não parecia mais do que uma despedida adequadamente amistosa entre colegas respeitados. Mas houve mais no instante em que o corpo dela se demorou contra o dele. – Espero aquele telefonema – disse ela quando o soltou. Em seguida, foi andando e deu um aceno maroto por cima do ombro, o primeiro e único momento em que alguém que estivesse olhando poderia dizer que ela havia flertado. Larry já vinha recebendo a mensagem havia algum tempo, mas aquele foi o primeiro momento em que teve certeza absoluta de que não estava enganado.

Confuso, passou por entre as compridas colunas dóricas em frente ao prédio do condado. Por instinto, pegou os óculos escuros, mas logo viu o céu nublado. De fato, o ar tinha um cheiro forte de chuva.

Uma vez, ele tinha pensado que aquele caso estava encerrado, embora não tenha sentido muita alegria na época. Tinha acabado de ficar perto de Muriel por duas semanas, no decorrer do julgamento de Esquilo, no início de 1992. Muriel e ele estavam rompidos na época, e ela estava se preparando para se casar com Talmadge. Larry tinha passado as duas semanas de preparação do julgamento com um filme do tipo "rapaz conhece garota" novamente se projetando na cabeça, achando que o simples roçar de um cotovelo faria com que Muriel voltasse a si. Quando isso não aconteceu, ele ficou tão por baixo que não tinha certeza de quem o júri tinha condenado à morte.

Brincando ou flertando, Muriel tinha feito uma observação havia algumas semanas, dizendo que ele sentia falta dela. Se ela tivesse permanecido ao telefone, Larry provavelmente teria dito alguma coisa idiota como "Eu sinto". Mas não queria passar por nada disso de novo – era como se apresentar como voluntário para dar um salto de quarenta andares. Era simplesmente irônico, só isso. Do início ao fim, as duas coisas tinham sido sinônimos: o fim de Rommy e o fim com Muriel.

Da calçada, olhou de volta para o sólido bloco de tijolos vermelhos do prédio do condado. Viu as palavras gravadas no calcário acima das colunas. *Veritas. Justitia. Ministerium.* Se o seu latim da escola paroquial servia para alguma coisa, aquilo significava algo como verdade, justiça, serviço. Sentiu um arrepio no corpo. Essas ainda eram as palavras certas, ainda era isso que lhe importava, era isso que o mantinha no caso, apesar das merdas de cunho pessoal e das defesas tortuosas de Rommy. Mas de algum modo, parado ali, ele tinha certeza apenas de uma coisa: ainda não estava feliz.

GILLIAN SÓ SOUBE da decisão no meio da tarde. Estava na loja do Center City, e Argentina Rojas, que veio para o último turno ao balcão, disse que ficou sabendo pelo rádio do carro. Era a primeira vez que Argentina indicava qualquer conhecimento da vida anterior de Gillian. E certamente tinha violado seu próprio tabu na expectativa de ter trazido uma notícia boa, depois do que havia sido publicado sobre a juíza após o testemunho de Erdai. Gillian se esforçou ao máximo para agradecer a Argentina, depois saiu o mais rápido possível para a sala dos empregados, querendo ligar para Arthur.

– Vivo – respondeu ele, quando ela perguntou como estava. – Mais ou menos. – Ele descreveu a decisão. – Eu não esperava ser dispensado.

– Que tal eu convidá-lo para jantar, Arthur? – Ela não tinha calculado isso antecipadamente, mas o desejo de consolá-lo era intenso, e Gillian sabia como ele havia desejado que os dois escapassem do apartamento. Mesmo pisoteado pela frustração, ele ficou claramente satisfeito com a perspectiva. Ela disse que iria encontrá-lo no Matchbook, um bar de Center City onde Arthur poderia comer um bife com fritas, que continuava sendo seu prato preferido. Quando Gillian chegou, às 20 horas, ele já estava sentado à mesa, visivelmente arrasado.

– Tome uma bebida – disse ela. – Quando os dois estavam juntos, ele recusava o álcool, por Gillian, mas, se havia um homem precisando de um uísque rápido, parecia ser Arthur.

Arthur tinha levado uma cópia da decisão, mas não deixou que ela lesse muito, antes de abrir a torneira do sofrimento. Tinha dito a ela várias vezes que perderiam, mas a realidade daquilo era maior do que podia suportar. Como os juízes podiam ter feito aquilo?

– Arthur, eu aprendi uma coisa no cargo. Os advogados veem uns aos outros com muito mais aceitação do que veem os juízes. Quantas vezes você perdoou outro advogado, por exemplo, Muriel, dizendo que ela simplesmente estava fazendo seu trabalho? Mas, quando se trata de juízes, os advogados mostram-se ultrajados. Os juízes também estão simplesmente fazendo seu serviço. Fazendo o melhor que podem. Alguém tem que decidir, então *você* decide. Você decide mesmo que esteja secretamente convencido de que várias pessoas por quem você passa na rua a caminho do trabalho poderiam fazer coisa melhor em situações específicas. Você decide. A princípio, fica aterrorizado com a hipótese de cometer um erro. Por fim, acaba sabendo que vai cometer erros com frequência, que isso é esperado, que não haveria necessidade de tribunais de apelação se os juízes fossem infalíveis. Por isso, você decide. Humildemente. Humanamente. Você faz seu serviço. Eles decidiram, Arthur. Mas isso não significa que estejam certos.

– Isso é reconfortante. Porque essencialmente é a última palavra.

– Em termos legais, restavam algumas escaramuças. Mas, da parte de Arthur, somente algo escrito na parede da cela de Rommy poderia prever uma perdição mais certa. – E não consigo acreditar que tiveram o desplante de me dispensar – acrescentou.

– Com agradecimentos, Arthur.

– Dizer que o entusiasmo deles foi moderado seria muito. E a coisa foi tão nojenta. Eles simplesmente não querem que ninguém que tenha condições de se dedicar à causa possa estar cuidando dela.

– Arthur, eles estavam tentando tirar o fardo de cima de você e de seus sócios. Nada o impede de representar Rommy diretamente sem cobrar. Ele pode contratá-lo em lugar do tribunal.

– Certo. É exatamente isso que meus sócios querem. Eu num concurso de mijo a distância com o Tribunal de Apelações.

Aceitando o fato de que nenhuma palavra poderia confortá-lo, ela caiu numa tristeza familiar. Tinha certeza de que o que existia entre os dois era frágil. Havia mil motivos – mas agora enxergava mais um. Arthur, arrasado, não poderia manter o relacionamento. Sofrendo, ele veria menos em si mesmo, e, consequentemente, veria muito menos nela.

Nas poucas horas que passava na casa de Duffy por dia, frequentemente Gillian se fazia a pergunta que Arthur ainda não tinha ousado fazer. Ela o amava? Sem dúvida, ele era o amante de sua vida. Mas amor? Ficou espantada com que rapidez concluiu que a resposta era sim. Com ele, havia alguma coisa renovada, eterna, essencial. Ela queria ficar com Arthur. Via com uma tristeza terrível o fato de ter percebido diversas vezes que, a longo prazo, não ficaria. Durante semanas tinha imaginado se estaria disposta a lutar quando o fim inevitável começasse, ou se simplesmente aceitaria o destino. Mas não, não ficaria imóvel para ser esmagada outra vez. Arthur, estando bem, tinha feito com que ela melhorasse. E, em nome dos dois, ela precisava proporcionar alguma resistência.

– Arthur, posso fazer uma pergunta?

– Sim, eu ainda quero transar com você esta noite.

Ela esticou o braço por cima da mesa e deu um tapa na mão dele. Mas sentiu-se encorajada ao ver que a libido de Arthur era maior do que seu desapontamento.

– Não, Arthur. O tribunal está certo?

– Legalmente?

– Seu cliente é inocente, Arthur? De verdade, o que você acha?

O uísque tinha chegado. Ele lançou um olhar dolorido para o copo, mas não o tocou.

– O que você acha, Gil?

Era uma boa réplica – ainda que ela não tivesse previsto. Não havia se testado com aquela pergunta havia semanas. No intervalo, os motivos para não acreditar em Erno, de quem ela havia suspeitado desde o início, tinham se multiplicado. No entanto, para ela os fatos do processo permaneciam um pântano – os registros sugerindo que Gandolph poderia estar na cadeia, o relato de Erdai, os roubos de Luisa, a questão de saber se Gandolph tinha violência no caráter. Agora, apesar do esforço para aplicar a razão fria, havia dúvidas, dúvidas razoáveis, e assim, com as evidências atuais, não poderia mandar Rommy Gandolph para a morte e nem mesmo para a penitenciária. De algum modo, pelo menos disso Arthur a havia persuadido, ainda que ela hesitasse em jurar pela inocência de Gandolph ou em criticar sua decisão de dez anos atrás, dadas as provas que ela tinha visto na época.

– Mas agora eu não tenho importância, Arthur – disse ela, depois de explicar seu ponto de vista. – Qual é sua opinião?

– Eu acredito em Genevieve. Até Erno admitiu que ela tinha lhe dito que Rommy ameaçou matar Luiza. E, cada vez que penso nisso, vejo que Erno estava mentindo sobre outra coisa. Mas ainda *preciso* acreditar que Rommy é inocente. Então acredito. – Ele balançou a cabeça, arrasado com o absurdo do que tinha dito.

– Então você precisa ir em frente. Não é? Como advogado. Você poderia realmente se olhar no espelho se abandonasse um cliente inocente nesse estágio? Faça o possível, Arthur. Pelo menos tente.

– Tentar o quê? Eu preciso de fatos. Fatos novos.

Sempre que Arthur falava do caso, como fazia constantemente, ela escutava com interesse, mas restringia os comentários ao encorajamento. No entanto, tinha elaborado seus próprios raciocínios, e naquela noite não parecia haver sentido em guardá-los.

– Você sabe que eu hesito em dar sugestões – começou.

Ele dispensou suas desculpas, pedindo que continuasse.

– Você não contou a Muriel que Erno também estava vendendo passagens, contou?

– Meu Deus, não. Isso só faria com que Erno ficasse pior. O que é que tem?

– Bom, Erno disse que foi por isso que foi falar com Luisa no Paradise: porque estava com medo que as atividades dela pudessem levar à descoberta das dele. Correto?

– E?

– Mas Erno tinha mandado revistar Luisa, e não descobriu nada. Então por que ele continuou tendo tanta certeza do que ela estava fazendo? E, se não estava tendo um caso com ela, o que o levou a confrontá-la à meia-noite no feriadão?

– Foi isso que eu quis dizer sobre o Erno. Eu nem consigo mais abrir caminho no meio das mentiras dele.

– Bom, talvez eu esteja mais recente nessa coisa, Arthur. Mas, pensando bem, suspeito que Erno estava vigiando Luisa. Sozinho, porque não podia contar aos subalternos sobre suas suspeitas, com medo de revelar alguma coisa sobre seus próprios roubos. E, ficando de olho nela, ele deve tê-la apanhado durante um roubo.

– Faz sentido. Ele disse que foi ao Paradise para fazer com que ela parasse.

– Mas por que Erno não falou com ela no aeroporto?

– Provavelmente queria ver para quem ela estava entregando as passagens. Essa é a rotina usual em uma investigação, não é?

– O que leva você de volta ao comprador. O Faraó.

– Faraó. O que é que tem?

– Bom, ele deve ter estado lá, Arthur. No Paradise. Em algum momento.

Ela podia ver Arthur revivendo, quase contra a vontade. Sua postura melhorou, e seu rosto se iluminou, mas, depois de um segundo, ele balançou a cabeça de novo.

– Nós não podemos encontrá-lo. Rommy disse que o Faraó pegou uma condenação grande, mas Pamela procurou o nome dos registros dos tribunais e nós não conseguimos nada. Até Erno disse que ele desapareceu.

– Eu sei, mas uma coisa atraiu minha atenção. Genevieve disse que não podia imaginar como Luisa e o Faraó conseguiriam não ser apanhados. Está certo?

– Foi o que ela disse.

– De modo que o Faraó tinha meios muito mais sofisticados de usar as passagens do que vendendo em uma esquina.

– Rommy disse que ele estava vendendo por intermédio de uma empresa. – Arthur demorou um segundo para alcançar o raciocínio dela. – O que você está pensando? Departamento de viagem de uma companhia?

– Algo assim.

Juntos, os dois começaram a pensar em abordagens possíveis, e Arthur voltou a ser ele mesmo, animado com a esperança em relação à hipótese improvável. Depois, mais uma vez, a tristeza se apossou dele de novo e seus olhos pequenos e suaves se fixaram, de repente, nela.

– O quê? – perguntou ela, pensando que havia alguma falha no raciocínio.

Em vez disso, ele pegou sua mão.

– Você era tão boa nisso.

32
Óbvio

7 e 8 de agosto de 2001

Pouco depois da meia-noite de sexta-feira, Erno Erdai morreu. Arthur recebeu a notícia quando Stew Dubinsky telefonou para sua casa na manhã de sábado para pedir um comentário. Arthur expressou condolências e, então, lembrando-se de seus deveres de advogado, elogiou Erno como um homem que tivera a coragem de consertar os erros do passado nos últimos momentos de vida. Poucas vezes Arthur tinha pronunciado palavras com menos certeza de serem verdadeiras ou não.

Mesmo assim, seu papel como representante de Rommy exigia que ele comparecesse à missa de corpo presente de Erno na manhã de terça-feira, na Catedral de St. Mary. O verão, sobretudo naquele ano, era uma época de poucas notícias, e a morte de Erno ganhou destaque nos jornais da cidade, apesar das revelações de Genevieve e da decisão do Tribunal de Apelações. Diante disso, não foi surpresa que o reverendo Dr. Carnelian Blythe houvesse se apresentado para tecer elogios a Erno. Além disso, a arquidiocese tinha se apressado em apoiar Erno, e o monsenhor Wojcik, da paróquia de St. Mary, presidiu a missa. Mas a estrela era Blythe, magnético no papel de pregador que o levara à proeminência havia quase quarenta anos.

O reverendo Blythe era um gênio em muitos sentidos. A maioria dos brancos do condado de Kindle tinha rido de Blythe em algum momento, achando divertida sua retórica excessiva e seu estado de fúria 24 horas por dia, sete dias por semana. Arthur não era exceção. No entanto, permanecia consciente das muitas conquistas de Blythe, não somente dos feitos lendários, como fazer passeatas com o Dr. King e forçar o fim da segregação nas escolas do condado, mas de realizações menos célebres, como um programa de café da manhã gratuito para crianças pobres e vários projetos de redesenvolvimento que tinham mudado a cara dos bairros. Talvez o que Arthur mais admirasse fosse a voz de esperança e identidade que desde muito tempo Blythe havia proporcionado à sua comunidade. Arthur ainda podia se lembrar de que, aos 11 e 12 anos, sintonizava as transmissões radiofônicas do reverendo Blythe aos sábados para ouvi-lo liderando uma congregação de milhares de pessoas entoando

EU SOU
Um Homem.
EU SOU
Alguém.

Enquanto a voz de Carnelian Blythe brotava de suas profundezas, o jovem Arthur sentia-se tão inspirado quanto os membros do rebanho do reverendo.

Mas a capacidade de Blythe atrair a imprensa devia ser sua habilidade mais inigualável. Se Blythe estivesse em um lugar, as câmeras também estavam – ele rendia quinze segundos no noticiário da noite em qualquer ocasião em que abrisse a boca. Arthur não poderia ser contra. O reverendo tinha mantido a história de Rommy na primeira página, quando a imprensa quase certamente teria perdido o interesse se sua causa fosse defendida por outra pessoa. Mas Arthur ainda sentia que seu cliente seria mais bem-servido se mantivesse distância do tom fulminante de Blythe.

Depois do último hino, Blythe acompanhou o monsenhor Wojcik e a família para fora da catedral, fazendo reverências com a cabeça careca enquanto o caixão de Erno, coberto por flores brancas e pela bandeira americana, era levado ao carro funerário. Os fotógrafos, sem nenhum senso de decência, cercaram o cortejo. Collins, o sobrinho que Arthur reconheceu a partir da foto do arquivo policial, era o primeiro entre os que seguravam o caixão. De terno e gravata, parecia totalmente com o cidadão sólido que dizia ter se tornado. Ele ergueu uma das luvas cinzas aos olhos enquanto o caixão desaparecia no veículo, depois foi consolar a tia e a mãe, ambas vestidas de preto. Juntos, os três foram para a limusine que seguiria os restos de Erno até o cemitério.

Assim que a família partiu, Blythe começou a repetir boa parte de seu necrológio, palavra por palavra, para as câmeras que o rodeavam nos degraus da catedral. Arthur saiu de fininho, mas foi parado pela única repórter que o reconheceu, Mira Amir, do *Bugle*, de West Bank, que furava Stew Dubinsky em quase toda matéria importante. Em resposta às perguntas dela, Arthur garantiu que Gandolph estaria impetrando uma moção de reconsideração da ordem do Tribunal de Apelações que havia negado o *habeas*. Arthur profetizou sucesso, mas teve pouco a dizer quando Mira pressionou, perguntando que argumentos específicos ele usaria.

Enquanto voltava ao escritório, sentia-se desanimado, desencorajado com o caso de Gandolph e, inevitavelmente, taciturno por causa dos sentimentos pelo pai, que haviam ressurgido por causa da ocasião. Sobre sua mesa, Pamela tinha deixado uma pilha de documentos com pelo menos 20 centímetros de altura e uma nota explicativa. Nos últimos dois dias, seguindo a sugestão de Gillian, Pamela havia tentado identificar qualquer pessoa que trabalhasse no ramo de viagens no condado de Kindle e que pudesse ter sido chamada de Faraó ou qualquer nome que se parecesse com isso. Ela não tivera sorte depois de passar boa parte da véspera ao telefone e, por sugestão de Arthur, tinha ido naquele dia ao Departamento de Registros examinar as fichas dos agentes de viagem do Estado.

Os registros que ela havia reunido estavam cuidadosamente agrupados: as listas de departamentos de viagens de empresas, os membros de uma associação comercial de agentes de viagens e cópias das microfichas dos formulários de registros de quatro agentes de viagem. Ali, diferentemente de muitos estados, os agentes de viagem eram licenciados por lei, um processo que exigia diploma de associado, passar numa prova feita pelo estado, não ter ficha de crimes nem denúncias de roubo de dinheiro dos clientes. Segundo um relato vívido em seu bilhete escrito a mão, para identificar os agentes de viagem licenciados em 1991, Pamela tivera que voltar à era pré-digital no porão do departamento, onde o nível de mofo tinha sido quase suficiente para sufocá-la, e o aparelho de microfilme tinha causado uma dor de cabeça brutal.

Arthur pegou as cópias cinzentas dos formulários de registros que ela havia imprimido. Ferd O'Fallon ("Ferd O" – dizia o bilhetinho grudado por Pamela). Pia Ferro. Nick Pharos.

Faro Cole.

Ele demorou apenas um segundo para situar o nome e subiu correndo a escada até a sala de Pamela. Ela estava ao telefone. Ele ficou pulando e balançando as mãos até forçá-la a desligar.

– Foi o cara em quem Erno atirou!

Para ter certeza, fez Pamela pegar os relatórios policiais do crime nos arquivos do corredor. Assim que Pamela os trouxe, os dois se sentaram na sala simples que ela ocupava, um espaço estreito em laminado bege, onde cada superfície plana tinha sido dedicada a pilhas de processos, estatutos e rascunhos jurídicos. Em um canto, ela havia acrescentado uma cadeira de balanço adornada por uma espalhafatosa manta vermelha com a imagem bordada do castor da Universidade de Wisconsin. Ela usava a cadeira como local de descanso para o casaco e volumes desgarrados que não tinha conseguido devolver à biblioteca da firma. Arthur limpou-a, colocando a manta sobre os controles do aquecedor, com a reverência terna que Pamela achava devida. Ele se sentou e Pamela apoiou os pés sobre uma gaveta da mesa. Juntos, como tinham feito durante centenas de horas antes, os dois pensaram. Era Faro, e não Faraó. Um agente de viagens. Agora parecia tão óbvio! Pamela, de fato, estava chateada consigo mesma.

– Rommy disse que era F, a, r, o. E eu ri dele.

– Se o seu pior defeito como advogada for não tomar aulas de ditado com Rommy Gandolph, sua carreira vai ser boa – disse Arthur.

Havia uma questão mais importante do que tentar entender como tinham sido tão idiotas. – Onde nós vamos encontrá-lo?

Enjoada de porões mofados, Pamela insistiu em pagar a uma das empresas de Internet que compilavam bancos de dados sobre registros públicos em todos os cinquenta estados. Os sócios dele tinham começado a questionar as despesas crescentes de um caso perdido, mas Arthur estava ainda mais impaciente por respostas do que Pamela. No entanto, o que apareceu, depois que o nome de Faro Cole foi digitado e várias buscas detalhadas foram solicitadas, não parecia valer os 150 dólares que os dois gastaram. Havia um precário registro de crédito mostrando pouco mais do que um endereço de 1990 e os dados, atualizados pela última vez em 1996, que apareciam na carteira de motorista de Faro. Quanto à miríade de registros adicionais que a QuikTrak supostamente pesquisava, não havia nada nos cinquenta estados. Faro não era mais licenciado como agente de viagens ali nem nas outras 13 jurisdições que certificavam agentes. Faro Cole nunca estivera num tribunal – nunca foi processado, nunca faliu, nunca se divorciou, nunca foi condenado. Nunca tinha feito uma hipoteca nem sido dono de imóvel; nunca se casou. Na verdade, se a QuikTrak estivesse correta, ele nem mesmo tinha nascido, nem morrido, em nenhum lugar dos Estados Unidos.

– Como isso é possível? – perguntou Pamela depois de eles terem submetido a última busca por informações sobre nascimento.

Arthur olhou para a tela. Como antes, assim que alguém via a resposta, ela parecia óbvia.

– É um nome falso – disse ele. – Faro Cole é um nome falso. Nós estamos procurando outra pessoa. – E, com isso, mais uma coisa estava óbvia.

Eles estavam perdidos.

Na quarta-feira, Larry estava de folga, como vinha acontecendo na maior parte dos dias desde a decisão do tribunal, usando o tempo de licença que tinha acumulado virando noites com o caso Gandolph. Ele e seus empregados estavam terminando uma casa nova perto do topo da Colina Fort. Um dos homens não tinha aparecido. Ele mesmo teve que colocar a máscara e lixar paredes o dia inteiro, um trabalho sujo e tedioso cujo fino pó do reboco parecia penetrar até mesmo nos poros.

Por volta do meio-dia, sentiu seu pager vibrar. O número era do McGrath Hall. Algum chefão da polícia. Se ele estivesse fazendo alguma coisa que valesse a pena, teria ignorado, mas naquele momento parou. Do outro lado, a secretária atendeu:

– Sala da subchefe Amos.

Wilma Amos, a antiga parceira de Larry na força-tarefa que tinha investigado o Massacre de Quatro de Julho, era agora subchefe de pessoal. Para Larry, Wilma e o cargo se mereciam; ela mantivera um interesse enraizado no caso Gandolph e havia ligado umas duas vezes depois de Erno ter aparecido para ficar sabendo das coisas. Larry pensou que ela faria algum elogio pela decisão do Tribunal de Apelações. Mas, quando Wilma pegou o telefone, disse que tinha uma notícia que poderia interessá-lo.

– Minha irmã Rose trabalha no Departamento de Registros – disse Wilma. – Ontem uma garota apareceu dizendo que era advogada na empresa de Arthur Raven. Procurando informações sobre agentes de viagem em 1991.

– 1991 significa Gandolph, certo?

– É por isso que eu estou telefonando, Larry.

– E sua irmã sabe o que a colega de Arthur pegou?

– Rose a ajudou a imprimir os formulários de registro. Fez cópias. Eu ia mandar para você, mas disseram que você estava de licença, por isso pensei que você gostaria desse toque.

– Gostei, Wilma.

Ela estava pronta para ler os nomes nos formulários. Larry pegou um lápis com Paco, seu carpinteiro-chefe, mas parou de escrever assim que ela mencionou Faro Cole.

– Merda – disse Larry. E explicou quem era Faro.

– O que significa o fato de ele ser agente de viagens?

– Significa que eu deixei passar alguma coisa.

Agitado, ele voltou ao trabalho. A princípio, achou que estava chateado porque tinha deixado de ver uma coisa tão óbvia como

Faro ser agente de viagens. Mas não era só isso. Sem mais nada para preocupá-lo, continuou pensando o tempo todo enquanto passava a lixa sobre as emendas. No fim da tarde, estava grudado a uma ideia da qual particularmente não gostava.

Por volta das 16 horas, Paco e os outros dois carpinteiros saíram, e Larry decidiu andar os três ou quatro quarteirões até o Ike's, o bar frequentado por policiais onde Erno havia atirado em Faro Cole. Talvez, se o Ike's não ficasse perto, ele não tivesse se incomodado. Mas havia ideias piores do que tomar uma gelada num dia quente e esfriar a cabeça.

Fez o máximo para se limpar, mas um resto de pó de reboco permanecia no cabelo e no macacão enquanto descia o morro. A área estava ficando *yuppie* rapidamente. Vários moradores locais estavam chegando cedo para aproveitar ao máximo a luz do dia, e os homens e mulheres com pastas pareciam ter estado em um campo de golfe, e não no escritório. O diploma de Larry era em administração. De vez em quando, no correr dos anos, quando pensava no dinheiro que poderia ter ganhado, um de seus confortos era que não precisava se garrotear a cada manhã com uma gravata. Que mundo! Não se podia mais contar com nada.

O Ike's era pouco mais do que uma taverna simples. Nada de madeira de faia ou sequoia. Era um salão comprido e meio escuro, com acústica ruim e o nítido odor de levedo da cerveja derramada. Havia um velho balcão espelhado de cerejeira, vários reservados ao longo da parede forrados com plástico vermelho e bancos de piquenique ao centro do salão. Ike Minoque, o dono, era um ex-policial que havia levado um tiro na cabeça e acabou aposentado por invalidez no início dos anos 1960. Os caras da Seis começaram a frequentar o bar para ajudá-lo. Agora o Ike's era um ponto de encontro para todo mundo que trabalhava no ramo, no condado de Kindle. Havia dois grupos que chegavam durante a semana – policiais e mulheres que gostavam deles. Quando Larry começou a aparecer, em 1976, um dos caras antigos lhe disse: "Nesse serviço você consegue duas coisas que não consegue nos outros: uma arma e mulheres. Meu conselho é o mesmo nos dois casos. Mantenha no coldre." Larry não tinha prestado atenção. Tinha atirado em dois caras, embora com justificativas. No outro quesito, não tinha desculpa alguma.

O código dizia que ninguém jamais falava sobre o que acontecia no Ike's – as histórias contadas ou com quem você saía. E, como resultado, ali você aprendia coisas que eles não podiam ensinar na Academia. Os caras mentiam um bocado – cobriam-se de glória falsa. Mas também acontecia um bocado de confissões bêbadas: vezes que não tinham coberto o parceiro, ou que haviam ficado com tanto medo que o corpo não respondera. Podia-se chorar sobre alguma merda e rir do mundo de cérebros de minhoca que estavam lá fora esperando para a polícia pegá-los.

Quando Larry entrou, várias vozes ressoaram. Ele apertou mãos, ouvindo bobagens e falando bobagens, e abriu caminho até o balcão, onde Ike estava servindo chope. Os dois telões de TV estavam mostrando reprises de *Cops*.

Como vários outros homens e mulheres já tinham feito, Ike parabenizou Larry pelo resultado do caso Gandolph. Aquela coisa com Erno tinha incomodado um bocado de gente – sempre incomodava quando alguém que se dizia parte da irmandade agia mal.

– É – disse Larry. – Eu não derramei nenhuma lágrima quando Erno pegou a estrada para o inferno. – O jornal da manhã estava sobre o balcão a seu lado. Abaixo da dobra, havia uma foto de Collins e dos outros empurrando o caixão de Erno para dentro do carro funerário. Tinha sido preciso todo o autocontrole para Larry não ir na véspera à Catedral de St. Mary com um cartaz dizendo "Já vai tarde".

– O filho da puta também não era o meu preferido – disse Ike. – Havia alguma coisa no modo como ele lamentava não estar no serviço. Você sabe, como se mamãe o mantivesse em casa enquanto os outros garotos iam brincar. Eu achava que ele tinha a ideia errada sobre as coisas. Agora é fácil dizer. Mas – continuou Ike com um sorriso – Erno não era de todo mau. Comprou um bocado de cerveja aqui.

Ike parecia um *beatnik* velho. O cabelo tinha desaparecido em cima, mas as laterais nevadas ultrapassavam o colarinho, e ele usava cavanhaque. Tinha um avental comprido, que talvez não fosse lavado havia um mês, e o olho que havia perdido quando levou o tiro era de um puro branco leitoso e se mexia de vez em quando por vontade própria.

– Você estava aqui na noite em que ele acertou aquele cara? – perguntou Larry.

– Se estava? Sim. Mas estava fazendo o mesmo que estou fazendo agora. Não vi nada até sentir cheiro de pólvora. Não é uma merda? Aquele .38 provavelmente arrancou reboco da parede, mas a primeira coisa de que me lembro é do cheiro. – Ike olhou para o salão. – O Gage ali, estava parado a menos de 1 metro do reservado deles. Viu tudo.

Assim que arrumou uma cerveja, Larry foi até lá. Mike Gage trabalhava na Delegacia de Crimes de Propriedade da Área Seis. Sua foto estava no dicionário ao lado do verbete "bom policial". Era um daqueles negros com uma divisão permanente no cabelo, que parecia ter sido feita com cinzel. Um sujeito quieto, igreja aos domingos, seis filhos. Larry tinha a teoria de que os caras quietos eram os melhores no serviço. O próprio Larry, especialmente quando mais novo, era muita empolgação. Mike era tranquilo. Muitos policiais tinham tendência a se tornar amargos. Em geral, o serviço raramente consistia na aventura que se esperava. Até os filhos cresciam o bastante para saber que os pais não eram as lendas que queriam ser em suas próprias mentes. Era papelada e tédio, ser esquecido em favor dos que tinham pistolão, ganhar muito menos dinheiro do que metade dos escrotos que iam presos. E, quando se aposentava, tinha-se muito pouco dinheiro guardado para fazer qualquer outra coisa. Mas Mike era como Larry, empolgado por ver o distintivo toda manhã. Gage ainda achava grande coisa ajudar as pessoas a serem boas, em vez de más.

Mike estava com um punhado de outros caras da Seis, mas abriu espaço no banco ao lado. Um dos que estavam com Gage, Mal Rodrigues, estendeu o punho por cima da mesa de piquenique, e Larry bateu nele, no estilo jogador de basquete, comemorando de novo a vitória da semana anterior. Ali dentro estava barulhento – o Creed berrava nos alto-falantes –, e, para ser ouvido, Larry tinha que se aproximar de Mike a ponto de parecer que estava fazendo carinho. Os dois falaram sobre o caso durante um minuto; sobre como Erno era um sujeito estranho.

– Ike disse que você estava perto quando Erno acertou aquele elemento, o Faro Cole.

– Larry, eu estou no serviço há tanto tempo quanto você. Para dizer a verdade, foi o mais perto que já cheguei de uma bala. – Mike sorriu para sua cerveja. – O otário que Erno acertou, o Faro, estava uivando que nem uma iraquiana. Erno pegou o revólver da mão dele e o empurrou para fora, mas de repente os dois estavam de volta e pou. A menos de um metro de mim. – Mike apontou para a porta lateral junto a qual ele estivera sentado.

Larry fez uma das perguntas que o estavam incomodando havia um tempo:

– Por que nunca houve uma denúncia contra Faro por ter ameaçado Erno?

– Nós todos achamos que Faro era passado. E Erno não queria dar parte. Quando nós pegamos a arma, Erno começou a berrar em volta do corpo, para ninguém chegar perto.

– Eu achei que Erno estava dizendo que era legítima defesa.

– Estava. Mas ficou dizendo para a gente deixar o cara em paz.

– Não é muito lógico.

– Você é da Homicídios, então me diga; mas não acho que gente que atira se preocupe muito com lógica.

Larry pensou um segundo. O bom-senso mandava que ele parasse agora, mas aos 54 anos ainda não tinha deduzido como obedecer à voz da cautela.

– O negócio é o seguinte, Mike: estou começando a ter pesadelos. Preciso ser tranquilizado em relaçao a uma coisa. Você acha que poderia identificar esse cara, o Faro?

– Faz quatro anos, Larry. Talvez Mal possa. Ele ficou com a cabeça de Faro no colo durante quinze minutos enquanto nós esperávamos o rabecão.

– Deixe-me pagar uma cerveja para vocês dois no balcão.

Ike tinha guardado o *Trib* daquele dia. Demorou um segundo para achar.

– Este cara – disse Larry, mostrando a primeira página para Gage e Rodrigues. – Este aqui. Só vejam se ele não parece o cara em quem Erno atirou.

Rodrigues olhou antes de Mike Gage, mas havia a mesma coisa nos dois rostos. Larry estivera apontando para Collins na foto do enterro de Erno.

– Meu Deus – disse Larry. Mas os números continuavam se somando, como tinha acontecido o dia inteiro. Faro era agente de viagem e Collins também. Tamanho, idade, raça, tudo combinava. Como Collins, Faro fora defendido por Jackson Aires. "Faro Cole" parecia um pouco com "Collins Farwell" ao contrário, coisa comum em nomes falsos, para o sujeito ter uma dica, quando estava no personagem, de como estava se chamando. E não seria incomum para um garoto mau, recém-saído da cadeia, como Collins em 1997, usar identidade falsa para se certificar de que não desse aos policiais – e aos seus agentes de condicional – um ponto de partida caso se enrolasse em alguma coisa. Mas o que mais incomodava Larry era o que o havia impressionado enquanto estava lixando: a história de Collins sobre como Jesus tinha entrado em sua vida, com uma bala nas costas.

Rodrigues tentou consolá-lo.

– Você não precisa confiar numa testemunha ocular de quatro anos atrás, mesmo que seja- um policial.

Larry saiu para usar o celular. As nuvens altas estavam escurecendo e lembravam um garanhão furioso empinando. Tempestade aquela noite, provavelmente. Depois, voltou ao presente e caiu sob o peso do mesmo.

Aquela porra de caso.

33
No mar

8 de agosto de 2001

– Você tem tempo para sair do escritório?

Muriel tinha atendido seu telefone particular depois do fim do expediente. Mesmo sem se incomodar com um nome ou um alô, Larry parecia aconchegante e familiar. Ela estivera esperando o telefonema durante dias. Ficou imediatamente frustrada quando ele acrescentou:

– Você deveria conversar com uns caras aqui. – Ela não pôde disfarçar um leve eco de embaraço na voz quando finalmente perguntou onde, diabos, ele estava. Parecia um bar.

– Nós temos um problema?

– Uma lata de vermes. Não – disse Larry. – Cobras. Cascavéis. Jararacas.

Eles tinham um problema.

– E, se você não se importar – acrescentou ele –, traga o velho dossiê que montamos sobre Collins quando fomos vê-lo na cadeia. – Larry disse onde o material estava guardado no escritório dela.

Enquanto passava pela velha porta de carvalho do Ike's, meia hora depois, Muriel sentiu um movimento no salão. Falando em termos gerais, havia duas escolas de pensamento sobre ela na Força Policial do condado de Kindle: alguns gostavam dela, outros a odiavam totalmente. Os do segundo grupo guardavam isso para si quando estavam trabalhando, mas fora de serviço não lhe proporcionavam tal cortesia. Lembravam-se dos casos que ela havia descartado, das linhas duras que ela havia riscado e algumas vezes forçado nas práticas policiais. O mundo deles era machista demais para suportar confortavelmente a disciplina – ou a ambição – de uma mulher. Ela podia admitir para eles que costumava ser cabeça-dura, até mesmo irritante, mas, no fundo, sabia que a questão principal para os caras que a estavam encarando tinha a ver com o pau.

Larry estava lá ao balcão. Usava macacão e parecia ter sido enrolado em farinha. As roupas e o cabelo estavam brancos de pó.

– Deixe-me adivinhar. Você vai ser um bolinho açucarado no Dia das Bruxas.

Ele pareceu não entender a piada até que olhou para o espelho sobre o balcão. Mesmo assim, não achou muito divertido. Explicou que estivera lixando o dia inteiro, mas sem dúvida tinha outras coisas na cabeça, além da aparência.

– O que é? – perguntou ela.

Ele contou, lentamente, parte por parte. Ela estava perto dele quando Larry terminou, então não gritou.

– Você está me dizendo que Erno Erdai atirou no próprio sobrinho?

– Estou dizendo que é possível. Você trouxe aquele dossiê?

Larry acenou chamando Mike Gage primeiro para ver a foto de Collins de 1991. Mike só deu uma olhada. Rodrigues disse:

– Acho que "sem dúvida" não é a resposta que vocês estão querendo.

– Faz de conta que é.

– Os olhos, cara. – Rodrigues bateu na foto colorida. – Quase laranjas. Tipo *A cidadela dos malditos* ou alguma coisa assim.

– Certo – disse Larry.

– Vamos sair daqui – disse Muriel. Aquele não era o lugar para uma discussão. Até mesmo os policiais que gostavam dela eram aliados incertos, muitos deles mais leais aos repórteres que os mantinham em sua lista de propina do que seriam a ela. Lá fora, ela ofereceu uma carona a Larry. Ele hesitou, perto da porta, temendo deixar pó no sedã. Ela era dona do Civic desde 1990 e, nem quando era novo o carro era arrumado.

– Larry – disse ela –, não há nada que esse estofado não tenha visto. – Mal conseguiu controlar o riso quando lhe veio uma lembrança antiga. Ele foi dando as orientações enquanto ela dirigia. – Então, certo – disse Muriel. – Explique.

– Acho que não faz nenhuma diferença.

– Esse é o segundo passo. Em primeiro lugar, nós temos que saber o que diabos estava acontecendo. Eu estou entendendo isso direito? Se minha mãe quiser se reconciliar com a irmã, deve tentar atirar nas costas dela?

Larry riu pela primeira vez naquela noite.

– Três mil comediantes desempregados e você fica fazendo piada.

– Sério – disse ela. – A sequência não é essa? Erno e Collins ficaram todos cheios de amor depois disso.

– Porra. Não faço a mínima ideia. E não me importo. A família de Erno é mais confusa do que qualquer outra. E daí? Para mim é IPC. – Informação pra cacete. Sigla típica dos tempos atuais.

Larry estava apontando para uma entrada de veículos. A casa era vitoriana, estilo que um dia ele tinha descrito como sua especialidade. Cores de São Francisco tinham sido aplicadas em todos os acabamentos, tons brilhantes e contrastantes para destacar as plumas e os diamantes no exterior de madeira entalhada. Muriel se inclinou sobre o volante para ver através do para-brisa.

– Minha nossa, Larry. Que beleza!

– Não é? Nesta, especialmente, algumas vezes entro e fico incomodado porque não podia ter uma coisa assim quando os garotos eram pequenos. Mas essa é a história, não é? A gente nunca tem o que quer quando precisa. – Ele só pareceu ter se ouvido depois de falar. Ela pôde vê-lo ficar tenso e evitando olhá-la. Para salvá-lo, Muriel pediu um passeio rápido.

Ele começou com o jardim. A luz estava diminuindo e os insetos atacando, mas Larry não se abalou, pisando cuidadosamente entre as plantas recém-plantadas nos canteiros. O legado de cor e glória que estava deixando para quem comprasse a casa estava totalmente crescido em sua cabeça. Demorou um bom tempo explicando como as várias plantas perenes – tudo, de açafrão a peônias e hortênsias – cresceriam e se expandiriam ano a ano. Estava quase escuro quando ele parou. E só porque ela finalmente disse que estava sendo comida viva.

Lá dentro, ele foi mais superficial. Para conter a praga da poeira, pedaços de plástico tinham sido pendurados nas portas dos quartos que estavam sendo lixados. O desafio de um lugar assim, segundo Larry, era saber quais detalhes preservar em nome do estilo e quais sacrificar em nome do mercado. A iluminação era um exemplo. Quando foram construídos, aqueles cômodos eram escuros como uma latrina, iluminados à noite por lampiões a gás. Agora, os proprietários eram devoradores inatos de energia. Com o tempo, disse Larry, tinha aprendido que uma luz forte no teto e um monte de interruptores eram valorizados pelos compradores.

Era bom ver Larry em sua outra vida. Ele a divertia como sempre, mas Muriel não tinha problema para visualizá-lo como um empreendedor. Até mesmo sua ternura no jardim era uma coisa da qual ela gradualmente havia se dado conta. O sujeito que ela havia conhecido na faculdade de direito gostava de fingir que a única utilidade para a palavra "sensível" era a impressa em uma embalagem de camisinha. Mas ali havia outra pessoa – ela sempre soubera disso –, e admirava Larry por ter deixado essa pessoa sair.

– O encanamento já está funcionando? – perguntou Muriel. Larry mostrou o lugar aonde ela queria ir. Havia uma pequena janela sobre a pia. Em meio às luzes lá embaixo, Muriel pôde ver mais ou menos o bairro onde tinha crescido, a 400 metros da Colina Forth, um cinturão de bangalôs no meio de pátios da ferrovia e estacionamentos de caminhões. O lugar ainda permanecia uma terra de estacionamentos intermináveis, muito iluminados para impedir roubos, com espaços de 800 metros onde trailers, Fords novos ou containers de ferrovia esperavam para ser colocados nos trens. As pessoas trabalhavam duro, eram gentis e decentes e queriam o melhor para os filhos. Mas, como sempre acontecia com os trabalhadores, também sentiam a dureza dos acasos que as impediam de ter tanto valor quanto as pessoas que lhes davam ordens. Não ela, Muriel tinha prometido, não ela.

Agora não guardava ilusões. Teria ficado louca se levasse uma vida isolada do poder. Mas, olhando morro abaixo, ainda reverenciava o que era melhor naquele lugar: a estabilidade, o sentimento de que você vivia e tentava dar meio passo adiante, fazer mais o bem do que o mal e amar alguém. O desejo de se conectar de novo com tudo aquilo era parte do que inspirava a hora que ela passava na igreja a cada semana, quando seu coração voava do corpo direto para Deus. Aqueles bebês que ela nunca tivera estavam lá na igreja, estranhos desconhecidos, como o amor que esperava em algum lugar do mundo aos 13 anos. A vida de seu espírito. Rezando, ela ainda estendia a mão para eles tão amorosamente quanto fizera durante anos nos sonhos. Com o arrepio causado pela presença de Larry na casa silenciosa, teve um súbito sentimento da realização que teria sido possível com o amor de um homem.

Ele a estava esperando numa sala íntima no fundo da casa. Originalmente, o lugar tinha sido feito com material barato, e

Larry disse que havia tentado melhorá-lo com um bom carpete. Para afastar a força do que havia acabado de sentir, ela voltou aos negócios.

– Larry, está na hora de jogar sobre a mesa toda essa coisa a respeito de Erno e Collins. Vou escrever uma carta para Arthur amanhã.

Larry perguntou o que ela já esperava.

– Por quê?

– Porque eles claramente estão desesperados para descobrir Faro. É um caso de pena de morte, Larry, e eu não deveria esconder coisas quando sei que são importantes para eles.

– Importantes?

– Larry, eu não tenho a menor ideia do que tudo isso significa, e você também não. Mas o que interessa é que Collins estava roubando passagens com Luisa, certo? Você não acha que isso tem alguma coisa a ver com o motivo de ele saber o bastante para dedurar Gandolph?

– Muriel, tão certo quanto você estar aí parada, Arthur vai estar no tribunal tentando abrir tudo de novo. Você sabe disso. Ele vai gritar para garantir imunidade a Collins.

– Esse é o trabalho dele, Larry. Não significa que vá conseguir. O Tribunal de Apelações nunca vai me forçar a dar imunidade. Mas eu quero esclarecer tudo para Arthur: que Collins é Faro, e o tiro. E o que Collins contou a você em Atlanta também. Eu deveria ter revelado isso há muito tempo, mas posso agir como se tivesse acabado de saber.

Larry ficou imóvel, de olhos fechados, fervilhando um pouco diante da estupidez da lei.

– Nós nem temos 100 por cento de certeza de que Collins é Faro – disse finalmente.

– Qual é, Larry?!

– Sério. Deixe-me falar de novo com o Dickerman, ver se ele consegue uma digital na arma. Então talvez a gente saiba com certeza.

– Ligue para o Dickerman. Diga que a coisa voltou e que nós precisamos de respostas rápidas. Mas não posso esperar para contar ao Arthur. Quanto mais nós hesitarmos, mais alto ele vai reclamar dizendo que eu escondi evidências favoráveis. Arthur tem mais alguns dias para impetrar uma nova moção de reconsideração no Tribunal de Apelações, e eu quero poder dizer que nós lhe demos essa informação a tempo, assim que vimos algum relacionamento com os fatos relativos aos assassinatos. Desse modo, ele tem um último tiro, e o Tribunal pode lhe dizer que considerou tudo. E acabou.

– Meu Deus, Muriel.

– É só a última partida, Larry.

– Ah, quantas vezes nós temos que vencer essa porra de processo? Algumas vezes, tenho vontade de ir até Rudyard e eu mesmo dar um tiro em Rommy, só para acabar com toda essa merda.

– Talvez seja culpa nossa. Talvez algo tenha nos impedido de dar um fim nisso. – Ela, claro, sabia o que "algo" era, e ele também, mas isso, aparentemente, fazia parte da merda que ele queria ver terminada. Chegando mais perto, Muriel colocou a mão sobre o ombro dele. – Larry, confie em mim. Vai dar tudo certo.

Mas isso só estava provando o argumento dele. O Argumento. O caso nunca tinha a ver com a vítima, ou com o réu, ou mesmo com o que aconteceu. Não de verdade. Para o policial, para o advogado e para o juiz era impossível impedi-lo de ser sobre eles mesmos. E, nesse caso, sobre Muriel e Larry. De costas para ela, Larry estava tenso por causa da frustração.

– Verdade, Larry. Se você não tivesse nada com isso, por que foi ao Ike's? Por que se incomodou em me telefonar?

Ele baixou o olhar, mas acabou dando um tapinha na mão dela, como uma forma de reconhecimento. Até mesmo um contato tão breve a arrastou para a maré entre os dois. Ela o espiou com um ar temeroso, que reconhecia o dano e o tempo. Depois, apertou o ombro dele de novo e, com alguma relutância, soltou. Um instante a seguir, deu um risinho quando viu a própria mão.

– O que foi? – perguntou Larry.

Ela mostrou a palma da mão, toda embranquecida por uma camada de pó de reboco.

– Você deixou sua marca, Larry.

– Deixei?

– Pilar de sal.

Os olhos azuis de Larry se desviaram por um segundo enquanto ele procurava a referência.

– O que foi que aquela mulher fez de errado?

– Olhou para trás – respondeu Muriel, com um sorriso franzido.

– É.

Por mais que ela tivesse se prometido em Atlanta não ser a primeira a atravessar a fronteira, sabia que não ia parar. Não importava se eram os velhos tempos, poeira de estrelas ou libido – queria Larry. O sino que ele havia tocado nunca mais fora tocado por ninguém. Uma década atrás, ela não tinha percebido, mas o relacionamento deles, em grande parte, era um altar para ela, uma apreciação de seu poder. Era único nesse sentido. Larry sabia o que era mais forte nela e, diferentemente de Rod ou Talmadge, não usava isso em benefício próprio. Só queria paz nos termos dos dois, um companheirismo integral, intransigente mas não endurecido, os dois para o mundo. Ela havia perdido uma oportunidade enorme havia anos e, sabendo disso, precisava ter certeza de que não havia chance dessa vez. Levantou a palma da mão.

– Este é o modo de Deus me dizer para manter minhas mãos para mim, Larry?

– Não sei, Muriel. Eu não tenho muita comunicação direta.

– Mas é assim que você quer, certo? O que passou, passou?

Ele demorou um longo tempo.

– Não sei o que quero, para dizer a verdade. Sei de uma coisa. Não gostaria de voltar à vigília dos suicidas.

– Então, em que pé isso deixa você? Está dizendo não?

Ele deu um sorriso vago.

– Os homens não devem dizer não.

– É só uma palavra, Larry. – Ela olhou de novo para a palma da mão. O pó claro estava grudado nas partes altas, deixando as linhas nítidas. A linha do amor e a linha da vida que os quiromantes liam estavam marcadas claramente, como rios em um mapa. Então ela levantou a mão e encontrou o mesmo lugar ao ombro dele, em que uma vaga imagem positiva de sua mão tinha ficado.

O PENSAMENTO de que podia resistir passou pela mente de Larry como algo não mais do que uma abstração. A essência de Muriel estava dominando. E, como sempre, ela tinha o controle. Por que telefonar, ela dissera, se ele não queria que ela fizesse nada? Ele a havia levado até ali. E agora ela estava facilitando a coisa ao máximo. Pequena e destemida, levantou-se na ponta dos pés e pôs a mão em seu ombro, levando a outra suavemente ao seu rosto, puxando-o para perto.

Depois disso, a coisa teve o desespero e a velocidade de um pássaro enjaulado tentando fugir. Todas aquelas inúteis batidas de asas, os choques. No calor, havia um gosto salgado na pele dela, um cheiro de sangue que ele demorou a identificar. Seu coração batia em acessos de medo e, como resultado, foi tudo muito mais breve do que ele gostaria. E inesperadamente sujo. Ela estava no início ou no fim do período menstrual. Por isso, estivera ansiosa por recebê-lo, como se suspeitasse que ele poderia mudar de ideia.

Muriel terminou em cima e se agarrou nele depois, como se Larry fosse uma rocha. A sensação de tê-la descansando ali era muito mais satisfatória do que qualquer outra coisa. Ele examinou sua forma com as duas mãos e sentiu uma pontada de desespero ao ver como aquela forma tinha permanecido na memória, os nós definidos na coluna, as costelas proeminentes como as teclas pretas do piano, a curva madura do traseiro, que ele sempre tinha achado a parte mais agradável da anatomia dela. Desde que haviam rompido, ele tinha chorado apenas uma vez, quando seu avô, o imigrante consertador de carroças, morrera aos 100 anos. Larry ficava arrasado ao pensar em como a vida teria sido muito mais dura para os 23 filhos e netos do velho se não fosse a bênção de sua coragem ao fazer a jornada para lá. O exemplo de um heroísmo que se espalhava sobre tantas vidas protegia Larry contra qualquer lamento lacrimoso por si próprio agora. Mas o porto mais seguro era o humor.

– Como é que eu vou explicar ao meu pessoal por que temos que limpar um tapete novinho em folha?

– Vá em frente – disse ela. – Reclame. – Seu rosto pequeno se ergueu em frente ao dele. Na gola, Muriel usava um broche que, na pressa, tinha permanecido preso, de modo que o vestido todo desabotoado caía em volta dela como uma capa. Seus ombros estavam cobertos pelo fino tecido de bolinhas, ao passo que os braços nus permaneciam cruzados sob a garganta dele.

– Você está arrependido? – perguntou ela.

– Ainda não sei. Talvez fique.

– Não fique.

– Você é mais forte do que eu, Muriel.

– Não mais.

– É sim. Pelo menos sabe como ir em frente. Quando se trata de você, Muriel, acho que eu não consigo.

– Larry. Acha que eu não senti falta de você?

– Conscientemente?

– Qual é, Larry?!

– Sério. Você não se permite olhar para trás e ver coisas. Só agora está percebendo.

– O quê?

– Você deveria ter se casado comigo.

Os olhos escuros dela estavam imóveis; o nariz pequeno, decorado com minúsculas sardas de verão, se alargava quando ela respirava. Os dois se olharam, os rostos separados por centímetros, até que ele pôde sentir a força de sua convicção começando a exauri-la. Então pôde ver que ela já sabia. Mas como é que se passa pela porta de casa depois de ter dito isso em voz alta? E mesmo assim ele sentiu um reconhecimento extremamente vago, um gesto com os olhos antes de ela pousar de novo a cabeça em seu peito.

– Você *era* casado, Larry. E ainda é.

– E só um policial.

Ele nunca tivera o desplante de jogar isso na cara de Muriel, não tão de perto. E ela nunca teria aceitado. Larry pôde senti-la se esforçando para chegar ao novo dia.

– E só um policial – disse ela finalmente.

Ele não podia vê-la de fato, mas apenas com a mão sobre sua pele pôde sentir a pulsação da emoção. Ela se sentia frágil, estreita e pequena, momentaneamente de volta à verdade da natureza. E Larry, grande como era, a rodeava. Deitado sobre o tapete claro, balançou-a durante um bom tempo, como se os dois estivessem a bordo de um navio, jogados de um lado para o outro nas ondas do terrível mar da vida.

34
Ex-conhecida

9 de agosto de 2001

Às 20 horas, Gillian esperava Arthur a uma mesa do Matchbook, tomando água com gás. Quase com certeza ele estava com Pamela. A moção de reconsideração dos dois deveria chegar logo ao Tribunal de Apelações.

Na última semana, com a exceção do jantar de terça-feira com Susan, Gillian e Arthur haviam saído toda noite – uma peça, a sinfônica, três filmes. Arthur era um homem libertado. Deixar o apartamento aliviava-o das ansiedades em relação ao caso Gandolph, em que nenhum dos dois havia encontrado muito encorajamento novo. Quando estava andando com ela pela rua, Arthur exibia até um traço de pose machista. Não importava. Havia pouca coisa em Arthur que ela não achava atraente.

Do outro lado do salão, Gillian sentiu um olhar se fixando nela. Esse não era um fenômeno raro – afinal de contas ela era a notória Gillian Sullivan –, mas, quando olhou naquela direção uma mulher bonita, poucos anos mais nova do que ela, deu um sorriso levíssimo. Não era advogada, Gillian soube imediatamente. Pela aparência luxuosa – estava usando uma blusa de seda, de gola alta, que vendiam na loja por mais de 300 dólares –, Gillian poderia ter pensado que era uma cliente, mas sentiu que a lembrança que vinha sendo recuperada tinha muito mais poeira do que isso. Depois, foi voltando aos poucos. Tina. Gillian fez o máximo para não se encolher, mas somente o fato de que Arthur devia estar a caminho permitiu afastar o impulso imediato de fugir.

Elas nunca se tratavam pelos sobrenomes. Aquela mulher era apenas Tina, a pobre menina rica que morava num prédio elegante da Margem Oeste e sustentava o vício vendendo. A empregada atendia à porta quando Gillian ia comprar. Ela havia entrado numa sociedade única – drogados de classe profissional. Os modos eram melhores, e os perigos menores, mas esse meio era quase tão poroso quanto a rua. As pessoas afundavam, sumindo de vista nas profundezas, e Tina havia desaparecido abruptamente. Tinha dançado. Aterrorizada com a hipótese de seu nome aparecer, ou de já ter sido detectado por alguma vigilância policial sobre Tina, Gillian prometeu parar. Mas naquele momento a droga tinha controle inicial sobre qualquer coisa em seu corpo. Como vendedores de qualquer ramo, Tina jamais a havia apresentado a uma fonte alternativa. Havia um ator de um teatro local, que Gillian tinha visto entrando e saindo várias vezes. Mas era muita loucura ligar para ele. Trinta e seis horas depois da última dose, ela havia posto uma echarpe e andado do tribunal para o oeste até o North End, e comprou em uma esquina. No caso de uma prisão, planejava dizer que estava fazendo pesquisa para uma sentença, ou para mudanças potenciais na administração de processos por drogas. Teve o bom-senso de abordar outra mulher, uma garota que trabalhava com uma microssaia com estampa de leopardo e botas combinando. "Procure o Leon", disse a garota. Mas olhou Gillian de cima a baixo, balançando a cabeça o tempo todo, enquanto oscilava entre a pena e a censura.

Então, era Tina. As duas se olharam, separadas por uma distância de 12 metros, tentando entender as loucas reviravoltas da vida e os fardos do passado. Gillian interrompeu primeiro o contato visual, incomodada praticamente a ponto de rir pela sabedoria de sua relutância em ser vista em público.

Então Arthur chegou e imediatamente perguntou o que havia de errado. Ela estava para responder francamente, mas pôde ver um sorriso significativo sumir do rosto dele ao vê-la. Esta noite não, pensou. Não iria prejudicar o humor dele nem distraí-lo. Nem em nenhuma outra noite, por sinal. Tinha chegado à beira de contar muitas vezes, mas depois recuado. Ia guardar o segredo.

– Pela sua cara alguma coisa boa aconteceu – disse ela.

– Boa? Pode ser boa. É principalmente perturbadora. Encontraram o Faro.

– Está brincando!

– Isso não é nem a metade. Muriel me escreveu uma carta.

– Posso ver? – Ela havia estendido a mão antes mesmo de Arthur retirar o envelope totalmente no bolso. Tinha o timbre de Muriel S. Wynn, subchefe, promotoria do condado de Kindle. A linha de referência dizia *O Povo x Gandolph* e incluía o antigo número do processo criminal. Mesmo nesse estágio, Muriel relutava em reconhecer que estava presa no estranho terreno do Tribunal Federal.

Caro Sr. Raven:

Nos últimos dois meses, este departamento, no decorrer da investigação contínua desta questão, encontrou uma variedade de informações relativas a Collins Farwell. Como o senhor sabe, o Sr. Farwell se recusou a oferecer testemunho, invocando a Quinta Emenda. Além disso, a afirmação recebida parece não ter relevância imediata para o seu cliente. Mesmo assim, no interesse da revelação total de informações, nós gostaríamos de alertá-lo do seguinte...

Oito itens com marcadores se enfileiravam na página. Muriel tinha redigido a carta para ser praticamente opaca. Não para Arthur, que enxergaria através das obscuridade, mas para o Tribunal de Apelações, a quem ela sabia que o documento logo seria apresentado. Mas, entranhadas nos detalhes de vários registros relativos a Faro Cole, a maioria dos quais Arthur tinha mostrado a Gillian no início da semana, havia duas questões importantes: um resumo de declarações que Collins Farwell, sobrinho de Erno, tinha feito em julho quando recebeu uma intimação em Atlanta, e um reconhecimento de que dois policiais recentemente haviam identificado fotografias de Collins como sendo de Faro.

– Santo Deus! – exclamou Gillian diante dessa frase. Seu coração estava se acelerando. Depois de um momento, ela ficou perplexa com suas próprias reações, o fato de que não fingia mais nenhum distanciamento. Perguntou o que Arthur estava pensando.

– Não sei se o que está passando pela minha cabeça pode ser chamado de pensamento – disse ele. – Pamela e eu estivemos batendo de cara nas paredes. Vou lhe dizer uma coisa: eu não vou entrar para o comitê de campanha de Muriel. Uma boa parte disso foi bastante sorrateira. – Arthur suspeitava que Muriel ou Larry tinham seguido Pamela em sua visita ao Departamento de Registros. E estava com raiva por causa da não revelação das declarações de Collins em Atlanta. – Eu já entrei com uma moção para dar imunidade a Collins. Na resposta, Muriel afirmou que não havia nenhuma evidência de que Collins tivesse alguma coisa favorável para dizer em relação a Rommy.

No entanto, seu principal desapontamento parecia ser com Erno, que tinha dito a Arthur que Faro era um vagabundo barato que havia desaparecido desde muito tempo.

– Nós nunca vamos chegar ao fundo das mentiras contadas por Erno – disse Arthur. – É como areia movediça. A gente sempre afunda mais.

– Eu fico imaginando – disse Gillian. Era para Erno que seus pensamentos tinham ido, também, e se demoraram. – Erno disse que estava decidido a proteger Collins quando envolveu Larry pela primeira vez em 1991. Imagino se ele não o andou protegendo desde então.

– Dando-lhe um tiro nas costas? Isso é que é tio protetor. Acho que eu preferiria ganhar um vale-presente.

Gillian riu. Ele estava certo. Mas não por completo.

– Mas mesmo lá, no Ike's, Erno optou por não reconhecer que Faro era seu sobrinho. Você já se perguntou o motivo?

– Posso imaginar. Collins entrou no Ike's com uma arma. Criminoso portando arma de fogo rende no mínimo dois anos de prisão obrigatória.

– Então Erno de fato protegeu o sobrinho.

Arthur ajeitou o ombro, admitindo que ela podia ter alguma razão.

– Eu só fico pensando, Arthur, se no fim das contas Erno não manteve a coerência com você. Sua intuição era de que Erno sempre dizia a verdade em relação a uma coisa.

– Que coisa?

– Que Rommy é inocente.

– Ah, isso.

– Então vamos presumir que ele tinha dois motivos principais: tirar a culpa de Rommy e proteger Collins.

Arthur pegou o envelope de Muriel e ficou batendo com ele na mão enquanto pensava. Logo estava confirmando com a cabeça.

– Isso explicaria por que Erno jamais falou das passagens antes do depoimento de Genevieve – disse ele. – Estava protegendo Collins, mais do que a sua pensão. Se a companhia aérea descobrisse que Collins estava roubando passagens com Luisa e Rommy, mesmo que isso tivesse acontecido na Idade da Pedra, provavelmente acabaria com a carreira dele como agente de viagens e enfiaria um processo no rabo dele.

– Provavelmente. Mas eu estava pensando que talvez fosse mais do que isso. Rommy estava com raiva de Luisa porque ela não deu a parte dele. Seria possível que Collins também estivesse com raiva dela? Por ter colocado o esquema em risco? Ou talvez ela também o tivesse enganado. Lembre-se, nós decidimos que Faro provavelmente estava no Paradise naquela noite.

Arthur a encarou. O ruído sofisticado do jantar no restaurante se erguia ao redor deles, cordas em volume baixo, talheres batendo, conversas agradáveis.

– Você acha que Collins é o assassino?

– Não sei, Arthur. Nós estamos trocando ideias. Mas sem dúvida Erno queria libertar Rommy sem revelar qual era o envolvimento de Collins.

Arthur digeriu isso. Depois falou:

– Nosso próximo passo teria que ser renovar a moção para dar imunidade a Collins, certo?

– Você certamente vai querer ouvi-lo.

– Quais você acha que são as chances de o Tribunal de Apelações aceitar uma moção para reconsiderar, de modo que possamos buscar o testemunho de Collins?

– Não muito grandes. Parece um adiamento de última hora. E eles vão querer manter as conclusões anteriores em relação ao caso, como fariam outros seres humanos.

Arthur concordou, franzindo a testa. Tinha a mesma opinião.

– Você precisa de um fórum mais amigável, se puder arranjar um, Arthur. Alguém que esteja inclinado a acreditar em Erno, para começar.

– Harlow?

– Por que não?

– De cara, ele não tem jurisdição. O caso está no Tribunal de Apelações.

Mas ela também tinha ideias sobre isso. A exemplo de Muriel, a carreira de Gillian tinha sido feita exclusivamente nos tribunais do Estado. Seu conhecimento de leis e procedimentos federais era nulo quando entrou na penitenciária de Alderson, mas, depois de anos ajudando outras prisioneiras a redigir petições inúteis ao sistema federal, havia adquirido uma especialização considerável.

Arthur pegou sua pasta para fazer anotações. Juntos, começaram a esboçar uma moção. Cada um sugeria expressões, e Arthur relia as frases. Ele aproximou a vela da mesa para perto do bloco. À luz fraca, Gillian olhava para ele: ansioso, feliz com ela e consigo mesmo. O foco da preocupação dela estava tanto em Arthur quanto em Gandolph, mas ela compartilhava da empolgação dele ao descobrir alguma esperança para Rommy na lei. O poder da lei, cuja realidade precária não passava de palavras na página, impressionou-a nesse momento, não somente o papel determinante da lei sobre a vida de outros cidadãos, mas sobre a sua. A lei tinha sido sua carreira, o lugar de seus triunfos e de sua queda, e agora, por meio de Arthur, era uma fonte de redescoberta. As palavras da lei, havia muito tempo emudecidas à força, continuavam sendo a língua de seu ser adulto. Enquanto Arthur e ela debatiam em voz baixa o que escrever em seguida, Gillian não tinha certeza se deveria aceitar esse reconhecimento com empolgação ou sofrimento.

35
O deus das digitais

10 de agosto de 2001

Ao meio-dia da sexta-feira, Larry recebeu um recado de Maurice Dickerman, perito-chefe de digitais e chefe do Laboratório de Criminologia da Força de Polícia do condado de Kindle, pedindo que ele visitasse sua sala no McGrath Hall. Depois de examinar o papelzinho, Larry o enrolou numa bola do tamanho de uma ervilha e jogou longe. Depois que visse Dickerman, não teria opção quanto a ligar para Muriel, coisa que vinha evitando nos últimos dois dias. Naquela manhã, ela havia deixado um recado em sua secretária eletrônica, falando da última moção mandada por Arthur para o Tribunal de Apelações, e tinha parecido animada e simpática, claramente feliz por ter uma desculpa para procurá-lo. Ele tinha apertado imediatamente o botão de apagar.

Nos velhos tempos, Larry fugia dela depois de cada encontro, mas isso era porque não queria dizer a si mesmo que estava completamente doido por aquela mulher, que o ar tinha um cheiro mais limpo e nítido quando ela estava por perto, que ele precisava de alguém para estar ao lado, passo a passo. Agora estava se escondendo, porque não tinha certeza do quanto disso queria dizer agora.

E, enquanto evitava Muriel, evitava sua mulher também. Tinha pensado que esse tipo de coisa estava acabado em sua vida – cheirar as roupas antes de colocá-las no cesto, tentando garantir que Nancy não captaria o perfume do pó ou da colônia de outra mulher. Havia dez anos ele tinha ficado tão arrasado e derrotado quando Muriel acabou com tudo que não conseguira fingir com Nancy. Uma noite, depois de ele ter desabado sobre uma espreguiçadeira, tendo bebido várias cervejas, Nancy parou perto.

– Ferrado de novo? Deixe-me adivinhar. Uma das suas galinhas lhe deu um pontapé?

Ele se sentia muito fraco para mentir, mas ela ficou pasma com a verdade.

– Eu deveria sentir *pena* de você?

– Você perguntou.

– E eu deveria lhe dar uma folga?

Mas ela deu, porque era Nancy e era legal demais para não dar. Os dois concordaram tacitamente que voltariam ao advogado com quem tinham discutido uma divisão educada de bens quando Larry estivesse em melhor estado mental. Seis meses depois, eles ainda pretendiam fazer isso. Mesmo após dois anos, Larry achava que cada um deles estava esperando que alguma coisa melhor aparecesse. Mas Nancy tinha alguns trunfos. Nunca abandonaria os garotos dele. E, à medida que o tempo seguia, a gratidão dele para com ela, por isso e por um caráter digno de canonização, se tornou quase sem limites. Não havia mais muito sentido nas outras mulheres – elas não chegavam aos pés de Muriel. E, mais importante, ele devia esse respeito a Nancy, depois de ela ter deixado passar a oportunidade de chutar seu rabo. Algumas vezes, quando considerava a amizade que havia entre sua mulher e ele, Larry se perguntava se era assim que o casamento deveria ser, calmo e respeitoso. Mas não. Não. Tinha que haver uma linha melódica que agarrava a gente, não apenas harmonia e coro.

Essa conclusão o levou de volta a Muriel. Nenhum bem resultaria disso, pensou. Era uma coisa que sua mãe gostava de dizer. E certamente diria agora. Se ele tinha dormido duas horas no total desde quarta-feira, era muito. O interior de seu estômago parecia ter sido lixado, e no espelho os olhos pareciam crateras. E ele não conseguia encontrar nenhuma pista do que realmente queria. Quando chegou à porta de Dickerman, só sabia com certeza que sua vida tinha ficado para trás.

Maurice Dickerman era um nova-iorquino anguloso geralmente chamado por policiais, promotores e até mesmo pela maioria dos advogados de defesa simplesmente de Deus das Digitais. Mo dava palestras regulares nas universidades e em conferências de polícia por todo o país. Era um pesquisador conhecido que escrevera os principais livros sobre impressões digitais. Dado o seu renome, a qualquer dia, era mais provável que ele estivesse oferecendo um testemunho especializado no Alasca ou em Nova Délhi do que supervisionando o laboratório de criminologia. Mas, numa força policial em que o escândalo não era raro – duas quadrilhas de policiais tinham sido presas no ano anterior, uma por vender drogas e outra por roubar joalherias –, Mo era um bem precioso, uma fonte única de credibilidade e distinção. Em meados dos anos 1990, sua ameaça de se demitir havia finalmente arrancado o dinheiro do condado para comprar um sistema de identificação de digitais automático, uma inovação que outros departamentos de tamanho comparável possuíam havia anos.

Em 1991, quando Gus Leonidis, Paul Judson e Luisa Remardi tinham sido assassinados, geralmente uma digital desconhecida não podia ser identificada sem se isolar um suspeito específico. A não ser que o criminoso tivesse deixado para trás todas as digitais que apareciam em seu cartão de dez – a impressão com tinta de cada um dos dedos, que era tirada quando um suspeito era fichado –, não havia como dizer de que dedo tinha vindo uma determinada impressão parcial, e assim não havia como comparar a impressão desconhecida com o vasto catálogo de digitais mantido pela polícia local e pelo FBI em todo o país. Os sistemas de imagem por computador mudaram isso. O SAID, Sistema Automatizado de Identificação de Digitais, permitia que a máquina comparasse uma impressão com as imagens armazenadas de cada digital conhecida no condado. O SAID tornou possível, por exemplo, que Muriel determinasse da noite para o dia que nenhuma das digitais deixadas no Paradise em julho de 1991 era de Erno.

O maior problema do SAID era o tempo. Até mesmo com os computadores ficando mais rápidos todo mês, cada pedido prendia uma máquina por aproximadamente uma hora. Num caso como o de Gandolph, em que setecentas ou oitocentas latentes tinham sido recolhidas no restaurante, não havia um modo prático de identificar todas, dadas as outras exigências da polícia. Mas, se Mo retirasse uma digital da arma que Faro Cole havia sacado no Ike's, seria apenas questão de minutos compará-la com o banco de dados do condado, que necessariamente incluía as digitais de um elemento com prisões múltiplas como Collins Farwell.

Mo tinha acabado de voltar de duas semanas e meia em Paris, ensinando novidades sobre digitais aos *gendarmes*, uma ausência que o havia impedido de responder ao pedido original de Larry para examinar a arma de Faro. Agora, ele insistiu em mostrar as fotos da Cidade Luz armazenadas em seu PC. Mo era um sujeito difícil de ser interrompido. Não era chamado de Deus das Digitais apenas por reverência. Falava com pensamentos completos e em geral insistia em terminá-los. Enquanto clicava o mouse, contou a Larry muito mais do que ele jamais quis saber sobre as esculturas das Tulherias e o antigo bairro do 6º *arrondissement*. Numa cadeira dura do outro lado da mesa, Larry esperava a chance de perguntar se Mo tinha descoberto alguma coisa na arma. Quando finalmente fez a pergunta, Mo se virou lentamente de costas para o computador e cutucou a bochecha com a língua.

– Eu entendi direito, Larry? Isso tem a ver com o caso Gandolph? Sobre o qual eu andei lendo nos jornais?

Dadas as alianças exóticas que havia na prefeitura, Larry não tinha identificado o processo na papelada, por isso o conhecimento prévio de Mo o pegou desprevenido. Havia um elemento etéreo em Dickerman. O McGrath Hall era um bom lugar para as pessoas fingirem que não notavam coisas, e acreditava-se que a consciência de Mo se restringia a apenas dois assuntos: digitais, naturalmente, e beisebol, sobre o qual ele parecia saber tudo, desde os totais por temporadas de Home Run Baker até a probabilidade estatística atual de os Trappers fazerem três *runs* no nono *inning* – chances que sempre se aproximavam de zero.

– É uma boa adivinhação, Mo.

– Eu não chamaria isso de adivinhação. – Do outro lado de sua mesa, onde ainda estava o saco de papel amassado do seu lanche, Mo lançou um olhar longo para Larry.

– O que você está me dizendo, Mo?

– Bom, deixe-me mostrar o que fiz. Você pode tirar suas próprias conclusões.

Com isso, de uma gaveta de metal atrás dele, Mo tirou o revólver e as cópias a carbono de vários formulários que tinham acompanhado a arma desde a sala de provas. Ela havia sido lacrada de novo no plástico grosso, agora quebradiço e marrom nas bordas, em que tinha sido posta desde que Erno atirara em Faro em 1997. Larry nunca tinha visto a arma. Era um revólver calibre .38, aparentemente. Dados os procedimentos estabelecidos para combater a notória propensão que as armas de fogo e as drogas tinham a desaparecer da sala de provas, na ausência de uma ordem judicial, Larry teria tido melhor chance de olhar as Joias da Coroa. Ele tinha simplesmente requisitado a arma para o Departamento de Digitais assim que ficou sabendo que ela nunca havia sido liberada. Quando um processo estava completo, o dono legal de uma arma de fogo utilizada em um crime podia reivindicar a devolução. A sala de provas verificaria com a ATF e examinaria os catálogos de armas de fogo roubadas. Se a arma estivesse limpa, o dono poderia tê-la de volta. Mas Faro Cole nunca se incomodou com isso, o que não havia surpreendido Larry, dado o seu desaparecimento depois do incidente.

De seu modo tedioso, Mo explicou agora como tinha sido difícil encontrar digitais tanto tempo depois do último contato de um suspeito com o objeto. Como, em geral, as digitais eram deixadas por um resíduo oleoso emitido junto com o suor, elas tendiam a se evaporar depois de alguns anos. Larry sabia de tudo isso, motivo pelo qual, quando estava procurando Faro, tinha requisitado que o próprio Deus das Digitais realizasse o exame. Apesar dos sermões, tinha sido uma boa ideia, porque Mo parecia ter tido alguma sorte.

– Neste caso, a única latente que surgiu com técnicas-padrão estava bem aqui. – Mo empurrou os óculos pretos para cima do nariz e apontou com a ponta de uma borracha, através do plástico, para dois lugares no cano. Depois, mostrou a Larry as fotos digitais no monitor do computador. – São muito, muito parciais. O SAID apresentou cerca de meia dúzia de cartões de dez. Depois do exame visual, eu diria que elas parecem ser do dedo médio direito e do polegar deste sujeito. Mas eu não chamaria isso de opinião com qualidade de tribunal. Um bom advogado de defesa faria com que eu parecesse uma foca latindo, por tentar deduzir a partir de impressões tão fracas.

Ele colocou o cartão de dez sobre a mesa. Era um cartão de 15 por 20 centímetros, com os familiares relevos pretos de digitais, quatro em duas fileiras para os dedos mais finos e dois blocos maiores para os polegares. E, na parte de baixo, uma impressão simultânea dos cinco dedos de cada mão. Para garantir a confiabilidade da identificação, uma foto do rosto do dono das impressões era afixada ao canto superior esquerdo do cartão. O rapaz bonito, parecendo totalmente inexpressivo debaixo da luz do flash, era Collins. A intuição de Larry estava dizendo que aquilo viria, mas aparentemente ele tivera alguma esperança, porque deixou escapar um suspiro. A vida teria sido mais fácil.

– Parece que ele estava segurando a arma pelo cano – disse Mo.

– É o que os relatórios dizem – confirmou Larry. – Mas eu ainda preciso de 100 por cento de certeza de que é o cara. – Larry bateu no cartão de dez. Com algo menos do que a certeza absoluta, Arthur teria mais dificuldade para usar a prova.

– Entendo. Eu queria confirmar minha opinião. Fiz um exame mais detalhado. Aqui, no cabo, notei uma coisa. O que isso parece para você? – Ele estava indicando um filamento de cor, quase do mesmo tom de ocre do cabo da arma.

– Sangue?

– Eu diria que este homem tem chance de ser um detetive de homicídios. Geralmente há sangue em um tiroteio. E sangue é um meio interessante para as digitais. Ele seca rápido. E, em geral, a impressão é mais permanente do que a produzida pelo óleo dos dedos. Mas, quando você está identificando digitais em sangue, os produtos químicos que os tecnicos usam rotineiramente para realçar, que aderem aos resíduos de óleo, não funcionam. Aqui a latente é literalmente gravada no sangue. E, com frequência, de modo tão fraco que não é visível. Você não está vendo nenhuma impressão feita com sangue na arma, está?

Ele não estava.

– Há uma década – disse Mo – esse teria sido o fim da linha. Hoje nós tiramos uma fotografia digital com infravermelho, que acentua o sangue e isola o meio subjacente, nesse caso o cabo marrom. Depois eu filtrei essa foto ainda mais, procurando qualquer imagem estriada. E, depois que fiz isso, havia quatro digitais de sangue presentes. Três parciais e uma digital de polegar muito clara. Duas das parciais e o polegar estavam no cabo. E uma parcial estava no gatilho.

Mo recuou a cadeira de modo que Larry pudesse ver as fotos no grande monitor. Larry assentiu com seriedade, mas estava impaciente.

– Você passou essas pelo SAID?

– Naturalmente.

Dickerman enfiou a mão em sua pasta de papel e pôs dois cartões de dez sobre a mesa diante de Larry. Um tinha quase 25 anos, tirado quando Erno Erdai entrou na Academia de Polícia, e o outro vinha de sua prisão por ter atirado no homem que agora Larry sabia com certeza ser Collins.

– Foi assim que você percebeu que tinha a ver com o caso Gandolph – disse Larry.

Mo confirmou.

– Veja bem – disse Larry. – Erno pegou a arma do sujeito que a estava segurando pelo cano, vamos presumir que tenha sido Collins, e atirou nele. Era por isso que Erdai estava cumprindo pena. E por isso a digital dele está no gatilho.

– Essa informação poderia ter sido útil – disse Mo, secamente. – Como não a tinha na ocasião, fui analisar a arma mais uma vez, ainda esperando confirmar a identificação do Sr. Farwell. Como uma ideia de última hora, na verdade, eu fiz o que deveria ter feito de início e verifiquei o tambor, para analisar a munição. Fiquei deliciado em descobrir que a sala de provas tinha mandado a arma carregada.

E que eu tinha sido idiota o bastante para trabalhar no gatilho sem verificar isso.

– Desculpe – disse Larry –, mas meio que faz sentido. O advogado de Erno disse que ele ia admitir a culpa quando chegaram à delegacia. Por isso acho que ninguém pressionou para examinar a arma depois.

– Acho que sim. – Mo balançou a cabeça diante da lendária estupidez de todo mundo, incluindo ele. – Minha mulher acha que eu tenho um belo serviço burocrático. Se eu tivesse morrido, você acha que alguém teria deduzido que foi suicídio?

– Não durante a temporada de beisebol, Mo.

Mo fez uma careta e assentiu. Não tinha pensado nisso.

– Quantas balas havia? – perguntou Larry.

– Só uma. Mas também havia quatro cartuchos nas outras câmaras com marcas de disparo.

Mo estava dizendo que a arma tinha sido disparada quatro vezes. Os relatórios eram uniformes em dizer que Erno tinha atirado apenas uma vez em Collins. Com a permissão de Mo, Larry pegou o saco e apertou o plástico para ver melhor a arma. Era um revólver de cinco tiros, definitivamente um .38.

– De qualquer modo – disse Mo –, assim que meu coração começou a bater de novo, acabou sendo uma expedição que valia a pena. Havia digitais muito nítidas em cada cartucho. Acho que aquelas câmaras mantêm as coisas úmidas. – Mo clicou para mostrar novas fotos, depois apontou para as balas e para os quatro cartuchos num envelope plástico separado, dentro do saco da arma.

– E você conseguiu confirmar as digitais pelo banco de dados?

– Consegui. O sujeito foi preso em 1955, quando tinha 22 anos, por briga de bar, um tipo de acusação que quase sempre era descartada. Mo pôs aquele cartão sobre a mesa também. Depois de dez anos, Larry teve de se esforçar para situar o rosto, particularmente porque o homem da foto era muito mais novo do que o homem que ele conheceu. O sujeito com ar de velhaco na foto em preto e branco era Gus Leonidis.

Por um breve momento, Larry ficou satisfeito consigo mesmo por ter se lembrado. Depois, uma sensação aguda de alarme disparou por seus membros enquanto ele percebia o significado.

O McGrath Hall tinha sido construído como depósito de armas da Primeira Guerra Mundial. A polícia ocupava o prédio desde 1921 e, segundo as piadas, vários funcionários estavam lá desde então. Era uma tumba triste e isolada do tempo. Em reconhecimento ao seu status, Mo tinha uma sala virada para o norte. As grandes janelas duplas davam para o decadente bairro de Kewahnee, separado por um trecho de grama, uma cerca de ferro e várias árvores. Larry podia ver uma embalagem de sanduíche rolando ao vento como um moleque brincalhão. Ficou olhando até ela sair da moldura da janela. Que caso, pensou. Cara, que caso.

Larry se curvou de novo para a arma. Era um Smith & Wesson – a arma de Gus, sem dúvida. E a arma de Gus tinha a digital de Erno no gatilho e uma bala não disparada no tambor. Outra bala tinha sido retirada de Collins Farwell na cirurgia. Isso deixava três balas sem identificação. Larry disse a si mesmo: Não. Depois repetiu: Não. Então seguiu o trem de pensamentos até o fim da linha.

– Você acha que esta é a arma dos assassinatos, Mo?

– Acho que a balística pode dizer com certeza. E suspeito que os feras do DNA podem dizer de quem era o sangue que estava na mão de Erdai. Eu preciso mandar essa arma de volta à sala de provas para seguir a cadeia de procedimentos. Mas vou me certificar muito bem de que alguém venha aqui e assine o recebimento. Só queria dar a você um adiantamento da coisa.

Mo lhe entregou um envelope contendo o relatório. Larry o colocou no bolso do paletó, mas sua mente estava tropeçando. Tudo que ele tinha agora era o mesmo instinto enfeitiçado que frequentemente o guiava. Mas o mecanismo de orientação do instinto, frio e deliberado, dizia que o sangue na mão de Erno não era de Collins. Agora que tinha tempo para pensar, Larry lembrou que todos os relatórios do que aconteceu no Ike's diziam que pelo menos uma dúzia de policiais tinha saltado para cima de Erno logo depois do tiro. A arma tinha sido tirada dele antes de Erno se aproximar do sobrinho ensanguentado. Então o sangue no cabo da arma de Gus Leonidis vinha de outra pessoa. Como um moinho girando lentamente, Larry revirou as possibilidades, lutando principalmente consigo mesmo. Luisa Remardi tinha levado um tiro à queima-roupa. E, se a digital de Erno estava gravada no gatilho com o sangue de Luisa, isso significava que Erno era o atirador de 4 de julho de 1991.

Erno era o atirador. Essa era a arma do crime. E de algum modo Collins estava com aquela arma na mão seis anos depois. As digitais de Collins também estavam nela. O único cara cujas digitais não estavam na arma era o Esquilo. E ele tinha confessado.

– Então Erno e/ou Collins cometeu os crimes junto com Esquilo – disse Larry. – Esquilo não os dedurou, e Erno devolveu o favor assim que soube que estava morrendo.

Mo balançou seu rosto comprido.

– Eu só posso dizer, Larry, de quem são as digitais.

Larry sabia disso. Só estava explicando a si mesmo. Esquilo tinha confessado. Esquilo sabia daquela arma. Esquilo estava com o camafeu de Luisa no bolso. E Esquilo tinha dito a Genevieve que ia matar Luisa. Nada tinha mudado. Não em relação a Esquilo.

Que diabo estava acontecendo com o Collins?

Quando Arthur soubesse disso, seria um inferno. O caso que não acabava nunca voltaria a girar a 7.500 rpm. Enquanto Larry se levantava, Mo apontou para seu casaco esporte, onde estava o relatório.

– Vou deixar que você seja o mensageiro para Center City.

– Gratidão eterna – disse ele. Em seguida, olhou para Mo e acrescentou: – Caralho.

Do lado de fora, diante do prédio, havia bancos de parque, de madeira rachada, nos quais os funcionários civis geralmente comiam seus sanduíches nos meses de verão. Os esquilos, acostumados a se refestelar com as migalhas, saíram dos esconderijos e pularam em volta de Larry assim que ele se sentou para pensar.

Não havia sequer uma palavra para descrever como ele estava. "Perturbado"? Mas ele sempre aprendia coisas nesses momentos de revelação. E o que estava aprendendo ali era que realmente não se sentia surpreso com Erno. Ele sempre havia contado com a possibilidade de que Erdai estivesse aprontando nas proximidades da verdade. Erno era o atirador. Repetiu isso para si mesmo várias vezes. A consequência o abalou, mas não o fato.

O que o incomodava mais, enquanto os minutos passavam num dia de umidade exaustiva, era Muriel. Teria que se encontrar com ela agora. De verdade. Sentou-se ao banco, suportando todas as coisas pelas quais tinha passado nos últimos dois dias, os mesmos sentimentos congestionados, a pulsação falhando ao pensamento de estar no mesmo cômodo que ela. E, neste momento de revelação, outra coisa ficou clara: Muriel nunca deixaria Talmadge. Nunca se separaria da influência de Talmadge a seis meses de uma eleição. Independentemente de qualquer coisa, ela não havia mudado tanto assim. E, até mesmo esquecendo a eleição, ela atrairia o escândalo se admitisse que estava dormindo com uma testemunha durante um processo – ainda mais um processo controvertido. A parte dura e consciente de Muriel, que sempre havia atraído Larry, significava, no fim, que ela nunca abandonaria toda a carreira por ele. O que restava para os dois era se esconder, mais quartos de hotel, implorando por tempo. O que realmente o estava comendo por dentro era a vida que ele tinha construído sem Muriel. O fato de que estava pensando até em descartar essa vida para buscar uma coisa inalcançável o encheu de amargura, como se seu coração bombeasse ácido de bateria.

Podia sentir o relatório no bolso do peito. Não estava preparado para nada daquilo. Não para Muriel. Ou para ler na imprensa sobre uma porra de reviravolta em um caso que tinha sido solucionado havia uma década. Estava preparado para que Rommy Gandolph sumisse e que sua vida ficasse em paz.

Estava mesmo? Essas chances não apareciam com frequência – recuperar o que estava perdido e que ainda era lamentado. Reverter os erros de um eu estúpido e mais ignorante. Será que ele podia simplesmente deixar essa oportunidade passar? Depois, rasgou o relatório em pedacinhos e o jogou no lixo. Os esquilos vieram correndo, mas, para eles, como para outros, havia só desapontamento.

36
Terra de Lincoln

17 de agosto de 2001

No Tribunal do juiz Kenton Harlow não havia mais nenhuma expectativa de drama. A vasta galeria de espectadores tinha sumido, e o contingente da imprensa havia se reduzido à comitiva padrão – Stew Dubinsky, Mira Amir e um repórter de uma agência de notícias local, recém-saído da escola de jornalismo, que, mesmo aos olhos de Arthur, precisava aprender a se vestir. Com a mídia, Arthur não tinha dado muita importância às moções que havia impetrado. Qualquer esperança que tivesse com Harlow não aumentaria se o juiz sentisse que Muriel já fora punida nos jornais por seus lapsos.

Arthur não tinha dormido bem. Não sabia exatamente para onde o caso de Rommy ia. Com a carta de Muriel sobre Collins, ele poderia abrir a tampa do caixão por um tempo e até mesmo teve voos de fantasia de que, de algum modo, Collins pudesse estabelecer a inocência de Rommy. Mas ultimamente, por algum motivo, Arthur tinha ficado preocupado com seu futuro. Cedo ou tarde, tudo aquilo acabaria. Como Gillian tinha dito havia semanas, a vida seria vida de novo, e não uma aventura. Alguém que nunca deixava de ter um plano de longo alcance, de repente ele não conseguia ver nada com clareza. E essa incerteza tinha alcançado seus sonhos, tornando-os turbulentos. Pouco antes das 5 horas da manhã, tinha se esgueirado para a cozinha, perto da janela a leste, para olhar o disco feroz do sol queimar seu lugar no céu. Vai ficar tudo bem, disse a si mesmo. Acreditava nisso, mas nunca acreditou tanto quanto vinte minutos depois, quando Gillian, num robe fino, o achou, puxou a cadeira para perto dele e, sem dizer uma palavra, segurou sua mão enquanto o sol despia regiamente seu disfarce rosado e ascendia numa beleza ofuscante.

Acompanhada de Carol Keeney, com um passo decidido, Muriel chegou ao tribunal. Vestia um terninho elegante, parecendo, como sempre, um gato magro pronto para a luta. Depositou suas pastas de papel sobre uma das mesas destinadas aos advogados e, em seguida, caminhou pela sala e se sentou ao lado de Arthur no banco da frente, onde ele e vários outros advogados que estavam ali para apresentar moções esperavam o início dos procedimentos.

– Então – disse ela –, qual é o tamanho dessa sua cartola? Tem mais algum coelho escondido aí dentro?

– Espero que este baste.

– Isso é muito inteligente, Arthur. Tenho que admitir.

Arthur havia conseguido mais um adiamento com o Tribunal de Apelações, dessa vez a partir de sua moção para reconsiderar a ordem de encerramento do processo de Rommy, para ele poder investigar as questões sobre Collins que Muriel tinha revelado na carta. O passo seguinte, tramado com Gillian, era bem menos ortodoxo. Seguindo o parágrafo 11 das Regras Federais sobre Procedimentos Civis, Arthur tinha pedido que o juiz Harlow punisse a promotoria do condado de Kindle por ter deixado de revelar o que Collins disse a Larry em Atlanta. Essencialmente, afirmava que a reação de Muriel, havia meses, à moção de Arthur para dar imunidade a Collins tinha sido funcionalmente falsa. Como punição, queria que o juiz Harlow ordenasse que Muriel desse imunidade a Collins e permitisse que Arthur tomasse o depoimento dele. Em teoria, o juiz Harlow não tinha mais poder neste processo. Mas o juiz original era o que estava em melhor posição para determinar se haviam mentido, de modo que esse tipo de questão era mandado primeiro para ele. E a lei obedeceria às sanções que ele impusesse se achasse que uma das partes tinha agido de má-fé.

– O Tribunal de Apelações vai enxergar através disso, Arthur. Por mais inteligente que seja, não há esperança a longo prazo.

– Eu não acho que não haja esperança, Muriel. Acho que o juiz Harlow pode sentir que você estava escondendo informações importantes.

– Eu não estava escondendo nada, Arthur. Erno é que estava escondendo... E mentindo.

– Ele estava protegendo o sobrinho.

– Atirando nele? Além disso, não creio que haja uma exceção de motivo para perjúrio. A palavra de Erno não vale, Arthur. Nunca valeu.

– Especialmente se você não revelar algo que a confirme.

– Nada a confirma, Arthur.

– Que tal Collins dizendo que reza toda noite para Deus perdoá-lo pelo que Erno e ele fizeram com Rommy? Como você pôde esconder isso em sã consciência?

– É besteira, Arthur. Collins estava dando força ao tio, soprando fumaça pelo rabo do Larry sem o risco de perjúrio. E você recebeu a informação, Arthur, assim que ela pareceu remotamente relevante para alguma coisa.

– O que mais existe, Muriel, que você decidiu que não é remotamente relevante?

– Arthur, eu disse a você e ao juiz, em minha resposta, que você tem tudo que possa ser concebivelmente favorável ao seu cliente.

– Exceto o testemunho de Collins. Você realmente acha que os tribunais vão deixar que você mantenha Collins no armário enquanto executa Rommy?

– Collins é um espetáculo secundário, Arthur. Não há nada que o ligue àqueles assassinatos. Você foi muito bom em criar espetáculos secundários. Esse é o seu serviço. Eu lhe dou crédito. Vou lhe dizer outro espetáculo secundário que me interessa.

– O que é?

– Um passarinho me contou que está vendo Gillian Sullivan um bocado no seu escritório. E de mãos dadas no Matchbook. O que acha? As mentes inquisidoras vão querer saber. – Com a pergunta, Muriel soltou um sorrisinho maldoso.

Isso o fez recuar vários passos, como Muriel pretendia. Como Gillian tinha previsto desde muito, Arthur não se sentia totalmente confortável com os risos maliciosos que as notícias sobre o relacionamento deles, espalhando-se como fogo selvagem, pareciam estar provocando naqueles dias.

– O que isso tem a ver com qualquer coisa, Muriel?

– Não sei, Arthur. É incomum, não é?

– Não existe conflito, Muriel. Há meses você disse oficialmente que Gillian não tinha nenhum papel nesses procedimentos.

– Você está parecendo meio sensível, Arthur. Eu sempre gostei de Gillian. Todo mundo merece uma segunda chance.

Segundo Gillian, Muriel não gostava muito dela. As duas tendiam a se ressentir das comparações frequentes que foram feitas durante anos na promotoria. E Muriel não acreditava em segundas chances. Era uma promotora cujo credo era a punição por todos os erros – exceto, claro, os seus. Mas tinha conseguido o que pretendia. Arthur estava ansioso para encerrar a conversa. Muriel podia ver isso e se levantou de novo.

Havia várias semanas Arthur tomara a precaução de aconselhar Rommy a pôr por escrito que Gillian e ele tinham se tornado "amigos pessoais íntimos". Mas o argumento de Muriel não era tanto sobre o que era apropriado, mas sobre o que representava uma vulnerabilidade. Ela havia atravessado a sala do tribunal para alertá-lo. Se ele fosse jogar lama, com agressões escandalosas ao profissionalismo dela porque ela havia escondido informações sobre Collins, Muriel também tinha sujeira para jogar de volta.

Ele nunca fora totalmente talhado para aquela profissão, percebeu Arthur. Apesar de todos os anos nas trincheiras e de tudo que sabia sobre Muriel, sua primeira esperança quando ela se sentou ao seu lado era que ela tinha vindo bater papo porque gostava dele.

– Todos de pé.

Harlow caminhou rapidamente até o seu lugar, com vários papéis sob os braços. Convocou e resolveu os outros poucos casos programados para antes do deles. Quando chegou a *Gandolph ex. Rel. Diretor de Rudyard*, o juiz sorriu para Arthur e Muriel enquanto eles se reuniam junto ao púlpito.

– Eu pensei que não veria mais vocês. Bem-vindos. – Ele pediu primeiro que Muriel respondesse às moções de Arthur. Ela foi veemente.

– Primeiro – disse Muriel –: o Tribunal de Apelações disse que não existe um processo pendente. Segundo: o Sr. Raven não é mais advogado de Gandolph. Terceiro: o período limitado de descoberta que o tribunal autorizou se encerrou há mais de um mês. E quarto: não houve nenhum erro de representação em nenhuma declaração que fizemos ao meritíssimo.

Harlow sorriu, ainda divertido com o estilo de Muriel. Medindo pouco mais de 1,5 metro e pesando menos de 50 quilos, ela batia como um peso-pesado. Em sua cadeira alta, o juiz recuou para contemplar, passando a mão pelo cabelo branco e comprido.

– Com toda a deferência aos meus amigos ali, que são os olhos e ouvidos do público – disse ele –, acho que há algumas coisas que são mais bem-abordadas na sala de audiências. Por que os advogados não se encontram comigo lá?

O juiz os levou pelas antessalas até a Terra de Lincoln, como sua sala de audiências costumava ser chamada longe de sua presença. Havia pelo menos cinquenta retratos e estatuetas de Lincoln, em todos os estágios da vida, nas paredes e nas prateleiras, incluindo as fotos de Brady. Documentos com a assinatura de Lincoln estavam expostos pela sala. O juiz tinha até mesmo uma coleção de moldes de moedas numa caixa.

Os secretários legais de Harlow, um homem branco e uma mulher negra, os tinham seguido desde a sala do tribunal, segurando blocos de papel amarelo. Enquanto se aproximava de sua mesa e pendurava a toga em um cabide ao lado, o juiz ria.

– Pessoal – disse ele. – Eu tenho visto processos durante uns quarenta anos. E quero dizer: vou me lembrar deste. Faz-me recordar de um daqueles jogos de futebol universitário em que todo mundo marca nos acréscimos. Se você for tomar uma cerveja, nunca vai saber quem está na frente. – Ele apontou com a mão comprida para a mesa de reuniões, de mogno, ao lado da sala, a que Arthur, Muriel, Carol Keeney e os secretários se sentaram.

As formalidades do tribunal obrigavam o juiz a ouvir primeiro os advogados, mas, em sua sala particular, Harlow hesitava muito menos em falar o que achava. Sem um escrivão presente, ele tendia a proceder por éditos.

– Eu não gosto de me esconder da imprensa, não em um caso que recebeu tanta atenção, mas, neste estágio, todos precisamos ser sinceros para podermos ir em frente.

Houve um telefonema da sala do tribunal. Pamela tinha chegado, depois do comparecimento ao Tribunal Estadual. O juiz disse para os seguranças de seu tribunal trazerem-na de volta.

– Certo, agora não vamos brincar com estas moções – disse Harlow, assim que Pamela se acomodou à mesa comprida. – Primeiro, Sra. Wynn, a senhora não me conhece muito bem, e eu não a conheço muito bem, mas acho, falando particularmente, que ambos concordaríamos que a senhora deveria ter corrigido os textos mandados a este tribunal depois de o seu detetive ter conversado com o Sr. Farwell.

– Eu gostaria de ter feito isso, meritíssimo.

– Ótimo. E, Sr. Raven, nós dois sabemos que, se a Sra. Wynn estivesse realmente tentando jogar sujo com o senhor, ela não teria revelado nada.

– Reconheço, juiz Harlow. Mas ela esperou até depois de o Tribunal de Apelações ter decidido. Agora meu cliente tem que desfazer um fato praticamente consumado.

– Senso de oportunidade, é o melhor que você pode argumentar, Arthur. Certo?

Ele girou a mão no ar, conseguindo nada mais do que uma concordância de má vontade.

– Não estou desconsiderando o argumento, Arthur. Todos nós sabemos que o fórum pode fazer diferença. Francamente, Sra. Wynn, se eu tivesse ouvido dizer que o sobrinho do Sr. Erdai pedia todas as noites que Deus o perdoasse pelo que os dois fizeram com Gandolph, estaria muito ansioso para saber o que Collins Farwell tinha a dizer.

– Com todo o respeito, meritíssimo – disse Muriel –, o nosso departamento nunca dá imunidade a pedido de réus ou de litigantes civis, ou mesmo de tribunais que querem ter acesso a testemunhos. Se a legislatura achasse que essas pessoas deveriam ter o poder de dar imunidade, teria dado a elas. E não deu. Nós não daríamos imunidade ao Sr. Farwell nem naquela ocasião nem agora.

O juiz olhou de soslaio para Muriel por um segundo.

– Eu não acho que contar os mísseis de nossos arsenais seja a abordagem correta aqui, Sra. Wynn. Cada um de nós tem vários poderes. A senhora tem o poder de não dar imunidade. E eu tenho o poder de apresentar determinadas descobertas das quais a senhora talvez não goste. E o Sr. Raven tem o poder de se certificar de que elas sejam amplamente ouvidas. Mais do que de poder, eu preferiria falar do que é justo. É óbvio para todos nós que Collins Farwell sabe algo sobre as circunstâncias que provocaram este crime e que não revelou nada há uma década. O Sr. Raven diz que nós devemos saber tudo que pudermos antes de executarmos seu cliente, e isso me parece um argumento muito bom. Agora, dado o que Genevieve Carriere disse a vocês sobre o modo como o Sr. Gandolph estava se comportando em julho de 1991, nenhum de nós vai ficar muito surpreso se o Sr. Raven lamentar ter pedido para interrogar o Sr. Farwell. Mas ele terá alguma paz de espírito quando ele e seu cliente encararem o que vem em seguida. Bem como a senhora. E eu. Por isso, acho melhor que todos tiremos um ou dois dias para refletir sobre o que é justo, e não sobre nossos poderes, já que esse pode muito bem ser o caminho do arrependimento para todos nós.

Por baixo de suas sobrancelhas excessivamente grossas, cheias de fios brancos, o juiz espiou Muriel de novo. Ela não disse nada, mas claramente entendeu contra o que estava lutando. O resultado era exatamente o que Arthur tinha lhe dito na sala do tribunal. Kenton Harlow não permitiria que Rommy Gandolph fosse executado sem ouvir a história de Collins. O fato de que o testemunho de Farwell poderia incidentalmente revelar que o Tribunal de Apelações tinha encerrado o caso antes do tempo, sem dúvida, não era um incentivo pequeno para Harlow. Mas ele estava dando algumas opções a Muriel. Com a imprensa olhando ansiosa, ela poderia magnanimamente dar imunidade a Collins, enfatizando sua dedicação à verdade, ou poderia esgrimar com uma vara muito mais curta contra um juiz federal que poderia mandá-la para a campanha eleitoral rotulada como mentirosa.

– Por que todos nós não pensamos nisso? – disse Harlow. Em seguida, convocou seu minúsculo escrivão e ditou uma ordem breve, declarando que a moção de Arthur tinha sido recebida, e depois dispensou os dois. Muriel saiu rapidamente, o rosto comprimido numa indignação fria. Assim que ela sumiu, Pamela não pôde resistir a envolver Arthur com um forte abraço, enfatizado por outro de seus sorrisos luminosos.

– Isso foi brilhante – disse ela. Neste momento, Arthur era seu herói.

Ele recusou qualquer crédito e a mandou de volta ao escritório, para esboçar um breve relatório sobre os procedimentos do dia para o Tribunal de Apelações.

37
Eles sabem

17 de agosto de 2001

Quando voltou ao escritório, Muriel passou um bipe para Larry, solicitando que ele fosse lá o mais rápido possível; também ligou para o detetive-comandante, para ter certeza de que o recado não seria ignorado. A imunidade para Collins era decisão da promotoria, mas o detetive do caso podia ser consultado. E não era preciso dizer que já passava da hora de Larry dar as caras. Nervosa e frustrada por causa de Harlow, ela não tinha mais paciência para as bobagens juvenis de Larry.

Mas, quando ele apareceu uma hora mais tarde, ela estava calma. Ele parecia abatido, e ela se sentia mais ou menos como nos últimos dias. Larry tinha fugido dela com frequência no passado. Ela esperava que os dois estivessem diferentes agora, mas tinham passado pelo agarramento e não, aparentemente não estavam. A coisa toda – os erros de percepção, as complicações – a deixou triste e, em alguns momentos, humilhada. Mas tinha saído da igreja no domingo pronta para acreditar que era para o bem que as coisas entre Larry e ela não davam certo.

No momento, Ned Halsey, o combativo promotor-chefe, com suas pernas arqueadas e cabelo branco, estava tagarelando. Ned tinha uma afabilidade famosa, mas agora estava atormentado. Halsey fez um gesto para Larry fechar a porta e depois continuou falando com Muriel, que estava atrás de sua mesa grande, de costas para a janela.

– Kenny Harlow era um escroto quando eu entrei na faculdade de direito com ele há quarenta e cinco anos – disse Ned. – Ficou um escroto ainda maior quando lhe deram uma toga. E, neste estágio, é um escroto tão gigantesco que merece seu próprio sistema solar. Então, se você está me perguntando se ele vai se comportar como um escroto, a resposta é sim.

– Ainda não acho que o Tribunal de Apelações vá deixar que ele enfie uma imunidade pela nossa goela abaixo, Ned – respondeu Muriel. Como tinha sido verdade em toda a sua vida, o caminho que saía da raiva levava à decisão. Levante-se. Contra-ataque. Esses eram os lemas de seu pai ao lidar com poderes arrogantes.

– Ele vai comer a carne dos nossos ossos antes disso, Muriel. *Juiz Diz Que Assistente-Chefe Mentiu*. Nunca deixe de pensar no dano permanente que ele causará a você. Você quer ver o departamento passar por isso? Eu sei que não quero.

– O que é? – perguntou Larry.

Ela explicou em palavras rápidas o que tinha acontecido no tribunal. Larry respondeu irritado.

– Meu Deus, Ned, você não pode dar imunidade. Deus sabe o que Collins vai dizer. Tão longe dos acontecimentos assim, ele pode basicamente inventar o que quiser. Nós nunca vamos terminar com este caso.

– Larry – disse o promotor –, nós podemos falar o quanto quisermos sobre a política do departamento. Ainda vai parecer que estamos escondendo a verdade. É o mesmo que o cara dizer que vocês ajudaram a armar para cima do Gandolph.

– E se ele estivesse envolvido com os assassinatos? – perguntou Larry.

Nem mesmo Muriel podia engolir essa.

– Larry, não há evidência ligando Collins aos assassinatos. Nenhuma perícia, nenhuma declaração. Além disso, como o Estado pode afirmar que outra pessoa poderia estar envolvida nos assassinatos quando nós estamos tentando executar Gandolph por tê-los cometido? Meu Deus, se levantarmos esse argumento, podemos muito bem fazer uma caixa de pinho e pular dentro.

Ned, sendo Ned, deu um tapinha reconfortante ao ombro de Larry ao sair. Da porta, ele apontou para a assistente-chefe.

– O caso é seu, Muriel. Eu a apoio de qualquer modo. Mas meu voto é para fazer um trato com Arthur. Oferecer a imunidade em troca de não haver mais apelações, se Collins não ajudá-los.

Ela não achava que Arthur engoliria isso.

– Meu Deus – respondeu Ned. – Pelo menos você vai ter alguma cobertura política se decidir ir para o mano a mano com Kenny.

Ned era um bom homem. E sensato. Ela gostou da solução. Larry e ela olharam o promotor fechar a porta depois de sair.

– Então – disse Muriel. – Foi algo que eu disse ou alguma coisa que eu fiz? Nenhum cartão. Nenhum telefonema. Nem flores? – Havia um momento, esperava não dizer nada. E, mesmo começando a falar, tinha pensado que conseguiria parecer despreocupada. Mas o ácido praticamente borbulhou. Ela pôs as duas mãos sobre a mesa e respirou fundo. – Não se preocupe, Larry. Não foi para isso que o chamei.

– Não achei que fosse.

– Só queria ouvir de você sobre o Collins.

– Você não pode dar imunidade a ele, Muriel. Dickerman finalmente falou comigo sobre aquela arma.

– Quando foi isso?

– Semana passada.

– Semana passada! Diabo, Larry, não diz em algum lugar do manual da polícia que o promotor precisa conhecer as provas do caso? Eu dei uma resposta ao juiz na terça-feira dizendo que havíamos entregado tudo que tínhamos sobre o Collins. Quando você estava pensando em me contar?

– Assim que soubesse o que dizer em relação ao restante.

– "Ao restante". Isso é uma referência pessoal?

– Acho que é como você chamaria.

No escritório, os dois tinham a vantagem de um tom mais frio, mais abstrato. Do outro lado da mesa, ela cruzou os braços e perguntou se ele achava que o que acontecera entre os dois na semana anterior tinha sido um erro.

– Se eu soubesse o que acho, Muriel, teria vindo lhe dizer. Essa é a verdade. O que você acha?

Ela nadou através do pântano de sentimentos por um instante, depois baixou a voz.

– Eu achei que foi maravilhoso estar com você. Fiquei nas nuvens durante uns dois dias. Até perceber que não ia ter notícias suas. Por quê?

– Eu não posso suportar mais isso.

Ela perguntou o que era "isso".

– Trepar por aí. Você e eu. Ou vamos fundo ou é melhor esquecer. Sou velho demais para viver no meio-termo.

– Eu não quero ficar no meio-termo, Larry. Quero você na minha vida.

– Como?

– Como alguém a quem eu sou ligada. Intensamente ligada.

– Meio expediente? Horário integral?

– Meu Deus, Larry. Eu estou falando de uma necessidade, não de um plano de batalha.

– Eu não vou ficar me escondendo de novo, Muriel. Ou nós estamos dentro ou estamos fora.

– O que é "dentro" e "fora"?

– Estou falando de você deixar Talmadge, de eu deixar Nancy. Estou falando de dizer de uma vez por todas que nós cometemos um erro, um erro enorme, no passado, e que vamos tentar resgatar o que resta para ser salvo.

– Uau. – Muriel tocou o peito, onde agora o coração estava martelando. – Uau. – Seu pensamento não tinha ido muito além da próxima oportunidade de romance, coisa que até alguns segundos atrás ela havia aceitado como sendo nunca.

– Estou falando sério.

– Dá para ver.

– E não tenho 100 por cento de certeza de que quero isso. Mas tenho mais certeza de que, ao colocar desse modo, não restará nada em que me apoiar.

– É só dizer como a coisa é, Larry.

– Eu estou tentando.

Ele estava com raiva, como acontecia com frequência, já sofrendo com a rejeição que tinha presumido. Quanto a ela, tinha-o deixado na semana anterior sentindo-se perturbada, claro, triste em relação a muitas coisas e fragilizada pela culpa. Mas, apesar disso, chegando à superfície havia uma felicidade arejada. Ela estava livre de alguma coisa. Apesar de todo o perigo, da estupidez e do egoísmo do que tinha feito, sentia-se estendendo a mão. Diante do silêncio subsequente dele, ficou mais triste por perder aquilo.

– Fico feliz por você ter dito isso. Sério. – Ela falava com calma, mas por dentro o pânico ainda prevalecia. Tantas coisas estavam subitamente empilhadas de modo precário em cima umas das outras! Seu casamento. Seu trabalho. Seu futuro. Quem ela era. Merda.

Será que o amor valia não ter a vida que a gente queria? Com essa clareza, a pergunta cresceu vindo do fundo da mente. Será que o amor – o amor real e tumultuoso na idade avançada de 44 anos – bastava para compensar todas as coisas às quais ela aspirava? Os poemas e os livros melosos diziam que a única resposta era sim. Mas ela não tinha certeza do que os adultos diziam. Pelo menos esta adulta.

– Preciso pensar nisso, Larry. Pensar muito. – Ela podia ver que era a primeira coisa que tinha dito que havia agradado a ele.

– É – disse Larry. – Pense bem. – Ele a encarou mais um pouco. – Mas provavelmente você não vai falar comigo.

– Por quê?

A raiva dele havia ficado para trás de repente. Ele desmoronou sobre a cadeira de carvalho ao canto da mesa.

– Porque eu ainda não contei o que Mo disse sobre aquela arma.

LARRY TINHA PASSADO a maior parte dos últimos vinte anos caçando os supostos humanos mais perigosos da cidade. Tinha os perseguido por caminhos escuros e esquinas sombrias, até mesmo liderado o ataque com colete à prova de bala anos antes, quando pegaram Kan-El, líder dos Santos da Noite, que estava enfiado numa toca com um monte de armas que tinha conseguido comprar do Exército líbio. Larry sempre se empolgava nessas ocasiões, dançando ao longo de seus terminais nervosos, uma sensação que voltava da época dos jogos de bola no ensino médio. Nunca sentia o pavor ou o enjoativo refluxo gástrico no fundo da garganta que estava experimentando agora. A pessoa que mais o apavorava no mundo, percebeu ele, estava sentada do outro lado da sala. De repente, era inconcebível o motivo pelo qual não tinha contado a ela sobre a arma na semana anterior. A verdade, pelo que ele podia deduzir, era que simplesmente estava cheio de deixar que Muriel ditasse todas as regras.

Enquanto ele falava, ela ia se encolhendo para trás e ficando dura e fria como uma pedra.

– E o que você fez com o relatório de Dickerman? – perguntou ela quando Larry terminou.

– Digamos que perdi.

– Digamos. – Ela apoiou a testa nas mãos.

– Não importa, Muriel. O assassino é o Esquilo. Você sabe que é ele. Se ele fez isso com Erno e com Collins, mesmo assim ainda é ele.

– Essa é uma teoria, Larry. É a sua teoria. Talvez seja a nossa teoria. Mas a teoria deles é que Erno fez isso sozinho. E talvez a teoria deles seja apenas um pouquinho mais persuasiva quando você acrescentar que as impressões digitais dele estão gravadas em sangue no gatilho da arma do crime.

– Talvez seja a arma do crime.

– Aposto 100 dólares que é, Larry. Você aposta 100 dólares que não é? Que tal 10? – Ela o queimou com o olhar. – Que tal 50 centavos?

– Certo, Muriel.

– Meu Deus. – Ela se recostou balançando a cabeça. – Que *diabo* você estava pensando, Larry?

– Azar o meu.

– Não venha com merda, Larry. Eu quero aquele revólver de volta para a balística esta tarde. E para a sorologia no minuto em que eles terminarem. E peça à ATF para rastrear o número de série.

– Sim, senhora.

– Você teve sorte pelo modo como isso aconteceu. Se Arthur tivesse descoberto, você terminaria em Rudyard, como detento. Dá para entender?

– Me poupe do melodrama, Muriel.

– Eu não estou brincando.

– Foda-se essa coisa, Muriel. Eu estou dizendo agora. Isso está alguns dias atrasado. O promotor nunca sabe de tudo. Você não quer saber de tudo.

– O que você quer dizer?

– Qual é, Muriel?! Você sabe como isso funciona. Você não quer ir até o açougueiro e pedir a receita da salsicha. É salsicha e você sabe que é salsicha. Não existe nada nela que possa matar você.

– Do que mais eu não sei, Larry?

– Esqueça.

– Nem vem, Larry. Depois disso nós não vamos brincar de "confie em mim".

– É verdade ou consequência?

– Chame como quiser.

Era realmente uma disputa, como sempre soubera, e ele ia perder.

Ótimo. Você acha que aquele camafeu estava realmente no bolso de Esquilo?

Ele a deixou muda com isso. Até mesmo Muriel, a feroz, demonstrou um reflexo de medo.

– Eu achava.

– Bom, estava.

– Foda-se – disse ela, aliviada.

– Mas não estava lá no dia em que eu prendi o cara. Estava lá na véspera, mas um policial de mão leve o levou para casa. Eu só coloquei de volta no lugar. É disso que estou falando. Não me diga que está chocada.

Ela não estava. Dava para ver.

– Larry, esconder digitais da arma do crime não é a mesma coisa que fazer um ajuste no caso. Você sabe disso. – Ela olhou pelo centro da janela atrás de si. – Que confusão.

Larry ficou observando Muriel bater com uma unha no espaço entre os dentes da frente enquanto pensava. Em um segundo, pôde ver seu bom-senso, como um colete salva-vidas, começando a trazê-la de volta à superfície.

– Eu vou dar imunidade ao Collins – disse ela então.

– O quê?

– Se Arthur conseguir o que quer, não vai perguntar o motivo. Se nós tivermos sorte, talvez Jackson nos deixe ouvir a história de Collins primeiro, em particular.

– Você não pode dar imunidade a ele. O cara estava andando por aí com a arma do crime.

– Eu não tenho opção, Larry. Você não me dá opção. Não posso lutar contra isso. Não posso dizer que Collins pode ser o assassino e ir em frente com a execução de Gandolph. É uma coisa ou outra. Diabo, Larry, com as digitais de Erno naquele gatilho nós estamos de volta ao ponto de partida. E talvez Collins possa ser a melhor chance que temos. Harlow está certo. Collins poderia entregar Rommy de uma vez por todas.

– Não – disse Larry. Era um protesto geral. Ele estava furioso com tudo. – É a eleição, não é? Você tinha decidido dar a imunidade ao Collins de qualquer modo. Ned já tinha feito você concordar. Eu sou apenas a desculpa. Você não quer interromper a disputa com Harlow.

– Ah, foda-se, Larry! – Ela pegou um lápis à mesa e jogou contra a janela. – Que droga, você não entende? A eleição é o menos importante. Ainda existe a lei. Existem regras. E justiça. Meu Deus, Larry, passaram-se dez anos, e escutando você agora eu fico me perguntando o que realmente aconteceu. Você entende isso? – Inclinando-se por cima da mesa, ela parecia a ponto de voar sobre ele e esganá-lo.

– Ah, entendi. – Ele foi em direção à porta. – Eu sou apenas um policial.

NO INÍCIO DA NOITE de verão, Gillian estava parada junto ao meio-fio em frente Morton's do centro da cidade, esperando Arthur. Os últimos empregados dos escritórios tinham se dispersado, e o trânsito estava tranquilo. A poucos metros de distância, duas mulheres cansadas estavam sentadas ao lado de suas enormes bolsas de compra, em um ponto de ônibus envidraçado.

Atualmente, Gillian podia marcar a duração de seu relacionamento com Arthur pela luz, que estava diminuindo mais cedo nos últimos dias. O sol, que eles tinham visto se levantar de manhã, agora estava mergulhando no rio, o brilho quente se espalhando como uma cauda de falcão através das nuvens claras no horizonte. No vento que mudava, havia uma levíssima premonição de outono. Apesar de já lhe terem dito repetidamente que isso era sinal de caráter depressivo, ela nunca havia abandonado por completo a inclinação para tratar os fenômenos naturais – a chegada da escuridão, o fim do verão – com uma preocupação supersticiosa. A vida era boa. Não ia durar muito.

Arthur tinha se atrasado, mas, quando o carro chegou, ficou claro que estava empolgado.

– Outro Murielgrama – disse ele, quando Gillian entrou. Tinha trazido para ela cópias de duas moções curtas que a promotoria havia apresentado naquela tarde ao Tribunal Distrital dos EUA e ao Tribunal de Apelações. Reconhecendo o recebimento de "informações novas e importantes relativas à natureza e à circunstância do crime", Muriel pedia que todos procedimentos fossem adiados por 14 dias para permitir que o Estado investigasse.

– Que diabo é isso? – perguntou Gillian. – Você telefonou para ela?

– Naturalmente. Eu exigi as informações novas, e ela não quis ceder um centímetro. Nós esgrimimos durante um tempo, mas finalmente concordamos que, se eu lhe desse as duas semanas, ela concordaria com uma moção para colocar de lado a ordem do Tribunal de Apelações e reabrir o processo. Essencialmente, Muriel está entregando os pontos.

– Meu Deus! – Apesar de Arthur estar dirigindo, ela chegou perto para abraçá-lo. – Mas o que pode ser isso? Ela vai dar imunidade ao Collins?

– Não posso acreditar que ela admitiria antecipadamente que ele tem credibilidade bastante para valer uma reabertura do caso. Se ela não gostar do que Collins disser, simplesmente vai chamá-lo de mentiroso. Tem que ser muito mais do que isso. Tem que ser algo grande.

Havia meses, Arthur vinha alimentando uma imagem improvável de Muriel vendo subitamente a luz em relação a Rommy. Gillian tinha Muriel numa conta muito menor, mas Arthur se recusava a ver qualquer pessoa com quem tinha trabalhado havia anos a uma luz que não fosse gentil. De qualquer modo, ela compartilhava da suspeita dele de que tinha acontecido alguma coisa dramática.

– Então você teve um dia maravilhoso – disse Gillian.

– Mais ou menos.

– Algum fato negativo?

– Nada em relação ao processo. E não é realmente negativo. Muriel fez um comentário sobre nós. Eles sabem.

– Sei. E como isso fez com que você se sentisse?

Ele deu de ombros.

– Desconfortável?

A mãe de Gillian, aquela bruxa, teria pronunciado um gélido "eu bem que avisei". Toda a reserva cultivada de Gillian era um modo de reciclar e conter essa voz que realmente nunca havia saído de sua cabeça. Mas o pobre Arthur sempre queria que as pessoas fossem como ele. Ser espezinhado e zombado por causa da companhia que tinha escolhido o estava afetando, como ela sempre soubera que aconteceria. Às 6 horas da manhã, ela o havia encontrado perdido em pensamentos, olhando para o nascer do sol.

– Você está tentando não dizer que me avisou? – perguntou ele.

– Sou tão transparente assim?

– Nós vamos conseguir.

Ela deu um sorriso e pegou sua mão.

– Sério – disse ele. – O que eu estava pensando hoje de manhã era que nós deveríamos fugir.

– Ah, verdade?

– Sério. Simplesmente fazer as malas e achar outro lugar. Começar do início. Nós dois. Eu dei alguns telefonemas, Gillian. Existem estados onde, daqui a alguns anos, presumindo que tudo continue estável, você teria uma boa chance, caso pedisse uma readmissão.

– Para a *Ordem dos Advogados*?

Ele ousou encará-la, confirmando de modo impassível, antes de voltar a atenção para o tráfego. A ideia era de tirar o fôlego. Ela nem sequer tinha considerado que poderia voltar do exílio.

– E seu trabalho, Arthur?

– E daí?

– Depois de todos esses anos para entrar na sociedade?

– Tudo isso tem a ver com o medo de rejeição. Eu queria chegar a sócio porque não me suportaria se não conseguisse. Além do mais, se acontecer o que estou pensando que vai acontecer com o Rommy, eu vou ficar rico. Se nós o inocentarmos, Rommy vai ter um processo civil espantoso. Eu posso abandonar a empresa e assumir o caso dele. Ele vai ganhar milhões. Eu vou receber minha parte. Já pensei nisso.

– Parece que sim.

– Não, não é como parece. Eu simplesmente nunca fui realmente bom como advogado particular. Não sou uma abelha operária. Não sou suficientemente macio para atrair grandes clientes. Só quero encontrar um bom processo e trabalhar feito um louco nele. De preferência alguma coisa na qual eu acredite.

Havia anos, observando a distância, Gillian pensava em Arthur como alguém que tinha nascido já na meia-idade. Mas isso era por causa da aparência fatalista que ele havia adquirido do pai. Com o caso de Rommy, ele havia se aceitado como alguém que ficava mais feliz quando buscava seus ideais, mesmo que fossem inatingíveis.

– E sua irmã?

Isso, também, estava conforme o figurino. No rosto dele, as engrenagens da vida interna de Arthur estavam tão claras para ela como se estivessem sendo projetadas numa tela. Gillian olhava enquanto o coração dele era rasgado pela realidade e voltava à Terra dentro do seu peito.

– Talvez a gente fique no Meio-Oeste. Eu não posso ir muito longe, de qualquer modo, se estiver cuidando do processo civil de Rommy, porque terei que voltar aqui umas duas vezes por mês. Que tal eu dizer à minha mãe que está na vez dela? Ela desertou durante trinta anos. Eu fui o pai e ela, a filha. Que tal se eu disser: está na hora de crescer?

Gillian sorriu, enquanto Arthur parecia refletir sobre a perspectiva. Ela jamais tivera a capacidade sem limites de Arthur para se render a esperanças improváveis, o que era mais um motivo para ter encontrado refúgio nas drogas. Mas adorava vê-lo voando livremente. E, de vez em quando, recentemente, tinha se sentido voando com ele. Isso não durava mais do que o tempo de vida de um daqueles isótopos instáveis criados em reator, cuja existência era principalmente teórica, mas ela ria no escuro, fechava os olhos e, naquele fragmento de tempo, acreditava, com Arthur, em um futuro perfeito.

38
Outra história

22 de agosto de 2001

Jackson Aires não sentia pouco prazer em ser um pé no saco. Inicialmente, concordou que Collins poderia ser entrevistado antes do testemunho, desde que o encontro acontecesse em Atlanta e que a promotoria pagasse a passagem de avião de Jackson até lá. Depois, ficaram sabendo que Collins tinha voltado à cidade para cuidar do espólio de Erno. Mas, segundo Jackson, agora seu cliente tinha decidido que só falaria após fazer um juramento a Deus de que diria a verdade. Muriel tinha a opção de convocar de novo um júri de instrução para continuar a investigar o Massacre de Quatro de Julho, porque não havia estatutos de limitações para os assassinatos, e ela preferia isso a um depoimento. Desse modo, poderia interrogar Collins sem Arthur ficar olhando por cima do seu ombro ou deixando vazar partes do testemunho das quais ele gostasse. E também evitaria violar a política de seu departamento em relação a conceder imunidade em um processo civil. Até Jackson era a favor do júri de instrução, uma vez que, pela lei, o testemunho de Collins permaneceria secreto.

Em 22 de agosto, Collins chegou à antessala do júri de instrução. Usava o mesmo terno escuro e elegante com o qual tinha comparecido ao enterro do tio. Na mão, levava uma Bíblia, envolvida por um cordão de contas de madeira com uma grande cruz. O livro tinha sido folheado com tanta frequência que estava mole como uma brochura. Junto com Aires, ao lado dele, estava sua esposa grande.

Muriel apresentou o formulário da ordem de imunidade, que Jackson leu palavra por palavra, como se não tivesse visto dezenas de vezes antes. Então, Muriel abriu a porta para a sala do júri de instrução. Jackson tentou entrar com eles, sabendo perfeitamente bem que sua presença era proibida. Somente a testemunha, o promotor, o escrivão do tribunal e os jurados podiam entrar.

– Eu preciso estar presente – disse Aires. – Disso não há dúvida.

Depois de meia hora de negociação, eles concordaram que Collins prestaria juramento e que, em seguida, o testemunho seria suspenso. Uma entrevista gravada aconteceria no escritório de advocacia de Jackson naquela tarde, e a fita seria passada ao júri de instrução. Muriel achou ótimo sair do tribunal, onde um repórter poderia perceber alguma coisa.

Jackson tinha vários escritórios, um em Center City e outro em Kewahnee, mas seu principal lugar de trabalho era no North End, não muito longe do Campo DuSable. Como Gus Leonidis, Jackson tinha se recusado a desistir do bairro onde havia crescido. Seu escritório ficava em uma fileira de lojas de um andar, das quais Jackson era dono. O principal inquilino da esquina era uma das redes nacionais de farmácias, que ele havia adulado para alugar o espaço havia anos. Na outra ponta da fileira, as suítes de Jackson se estendiam para além do vestíbulo de vidro.

Muriel tinha ido de carro, separada de Larry e Tommy Molto. A semana trouxera um calor intenso, ventos fortes do sul e um sol que parecia um flagelo. Tentada a esperar os outros dois do lado de fora, depois de alguns minutos Muriel entrou para o ar condicionado.

Por fim, todos estavam reunidos na grande sala de Aires. Dada a vaidade do velho advogado, Muriel teria esperado que ele, como tantos outros, tivesse tratado as paredes como um monumento a si próprio, mas a maior parte do que o rodeava era de fotografias de sua família – três filhos, todos advogados em outras cidades, e, se a contagem de Muriel estava certa, nove netos. A mulher dele tinha falecido havia alguns anos. Olhando para a sala, ouvindo a agitação do outro lado, onde Jackson empregava mais dois advogados, Muriel imaginou se ele diria que os Estados Unidos são um grande país, ou que não deveria ter trabalhado tanto pelo que merecia. As duas coisas eram verdadeiras.

– Muriel, sente-se aqui. – Em um ato de gentileza inesperada, Jackson estava oferecendo a cadeira grande atrás de sua mesa. A mobília na sala era quadrada e funcional, estilo dinamarquês moderno nas mãos de uma loja de material de escritório barato. Aires ocupou uma poltrona ao canto da frente, ao lado de seu cliente. Como um coro, a mulher de Collins, Larry e Molto encontraram lugares atrás deles. Jackson, sendo quem era, pegou seu próprio gravador e colocou sobre a mesa, ao lado do que Muriel já havia posto ali.

Assim que os dois gravadores estavam rodando, depois de terem sido testados, Collins olhou para Aires e perguntou:

– Eu posso falar agora?

– Deixe a moça fazer uma pergunta – disse Jackson. – Isso aqui não é uma aula de teatro. Você não faz um monólogo.

– Só há uma coisa que vale a pena dizer – disse Collins.

– E o que é? – perguntou Muriel.

– Meu tio Erno matou aquelas pessoas e Gandolph não teve nenhuma participação.

Ela perguntou como Collins tinha tanta certeza. Collins olhou para Aires, que levantou as costas da mão na direção dele.

– Bom, você começou, agora não pode parar – disse Jackson.

Collins fechou momentaneamente seus notáveis olhos castanho-amarelados. Depois disse:

– Porque, que Jesus me perdoe, eu estava lá para vê-lo fazer isso.

A cadeira de Aires era alta demais para Muriel. Seus saltos altos ficavam longe do chão. Ela teve que chutar algumas vezes o carpete para poder olhar Collins melhor. O cabelo dele tinha perdido um pouco do volume, e ele havia engordado, mas continuava sendo uma das belezas extraordinárias de Deus. Seu rosto estava fixo como se ele tentasse demonstrar coragem diante da verdade.

– Nunca mais quero contar essa história de novo – disse Collins. – Por isso preciso ter Anne-Marie ouvindo agora, para que eu possa falar e acabar com isso. Meu Senhor e Salvador sabe que eu nasci no pecado, mas é uma coisa triste pensar no tipo de homem que eu fui sem Ele.

Quando Muriel olhou para Larry, ele estava jogado à cadeira ao lado do controlador do ar-condicionado. No calor intenso, tinha tirado o paletó esporte, dobrando-o cuidadosamente sobre os joelhos enquanto observava atentamente seu próprio pé batendo no carpete. Estavam apenas no começo, mas dava para ver que Larry já havia escutado muito sobre Jesus. Com o passar dos anos, ele tinha ouvido muito disso, naturalmente; sujeitos que haviam cortado símbolos de quadrilhas na barriga de outra pessoa e encontravam Deus trinta segundos antes de receber a sentença. Mas esse tipo de coisa nunca incomodava Muriel. Deus podia resolver. Por isso Ela era Deus. O serviço de Muriel era estabelecer a responsabilidade aqui na Terra.

Ela voltou atrás um minuto, disse a data e a hora, explicou a natureza dos procedimentos e pediu que todos na sala falassem brevemente, para que a fita tivesse uma amostra de cada uma das vozes.

– Vamos começar com seu nome – disse Muriel a Collins. Depois de obter a resposta, ela pediu que citasse qualquer nome falso que ele tivesse usado depois de adulto. Collins disse pelo menos meia dúzia.

– Que tal Faro Cole? Você usou esse nome?

– Certo.

– Como um nome falso?

– Mais como uma vida nova – disse ele, e sorriu consigo mesmo numa aparente consternação. – Eu sou como muitas pessoas. Fiquei tentando arranjar uma nova vida até que finalmente encontrei. – Em seguida, olhou para seu advogado. – Posso falar isso como eu quero? – Aires apontou para Muriel. – Eu tenho isso na cabeça de uma certa forma – disse Collins a ela. – A senhora pode perguntar o que quiser, mas primeiro eu gostaria de contar como eu sei.

Ele contaria de qualquer modo. Disso Muriel sabia. Collins poderia colocar a coisa como quisesse – como um pecador arrependido, como uma pessoa que fora prejudicada e explorada. No fim do dia, ela colocaria tudo de volta nas pequenas caixinhas da lei. Disse que ele fosse em frente como quisesse.

Collins demorou um momento alisando o paletó. Estava usando camisa branca e uma gravata elegante. Ainda se arrumava bem.

– No fim das contas – disse ele então – isso realmente não passa de uma história sobre mim e meu tio. Não que não haja muitas outras pessoas que poderiam ter importância. Mas não tiveram. Essa é a primeira coisa que todos vocês precisam ver. Eu e o tio Erno percorremos uma estrada comprida. Talvez não existam na face da Terra dois homens que se odiaram mais do que nós nos odiamos algumas vezes. Acho que porque cada um de nós era o melhor que o outro tinha. Eu era tudo que ele poderia ter sido na infância, ele era o mais próximo de um pai que eu já tivera, e nenhum de nós achava que essa fosse uma coisa especialmente boa. Aqui estou eu, negro para todo mundo que me olha, e aquele sujeito de nariz comprido... o que ele realmente queria era que eu fosse como ele. Mas como é que eu ia ser?

Collins olhou para a cruz e a Bíblia em seu colo.

– Eu não devia ter mais de 13, 14 anos e estava cheio de todo mundo no bairro. Eu era preto, quer eles dissessem que sim, quer dissessem que não, e eu era o pior cara que podia existir. Só que era como eu disse: o tio Erno nunca ia largar do meu pé. Eu andava pela rua, fazendo as coisas idiotas que fazia, vendendo crack na maior parte do tempo e fumando também, e meu tio bancava o policial. Ele adorava fazer isso. Vinha me pegar naqueles buracos e dizer que eu estava jogando a vida fora. A vida era minha, eu dizia a ele, e voltava para aquilo. Claro, assim que a polícia me pegava, eu ligava pro Erno e ele me ajudava a sair, e dizia que nunca mais. A primeira condenação como adulto foi em 1987. Erno conseguiu me colocar no presídio rural. E, quando eu saí, vocês sabem, eu realmente queria ser bom. Se você se cuidar, eles limpam a sua ficha. Erno e minha mãe me mandaram para a Hungria, para ficar longe das influências, e eu fui parar na África. Quando voltei para casa, pedi ao meu tio para me ajudar a entrar no negócio de viagens. Em 1988, foi o melhor período de Erno comigo. Eu fazia todas as coisas que ele vivia me dizendo para fazer. Fui para a escola e estudei. Passei na prova para agente de viagens e consegui emprego na Time To Travel. E aparecia no trabalho todo dia de manhã. Passava pelos irmãos na rua como se não conhecesse ninguém. E, cara, era difícil. Era difícil. Erno, vocês sabem, ele e minha mãe, eles viviam me dizendo como a coisa tinha sido ruim para eles na Hungria. Comiam esquilos e pardais que pegavam nos parques, aquele negócio todo. Mas eu estava trabalhando e trabalhando, e não tinha dinheiro. Vinte e poucos anos e vivendo de novo com minha mãe? Quando passei a ser agente, só ganhava comissão na Time To Travel, e não havia uma daquelas grandes contas de empresa que quisesse fazer negócios com um preto jovem. Por fim, eu falei com ele: "Tio Erno, eu não consigo, cara, eu tentei e tentei, mas isso não vai dar certo."

Collins levantou os olhos para ver como estava sendo recebido. Molto aproveitou o intervalo para verificar se o gravador deles estava rodando. Jackson, naturalmente, fez a mesma coisa.

– Erno podia ver que eu estava a ponto de ter uma recaída e ficou bem desesperado. Num determinado ponto, ele teve a ideia de passar uns negócios da companhia aérea para mim. Uma ideia maluca depois da outra. E foi assim que começou o negócio das passagens. Primeiro, ele fingiu que só eram passagens que tinham se perdido de algum modo. Estúpido, não é? Eu deduzi a verdade logo depois.

Larry pigarreou.

– Posso perguntar umas coisas? – Ele realmente não parecia amigável. Apanhado no meio da história, Collins demorou um instante para levantar os olhos.

– Starczek – disse Collins então.

A primeira pergunta de Larry foi simples: de onde vinham as passagens?

– Naquela época – disse Collins –, as passagens estavam começando a sair pelo computador. As impressoras nunca funcionavam; prendiam o papel, escreviam na linha errada. Metade das vezes os vendedores ainda emitiam passagens a mão e depois passavam pela máquina de validação com o carimbo deles. Se você cometesse um erro preenchendo uma passagem, anulava e colocava o número em um relatório de erros. As passagens que o Erno me dava eram passagens em branco validadas a mão, listadas no relatório de erros, para que ninguém procurasse.

– O pessoal da companhia aérea vivia me dizendo que cedo ou tarde alguém viajando com essas passagens seria apanhado – disse Larry.

– Provavelmente – confirmou Collins. – Mas ninguém viajava com aquelas passagens. Eu devolvia as passagens para cobrir os custos de outras.

Muriel olhou para Larry, para ver se tinha perdido algo, mas ele também parecia confuso.

– Suponha que eu tivesse um cliente que pagasse em dinheiro por uma viagem para Nova York – disse Collins. – Eu pegava uma passagem que Erno tinha me dado e preenchia como uma passagem para Nova York em uma data anterior. A validação fazia parecer que ela tinha sido emitida a mão no balcão da TN. Depois, eu entregava a passagem de Erno para cobrir o custo da passagem do meu cliente. Como se fosse uma troca justa. Eu punha o dinheiro do cliente no bolso em vez de entregar à Time To Travel. Em vez de uma comissãozinha, eu conseguia o preço inteiro da passagem. E minha comissão também. A contabilidade da companhia aérea comparava o cartão de embarque com uma passagem validada e nunca olhava mais longe.

– Inteligente – disse Muriel.

– Não fui eu – respondeu Collins. – Foi Erno quem pensou nisso. Ele tinha visto tudo quanto é tipo de trambique com passagens. Acho que finalmente bolou um que podia dar certo. Provavelmente, via isso como uma espécie de desafio. O Erno era assim.

– Certo – disse Larry. – Era nisso que eu estava pensando: no Erno. Por que ele não fez o que uma pessoa seminormal faria e não lhe *deu* dinheiro?

Collins balançou a cabeça para trás e para a frente enquanto pensava em uma resposta.

– Erno, você sabe, era uma figura estranha.

– Sem merda – disse Larry. A boca fina de Collins se curvou para baixo. Ele não gostava da linguagem nem da ideia de outra pessoa maculando a memória de Erno. Muriel lançou um olhar. Provavelmente, era o primeiro contato ocular que tinha com Larry desde que ele havia entrado. Dado o tom da despedida na semana anterior, ela poderia ter esperado um desafio, mas ele reagiu de modo afável.

– Em primeiro lugar, Erno era pão-duro – disse o sobrinho. – Essa é a verdade. Assim que ele segurava 1 dólar, não gostava muito de soltar. E, você sabe, ele ficava irritado pensando que a companhia deveria ter tratado melhor dele numa coisa ou noutra. E, cara, essa vida fora da lei pode ser bem empolgante. Pergunte a alguém que saiba. Erno sempre reclamava de tudo que tinha perdido quando fora expulso da Academia. Mas, você sabe, quando eu seguro meus nenéns, sempre digo: "Não existe nada que eu não faria por vocês." Eu penso nisso e acho que é mais ou menos o que Erno estava me dizendo: "Tente ser alguém na vida, não existe nada que eu não faria para ajudar."

Collins se inclinou para a frente a fim de ver se Starczek estava satisfeito. Larry fez um rosto ambíguo. Vá entender os bandidos. Collins voltou à sua história.

– Mesmo assim, acho que eu ainda me sentia controlado pelo Erno. Fui viajar de férias, parei em Amsterdã e caí na droga de novo. Quando voltei, dessa vez, Erno me deixou na mão. Ele tinha posto o cu na reta e era assim que eu pagava. Esse foi o discurso. Eu estava na segurança média em Jensenville, e ele não foi me visitar nenhuma vez. Eu realmente não via como estava numa péssima até que saí em 1990. Só sabia fazer duas coisas: vender drogas e ser agente de viagens. Branco e preto, na minha mente, para dizer a verdade. E não podia fazer uma coisa nem outra. Se tivesse mais uma condenação por drogas, seria a terceira, e eu estaria ferrado pelo restante da vida. E tinha perdido a licença de agente quando fui condenado em 1989. Deveria simplesmente ter me mudado, mas os jovens, vocês sabem como é, eu achei que fosse derrotar o sistema. Mudei o nome para Faro Cole, falsifiquei o diploma e fiz a prova de novo.

– Ah – disse Muriel. Collins respondeu com um sorriso triste.

– Consegui emprego na Mensa Travel, só de comissão, e foi como antes, dando duro e não ganhando dinheiro. Bom, aquele negócio com as passagens emitidas a mão tinha dado certo da primeira vez. Eu só precisava arranjar alguém que pudesse tirá-las dos livros da maneira certa. Bom, eu mesmo não podia ir lá na TN Erno iria me chutar. Mas, uma noite, eu estava dando um tempo no lugar errado e entrou o Gandolph, como sempre tentando passar alguma coisa que alguém tinha roubado. Eu sabia quem ele era. Tinha trabalhado no aeroporto depois do ensino médio, durante uns dois meses. Ele costumava comprar bagulho comigo. O cara nem conseguia lembrar o meu nome, mas eu achei que, como ele sempre sabia se alguma coisa tinha se separado do dono, talvez conhecesse um vendedor de passagens no DuSable que gostaria de armar alguma. Prometi que, se o negócio desse certo, a gente cuidaria dele. Foi assim que conheci Luisa.

Muriel perguntou quando foi isso.

– Ah, a gente deve ter começado em janeiro de 1991. Foi quando aquele pessoal foi morto, certo? Noventa e um. Então eu diria que foi em janeiro. E o negócio correu bem até que eu esbarrei no Gandolph no mesmo lugar, o Lamplight, e fiquei sabendo que ela não estava dando nada a ele. Talvez Luisa realmente não tivesse sacado que ela é que deveria dar a parte dele. Cara, eu sei que falei com ela, mas ela não tinha feito isso, e ele foi até o aeroporto e abriu o berreiro, até que Luisa finalmente deu o camafeu a ele, só para que Gandolph ficasse quieto enquanto ela tentava juntar o que devia.

– Você está dizendo que Luisa basicamente entregou o camafeu a ele? – perguntou Muriel.

– Exato. Disse que era herança de família. Claro que era tarde demais, porque, como Esquilo tinha aberto a boca, Erno ficou sabendo e estava subindo pelas paredes. Logo que ouviu meu nome, ele soube muito bem o que estava acontecendo e jogou na minha cara. Ele não ia deixar que eu ficasse roubando debaixo do nariz dele, no trabalho dele, especialmente porque ele é que tinha me ensinado a fazer aquilo. Então me mandou parar. Ou ele mesmo parava. E a próxima coisa que eu soube foi que ele mandou revistar Luisa com algum motivo fajuto.

– Drogas – sugeriu Larry.

– Exato – disse Collins. – Drogas. Disse que ela estava com drogas. Talvez Erno tenha pensado que, como Luisa estava envolvida comigo, a gente estava transando isso também. Mas ela não era desse tipo. Depois, cara, a coisa ficou feia. Ela queria dinheiro para dar ao Gandolph, para poder pegar o camafeu de volta. No início de julho, ela falou comigo. Disse que tinha tido muito cuidado, mas que estava com umas passagens guardadas. E que não estava preocupada com Erno. Disse que tinha escondido as passagens de modo que ninguém ia achar, pra eu não me preocupar. No Quatro de Julho, quando não tivesse ninguém por perto, ela achava que seria a hora. Então chegou o três de julho, na verdade o quatro, depois da meia-noite. A gente tinha marcado um encontro no Paradise. Menos de dois segundos depois de ela passar pela porta, Erno veio correndo atrás. Ele tinha olhado os relatórios de erros dela, vigiando, andando atrás dela. E falou: "Agora chega, moça. Eu lhe dou uma chance." Olhou para mim e disse: "Saia daqui agora. E quanto a você", falou para Luisa, "me entregue essas passagens que você enfiou na calcinha e escreva um pedido de demissão agora mesmo, se não eu vou chamar a polícia." Luisa, cara, era durona. Não levava desaforo de ninguém para casa. Ela falou: "Foda-se. Você não vai chamar a polícia. Se você chamar a polícia e me acusar, eu digo que você fazia a mesma coisa."

Levantando uma das mãos, Collins se ajeitou na cadeira. O sol estava batendo direto em seus olhos. Jackson se levantou para ajustar as persianas. Voltando ao lugar, ou reagindo à memória do que estava descrevendo, Collins ficou imóvel um segundo.

– Vejam só, quando ela disse isso, foi o que vocês poderiam chamar de momento decisivo. Porque o Erno... nem tinha passado pela cabeça dele que eu poderia ter contado aquilo. Ele só achou que eu tinha convencido Luisa. Nunca pensaria que eu tinha revelado esse tipo de segredo. Não para alguém que não fosse da família. Erno... ele tinha um temperamento brabo. Ficou todo vermelho, os olhos do tamanho de pratos. E deu para ver na hora: ele estava pronto para matar alguém. De verdade. Só que não era Luisa que ele queria apagar. Era eu. Se ele tivesse uma arma, teria atirado em mim com certeza. Mas não fez isso. Ainda não. Só começou a dar uma bronca em nós dois, gritando e coisa e tal, e o Gus veio e disse para ele se mandar, mas Erno não estava ouvindo nada. Não demorou muito até que o Gus voltou com o revólver. Depois disso, foi praticamente como o meu tio contou no tribunal. Erno disse ao Gus que ele não ia atirar em ninguém. Luisa agarrou o revólver da mão de Gus, e Erno tentou pegar. Eu não acho que o tiro tenha sido um acidente, como Erno deu a entender. Para mim, parecia que ele tinha arrancado a arma totalmente da mão dela. Mas também foi rápido demais. Pou! Aquele som, cara, foi como se ainda estivesse sacudindo o restaurante cinco minutos depois. E ali estava Luisa, olhando para o buraco bem no centro dela, e fumaça, *fumaça* subindo, como se saísse de um cigarro. Durante um segundo, nenhum de nós sabia o que fazer, além de ficar ali parado olhando para ela. Era estranho demais. Finalmente, Gus voltou a si e foi para o telefone. Erno disse para ele parar, Gus não parou e Erno o derrubou, como se estivesse atirando em um cavalo.

– E você? – perguntou Larry.

– Eu?

– O que você estava fazendo?

– Cara, eu tinha ouvido tudo que é tipo de papo-furado, mas a verdade é que nunca tinha visto ninguém ser morto. Foi terrível. Realmente terrível. A princípio, só estava pensando: e agora, como é que vou conseguir que ele conserte isso? A coisa era muito doida, eu não conseguia me obrigar a acreditar que aquilo duraria. Como se as coisas tivessem que voltar ao normal num estalo. Então a gente cai em si: isso não vai acontecer. Depois de o Erno atirar no Gus, eu comecei a chorar, e o meu tio, cara, começou a berrar: "De quem é a culpa disso, Collins? De quem é a culpa?" Naquela hora, vi que eu seria o próximo e até comecei a olhar pelas janelas, pensando que já tinham sido dois tiros, já, alguém tinha que ter ouvido e chamado a polícia. Mas era o Quatro de Julho, ninguém pensa em nada a não ser em fogos de artifício. Então Erno viu o último cara. Escondido. Pobre coitado, ele estava debaixo de uma mesa. Erno apontou a arma e marchou com ele até o freezer. Então eu ouvi o tiro. Não parecia com os dois primeiros, por algum motivo. Tinha alguma coisa pior. Para o Erno também. Depois de ele ter subido e me olhado, toda aquela raiva... aquela raiva sumiu. Ele só ficou ali sentado, arrasado, e me disse o que fazer. Nós faríamos com que parecesse um roubo. "Pegue isso." "Limpe aquilo." Eu fiz tudo.

– Ele estava ameaçando você? – perguntou Muriel.

– Ele ainda estava com a arma, se é isso que a senhora quer dizer. Mas, pelo jeito de Erno, eu não estava achando mais que ele queria me matar. A verdade é que provavelmente ele nem pensou que eu não fosse fazer o que ele mandava, porque eu também nunca pensei. Era só uma coisa de família. – Collins parou e respirou fundo, pensando nisso.

– E foi você que arrastou os corpos para baixo? – perguntou Larry.

– Sim. Chorando o tempo todo. – Collins virou o rosto na direção de Larry. – Está pensando naquelas pegadas?

– Estou mesmo. – A perícia tinha comparado os sapatos de Paul Judson com as pegadas no sangue deixado pelos corpos.

– Quando eu subi da última vez, Erno viu que meus sapatos estavam encharcados de sangue. Ele disse: "Você não pode sair na rua com isso. Desça e veja qual daqueles homens mortos tem um sapato que caiba em você." Essa foi a primeira vez que tive coragem de dizer não a ele. "Eu não vou colocar o pé no sapato de nenhum morto." Dá pra imaginar? A gente chegou a discutir sobre isso um tempo. Mas, finalmente, eu obedeci, como obedeci ao resto.

Collins apontou para Larry.

– Pode verificar os sapatos que saíram do terceiro, do empresário. Um belo sapato cinza-pérola, italiano. Acho que a marca era Faccione. E grande demais para ele. Eu nunca acreditei que ninguém tivesse notado os sapatos. Que empresário anda com sapatos cinza-pérola?

Muriel podia ver algo se movendo por trás da expressão dura de Larry: os sapatos estavam se encaixando. Ele parecia perceber que Collins provavelmente estava contando uma boa parte da verdade. Havia algum tempo ela já não tinha muita dúvida disso.

– Nós estávamos prontos para sair dali, já na porta da frente, quando Erno estalou os dedos. "Espere aí", disse. Ele estava com tudo, carteira e joias, depósitos de banco, a arma, tudo enrolado num dos aventais do Gus. Ele meio que desceu a escada na ponta dos pés e, quando voltou, estava com uma camisinha na mão.

– Um preservativo? – perguntou Muriel.

– Exato. E usado. Depois de tudo aquilo... – Collins apenas balançou a cabeça várias vezes. – De qualquer modo, Erno disse: "Ela tinha enfiado aquelas passagens no rabo. Eu não poderia ter achado nem com uma lanterna de mineiro se não tivesse visto a ponta disso aqui." Ela estava com umas 15 passagens enroladas na camisinha.

Pela primeira vez, Collins olhou para Anne-Marie. Atrás dele, a mulher estava sentada com a boca comprimida contra a palma da mão, parecendo, aos olhos de Muriel, estar se esforçando ao máximo para não reagir. Mas, quando Collins se virou na sua direção, ela reagiu imediatamente. Esticou o braço e os dois ficaram de mãos dadas durante um segundo.

– Você está bem? – perguntou Aires ao cliente.

Collins pediu água. Eles fizeram uma pausa. Todo mundo precisava de um minuto. Muriel procurou o olhar de Larry, mas ele parecia estranho e fechado em si mesmo. No corredor, esperando para entrar no banheiro, Muriel perguntou a Tommy Molto o que ele achava. Molto cutucou com a unha as manchas de molho de tomate em sua camisa e na gravata e disse que não sabia o que pensar. Muriel também não tinha certeza.

Quando voltaram, Anne-Marie tinha posto a cadeira perto de Collins e estava segurando a mão livre dele. A outra continuava agarrada à Bíblia. Depois de um ou dois minutos mexendo nos gravadores para se certificar de que estavam funcionando, Muriel disse a data e a hora, então perguntou a Collins o que aconteceu quando eles saíram do Paradise.

– Eu fui com Erno até a casa dele e fiquei sentado com ele no carro. Ele tinha passado por algumas mudanças naquela noite. Nós dois tínhamos. No Paradise, ele tinha sentido uma fúria maluca, depois a fúria sumiu e ele ficou subjugado. Agora estava só apavorado, tentando pensar em todas as possibilidades para não ser apanhado. Fez um sermão depois do outro para mim. Não esqueça de falar com algumas pessoas que nós dois saímos para tomar umas e outras na noite passada. Nunca fique bêbado e comece a contar vantagem sobre isso com seus chapas ou com alguma dona de quem esteja a fim. Mas a grande preocupação na cabeça dele era como se livrar daquele avental cheio de coisas que estava no porta-malas do carro. A arma, as carteiras, as joias estava tudo ali. Aí já passava das 3 horas e nós dois estávamos ferrados e cansados demais para decidir. Eu não queria ter mais nada a ver com aquilo. E Erno estava totalmente paranoico. Só podia ver que acabaríamos sendo apanhados se fôssemos jogar o avental no rio, ou se fizéssemos uma fogueira e queimássemos tudo, ou se enterrássemos na floresta pública. O dia ia amanhecer às 5 horas. Mas havia um barracão de ferramentas no quintal dele, com piso de terra; se a gente cavasse lá, ninguém ia ver. Então a gente cavou até chegar na metade do caminho para a China e jogou o avental lá. Ele disse que ia pensar em um plano melhor quando se acalmasse, mas eu sabia que nós dois ficaríamos felizes se nunca mais olhássemos aquilo de novo. Aí ele me levou até o meu carro e ali mesmo, na rua, me deu um abraço. Isso não acontecia desde que eu tinha 10 anos. E, no meio de toda aquela loucura, talvez a coisa mais louca fosse como a sensação era boa. Assassinou três pessoas e *me* abraçou. Eu fui embora chorando como uma criança. Depois daquela noite, não havia como eu me endireitar comigo mesmo. Eu estava acabado como Faro durante um tempo, porque a polícia podia descobrir alguma coisa sobre as passagens. Nem passou uma semana e eu estava transando drogas de novo. Erno tentou me impedir, mas, com tempo para pensar, eu não queria mais saber dele. Um dia eu estava no Lamplight e lá estava o Gandolph. Deve ter sido uns dois meses depois de toda aquela confusão. E, com vinte caras em volta, ele enfia a mão no bolso, e, enrolado num pano velho, estava o camafeu de Luisa. Eu soube na hora. Tinha visto no pescoço dela. "Faro", ele disse. Era só assim que me conhecia. "Faro, cara, o que é que eu vou fazer com esse bagulho agora? Isso não vale nada pra mais ninguém." E eu: "Toma tendência, negão, você vai acabar dançando. É melhor se livrar disso. A polícia vai dizer que foi você que enfiou a azeitona nela." E ele: "Como é que eles vai fazer isso, se eu não fiz nada? Eu tô a fim de achar os parente dela. Eles vão pagar uma grana preta por isso, agora que ela tá morta. Eles me deve, pelo que ela fez comigo." E eu: "Faça o que quiser, irmão, mas de repente é melhor você malocar isso até alguém ir em cana por ter apagado ela. E eu não quero saber de nada sobre aquelas passagens." E ele: "Disso não tem chance." O tio Erno quase pirou de vez quando contei a ele. Depois que soube, andou procurando o Gandolph, disse que ia arrancar aquela joia dele antes que o cara arranjasse confusão para ele e para a gente. Mas Erno não achou Gandolph, eu acho. Ainda não era inverno, então Gandolph não ficava no aeroporto.

Muriel fez um som. Inverno. Por mais cuidado que Erno tivesse tido ao criar o papel de Collins, havia deixado escapar esse detalhe ao inventar seu encontro com Gandolph e o camafeu. E ela o havia cutucado ao banco de testemunhas. Foi o primeiro instante em que soube que ele estava mentindo.

– Logo depois eu tive problemas – disse Collins. – No dia 2 de outubro, caí numa armadilha com uma compra grande. Gravado em vídeo e coisa e tal. Os canas sabiam que tinham me pegado direitinho, já na hora em que me enfiaram na patrulha. "É a sua terceira vez, garoto. Dê uma boa olhada pela janela, porque você não vai mais ver a rua pelo resto da vida." Eles foram frios. Mas eu tinha que dar alguma coisa aos caras. Teria começado a falar já no caminho para a delegacia se não achasse que os caras da Gangster Outlaws com quem eu andava me matariam na primeira noite em cana. De qualquer modo, umas duas horas depois de eu estar lá dentro, tinha posto na cabeça que era tudo culpa do tio Erno. Se ele não tivesse matado aquele pessoal, eu não estaria naquele rolo. E, se eu dedurasse o meu tio, nenhum chefe de quadrilha ia mandar me matar por causa disso. Mas Erno era esperto. Sabia muito bem o que eu estava a fim de fazer. Ele foi a primeira visita que recebi. Ele veio tipo: "Você contou alguma coisa a eles?" Eu fingi que não entendia, mas ele não queria me dar mole. "Ah, não tente me embromar porque eu sou melhor nisso do que você. Sei o que você está pensando. E não vou dizer para não fazer isso por minha causa. Mas digo para não fazer por você. Se você contar a verdade, eles vão colocar você no meio. O sapato de quem estava naquele defunto? Quem estava roubando passagens com aquela garota? Você pode pegar perpétua por causa das drogas. Se eles oferecerem cinquenta, sessenta anos pelo assassinato, você vai ter que aceitar. Não é isso que você quer, é?" Claro que não. E eu preferiria não culpar meu tio, especialmente quando estava olhando para ele. E ele estava certo. Erno sabia como os policiais trabalhavam. Disse que tinha uma ideia melhor. Colocar toda a culpa naquele pé-rapado do Gandolph. O cara tinha dito antes que ia matar Luisa. De certo modo, ele se colocou no lugar de suspeito número um. Só era preciso levar a polícia na direção certa. Tinha certeza de que Esquilo seria idiota o bastante para ficar com aquele camafeu mesmo depois de eu ter avisado, mas Erno disse para não me preocupar, que ele tinha todo aquele bagulho enterrado no barracão em casa e, se acontecesse o pior, arranjaria um jeito de colocar alguma coisa daquelas na mão de Gandolph, dizer que tinha descoberto algum esconderijo dele no aeroporto. Nunca teve que fazer isso, claro, porque o pobre coitado ainda estava com o camafeu quando vocês o encontraram. Ainda queria o dinheiro que ela devia. Quando um cara fraco da cabeça assim tem uma ideia, você não consegue tirar. – Collins balançou a cabeça, espantado. – A única coisa é que eu não acreditava que alguém fosse olhar aquele magrelo do Esquilo e acreditar que ele era assassino. Erno me disse: "O otário vai concordar com qualquer coisa, assim que sentir cheiro de barra-pesada." Meu tio conhecia a polícia.

Muriel olhou para ver como Larry tinha recebido essa observação, mas ele estava distraído de novo, observando o estacionamento através das persianas. A verdade, pelo que Muriel podia ver, era que Erno tinha deduzido as coisas muito bem. Seu maior risco era, quando Esquilo fosse preso, se ele começasse a falar das passagens para explicar o camafeu. Mas, aparentemente, até Gandolph percebia que essa história o prejudicava muito. Ameaçar Luisa era quase o mesmo que matá-la. E, mesmo que Esquilo tivesse entregado isso,

Erno e Collins sabiam que a polícia teria muita dificuldade para achar Faro.

– Por isso você disse na cadeia, em 1991, que nunca testemunharia, certo? – perguntou ela a Collins. – Quando nos contou sobre o camafeu.

– Certo. Eu não poderia fazer isso. Rommy teria me reconhecido imediatamente como Faro. De jeito nenhum eu conseguiria evitar que a história saísse nessa hora. Mas deu certo. Eu peguei meus dez anos, e o tio Erno simplesmente continuou, como se aquilo tivesse sido um acidente na autoestrada. Meu tio foi bom comigo durante todo o tempo em que estive preso, ia me visitar, mandava pacotes, coisas, passava sermões dizendo para eu aproveitar a chance quando saísse. Isso aconteceu no fim de 1996. O velho Faro, ninguém tinha descoberto sobre ele, de modo que eu era o Faro de novo, pronto para voltar a ser agente de viagens. Mas a verdade é que eu estava na rua havia menos de 48 horas quando segurei um cachimbo. Tudo igual. Eu estava doidão; Erno nem queria falar o meu nome. Só que eu tinha medo de começar a traficar de novo. Sabia que era prisão perpétua se fosse apanhado com quantidade. Dessa vez, não podia entregar o meu tio pelos crimes, porque já tinha posto o Gandolph em cana e ninguém ia acreditar em uma história diferente. Uma noite, eu estava passando pela pior fase da abstinência. Precisava de um tapa, e não tinha no bolso nem aquelas traças que aparecem voando nos desenhos animados. E me bateu que o Erno tinha dito que todo aquele bagulho que a gente tirou do Paradise naquela noite ainda estava no barracão dele. Fui lá com uma pá e comecei a cavar até achar o avental. O pano estava cheio de buracos, mas estava tudo dentro. E eu só estava pensando em vender umas coisas, os relógios e anéis, para comprar umas duas garrafas. Mas vi a arma ali, e me veio na cabeça que, se eu tinha aquilo, podia arrancar uma grana preta do meu tio. Talvez as digitais ainda estivessem na arma, de modo que ele não teria escolha, teria que me dar o que devia. Eu estava de volta nessa: ele me devia. Ele me devia e me devia. Minha tia chegou em casa e disse que ele tinha ido ao Ike's. Entrei lá segurando a arma pelo cano, para não apagar nenhuma digital que Erno tivesse deixado no cabo. Fiquei gritando que ele tinha me ferrado e que me devia. Não estava pensando direito, naturalmente. Metade do pessoal naquele lugar era da polícia. Todos estavam com os trabucos apontados para mim dez segundos depois de eu falar a primeira palavra. "Me dê esse negócio", disse Erno. Ele pegou o revólver da minha mão, me empurrou para fora, tentando botar algo na minha cabeça, dizendo que eu ia ser morto se fosse apanhado com aquilo e que agora não poderia pôr a culpa nele, depois de ter acusado o Gandolph. Eu falei: "Droga, essa arma provavelmente está cheia das suas digitais." "E daí?", disse ele. "Vinte policiais acabaram de me ver tirando a arma da sua mão." Ele estava certo, provavelmente, mas para mim era o mesmo papo-furado, ele direito e branco, e eu preto e na pior. Falei: "É, eu peguei o resto, onde isso aí estava, no seu barracão, e dessa vez você não vai se livrar do que fez. Eu vou voltar lá para dentro, vou contar a todo mundo que você conhece que você é um covarde assassino." Como eu disse, Erno não gosta de surpresas. De jeito nenhum. Eu estava tremendo por dentro. Ele ficou gritando comigo: "Não faça isso, não faça isso." Se eu estivesse com a cabeça no lugar, sem dúvida teria me lembrado do Gus. Mas não estava. De qualquer modo, só lembro que estava voltando pela porta. Nem lembro do barulho. Só da luz. Vi o rosto de Jesus naquela noite. Vi mesmo. Ouvi a voz Dele. Eu estava caído naquele chão, morrendo, acho, mas sabia que agora estava bem. E estou. Pouco depois de sair do hospital, fui para Atlanta. Estou lá desde então. Metade da minha vida. E finalmente me acertei. Agora, claro, estava tudo ao contrário. Erno em cana e eu fora. Era eu que ia visitá-lo e dizia que Jesus também poderia cuidar dele. Talvez ele tenha me ouvido, nunca tive certeza. Mas alguma coisa bateu nele assim que soube que estava doente. Não podia morrer com todos aqueles pecados. Fui visitá-lo pouco depois do ano-novo, quando ele ficou sabendo que o câncer era ruim. Eu estava tentando oferecer consolo, mas ele só me olhou en quanto eu falava. Depois disse: "Eles vão executar aquele pobre idiota daqui a pouco." Eu sabia o que ele queria dizer. Não era a primeira vez que falávamos disso. Erno disse: "Nós não podemos deixar isso acontecer." "Faça o que tiver que fazer", eu disse.

"Não", disse ele, "eu não dei um tiro nas suas costas para salvar sua vida e a minha só para colocar você no meio disso tudo agora. Ainda é como eu disse: a polícia nunca vai acreditar que você não estava no tiroteio. Eu vou contar o que precisa ser contado. Não sei bem se vou conseguir que alguém escute. Mas vou tentar. Você fica de boca fechada. Ligue para o advogado Aires. Alegue a Quinta Emenda o tempo todo."

Collins olhou para o colo. Depois, seus olhos claros acharam os de Muriel com a mesma objetividade do início do depoimento.

– Foi isso que aconteceu – disse ele.

ERA UM DAQUELES dias em que ia ficar mais quente até o pôr do sol. Até mesmo às 4 da tarde, parada com Molto e Larry no estacionamento do lado de fora do escritório de Aires, ela podia sentir o asfalto amolecendo sob os pés. Tinha deixado os óculos escuros no carro e olhava torto os dois homens. Diante do sol tirânico, não era de admirar que as pessoas o houvessem cultuado.

– E então? – perguntou ela.

Os dois estavam pasmos.

– Preciso pensar – disse Molto. – Quero examinar o processo. Me dê 24 horas. Vamos todos nos reunir na sexta.

Larry e Molto foram imediatamente para os carros, a fim de escapar do calor. Muriel foi até o Concorde de Larry antes de ele ir embora. Pôde sentir um sopro do ar-condicionado quando ele abriu a janela.

– Nós não tivemos aquela conversa – disse ela.

– Não. – Ele tinha posto os óculos escuros, e ela não conseguia ver seus olhos, o que provavelmente era bom. – Alguma coisa a dizer?

– Eu tenho umas coisas a dizer.

Ele deu de ombros.

– Vou estar naquela casa amanhã à noite, fazendo uma lista de tarefas para o meu pessoal. Passe para uma cerveja se quiser.

– Vou estar lá.

Ele saiu sem olhá-la de novo.

Muriel abriu seu carro e ainda estava do lado de fora, deixando o calor escapar, quando Jackson veio rapidamente da porta de vidro até o Cadillac dele com a pasta debaixo do braço. Estava com pressa.

– Tem um encontro? – perguntou Muriel.

Ágil e animado, Jackson mostrou uma fagulha adicional quando respondeu:

– Na verdade, sim. Vou levar uma bela dama à sinfônica no parque. – Ele já era viúvo havia três anos.

Muriel perguntou por Collins. Ele estava nos braços da esposa quando os três tinham saído.

– Rezando lá dentro, como deveria fazer. Vai levar um tempo, mas vai ficar bem. O que você ouviu foi a verdade de Deus, Muriel. Espero que seja inteligente o bastante para saber disso.

– Se Deus quiser o serviço, Jackson, eu nem me incomodo em disputar. Mas, de outro modo, terei que deduzir isso sozinha.

– Não jogue comigo, Muriel. Não houve uma palavra no que aquele rapaz disse que não soasse verdadeira. Eu nem vou me preocupar com o que você possa estar pensando. – Para ligar o carro e baixar a janela, Jackson se inclinou sobre a coluna. Depois de tocar o volante, amaldiçoou o calor e demorou um segundo lambendo o polegar, mas isso não o impediu de balançar um dedo para Muriel quando se virou para ela de novo.

– Uma coisa que você deveria saber, Muriel. Eu represento esse rapaz desde que ele era um delinquente juvenil. Era um bandido ruim como os outros, mas Erno, que descanse em paz, ficava dizendo: "Ele é bom, ele é bom, ele vai ficar bem." Nunca se sabe, Muriel, qual deles vai mudar de vida. Ultimamente, vocês nem se importam em tentar. Trancam pelo maior tempo possível, o maior número possível, até mesmo matam se tiverem a chance.

– Eu acabei de ouvir você dizer a palavra bandido, Jackson?

– Bandido ou não, você nunca pode desistir de um ser humano. Sabe por quê? Porque não há sentido nisso. Não existe motivo para o que estamos fazendo aqui se desistirmos das pessoas.

Se alguém tornasse Jackson Aires o promotor-chefe no dia seguinte, ele condenaria metade dos seus clientes mais depressa do que mataria moscas. Mas ele nunca deixava de assumir o lado do cliente, desde que o pusessem em oposição a um promotor.

– Curta sua noitada, Jackson.

– Eu certamente pretendo fazer isso. – Ele se permitiu um riso maroto, depois se sentou rígido ao banco vermelho do Cadillac, com os pés ainda no estacionamento, usando as mãos para puxar as pernas para baixo do volante. Aparentemente, sua coluna lhe causava problemas, mas, quaisquer que fossem suas enfermidades, Jackson não estava velho demais para o amor. Ninguém estava. Ele ligou o motor com entusiasmo. Com a partida recente de Larry, de novo Muriel foi arrastada para uma corrente de arrependimento. Havia alguns dias, estivera imaginado se estaria disposta a trocar tudo pelo amor. As ironias estranhas no modo como aquele caso estava se desdobrando a atravessaram de repente. De alguma maneira, o processo tinha virado algo do tipo "o vencedor fica com tudo". Jackson e Arthur livrariam seus clientes e teriam amor de sobra. Muriel ficaria sem nada.

– Já ouviu a última sobre este caso? – perguntou a Jackson, antes que ele pudesse fechar a janela.

– O quê?

– Arthur Raven e Gillian Sullivan. Namorando.

– Não brinca! – Jackson emitiu o mesmo riso agudo de um segundo antes. – Há quanto tempo?

Muriel deu de ombros.

– Isso não é o melhor de tudo? – perguntou Jackson. – Arthur Raven e a juíza doidona.

– A o quê?

– É como eu a chamava. A juíza doidona. Eu tive vários clientes que juraram que a viram comprando droga na rua enquanto ainda era juíza.

– Crack?

– Heroína. Era o que diziam.

– Tem certeza, Jackson?

– Eles não passavam de vagabundos de rua, mas houve muitos. Provavelmente, ficariam felizes em dizer a mesma coisa hoje se você precisasse ouvir. Tinham raiva quando eram obrigados a se apresentar diante dela. Vou lhe dizer, Muriel, até um bandido sabe o que é justo.

Ela não podia dizer se estava mais pasma ou divertida. Riu enquanto contemplava toda a ideia.

– Uma drogada – disse Muriel.

– É o que ela era. Mas hoje não é mais. Hoje ela está apaixonada. – Jackson engrenou o carro, mas sorriu para ela com grande satisfação. – Viu? É como eu disse.

– O quê?

– Não existe sentido em abrir mão de um ser humano.

39
Primeiro

23 de agosto de 2001

Primeiro eles treparam. Ele a ouvira dizer "conversar" no estacionamento de Aires, mas sabia o que estava por vir. Ela tinha passado pela porta havia menos de trinta segundos e os dois já estavam juntos. Ele não podia dizer quem tinha agido primeiro. Não havia lógica em resistir. Nada iria melhorar ou piorar.

Mas estavam menos chocados por si mesmos – e, portanto, mais à vontade. Foram ao centro, aquele lugar atemporal, essencial, onde o prazer se torna todo o nosso objetivo na Terra. E, no fim, houve um instante de troca de posições, a mão dela nele, e a mão dele nela, cada um do domínio do outro. E, quando os olhos dela se abriram, ela lhe deu um riso de perfeito deleite celestial.

Depois, ficaram deitados no mesmo tapete, que ainda não tinha sido limpo, nus e silenciosos durante um bom tempo.

– Uau – disse Muriel finalmente. – Gol. Grand slam.

Ele repetiu as palavras dela, depois foi à cozinha pegar uma cerveja para cada um. Quando voltou, sentou-se em uma escada que um dos pintores estivera usando.

– Então – disse ele. – Imagino que isto seja *au revoir*.

– Acha que foi isso que eu vim aqui dizer?

– Não é?

– Não exatamente.

– Certo. Então diga.

Nua, ela se sentou com as mãos atrás do corpo. Ele se perguntou exatamente para onde os peitos dela tinham ido. Muriel não tinha muita fartura, para começar, mas agora eram apenas feijões num prato. Não que ele tivesse direito de reclamar, com uma barriga que ficava no caminho do pau duro. A vida, quando você a encarava, era cruel.

– Larry, eu pensei um bocado. Quero coisas que se encaixem umas nas outras.

– Por exemplo?

– Eu vou me candidatar a promotora?

– Você vai. Qual é o próximo ponto da lista?

Ela o encarou.

– Você acha que seria assim, claro como cristal, se a vida fosse sua?

– A vida é minha.

– Larry, como você pode fazer amor comigo assim, e me odiar tanto dez minutos depois?

– Porque eu não vou fazer amor assim com você de novo. Certo?

– E se você relaxasse um pouco, viesse sentar perto de mim e fizesse uma coisa estúpida como segurar minha mão e falar comigo como se fôssemos duas pessoas que gostassem muito uma da outra, em vez de palestinos e israelenses?

Eles não eram do tipo que ficavam de mãos dadas. Ele e Muriel nunca tinham encontrado um terreno intermediário. Ou estavam totalmente juntos ou completamente separados. Mas ele se acomodou perto dela no tapete, e ela passou o braço pelos bíceps dele.

– Está certo, Larry, eu gostaria de fazer a campanha. Mas não sei se o resultado deste caso vai permitir isso. De qualquer modo, não vou dar o fora no Talmadge hoje. Pelos motivos certos e pelos errados também. Eu não posso vencer sem ele. Essa é a verdade brutal. Mas, Larry, ele também merece mais do que isso de mim. Eu preciso olhá-lo nos olhos e dizer que esse casamento não anda muito bem. Nunca fiz isso.

– E você acha que isso vai resolver as coisas?

– Olha, eu me casei com Talmadge com base em uma premissa dúbia. E não quero dizer que foi porque sou ambiciosa e ele é ambicioso. A verdade é que essa é a única parte que tem funcionado e sempre vai funcionar. Estou falando do modo como eu me vejo e como o vejo. Foi você que levantou essa bola para mim. Mas vou resolver isso com o meu marido, e não com você. Aonde quer que isso leve. E, ao que parece, é para a porta.

Ela estava pedindo que ele esperasse, percebeu Larry subitamente. Estava dizendo que os dois ainda podiam ter uma chance.

– E o que eu devo fazer? Ver se consigo me lembrar da letra de "You Keep Me Hangin' On"? Eu lhe disse que não consigo viver no meio-termo.

– Eu ouvi isso. E não estou propondo uma vida de paixão secreta. Por nós dois, é melhor que isso pare. Só estou dizendo o que estou pensando. Mas não paguei minha assinatura do serviço telefônico de videntes. Quem sabe o que vai acontecer? Você disse há dez anos que ia sair do seu casamento. E ainda está no mesmo endereço.

– Situação diferente.

– Você entendeu.

Era verdade. Ele olhou direto para o tapete. Seu pau, que sempre o havia colocado em tantas encrencas, estava enrolado que nem um bebê. Mas essa não era a parte que doía. Ele estava desesperado para permanecer com raiva, porque isso manteria as outras coisas distantes. Enquanto isso, ela apertou seu braço com mais força.

– Mas olhe: eu tenho que dizer mais uma coisa. O que aconteceu com este caso, o do Gandolph? O que foi revelado e o que não foi? Muito disso é culpa minha. Eu vejo agora. Você disse que não era como eu, e eu não ouvi. Agora vejo. Há um motivo para as pessoas dizerem para não cagar no lugar onde se come e para não trepar no lugar onde se trabalha. E eu fiz isso mesmo assim. Porque tinha que saber como era estar fora do meu casamento. Precisava ver como era a sensação.

– E como foi?

Ela o encarou por um longo tempo.

– Bom pra cacete. – Muriel ficou parada mais um segundo. – Mas também foi estúpido e egoísta. E pouco profissional. De modo que, se houver alguma culpa nesse caso, que fique comigo. Independentemente do impacto que tenha sobre meus planos.

Ele gostou daquilo. Gostou um bocado do que ela havia dito nos últimos minutos. Era honesto. Em geral, Muriel podia ser selvagem em relação a todo mundo, menos com ela mesma.

– A proposito – disse ela –, por falar no caso, você está pronto para um pouco de humor?

– Seria bom.

Ela contou o que Aires tinha dito sobre Gillian comprando drogas na rua.

– De jeito nenhum – disse Larry.

– Eu investiguei um pouco. Liguei para Gloria Mingham do DEA. Tecnicamente falando, nada dessa coisa sobre Gillian é digna de um júri de instrução, mas, mesmo assim, Gloria não queria falar a respeito. Ela apenas meio que cantarolou para mim.

– Quer dizer, ela cantarolou mesmo ou é só uma figura de linguagem?

– Cantarolou mesmo.

– Qual foi a música?

– "Smoke Gets in Your Eyes".

Larry riu muito quando entendeu.

– Gillian? Fumava heroína?

– Aparentemente.

– Faz sentido. Não dá para enfiar uma agulha num iceberg, não é?

– Gloria disse que eles tiveram alegações, mas nada que pudessem realmente confirmar. Todas as testemunhas eram viciadas.

– Meu Deus, esse pessoal é hipócrita – disse Larry.

– Os federais?

– Arthur.

– Talvez Gillian nunca tenha contado.

– Fantástico. Essa é uma coisa que a gente deveria revelar a ele?

– Acho que não. – Muriel riu. – Acho que um tribunal descobriria que Arthur teve ampla oportunidade de mergulhar naquele corpo de informações. – Ela deu um sorriso malicioso, depois abruptamente esticou o queixo. Dava para ver que sua mente havia ido para outro lugar.

– Ideia nova? – perguntou ele.

Talvez. Algo a considerar para este caso. Deixe-me pensar.

– E para onde este caso *está* indo? Qual é a visão do topo hoje?

Ela demorou um segundo, depois perguntou o que ele havia pensado da entrevista de Collins.

– Desempenho memorável. Como o do tio. A coisa deve estar no sangue.

– Você acha que ele estava lá? No Paradise?

– Collins? Eu sei que ele estava lá.

– Sabe?

– Eu peguei os sapatos de Judson na sala de provas. Collins estava certo em relação à marca. E fiquei em cima dos caras do DNA o dia inteiro. Eles já tinham o perfil de Collins com base na camisa ensanguentada de Faro e acharam um bocado de resíduo de suor dentro dos sapatos. Você sabe, eles gostariam de ter seis anos para dar uma resposta definitiva, mas o importante é que o DNA do suor não combina com o sangue do sapato, porém tem os mesmos alelos que estão na camisa. Os sapatos são de Collins. Se bem que os caras do DNA não tinham como dizer isso em 1991.

Ela tomou um gole de cerveja antes de repensar em tudo.

– Isso muda alguma coisa para você? – perguntou ele.

– *Nada*.

Isto é: ela já acreditava que Collins estivera na cena do crime.

– Bom, vou lhe dizer uma coisa em que eu não acredito – disse Larry. – Não engulo essa merda de espectador inocente. Erno disse a Collins que a polícia acharia que ele estava envolvido nos crimes, com toda razão. Você vai me dizer que ele ia sair arrastando cadáveres mesmo sem ter nada a ver com os assassinatos?

– É uma história estranha – admitiu Muriel. – Mas as coisas de família são estranhas. Você só sabe que Collins arrastou os corpos porque ele contou; o mesmo motivo pelo qual você sabe dos sapatos.

– Então você não acha que ele participou?

– Só as digitais de Erno estão no gatilho e na coronha. E foram gravadas com o sangue de Luisa, certo?

– Pelo menos do tipo do dela. Eu não pedi aos caras do DNA para trabalharem no de Luisa. Dá para imaginar que o papo que eu estava ouvindo, junto com a sorologia, era bastante conclusivo.

Todo o sangue na arma era B negativo. Apenas 2 por cento das pessoas eram B negativo, e Luisa Remardi era uma delas. Judson, Gus, Collins eram todos tipo O. Larry tivera uma leve esperança de que Erno fosse B negativo, mas o hospital da cadeia disse que não. Mas, para Larry, Erno ser o atirador não era toda a história.

– Minha tese principal continua sendo a mesma. Não engulo que Rommy não tinha nada a ver com a coisa. Talvez Erno e Esquilo tenham confrontado Luisa e Collins juntos. Mas Collins só está terminando o serviço do tio, tirando Rommy da reta, porque ele bancou o bode expiatório para os dois.

– Você realmente vê Rommy como um cara disposto a defender os outros, Larry? Ele nem podia defender a si mesmo. Além do mais, não existe prova para apoiar isso.

Mas Larry tinha uma ideia. Estava com meia dúzia de cadetes de plantão no dia seguinte. Queria um mandado de busca que lhe permitisse cavar debaixo do barracão de ferramentas de Erno, na esperança de achar tudo que tinha sido tirado das vítimas do Paradise na noite dos assassinatos. Collins dissera que recentemente Erno tinha considerado desenterrar o avental para confirmar o testemunho, mas que tinha pensado que as digitais de Collins poderiam ser achadas em vários itens. Larry suspeitava que Erno também estava escondendo as digitais ou o DNA de Esquilo.

– Você vai ter o mandado às 10 da manhã, e eu vou estar torcendo, Larry, acredite. Mas, se não acharmos algo que ligue o crime a Esquilo, a coisa vai ficar melhor para o lado deles. Toda a perícia liga o crime ao Erno e ao Collins. Se o negócio estiver lá, como Collins diz, e, se somente as digitais dele e de Erno estiverem nas coisas, nós estamos ferrados. É um novo julgamento, Larry.

– Um novo julgamento?

– Nós podemos embromar durante um ano e meio na frente de Harlow, quando o Tribunal de Apelações mandar o processo de volta. Mas, resumindo, se você examinar tudo: os testemunhos, as digitais, o DNA, os registros sugerindo que Esquilo estava na cadeia na época dos assassinatos... – Ela parou diante da magnitude do que ia dizer: – O *habeas* de Gandolph está garantido.

Muriel podia estar certa em relação à lei, mas Larry também podia ver que ela não queria más notícias pipocando, chegando às manchetes dia após dia para o seu opositor na eleição.

– E essa não é a parte ruim – disse ela.

– Qual é a parte ruim?

– Nós não podemos julgar esse processo de novo.

– Por causa do Collins?

– Collins contou duas histórias diferentes, culpando e salvando o mesmo sujeito. É traficante e fraudador confesso. E é impedido por causa de três condenações por crime. Ele pode louvar Jesus o quanto quiser. Mesmo assim, o júri vai torcer o nariz quando ele subir ao banco de testemunhas. Meu problema é como a gente vai colocar o camafeu nas provas.

– Que tal do mesmo modo como fizemos da última vez? Eu testemunho.

– Sem chance, Larry. Um monte de coisas estranhas acontecem num tribunal. Eu não vou dizer que não ri uma ou duas vezes ouvindo minhas próprias testemunhas, mas nunca coloquei alguém no banco sabendo que a pessoa ia cometer perjúrio. E não vou começar agora.

– Perjúrio?

– É como eles chamam, Larry, quando você inventa alguma coisa sob juramento. – Ela estava olhando direto para ele, não como tinha feito havia um instante. Aquela era Muriel, a Intrépida.

– Você seria a promotora, Muriel?

Ela se examinou, ainda totalmente pelada, e disse:

– Acho que eu teria que me eximir.

– Sério? – disse ele. – Você chamaria isso de crime?

– Eu acho errado, Larry. Realmente errado. E não vou deixar você testemunhar que achou aquele camafeu no bolso do Esquilo quando não achou.

Desde que ele a conhecia, nunca tivera certeza do quanto Muriel era firme em relação aos seus princípios. Ela tinha falado a sério. Mas nunca tiraria totalmente interesses próprios de seus raciocínios. Se ela o deixasse mentir, ficaria comprometida com ele.

Larry pensou nas alternativas. Com a concordância de Arthur, eles tinham devolvido o camafeu às filhas de Luisa em junho, de modo que não havia mais digitais no objeto, para provar que tinha estado nas mãos de Esquilo.

– E se eu admitisse que menti antes? – perguntou ele.

– Isso é torpeza moral, em serviço, Larry. Eles acabam com você. E você teria que dar uma festa de despedida para a sua pensão. E ainda não teria uma cadeia de provas de que o camafeu estava no bolso de Esquilo a não ser que o policial que o roubou admitisse isso, o que não vai acontecer, a menos que ele também não goste da pensão. Nós estaríamos ferrados de qualquer jeito.

– E daí?

– Você estaria admitindo que mentiu para conseguir uma condenação, certo?

– Para condenar um assassino triplo.

– Então, quem poderia garantir que você não faria isso de novo? Você é a única testemunha de um monte de coisas que aconteceram entre Rommy e você na delegacia em outubro de 1991. Da próxima vez, Arthur vai dizer que a confissão foi obtida por coação. E nós só teríamos um policial que cometeu perjúrio para negar.

– Nós perderíamos a confissão?

– Haveria uma boa chance. E o camafeu. E arruinaríamos você. Quero dizer, é a pior hipótese possível, Larry, se nós admitirmos que você mentiu sobre o camafeu. E, se alguém deduzisse que você escondeu o relatório de Dickerman, a promotoria federal provavelmente iria processá-lo por obstrução de justiça.

– Os federais?

– Nós estamos num tribunal federal, Larry.

– Merda. – Lá eles indiciavam policiais por esporte, como parte do conflito interminável entre as agências federal e estaduais da lei.

– Nós não podemos permitir que esse processo vá a julgamento de novo, Larry.

Ele odiava aquela coisa, a lei. E Muriel, quando ela era sua porta-voz. Apertou os braços em volta dos joelhos e perguntou se eles poderiam fazer um acordo com Gandolph para um longo período na prisão.

– Essa é a melhor opção – disse ela. – Mas e se você telefonasse para Arthur? Arthur, o Cruzado. O Cruzado acha que tem um cliente inocente. Provavelmente o Cruzado vai ficar firme e levá-lo a julgamento.

– E o que acontece?

Ela não respondeu. Larry, subitamente de quatro, agarrou o braço de Muriel.

– Não quero ouvir falar de pena cumprida, Muriel, nem de nada desse tipo. Não quero ter que olhar esse cara na rua. Preferiria correr meus riscos no tribunal, perder a pensão, obstrução, qualquer coisa. Aqui sou eu falando com você, Muriel. Sério. Prometa que não vai recuar.

– Larry.

– Prometa, porra. Qual é o nome do tal grego que empurra a pedra morro acima e nunca chega ao topo? Sísifo? Eu não sou Sísifo. Aquilo foi um castigo, Muriel. Fizeram aquilo com o cara como um castigo. E é o que você estaria fazendo comigo.

– Eu estou tentando salvá-lo, Larry.

– É disso que você chama? – perguntou ele, enquanto pegava as roupas.

Mas, de repente, havia perdido a atenção dela. Muriel estava distante de novo. Ele demorou um segundo para perceber que ela havia encontrado o modo de fazer aquilo.

40
Heroína

24 de agosto de 2001

As recepcionistas da O'Grady, Steinberg, Marconi e Horgan já conheciam Gillian. Ela entrou como uma onda e passou pelos corredores pálidos da firma de advocacia, recebendo os sorrisos tépidos dos que não a conheciam ou que a conheciam bem demais. Como tinha previsto, Arthur não escolhera uma companheira popular entre seus parceiros. Em vez de responder, Gillian mantinha o olhar numa nova tornozeleira que tinha comprado naquela manhã. Durante sua vida, os sentimentos sobre esse acessório de moda tinham variado. Sua mãe dizia que tornozeleira era coisa de vagabunda, motivo pelo qual Gillian insistiu em usar uma na adolescência, mas depois deixou de lado por considerar uma coisa juvenil. Mas, no fim do verão, quando até mesmo ela havia adquirido um levíssimo bronzeado e podia andar sem meia-calça, a corrente fina tinha uma sensualidade promissora contra a pele nua. Pequena evidência de alguma coisa. Por motivos indeterminados, fazia com que ela se lembrasse de Arthur. Bateu à porta da sala dele e enfiou a cabeça pelo portal metálico.

– Hora de jantar? – perguntou.

Em sua cadeira, Arthur estava de costas para ela, com o rosto baixo. Gillian pensou que ele estivesse lendo, mas, quando Arthur se virou, ela pôde ver que estivera chorando. Arthur cumpria a palavra: chorava o tempo todo. Ela não sentiu nenhum alarme até que ele disse uma única palavra:

– Heroína?

Ele repetiu várias vezes, mas Gillian não tinha voz para responder.

– Hoje de manhã – disse ele –, Muriel entregou uma moção de emergência a Harlow para reabrir o período de revelações e fazer com que você deponha.

– *Eu*?

– Você. A moção diz que parece que você tem informações favoráveis à defesa. Era uma coisa tão ridícula e baixa que eu me recusei a perturbá-la mencionando isso. Passei pela sala do tribunal disparando munição. "Barata." "Teatral." "Antiética." "Lixo." Palavras que nunca tinha usado em público para falar de outro advogado. A ideia de tentar tornar esse processo uma coisa pessoal! E finalmente, quando terminei, Muriel pediu ao juiz dez minutos e me entregou seis declarações juramentadas, todas de pessoas que tinham vendido heroína a você ou visto você comprar. Mesmo assim, eu não aceitaria a palavra de putas de rua. Mas encontrei duas delas esta tarde, Gillian, cara a cara. As duas tinham parado de usar. Uma é conselheira de drogados. Quero dizer, elas não ficaram felizes em dizer. Não tinham nada contra você. Uma delas tinha estado no seu tribunal há um tempo e disse que você conseguiu condicional para ela. E ela tinha uma ideia muito boa do motivo. Puxa, elas estavam simplesmente dizendo a verdade. Dizendo a *mim* a verdade sobre *você*. Pode imaginar como foi? Jesus Cristo, caralho, Gillian, heroína?

Provavelmente não existia uma palavra apropriada para isso. Ela havia se sentado em uma poltrona forrada de tweed, mas não tinha ideia de como chegara lá. Sentia-se num elevador que tinha caído dezenas de andares e depois parado bruscamente. Tinha descido a uma enorme velocidade e sido achatada. Por um átimo, sentiu um impulso de negar o que ele tinha dito, o que a fez se desesperar ainda mais em relação a si mesma.

– Arthur. Isso torna tudo muito pior, Arthur.

– Certamente torna.

– Para mim. Torna tudo muito mais desgraçado. E eu já tive tudo que podia suportar. Você sabe. Você entende.

– Gillian, puxa, essa foi a primeira coisa que eu perguntei a você. Você disse que estava sóbria na época do julgamento de Rommy.

– Eu respondi à sua pergunta. Disse que não estava bebendo em excesso. Eu era uma testemunha, Arthur, uma testemunha informada. Respondi à pergunta.

– E então? Em algum momento nos últimos quatro meses, você não achou... quero dizer, você não percebe que porra de problema legal isso cria?

– Legal?

– Para o Rommy. Legalmente, ele foi julgado por uma viciada em heroína.

– Ele não é o primeiro réu cujo juiz estava sem condições. O caso foi a apelação, Arthur. Duas vezes. Depois, houve intermináveis procedimentos pós-condenação. Nenhum tribunal encontrou nada parecido com erros reversíveis.

– E que tal a Constituição?

Ela não entendeu a referência.

– A Constituição?

– A Constituição, Gillian, promete um julgamento justo a todo réu. Você acha que isso significa um julgamento com um juiz que está cometendo um crime diariamente? Não somente um juiz cujo pensamento pode estar perturbado, mas que anda na rua e, portanto, tem um motivo pessoal para não antagonizar com os promotores e com a polícia?

Ah. Ela se recostou. Não tinha pensado nessa parte. Tinha contemplado brevemente toda a questão no primeiro dia em que se encontrou com Arthur para tomar café, conversado um pouco com Duffy e deixado aquilo de lado. A única justiça que a preocupava era a sua própria. Mas, se tivesse refletido apenas com um instante de disciplina, poderia ter reconhecido as implicações para Gandolph, exatamente como Arthur tinha colocado. Ela era tão culpada quanto Arthur achava.

– Muriel já ligou perguntando o que eu vou fazer – disse ele.

– E?

– E eu disse que vou emendar meu pedido de *habeas corpus* alegando que seu vício violava o direito de Rommy a um julgamento justo.

– Você vai me colocar no banco de testemunhas?

– Se for preciso.

Ela quase sugeriu que ele estava sendo histriônico ou impulsivo. Como Arthur poderia interrogar a mulher com quem estava dormindo? Mas essa resposta também era clara. Gillian realmente não estava tão por dentro disso tudo quanto tinha estado um dia, pensou com tristeza. Obviamente, ela não era mais a mulher com quem ele estava dormindo.

– Meu Deus, Gillian. Eu nem posso suportar a ideia. Você nas esquinas, lidando com prostitutas, e depois voltando para julgar outros seres humanos? Não posso imaginar isso. E você? Quem, em nome de Deus, é você?

É, bem. Ela sabia que cedo ou tarde ele teria o bom-senso de fazer essa pergunta.

– Você espera ter sucesso, Arthur, com essa nova abordagem? – Ela receava que isso fizesse parecer que estava pedindo misericórdia. Depois, percebeu que provavelmente estava.

– Quer dizer, está perguntando se eu faria isso só para me vingar de você, Gillian? Não. Não. Pamela começou a pesquisa. Um novo julgamento é uma impossibilidade. Mas minha posição é que ele está impedido porque seria um segundo julgamento do mesmo crime. O Estado não conseguiu estar à altura da responsabilidade fundamental de proporcionar um fórum competente. Muriel parece estar disposta a discutir esse ponto.

Por um segundo, Gillian imaginou como Muriel estaria vendo aquilo. Mesmo na derrota, ela riria por último. Esse era um sucesso raro em litígios. Poder partir o coração do oponente.

– Deixe-me entender – disse ela. – Eu sou o bode expiatório. Um assassino triplo vai ser libertado porque eu era viciada em heroína. É assim que isso vai ser explicado à imprensa?

Arthur optou por não responder, mas só porque não havia sentido em negar. Ela fora uma desgraça aos olhos da comunidade – e um desapontamento. Mas agora avançaria para a categoria de monstro. Arthur, percebeu ela, já via a coisa assim. Do outro lado da pequena distância entre os dois, seu olhar vermelho era terrivelmente objetivo.

– A culpa é minha, Gillian. Você me alertou. Você disse exatamente o que fez com os homens da sua vida. Até me contou uma história inteira. E mesmo assim eu entrei.

Apesar de sua confusão completa, Gillian sentiu uma nova fonte de dor, como se um músculo tivesse sido arrancado do osso perto do coração. Agora era certo que estava tudo acabado entre Arthur e ela. Nunca antes ele havia lhe falado com tanta crueldade.

Saiu da sala e seguiu pelos corredores pálidos até o elevador. Ao chegar à rua, parou na calçada. "Heroína." Ouvia a voz dele interminavelmente. "Heroína." Como ela podia ter feito isso consigo mesma? Realmente precisava lembrar, e assim, pela primeira vez em anos, experimentou uma sensação clara do potente esquecimento provocado pela droga.

41
O caminho do meio

27 de agosto de 2001

Sob as mãos verdes e compridas dos carvalhos e olmos do Midway, Muriel e Larry andavam à procura de um banco. Cada um tinha um sanduíche embrulhado com plástico debaixo do braço e um copo vermelho-vivo de refrigerante na mão. Aquela alameda agradável e estreita, com quilômetros de distância, tinha sido nivelada e plantada pouco depois da Guerra Civil, um jardim urbano em meio a uma estrada onde cavalos trotavam na frente das carroças. Agora, quatro pistas de tráfego, duas a leste, duas a oeste, zumbiam sem parar, desencorajando qualquer esforço para conversar até que estavam lado a lado diante de um banco de tábuas rachadas sobre uma base de cimento.

– Aqui? – perguntou Muriel.

– Tanto faz. – Ele permanecia carrancudo em relação ao passeio.

– Eu estava pensando em nós, Larry, e percebi que todo o tempo que passamos juntos foi confinado em espaços. Sabe? Você fica me falando de jardins, mas nós sempre estivemos dentro de paredes. Tribunal. Escritório. Quarto de hotel.

Um ônibus enorme passou, rugindo ao acelerar e soltando gases venenosos pelo escapamento.

– Muito rural – disse Larry. – Por que será que, enquanto a gente vinha andando, Muriel, eu tive a sensação de que estava no corredor da morte?

Ela não conseguiu forçar um sorriso. Tinha desembrulhado o lanche, mas o deixou de lado. De algum modo, a próxima frase exigia as duas mãos.

– Eu decidi retirar nosso processo contra Rommy Gandolph.

Não era realmente uma análise difícil. A caça ao tesouro feita por Larry debaixo do barracão de Erno tinha produzido mais seis itens com as digitais de Erdai ou as de Collins – e nenhuma prova contra Esquilo. Mas ela ainda sentia medo de dizer as palavras.

Larry tinha mordido um pedaço grande do sanduíche e continuou a mastigar, mas, afora isso, estava rígido. Sua gravata, afrouxada uns 15 centímetros abaixo do colarinho, se ergueu e ficou paralela ao chão durante um bom tempo, ao vento.

– Você é a primeira pessoa a quem eu conto – disse Muriel. – Quero dizer, depois do Ned.

Ele engoliu, então disse:

– Eu estou aqui para ninguém me ouvir gritando, certo?

Ela não tinha pensado nisso. Mas, como sempre, o instinto provavelmente a havia guiado por algum motivo.

– Você tem que estar brincando, Muriel. Você está numa posição perfeita. Disse que Arthur não vai fazer acordo, mas agora ele não tem escolha se não quiser trucidar a namorada no tribunal.

Depois de todo esse tempo, ela ainda não havia internalizado as diferenças nas palavras dos dois. Larry era uma das pessoas mais inteligentes que Muriel conhecia. Lia livros. Conseguia pensar de modo abstrato. Mas, para ele, a lei resumia-se a táticas. Nunca havia se incomodado em se enganar, como os advogados faziam, para aceitar as linhas de coerência trivial da lei. Só via um quadro geral, em que os participantes pensavam em motivos lógicos para fazer o que queriam.

– Duvido que ele faça isso – disse Muriel. – Ele entregaria o cliente para salvar Gillian.

– Vale tentar.

– É antiético para nós dois, Larry. Ele... e eu propormos isso.

– Com quem você está falando, Muriel?

– Larry, eu não sou melhor do que ninguém, eu me envolvo, mas tento. Acredito naquela coisa de que não podemos aplicar a lei se não vivemos segundo ela. Além disso – ela sentiu o coração tremer –, realmente não acredito mais que Esquilo seja culpado.

Mesmo antes de falar, ela sabia o que estava dizendo, mas o efeito de vê-lo se encolhendo para longe ainda era de partir o coração. A coluna dele, o rosto ficaram duros como concreto. Ele era o único homem na terra que a havia amado como ela teria escolhido. E passaria a ser seu inimigo.

– Ele confessou – disse Larry, em voz baixa. Essa era a essência da coisa. No fim, ela podia dizer que Larry a havia enganado. Mas Larry, detetive havia mais de vinte anos, teria que dizer que tinha se enganado. Poderia ter sido uma falha de integridade ou um lapso de competência. Ou um pouco das duas coisas. Mas, aquele estágio, seria ainda pior para ele atribuir o erro ao desejo de agradá-la.

No outro dia, Muriel tinha pensado que ele estava sendo melodramático ao dizer que ela não podia fazer isso com ele. Mas, com uma frequência que ninguém podia igualar, Larry alcançava antes dela a linha de chegada, e tinha feito isso naquele momento. Para aceitar o julgamento de Muriel, ele teria que se arruinar aos seus próprios olhos. A dedicação de ninguém ia tão longe assim.

– Larry, do jeito que a coisa está, vai ficar tudo em cima de Gillian. Nada de Dickerman. Ou Collins. Nenhuma dúvida sobre a investigação. Fora dos autos, nossa história é que não podemos nos arriscar a uma decisão de julgamento indevido quando isso pode significar abrir as portas da prisão para todo mundo que foi julgado por Gillian no correr dos anos. Se tivermos que encarar essa luta, não podemos fazer isso num processo de pena capital, em que a lei de procedimentos é tão rígida.

Enquanto Muriel explicava, os olhos azuis de Larry jamais se afastavam. Finalmente, ele se levantou, andou alguns metros até um cesto de lixo e jogou o sanduíche dentro. Depois, atravessou de novo o caminho, onde a grama estava cheia de falhas, deixando círculos de lama entre a grama amassada e os dentes-de-leão.

– Você sabe que é cheia de merda, não sabe? Jogar isso em cima de Gillian... isso protege você muitíssimo mais do que a mim.

– Acho que ajuda nós dois.

– Assim que você liberar o Rommy, a primeira coisa que Arthur vai fazer é abrir um enorme processo cível. Toda aquela coisa sobre Dickerman e Collins vai aparecer nas revelações.

– Não haverá revelações, Larry. Eles não vão se arriscar a permitir que Esquilo deponha. Ele poderia dizer qualquer coisa. O processo vai se resolver rapidamente e de modo sujo.

– Logo depois das primárias.

Na imaginação dele, ela não mantinha mais nenhuma dimensão. Calculava e não sentia. Mas Muriel assentiu. Ela era quem era. E nem sempre era bonita. Imaginou se valia a pena dizer como sua dor por ele seria grande. Haveria noites terríveis. Mas ficaria ocupada. Os piores tempos provavelmente viriam anos depois.

No dia anterior, ela havia rezado com fervor na igreja. Tinha agradecido a Deus pelas bênçãos. Uma vida significativa. O neto de Talmadge. Ninguém tinha tudo. Ela não tinha amor, mas provavelmente porque queria menos do que as outras pessoas. Mesmo assim, ficou confusa de novo quando se levantou. Queria terrivelmente naquele instante se arrastar para ele. Mas a solidão era o que havia escolhido. Larry estava curvado para a frente, com a boca apoiada na mão, claramente vermelho de raiva. Quando ele pensasse nela, Muriel sabia, seria como a mulher que tinha arruinado sua vida.

– Eu tenho que ir ver John Leonidis – disse ela. – Fiquei de me encontrar com ele no Paradise.

– De volta à cena do crime.

– Certo.

– Não me peça para lhe dar cobertura nisso. Com ele. Ou com a polícia. Eu não quero, Muriel. Vou contar a verdade sobre você a qualquer um que perguntar.

O inimigo dela. A verdade dele. Ela o olhou pela última vez e, em seguida, se virou para chamar um táxi.

Chorou em silêncio durante metade do caminho até o restaurante. Depois, nos últimos quilômetros, começou a pensar no que diria a John. Ia contar tudo, todos os detalhes. Ele não era do tipo que abria a boca. E, se abrisse, tudo bem. Em vez disso, ela tentou imaginar algo para consolá-lo. John Leonidis tinha esperado por uma década que uma morte compensasse o crime contra seu pai. Mesmo que ela pudesse convencê-lo de que Erno sozinho tinha matado o pai dele, coisa que a própria Muriel aceitava como certeza, John ficaria arrasado ao pensar que Erdai tinha saído da vida segundo seus próprios termos. No fim do dia, depois de uma década julgando casos de assassinato e comungando com as famílias das vítimas, Muriel estava convencida de que a maioria dos sobreviventes, em algum segmento remoto da consciência – na parte primitiva que sentia medo do escuro e de barulhos altos –, presumia que, quando a pessoa certa morresse, a pessoa que merecia ser removida do planeta, só então seu ente querido voltaria à vida. Essa era a lógica patética da vingança, aprendida no berço e do altar dos sacrifícios, onde tentávamos trocar a vida pela vida.

Ela havia assistido a três execuções como supervisora. Na primeira, o pai da vítima, uma mulher com dois filhos assassinada em uma loja de conveniência, saiu amargurado, irritado porque o que deveria representar um alívio apenas o fizera se sentir pior. Mas as outras duas famílias afirmaram ter alcançado algo com aquilo: um ponto final, uma sensação de equilíbrio sendo devolvido ao mundo, a paz no coração ao saber que ninguém mais sofreria por causa do filho morto como o deles. Mas, mesmo sofrendo naquele momento, ela não lembrava realmente por que infligir mais dor tornaria a vida na Terra melhor para qualquer um.

Muriel puxou a porta pesada do Paradise, com uma clara lembrança de como havia se sentido no intenso calor do verão, quando havia entrado com Larry, havia uma década. A brisa abraçando repentinamente suas pernas, que ainda tremiam por causa de suas atividades com Larry uma hora antes. Aquilo era passado. Ele era passado. Ela encarou os fatos de novo. Talvez tenha sido a imagem de Larry, ou sua dedicação a algo que ela via como ficção, mas a mente de Muriel passou a Rommy Gandolph. Em um momento de sonho, viu

Esquilo como se estivesse em um desenho animado, sob a luz fraca de um calabouço úmido. Sua vontade era rir, mas, de alguma forma, a luz que ela imaginou, como uma lamparina, era o primeiro ponto radiante de sua dor crescente. Levaria décadas, o restante de sua vida para aceitar o que tinham feito a ele e as razões para isso.

Como sempre, John a recebeu de modo caloroso. Abraçou-a, depois levou-a para o escritório que tinha sido de seu pai. As fotografias de Gus permaneciam nos mesmos pontos das paredes.

– A notícia não é boa, é? – perguntou ele. Tinha visto os jornais do fim de semana, falando de Gillian. A expressão de Aires, "a juíza doidona", tinha sido uma das manchetes preferidas dos redatores.

– Não sei, John. Não sei como chamar isso.

Enquanto ouvia, ele roía repetidamente a unha do polegar, ao ponto de Muriel temer ver sangue. Mal conseguia se conter para não impedi-lo. Mas não podia lhe dizer como enfrentar isso. Como sempre, ele foi leal. O aspecto conclusivo das digitais e das evidências sanguíneas era claro para ele. E John estava mais disposto do que ela esperava a receber o julgamento de que Gandolph não tivera nenhum papel nos assassinatos. Quer ela merecesse, quer não, John, como tantos outros, tinha fé em Muriel como advogada. O único consolo que ele queria era o que ela havia previsto.

– Você teria buscado a pena de morte para esse cara? Para o Erdai? Se ele contasse tudo, tivesse uma cura milagrosa e não morresse?

– Nós teríamos tentado, John.

– Você não teria conseguido?

– Provavelmente não.

– Porque ele é branco?

Mesmo agora, seu impulso firme era de dizer que não. Os jurados julgavam a gravidade dos crimes pelo valor das vidas perdidas. Nesse cálculo, como em tantos outros, raça e status se tornavam indistinguíveis. Eles teriam se importado tremendamente se as vítimas de Erno fossem pessoas trabalhadoras e com famílias. Mas o contrapeso era a avaliação que fariam do assassino. E, nisso, a cor significava pouco.

– No fim, os jurados só dão a pena de morte a pessoas que consideram perigosas e completamente sem valor – disse ela a John. – Ele não quis deixar um inocente morrer em seu lugar. Talvez dois. Ele se importava com o sobrinho. – Carne da minha carne. Sangue do meu sangue. Também poderia ser significativo o fato de Muriel entender sua paixão.

– Qual é o sentido disso? – perguntou John. – Honestamente. Alguma coisa nisso faz sentido? Todo mundo está morto. Meu pai, Luisa e Judson. Aquele cara, Erno, era uma merda, pelo que você está contando. Assassino. Mentiroso. Mentiu sob juramento. Ladrão. Ele era um lixo. Duas vezes pior do que qualquer pessoa pensou que Gandolph fosse. E ele teria vivido?

Não havia como argumentar contra isso. Erno não poderia ser mais deturpado.

– É assim nos processos de morte, John. É tudo tão extremo. O crime, os riscos, os sentimentos de todo mundo. Você tenta fazer regras e, de algum modo, nenhuma delas funciona, nem mesmo faz sentido.

Ela havia levado uma transcrição da entrevista de Collins. John virou algumas páginas, depois devolveu.

– Está acabado – disse ele. E com essas palavras deu um suspiro enorme. – Pelo menos teremos isso. Está acabado.

À porta, ela pediu desculpas de novo por seu próprio papel em ter tornado aquilo tão demorado, tão torturante, mas ele não queria ouvir.

– Nem por um segundo alguém vai me dizer que você não estava dando o máximo de si – disse John com a mesma determinação com que tinha repudiado a falta de sentido da lei. – Você e Larry. Tommy. Vocês todos. Nunca.

Ele a abraçou com a mesma energia de quando ela havia entrado, depois foi pegar um curativo para o polegar.

Lá fora, ela parou para olhar o restaurante onde havia dez anos três pessoas tinham encontrado uma morte horrorosa. Muriel nunca veria aquela construção baixa e simples, seus tijolos marrons e janelas grandes, sem experimentar parte do terror que Luisa, Paul e Gus tinham experimentado em seus últimos momentos. Parada ali, revisitou o instante insuportável em que cada um deles percebeu que esta vida, que todos nós amamos acima de qualquer coisa, estava para terminar por causa do capricho de outro ser humano, um fim no qual as forças da razão e da humanidade se mostraram sem valor.

Lá dentro, John tinha repetido uma coisa que dizia com frequência: que ainda via sangue no chão. Mas John não tinha fechado o Paradise. O restaurante era o monumento de Gus, lar de seu espírito. Um lugar luminoso numa noite escura. Um lugar quente num dia frio. Comida para os famintos. Companhia para os solitários. Vida abundando num lugar onde homens lutavam, como Gus, para ser amigos dos outros.

Ela voltaria.

42
Libertação

30 de agosto de 2001

A roupa com que Rommy Gandolph tinha sido julgado e com que tinha entrado no sistema penitenciário sumira havia muito. Talvez eles não se incomodassem em guardar as coisas dos Homens Amarelos. Nas proximidades da cidade de Rudyard, Arthur e Pamela entraram no estacionamento de um Kmart e compraram três calças e algumas camisas para Rommy. Depois, continuaram a feliz jornada para o sul.

Quando chegaram a Rudyard, já havia uma confusão significativa no estacionamento causada pelos furgões das redes de TV. O reverendo Dr. Blythe estava dando uma entrevista coletiva. Como sempre, era acompanhado por um elenco de milhares de pessoas. Arthur nunca entendia de onde vinham todas as pessoas em volta de Blythe – alguns trabalhavam em sua igreja, alguns eram da segurança, mas o restante era um mistério absoluto. A corte de pelo menos trinta pessoas incluía um meio-irmão de Rommy, de cuja existência Arthur só ficara sabendo na semana anterior, quando os jornais começaram a especular sobre um processo cível. Toda a legião de Blythe estava agitada, adorando a ocasião e o fato de que, pelos números e pela atenção da imprensa, haviam ocupado uma boa parte do terreno da prisão.

Aparentemente, Blythe havia carregado um palco portátil – um estrado alto e um pódio – no porta-malas da limusine em que tinha chegado e que estava estacionada longe, fora das vistas das câmeras. Blythe tinha sido suficientemente simpático para telefonar e parabenizar Arthur depois de Muriel ter enviado a moção retirando o processo contra Rommy. Desde então, ele não tinha ouvido mais nada do pessoal do reverendo. Mas, naturalmente, Arthur não estava surpreso ao ver Blythe ali. Com sua careca brilhante e o grande bigode branco, Blythe parecia um avô pacato, até começar a falar. Enquanto se aproximava, Arthur o ouviu reclamando contra a injustiça de um sistema em que juízes viciados em drogas sentenciavam negros inocentes à morte. Ele tinha uma certa razão, pensou Arthur, mas era engraçado ver isso de perto.

Enquanto alguns repórteres corriam para Arthur, o reverendo o convidou para subir ao pódio. Blythe apertou com força a mão dele, deu-lhe tapinhas nas costas e disse de novo que ele tinha feito um bom trabalho. Foi com Blythe, em sua última conversa, que Arthur ficou sabendo que o Estado tinha tomado um depoimento do sobrinho de Erno e que Muriel estava simplesmente se protegendo ao culpar Gillian. Jackson Aires, que insistia em manter segredo em nome do cliente, tinha enfiado Collins de volta em Atlanta e se recusava a confirmar o que Arthur suspeitou que Jackson havia contado em particular a Blythe. Aires se restringiu a um único detalhe: "Não foi seu cliente quem fez. Ele nem estava lá. O resto não importa. Tremendo trabalho, Raven. Nunca pensei que você tinha muita chance como advogado de defesa, mas acho que estava errado. Tremendo trabalho."

A verdade sobre Collins talvez ainda surgisse no processo cível, especialmente se o Estado não quisesse fazer um acordo. No caminho de volta para a cidade, Arthur esperava conversar com Rommy sobre a abertura de um processo cível. No dia anterior, Arthur tinha informado a Ray Horgan que esperava cuidar do processo cível de Rommy e abandonar a firma.

Na casa de guarda, Arthur e Pamela entregaram uma calça e uma camisa ao tenente de serviço, que não quis aceitar a roupa.

– Aquele lá, o reverendo Blythe, trouxe um terno. Custou no mínimo 500 pratas. – O tenente, que era branco, olhou circunspecto nas duas direções, pensando melhor só agora que tinha ouvido a si próprio.

Num momento, Blythe chegou. Acompanhando-o, estava um homem de aparência impressionante, alto e bonito, vestido de modo esplêndido, um afro-americano que Arthur reconheceu de algum lugar. Não da cidade, disso Arthur sabia. Outro herói, era só o que Arthur lembrava, talvez um atleta.

O tenente levantou o telefone, e, em alguns minutos, o diretor da prisão, Henry Marker, apareceu. Também negro, ele ficou notavelmente afável ao ver Blythe e convidou todo o grupo a acompanhá-lo. Passado o primeiro portão, viraram-se numa direção na qual Arthur e Pamela nunca tinham ido e entraram no prédio de tijolos laranjas, da administração. Havia as mesmas trancas e guardas, mas ali o objetivo era manter os presos fora, e não dentro.

No segundo andar, Marker os levou a sua sala, grande mas discreta. Diante da mesa do diretor, de terno e gravata, Romeo Gandolph estava encurvado e se remexendo. Pulou de pé quando o grupo entrou, previsivelmente intrigado com o que deveria fazer em seguida. Seu cabelo tinha sido ajeitado por alguém. Quando ele abriu os braços, dando as boas-vindas, Arthur percebeu que finalmente Rommy estava livre das algemas. Mesmo contra a vontade, Arthur, que tinha chorado um bocado na última semana, começou a chorar de novo – e descobriu Pamela no mesmo estado. Enquanto isso, Blythe caía sobre Rommy com um abraço enorme.

O diretor tinha vários papéis para Rommy assinar. Arthur e Pamela os revisaram enquanto Blythe levava Rommy para o outro lado da sala. Arthur os ouviu rezando e, em seguida, numa conversa animada. Depois de Rommy rabiscar o nome nos documentos, todos estavam prontos para sair. Marker foi com eles até o portão da frente.

A campainha soou e o diretor, como um mordomo, ficou de lado para abrir a porta. Assim que fez isso, Blythe passou por Arthur e Pamela e estava ao lado de Rommy quando a luz do dia caiu sobre ele.

Como sempre, o pessoal das câmeras não mostrou educação, gritando e empurrando. Blythe segurou o cotovelo de Rommy e o guiou até o pódio no estacionamento. Convidou Arthur e Pamela a subir, dando-lhes lugares na segunda fila, atrás de Rommy e dele próprio. Pamela tinha preparado uma breve declaração para Rommy, que ele segurou, mas Blythe tirou de sua mão e lhe entregou outro papel. Rommy começou a ler, depois olhou em volta, desamparado. O meio-irmão, agora a seu lado, pronunciou algumas das palavras. Ocorreu a Arthur, pela primeira vez, imaginar quantos ensaios tinham sido necessários antes que Rommy lesse a confissão gravada em vídeo preparada para ele havia uma década. Por um momento, ali parado, sem saber o que esperar, a absoluta monstruosidade do que tinha acontecido a Rommy Gandolph assolou Arthur – isso e a satisfação suprema de saber que Pamela e ele tinham comandado o poder da lei em benefício de Rommy, cujo erro, a princípio, havia sido consertado pela lei. Não importando o quão confuso ficasse no fim de seus dias, nesse instante Arthur acreditava que se lembraria de que tinha feito isso.

Gandolph tinha desistido da declaração. A corrida de repórteres e técnicos pelo estacionamento de cascalho havia levantado uma névoa de poeira, e Rommy estava piscando furiosamente e esfregando os olhos.

– Não posso falar muita coisa, só obrigado a todo mundo – disse ele.

Os repórteres ficavam gritando as mesmas perguntas – qual era a sensação de estar livre, quais eram os seus planos. Rommy disse que gostaria de comer um bom bife. Blythe anunciou planos para uma comemoração em sua igreja. A coletiva terminou.

Enquanto Gandolph descia da plataforma, Arthur se adiantou para alcançá-lo. Ao telefone, os dois tinham concordado que Rommy voltaria para o condado de Kindle com eles. E também havia o processo para discutir. Mas Rommy se deteve quando Arthur apontou para a parte de trás do estacionamento.

– Eu acho que vou com eles – disse Rommy. Se tinha consciência de estar desapontando Arthur, ele não dava nenhum sinal. Mas seu rosto estava franzido pela curiosidade. – Qual é o seu carro?

Arthur sorriu um pouco e disse a marca e o modelo. Rommy pareceu procurar pelo estacionamento, mas seus olhos se iluminaram ao ver a limusine.

– Não, eu vou com eles – disse. Sua expressão permaneceu instável e incerta. O pessoal da segurança de Blythe estava mantendo vários repórteres à distância. – Quero agradecer a vocês todos pelo que fizeram, de verdade. – Em seguida, ele estendeu a mão. Arthur percebeu que era a primeira vez que tocava em Rommy Gandolph. A mão dele era estranhamente calejada e fina o bastante para ser de uma criança. Gandolph parou desajeitado na frente de Pamela, que se inclinou para abraçá-lo.

– Eu disse que você devia se amarrar comigo – disse ele. – Eu vou arranjar uma mulher bonita que nem você, só que preta. Agora vou ser rico. Vou comprar umas ações. – Nesse momento, o homem bonito que tinha acompanhado Blythe lá dentro apareceu para pegar Rommy. Na companhia dele, Rommy se virou e não olhou mais para trás, para os dois advogados.

Estavam no sedã de Arthur, saindo de Rudyard, quando Pamela lhe disse quem era o homem: Miller Douglas, um famoso advogado de direitos civis de Nova York. Sem dúvida, era quem cuidaria do processo cível de Rommy agora. Rommy assinaria o contrato na limusine – se já não tivesse feito isso na sala do diretor. Arthur parou o carro no acostamento de cascalho da estrada para absorver a notícia.

– Isso é terrível – disse ele. Pamela, ainda suficientemente jovem para ficar longe do lado comercial da lei, deu de ombros, sem se sentir surpresa.

– Você não acha que ele pegou o advogado certo? Nossa firma nem cuida de processos cíveis.

Arthur, que nunca havia se incomodado com esse aspecto, continuou a pensar nas ironias. Rommy estava livre. Ele não estava. Provavelmente, Horgan riria quando recebesse Arthur de volta, mas haveria custos por muitos anos. Pelo menos Ray tinha pedido que ele reconsiderasse. "Falando em termos gerais, Arthur", dissera ele, "você pode compreender que vai haver uma certa seca adiante, antes do próximo cliente inocente. Uma ou duas décadas." Arthur levou um segundo ponderando como poderia retrucar a Ray, depois desistiu. Como desapontamento, a escolha de outro advogado por parte de Rommy ainda ocupava o segundo lugar. Apesar do tumulto ao redor da libertação de Rommy, dos incessantes telefonemas dos repórteres, da exultação na firma de advocacia, onde Arthur descobriu que muitas pessoas o apoiavam, havia um sofrimento, um ponto baixo em que seu espírito inevitavelmente rolava sem descanso, como fazia agora novamente.

Gillian. Minha Gillian, pensou, e começou a chorar de novo. Muriel tinha feito um trabalho magistral ao apresentá-la como vilã. Dois dias depois do início das matérias, o *Tribune* tinha conseguido a foto da ficha de Gillian no FBI, tirada quando ela foi presa em 1993. Ela foi publicada na primeira página com um relato de milhares de palavras sobre seu vício em drogas, obtido em fontes tão diversas como traficantes, advogados de defesa e viciados da rua. A história da Juíza Doidona tinha alcançado várias publicações nacionais, especialmente as que tratavam de fofocas sobre celebridades. Apenas algumas matérias mencionavam que Gillian tinha parado com as drogas quando foi condenada e que estava limpa atualmente.

Como advogado de Rommy, teria sido impróprio, da parte de Arthur, ligar para Gillian a fim de consolá-la. E, de qualquer modo, estava magoado demais para fazer isso. Pelo que podia lembrar, ela nem tinha pedido desculpas. Talvez, disse a si mesmo, se ela tivesse feito algum esforço para expressar arrependimento por tê-lo enganado, talvez pudesse haver algum caminho através do incrível espinheiro de obrigações conflitantes com seu cliente. Durante dias, ele verificava a secretária eletrônica a cada meia hora. Chegou a sair do escritório na segunda-feira só para verificar a correspondência em casa. Talvez suas censuras tivessem sido sérias demais, especialmente a última frase, da qual tinha se arrependido imediatamente, sobre a "história" dela. Possivelmente, Gillian estava contida pelos imperativos da situação legal. Mais provavelmente, ela tinha apenas desistido, agora que suas profecias de perdição haviam se tornado reais. Havia três noites, em meio a sonhos tempestuosos, ele acordou com um medo frio de que ela tivesse voltado a beber. Depois, num minuto, lembrou-se de que a bebida não era o problema. Agora suas fantasias tinham se tornado medonhas, imagens sombrias de Gillian em ruas encharcadas, desaparecendo em portas escuras, fazendo Deus sabe o quê.

Quando chegaram à cidade, Arthur estacionou perto do edifício IBM, mas hesitou quando Pamela e ele estavam para entrar. De repente, percebeu que não era mais advogado de Rommy Gandolph. Apesar do desapontamento com o processo cível e o desaparecimento da fortuna que, sendo filho de seu pai, ele nunca acreditara realmente que chegaria, experimentou naquele instante uma sensação de pura libertação. Tinha carregado um fardo enorme, às vezes cambaleado sob ele, mas o levara até o fim. E, por muitos motivos, tinha o direito de se sentir aliviado.

Diante das portas giratórias do prédio, beijou o rosto de Pamela e disse que ela era uma grande advogada. Depois, em um estado de pavor e antecipação, marchou os quatro quarteirões até a Morton's. Gillian não estava no balcão. Argentina, sua colega, se inclinou sobre o balcão de vidro, tendo cuidado para não tocá-lo e deixar digitais. Disse a Arthur em voz baixa que Gillian não tinha aparecido a semana inteira, nem ali nem na loja de Nearing.

– Os repórteres são bandidos – sussurrou ela. – Acho que Gil pediu demissão.

– Pediu demissão?

– Foi o que alguém disse. Não esperam que ela volte. Parece que está saindo da cidade.

Enquanto voltava andando pela Grand, com suas lojas magníficas e prédios altos, Arthur pensou em suas opções. Não tinha absolutamente nenhuma experiência como estrategista em questões do coração e, mesmo agora, estava magoado demais para ter certeza do que queria. Mas, afinal de contas, ele era ele. Arthur Raven não era um mestre da sutileza nem do estilo. Só sabia ir em frente num passo constante.

Pelo menos uma pessoa na casa de Duffy Muldawer ficou deliciada em vê-lo. Espiando Arthur pela janelinha da porta lateral, Duffy se iluminou, ao mesmo tempo que tentava tirar a corrente.

– Arthur! – exclamou o velho, envolvendo-o com o braço, enquanto Arthur entrava. Não soltou a mão de Arthur, e claramente teria adorado a chance de ouvir os detalhes da última semana, envolvido na alegria fraterna dos defensores, que tinham raras ocasiões para comemorar. Mas os olhos de Arthur já haviam caído sobre Gillian, que em reação ao barulho de Duffy tinha aparecido ao pé da escada. Aparentemente, estivera fazendo a limpeza. Estava vestida com uma roupa casual que Arthur duvidava que ela possuía, com as pernas pálidas emergindo de um short velho. Usava uma camiseta com as mangas enroladas. Estava com luvas de borracha e – pela primeira vez na memória de Arthur – não havia se incomodado com maquiagem. Atrás dela, ele viu uma mala.

– Terminou – disse Arthur. – Ele saiu.

Gillian deu os parabéns e olhou para cima, à luz fraca debaixo da escada, depois pôs um dos pés no primeiro degrau. Em algum momento, Duffy havia tido o bom-senso de desaparecer.

– Posso abraçar você? – perguntou ela.

Quando talvez um minuto havia se passado, eles se soltaram e se sentaram à escada. Ela segurava a mão dele com força. Gillian, que nunca chorava, tinha chorado, e Arthur, sempre lacrimoso, tinha meramente saboreado o prazer intenso de tê-la perto de novo. Sentado, descobriu que estava com uma ereção espantosa. Gillian também sentia desejo, mas no âmago de seu abraço ela havia experimentado um sentimento de consolo suficientemente puro para ser fraternal. Nenhum deles tinha ideia do que aconteceria agora.

– Você está bem? – perguntou ele, enfim.

Ela ergueu as mãos, inutilmente.

– Não estou drogada, se é com isso que está preocupado. Duffy cuidou disso.

– Você está indo embora?

– Eu tenho que ir, Arthur. Patti Chong, uma mulher que eu conheci na faculdade de direito, concordou em me contratar como assistente legal em sua firma em Milwaukee. Para fazer pesquisas. Talvez, com o tempo, se tudo correr bem, como você sugeriu, eu possa me candidatar de novo à ordem. Mas tenho que sair daqui. – Ela balançou a cabeça. – Até *eu* finalmente percebi que já aguentei o bastante, Arthur. Tive que mandar Duffy à farmácia pra mim ontem. Aquela foto! – Ela fechou os olhos com força, diante do pensamento. Tirada quando Gillian estava em seu ponto mais baixo, sem dormir a maioria das noites e devastada pelo desespero, a foto no jornal a transformava numa bruxa remelenta. O cabelo parecia de uma louca. E, claro, seus olhos estavam mortos.

– Eu teria apreciado um telefonema – disse ele. – Teria sido horrível se eu viesse aqui e descobrisse que você tinha ido embora.

– Eu não consegui, Arthur. Não podia pedir sua simpatia quando cada chicotada que eu recebia beneficiava o Rommy. Além disso, eu estava com muita vergonha. Com muito medo da sua reação. E muito confusa. Não posso ficar aqui, Arthur, e eu sabia que você nunca iria embora.

– Eu não posso ir. Minha irmã.

– Claro.

Arthur ficou satisfeito por Gillian ter dito isso, porque alguma coisa se abriu nele, como um portão. O que tinha dito não era verdade. Ele podia ir. As pessoas do Franz Center ajudariam Susan a se virar. Sua mãe finalmente poderia arranjar um modo de ser útil. E, se todo o restante falhasse, ele levaria Susan para lá. A firma tinha até um escritório em Milwaukee. Poderia dar certo. Tudo poderia dar certo. Até mesmo os dois. A melhor e mais inabalável parte dele, que sempre tinha esperança, estava de novo no comando.

– Não sei por que eu faço certas coisas, Arthur – disse ela. – Estou tentando me entender há anos. Eu me sinto melhor, porém tenho um longo caminho pela frente. Mas realmente acredito que estava tentando me proteger. A coisa tem sido tão ruim quanto eu achava que seria. Você precisa admitir isso.

– Teria sido mais fácil com alguém a seu lado, Gillian.

– Não poderia ter sido você. Isso era parte do problema.

Para Arthur, parecia uma desculpa, e ela pôde ler aquilo na expressão dele. Mas, em relação a isso, ela estava sendo clara.

– Eu sei como é querer magoar alguém, Arthur. Sei bem demais. Juro que meu objetivo não era lhe causar dor.

– Acredito.

– Mesmo?

– Tenho certeza de que você estava muito mais interessada em causar dor a si mesma.

– Agora você está parecendo o Duffy.

– Sério. Você vive minando a si mesma. É realmente espantoso.

– Por favor, Arthur, eu não aguento mais análises do meu caráter. Não é o tipo de coisa que eu quero continuar fazendo sozinha. Este período tem sido muito, muito difícil, Arthur. Tem havido umas noites barra-pesada aqui. Eu tinha esquecido como era desejar a droga.

Arthur pensou nisso. Depois continuou:

– Eu quero ficar com você, Gillian. Ir embora com você. Viver com você. Amar você. Quero isso. Mas você tem que ver como se esforçou para se destruir. Então não faça isso com a gente de novo. Se você prometer que vai pensar nisso e lutar por nós dois...

– Por favor, Arthur. Eu não sou idiota nem cega. Sei exatamente em que tipo de luta quixotesca estou, levantando para poder cair. Mas não há esperança.

– Há esperança. Sem dúvida. Eu posso lhe dar o que você precisa.

– E o que é isso? – Ela queria ser cética, mas como ele era Arthur, acreditou imediatamente.

– Eu. Eu sou o seu homem. Eu posso lhe dizer uma coisa que acho que você realmente nunca ouviu antes. – Arthur segurou as mãos dela. – Agora, olhe para mim e ouça. Ouça.

Arthur viu o rosto elegante e magro de Gillian se virar totalmente para ele, os cílios louros e os olhos perfeitos e inteligentes.

– Eu perdoo você – disse ele.

Ela o encarou por um bom tempo. Depois falou:

– Por favor, diga de novo.

– Eu perdoo você – disse Arthur, segurando as mãos dela. – Eu perdoo você, eu perdoo você, eu perdoo você. – E disse muitas vezes mais.

Agradecimentos

Como sempre, eu consegui me virar com uma ajudinha dos amigos. A assessoria técnica de Colleen Berk e Joe Tomaino sobre passagens aéreas, de Jeremy Margolis sobre armas de fogo, de Jay Reich sobre a Hungria e dos Drs. Michael Kaufman e Carl Boyar sobre patologia *post mortem* foi fundamental. Também tive o benefício dos comentários de vários leitores perspicazes, Annette e Rachel, primeiro, como sempre, e depois de Jennifer Arra, Debby e Mark Barry, de Leigh Bienen, de Ellie Lucas, de Jim McManus, de Howard Rigsby e da incrível Mary Zimmerman. Devo enormemente a cada um deles. Jon Galassi e Gail Hochman continuam sendo a lua e as estrelas da minha vida literária – e Laurie Brown será sempre especial para mim. Minhas secretárias, Kathy Conway, Margaret Figueroa e Ellie Lucas, foram indispensáveis. A todos vocês: obrigado, pessoal.

EDIÇÕES
BestBolso

Este livro foi composto na tipologia Minion Pro Regular, em corpo 10/12,5, e impresso em papel off-set 56g/m² no Sistema Cameron da Divisão Gráfica da Distribuidora Record.